Zu diesem Buch

Georgette Heyer, geboren am 16. August 1902, schrieb mit siebzehn Jahren ihr erstes Buch, das zwei Jahre später veröffentlicht wurde. Seit dieser Zeit hat sie eine lange Reihe charmant unterhaltender Romane verfaßt, die weit über die Grenzen Englands hinaus Widerhall fanden. 1925 heiratete sie den Bergbauingenieur George Ronald Rougier und ging mit ihrem Mann für drei Jahre nach Ostafrika. Georgette Heyer starb am 5. Juli 1974 in London.

Zu ihren bekanntesten Werken, die sie vornehmlich als eine vorzügliche Kennerin der Epochen des englischen Rokoko und Biedermeier ausweisen, gehören die in der rororo-Taschenbuchreihe erschienenen Romane «Die drei Ehen der Grand Sophy» (Nr. 2001), «Der Page und die Herzogin» (Nr. 2002), «Venetia und der Wüstling» (Nr. 2003), «Penelope und der Dandy» (Nr. 2004), «Die widerspenstige Witwe» (Nr. 2005), «Frühlingsluft» (Nr. 2006), «Serena und das Ungeheuer» (Nr. 2007), «Lord ‹Sherry›» (Nr. 2008), «Ehevertrag» (Nr. 2009), «Liebe unverzollt» (Nr. 2010), «Barbara und die Schlacht von Waterloo» (Nr. 2011), «Der schweigsame Gentleman» (Nr. 2012), «Heiratsmarkt» (Nr. 2013), «Die Liebesschule» (Nr. 2014), «Ein Mädchen ohne Mitgift» (Nr. 2015), «Eskapaden» (Nr. 2016), «Findelkind» (Nr. 2017), «Herzdame» (Nr. 2018), «Die bezaubernde Arabella» (Nr. 2019), «Die Vernunftehe» (Nr. 2020), «Geliebte Hasardeurin» (Nr. 2021), «Die spanische Braut» (Nr. 2022), «April Lady» (Nr. 2023), «Falsches Spiel» (Nr. 2024), «Die galante Entführung» (Nr. 2025), «Verführung zur Ehe» (Nr. 2026), «Die Jungfernfalle» (Nr. 2027), «Brautjagd» (Nr. 2028), «Verlobung zu dritt» (Nr. 2029), «Damenwahl» (Nr. 2030), «Skandal im Ballsaal» (Nr. 2031), «Der schwarze Falter» (Nr. 2032), «Lord Ajax» (Nr. 2033), «Junggesellentage» (Nr. 2034), «Zärtliches Duell» (Nr. 2035), «Lord John» (Nr. 4560), «Königliche Abenteuer» (Nr. 4785), «Der tolle Nick» (Nr. 5067), «Der Eroberer» (Nr. 5406) und «Der Unbesiegbare» (Nr. 5032).

Überdies schrieb Georgette Heyer die erfolgreichen Detektivromane «Ein Mord mit stumpfer Waffe» (Nr. 1627), «Mord ohne Mörder» (Nr. 1859), «Der Trumpf des Toten» (Nr. 4069) und «Mord beim Bridge» (Nr. 4325).

GEORGETTE HEYER

Die spanische Braut

Roman

ROWOHLT

Titel der Originalausgabe «The Spanish Bride»
Berechtigte Übertragung aus dem Englischen
von Emi Ehm
Umschlagbild Eva Kausche-Kongsbak
Umschlagentwurf Manfred Waller

155.–179. Tausend August 1986

Veröffentlicht im Rowohlt Taschenbuch Verlag GmbH,
Reinbek bei Hamburg, Dezember 1964

Gesamtherstellung Clausen & Bosse, Leck
Printed in Germany
500-ISBN 3 499 12022 4

Für
A. S. Frere

Erstes Kapitel

Bajados

I

Am rechten Ufer des Guadiana gab es eine Stelle, die von Hasen wimmelte. Sie lag in der Nähe eines Kaninchenbaues und war bei den Offizieren der Belagerungsarmee von Bajados, die sie bald entdeckt hatten, geradezu berühmt. Während der ersten Zeit der Belagerung war Jagen nicht in Frage gekommen, als der Regen Tag um Tag in wahren Sturzbächen niederging, der Fluß aus den Ufern trat, die Pontonbrücken wegschwemmte, die einen Teil der Verbindungslinien von Bajados zum Hauptquartier in Elvas bildeten, und das ganze Gelände um die Stadt in einen Lehmsumpf verwandelte, durch den sich die Truppen fluchend vorarbeiteten.

Da die Armee, die sich rühmte, eine Menge Iren in ihren Reihen zu haben, gerade am St. Patrickstag weiter an Boden gewonnen hatte, hoffte sie zuversichtlich, daß diese dritte Belagerung der Stadt zum Ziel führen würde. Aber der Gußregen, der eine Woche lang anhielt, drohte sämtliche Pläne Lord Wellingtons über den Haufen zu werfen. Sowie die erste Reihe der Schützengräben ausgehoben war, hatte das übelste Wetter eingesetzt. Die Gräben waren überflutet, die Erde der Verschanzungen floß als gelbe Schlammbrühe ab, und die Männer arbeiteten hüfthoch im Wasser. Es war schwerer zu ertragen als das Feuer von den Stadtmauern herüber, denn es war eine entmutigende Arbeit, und was ein guter Infanterist war, der haßte sie. Sie nannten es Totengräberarbeit, Arbeit für Sappeure, aber nicht für Elitetruppen. Unglücklicherweise aber waren Sappeure in der Armee rar. «Ach, der Teufel soll die alte Krummnase holen! Waren's vielleicht nicht wir, die Rodrigo eingenommen haben, und ist es nicht an der Zeit, daß andere auch einmal ein bißchen was tun?» fragte Rifleman O'Brien.

Am 24. März hörte der Regen auf, und es wurde schön. Das Ausheben der Gräben ging flott von der Hand, trotz der Schwierigkeit, in schwerem, nassem Lehm arbeiten zu müssen, und trotz des bösartigen Beschusses von Bajados herüber. Die portugiesischen Kanoniere, die die Basteien von Santa Maria und La Trinidad bombardierten, verfielen darauf, einen Mann auf Ausguck zu stellen, der die Sorte jedes Geschosses anzukündigen hatte, das von den Wällen kam. «*Bomba!*» rief er dann, oder «*Balla!*», und die Kanoniere duckten sich, bis das Geschoß vorbeigeflogen war. Manchmal mußte der Beobachter eine Salve aller Waffengattungen zusammen konstatieren, und dann warf er sich, wie Johnny Kincaid erzählte, selbst nieder und kreischte: «*Jesús, todos, todos!*»

Mit dem schöneren Wetter dachte man auch wieder an die Jagd. Ein Rebhuhn oder ein Hase bildeten eine willkommene Zugabe für jeglichen Suppenkessel.

Es war der Stolz des Brigadeadjutanten Harry Smith, daß es nicht eine Offiziersmesse in der Zweiten Brigade der Leichten Division gab, die er nicht laufend mit Hasen versorgte. Bei Infanterieregimentern war es im allgemeinen nur Stabsoffizieren mit einigen guten Remonten möglich, der Jagd oder Treibjagd nachzugehen, und durchaus nicht jeder Stabsoffizier besaß auch eine Meute von Windhunden. Aber Brigadeadjutant Smith war auf die Jagd versessen, und wo immer er hinging, gingen ein Stall und eine Koppel spanischer Windhunde mit. Wenn er einige Stunden dienstfrei hatte, kam er von den Gräben ins Lager herein, brüllte nach einem Bissen Essen, verschlang es im Stehen und ritt auf einem frischen Pferd los, mit jedem Freund, der gerade zu bewegen war, um des Vergnügens willen auf die wohlverdiente Ruhe zu verzichten und sich Harry zu einer hitzigen Jagd anzuschließen.

Aber wie schwer auch immer der Boden sein mochte, die Jagd war gut, da es Hasen in Menge gab und Harrys Windhunde im allgemeinen meist erfolgreich waren, mochten auch jene Leute auf sie herunterschauen, die verbohrt auf die überlegene Schnelligkeit und Intelligenz englischer Jagdhunde schworen.

Der Brigadeadjutant war ein sehniger junger Mann, demnächst fünfundzwanzig, mit einem dunklen, lebendigen Gesicht, einem Körper, der in sieben Jahren Dienst bei dem 95. Regiment der Rifles hart geworden war, einem unerschöpflichen Vorrat an Energie und einem Glück, dem Tod zu entgehen, das fast unheimlich war. Wäre er nicht ein so tüchtiger Offizier gewesen, hätte man ihn als einen Windbeutel abgetan, und er wurde wirklich auch oft von seinen fluchenden Freunden und seinen diversen Brigadekommandeuren für wahnsinnig erklärt.

Sein rastloser Tatendrang brachte seine Freunde zum Stöhnen. «O zum Teufel mit dir, Harry, kannst du nicht einmal stillhalten?» klagte Charlie Eeles, der aus seinem Zelt zur Jagd herausgeholt wurde. «Ja, ja, ist schon gut, ich komme! Wer kommt sonst noch mit?»

«Stewart. Mach schon, Mann! Ich muß spätestens um sechs Uhr zurück sein!»

Brummend und fluchend erhob sich Leutnant Eeles von seinem Lager, denn obwohl er sechs Stunden lang in den Gräben Dienst getan hatte und müde und verfroren war, war es doch immer viel amüsanter, Harry zu begleiten, als im Lager zu bleiben. Als er in den Sattel stieg, hatte sich ihnen auf einer Vollblutstute der Ehrenwerte James Stewart, Captain, zugesellt und wollte wissen, was denn Harry noch aufhielte.

Da das Lager der Leichten und der Vierten Division südlich von Bajados nahe der Straße nach Albuera lag, mußten die drei jungen Leute nicht weit reiten, um über den Guadiana zu setzen. Zwar regnete es nicht, aber das Wetter war trüb und der Himmel bedeckt. Bajados, das mitten in einer grauen Ebene auf einer Erhebung hockte, lag zu ihrer Rechten, als sie zum Fluß ritten. Ein Kastell, das auf einem hundert Fuß hohen Felsen emporragte, beherrschte die Ostseite der Stadt und den Zusammenfluß des Guadiana mit dem kleineren Fluß Rivillas. Auf dieser Seite von Bajados lag die Dritte Kampfdivision des Sir Thomas Picton, und hier waren die Parallelgräben zuerst ausgehoben worden. Die französischen Verteidiger der Stadt hatten die Brücke gebaut, die den Rivallas in der Nähe des San-Roque-Tors südlich vom Schloß überquerte, und die zwei schwächsten Basteien der Stadt – San Pedro und La Trinidad – dadurch verstärkt, daß sie den Rivillas zu einem breiten Tümpel abgedämmt hatten, der von einer halbmondförmigen Schanze, der Lünette San Roque, geschützt wurde. Dieses überflutete Gelände erstreckte sich von der Bastei San Pedro bis zu La Trinidad und floß in Wassergräben ein, die unmittelbar unterhalb der Stadtwälle ausgehoben waren. Ein Versuch, am 2. April, den Damm zu sprengen, war fehlgeschlagen, das Gelände blieb weiterhin überflutet, blockierte so den Zugang von der ersten und zweiten Reihe der Schützengräben und erstreckte sich von den Wällen von Bajados bis zur Straße nach Sevilla.

Am 26. März war ein Vorwerk jenseits des überfluteten Terrains, das Picurina-Fort, von einem Sturmtrupp der Dritten Division unter Generalmajor Kempt eingenommen worden. Westlich von La Picurina und entsprechend südlich der Stadt war ein starkes Außenfort, Pardeleras, immer noch in französischer Hand; und auf dem rechten Ufer des Flusses nördlich der Stadt wurde alles vom Fort San Cristobal überragt; es stand auf einem Hügel, der das Kastell und die alte Römerbrücke über den Guadiana beherrschte. Bei früheren Belagerungen waren die Angriffe gegen San Cristobal vorgetragen worden und fehlgeschlagen; aber in diesem kühlen Frühjahr des Jahres 1812 hatte Lord Wellington direkt von der Eroberung von Ciudad Rodrigo hinweg seine Truppen südwärts durch Portalegre und Elvas die portugiesische Grenze entlang in Marsch gesetzt, um Bajados im Süden und Osten einzuschließen. Jedermann wußte, daß der Sturm auf die schwächeren Bastionen Santa Maria und La Trinidad angesetzt werden sollte, denn diese, und die Kurtine zwischen ihnen, wurden erbarmungslos bombardiert; ebenso wußten alle, daß bei diesen Operationen der Termin ein noch bedeutenderer Faktor als sonst war. Marmont, der sein Hauptquartier in Valladolid hatte, konnte von spanischen Deckungstruppen im Norden gebunden werden; aber Meldungen besagten, daß Soult mit der französischen Südarmee von der Belagerung von Cadiz weg aufgebrochen war und zum Entsatz von Bajados heranzog.

Das schlechte Wetter hatte die Belagerungsarbeiten verzögert; es hatte die üblichen Schwierigkeiten mit dem Transport und aber Dutzende von sonstigen Hemmnissen und Ärgerlichkeiten gegeben. Der Pionierpark war zwar mit Schanzwerkzeugen versorgt, die von Lissabon gesandt worden waren, aber der Chefingenieur war zu seinem Pech in den ersten Tagen der Einschließungsarbeiten in der Leistengegend verwundet worden und nun gezwungen, die Operationen seiner Untergebenen von seinem Bett im Zelt aus zu leiten. Admiral Berkeley, der die Schwadron in Lissabon befehligte, sandte statt der britischen Kanonen, um die er als Leihgabe an die Armee ersucht worden war, zwanzig russische Kanonen, die ein anderes Kaliber als die britischen Achtzehnpfünder hatten, so daß die vorhandene Munition nicht paßte; und ein portugiesischer Artillerieoffizier, der sich hilfreich erweisen wollte, trug zu Oberst Dickinsons

Kümmernissen bei, indem er in einem Lager in Elvas irgendwelche Eisen- und Messinggeschütze von erstaunlich ehrwürdigem Alter ausgegraben hatte.

Die Belagerungsarbeiten standen unter dem Generalkommando des Sir Thomas Picton, dessen Division sich beim Ausheben der Gräben mit der Leichten und der Vierten Division in den Dienst teilte.

Die Leichte Division, die sich aus den 95er Rifles, dem 52. und dem 43. Regiment mit den Ersten und Dritten portugiesischen Caçadores zusammensetzte, wurde derzeit von Oberst Andrew Barnard geführt, der das Kommando so lange innehaben sollte, bis irgendein dienstälterer Offizier zu seiner Ablösung ernannt werden würde. Er füllte die Stelle jenes bedeutenden und ziemlich schrecklichen kleinen Mannes aus, des Generals Craufurd, der beim Sturm auf Ciudad Rodrigo gefallen war. Obwohl die Leichte Division dabei nicht die schweren Verluste hatte wie die Dritte, hatte sie doch einige empfindliche Einbußen erlitten. Craufurd war tot; Vandeleur, Kommandeur der Zweiten Brigade, schwer verwundet; Oberst Colborne vom 52. Regiment hatte eine Kugel in der Schulter stecken, derentwegen er heim nach England würde gehen müssen; Major Napier hatte einen Arm verloren; Hauptmann Uniacke von den 95ern war bei dem großen Durchbruch von einer explodierenden französischen Mine getötet worden.

Der Tod war im spanischen Feldzug ein zu alltägliches Vorkommnis, als daß die Freunde eines Mannes zu lange über ihn getrauert hätten; auch war Brigadeadjutant Smith kein junger Herr, der melancholischen Überlegungen zu lange nachgehangen wäre; aber Uniacke war ein enger Freund von ihm gewesen, und es würde noch lange dauern, bis er ohne ein unbehagliches Zusammenkrampfen seiner Halsmuskeln an das letzte Abendessen mit ihm zusammen, unmittelbar vor dem Sturm auf Rodrigo, würde denken können. «Harry, noch vor dem Morgen wirst du Hauptmann sein!» hatte Uniacke prophezeit. Er war in glänzender Laune gewesen; er hatte nicht geahnt, daß sein eigener Tod Harry eine Kompanie bescheren würde.

Harry hatte sich natürlich freiwillig zu dem Sturmtrupp gemeldet, aber General Craufurd hatte sich geweigert, ihn von Harry führen zu lassen. «Sie, ein Brigadeadjutant, ein rangälterer Leutnant! Nein, ich muß ihn einem Jüngeren geben.»

Er hatte ihn Gurwood gegeben, von den 52ern, nicht gerade ein Freund Harrys: ein scharfer Bursche, der seine Tapferkeit ins beste Licht zu stellen wußte, wie Harry dachte. Aber es war Harry gelungen, am Hauptangriff doch sehr lebhaft teilzunehmen, indem er einfach die Kompanie eines Hauptmanns Duffy – sehr zur Wut dieses Herrn – genommen, die Männer im Sturm auf die französische Flanke hinter der Befestigungslinie geführt und diese unter Längsfeuer gesetzt hatte. Mit seinem üblichen Glück war er von der explodierenden Mine, die Uniacke und so viele andere getötet hatte, nur umgeworfen und angesengt worden. Er hatte seinen Dreispitz verloren, sich von einem Sergeanten der 52er dessen Feldmütze aus Katzenfell geliehen und eine ereignisreiche Nacht damit beendet, daß ihn wegen eben dieser Fellmütze und seiner dunklen Uniform ein riesiger Gemeiner der 88. Connaught Rangers irrtümlich für einen französischen Soldaten hielt, weshalb er ihn bei der Gurgel packte und drauf und dran war, Harry aufs Bajonett zu spießen. Zum Glück war Harry Luft genug geblieben, ihm die gräßlichsten Flüche an den Kopf zu werfen – was das kleine Mißverständnis durchaus befriedigend aufklärte.

2

Harry hatte seine Kompanie im Februar bekommen, aber weil sie vorher Uniacke gehört hatte, sprach er sich kaum darüber aus – was ihm sonst nicht ähnlich sah – und nahm die Glückwünsche seiner Freunde nicht ganz so lebhaft wie üblich entgegen.

«Harry hat doch ein verteufeltes Glück», sagte Stewart in seiner faulen Art. «Außer bei seinen Pferden. Wo hast du nur dieses schwerfällige Biest her, Harry?»

«Ich hab's dem armen alten Vandeleur abgekauft.»

«Ich verkaufe dir ein wirkliches Pferd», bot ihm Stewart schmeichelnd an.

«Das wirst du nicht! Ich hab schon deine Tiny.»

«Na, reit dieses Biest nur ja nicht im Gefecht», sagte Stewart. «Kein Wunder, daß es Vandeleur verkauft hat.»

«Apropos Gefecht», sagte Eeles, «wann soll es eigentlich losgehen? Für meinen Teil – ich hab diese Belagerung satt.»

«Himmel, ich auch!» antwortete Harry. «Die Leute sagen, jetzt sei einmal eine der anderen Divisionen für die Schanzarbeiten an der Reihe. Verdammt, haben wir nun eigentlich Rodrigo eingenommen oder hab ich das nur geträumt?»

«Ich glaube mich zu erinnern, daß wir das haben», sagte Stewart. «Allerdings muß ich zugeben, daß ich dabei auch einige von den Burschen Pictons erblickte.»

«Ach zum Teufel mit Pictons Burschen!» sagte Eeles mit der ganzen heiteren Verachtung eines Rifleman für die übrige Armee. «Ich hoffe, dieses Geschäft überläßt Seine Lordschaft diesmal uns. Pictons Haufen hat ohnehin allen Glanz und Gloria der Picurina-Geschichte eingesteckt.»

«O nein, haben sie nicht!» gab Harry zurück, und seine ausdrucksvollen Augen funkelten. «Ich schickte eine Arbeitspartie um eine Sturmleiter zum Pionierpark. Als sie sie herbeibrachten, befahl Kempt, sie aufzurichten, und die Jungen von der Dritten sagten zu unseren Leuten, sie sollten zurücktreten, damit sie hinaufklettern konnten. Das paßte den Unseren aber schon gar nicht! Sei sagten: ‹Hol euch der Teufel, bildet ihr euch vielleicht ein, wir vom Genietrupp, von der Leichten, holen Leitern, damit so Kerle wie ihr hinaufklettert? Uns nach!›»

Seine Gefährten johlten vor Freude über die Geschichte, aber Stewart sagte: «Harry, du alter Lügner!»

«Nein, auf mein Wort! So wahr ich hier stehe, es ist wahr! Mir hat es ein Sergeant erzählt – Brotherton.»

Eeles bemerkte, Brotherton sei ein guter Kerl, aber Stewart lachte nur. Harry verteidigte die Geschichte immer noch, als sie in der Nähe des Kaninchenbaues anlangten, denn sein Temperament verführte ihn ebenso leicht zu heftigem Disput wie zu ungestümen Handlungen. Ein Hase, der plötzlich aufkam, setzte der Diskussion ein Ende; für den Augenblick verdrängte die Jagd alle Belagerungen und Sturmangriffe aus den Gedanken. Harry, immer darauf erpicht, die Schnelligkeit seiner Hunde vorzuführen, gab dem ungewöhnlich starken Wild etwa zwanzig Meter Vorsprung, bevor er die Meute von der Leine ließ. Zweimal schlug der Hase einen Haken, und obwohl die Hunde dutzendmal an ihn herankamen, arbeitete er sich erfolgreich weiter zum Bau vor.

«Herrgott, ich muß ihm den Weg abschneiden!» rief Harry, der schon das nächste Mittagessen seinem Zugriff entschwinden sah.

«Nein, tu's nicht!» sagte Eeles, dem nur am Jagen selbst, nicht an der Beute lag. «Verdammt, das kannst du nicht tun!»

«Zum Donnerwetter, und ob ich kann!» rief Harry über die Schulter zurück.

«Paß auf, du Narr, die Kaninchenlöcher!» schrie Stewart, als er sah, daß Harry seinem Pferd die Sporen gab und im Galopp in Richtung des Baues dahinflog.

Aber Harry war schon dahin, verließ sich auf sein Pferd und richtete seine ganze Aufmerksamkeit auf den Hasen. Irish Paddy geriet mit einem Huf in ein Kaninchenloch, stürzte schwerfällig und rollte über Harry hinweg.

Wie ein Blitz war Stewart bei ihm und aus dem Sattel, jeder Gedanke an den Hasen vergessen. «O du Narr, du verdammter Narr!» sagte er und kniete neben dem leblos daliegenden Harry.

«Ist er tot?» fragte Eeles ängstlich.

«Nein – ja – ich weiß nicht» antwortete Stewart und riß Harrys knappsitzende grüne Jacke auf. «Nein, das Herz klopft noch! Harry! Komm schon, Junge, wach auf! Mach schön die Augen auf!»

Sie sahen bald, daß solche Beschwörungen nichts nützten. Als sie Harry aufhoben, hing sein Kopf erschreckend schlaff hintenüber; und obwohl Eeles, der sich einiger Kenntnis der Heilkunde rühmte, verkündete, Knochen seien nicht gebrochen, brachte kein noch so gutes Zureden, Händereiben, Wangenklopfen ein Anzeichen dafür, daß das Bewußtsein zurückkehrte.

«Es nützt nichts, wir werden ihn zur Ader lassen müssen», sagte Stewart.

«Versuch Brandy!» drängte Eeles und zog eine Flasche heraus.

Der Brandy floß ungeschluckt aus Harrys Mundwinkeln. «O Harry, warum bist du aber auch so ein unüberlegter Teufel?» sagte Eeles außer sich. «Das kommt davon, daß er dem Hasen den Weg abschneiden wollte! Verdammt unsportlich! Ich hab ihm gesagt, er soll's nicht!»

«Reden nützt jetzt nichts! Halt ihn, während ich ihn zur Ader lasse!» sagte Stewart.

Eeles stützte Harrys leichten, sehnigen Körper, während Stewart ihm die

Jacke auszog. Eine Peitschenschnur ergab eine brauchbare Aderpresse um den einen leblosen Arm, und Stewart hatte gerade ein Taschenmesser geöffnet, das ziemlich stumpf aussah, und damit einen leichten Schnitt in das Fleisch geführt, als Harry den Kopf, der an Eeles Schulter lag, bewegte; Eeles, der Stewarts Vorbereitungen mit einigem Unbehagen verfolgte, rief aus: «Halt! Wart einen Augenblick, er kommt zu sich!»

Ein, zwei Blutstropfen quollen aus dem Kratzer auf Harrys Arm; er öffnete die Augen, blickte eine Zeitlang benommen vor sich hin, dann aber gewannen sie überraschend schnell ihr Leuchten und ihre Klarheit zurück. Sie blinzelten zu Stewarts ängstlichem Gesicht empor, wanderten zu dem Messer in seiner Hand und wurden weit. Im nächsten Augenblick war Harry auf den Beinen, zwar noch ziemlich schlotternd, aber im Vollbesitz seiner Vernunft. «Hände weg, du Schurke!» rief er aus und schwankte auf den Beinen. «Was zum Teufel –?» Er gewahrte die Schnur um seinen Oberarm, zupfte an ihr herum und lachte schwach. «Gott bewahre mich vor meinen Freunden! Du alter Mörder! O schau! Wenn ich daran nicht verblute! Wo ist Moro?»

In der Aufregung hatten seine Freunde auf Hasen und Hunde vergessen, aber auf seine Frage hin schauten sie unwillkürlich herum, nur um zu gewahren, daß der intelligente Moro den Hasen ohne jegliche Mithilfe seines Herrn umgebracht hatte. Erleichtert beschimpften sie Harry, aber der tupfte mit seinem Taschentuch an dem Kratzer auf seinem Arm herum und zeigte keinerlei Reue, sondern schimpfte nur über die Schwerfälligkeit seines Pferdes.

Paddy, der sich aufgerappelt hatte, graste seelenruhig in einiger Entfernung. Zwar stimmte Stewart zu, daß er das ungeschickteste Biest unter Gottes Sonne sei, sagte aber, Harry hätte es verdient, tot zu sein. Er hatte sich sichtlich nicht verletzt; zwar war er zunächst noch schwindlig, erklärte aber bald, es gehe ihm gut genug, um in den Sattel zu klettern und ins Lager zurückreiten zu können.

«Was hat dich bloß dazu verführt, ein so dummes Biest zu kaufen?» fragte Stewart, als er Paddy heranführte. «Was ist mit Tiny los? Die hätte dich nicht so im Stich gelassen.»

«Sehne verzerrt», antwortete Harry und schwang sich in den Sattel.

Stewart hob die Augen zum Himmel. «Sie zuschanden geritten, was?»

«Willst du endlich zu schimpfen aufhören?» entgegnete Harry. «Ich sage dir doch, es ist nichts passiert. Wie spät ist es? O Gott, ich komme zu spät! Los, Charlie!»

«Der Kerl mit dem tollsten Glück in der ganzen Armee!» sagte Stewart.

3

Der Sturz schien für Harry keine üblen Nachwirkungen zu haben, ja, es ging ihm um keinen Deut schlechter, und der Hase, den Moro gefangen hatte, ergab eine vorzügliche Suppe. Stewart prophezeite für den nächsten Tag einen

Brummschädel und zerschundene Knochen, aber er behielt nicht recht. So eine Kleinigkeit wie ein Sturz vom Pferd konnte einem alten Soldaten nichts anhaben, prahlte Harry und sah dabei unverschämt jung aus.

Die Bemerkung veranlaßte nicht einmal Stewart zu einem Lächeln. Harry war wirklich ein sehr alter Soldat. Im Alter von neunzehn Jahren war er bei Montevideo dabeigewesen; sechs Monate später hatte er mit General Whitelocke dessen unglückselige Expedition nach Buenos Aires mitgemacht. Er war in Schweden mit Sir John Moore, er war bei Corunna, er war in der Schlacht am Coa gewesen, wo er eine Kugel ins Fußgelenk bekommen hatte und nach Lissabon geschickt worden war, um sich auszukurieren. Nicht, daß er sich etwa in Lissabon wirklich auskuriert hätte. Du lieber Himmel, nein! Der junge Herr Smith war keiner von jenen Belemniten, die in Spitälern herumliegen, wenn irgendwo im Inneren Schlachten geschlagen werden. Sowie er nur wieder auftreten konnte, gab es nichts für ihn, als zu seinem Regiment zurückzukehren. Er fand es bei Arruda vor.

«Sie sind ein total verrückter Kerl – mit einer Kugel im Bein daherzukommen! Können Sie tanzen?» fragte sein Oberst.

«Nein, nur gehen – wenn ich den Fuß auswärts drehe», hatte Harry kühl geantwortet.

«Na! Können Sie mein Adjutant sein?»

«Ja, denn reiten und essen kann ich», hatte Harry gesagt und gegrinst, um sich den quälenden Schmerz im Knöchel nicht anmerken zu lassen.

Und geritten war er – bis er mit seinem Oberst nach Lissabon zurückging und ihm die Kugel aus der Sehne herausgeschnitten wurde.

Sobald er wieder gehen konnte, kehrte er zu seinem Regiment zurück, gerade rechtzeitig, um an dem Scharmützel bei Redinha teilzunehmen. («Aha, jetzt, wo Sie ein bißchen gehen können, verlassen Sie mich!» sagte Oberst Beckwith. «Gehen Sie, und der Teufel sei mit Ihnen – aber gerade deshalb kann ich Sie so gut leiden!»)

Seit Redinha war er bei mehr als einem halben Dutzend scharfer Gefechte und drei größeren Schlachten dabeigewesen; Sabugal, Fuentes de Oñoro und beim Sturm auf Ciudad Rodrigo. Er war bei allen diesen Geschichten ohne einen Kratzer durchgekommen. Wenn die halbe Armee an dem tödlichen Alemtejo-Fieber krank darniederlag, genoß Brigadeadjutant Smith irgendeine großartige Jagd an der spanischen Grenze. Fiebrig? Ha, Teufel! Er hatte sich noch im ganzen Leben nicht wohler gefühlt.

Wenn ihn jetzt sein Dienst in die Schützengräben vor Bajados führte, war er oft von oben bis unten voll Schmutz von den Granaten, die im aufgeweichten Boden krepierten, aber kein Splitter, keine Kartätschensalve drangen in seinen hageren Körper. Kugel- und fieberfest, das war Harry Smith – ein toller Bursche, ein ganz famoser Kerl! sagte der Gemeine O'Brien und bewunderte die Flut der Kraftausdrücke seines Brigadeadjutanten, wenn ihn die Explosion einer Granate umschmiß. Ein verdammt guter Offizier vom Dienst, sagte Hauptmann Barnard; verrückt wie ein Irrer! klagten Harrys Freunde erbittert.

Nichts würde Harry davon abhalten können, einem der Sturmtrupps anzugehören, die demnächst die Breschen in den Wällen von Bajados angreifen würden. Am 6. April gab es deren drei: eine in der Bastei Santa Maria, eine in der Bastei La Trinidad, weiter westlich, und die dritte schließlich in der Kurtine zwischen diesen beiden. An diesen Punkten sollte der Hauptangriff geführt werden, und die Truppen, die dazu ausersehen waren, ihn zu machen, waren die Leichte und die Vierte Division. Das war genau das Richtige, aber es gab einige düstere Gemüter, die der Ansicht waren, die alte Krummnase verschwende ihre Zeit mit dieser ganzen Bombardiererei der Wälle. George Simmons, eigentlich ein seriöser junger Mann, sagte, die Art, wie die Leute General Phillipons die Breschen reparierten, würde sie noch schrecklicher machen als jede intakte Bastion. Die Franzosen hatten offenkundig vor, die Stadt ziemlich verbissen zu verteidigen, denn die britischen Pioniere meldeten am Morgen des 6., hinter den Breschen werde jede nur erdenkliche Art von Hindernis aufgetürmt. Solange Tageslicht herrschte, hämmerten die Kanonen auf sie ein, und das behinderte die Reparaturen an den Lücken sehr stark; aber als der Angriff von halb acht Uhr abends auf zehn Uhr verschoben wurde, schauten die Pioniere etwas ernst drein. Mit Einbruch der Dunkelheit war das Nachlassen der Kanonade unvermeidlich, und die Franzosen würden sich wieder an die Arbeit machen – und diese Grenadiere vermochten wahrhaftig etwas zustande zu bringen! Es sah ganz danach aus, daß es eine blutige Sache werden würde, so gut sie auch geplant sein mochte.

Der Angriff war nicht nur gut, sondern auch sehr weitreichend geplant. Obwohl man erwartete, daß die Stadt durch den Sturmangriff der Leichten und der Vierten Division auf die Breschen eingenommen werden würde, sollten außerdem nicht weniger als fünf Unterstützungsangriffe durchgeführt werden. Die Grabenschützen sollten versuchen, die Lünette von San Roque zu stürmen; der gute Picton sollte den Versuch machen, das Schloß über Sturmleitern zu erstürmen – sehr aussichtslos, diese Hoffnung: sah durchaus nicht nach Erfolg aus –; Powers portugiesische Brigade würde den Brückenkopf jenseits des Guadiana gegenüber den beschädigten Bastionen aufs Korn nehmen müssen; die portugiesischen Truppen der Fünften Division Leith' sollten einen Scheinangriff auf das starke Pardeleras-Fort führen; und – dies eine Entscheidung in letzter Minute – die übrige Division Leith' sollte trotz der Minen vor den Ostwällen der Stadt versuchen, die Flußbastion San Vincente zu brechen.

Von diesen fünf Angriffen zweiter Ordnung, die gleichzeitig mit dem Hauptangriff geführt werden sollten, erwartete man zwar keinen Erfolg, sie sollten lediglich die Aufmerksamkeit der Verteidiger der Breschen ablenken.

Der Zugang zu den Breschen vom Lager der Leichten und der Vierten Division aus lag zwischen dem Rivillas mit seiner ausgedehnten Überflutung zur Rechten und einem Steinbruch in einem ansteigenden Gelände zur Linken. Es war besprochen, daß sich die Vierte Division längs des Wassers halten würde, und sie sollte, sobald sie den Graben, der rund um Bajados ausgehoben worden war, erreicht haben würde, nach rechts schwenken und die Bresche in der

Kurtine bei La Trinidad angreifen. Die Leichte Division sollte westwärts vorstoßen, um die Bresche in der Flanke der Bastei Santa Maria anzugreifen. Jede Division sollte eine Vorhut von fünfhundert Mann in Begleitung mehrerer Abteilungen mit Heusäcken und Leitern stellen. Letztere dienten nicht nur der Erstürmung der Breschen, sondern auch dem Abstieg in den Stadtgraben, der angeblich vierzehn Fuß tief war.

An Freiwilligen für den Sturmangriff fehlte es nicht – schwierig war es einzig, aus der Menge der Kampflustigen die benötigte Zahl zu wählen, denn jeder verlangte stürmisch, die Wälle als erster ersteigen zu dürfen, und jeder behauptete von sich, der Geeignetste für die Aufgabe zu sein. Die britische Armee haßte es, gezwungenermaßen Schützengräben auszuheben, gereizt von dem Feuer von Bajados und deprimiert durch die sumpfigen, feuchten Bodenverhältnisse, und wünschte nichts sehnlicher, als an den Feind zu kommen. Auch hatte sie nichts dagegen, an jene spanischen Einwohner zu geraten, die sich noch innerhalb der Wälle befanden. Seit Talavera, wo der spanische General Cuesta die britischen Verwundeten, die seiner Obhut anvertraut worden waren, den Franzosen überlassen hatte – die sie freilich viel rücksichtsvoller behandelt hatten, als es die spanischen Verbündeten selbst taten –, war bei Lord Wellingtons Soldaten zu der Verachtung für die Spanier auch noch Abscheu hinzugekommen. Sollte Bajados am Ende dieser dritten Belagerung fallen, durften die Einwohner auf keine Gnade der Eroberer hoffen. Kam hinzu, daß die Männer Lord Wellingtons den Spaniern nicht nur deshalb grollten, sondern sie auch das Wissen erbitterte, daß sich die Einwohner von Bajados den Franzosen sehr zahm ergeben hatten. Wenn sich eine besiegte Stadt auf Gnade und Ungnade ergab, konnte sie auf Milde hoffen; aber Gott mochte ihr helfen, wenn sie bis zum Ende ausharrte! Denn dann gehörte sie nach dem Kriegsrecht den Siegern zur Plünderung und zum Verheeren, wie immer es ihnen gefiel.

Den Offizieren war die Stimmung der Mannschaften bekannt. «Die werden es bereuen, wenn sie Widerstand leisten», sagte Cadoux in seiner sanften, gezierten Art, bewunderte einen Ring an seinem Finger und glättete sorgfältig eine Falte seines eleganten grünen Umhangs. Er ließ einen launigen, spöttischen Blick unter seinen langen Wimpern zu Brigadeadjutant Smith hinüberfunkeln. «Ich fürchte, es wird eine sehr blutige Sache werden», seufzte er. «Glauben Sie, soll ich meinen neuen Mantel dazu anziehen, Smith? Es wäre gräßlich, wenn er verdorben würde. Eine verdammt lästige Sache, dieser abscheuliche Angriff, nicht?»

Harry konnte Daniel Cadoux nicht ausstehen. Wenn Cadoux sprach, lispelte er ganz leicht. Harry sagte, das lasse er noch gelten. Aber, sagte er, Cadoux mit seinem Dandy-Aufzug und seinem hübschen Schmuck mache ihm übel. Er könne sich nicht vorstellen, warum Cadoux je zur Armee gegangen sei, und noch weniger, warum gerade zu den Rifles; oder wie es komme, daß er seine Leute dazu bringe, ihm zu folgen. «Einer von den ‹Los, geht!›», sagte Harry verächtlich.

«Was ist das?» erkundigte sich ein sehr junger Subalterner, ein richtiger grüner Junge.

«Das, mein Junge», sagte Harry, «wirst du sehr bald selbst heraushaben.» Etwas sanfter fügte er hinzu: «Die Männer sagen, es gebe nur zwei Arten von Offizieren: die ‹Los, geht›, und die ‹Los, kommt› brüllen.»

«Oh!» sagte der sehr junge Subalterne, verdaute das und überlegte, daß man wohl nicht erst zu fragen brauchte, in welche Kategorie der energische, feurige junge Mann vor ihm gehörte.

Das brauchte man wirklich nicht erst zu fragen. Harry Smith, der mit einigen Freunden wenige Stunden vor dem Angriff am Abend des 6. April zu Abend aß, war in tollster Laune, seine Augen leuchteten und funkelten wie immer, wenn es gefährliche Arbeit zu verrichten gab. Gleich würde Brigadeadjutant Smith brüllen: «Los, kommt!» und: «Los, Saubande, kommt!»

4

Vor dem Angriff wurde an die Männer eine doppelte Ration Grog ausgegeben, aber einem zufälligen Beobachter hätte es nicht geschienen, daß die Mannschaften erst noch mit Rum ermuntert zu werden brauchten. Alles im Lager war geschäftig und in bester Laune, alte Krieger überprüften noch einmal ihre Gewehre, und Josh Hetherington gab zu Ehren des bevorstehenden Ereignisses eine Bauchrednervorstellung, die ebenso beliebt wie lästerlich war. Der «Totschläger» Palmer beschwor einen ausnahmsweise nüchternen Tom Crawley, doch einmal einen Franzosen ganz allein zu töten, ein Scherz, der sich im spanischen Krieg nie überleben würde; und Burke, der sich schon für mehr Sturmangriffe als sonst irgendeiner freiwillig gemeldet hatte, prahlte mit seinen vergangenen Erlebnissen und beflegelte sich zur Abwechslung gutmütig mit einem Freund vom 52. Regiment.

Lord Wellington pflegte seine Armee ja nie ins Vertrauen zu ziehen, noch waren seine ausführlichen Pläne zur Einnahme von Bajados den Mannschaften mitgeteilt worden, aber auf die gewohnt unerklärliche Weise wußten sie alle von diesen Plänen, ebenso wie sie um einen Tag früher als die meisten Offiziere den Termin für den Angriff gewußt hatten.

«Komisch, nicht?» bemerkte Jack Molloy und füllte sein Glas aus der Weinflasche Harrys nach. «Habe noch nie erlebt, daß sie sich getäuscht hätten. Ich möchte wissen, woher sie ihre Informationen haben.»

«Och, von Ordonnanzen und Offiziersburschen!» sagte Kincaid, der eben hereingeschlendert kam, als hätte er nichts zu tun und sei nicht soeben von einer gefährlichen Erkundungsstreife mit seinem Oberst über das Glacis bis fast an den Rand des Stadtgrabens vor Bajados zurückgekommen. «Die erfahren das Neueste und geben es weiter. Hallo, junger Racker! Wo kommst denn du plötzlich her?»

Der Angesprochene, Mr. William Havelock vom 43. Regiment, rückte auf Harrys Lederkoffer beiseite, damit sich Kincaid neben ihn setzen konnte. Es gab wenig Platz in dem Zelt, und der schien noch voller Beine zu sein. Kincaid stieg über drei Paar hinweg, nahm einen Zigarillo von seinem Gastgeber entgegen und zündete ihn an der Kerze auf dem Tisch an, die in einem Flaschenhals steckte.

«Nun, und wie geht es unserem Adjutanten vom Dienst?» erkundigte sich Stewart. «Schon gegessen, Johnny?»

«Falls nicht, kriegt er hier auch nichts», sagte Harry. «Er kann nicht einmal Portwein haben, weil – o doch, er kann! Da habe ich doch irgendwo noch einen Krug voll! Streck die Hand aus und greif in die Kiste dort hinter dir, Racker! Eine großartige Marke aus Lissabon – ja, das ist er.»

«Portwein? Das gibt's doch nicht!» sagte Kincaid, und Hoffnung und Mißtrauen malten sich in seinem Gesicht. «Glaub ja nicht, du kannst mich mit irgendeinem portugiesischen Zeug abspeisen! Ich habe mit dem Oberst gegessen.»

«Wir sind also erhaben, wie?» sagte Molloy. «Verschwende deinen Port ja nicht an ihn, Harry!»

«Bei Gott, es ist wirklich Port!» rief Kincaid aus. «Woher zum Teufel hast du den, Harry? Der alte Cameron hat mir einen Säuerling serviert.»

«Aus Elvas», antwortete Harry. «Selbst der Beau trinkt keinen besseren.»

«Es lebe der Türke!» sagte Kincaid und hob den Lissabonner Weinkrug zu einem Toast auf den berühmtesten Marketender der Armee. «Ich dachte, du hättest ihn durch üble Plünderei ergattert.»

«Hat er vielleicht sogar», sagte Molloy. «Du hast doch nicht etwa Geld, wie, Harry? Nicht echtes Geld?»

Nein, Harry hatte kein Geld, aber er hatte sich drei Dollar vom Quartiermeister ausgeliehen, wie es alle Offiziere in Geldnöten taten, denen man schon seit mehreren Monaten den Sold schuldig war. Aber zu den zwei mageren Stück Geflügel, die das Hauptgericht des Abendessens ausgemacht hatten, zu denen war er fast sicher auf unanständige Weise gekommen, da sie von seinem Burschen besorgt worden waren, der ein erfahrener alter Krieger war.

«Dein Bursche wird ja doch heute oder morgen einmal hängen», prophezeite Stewart. «Was gibt's Neues, und wo warst du, Johnny?»

«Nichts Neues, außer daß die Kerle von Leith' versuchen werden, die Flußbastion zu nehmen.»

«Das wissen wir schon, aus dem üblichen Gerede über Sturmangriffe. Die Mannschaften sagen, wenn die Bobs von der Leichten und die Enthusiastics die Stadt nicht einnehmen können, dann existieren überhaupt keine Truppen, die es könnten. Ich nehme an, der Zeitpunkt ist wegen der Pioniere geändert worden. Ich war der Meinung, das ganze Gelände vor der Flußbastion sei vermint?»

«Hauptmann Stewart wird jetzt gleich ein Tadelsvotum für die Pläne Seiner Lordschaft beantragen», sagte Molloy und schaute sich um, wohin er seinen Zigarrenstummel werfen könnte. «Wenn ich den nicht auf dem Stiefel des Rackers ausdrücken kann, muß ich aufstehen und gehen.»

«Na, dann mußt du wirklich gehen», sagte Havelock. «Nimm gefälligst zur

Kenntnis, daß diese Stiefel hier die letzten sind, die ich noch besitze. Außerdem wird mehr Platz, wenn du gehst. O du lieber Himmel, mehr Platz – da kommt George!»

Der Offizier, der in das Zelt lugte, war ein etwas beleibter junger Mann mit einem ernsten Gesicht, das seiner besonnenen Weltanschauung entsprach. Er war mit der Erwartung in die Armee eingetreten, daß ihm diese ermöglichen würde, seine zahlreichen Brüder zu unterstützen, eine Aussicht, die einen weniger seriösen Mann entsetzt hätte und Mr. George Simmons auch wirklich daran hinderte, den Leichtsinn seiner Freunde zu teilen. Er neigte etwas zum Moralisieren, war aber ein guter Offizier und treuer Freund, und die Gesellschaft in Harrys Zelt begrüßte ihn mit kameradschaftlichem Spott.

«Nein, ich kann unmöglich bleiben», sagte er kopfschüttelnd. «Ich hörte nur, daß es bei euch lustig zugeht, und dachte, ich schaue einmal vorbei. Ich habe mit einem von Beresfords Stab gesprochen. Ist es zu glauben – einer von den Adjutanten Beresfords war so gräßlich geschmacklos und ließ bei Tisch fallen, er wüßte gern, wie viele von den Anwesenden wohl morgen noch leben werden! Ihr könnt euch vorstellen, wie ihn der Marschall anschaute!»

Sein entsetztes Gesicht erregte das Gelächter der Gäste Harrys, dieser selbst aber sagte schnell: «Der verdammte Narr! Wer war es?»

«Nein, nein, es wäre nicht recht von mir, wenn ich es euch sagte. Ich bin überzeugt, es tut ihm schon leid. Sehr seltsam, was für unbedachte Dinge einem Menschen über die Lippen rutschen können.»

«Nicht dir, George – dir nicht!» sagte Kincaid und stand auf.

«Nun, das hoffe ich wirklich, denn derartige Bemerkungen müssen doch düstere Überlegungen hervorrufen», sagte Simmons.

5

Die Abenddämmerung und damit das Aufhören des fernen Kanonendonners ließen Harrys Gäste bald auf die Uhr schauen und sich ihrer Pflichten entsinnen. Die Gesellschaft begann aufzubrechen, und der Gastgeber war der erste, der ging. Sollte die Geschichte George Simmons' düstere Überlegungen bei seinen Zuhörern hervorgerufen haben, so ließ sich äußerlich keiner etwas von einer Mißstimmung anmerken. Sie wünschten einander Glück, rissen noch den einen oder anderen Witz zum Abschied, und sehr enge Freunde wechselten einen Händedruck, der vielleicht etwas mehr besagte als ihre leichthin gesprochenen Worte.

Die Nacht war dunkel, aber trocken, obwohl der Himmel schwer bewölkt war. Die Leichte und die Vierte Division mußten die Schlucht hinabmarschieren, die an der Ostseite des Pardeleras-Hügels lag, und als sie sich den Gräben näherten, wurde die Luft dunstig von den ungesunden Dämpfen, die vom Fluß aufstiegen. Die Sturmtruppen mit den Pionieren an der Spitze traten behutsam auf, und alle Gespräche in den Reihen verstummten, da es für den Erfolg der

Pläne Lord Wellingtons ausschlaggebend war, daß alle fünf Angriffe gleichzeitig begannen. Selbst die Grabenwachen waren ungewöhnlich still; aus den Gräben war nichts als leises Murmeln zu hören. Der Marsch war schwierig, weil man kaum einige Schritte weit sehen konnte, aber Bajados war an den kleinen, auf- und abhüpfenden Lichtern entlang der Wälle zu erkennen. Jemand flüsterte, Lord Wellington habe sich oberhalb des Steinbruchs postiert, von wo aus er den Verlauf des Hauptangriffs verfolgen konnte, aber es war selbst für das schärfste Auge zu finster, um seine wohlbekannte Erscheinung in der Dunkelheit auszunehmen. Für die Mannschaften jedoch war es ein erfreuliches Bewußtsein, daß er sie bei ihren Unternehmungen beobachtete. Es spornte sie zum Aufgebot aller Kräfte an und stärkte ihr Vertrauen, denn obwohl er ein kalter, häufig sogar harter Befehlshaber war, so war er doch ein Mann, der sein Geschäft verstand und auf den man sich verlassen konnte.

Der Flußnebel war kalt und wurde dichter, als die Sturmtruppen den Abhang zum Glacis emporkrochen. Von den Wällen drang der Klang einer einzelnen Stimme, laut in dieser Stille, an das Ohr der Belagerer. Es war nur das übliche warnende *Sentinel, gardez-vous!*, das jenen Truppen, die diesseits der Mauern alle Schanzarbeiten verrichtet hatten, wohlvertraut war, in der Dunkelheit und Stille aber klang es ungewohnt, fast schicksalsschwer.

Da Oberst Cameron und sein Adjutant Johnny Kincaid das Gelände bei Tageslicht erkundet hatten, waren die Dienste der Pioniere nicht allzusehr vonnöten, um die Sturmtruppen in ihre Stellungen zu führen. Die Männer schlichen durch den Dunst zum Glacis hinauf und warfen sich nieder, sowie sie in die Front kamen, die Mündungen ihrer Gewehre feuerbereit über dem Rand der Gräben. Die Wolken teilten sich, so daß ein fahles Mondlicht die Szene erleuchtete. Die Truppen der Leichten Division, die zu den Mauern Bajados', das direkt aus dem Flußnebel zu ragen schien, hinaufstarrten, konnten die Köpfe der Franzosen entlang der Wälle ausnehmen. Auf ein scharfes *qui vive?* von einer der Wachen folgte der Knall einer Muskete und der Lärm der Trommeln, die zu den Waffen riefen. Colonel Cameron, der die vier Kompanien der 95er Rifles befehligte, die bereits entlang der äußersten Grabenböschungen aufgezogen waren, um das Feindfeuer auf sich zu ziehen, schlich sich an Barnard heran. «Meine Männer sind bereit – soll ich anfangen?»

Barnard gab gerade mit leiser Stimme Instruktionen. Er hielt die Uhr in der Hand und ein wachsames Auge auf die Männer an den Sturmleitern, die sie sachte in den Stadtgraben zwischen die Palisaden senkten. Keine Sorge, daß Barnard vor dem vollen Stundenschlag losschlagen würde. «Nein, auf keinen Fall!» flüsterte er.

Die Sturmtruppen krochen immer noch den langen Abhang zum Rand des Glacis empor, als in der Ferne, im Osten, der Himmel plötzlich von einer flammenden Brandgranate aufleuchtete, die in die Luft geschossen wurde. Fast unmittelbar darauf folgte Kanonengetöse, vermischt mit dem scharfen Krachen der Musketen. Es war erst ein Viertel vor zehn Uhr, ein Umstand, der Barnard leise fluchen ließ. Es war klar, daß die Annäherung von Pictons Eskaladetruppen vom Schloß aus bemerkt worden war, da es undenkbar war, daß Picton mutwillig den Angriff vor der angegebenen Stunde eröffnet hätte. Während sich noch die letzten Sturmtruppen der Leichten und der Vierten Division zum Glacis hinaufstahlen, wurde die Dunkelheit rechterhand von unheimlichen Flammenausbrüchen erhellt; und das Kanonenfeuer verstärkte sich derart, daß es den Männern, die über dem Stadtgraben hockten, erschien, als sei jede Kanone in Bajados ausschließlich auf den Sturm gerichtet, der dem steilen Schloßhügel galt. Was sich ereignet hatte, daß das verstohlene Vorgehen der Dritten Division gegen die Franzosen entdeckt worden war, konnte nur Vermutung bleiben, aber daß Picton seine Attacke um eine Viertelstunde früher begonnen hatte, weil er sah, daß seine Bewegungen bemerkt worden waren, wurde bald ersichtlich.

O'Hare, der die Sturmtruppe der 95er befehligte, brannte darauf, den Befehl zum Vorgehen zu geben, war aber ein zu alter Hase, um den Mannschaften, die ihn gespannt beobachteten, seine Ungeduld zu verraten. Barnard war so kühl, als handelte es sich um eine Truppenübung; aber Cameron, der neben ihm wartete, konnte kaum an sich halten. Er war überzeugt, daß die Franzosen auf den Wällen seine Leute erblickt hatten und sie nun still beobachteten. Er erwartete, daß seine Männer jeden Augenblick unter Feuer genommen würden, und konnte es nicht ertragen, sie untätig zu halten, bis es dem Feind gefallen würde, auf sie zu feuern. Einmal schickte er Harry Smith los, um eine Abteilung anzuspornen, die etwas hinter den anderen zurückblieb, aber er gab, seiner Nervosität zum Trotz, seine Befehle mit ruhiger, unbewegter Stimme und schien das Kanonenfeuer und die Raketen auf der Ostseite der Stadt nicht zu beachten.

Die letzte Sturmleiter war eben an ihrem Platz, als plötzlich tief und melodisch und über dem Lärm der Kanonen deutlich hörbar die Glocke der Kathedrale von Bajados die volle Stunde zu schlagen begann.

«Jetzt, Cameron!» rief Barnard.

6

Die Salve der britischen Truppen wurde von dem Getöse eines derartigen Feuers beantwortet, wie es selbst die abgehärtetsten Soldaten nie zuvor erlebt hatten. Eine steilaufschießende Flamme enthüllte den Belagerern die Schrecken, die vor ihnen lagen. Einige der Sturmabteilungen schwärmten die Leitern hinunter, einige, zu ungeduldig, um abzuwarten, bis sie an die Reihe kämen, sprangen auf die Heusäcke hinunter, die zuhauf in den Stadtgraben geworfen worden waren, um den Sturz abzufangen. In diesen Stadtgraben, vierzehn Fuß tief unterhalb des Glacisrandes, war jegliches erdenkliche Hindernis geworfen worden, von zertrümmerten Booten bis zu umgestürzten Schubkarren, um das Vordringen der Angreifer zu behindern. Überall dazwischen brannten und spuckten böse kleine Flammen. Ein Freund riß George Simmons zurück, der versuchte, eine davon auszutreten. «Laß das sein, Mann, um Gottes willen! Das hängt an einer scharfen Granate!»

Der Krach einer Explosion erstickte die Worte; ein hohes schrilles Kreischen über dem ganzen Aufruhr – eine Brandkugel von den Wällen herab warf rotes Licht über den Schauplatz. Männer strömten die Leitern hinab, in das Inferno platzender Granaten im Stadtgraben; in wenigen Minuten war das Gelände noch verstopfter von Dutzenden Toten und Sterbenden; und der übelste Geruch brennenden Fleisches begann sich mit dem beizenden Gestank des Schießpulvers zu mischen. Die Luft war voller Splitter und tobte vom Lärm explodierender Granaten und dem eigenartig dumpfen Geräusch des Musketenfeuers, das in den Stadtgraben gezielt war. Die Pioniere, deren Pflicht es war, die Sturmtruppen anzuführen, wurden bis auf den letzten Mann niedergeschossen. Die Truppen, vom Rauch halb erstickt, von den Flammen versengt, ohne ihre Führer nicht wissend, wohin gehen, schossen blindlings auf die eine Bresche, die sie sehen konnten, nur um vor Befestigungsanlagen zurückzuweichen, die schrecklicher waren, als sie es je erlebt hatten.

Die Bresche war von hinten mit einer Brustwehr gedeckt; der Abhang, der zu ihr hinaufführte, war mit Fußangeln bestreut und mit nägelübersäten Balken bewehrt, die vom Rand der Bresche herunterhingen. Die Männer kämpften sich nach oben, schnell dezimiert, als Mann um Mann von dem steten Feuer der Verteidiger hinter der Brustwehr niedergeschossen wurde. Waren die Hindernisse am Abhang überwunden, sah man, daß die Bresche von einem abscheulichen *chevaux-de-frise* aus Säbelklingen geschützt wurde, die aus schweren, am Boden angeketteten Balken in alle Himmelsrichtungen starrten. Die Soldaten hinten versuchten, die Vordermänner vorwärtszudrängen; einer warf sich auf die Säbelklingen in dem irren Versuch, aus seinem eigenen sich windenden Körper eine Brücke für die Männer hinter sich zu bilden. Es war umsonst. Während ihm der Kolben einer französischen Muskete den Schädel eindrosch, wurde die Sturmabteilung, völlig aufgelöst, in die unbeschreibliche Hölle unten zurückgeworfen. Pulverfässer, die auf sie hinuntergerollt wurden, explodierten tödlich; von der Brustwehr brüllten die jubelnden Franzosen Spott und Beschimpfungen, während sie ihre Salven hinunterpfefferten.

Der Graben war nicht nur mit Toten und Verwundeten überfüllt, sondern auch mit Truppen, die immer noch in ihn hinunterströmten. Harry Smith, unverletzt, wurde von einer explodierenden Granate auf jemanden geschleudert und sah, daß es ein Bekannter von der Vierten Division war. Er brüllte durch den Lärm: «Was zum Teufel sucht ihr da?», denn es war doch festgelegt worden, daß die Vierte Division nach rechts schwenken sollte, um die Bresche in der Bastion La Trinidad anzugreifen.

«Wir konnten nicht! Der Graben ist überflutet!» kreischte ihm der Mann ins Ohr. «Die Hälfte der Männer ist ertrunken! Dort ist eine Künette voll Wasser!»

«Mein Gott, dann sind die Divisionen durcheinandergeraten!» keuchte Harry und erkannte nun, warum der Stadtgraben so vollgestopft mit Rotröcken war.

Er wurde an den Fuß einer Leiter gedrückt. Hier, im toten Winkel, lag ein Mann, verkrümmt, die Hände auf die Brust gepreßt. Die lodernden Flammen im Stadtgraben zeigten Harry ein Gesicht, das er kannte. Es war totenbleich, aber die Augen waren immer noch klar.

«Smith! Hilf mir die Leiter hinauf! Ich bin erledigt!»

«Oberst MacLeod! O nein, mein lieber Junge!» schrie Harry und warf seinen Arm um ihn.

«Doch, sage ich dir! Mach schnell!»

Harry gelang es, ihn die Leiter hinaufzubringen, indem er ihn halb stützte, halb trug. MacLeod stöhnte, konnte aber herausbringen: «Die Vierte ist mit den Unseren durcheinandergeraten!»

«Ich weiß! Das kommt von der verdammten Überflutung. Da, mein Armer Freund, Gott sei mit dir! Ich muß zurück.»

Er verließ den Verwundeten und glitt wieder einmal die Leiter hinunter. Als die Vierte Division gesehen hatte, daß der Graben unterhalb der Trinidad-Bastion unpassierbar war, hatte sie instinktiv nach links geschwenkt. Es herrschte die schrecklichste Verwirrung. Eine Feuerfront trennte nun die Angreifer von La Trinidad; kleine Abteilungen, die sich um vereinzelte Offiziere sammelten, stürmten immer wieder den Abhang zur Bresche empor, nur um vor dem gräßlichen *chevaux-de-frise* oben zurückzuweichen. Als eine heldenmütige Schar ein unvollendetes Außenwerk irrtümlich für die Bresche in der Kurtine hielt und emporstürmte, fand sie nur eine Wüstenei von Schanzarbeiten vor, die immer noch zwischen ihnen und der Stadtmauer lag.

Harry kämpfte sich zu Barnard durch, der sich übermenschlich bemühte, seine eigene Division von der Vierten zu trennen. Überwältigt von einem Feuer, dem keine Truppe standhalten konnte, wich die Leichte Divsion an die Leitern zurück. Harry, fast von den Füßen gerissen, erblickte, geisterhaft in der Grelle der Brandkugeln, das Gesicht des kleinen Frere vom 43. Regiment. Sie wurden zusammen die Leiter hinaufgedrängt.

«Schmeißen wir sie hinunter! Die Burschen sollen nicht heraus!» brüllte Harry.

Ein Soldat, mit irren Augen und in Fetzen, hörte das und brüllte: «Verfluchter Kerl, wenn du das tust, nehmen wir dich aufs Bajonett!»

Harrys Schärpe ging auf und verfing sich in der Leiter. Ein böses Knurren und das Blitzen des drohenden Bajonetts hinter ihm ließ ihn in unsinniges Gelächter ausbrechen. Er riß seine Schärpe los und kletterte weiter empor, gedrängt von der unwiderstehlichen Woge der Männer hinter sich.

Oben formierten die überlebenden Offiziere ihre Männer, die in Wirklichkeit nur eine Atempause haben wollten, bevor sie sich wieder in den Stadtgraben hinunterwarfen. Eine Brigade Portugiesen von der Vierten Division rückte im Schnellschritt heran und ging mit einer Unerschrockenheit in den Stadtgraben hinunter, die der Leichten Division Mut verlieh.

Immer wieder kämpften sich die Truppen durch den übelriechenden Graben zu dem Abhang der Bresche und hinauf zu den Verteidigungsanlagen. «Warum kommt ihr nicht nach Bajados herein?» spotteten die Franzosen.

Es vergingen mehr als zwei Stunden mit diesem gräßlichen Gemetzel. An der Bresche lagen die Toten zuhauf und wurden im Graben zwischen den brennenden Trümmern niedergetrampelt. Zwischen den Angriffen, die nun von immer kleiner werdenden Gruppen unternommen wurden, die sich um jeden Offizier, der noch lebte und seine Männer noch führen konnte, scharten, standen die Truppen unbewegt und ertrugen verbissen das Feuer von den Wällen. An ein zurückweichen wurde nicht gedacht; von solch einer verbissenen Wut waren die Männer besessen. Das Grauen des Anstürmens, das sie zuerst erschreckt hatte, weckte nun selbst in der mildesten Brust nur die primitivsten Instinkte. Jede Menschlichkeit schien aus den Augen gewichen zu sein, die unter den ledernen Schirmen der Tschakos zu den Wällen hinaufstarrten; die Brandkugeln und die Raketen erleuchteten blitzartig Gesichter, die nicht so sehr von dem Rauch, der sie geschwärzt hatte, wie von der Wut unkenntlich geworden waren, die jegliches andere Gefühl ausgelöscht hatte und gutmütige Gesichter in seltsame Masken tierischen Hasses verwandelt hatte.

Wenn der Hagel der Geschosse die Belagerer zu den Sturmleitern zurücktrieb, kletterten sie an ihnen hoch, nur um sich wieder zu formieren und zurückzukehren. Die Hauptkolonnen der beiden Divisionen hatten über eine Stunde lang Verstärkungen in den Graben strömen lassen; Harry Smith, versengt, verdreckt von Schmutz und Blut, aber weder von Musketen- noch von Granatfeuer versehrt, nahm an, daß er und der kleine Frere die zwei einzigen Offiziere der ursprünglichen Sturmabteilung waren, die nicht tot oder verwundet waren. Von seinem eigenen Regiment war ein Offizier nach dem anderen ausgefallen, einige tot, einige tödlich verwundet, einige gerade noch imstande, sich aus dem Stadtgraben hinter die Linien zu schleppen. Um Mitternacht war ein Stabsoffizier mit dem Befehl Lord Wellingtons zu Barnard herangaloppiert, die Leichte Division zurückzunehmen, aber weder Barnard noch die Mannschaften, die ihm folgten, wollten nachgeben. Wieder griffen sie an, und wieder wurden sie zurückgetrieben, immer in ständig sich verringernder Zahl. Etwas vor Tagesanbruch, als sich die erschöpften Truppen hinter das Glacis zurückgezogen hatten, ritt Lord Fitzroy Somerset, Wellingtons militärischer Sekretär, heran und rief aus, als er Harry begegnete: «Smith, wo ist Barnard?»

«Ich weiß nicht», antwortete Harry. «Er lebt, das ist alles, was ich Ihnen sagen kann. Bei Gott, das ist eine höllische Nachtarbeit!»

«Ich weiß, ich weiß, alles ist danebengegangen. Picton war zu früh dran, Leith' zu spät. Ihr seid die einzige Truppe, die sich an die Zeit gehalten hat.»

«Na ja», sagte Harry, hundemüde, aber immer noch obenauf, «habt ihr was anderes erwartet? Wir sind doch *die* Division, oder nicht?»

Lord Fitzroy, ein Guardsman, lächelte, sagte aber nur: «Seine Lordschaft wünscht, daß die Leichte und die Vierte noch einmal stürmen.»

«Zum Teufel!» sagte Harry. «Mann, wir haben genug! Wir sind alle miteinander fertig!»

«Kann ich mir denken», sagte Fitzroy in seiner ruhigen Art, «aber ihr müßt es doch noch einmal versuchen.»

«Wenn es uns nicht mit zwei ganzen, frischen Divisionen gelang, werden wir jetzt wahrlich traurig damit ausschauen!» fuhr ihn Harry an, weil ihn sein Jähzorn einen Augenblick übermannte. Gleich aber hatte er sich wieder gefunden; bevor Fitzroy noch etwas sagen konnte, lächelte er schon und fügte hinzu: «Aber beim Jupiter, wir werden es noch einmal versuchen, und das, so gut wir noch können. Aber noch vor keinen fünf Minuten wurde einer von unseren Burschen zu Seiner Lordschaft geschickt, um ihn zu informieren, daß wir nicht weiterkommen.»

Fitzroy sagte nichts darauf. Offizier um Offizier war zu Lord Wellington herangeritten, wo er über dem Steinbruch stand und die vergebliche Mühe und das Fehlschlagen seines Hauptangriffs beobachtete, und hatte immer das gleiche zu berichten gehabt: daß die Divisionen schreckliche Verluste erlitten; daß nicht genug Offiziere übrigblieben, um die Mannschaften zu führen; daß die Seilmannschaften nicht imstande waren, den Verhau der Säbelklingen wegzuzerren, noch die Angreifer, ihn zu durchdringen.

Als Seine Lordschaft den letzten Bericht über das Versagen an den Breschen erhielt, stand er gerade nur mit zwei seiner Adjutanten beisammen: Lord March und dem jungen Prinzen von Oranien. March hielt eine flammende Fackel hoch, die ihr Licht auf das hagere Gesicht Seiner Lordschaft warf. Es war totenbleich, der Ausdruck jedoch so entschlossen wie immer. Seine Lordschaft merkte, daß irgend jemand hinter ihm stand, drehte sich um und legte die Hand auf den Arm des Mannes. «Reiten Sie sofort zu Picton und sagen Sie ihm, er müsse versuchen, ob er beim Kastell nicht doch noch Erfolg hat!» sagte er schnell.

Es gab einen Augenblick des Zögerns; der angesprochene Herr sagte mit einem starken schottischen Akzent: «Mylord, ich habe kein Pferd, aber ich werde so schnell wie möglich zu Fuß laufen, und ich glaube, ich finde den Weg. Ich weiß, daß ein Teil der Straße versumpft ist.»

Lord March hielt die Fackel näher an den Sprechenden; ihre Glut zeigte Wellington das Gesicht des Dr. James McGrigor, Chef des Sanitätskorps. Er zog seine Hand zurück. «Nein, nein, entschuldigen Sie! Ich dachte, es sei De Lancey.»

«Mylord, ich gehe gern.»

«Nein. Es ist nicht Ihre Sache, Botengänge zu machen.»

Es entstand eine leichte Bewegung; jemand rief drängend: «Wo ist Lord Wellington?»

«Hier, hier!» rief die Gruppe um Seine Lordschaft.

Ein Stabsoffizier hoch zu Pferd tauchte aus der Dunkelheit vor ihnen auf. «Mylord, das Kastell gehört Ihnen!»

Das grimmige Kinn schien kürzer zu werden. Wellington stieß eine Frage an den Offizier hervor, der jubelnd antwortete: «Mylord, Sir Thomas Picton, und ich glaube, die ganze Division ist nun im Besitz des Kastells!»

«Guter Gott, ist das möglich?» rief der Prinz von Oranien aus.

«Reiten Sie zu Sir Thomas zurück und ersuchen Sie ihn, in die Stadt hinunter vorzustoßen!» sagte Wellington. «Die Leichte und die Vierte müssen die Bresche noch einmal stürmen. Sie, Sir, gehen zu Ihrer Division zurück und ersuchen Oberst Barnard, noch einen Versuch zu machen. Informieren Sie ihn, daß General Picton drin ist und ihm die Stadt zu Hilfe kommen wird. Schicken Sie um mein Pferd, March, um das Ihre und auch um das des Prinzen!»

Der Offizier von der Leichten Division salutierte und warf sein Pferd herum; als er davonritt, schloß sich ihm ein Quartiermeister des 95. Regiments an, der die ganze Zeit dicht bei Wellington gestanden war. Miteinander legten sie den Weg zur Leichten Division zurück, die sich von dem Glacis zurückgezogen hatte und nun neben ihren Waffen lag, Offiziere und Mannschaften zusammen, in verbittertem Schweigen.

Die Nachricht, daß die Dritte Division das Kastell eingenommen hatte, wurde mit mürrischem Unglauben entgegengenommen. Es dauerte einige Minuten, bevor der Quartiermeister Surtees imstande war, die Soldaten der berühmten Leichten Division zu überzeugen, daß die Dritte dort Erfolg gehabt hatte, wo sie versagt hatten. Männern, die so lang und so furchtlos versucht hatten, sich ihren Weg durch undurchdringliche Breschen zu kämpfen, schien es unmöglich, daß irgendeine Truppe Bajados betreten haben konnte. Aber ein Hornsignal innerhalb der Stadt bestätigte die unglaublichen Nachrichten. Sowie sie den Befehl zum Formieren und neuerlichen Angriff auf die Bresche erhalten hatten, sprangen die Männer, die eben noch erschöpft über das Glacis getorkelt waren, auf die Beine, vergessen waren Müdigkeit und Verletzungen, die formierten sich und gingen energisch vor. Sie traten auf ihre eigenen Toten und stiegen unter schwach gewordenem Beschuß zur Bresche hinauf. Es gab nunmehr sehr wenig Widerstand der Verteidiger; man hörte den Lärm eines wilden Kampfes innerhalb der Mauern; die geschwächte Leichte und die Vierte Division gingen fast ohne Widerstand durch die Bresche und richteten sich auf den verlassenen Wällen ein.

«Beim lebendigen Gott, wir sind herinnen!» keuchte Charlie Eeles, zerfetzt, blutbefleckt und taumelnd vor Müdigkeit.

7

Es stellte sich bald heraus, daß die Franzosen nicht, wie zunächst angenommen, durch das Vordringen der Dritten Division vom eingenommenen Kastell her zum Verlassen der Breschen veranlaßt worden waren, sondern durch die Brigade General Walkers von der Fünften Division. Diese kaum beachtete Streitmacht, deren Sturm auf die Flußbastion von San Vincente erst nachträglich in letzter Minute geplant worden war, verspätete sich mit ihrer Attacke um eine Stunde, ein Mißgeschick dank eines Fehlers jenes Offiziers, der abkommandiert war, die Sturmleitern vom Geschützpark herbeizuführen. Aber um Mitternacht hatte die Brigade nach einem sehr wilden Kampf die Bastion San Vincente erstürmt und, entlang der Stadtmauer vordringend, bald ebenso die Bastion San José erobert. Als sie zur nächsten Bastion vordrang, war sie auf derart lebhaften Widerstand getroffen, daß sie nach San Vincente zurückwich und sogar in Gefahr schien, aus der Stadt hinausgeworfen zu werden. Aber eine Reserve, die in San Vincente zurückgelassen worden war, brachte die Sache bald in Ordnung, und die Brigade stürmte vor, die Franzosen vor sich hertreibend, deren Zahl durch die Verstärkungen, die laufend an die Breschen geschickt worden waren, um die Angriffe dort abzuwehren, beträchtlich dezimiert worden war. Die westlichen Bastionen fielen eine nach der anderen; und während ein Teil der Brigade sie besetzte, drangen die übrigen in die Stadt hinunter und bahnten sich den Weg durch die verlassenen Straßen dorthin, wo sie die Hölle hörten, die an den Breschen tobte.

Es war seltsam, nach all dem Getöse und Donner des Kampfes an der Stadtmauer die Stadt selbst so still zu finden. Jeder kampffähige Mann schien zu den Wällen abgezogen worden zu sein oder zum Kastell, wo Picton, der jedes Tor außer einer Seitenpforte verrammelt vorfand, seinen Weg aus der Festung herauskämpfte. Der Schlachtenlärm war zwar zu hören, aber weit weg, nicht länger deutlich, sondern zu einer Art Brausen verschmolzen. Die Straßen waren menschenleer, aber unter den Türen und zwischen den Spalten der Fensterläden schimmerte Licht, und man hörte Flüstern in den Häusern, so daß die Männer, die die Straßen hinuntergingen, wußten, daß sie von unsichtbaren Augen beobachtet wurden.

Sie faßten die Hauptmasse der Verteidigungskräfte von hinten. Als die Überlebenden der Leichten und der Vierten Division oben an der Bresche ankamen, warfen die Franzosen nach einem kurzen, wirren Scharmützel die Waffen weg; und General Phillipon flüchtete mit einigen Stabsoffizieren in den Schutz des San Cristobal-Forts jenseits des Guadiana.

Danach gab es nur noch an vereinzelten Stellen kleine Gefechte. Als Lord Wellington die Stadt durch die Bresche bei Santa Maria betrat, von der der Verhau aus Säbelklingen endlich weggezerrt worden war, ritt er zwischen Bergen von Rot- und Grünröcken dahin und wurde von totenbleichen Gestalten begrüßt, denen es trotz ihrer Wunden doch noch gelang, sich von den behindernden Toten wegzuschleppen und sich auf die Ellbogen gestützt hochzuheben, um Seine Lordschaft mit kaum vernehmbarer Stimme hochleben zu lassen. Wellington salutierte steif. In der Morgendämmerung sah man auf seinen Wangen Tränen glitzern.

Das erste Bataillon der Leichten Division war zum Feldwachendienst in der Stadt abkommandiert. Harry Smith, an allen Gliedern braun und blau geschlagen, hinkend, weil er eine Schenkelquetschung hatte, die Uniform zerfetzt, traf auf Kincaid, der eben eine Feldwache aufstellte, und rief ihm mit krächzender, heiserer Stimme zu: «Du lebst, Johnny?»

«Oh, nicht ein Kratzer!» sagte Kincaid, den nichts aus seiner faulen Sorglosigkeit aufrütteln konnte. «Du schaust aus, als hättest du genug. Verletzt?»

«Lächerlich», sagte Harry. Er hatte seine Stimme damit verbraucht, seine Männer anzufeuern; sie zitterte leicht. «Aber O'Hare – der arme Croudace – Charlie Gray – MacLeod – Gott, was für eine Nacht! Ich sage dir, Johnny, die Männer sind reif für Mord und Totschlag.»

«Nun, wenn es bei Mord und Totschlag bleibt, wird's mich überraschen», sagte Kincaid kühl. «Cameron hat unseren Haufen noch gut in der Hand, aber er wird sie gleich wegtreten lassen, damit sie ihren Spaß haben.»

«Ja, und die ganze Division wird zum Teufel gehen», sagte Harry in einer Art müder Heftigkeit.

Um zehn Uhr morgens war die französische Besatzung von Bajados unter strenger Bewachung nach Elvas in Marsch gesetzt worden, und die britischen Truppen durften Wegtreten. Lord Wellington hatte, wie er sagte, die Blüte seiner Armee bei dem Sturm auf die Stadt verloren. Die Franzosen hatten sich nicht um die althergebrachte Regel gekümmert, eine Stadt zu übergeben, sobald einmal sturmreife Breschen in deren Wälle geschlagen waren, genauso, wie sie es bei Ciudad Rodrigo getan hatten. «Es wäre wohl gerechtfertigt gewesen, wenn ich beide Besatzungen mit dem Schwert hätte töten lassen», schrieb Wellington an Lord Liverpool, «und wenn ich das bei der ersten getan hätte, so hätte ich vielleicht 5000 Mann bei der zweiten gerettet.» Daher war nicht anzunehmen, daß Seine Lordschaft je die geringste Absicht hatte, seinen Soldaten das uralte Recht zu versagen, eine Stadt zu plündern, die bis zum Schluß Widerstand geleistet hatte.

Die Männer schworen, jeder Spanier in Bajados sei ein Afrancesado, eine Bezeichnung für jeden, der mit den Franzosen sympathisierte. Als die Schrecken der Nacht vorbei waren, die französische Besatzung gefangengenommen war und der Befehl zum Wegtreten erging, stürzten Männer, die in den Nachtstunden wie Halbgötter gekämpft hatten, wie die Hyänen in die Stadt. Um Mittag war selbst der Anschein jeder Ordnung dahin; Bajados war eine Hölle des Aufruhrs, der das Grauen an den Breschen schnell übertraf.

Jene, die schon nach dem Fall von Ciudad Rodrigo die Exzesse der Soldaten verurteilten, waren vor den Abscheulichkeiten, die man in Bajados überall sehen konnte, einfach sprachlos. Mord, Raub und Vergewaltigungen waren die Losungen des Tages, und keine Bemühungen der Offiziere konnten die entfesselte Brutalität der Männer niederhalten, die sich den Weg in die Weinläden freischossen und die Fässer in den Straßen anzapften.

Harry gehörte zu jenen, die zunächst den Aufruhr im Zaum zu halten suchten. Daß er nicht von einem Soldaten des 88. Regiments niedergeschossen wurde, war nicht etwa seiner Vorsicht zu danken, sondern dem Einschreiten eines torkelnden Rifleman, der seinen Brigadeadjutanten erkannte und einen Hochruf auf ihn verlangte.

Eine zerzauste Frau umklammerte Harrys Knie; ein, zwei Soldaten, feuerten ihre Flinten zu Ehren des Brigadeadjutanten ab; ein Kerl, der rittlings auf einem Weinfaß saß, die Soutane eines Priesters, einen Weiberrock und einen Tschako mit dem Nummernschild des 95. Regiments trug, brachte einen Trinkspruch auf ihn aus. Der Brigadeadjutant fluchte ihn an, wurde aber von einem Freund weggezogen, bevor der Humor der Männer umschlagen konnte.

«Es nützt nichts, Harry, es nützt nichts, und an den Breschen gibt's Arbeit!» sagte Charles Beckwith eindringlich. «Keiner von uns kann diese verfluchte Plünderung aufhalten! Schauen wir um Gottes willen, daß wir aus der Stadt wegkommen!»

Sie konnten jedoch nicht wegkommen, bevor sie nicht einen Becher von dem

Faß auf der Straße geleert hatten. Die buntscheckige Kreatur rittlings auf dem Faß hielt eine Muskete in der Hand und schwor, jeden niederzuknallen, der sich weigerte, mitzutrinken. Harry sah, wie eine halb ohnmächtige Nonne von ein paar Rotröcken die Straße hinuntergezerrt wurde, und entriß sich Beckwith, um ihr zu Hilfe zu kommen. Die halb wahnsinnige Frau, die immer noch an seinen Knien hing, hielt ihn lange genug auf, daß die Räuber der Nonne diese um die Ecke und außer Sicht zogen, und rettete damit wahrscheinlich Harrys Leben, da die beiden Soldaten sinnlos betrunken waren und schon miteinander über ihre Beute stritten.

Als der Tag fortschritt, wurde das Blutbad in der Stadt immer schlimmer. Obwohl die Einwohner ihre Türen versperrten und die Fensterläden schlossen, brachen die Soldaten in die Häuser ein. Die zierlichen, gewölbten Fensterkörbe im Erdgeschoß wurden aus ihrer Verankerung gerissen, Schlösser mit einem Musketenschuß aufgeknallt, Türen aus den Angeln gerissen; Geschäftsleute wurden entweder aus ihren Läden auf die Straße hinausgeworfen oder, wenn sie Widerstand leisteten, auf Bajonette gespießt, während sich die Soldaten hinter dem Ladentisch etablierten und brüllend miteinander Handel trieben, bis der unvermeidliche Streit ausbrach und alles mit dem blanken Stahl oder einem vorschnellen Musketenschuß endete. Kein Kloster war vor dem wilden Mob sicher, der plündernd durch die Stadt zog; Nonnen waren ebenso leicht wie Prostituierte zu haben und konnten ebensogut genossen werden – ob nun auf offenem Marktplatz oder in den geplünderten Kirchen oder in den stinkenden Schenken. Aus jedem Haus und jedem Laden taumelten Soldaten unter der Last ihrer Beute. Alles war Männern recht, die zu trunken vom Wein und vom Kampf waren, als daß sie zwischen Wert und Wertlosigkeit hätten unterscheiden können. Ein Mann hütete einen Vogelkäfig aus Rohrgeflecht ebenso eifersüchtig wie einen goldenen Kelch aus der Kathedrale; und kämpfte ebenso erbittert um den Besitz eines kupfernen Kochtopfes wie um ein Halsband, das er irgendeiner Frau vom Hals gerissen hatte. Viele, die die Stadt verdreckt, in versengten und zerfetzten Uniformen betreten hatten, taumelten in den seltsamsten Verkleidungen herum: in Weiberkleidern, Priestergewändern oder in der vornehmen Tracht eines Hidalgos.

Die Schlachtenbummlerinnen aller Nationalitäten, die bei Tagesanbruch unter den ersten die Stadt betraten, benahmen sich wie ein Schwarm Aasgeier. Nur auf Plündern aus, raubten sie kaltblütig die Toten auf den Wällen aus, leerten die Taschen Schwerverwundeter, die nur unaufhörlich um Wasser stöhnen konnten, und kletterten in ihrer Eile, in die Stadt hineinzukommen, sogar über die Haufen von Erschlagenen und Verwundeten. Sowie sie einmal drinnen waren soffen sie ebenso hemmungslos wie ihre Gönner und legten eine noch schrecklichere Raubgier an den Tag. Über zweihundert dieser Weiber nahmen an der Plünderung teil; sie waren in allen Straßen, schnüffelnde Harpyen, die skrupellos Mädchen für die Lust der Soldaten aus Verstecken zerrten, während sie selbst, noch im Suff geschäftstüchtig, den Schmuck und selbst die zerfetzten Kleider ihrer Opfer an sich rissen.

Hie und da tauchte gelegentlich inmitten dieser Szenen zügelloser Ausschweifung der Dreispitz eines Offiziers auf, dessen Besitzer versuchte, Gruppen von entsetzten Frauen in Sicherheit zu bringen. Manchmal gelang es ihm, da sich eine ganze Anzahl Männer doch noch einen vagen Respekt für ihre Vorgesetzten bewahrt hatte und auf die Stimme der Autorität hörte. Aber die Offiziere vermochten nur sehr wenig, wenn ihre Männer mit einer roten tierischen Glut in den Augen vor ihnen standen und schworen, sie würden jeden niedermachen, der sich ihnen in den Weg stellte. Die meisten zogen sich in das Lager vor der Stadt zurück oder beschäftigten sich damit, die Männer zu sammeln, die am wenigsten betrunken zu sein schienen, und knufften oder behandelten sie mit kaltem Wasser, bis sie verhältnismäßig nüchtern waren und zwangen sie, die Verwundeten von den Breschen und Bastionen wegzutragen.

Der bewölkten Nacht war ein strahlender Tag gefolgt; die Sonne brannte auf die alten Mauern und die getünchten Häuser nieder; und aus dem Stadtgraben, wo die Toten zuhauf lagen, begann ein leiser, immer stärker werdender Gestank von Verwesung wie ein ungesundes Miasma aufzusteigen.

Quartiermeister Surtees hatte eine Gruppe anständiger Leute zusammenbekommen und war seit dem Morgengrauen an der Arbeit, die Verwundeten unter den Toten hervorzuziehen. Harry und sein Kollege, Brigadeadjutant Charles Beckwith, waren natürlich auch dabei; der alte Dr. Burke, den jeder Mann in der Leichten Division liebte, war da, munterte die schlimmsten Fälle mit seinem lauten, fröhlichen Geschimpfe auf, während ihm die ganze Zeit die Tränen über die Wangen strömten. Abteilungen mit Bahren, einige der Träger nüchtern, einige zu betrunken um ihre Last über Unebenheiten des Geländes ohne Stolpern zu tragen, schafften die Verwundeten nach hinten. Einige starben, bevor sie das Lager erreichten; einige, deren Wunden im Stadtgraben provisorisch verbunden worden waren, stürzten durch die Ungeschicklichkeit der Träger von den Bahren und begannen wieder heftig zu bluten.

Nun, da das Sonnenlicht die Ergebnisse des nächtlichen Kampfes an den Breschen enthüllte, betrachteten die Männer, die ihren Teil darin geleistet hatten, den Schauplatz mit entsetzten Augen. Das Blutbad war noch schrecklicher gewesen, als sie selbst gewußt hatten, die Toten so zahlreich, daß es aussah, als seien Zinnsoldaten aus der Spielzeugkiste eines Kindes ausgeschüttet worden – zumindest jene, die nicht nackt ausgezogen und in seltsam verrenkten Stellungen liegengelassen worden waren, um im Stadtgraben zu verwesen.

So fand George Simmons oben an der Bresche Major O'Hare vor, durch die Brust geschossen von Musketenkugeln, die große klaffende Wunden in sein Fleisch gerissen hatten. Er hatte sich freiwillig zur Führung einer Sturmabteilung gemeldet und war fast der erste gewesen, der fiel. Er lag neben Sergeant Fleming, der stets an seiner Seite gewesen war. Sie waren beide tot, und George, der ihre verrenkten Glieder zurechtlegte und ihnen die Lider über die gräßlich starrenden Augen zog, vergoß wider Willen einige Tränen. «In wenigen Stunden entweder Oberstleutnant oder kalt!» hatte O'Hare noch gestern abend gesagt, als er George die Hand drückte, bevor er davonging, um die Vorhut anzuführen.

Nun, er war kalt, wie Stokes und Crampton und Balvaird und McDermod, wie die Hunderte Mannschaften, die nun am Fuß der Bresche in einem phantastischen, unglaubwürdigen Haufen lagen. George wischte die Tränen ab und überlegte mit der Kühle jener, die in vielen Gefechten mitgekämpft und es gelernt hatten, den Verlust von Freunden im Kampf als flüchtigen Kummer – scharf, doch bald vorbei – zu betrachten, daß ein schlechter Soldat war, wer die Toten zu lange betrauerte, und ein ebenso schlechter Soldat, wer über die Chancen seines eigenen Todes grübelte. Ein Freund wurde getötet, und man beweinte ihn; aber bald würde man einen anderen Freund treffen, nicht tot, sondern wie durch ein Wunder am Leben, und aufwallende Freude würde den Kummer über den toten Freund vergessen lassen.

Eine solche aufwallende Freude empfand George, als er gleich darauf Harry erblickte. Sein ehrliches Gesicht hellte sich auf, seine Niedergeschlagenheit verschwand in einem strahlenden Lächeln. Er packte Harrys Hand und brachte heraus: «Gott sei Dank! Du lebst! Gut gemacht, alter Junge!»

«Wenn doch bloß wir sie eingenommen hätten!» sagte Harry und warf einen wilden, hungrigen Blick zur Bresche hinauf.

«Macht nichts, sie sagen alle, es sei unser Angriff gewesen, der Pictons Leuten den Einbruch ermöglicht hat. Und Johnny lebt auch und der gute alte Charlie Beckwith! Oh, aber Harry, obwohl nicht zu leugnen ist, daß wir *die* Division sind, schwillt einem das Herz, wirklich, wenn man an diese großartigen Burschen Pictons denkt, wie sie den Schloßhügel mit Leitern erstürmten! Und auch die Pioniere, die die Flußbastion eingenommen haben, wo doch jeder geschworen hätte, es müßte ihnen danebengehen!»

«Ja!» sagte Harry, der sich bereitwillig zu Begeisterung entflammte. «Großartige Burschen, alle miteinander, und die blutigste, wenn auch ruhmreichste Schlacht, George! Bei Gott, jede einzelne unserer Schlachten würde ich wieder mitmachen – nur diese eine nicht mehr!»

«O nein, diese nicht wieder!» stimmte George erschauernd zu.

«Ich hasse Belagerungen», sagte Harry und gab dem Knoten seiner Schärpe einen wütenden Ruck. «Die Leute betragen sich wie die Helden, tapfere, versoffene Schurken, die sie sind. Und dann gehen sie geradewegs zum Teufel, wie eben jetzt!»

«Sehr wahr», sagte George. «Es ist tieftraurig, und in mehr als einer Hinsicht.»

«Und die Brigade geht dabei auch zum Teufel», fauchte Harry.

8

Als die Lebenden von den Toten getrennt und ins Lager getragen waren und portugiesische Truppen des Arbeitsdienstes große Gruben aushoben, um die Hunderte Erschlagener aufzunehmen, blieb selbst dem eifrigsten Offizier vom Dienst nichts zu tun übrig, als verwundete Freunde zu besuchen, müßig im Lager zu warten, bis es seinen Leuten passen würde, aus Bajados herauszutaumeln, vielleicht krank vom Übermaß des Weines, bestimmt aber reicher um das geplünderte Gut; einige mürrisch, weil ihnen die Bestialitäten bewußt wurden, die sie im Wahn des Kampfrausches und der bösartigen Magie unbegrenzten Alkohols begangen hatten; andere übermütig und sich der greulichen Taten noch rühmend; alle aber demoralisiert: herzzerreißende Objekte für Offiziere, deren Sache es war, sich um ihr Wohlergehen zu kümmern, und deren Stolz ihre Tüchtigkeit war, und die sie in einer seltsam rauhen Art gern hatten, selbst wenn sie sie als eine Bande herzloser Schurken aus der Gosse verfluchten. Es würde Zeit brauchen, die Division durch Erschießungen, Prügel und Einschüchterung wieder in Form zu bringen; und die Besten waren tot, und ihre Leichen eine über die andere in tiefe stinkende Gruben versenkt. Demnächst würden neue Rekruten aus England kommen – richtige grüne Jungen, in Lissabon gelandet, die sich nun glotzend ihren Weg durch Portugal zur Armee bahnen würden, unter einem subalternen Offizier, der ebenso unerfahren wie sie selbst war und auf diese Weise gleich zu Beginn seiner Laufbahn eine mühevolle Chance bekommen würde, seinen Wert zu beweisen. Wenn er das Zeug in sich hatte, würde er seinen Zug intakt zu dessen Bestimmungsort bringen, samt dem größten Teil des Gepäcks und ohne eine Fährte ausgeplünderter Bauernhöfe hinter sich zu lassen; wenn es ihm an Selbstvertrauen mangelte oder man fand, daß er eine Spur von Schwäche in sich hatte, würde er nur die leichter zu behandelnden Männer zur Divison bringen und seinem Oberst eine schmachvolle Geschichte von Desertionen unterwegs erzählen müssen.

«Und wenn wir die neuen Rekruten alle bekommen, wird es trotzdem Monate brauchen, bis wir sie zurechtgebügelt haben!» sagte Harry, der sich über die erzwungene Untätigkeit ärgerte, daher in gereizter Stimmung war und auf jedes Übel bissig reagierte. «Und die alten Hasen auf das Niveau von Rinnsteindreck heruntergekommen, nach dieser dreckigen, verfluchten, verdammten Plünderei!»

«Sei nicht niedergeschlagen, Harry – wir werden noch vor Ende der Woche auf dem Marsch sein, wenn alles, was ich höre, stimmt», sagte Kincaid, der zu Harrys Zelt herübergeschlendert kam, um mit ihm über den Angriff zu plaudern. «Es geht nichts über ein paar harte Märsche, um die Männer zusammenzureißen. Du solltest die Dinge von der leichteren Seite nehmen.»

Harry nahm den scherzhaften Ton mit seinem schnell bereiten Lächeln zur Kenntnis, schüttelte aber den Kopf. «Verdammt wenig leichte Seiten an dieser Geschichte!»

«O bei Gott, und ob es die gibt! Du hättest mitsein sollen, in den frühen Morgenstunden, als ich die Feldwachen in den Straßen aufstellte. Einer von den Unseren brachte mir einen Gefangenen. Sagte, es sei der Gouverneur, und dachte ganz offensichtlich, er würde eine hohe Belohnung für dessen Gefangennahme erhalten.»

«Ich dachte, Phillipon ist in die Festung San Cristobal geflüchtet?»

«Dürfte er auch, soviel ich weiß. Mein schöner Bursche – beim Zeus, und ob er ein schöner Bursche war! Ganz Dandy, und mit einer Menge Goldtressen, die für einen Husaren ausgereicht hätten! – nun, der gab mir ohne viel Getue zu, daß er nicht der Gouverneur war, aber dem armen Allen gesagt hätte, er sei es, damit er sich Schutz sichere. Mir jedoch verriet er, daß er der Oberst eines der Regimenter war – des welchen, habe ich vergessen – und daß alle seine überlebenden Offiziere in seinem Quartier ganz in der Nähe warteten, um sich jedem englischen Offizier zu ergeben, der so nett wäre, sich zu ihnen zu begeben. Nun ja, ich bin zwar Schotte, aber ich ging trotzdem hin.»

«Hinterhalt!» sagte Harry, und seine Augen begannen zu tanzen.

«Nicht die Spur! Ich nahm zwei, drei Männer mit, und da waren denn auch wirklich diese kostbaren französischen Offiziere – fünfzehn oder noch mehr – alle im Quartier des Obersten versammelt, und nicht einer von ihnen imstande zu verstehen, wieso die Stadt verloren oder wie zum Teufel ich hereingekommen war. Ich legte weiter keinen Wert darauf, es ihnen zu erzählen. Ich sagte, ich sei durch die Bresche hereingekommen, was ja nun wirklich wahr ist; obwohl – wie auch nur einer von uns hereinkommen konnte, wenn man bedenkt, daß uns der Johnny Crapaud zurückwarf wie die reinsten Rekruten, ist eine Sache, die mich eigentlich ebenso verblüfft wie sie. Ich habe noch nie eine Bande so niedergeschlagen erlebt wie die! Alle außer dem Major, einem großen, fröhlich dreinschauenden Holländer mit soviel Medaillen auf der Brust, daß man die Auslage eines mittleren Spielwarengeschäfts hätte damit füllen können. Er war ein guter Junge – ließ einen Witz um den anderen los, wie Champagnerkorken. Verdamm mich, wenn ich sie mir gemerkt habe, aber der Wein war vorzüglich.»

«Johnny, du Schurke, du willst mir doch nicht weismachen, daß du dagestanden bist und mit ihnen getrunken hast?» fragte Harry.

«Dagestanden! Wir saßen – um den Tisch herum, bei kaltem Fleisch, und tranken gegenseitig auf unser Wohl! Nach dem Abendessen ging mein guter Oberst los, um seine Wertsachen sicherzustellen. Er war mir so dankbar, weil ich das erlaubte, daß er mir sagte, er habe ein paar gute Pferde im Stall, und mir empfahl, sie mir zu nehmen, da er ja ohnehin nicht die Erlaubnis bekommen würde, sie mitzunehmen. Da ein Pferd die einzige Beute ist, die wir armen Teufel von Offizieren als strikt legal ansehen dürfen, ließ ich mir eines satteln. Und eine nette schwarze Schönheit ist es außerdem, mein Junge. Dreihundert Guineen bei Tattersall – keinen Penny weniger!»

Harry, ständig auf Ausschau nach einem guten Pferd, machte seinem Neid auf soviel Glück laut Luft und schlug vor, sofort mit Kincaid in dessen Quartier zu gehen, um das Tier zu begutachten. Sie wollten eben miteinander davonschlendern, als Kincaid zwei Damen aus der Richtung der Stadt auf sich zukommen sah. «Hallo – was ist das?» sagte er und hielt Harry zurück.

Harry widmete den herankommenden Frauen nur einen flüchtigen Blick. «Was soll es denn sein als ein paar Schlachtenbummlerinnen? Los, Mann! Heute brauchst du keine Frau!»

«Nein – aber warte!» sagte Kincaid. «Es sind Damen. Schau dir ihre Mantillen an!»

Die beiden verschleierten Gestalten – die kleinere und schmächtigere vom

Arm der anderen gestützt – waren inzwischen auf Hörweite herangekommen. Harry schenkte ihnen, etwas ungeduldig, aber gnädig, einen weiteren Blick, diesmal etwas prüfender. Er entschied, daß Kincaid recht hatte. Damen waren sie entschieden, wenn ruhige Eleganz der Kleidung ein Zeichen ist, nach dem man sich richten kann. Er blieb stehen und wartete neben Kincaid, um zu erfahren, was sie wohl im britischen Lager wollten.

Die größere Frau führte ihre zögernde Gefährtin geradewegs auf die beiden Offiziere zu und schlug mit einer schmalen Hand die Mantilla zurück. Ein schönes, abgehärmtes Gesicht wurde sichtbar. Die Dame war nicht mehr in der ersten Blüte der Jugend, aber ihre Züge waren zart, ihre Augen dunkel, klar und feucht, und ihre Haltung fürstlich. Sie sprach die beiden Offiziere auf spanisch an, mit einer Stimme, die trotz offenkundiger Erregung natürliche Würde bewahrte. «Señores, Sie sind Engländer. Ich flehe Sie um Ihre Hilfe an!»

«Alles, was in unserer Macht steht, Señora!» antwortete Kincaid prompt.

Erleichterung breitete sich über das angespannte Gesicht. «Sie sprechen Spanisch?»

«Erträglich, Señora, aber nicht so gut wie mein Freund hier, glaube ich.»

Die Augen der Dame wandten sich Harry zu, der schmal und sehnig und zum Weggehen bereit neben seinem großen Freund stand. Er verbeugte sich, aber er wußte, daß kein Offizier vermochte, einem Spanier aus Bajados zu helfen, und wünschte, Kincaid käme zu einem Ende.

Die Dame schien seine Ungeduld zu spüren und wandte sich wieder an Kincaid. «Señor, Sie müssen sich wundern, daß ich ohne Begleitung in Ihr Lager komme. Ich bin aus der Familie der Los Dolores de León. Wenn Sie mir nicht glauben, so lassen Sie mich zu Oberst Campbell oder Lord Fitzroy Somerset führen, denn sie kennen mich gut!»

Ihre Zunge stolperte etwas über die englischen Namen, aber Kincaid nickte zum Zeichen, daß er verstand. Sie fuhr ängstlich fort: «Wir sind aus echtem Hidalgoblut, Señor. Lord Fitzroy weiß es. Nach der Schlacht von Talavera waren er und Oberst Campbell in meinem Haus einquartiert. Erinnern Sie sich?»

«Ja, ich erinnere mich. Wir machten Bajados zu unserem Generalhauptquartier.»

«So ist es. Ich kenne Lord Wellington gut. Aber damals, ach, da waren wir noch jemand, Señor! Reich, geachtet. All das ist vorbei. Dieser Krieg! Sie müssen wissen, unser Vermögen waren die Olivenhaine. Aber die verfluchten Franzosen haben alles, alles verwüstet!»

Ihre Augen blitzten, ihr Busen wogte. Kincaid unterbrach sie und sagte, indem er sich mit fragend hochgezogenen Brauen an Harry wandte: «Ja, wirklich, ich verstehe! Aber Sie dürfen hier nicht stehenbleiben, Señora. Wollen Sie nicht in das Zelt kommen? Harry, du besitzt zwei Stühle!»

Die Dame murmelte ihren Dank. Brigadeadjutant Smith, der seinem Freund einen sehr sprechenden Blick zuwarf, machte die Honneurs in seinem Zelt, indem er für seine unerwünschten Gäste zwei Feldstühle zurechtrückte. Die kleinere Gestalt, die die Mantilla von ihrem Gesicht noch immer nicht zurückgeschlagen hatte, schien halb ohnmächtig zu sein, denn sie hing schwer am Arm ihrer Gefährtin, und als sie sanft auf ihren Stuhl niedergelassen wurde, sank sie wie erschöpft in sich zusammen und gab kein anderes Lebenszeichen von sich als kleine Schauer, die von Zeit zu Zeit ihren Körper überliefen. Dieses nervöse Zucken hatte die Wirkung, daß Harrys Aufmerksamkeit sich ihr zuwandte. Seine neugierigen Augen waren nicht imstande, den Schleier, der ihr Gesicht vor ihm verbarg, zu durchdringen, aber er sah, daß Ihre Hände, die fest gefaltet in ihrem Schoß lagen, klein und glatt waren, die Hände eines jungen Mädchens. Er konnte sich vorstellen, daß ihre Augen, vielleicht ebenso groß und schön wie die ihrer Gefährtin, ihn hinter der Mantilla hervor beobachteten. Sein Interesse war geweckt; er wartete, bis sie ihren Schleier zurückschlagen würde, und achtete nur mit halbem Ohr auf das, was die ältere Dame Kincaid erzählte.

Die Erregung der Dame ließ sie die Ruhe etwas verlieren, die, nach ihren wiederholten Versuchen zu schließen, sie wiederzugewinnen, fast ein Teil ihres Wesens zu sein schien. Sie erzählte ihre Geschichte unzusammenhängend, verweilte auf Unwesentlichem und versicherte Kincaid mehrere Male, daß sie von edler Geburt sei und daß sie einen solchen Ausflug in das englische Lager nie und nimmer unternommen hätte, stünde sie nicht unter dem Druck äußerster Not.

Sie sei mit einem spanischen Offizier verheiratet, der in einem entfernten Teil des Königreiches kämpfte, aber sie wußte nicht, ob er lebte oder tot sei. Bis zum gestrigen Tag lebten sie und ihre junge Schwester in Ruhe und Wohlergehen in einem der besten Häuser von Bajados. Eine Geste wies auf die Gestalt an ihrer Seite. «Heute jedoch, Señor, wissen wir nicht, wohin unser Haupt betten, woher Kleider zum Wechseln nehmen oder selbst nur einen Bissen Nahrung! Mein Haus ist eine Ruine, alle unsere Möbel zertrümmert oder verschleppt, wir selbst der Beleidigung und Brutalität ausgesetzt – ach, wenn Sie mir nicht glauben, schauen Sie meine Ohren an, wie sie aufgerissen sind von diesem elenden Abreißen der Ringe aus ihnen!»

Sie wies auf ihren Hals, der blutbefleckt war. Kincaid redete ihr beruhigend zu. Sein bereitwilliges Mitgefühl wirkte beruhigend auf sie. Sie drückte das Taschentuch an ihre Lippen und versuchte, ruhiger zu sprechen. «Um mich geht es nicht. Ich habe Freunde, die mir helfen werden, da ich zu meinem Gatten gehe. Ich bin nicht mehr jung; ich habe keine Angst! Aber ich bin verzweifelt wegen dieses Kindes, meiner armen kleinen Schwester, die eben erst aus dem Kloster, in dem sie erzogen wurde, zu mir gekommen ist, und ich weiß nicht, was tun! Señor, kennen Sie – haben Sie das Verderben gesehen, das die Stadt zerstört? Es gibt dort keine Sicherheit, es gibt nur Raub und Schlächterei! Ich kann sie nicht mit mir nehmen, vielleicht in noch schlimmere Gefahr! Es gab nur eines, das ich tun konnte. Es muß Ihnen ungehörig erscheinen, und doch, o Señor, ich habe ein so großes Vertrauen zu Ihrem Nationalcharakter, daß ich glaube, mein Appell wird nicht umsonst sein, noch mein Vertrauen mißbraucht. Wir sind gekommen, um uns dem Schutz jedes englischen Offiziers anzuvertrauen, dessen Großmut ihn uns gewähren wird!»

«Señora, auf mein Ehrenwort als Gentleman, Sie haben in diesem Lager nichts zu fürchten», sagte Kincaid. «Jeder Schutz –»

Sie fegte seine Worte mit einer Geste beiseite, als machten sie sie ungeduldig. «Ich brauche nichts. Es gibt Menschen, die mir beistehen werden, daß ich meinen Gatten finde. Für meine Schwester, die so jung ist, flehe ich um Ihre Güte!»

Sie hatte, während sie sprach, das Mädchen in die Arme genommen, ließ es jedoch los, murmelte etwas Zärtliches und schlug die Mantilla von seinem Gesicht zurück.

Zum Vorschein kam das süßeste kleine Gesicht, das Kincaid je gesehen hatte. Es war schmerzlich blaß und von einer Zartheit der Haut, die mehr englisch als spanisch war. Die Augen unter ziemlich stark gezeichneten Brauen waren groß, immer noch vor Entsetzen leicht geweitet, aber so sanft strahlend, daß Kincaid verwirrt eine Schönheit vor sich zu sehen meinte. Aber im strengen Sinn war sie nicht schön. Ihre kleine Nase war nicht klassisch, ihr Mund zu groß, die schwellende Unterlippe verlieh dem Gesicht einen entschiedenen Charakter und einen gewissen Ausdruck von Eigensinn. Dieser wurde bestätigt von einem festen Kinn, zwar rund, aber durchaus nicht das Kinn eines Schwächlings, wie Kincaid auf einen Blick erkannte.

Er spürte, wie sein Herz schmolz. Seine schlagfertige Zunge stammelte. Es fiel ihm nichts ein, das er hätte sagen können, und er schaute hilflos zu Harry hinüber.

Aber er erschrak, denn Harry schaute nicht ihn an, sondern das Mädchen, das immer noch an der Schulter der Schwester lehnte. Kincaid sah verblüfft, daß er unter seiner Sonnenbräune ganz fahl geworden war und einen sonderbaren, entschlossenen Ausdruck hatte, der ihn plötzlich viel älter, fast fremd machte.

Das Mädchen erwiderte den Blick. Die Furcht in ihren Augen schwand. Der Schimmer eines Lächelns schlich sich ein, mit einer leisen Spur von Spitzbüberei.

«Wie heißen Sie?» sagte Harry.

Kincaid kannte diese Stimme nicht; sie klang nicht wie die Harrys – sie klang fremd.

«Juana», antwortete das Mädchen; es klang wie ein Seufzer.

«Juana», wiederholte Harry langsam die sanften Silben dieses Namens. «Wie alt sind Sie?» fragte er leise, als suchte er durch das Senken der Stimme die Schwester und Kincaid auszuschließen.

«Ich bin jetzt über vierzehn, Señor», sagte sie.

«Vierzehn!»

Kincaid überlegte, daß die Mädchen im Süden rascher heranreiften. Er hatte gemeint, Juana sei siebzehn; sie hatte die Figur eines Mädchens an der Schwelle des Frauentums. Er wünschte, er wäre es, auf den ihr Blick so fest gerichtet war, aber er sah, daß sie nur für Harry Augen hatte. Seine Größe und sein Charme hatten ihn noch nie so im Stich gelassen – sie bemerkte ihn gar nicht.

Harry schaute auf das Blutgerinnsel an ihrem Hals. Kincaid sah, wie seine Unterlippe zitterte. Er streckte seine schmale starke Hand aus. Juana zitterte leicht, als er ihr kleines, zerrissenes Ohr berührte. «Sie haben Sie verletzt – *querida!*»

Das Kosewort war ihm unbewußt über die Lippen geglitten. Sie antwortete einfach: «Ja. Aber es macht nichts.»

«Gott verdamme sie!» sagte Harry leise auf englisch. «Gott verdamme ihre Seelen in die Hölle!»

Sie richtete sich auf und machte sich von der Umarmung ihrer Schwester los. Die Angst war ganz verschwunden. Eine zarte Röte war in ihre Wangen zurückgekehrt. Ihre Mundwinkel hoben sich leise. Es machte sie bezaubernd, war aber entschieden spitzbübisch – daran war kein Zweifel, dachte Kincaid, der das hübsche Geschöpf stumm anbetete.

«Bitte, ich verstehe nicht Englisch», sagte Juana.

«Ich will es Sie lehren», sagte Harry mit der Stimme eines Liebenden und lächelte auf sie hinunter in ihre Augen. «Darf ich mich um Sie kümmern, *mi pobrecita?*»

Sie nickte vertrauensvoll.

«*Toda mi vida!*» sagte er, als legte er ein Gelübde ab.

Guter Gott, wohin führt uns das? dachte Kincaid, als er die leise gesprochenen Worte auffing. Mein ganzes Leben auch noch! Harry, nimm dich in acht!

Juana schien das Versprechen ganz natürlich zu finden. Sie erwiderte Harrys Lächeln mit einem so strahlenden Blick ihrer schwarzen Augen, daß Kincaid nicht überrascht war, als er sah, daß Harry ihre Hand an seine Lippen führte.

«Ich kenne Ihren Namen nicht, Señor –?» sagte Juana erwartungsvoll.

«Harry Smith», antwortete er und hielt ihre Hand in seinen beiden.

Sie wiederholte zögernd: «Harry?», rollte das rr und schüttelte den Kopf über ihre eigene Aussprache.

«Enrique», übersetzte er.

Das gefiel ihr; ihr ganzes Gesicht belebte sich von einem plötzlichen Lachen. «So gefällt es mir besser!»

«Señor!» schaltete sich die Schwester ein. «Darf ich auf Ihren Schutz für dieses vaterlose Kind hoffen?»

Harry antwortete, ohne seine Augen von Juanas Gesicht zu lösen: «Sie bleibt bei mir. Sie brauchen keine Angst zu haben. Ich arrangiere alles.»

Starr vor Entsetzen fand es Kincaid höchste Zeit, Einhalt zu gebieten. Er berührte Harrys Arm und sagte auf englisch: «Harry, worauf zum Teufel willst du hinaus? Sie kann doch nicht bei dir bleiben! Ein Kind – eine Dame!»

«Sie ist kein Kind. Oh, an Jahren –!»

«Aber, du verrückter Narr, du kannst sie nicht bei dir behalten! Ein Mädchen von Adel, in einem Kloster erzogen, deiner Großmut ausgeliefert –»

«Doch, ich kann.»

«Harry, willst du endlich auf Vernunft hören? Das geht nicht! Sie ist aus wahrem Hidalgoadel! Was kannst du mit einem solchen Mädchen anfangen? Sie ist keine –»

«Mit ihr anfangen? Sie heiraten!» antwortete Brigadeadjutant Smith.

Zweites Kapitel

«Ein Schatz, so unermeßlich ...»

I

Und er heiratete sie. Er wollte auf kein Argument hören, tat jedes Hindernis verächtlich ab. Derselbe Feuergeist, der ihn kopfüber in das dichteste Schlachtgetümmel trieb, trieb ihn auch in die Ehe. Juana sehen hieß, sie lieben, sagte Kincaid und fügte, Jahre später, mit seinem schiefen, kläglichen Lächeln hinzu: «Und ich liebte sie auch, aber ich gestand ihr meine Liebe nicht, und da kam ein anderer, unverschämter Kerl dazwischen und gewann sie.»

Aber Juana hielt Harry nicht für unverschämt. Ein verwandter Geist schoß in ihr hoch und begegnete dem seinen. Als Kincaid ihrer Schwester Schutz anbot, hatte sie ihn kaum bemerkt; halb ohnmächtig, wie sie war, hatte seine angenehme Stimme keine Macht besessen, sie aus ihrem verschreckten Zustand zu wecken. Wenn er gut aussah – sie wußte es nicht. In den Stuhl gesunken, den er für sie zurechtgerückt hatte, verkrochen in die schützenden Arme ihrer Schwester, bemerkte sie nur Harry, der sie gespannt beobachtete. Er konnte ihr Gesicht durch die Maschen ihrer Mantilla nicht sehen, aber sie hatte das seine gesehen, tief gebräunt, mit einem festgeschlossenen schmalen Mund, einer herrischen Adlernase und hellen mandelförmigen Augen, die, zwischen ziemlich schweren Lidern, ungeheuer lebendig waren. Er war nichts als Knochen und Muskeln; hatte ein klar umrissenes Kinn, tiefe Falten von der Nase zu den aufwärts geschwungenen Mundwinkeln, seine Hände waren nichts als Sehnen, seine leichte Gestalt schmal, zäh, geballte Energie. Kein schöner Mann, dieser Harry Smith – er würde erst mit dem Alter gewinnen, wie sein Oberbefehlshaber; weder ein großer Mann, noch einer, der sich in seinem Umgang mit den Mitmenschen großer Liebenswürdigkeit befleißigte; aber ein lebendiges, vitales Geschöpf, durchdrungen von einer Kraft, die, weit entfernt von Charme, dennoch starke Anziehungskraft besaß – jene Qualität, die ihn trotz Heftigkeit, Jähzorn und flammender Ungeduld zu einem geborenen Soldatenführer machte. Es war etwas Wildes an Harry, in seinen Augen der Blick eines Falken, und ein verwandter Geist in Juana, der Tochter einer langen Reihe von Hidalgos, sprach darauf an. Sie waren füreinander geschaffen und waren beide einfach und geradlinig genug, überlegte Kincaid, um dies auf den ersten Blick zu wissen.

Nach seiner ersten Verblüffung enthielt er sich ernster Vorhaltungen. Harry, in jenen ersten Augenblicken in einer Trance des Staunens befangen, erwachte bald zur Energie eines Wirbelwindes. Es mußten Vorkehrungen getroffen werden für die Hochzeit, für das sichere Geleit der Schwester durch die Fronten, für Juanas Bequemlichkeit, für das Nachtquartier der beiden Damen. Er hätte sie nach Elvas geleiten können, aber er wollte den kostbaren Schatz, den er gefunden hatte, nicht aus den Augen lassen. Sie und ihre Schwester mußten in seinem Zelt untergebracht werden. Er sandte seinen Burschen, Joe Kitchen, der durch eine Fügung des Schicksals in einer halbwegs nüchternen Verfassung aus Bajados zurückkehrte, durch das Lager, um eine Matratze für seine Geliebte zu erbitten, zu borgen oder zu stehlen. Er entrang Stewart ein Kissen, Jack Molloy eine Decke, und hielt sich erst gar nicht damit auf, ihre Argumente gegen seine übereilte, unheilschwangere Heirat anzuhören.

Die Schwester blinzelte Juanas erstaunlichen Liebsten an und brachte Bedenken gegen seinen autokratischen Erlaß vor, daß sie sein Zelt in Besitz nehmen sollten. Nachdem sie die britischen Truppen in Bajados gesehen hatte, erschien ihr der Schutz von Zeltbahnen nur wenig zuverlässig. «Werden wir auch sicher sein? Werden die Soldaten nicht einbrechen?» fragte sie nervös.

Harry starrte sie erstaunt an. «Einbrechen?» wiederholte er, denn selbst seiner raschen Auffassungsgabe fiel es schwer, das Ungeheuerliche ihrer Vorstellung zu verdauen. «Die Mannschaften in ein Offizierszelt einbrechen? Bei Gott, das werden sie nicht!»

Sie schien immer noch zu zweifeln. Um sie zu beruhigen, rief er seinen privaten Stallburschen herbei, eine sture respektable Persönlichkeit, die selbst einer nervösen spanischen Dame Vertrauen einflößte, und befahl dem Mann strikt, über die Unverletzbarkeit der Ruhe seiner Gäste zu wachen.

«*Yessir*», sagte English West hölzern und verriet keinerlei Überraschung. Er warf einen Blick auf die ältere Dame und entschied, daß da nichts dran war; er schaute Juana an, deren Schrecken nun alle zu Ende waren und die wie ein neugieriges Rotkehlchen auf der Kante von Harrys Bett saß, und begegnete einem scheuen Lächeln, das ihn an einen kleinen Schelm erinnerte, den man bei einer Missetat ertappt. Er war sichtlich erschüttert, zog sich zurück, und es wirbelte ihm im Kopf.

James Stewart, der es aufgab, Harry zur Vernunft zu bringen, und in dieser Heirat den Ruin der Karriere seines Freundes sah, meinte verzweifelt, es sei nicht fair, ein so junges Mädchen Hals über Kopf in die Ehe zu stürzen. Er sprach mit ihr in seinem gebrochenen Spanisch – denn er konnte es in keiner fremden Sprache erreichen, sie fließend zu sprechen –, versuchte, sie über ihre wirklichen Wünsche auszuholen, und versicherte sie gleichzeitig des Schutzes im Lager.

Sie begriff, was er meinte, und lächelte glücklich. «Bitte, ich will Enrique heiraten», sagte sie.

Sie war ganz sicher, weder schüchtern noch kokett. Das Leben im Gefolge einer Armee enthielt für sie keine Schrecken. Sie hatte Soldaten gern, versicherte sie Jack Molloy sonnig. Ihr eigener Bruder war Soldat gewesen. Jetzt natürlich tot – von den Franzosen getötet. Jack ergriff die Gelegenheit, die sich durch Harrys zeitweise Abwesenheit ergab, und versuchte es redlich, der kleinen spanischen Dame ein wahres Bild der Entbehrungen und Gefahren zu malen, die sie erwarteten, wenn sie Harrys Frau wurde. Sie hörte ihm höflich zu, ermutigte sein holperndes Spanisch, half ihm gelegentlich mit einem Wort aus, das er nicht finden konnte, schien aber nicht im geringsten von dem beeindruckt zu sein, was er erzählte. Als er die Unbequemlichkeiten des Reisens in der Nachhut der Armee schilderte, mitten in dem schwerfälligen Troß und umgeben von Schlachtenbummlerinnen, die Möglichkeit, Harry vielleicht tagelang nicht zu sehen, schaute sie sehr weise drein und sagte mit beträchtlicher Entschiedenheit, sie hielte es vielleicht für besser, nicht in der Nachhut der Armee zu reisen.

«Viel besser!» versicherte ihr Molloy. «Wissen Sie, Señorita, Sie haben nicht ganz erkannt, was so ein Leben für eine zarte Frau bedeutet.»

«Das ist sehr wahr. Außerdem, wenn ich meinen Enrique tagelang nicht sehen könnte, gefiele mir das gar nicht», sagte Juana.

«Wie sollte es das auch, wirklich? Und was ihn betrifft, bedenken Sie seine Angst, wenn er von Ihnen getrennt ist, nicht weiß, wie es Ihnen geht, und nicht imstande ist, zu Ihnen zu kommen!»

«Ja, das stimmt», sagte sie und nickte. «Es ist sehr gut, daß Sie mir das alles gesagt haben, denn ich hatte keine rechte Vorstellung, wenn ich auch nicht dumm bin, glaube ich. Ich werde nicht hinten mitgehen. Das ist durchaus nicht das, was ich mir wünsche. Ich werde bei Enrique bleiben.»

Sie schien zu denken, daß sie die einfachste Lösung für alle Schwierigkeiten gefunden hatte, die ihrer Heirat im Weg standen. Molloy war ziemlich hilflos. Er versuchte ihr zu sagen, daß das, was sie vorschlug, noch nie dagewesen war, stotterte jedoch unter ihrem aufrichtigen, vertrauensvollen, fragenden Blick und murmelte: «O zum Teufel!»

«Das schlimmste daran ist, daß sie ein so liebes Seelchen ist – wirklich ein Engelsgeschöpf, Charlie! –, was es einem höllisch schwer macht, ihr die brutale Wahrheit zu sagen», erzählte er Eeles später. «Verflixt, da sitzt sie, nicht ein bißchen scheu, und ahnungslos wie ein Baby vor dem, was ihr bevorsteht!»

«Nun, warum hast du ihr's nicht gesagt?» fragte Eeles gereizt. «Deshalb bist du ja hingegangen, nicht?»

«Ich habe es ja versucht. Aber sie hat eine Art, einen anzuschauen, die es einem unmöglich macht, weiterzureden. Sie sagt, sie wird bei Harry vorn bleiben.»

«Dann ist der arme Harry verloren!» sagte Eeles. «Er, der das Vorbild eines Offiziers vom Dienst war! Verdammt, er muß doch auf Vernunft hören!»

«Ausgeschlossen. Er ist total verrückt und ist losgegangen, um eine anständige Frau als Dienerin für das Mädchen zu finden.»

«Dann muß Barnard mit ihm reden!»

«Nützt nichts. Soviel mir Kincaid sagt, ist die Familie des Mädchens Seiner Lordschaft gut bekannt. Lord Fitzroy wohnte bei ihnen, nach Talavera. Harry will die ganze Sache Lord Wellington vortragen.»

«Guter Gott, wenn er das tut, wird er es sich mit Wellington total verderben!»

«Davor habe ich ihn auch gewarnt, aber er bildet sich ein, Seine Lordschaft braucht seine kostbare Juana nur zu sehen und ist gewonnen. Und wenn man es bedenkt», fügte Molloy hinzu und dachte an die Vorliebe Seiner Lordschaft für das schöne Geschlecht, «hat er vielleicht sogar recht.»

2

Zum Glück für Brigadeadjutant Smith war Seine Lordschaft in vorzüglichster Laune. Er erinnerte sich sehr gut an die Familie der Los Dolores de León, und obwohl er insgeheim dachte, daß die abgehärmte Frau vor ihm erschreckend gealtert sei, war er entzückt, eine alte Bekannte wiederzutreffen. Und was Juana betraf, so brauchte man ohnehin nicht zu zweifeln, ob sie Seine Lordschaft bezaubern konnte. Er sagte, er habe sie gekannt, als sie noch ein Kind war – es waren nicht ganz drei Jahre seit dem Aufenthalt Seiner Lordschaft in Bajados vergangen, aber möglicherweise war Juana seither zur Frau erwachsen, dachte Oberst De Burgh, Seiner Lordschaft interessierter Adjutant –; er nehme nicht an, sie könne sich seiner erinnern, aber er nahm das Privileg eines sehr alten Freundes trotzdem in Anspruch, küßte sie auf die Wange und nannte sie seine Juanita.

Es ging alles großartig glatt ab. Der Sieger von Bajados war nicht jener Wellington, dessen ätzende Zunge selbst dienstältere Offiziere von einem Gespräch bei ihm kalkweiß und stotternd weggehen ließ, und mit so schlotternden Knien, daß sie kaum gehen konnten. Der Wellington, der dastand und mit Juanas Schwester Erinnerungen austauschte, war ein fröhlicher, ziemlich lauter Herr, sehr einfach, aber nett gekleidet, in einem blauen Rock und biskuitfarbenen Beinkleidern; ein Herr, dessen häufiges Gelächter zeigte, daß er ausgezeichneter Laune war, und der nun, da er ein Peer geworden war, nicht weniger zugänglich war wie als ein bloßer Sir Arthur Wellesley. Ein höchst natürliches Wesen, dieser Viscount Wellington of Talavera (aber nach seinen glänzenden Erfolgen bei Ciudad Rodrigo und Bajados würden sie ihn zum Earl machen); der hatte nichts von dem Getue des «Großen Mannes» an sich! Sicherlich, manchmal konnte er schon ein bißchen steif sein, und er hatte eine Art, einen von oben herab über seine gebogene Nase anzuschauen, die starke Männer in ihren Schuhen erzittern ließ; aber wenn ihn gerade nichts reizbar machte, war er ein vorzüglicher Gesellschafter – sehr angenehm und natürlich, überhaupt kein Gnädigtun und keine Herablassung, wirklich; und über einen guten Witz konnte er sich diebisch freuen.

Über die Blitzwerbung des Brigadeadjutanten Smith mußte er lachen. Falls er es mißbilligte, daß sich ein vielversprechender junger Offizier in einer Ehe band, so sagte er es jedenfalls nicht. Der Troß der Armee war ohnehin schon verstopft und behindert von Gattinnen und Schlachtenbummlerinnen; möglicherweise dachte Seine Lordschaft, ein Realist, auf eine Dame mehr würde es bei der schon bestehenden Behinderung auch nicht mehr ankommen. Was er sagte, war, daß Smith ein verdammt glücklicher junger Kerl sei; und am Ende eines zwanzig Minuten langen scherzenden Gespräches mit Juana verkündete er, daß er persönlich den Brautführer machen werde. Es war offenkundig, daß er eine große Zuneigung zu dem sprühenden Geschöpfchen gefaßt hatte – natürlich ganz väterlich, oder sagen wir onkelhaft. Zwar ein großer Courschneider, dieser Lord, aber nicht der Mann, der in den Jagdgründen eines ihm untergebenen Offiziers gewildert hätte.

Er schien aufrichtig betrübt zu sein, als er von der mißlichen Lage der Schwestern erfuhr, aber als die ältere die Plünderung von Bajados sehr verurteilte, reagierte er nur kühl: «Krieg ist immer eine schreckliche Sache, Señora. Die Stadt hätte uns keinen Widerstand mehr leisten sollen, sobald einmal die Breschen sturmreif waren.» Er wandte sich an Juana und fügte sanfter hinzu: «Aber Smith wird sich um Sie kümmern, meine Liebe. Melden Sie ihn mir, wenn er es nicht tut!»

Er sah durchaus ein, daß Smith Juana unbedingt heiraten mußte. «Eine der besten Familien», sagte er zu ihm. «Schlimme Zeiten für sie, nicht? Ah – hm. Sie werden einen Priester haben müssen. Vermutlich teuflisch strenge Anschauungen.»

Aber Harry hatte das schon arrangiert. Der Priester der 88. Connaught Rangers war für die Zeremonie gewonnen worden. Harry und Juana würden eine Feldtrauung haben.

«Sehr schön», sagte Seine Lordschaft. «Aber besser, Sie schauen dazu. Wir werden in ein oder zwei Tagen das Lager abbrechen.»

Die Trauung fand zwei Tage später statt – trotz aller Proteste von Harrys Freunden. Jeder sah Harrys Zukunft in den düstersten Farben. Sie sagten, er sei ein Narr – solange sie Juana noch nicht vorgestellt waren; und nachher sagten sie, von nun ab würde er bestimmt seinen Dienst vernachlässigen.

«Ihr habt unrecht, ihr habt total unrecht!» versicherte Harry, der in diesen Tagen nur strahlte und wie auf Wolken ging. «Ich werde meine Pflicht tun. Wie zum Teufel soll ich eine Frau erhalten, wenn ich nicht befördert werde? Ihr werdet schon sehen!»

Aber er war vorsichtig genug, Juana alles zu erklären. Als er am Vorabend ihrer Hochzeit mit ihr beisammensaß, den Arm um sie gelegt, erzählte er ihr, worin seine Pflichten bestanden, die ihn oft von ihrer Seite fernhalten würden, aber wie es andererseits unmöglich für ihn wäre, sich ihnen auch nur im geringsten zu entziehen.

Sie fuhr plötzlich auf, mit wogendem Busen und blitzenden Augen. «Glaubst du, ich würde es überhaupt zulassen, daß du deine Pflichten vernachlässigst?» fragte sie. «Du bist abscheulich! Ein Schurke! Ich bin doch eine de León!»

«Oho!» sagte Harry, amüsiert von diesem Einblick in das feurige Temperament seiner Liebsten. «Kleine *guerrera*!»

«Oh!» Daß sie ein Zankteufel genannt wurde, machte sie sprachlos. Sie hätte ihn geohrfeigt, hätte er ihre Hand nicht abgefangen und festgehalten. «Das ist einfach nicht wahr!»

«Nein, nein! *Una nina buena!*» versicherte er und lachte sie aus.

«Nein! Ich bin kein Kind mehr, und du sollst dich nicht über mich lustig machen. Und ich bin gar nicht jähzornig, überhaupt nicht. *Absolutamente no!* Ich bin – ich bin –»

«*Dolce como la miel*», schlug er vor.

Sie sah ihn mißtrauisch an, sah das verräterische Zittern eines Muskels in seinem Mundwinkel und brach in ein kleines krähendes Lachen aus. «Ja, ja! Süßer als Honig – wenn man höflich zu mir ist!»

Er riß sie so heftig in die Arme, daß ihr der Atem verging. *«Enamorada! amanta!»* sagte er heiser und bedeckte ihr Gesicht mit Küssen.

Sie flüsterte: «Liebe mich! Liebe mich immer!»

«*Mientras viva!* Solange ich lebe!» antwortete er.

Sie kuschelte sich an seine Brust. «Und ich auch, Enrique. *Con toda mi alma, bien amado!*»

Als Harrys Freunde ihn von dieser stürmischen Leidenschaft hingerissen sahen, gaben sie sich zwar geschlagen, hielten ihn jedoch für verloren. Es gab selbst für den eifrigsten Offizier vom Dienst sehr wenig zu tun, solange die britischen Truppen Bajados weiter verwüsteten, so daß Harrys Schwur, er würde auch nicht den geringsten Teil seiner Arbeit vernachlässigen, nicht unverzüglich auf die Probe gestellt werden konnte. Die innere Glut in seinen schmalen Augen, eine gewisse Anspannung seiner Muskeln, der verzehrende hungrige Ausdruck, den er trug, verhießen der Brigade nichts Gutes, dachten seine Freunde ängstlich. Aber sie wohnten seiner Hochzeit bei und machten gute Miene zum bösen Spiel; und selbst der arme Johnston, dieser prächtige Rifleman, der mit zerschmettertem Arm in seinem Zelt lag, riß sich aus seiner Pein hoch, um Harry seine Glückwünsche zu schicken.

In die Reihe von Harrys Freunden waren tragische Lücken gerissen worden, aber es versammelten sich doch noch viele um die aufgestellte Trommel im Lager der Connaught Rangers, dieser tapferen, versoffenen Schurken des alten Picton. Über ihnen im windverwehten Himmel schimmerten Flecken von Bläue zwischen den Wogen weißer Wolken. Eine heiße Sonne brannte auf die verlassenen Zelte hernieder; der Wind ließ die Stola des Priesters und die Mantille flattern, die Juana über den Kopf geworfen hatte. Im Lager herrschte ungewohnte Stille, aber von der mauerbewehrten Stadt herüber ertönten von Zeit zu Zeit Schüsse und das von der Ferne gedämpfte unterdrückte Murmeln von Tumult. Die Soldaten in Bajados schossen auf die Tauben, die um den Turm der Kathedrale kreisten; der gedämpfte Lärm einer Armee, die losgelassen worden war, um sich zu vergnügen, ließ Juanas Schwester erschauern und ängstlich über den Fluß hinweg zu den befestigten Mauern blicken.

Aber schließlich gab es zwei Gesichtspunkte, von denen aus man die Plünderung Bajados' betrachten konnte. «Ja, ja!» sagte Paddy Aisy, der in einem Feldkessel ein starkes Getränk aus gewürztem Wein braute, «jetzt is' alles aus und vorbei – und war da vielleicht nicht der Gottseibeiuns selber dahinter, bei der Einnahme von dem Nest da, und war die Langnase vielleicht nicht komisch, daß er unbedingt da hineinwollte, bei der höllischen Verteidigung! Aber was sonst hätt' er schon machen können? Hat er vielleicht nicht selber Befehl dazu gekriegt; und hat er uns allen vielleicht nicht gesagt – ‹Burschen›, hat er gesagt, ‹mir is' selber leid, daß ich euch mit diesem dreckigen Auftrag losschicken muß; aber wir müssen es halt machen. Und wenn ihr's zustand kriegt, dahineinzukommen, krumm oder grad, bei allen Mächten, wird es euer Verdienst sein, von euch allen – und meines auch!› Und hat er da vielleicht nicht die Wahrheit gesagt? ‹Stimmt's›, hat er gesagt, ‹hab ich euch vielleicht schon einmal angelogen oder euch auch nur ein Wort gesagt, das nicht so wahr ist wie das Evangelium? Und wenn ihr es macht, wie ich euch's sag, dann gibt's einfach nichts, was euch schlagen könnt!› Und bestimmt –», fügte Paddy hinzu und erfrischte sich am Inhalt seines Kessels, «nachdem daß wir drin waren, war er dann vielleicht wie die anderen und hat uns hinausschmeißen wollen, bevor wir unsern Spaß gehabt haben? Der nicht, meiner Treu! Der hat anständig mit den Jungens geredet. ‹Na, Burschen›, sagt er, wie er mich und ein paar andere trifft, wie wir grade ein Haus um eine Kleinigkeit erleichtern, ‹na, Burschen›, sagt er, denn er kennt seine Pappenheimer – ‹Gott segne euer Werk! Ich bin ganz stolz darauf, wenn ich denke, wie gründlich ihr den französischen 88ern die Schneid abgekauft habt, im Kastell, gestern abend!›»

Vielleicht nicht ganz der lakonische Stil Seiner Lordschaft; aber sicher daran war, daß sich Seine Lordschaft zu den Greueltaten, die innerhalb der Mauern der Stadt begangen wurden, blind und taub stellte. Das einzige, worüber Seine Lordschaft böse wurde, war, daß er fast von einem *feu-de-joie* niedergeschossen wurde, das von einem Mob betrunkener Soldaten begeistert ihm zu Ehren abgefeuert wurde, als er durch die Bajados ritt. Was Paddy Aisy fühlte, waren durchaus auch die Gefühle Seiner Lordschaft, wie derb sie auch wiedergegeben wurden. Nach achtzehn Stunden Plünderung erließ Seine Lordschaft einen kühlen Tagesbefehl. «Es ist hoch an der Zeit, daß die Plünderung von Bajados aufhöre», schrieb er und nahm den Krieg, wie er war, nicht Sache einstiger Ritterlichkeit, sondern ein blutiges, verzweifeltes Geschäft. «Von jedem Regiment, britisch sowohl wie portugiesisch, werden je ein Offizier und sechs zuverlässige Unteroffiziere morgen um 5 Uhr früh in die Stadt entsandt, um alle Mannschaften, die dort noch herumstreifen, fortzubringen.»

Aber am 8. April, als Seine Lordschaft galant mit Juana am Arm vor der Trommel – ihrem Traualtar – stand, war sein Befehl noch nicht ausgeführt worden; denn kein Offizier und keine sechs Unteroffiziere, zuverlässig wie immer sie auch sein mochten, konnten sich in der Hoffnung wiegen, die Handlungen jener Regimentsangehörigen, die gegenwärtig in den Straßen herumtobten oder in den weißgetünchten Häusern von Bajados Unzucht trieben, unter Kontrolle zu bekommen.

Dennoch schien Seine Lordschaft völlig ungerührt, als er Juana Unsinn ins Ohr flüsterte. Seine Lordschaft liebte seine Leute nicht, konnte sie jedoch mühelos verstehen. Gleich würde er eine starke Mannschaft in die Stadt hineinschikken und dort einen Galgen errichten lassen, aber nicht eher, bis sich seine wilden, heroischen Truppen am Sieg gesättigt hatten. Hatte es Seiner Lordschaft etwas ausgemacht, als er nach der blutigen Schlacht bei Ciudad Rodrigo die Männer der 95er Rifles in jedem nur denkbaren Kostüm, nur nicht in der Uniform eines Rifleman, getroffen hatte? Nicht die Spur. Ihre Schwerter waren vollgespießt mit Schinken, Zunge und Brotlaiben gewesen; sie hatten sich unter der Last des Plünderungsgutes gebogen; aber als sie ein Hoch auf Seine Lordschaft ausbrachten, hatte er es in seiner üblichen steifen Art zur Kenntnis genommen, hatte gedankt und den Offizier der führenden Kompanie ganz sachlich gefragt, welches Regiment das sei? Und als man ihm sagte, daß er seine Elitetruppen vor sich sehe – hatte er wiehernd aufgelacht und war weitergeritten.

Nein, Seine Lordschaft regte sich nicht über das Verhalten von Truppen auf, die die härteste Nuß seiner spanischen Feldzüge geknackt hatten. Um ehrlich zu sein, Seine Lordschaft hatte wenig Mitleid für seine spanischen Alliierten übrig. Er hatte zu viel von ihnen zu erleiden gehabt.

Seine Lordschaft war ganz Aufmerksamkeit für Juana und ihre Schwester, ganz Jovialität Harry Smith gegenüber, von dem er wußte, daß er einer seiner vielversprechenden jungen Offiziere war. Er hatte inmitten seiner eigenen Kümmernisse Zeit gefunden, Maßnahmen für die ältere Dame zu treffen, um sie auf den Weg durch die britischen Linien zu bringen. Wenn man Seine Lordschaft so sah, wie er Harry auf die Schulter schlug, einen Scherz machte und in sein wieherndes Gelächter ausbrach, hätte man nicht geglaubt, daß Soult auf dem Marsch war, daß die spanische Garnison, die er in Ciudad Rodrigo zurückgelassen hatte, sich als gänzlich unfähig erwies, daß seine eigenen Truppen gänzlich aus der Hand geraten und die meisten total besoffen waren, so daß er das Lager abbrechen und sich so bald wie möglich in Marsch setzen mußte.

Solche Gedanken, für den Augenblick im Geist Seiner Lordschaft verdrängt, schwirrten dennoch in Harrys Kopf, als er Juanas kleine Hand in die seine empfing. Sicherlich hätte für einen Offizier in Lord Wellingtons Armee kein Zeitpunkt ungünstiger sein können, sich eine Frau zu nehmen. Es war April, der Sommer nicht fern – für einen Zivilisten natürlich bezaubernd; für einen Soldaten aber bedeutete er: Sommerfeldzüge. Für Harrys kindliche Braut würde es kein gemütliches, sorgloses Winterquartier geben, mit Bällen und Liebhabertheater oder Ausflügen nach Lissabon, um die Eintönigkeit eines häuslichen Daseins zu unterbrechen. Lord Wellington behielt seine Pläne für sich, aber jedermann wußte, daß er jetzt in sehr kurzer Zeit seinen Sommerfeldzug beginnen würde, einen Keil in das Land treiben, und aus Marschall Marmont, der Massénas unbehagliches Kommando übernommen hatte und im Ruf eines eingebildeten Kerls stand, eine ebenso komische Figur machen wie aus jedem anderen französischen General, auf den er getroffen war.

«Zum Donnerwetter, Jungen, ist das etwa kein Mann, zu dem man steht? Trägt er nicht Grad und Ungrad mit uns, und ist er nicht darauf aus, die Franzosen vor sich herzutreiben, ganz wie unsereins einen alten Fußball?»

Keiner zweifelte, daß dies genau das war, was Seine Lordschaft den Franzosen vorzusetzen gedachte. Er mochte politische Gegner in England haben, die erklärten, seinen Siegen würde viel zu übertriebene Bedeutung beigemessen, sie seien um einen zu großen Preis errungen; aber die Männer, die unter diesem obersten Heerführer fochten, setzten ein heiteres Vertrauen in ihn, das nur eine Niederlage hätte erschüttern können. Denn Seine Lordschaft hatte noch nie eine Schlacht verloren. Roliça, Vimiero, Talavera, Coa, Bussaco, Sabugal, Fuentes de Oñoro, El Bodon – die lange Liste seiner spanischen Siege erstreckte sich über drei Jahre, schwierige Jahre voller Hemmnisse. Geldmangel, die Unfähigkeit einiger seiner Generale, Skepsis daheim, Eifersüchteleien in Spanien, Machinationen in Portugal – alles vereinigte sich, um Hindernisse aufzutürmen, die einen geringeren Mann zum Selbstmord oder Wahnsinn getrieben hätten. Sie machten Seine Lordschaft zänkisch – an manchen Tagen war seine Laune gräßlich –, aber den Mut ließen sie ihn nie verlieren.

Harry hatte ebensosehr wie seine Freunde Juana vor dem zu warnen gesucht, was vor ihr lag. Er sprach Spanisch wie ein Einheimischer, daher konnte sie keine Ausrede haben, sie hätte ihn mißverstanden. Jack Molloy dachte, Worte könnten einem Mädchen, dessen Leben von Klostermauern umgeben gewesen war, wenig klarmachen; er meinte, sie höre zwar Harry zu, forme sich jedoch aus Unerfahrenheit kein richtiges Bild von den Härten und Aufregungen, die auf eine Dame lauerten, die mit Wellingtons Armee reiste. Sie behauptete, ihr würde dieses Leben viel Spaß machen. Keine bösen Ahnungen erschütterten sie; sie kannte kein jungfräuliches Zurückbeben; als sie und Harry zu Mann und Frau erklärt wurden, schaute sie vertrauensvoll zu ihm auf, durchaus nicht mit umflorten Augen. Johnny Kincaid sah diesen Blick, und sein Lächeln war gequälter denn je, aber er war der erste, der vortrat und der jungen Frau Glück wünschte.

Für diese Jungvermählten gab es keine Flitterwochen, keine Abreise mit einem Vierergespann, mit Hochzeitsgästen, die zum Abschied winkten, und keine Koffer voll mit dem Brauttrousseau, fest verschnürt auf dem Kutschendach. Ein kleines Köfferchen enthielt die wenigen nötigen Sachen, die für Juana in Elvas besorgt worden waren, und ein kleines Zelt war ihr erstes Heim. Sie wanderte mit Harry im Mondschein durch das schweigende Lager, als sie sich von dem Hochzeitsmahl erhoben hatten, das die Offiziere von Harrys Regiment ihnen zu Ehren gegeben hatten. Juana lehnte leicht auf Harrys Arm und spürte, wie er zitterte. Als sie sein Zelt erreichten, wollte er die Lampe richten, aber Juana sagte nein, das sei ihre Arbeit. Sie stellte sich auf die Zehenspitzen, um es zu tun, ganz hingegeben an diese erste Hausfrauenpflicht. Er sah ihr zu, staunte über sie, und ihre Wichtigkeit erheiterte ihn. Das Lampenlicht erfüllte das Zelt. Juana zog ihren Mantel aus, faltete ihn und räumte ihn fein säuberlich weg, bewegte sich in dem beschränkten Raum herum, richtete kleine Unordnungen, als hätte sie ihr ganzes Leben lang hausgehalten. Sie fand eine Socke Harrys mit einem großen Loch in der Ferse. Sie schaute zu Harry auf, lachte ihn an und sagte: «Oh, wie schlimm! Ich glaube, du brauchst eine Frau wirklich sehr, *mi* Enrique! Wenn wir nach Elvas fahren, werde ich Nadeln und Wolle kaufen, und es wird keine Löcher mehr geben.»

Als er sie mit seiner Socke in der Hand sah, schwoll ihm das Herz; er sagte unsicher: «Kannst du denn solche Löcher stopfen, *alma mia*?»

«Natürlich! Ich kann alles!»

Er lächelte. «Reiten auch?»

«Das kann ich lernen», antwortete sie würdevoll. «Es wird gar nicht schwer sein, denn ich bin schon zweimal auf einem Esel geritten.»

Darüber mußte er lachen. Der Wunsch, sie in seine Arme zu nehmen, übermannte ihn; noch beherrschte er ihn eine Zeitlang, weil er Angst hatte, sie zu erschrecken, und war seltsam bewegt und schüchtern. Seine Stimme war ziemlich gepreßt und unnatürlich hoch. «Bravo! Und diese großen Reisen waren –?»

«Einmal besuchte ich meine Großmutter; und einmal gingen wir alle nach Olivença, um der Belagerung von Bajados zu entfliehen. Nicht dieser Belagerung. Und ich ritt auf einem Esel.»

«Jetzt mußt du lernen, auf einem Pferd zu reiten.»

«Natürlich. Ein Esel ist dumm und langsam, außerdem ist das überhaupt nicht englisch.»

«Wünschst du dir, englisch zu werden, *hija*?»

«Ja, weil ich doch deine Frau bin. Willst du das nicht, Enrique?»

«Ich liebe meine spanische Frau.»

Sie schüttelte stirnrunzelnd den Kopf, war aber erfreut. «Wie haben mich deine Freunde genannt?»

«Mrs. Harry Smith.»

Sie versuchte es zu wiederholen, ihre Zunge stolperte aber über den Namen, sie lachte perlend. «Ich bin zu sehr Spanierin!»

Er ging einen Schritt auf sie zu, nahm ihr die Socke aus der Hand, warf sie beiseite, nahm ihre Hände in seine und hielt sie an die Brust. Sie schaute zu ihm auf, nicht schüchtern, aber voll Demut. Er starrte in ihre Augen hinunter und las die mädchenhafte Verehrung des Helden in ihnen. Zum erstenmal in seinem bedenkenlosen Leben hatte er Angst. Sein sehniger Griff um ihre Hände verstärkte sich unbewußt; sein Gesicht sah im Lampenlicht leicht verstört aus.

Sie sagte verwundert: «Wie stark dein Herz klopft!»

«Ja. Es schlägt für dich.»

Sie zog seine Hände von seiner Brust weg und legte sie auf ihre eigene zarte Brust. «Und das meine für dich», sagte sie einfach.

Er spürte das Flattern ihres Herzens unter seinen Handflächen und legte die Arme um sie, ganz sanft, hielt sie fest, seine Wange an ihrem Haar.

«Woran denkst du, *mi* Enrique?»

«Ich bete zu Gott, daß du dies nicht bereuen mögest!»

«Warum?»

«Ich bin – ich bin ein oberflächlicher, liederlicher Kerl, deiner nicht würdig!» sagte er mühsam. «Ich bin egoistisch und aufbrausend –»

«Ach, ach!» sie kicherte. «Ich auch, *amigo*!»

«Nein, höre, *mi queridissima muger*! Ich schwöre, ich will versuchen, deiner würdig zu werden, aber sie werden es dir sagen – Stewart, Molloy, Beckwith, Charlie Eeles, alle meine besten Freunde! – , daß ich gedankenlos, eingebildet bin, nicht zu dir passe, und o Gott, es ist wahr und ich weiß es!»

«*Mi esposo!*»

«Ja! Und was für ein Gatte!» sagte er. «Verzeih mir, verzeih mir! Ich hätte es nicht tun sollen!»

«Aber was soll das heißen? Liebst du mich denn nicht?»

«*Con toda mi alma!* Aus ganzer Seele!»

«Das ist doch genug. Bedenke doch! Ich bin nur ein dummes Mädchen, ich weiß nichts, bloß, daß ich dich liebe. Ich muß erst alles lernen. Meine Schwester sagte mir, ich würde dir eine klägliche Frau abgeben. *Mi* Enrique, auch ich will versuchen, mein Bestes zu tun.»

Er hielt sie plötzlich auf Armeslänge von sich ab und sah sie durchdringend an. «Keine Reue? Du fürchtest dich nicht? Obwohl deine Schwester fort ist und du unter fremden Leuten geblieben bist und ein Leben vor dir hast, das hart und bitter für eine Frau ist?»

«Aber das ist Narrheit!» sagte sie. «Warum sollte ich mich fürchten? Wirst denn nicht du dich um mich kümmern, *mi esposo*?»

«Bis zum Tod!» sagte er mit zitternder Stimme, ließ endlich die eiserne Beherrschung fahren, packte sie in einer ungestümen Umarmung und preßte seinen Mund auf den ihren.

Ihr Körper gab wunderbar nach; ein Arm war an seiner Seite festgehalten, aber den anderen schlang sie um seinen Hals, um ihn enger an sich zu pressen. Er hob sie auf und ging, sie auf den Armen tragend, zur Lampe, die sie angezündet hatte, und drehte sie mit einer Hand zurück. Die kleine Flamme flackerte blau und ging aus.

4

Harry hatte eine Frau, die mit einem Mann vom 52. Regiment lebte, als Dienerin für seine junge Frau bekommen. Sie war ein rauhes, muskulöses, aber anständiges Geschöpf. Wenn sie auch wenig vom Geschäft einer Zofe verstand, so wußte sie ein Mädchen vor den Derbheiten des Lagerlebens doch wohl zu behüten. Wenn Harrys Freunde die große Jenny Bates kampfbereit am Eingang seines Zeltes stehen sahen, lachten sie und fragten ihn, ob ihm noch seine eigene Seele gehöre. Aber Jenny, jedem Eindringling gegenüber eine Gorgo, wußte, was ihr ziemte, und schien das schmale, flammende Geschöpfchen, das ihre Herrin war, zu respektieren. Sie war mürrisch und hart, und kein Mann konnte ihr sehr imponieren. Wenn Harry in stürmischer Ungeduld sein Zelt von oberst zu unterst kehrte, alles nur wegen eines Taschentuchs, das schließlich in seiner eigenen Tasche steckte, pflegte Jenny, die Arme in die Hüften gestemmt und ein grimmiges Lächeln auf den Lippen, daneben zu stehen, bereit, alles wieder in Ordnung zu bringen, wenn er fertig war. Verfluchte er sie, nahm sie das mit duldsamem Schweigen hin; lobte er sie, pflegte sie sehr wahrscheinlich mit einem Schnauben darauf zu reagieren. Aber wenn er ihr einen Befehl für das Wohlergehen Juanas gab, gehorchte sie ihm bis aufs i-Tüpfelchen. Ihre Kenntnis des Spanischen ging nicht über die Grundbegriffe hinaus, aber ihre Herrin schien sie immer zu verstehen. Sie wachte über Juana wie eine griesgrämige, aber treue, plumpe Dogge. In ihren Mußestunden führte sie eine endlose Fehde mit West, dem Stallburschen Harrys, der seinem Herrn ebenso ergeben war wie Jenny ihrer Herrin. Joe Kitchen, Harrys Offiziersburschen, verachtete sie. Er war ein unbedeutendes, leicht einzuschüchterndes Geschöpf. Mit Harrys Windhunden hielt sie es zwar gar nicht, tolerierte sie aber, nicht etwa, weil sie Harrys größter Stolz waren, sondern weil Juana sie liebte und verhätschelte.

Ein schöner Haushalt, den der junge Harry Smith da hatte – genau das Richtige für einen aktiven Offizier, spotteten seine Freunde. Er bestand aus einer Gattin, deren Zofe, einem Stallburschen, einem Offiziersburschen, einem Stall, einer Meute von fünf Windhunden, einem portugiesischen Jungen, der sich um eine Kavalkade von Ziegen zu kümmern hatte, und diversen verdächtig aussehenden Kerlen, die Harry, wohin immer er kam, aufzulesen verstand, und die als Führer durch fremdes Gebiet dienten. Wollte irgendein Offizier den Weg zu irgendeinem abgelegenen Nest finden, brauchte er nur Harry Smith um einen seiner Halsabschneider zu ersuchen.

Gleich am Morgen nach seiner Hochzeit ließ Harry seinen Stall Revue passieren und wählte schließlich als erstes Reitpferd für seine Frau ein großes portugiesisches Pferd von trägem Charakter. Die Chestnut Troop des Hauptmanns Ross von der Royal Horse Artillery war der Leichten Division zugeteilt, und Hauptmann Parker, der dank der Verwundung Ross' während der Belagerung vorübergehend das Kommando innehatte, wurde schon in aller Herrgottsfrühe von Harry mit dem dringenden Verlangen bestürmt, daß irgend jemand, gleichgültig wer, einen seiner Sättel sofort in einen Damensattel umbauen sollte. Harry hatte den Sattel über dem Arm gleich mit, und mochte Parker zwar stöhnen, so kannte er ihn doch zu gut, um zu protestieren. Als die Nacht hereinbrach, besaß Juana einen leidlich passenden Sattel und nahm am nächsten Morgen ihre erste Reitstunde. Die Unerschrockenheit, mit der sie hoch oben auf Harrys großem Biest von Pferd thronte, war es, was English Wests Herz gewann. «Das ist eine ganz Besondere, unsere Gnädige!» sagte er und kicherte, wie sie sich mit zusammengebissenen Zähnen bemühte, die schwierige Kunst des Reitens zu meistern.

Juana machte sich nichts aus dem Grinsen der Soldaten, die sie beobachteten, nichts aus ihren schmerzenden Gliedern oder blauen Flecken. Das einzige, woran sie dachte, war, die verhaßte Longe loszuwerden, auf der Harry bestand. Er mußte sehr streng mit ihr werden, ja war so unnachgiebig, daß sie sich im Handumdrehen mitten in ihrem ersten Streit befanden. Da sie beide Hitzköpfe waren, steigerte sich der Zank schnell zu einem erschreckenden Höhepunkt.

«Espadachin! Tirano odioso!» fauchte Juana, im Nu aus einem liebenden, eifrigen Kind in eine tobende Furie verwandelt.

«Estupida!» gab Harry zurück. «Also, ob ich doch je eine solche böse Sieben erlebt habe – du eigensinniger kleiner Teufel!»

Seine Worte gingen in einer wahren Sturzflut spanischer Schimpfwörter unter. Er lachte; Juana, die ihm mit einem Ruck die Reitgerte, die er ihr geschenkt hatte, entriß, schlug nach ihm. Harry fing die Gerte auf, entwand sie ihr, packte Juana bei den Schultern und schüttelte sie, bis sie mit einem ärgerlichen Schluchzen den Atem anhielt.

«Jetzt höre einmal, du!» sagte Harry mit der Stimme, die seine Männer nur zu gut kannten. «Du wirst tun, was ich dir sage, verstanden?»

«Unterstehe dich!»

«Das wirst du ja sehen!» sagte Harry über die Schulter zurück. Tränen schossen ihr in die Augen. Harry pfiff unbekümmert das Bruchstück eines Gassenhauers durch die Zähne. Juana stampfte mit dem Fuß auf. «*Insensato!* Ich hasse dich!»

«Das sieht man ja auch!» sagte Harry und hob die Hand, um die Strieme sehen zu lassen, die ihre Reitgerte quer über seine Handfläche gezogen hatte.

Entsetztes Schweigen. «Das habe ich nicht getan!» sagte Juana erstickt. «Nein! Nein!»

«*Si!*»

Sie wurde blutrot, Tränen liefen ihr über die Wangen; sie wandte sich ab und ließ den Kopf hängen. «Es tut mir leid! Wirklich, es tut mir so leid!»

Mit zwei Schritten war Harry bei ihr. «Es macht nichts, *hija,* überhaupt nichts! Ich habe dich doch nur aufgezogen!»

Schmeichelnd legte sie seine Hand an ihre nasse Wange. «Ich bin schrecklich und schlecht! Ich schäme mich! Aber trotzdem mag ich nicht an der Longe gehen! Bitte, bitte, Enrique!»

«Nein, du kleiner Racker, nein!» sagte Harry und kniff sie in die Nase. «Nicht, bis du so reiten kannst, daß ich zufrieden bin.»

«Wenn wir auf den Marsch gehen?»

«Ich verspreche nichts.»

«*Ay de mi!*» seufzte Juana und fügte sich vorderhand in ihre Niederlage.

Harry erlaubte ihr nicht, sich von seinem Quartier ohne ihn oder Wests Begleitung zu entfernen. Zum Glück fügte sie sich diesem Gebot dank ihrer strengen Erziehung ohne Auflehnung. Schon seit ihrem Hochzeitstag schäumte das Lager vor Geschäftigkeit fast über. Bauern strömten von meilenweit herbei, um das Plünderungsgut zu kaufen, das die Soldaten, die aus Bajados zurücktorkelten, zum Verkauf mit sich brachten.

«Verdammt, das Lager schaut wie ein lausiger Jahrmarkt aus!» explodierte Charlie Beckwith und starrte wütend ein Knäuel Kauflustiger an, die lärmend einen Herrn in der Jacke eines französischen Grenadiers, den Tschako mit grüner Quaste eines Rifleman auf dem Kopf, belagerten, der dem Meistbietenden eine Rolle Tuch und ein Bild in Goldrahmen offerierte. Ein Soldat, der aussah, als hätte ihn die Plünderung von Bajados mehr erschöpft als der Sturm auf die Stadt, stand dumm glotzend dabei. «Schau, daß du in dein Quartier kommst, du versoffenes Schwein!» krächzte Beckwith. «Ich will dir etwas sagen, Harry: du wirst gut daran tun, deine Frau unter Bewachung zu halten! Ich jedenfalls habe unsere Leute noch nie in einem derartigen Zustand gesehen!»

«Zum Teufel mit allen Belagerungen!» sagte Harry aus tiefstem Herzen. «Juana ist gut aufgehoben. Gott sei Dank werden wir den Staub dieses höllischen Ortes ohnehin demnächst von den Füßen schütteln!»

Aber bevor Lord Wellington alle seine Leute aus der verwüsteten Stadt sammeln konnte, war er gezwungen, ein Regiment Portugiesen auf dem Marktplatz aufmarschieren und dort drei grimmige Galgen errichten zu lassen. Er ließ einen oder zwei Männer hängen, und die übrigen ließen es sich rechtzeitig zur Warnung dienen, denn sie kannten das Temperament Seiner Lordschaft, und stahlen sich ins Lager zurück. Dort wurden sie von den Offizieren derart geschunden, daß die Leichte Division am 11. April, fünf Tage nach dem Sturm auf Bajados, imstande war, das Lager abzubrechen und nordwärts zum Campo Mayor zu marschieren.

Sie ließen Dutzende von verglimmenden Feuerstätten zurück, denn jeder Mann mußte vor dem Abmarsch seinen Tornister öffnen und alles Plünderungsgut, das er darin verborgen hatte, ausleeren. Jeder unrechtmäßige Besitz, der brennbar war, wurde ins Feuer geworfen; freilich war es den meisten Soldaten gelungen, zu verkaufen, was sie aus der Stadt herausgebracht hatten, und statt unnützer Schätze hüteten sie dafür ein paar kostbare Münzen.

Es war eine von Exzessen gesättigte Division, die von Bajados abmarschierte. Die einen kehrten heiter zur normalen Routine des Armeelebens zurück; die anderen brummten; und einige waren gefährlich mürrisch.

«Nur eine Woche auf dem Marsch, und die Sweeps werden wieder zu sich kommen!» sagte Jack Molloy und warf einen grimmig liebevollen Blick auf seine zerlumpte, rauhe Kompanie.

5

Es wurden zwei Wochen daraus. Sie marschierten aus Spanien hinaus in die tödliche portugiesische Provinz Alemtejo. Die Armee hielt sich jedoch hier nicht auf. «Einmal in Alemtejo, nie wieder lebend heraus», hieß es. Sechs Tage lang – bis das Castello Branco erreicht war – marschierten sie jeden Tag, immer in nördlicher Richtung. Ihr Weg ging über Campo Mayor, Arronches – wo Juana, in Harrys Reitmantel gehüllt, in einem Wald biwakierte und auf dem Boden neben der glimmenden Asche des Lagerfeuers fest schlief – und Portalegre, einigermaßen zerschossen, aber immer noch eine der besten portugiesischen Grenzstädte. Sie überquerten den Tajo bei Villa Velha, einem zerstörten Dorf, das am Rand einer Schlucht lag, und erreichten Castello Branco am 16. April, um hier einen Tag lang anzuhalten, Rast zu machen und den Nachschub nachkommen zu lassen.

Wenn Harry an Juanas Fähigkeiten gezweifelt hatte, mit der Division Schritt zu halten oder gleichmütig die Ermüdung langer Märsche und die Unbequemlichkeit primitiver Unterkünfte zu ertragen, waren seine Zweifel bald geschwunden. Sie war der geborene Soldat. Sie ritt auf ihrem portugiesischen Pferd in der Nachhut der Kolonne mit West zusammen, wenn Harry nach vorn ging, und nie kam eine Klage über ihre Lippen. An Reiten nicht gewöhnt, war sie in den ersten Tagen so steif und so verkrampft, wenn sie aus dem Sattel gehoben wurde, daß sie manchmal die Beine nicht trugen und sie gestrauchelt wäre, hätte es nicht einen Arm gegeben, der sie stützte. Aber es gab immer einen Arm – wenn nicht Harrys oder Wests, dann sehr bald den Arm eines jeden Offiziers und Soldaten, der gerade in der Nähe war. Sie hatte eine besondere Gabe, sich

Freunde zu machen, und diese Eigenschaft zusammen mit den romantischen Umständen ihrer Heirat – eine Geschichte, die in kürzester Zeit jedem in der Division bekannt war –, machte sie zu einer interessanten Gestalt. Die Einbildungskraft der Männer war befeuert, noch bevor sie Juana gesehen hatten; wenn ihnen ihr freundliches Lächeln vertraut wurde und sie sahen, wie ihre tapfere, aufrechte kleine Gestalt im Sattel nie zusammensackte, schlossen sie sie ins Herz und waren sogar erfreut, wenn sie mit der Kolonne ritt, etwas, das bei Infanterieregimentern sonst nicht beliebt war.

Nichts konnte Juanas Frohsinn dämpfen. Das Wetter war unfreundlich, aber wenn es regnete, knöpfte sie den Friesmantel, den Harry für sie aufgetrieben hatte, fest zu und lachte über den Schmutz, der sie von Kopf bis Fuß bespritzte. Wenn ihre Zähne vor Kälte klapperten, biß sie sie zusammen und schlang den Zügel um die Hand, damit er den steifen Fingern nicht entglitt. Eine Unterkunft in einem halbzerstörten Bauernhaus voller Flöhe und Schmutz entlockte ihr kein damenhaftes Erschauern oder hysterische Anfälle, sondern nur einen bissigen und wenig schmeichelhaften Vergleich zwischen der portugiesischen und der spanischen Nation. Sie machte sich dann immer mit Jenny Bates unverzüglich an die Arbeit, um die Unterkunft wohnlich zu machen, und wenn Harry zurückkam, fand er ein vorübergehendes Heim und nicht ein bloßes Quartier vor.

Sie hatte ihm versprochen, daß sie nie über die Stunden murren würde, die er fern von ihr verbringen mußte, und sie hielt ihr Versprechen wörtlich ein. «Bist du auch bestimmt mit deinem Dienst fertig?» pflegte sie ihn zu fragen und hielt sich von ihm fern. Dann öffnete er seine Arme, und sie lief zu ihm, ohne Vorwürfe, daß sie auf einem harten Marsch vernachlässigt worden war, und ohne Klagen über Müdigkeit oder die Unbequemlichkeit der Unterkunft.

Sie begann Harry von den Männern in seiner Brigade dies und das zu erzählen. «George Green hat acht Kinder», sagte sie. «Fünf sind Jungen, aber er sagt, sie sollen einmal nicht in die Armee eintreten.» Oder: «Willy Dean bekommt in Alemtejo immer Furunkel, und jetzt hat er einen am Hals, und drum hält er seinen Kopf so komisch. Aber ich habe ihm eine Salbe dafür gegeben, und er sagt, es sei schon besser.»

Wie kam sie zu diesen Kenntnissen? Harry erfuhr es nie. Anscheinend fiel es ihr nicht schwer, das derbe Spanisch der Männer zu verstehen, oder West mußte ihr die wunderlichen Dinge, die sie ihr anvertrauten, übersetzt haben. Harry fürchtete, daß ihr der eine oder andere nahetreten würde, erkannte aber bald, daß sie sich trotz all ihrer Freundlichkeit Respekt zu verschaffen wußte. Damen, die im Kielwasser der Armee – und deren gab es viele – mit Zofen, Kinderpflegerinnen, schreienden Säuglingen und Wagenladungen voll Gepäck reisten, waren häufig Gegenstand von Zoten; aber die Gattin des Brigadeadjutanten Smith, die das unbequemste Biwak mit ihrem Gatten teilte, über Härten lachte, den unbedeutendsten Soldaten ebenso höflich grüßte wie den Brigadegeneral, war eine ganz außergewöhnliche Dame.

«Und eine Dame ist sie, und daß mir das keiner vergißt!» sagte der «Totschläger» Palmer, seit Bajados in den «Kugelfesten» umbenannt.

«Ho!» näselte Tom Crawley, der sich am Lagerfeuer räkelte. «Wird auch gut sein, wenn man bedenkt, wie unser Brigadeadjutant dreinschauen kann.»

«Wenn's aber einer vergißt, dann kriegt er's mit mir zu tun», sagte der «Kugelfeste» und ließ seinen Blick augenrollend über die Gruppe schweifen. «Die jedenfalls hält sich ihr Sacktuch nicht an die Nase, weil diese gräßlichen, groben Soldaten so unfein stinken! ‹Geht's Seiner armen Gattin schon besser mit ihrem Fieber?› sagte sie zu mir, als wenn ich die alte Krummnase selber wär.»

«Und seit wann besitzt du eigentlich eine Gattin?» erkundigte sich ein Schotte mit schwarzen Augenbrauen höflich.

«Von der Pepita hat sie geredet, du närrischer Viehdieb! Willst du vielleicht, daß ich die Ohren von so einer wie sie – und viel mehr als ein Baby ist sie noch nicht! – damit beleidige, daß ich ihr den wahren Sachverhalt erkläre? Wenn du nicht weißt, wie man eine Dame behandelt – andere jedenfalls wissen's und werden es dir beibringen!»

«Och, reg dich bloß nicht auf, du! Ich hab ja nichts gegen das Kind. Die ist schon richtig», antwortete der Schotte friedlich.

Wenn Juana von den Mannschaften mit liebevollem Respekt betrachtet wurde, so wurde sie von den Offizieren von Barnard abwärts bis zum zuletzt eingetroffenen Fähnrich vergöttert. Sie war zu den meisten wie eine Schwester und behandelte sie, als hätte sie sie ihr ganzes Leben lang gekannt, dennoch aber mit einem instinktiven Takt, der üblen Zungen keinerlei Nahrung für Verleumdungen gab. Obwohl Juana die ganze Brigade adoptiert hatte, kranke Freunde besuchte, Löcher in den Socken unbeholfener Leutnants stopfte, Knöpfe annähte und für jeden, der gerade zur Essenszeit in ihre Unterkunft kam, etwas zum Essen zubereiten ließ, heftete sich niemals, von dem ersten bis zum letzten Tag, je das geringste Getuschel an ihren Namen.

«Ein Juwel!» prahlte Harry, und selbst diejenigen, die ihn am eindringlichsten vor der Heirat gewarnt hatten, stimmten ihm zu. Seine Freunde, die es beklagt hatten, daß sich ihre gegenseitigen Beziehungen verändern mußten, entdeckten sehr bald, daß Mrs. Harry Smith nicht zu den jungen Frauen gehörte, die es darauf anlegten, ihre Gatten den alten Freunden abspenstig zu machen. Um Juanas willen brauchte man sich durchaus nicht herauszuputzen, nicht zu zweifeln, ob man in Harrys Unterkunft willkommen wäre, nicht zu fürchten, daß man Juana mit den unvermeidlichen Gesprächen über dienstliche Angelegenheiten langweilen würde. Man brauchte sein Gepäck nicht erst von oben nach unten zu kehren, um ein anständiges Hemd zu finden, wenn man die Smiths besuchen ging, noch brauchte man erst eine Einladung zum Essen abzuwarten, um dann einen langweiligen Abend verbringen und Dummheiten schwätzen zu müssen. Man schlenderte einfach zu ihrer Unterkunft los, wie man ging und stand, und sehr wahrscheinlich traf man Juana an, wie sie gerade einen schmackhaften Fleischtopf zubereitete, wurde aufgefordert, einzutreten und gleich den Tisch decken zu helfen. Man konnte herumlümmeln, wie es einem paßte, und den Raum mit Zigarrenrauch füllen – Juana hatte nichts dagegen. Zehn zu eins gewettet zog sie einem den Rock aus, um ein zerrissenes Futter zu flicken oder einen Knopf fester anzunähen, während man mit Harry beisammensaß und plauderte.

Generalmajor Vandeleur, der am 15. April wieder zur Brigade zurückkehrte und sein altes Kommando übernahm, war vom Donner gerührt, als er entdeckte, daß sich der tüchtige junge Teufelskerl, sein Brigadeadjutant, inzwischen eine Ehefrau zugelegt hatte. Vandeleur wollte schon wütend werden, aber sein galantes Herz erwies sich gegen die Anziehungskraft eines so jungen und hübschen Geschöpfes nicht gefeit. Niemand war auch nur im geringsten überrascht, daß der alte Vandeleur kapitulierte, denn er war der gütigste Mensch unter der Sonne, sagten seine Leute. Er war zu Juana sehr väterlich und sah nicht den geringsten Grund, warum die Ehe Harrys es verhindern sollte, daß dieser auch weiterhin die Unterkunft seines Generals teilte, wann immer es Mangel an Quartieren gab oder es die Umstände für den General wünschenswert machten, seinen Brigadeadjutanten in Rufweite zu haben. Ein umgänglicher alter Bursche, dieser Vandeleur – nicht einer von den steifnackigen, formellen Brigadegeneralen. «Und was haben Sie heute Gutes für uns, Juana?» pflegte er zu sagen, wenn er sich zu Tisch setzte, Harry links, seinen Adjutanten rechts und Juana gegenüber. «Beim Zeus, meine Liebe, Sie machen es uns so gemütlich, daß wir noch ganz verwöhnt werden, wie, Harry?»

Als die Leichte Division Ituera erreicht hatte und am Ufer des Agueda Quartier bezog, war Mrs. Harry Smith längst der Liebling der Division geworden. «Wirklich bemerkenswert!» murmelte Harrys *bête noire,* Daniel Cadoux. «Was hat dieses reizende Kind bloß an diesem Harry Smith gefunden?»

Kincaid wußte, daß ihr ungebrochener Instinkt in Harry einen verwandten Geist erkannt hatte. Was ihn betraf – hätte sie ihn statt seines sprunghaften Freundes gewählt, hätte er sie vergöttert und beschützt sein Leben lang, dachte er bei sich. Für Mrs. John Kincaid hätte es keine harten Märsche gegeben, keine schmutzigen Unterkünfte in zerstörten portugiesischen Dörfern, keine Biwaks in triefenden Wäldern, mit dem Heulen der Wölfe als unbehaglichem Wiegenlied. Er hätte jede Gefahr, jede Unbequemlichkeit von ihr abgehalten und sie lieber nach England heimgeschickt, als sie den Härten der Feldzüge ausgesetzt. Aber Harry kannte sie unbewußt besser. Das Herz tat Kincaid weh, wenn er sah, wie müde sie nach langen Tagen im Sattel war; Harry gab ihrer Schwäche nie nach, indem er Mitleid zeigte. Wenn er nach getanem Dienst zu ihr kam, war er ihr Liebster; aber zu allen anderen Zeiten war er ihr Kommandeur und behandelte sie fast wie seinen jüngeren Bruder Tom, der den Befehl über seine Kompanie übernommen hatte, während er selbst weiter im Stab beschäftigt war.

6

Wenn Harry kein Mitleid zeigte – andere taten es. War der Boden schlammig, tauchte ein halbes Dutzend Offiziere auf, alle eifrig bemüht, die Ritterlichkeit des Sir Walter Raleigh nachzuahmen; wenn Juana einen Wunsch äußerte, war es Ehrensache für ihre Freunde, ihn zu erfüllen. Zuerst neigte Harry dazu, eifersüchtig zu werden, und das Quartier der Smith erzitterte mehr als einmal von dem Widerhall eines Ehekrachs, der sich gewaschen hatte. Juanas hitziges Temperament war dem Harrys würdig; sie konnte ebensogut toben wie er und schmiß ihm Beschimpfungen, aber auch handfestere Geschosse an den Kopf. Aber jeder Streit endete früher oder später wider Willen in Gelächter, und keine zwei Hitzköpfe wußten schneller zu verzeihen als diese beiden.

Als die Leichte Division am Agueda angekommen war, wußte Juana fast genausoviel über die Brigade wie Harry. Sie schien ihre Verwandten nicht zu vermissen oder ihre überstürzte Heirat auch nur eine flüchtige Minute lang zu bereuen. Wenn ihr etwas am Herzen lag, so waren es ihre Fortschritte in der Reitkunst. Die Longe war bald aufgegeben worden, aber Harry erlaubte ihr trotz all seiner Sorglosigkeit unter keinen Umständen, ein anderes seiner Pferde zu reiten als das gutmütige portugiesische Tier, das er ihr ursprünglich zugeteilt hatte. Juana wollte das kleine spanische Pferd Tiny reiten, das er von Stewart hatte.

«Wenn du so gut reiten kannst, wie du tanzt und singst, dann darfst du», versprach ihr Harry.

Tanzen war bei den Offizieren der Armee Wellingtons sehr beliebt. Wann immer sich die Gelegenheit ergab, veranstaltete das eine oder andere Regiment bestimmt einen Ball aus dem Stegreif, oft in einer windschiefen Scheune mit löchrigem Dach und holprigem Boden. Es machte dem Brigadeadjutanten Smith die größte Freude, wenn seine Juana die unbestrittene Königin einer solchen Veranstaltung war. Sie tanzte wunderschön, ob es nun die formellen Tänze ihres eigenen Landes oder die Walzer und Volkstänze waren, die von den Engländern bevorzugt wurden. Einen Mangel an Frauenzimmern, welche die Bälle der englischen Offiziere mit ihrer Anwesenheit beehrten, gab es nie, aber Mrs. Harry Smith hatte immer einen Partner. Es mochten vielleicht ein halbes Dutzend schöner Frauen anwesend sein, aber die Menge, die sich um Juana drängte, war immer so dicht, daß sich Harry oft seinen Weg durchboxen mußte, um zu einem Tanz mit ihr zu kommen.

«Dieser Tanz gehört doch wohl mir!» sagte er dann und maß seine Rivalen mit einem Glitzern in den Augen, das nichts Gutes verhieß.

Aber dieses eifersüchtige Gefunkel war überflüssig – Juana schmiegte sich glücklich in seine Arme und trug offen zur Schau, wie selig sie war, daß er sie den anderen Anwärtern entrissen hatte.

«Liebst du mich, kleiner Teufel?» flüsterte ihr dann Harry leidenschaftlich ins Ohr, wenn sie um den Saal kreisten.

Ihr Händedruck, die Glut in ihren Augen gaben ihm die Antwort. *«Mi esposo!»* hauchte sie voll Anbetung.

«Daß du mir das nicht vergißt!» sagte Harry, seinen Arm wie Stahl um ihre Taille. «Diese Anbeter von dir!»

«Magst du nicht, daß ich mit den anderen tanze?»

Sein Arm drückte sie fester an sich; ihre Finger wurden weiß in seinem Griff. «Das darfst du nie denken! Natürlich mag ich es! Ich verdiene Ohrfeigen!»

«Aber nicht hier», sagte sie ernsthaft.

Tom Smith meinte, Harry sollte seine Frau Englisch lehren. Aber Harry tat es nicht. Harry sprach Spanisch wie ein Einheimischer und sah nicht die geringste Veranlassung dazu, Juana mit dem Unterricht in seiner Muttersprache zu quälen. Etwas Englisch lernte sie von selbst, zum Teil von den Soldaten, und brachte Harry zum Lachen, wenn sie es wiederholte. Französisch sprach sie fließend, so daß sie, wenn sie jemanden traf, der sich nicht in der spanischen Sprache unterhalten konnte – was selten war –, durchaus bereit war, so geläufig wie nur etwas mit dem Besucher französisch zu schwatzen.

«Ja aber, wenn du sie nach Whittlesey heimbringst?» sagte Tom zweifelnd.

«Bis dahin dauert es noch lange», antwortete Harry. «Zeit genug!»

«Ja, aber wenn sie sich mit Vater und Mutter nicht verständigen kann, wird es für sie alle miteinander doppelt schwer sein.»

«Doppelt schwer? Was meinst du damit?» fragte Harry.

«Nun, auch für die Eltern!» sagte Tom beharrlich. «Ich meine, weil sie doch eine Ausländerin ist, und das muß ihnen seltsam erscheinen – ich meine, es wird wirklich schwer werden, Harry!»

«Unsinn!» sagte Harry ungeduldig. «Sie werden sie vom ersten Augenblick an liebhaben!»

«Das hoffe ich», sagte Tom und versuchte sich die Szene vorzustellen, aber es gelang ihm nicht ganz. «Du hast es ihnen doch geschrieben, nicht?»

«Das ist ja köstlich von dir! Natürlich habe ich das! Wofür hältst du mich eigentlich?»

«Nein, nein – nur, du bist eben einmal ein gedankenloser Kerl, und du kannst nicht leugnen, daß es für die alten Leutchen ein ziemlicher Schock sein wird. Und für Alice auch!»

«Oh, Alice soll sich aufhängen!» sagte Harry und schob damit seine Lieblingsschwester rücksichtslos einem harten Schicksal zu.

«Das sagst du so hin, aber du weißt sehr gut, daß es damit nicht erledigt ist.»

«Ich fürchte mich nicht vor Alice!» erklärte Harry.

«Nein, nicht, solange sie in England ist und du in Portugal!» antwortete Tom grinsend.

«Unsinn!» war alles, was Harry darauf zu sagen pflegte.

Tom legte keinen Wert darauf, das Thema weiter zu erörtern. Er war nur fünf Jahre jünger als Harry, aber es bestand ein beträchtlicher Unterschied zwischen dem Bruder Harry, dem bloßen Mitglied einer großen Familie, und Captain Smith, dem Vorgesetzen Toms.

Juana wurde also nicht mit Englischstunden belästigt, sondern konzentrierte ihre Energie auf die beiden Künste des Reitens und des Hausfrauentums. Sie war eine sparsame kleine Dame, diese Mrs. Harry Smith – sie hortete das Geld, das ihr Harry gab, schacherte auf dem Markt wie die erstbeste portugiesische Matrone – sagte Harry –, flickte noch Löcher in den Socken, von denen jede andere Frau gesagt hätte, die seien nicht mehr zu reparieren, und ging mit so kostbaren Gütern wie Lampenöl und Kerzen sehr zurückhaltend um.

Die Armee blieb fast sechs Wochen lang im Quartier, während Vorräte angelegt und die Bekleidung erneuert, den Truppen Rast gegönnt und die Pläne Lord Wellingtons für den Sommerfeldzug fertiggestellt wurden.

Ursprünglich hatte Lord Wellington geplant, Soult anzugreifen, wenn dieser länger in Estremadura geblieben wäre. Aber Soult, geplagt von den unberechenbaren Bewegungen des spanischen Generals Ballasteros bei Cadiz, zog sich nach dem Fall von Bajados nach Andalusien zurück, wohin ihm zu folgen Lord Wellington viel zu vorsichtig war. Seine Lordschaft hatte zudem beunruhigende Nachrichten von Don Carlos de España erhalten – der sich nach Norden durchschlug –, daß Ciudad Rodrigo, obwohl durchaus zu halten, unglücklicherweise nur Vorräte für eine zwanzigtägige eventuelle Belagerung hatte.

«Diese verdammte Politik des *mañana*!» fauchte Seine Lordschaft bissig und bereitete sich vor, nach Norden zu marschieren, um Marmont zum Rückzug zu zwingen.

Marschall Marmont, der die französische Armee in Portugal befehligte, hatte von seinem Kaiser ausdrücklich Befehl erhalten, keinen Entsatz von Bajados zu versuchen, und war einige Wochen damit beschäftigt, wiederholt in Beira Baixa einzufallen, während General Brennier Ciudad Rodrigo blockierte.

Seine Lordschaft hatte in Bajados eine portugiesische Truppe gelassen, dem General Sir Rowland Hill die Aufgabe anvertraut, Drouet zu binden, und marschierte mit der Hauptmacht seiner Truppen nordwärts. Marmont, am 8. April in Sabugal, am 12. April in Castello Branco, fiel zwei Tage später in Guarda ein, zog sich vor Seiner Lordschaft zurück, aber nicht wegen des Vormarsches der alliierten Armee, von dem er keine Kenntnis hatte, sondern weil er in dem ganzen verwüsteten Gebiet nicht einmal für ein Drittel seiner Armee genügend Lebensmittel auftreiben konnte.

Als er endlich von Wellingtons Annäherung erfuhr, hatte er Fuente Guinaldo auf der falschen Seite des Agueda erreicht. Regenfälle hatten den Fluß anschwellen lassen und hielten den Marschall bis zum 21. April in Fuente Guinaldo fest. Aber am 23. April hatte er seine Armee, nicht ohne Schwierigkeiten, durch die Furten bei Ciudad Rodrigo über den Fluß geführt und den Rückzug auf Salamanca begonnen.

So gab Seine Lordschaft vorderhand die Verfolgung auf, seine Armee ging ins Winterquartier, und Juana Smith lernte Walzer tanzen.

7

Früh im Mai wurde Generalmajor Baron Charles Alten von der Königlichen Deutschen Legion zum Kommandeur der Leichten Division ernannt. Er war achtundvierzig Jahre alt, ein erprobter Krieger mit einem dunklen scharfen Gesicht, langer Nase, langem Kinn, strengen hellen Augen und einem starken deutschen Akzent. Eine etwas verwunderliche Wahl eines Generals für *die* Division? Keine Spur – jeder Engländer hatte nur tiefsten Respekt für die Königliche Deutsche Legion. Und Baron Alten war genau der Führer, wie ihn die Light Bobs mochten: ein General, der sein Handwerk verstand, der selbst in den kritischesten Umständen niemals auch nur die Spur seiner kühlen Geistesgegenwart verlor, während der Schlacht die Ruhe selbst war und seine Untergebenen nicht mit unnötigen Befehlen oder mit den ärgerlichen Gewohnheiten so manches englischen Generals reizte. Es war durchaus keine leichte Aufgabe, die Leichte Division zu ihrer Befriedigung zu kommandieren – ja, es war sogar eine sehr schwere Aufgabe, die Stelle des Generals Craufurd einzunehmen.

«Der Kerl, der uns kommandiert, wird ein verdammt guter Bursche sein müssen», sagte Charlie Beckwith. «Nicht eines dieser alten Waschweiber, danke sehr!»

«Und keine Märsche und Rückmärsche aus weiß Gott welchen Gründen!»

«Und keine verdammten Paraden und Inspektionen!»

«Und muß den Vorpostendienst verstehen!»

«Darf nicht wie die Katze um den heißen Brei schleichen, so einer von denen, die erst in den Kampf gehen, wenn man sie hineinstößt!»

«Kopf hoch!» sagte Harry Smith, der mitten in dieser Diskussion eintrat. «Es ist heraußen: der Alten ist's geworden.»

«Alten?» Eine Pause trat ein. «Na ja, ich weiß nicht», sagte Eeles vorsichtig. «Es heißt, er soll gut sein. Wird uns nicht sekkieren – oder?»

«Nicht die Spur!» sagte Kincaid. «Der Alten ist ein Gentleman. Wenn wir den guten Barnard nicht haben können, ist mir der Baron lieber als jeder andere, den ich mir vorstellen könnte. Außer Erskine, natürlich», fügte er süß hinzu.

«O mein Gott! Sabugal!» stöhnte Beckwith.

«Na, unter Alten wird so etwas jedenfalls nicht passieren», sagte Harry, «selbst wenn er auch nicht Craufurd ist.»

Aber nicht jeder wünschte sich, daß Alten ein Craufurd wäre. Craufurd hatte die Leichte Division zu der großartigen Kampfeinheit gemacht, die sie war, aber unter ihm zu dienen war nicht leicht gewesen. Ein weniger jähzorniger General, dachten einige seiner Offiziere, würde eine Erleichterung sein.

General Alten war weder jähzornig noch machte er sich wichtig. Er bemerkte ebensowenig wie Lord Wellington Nachlässigkeiten an den Uniformen und machte nicht den leisesten Versuch, das Latschen zu korrigieren, das die Light Bobs so viel weniger ermüdend fanden als eine korrekte militärische Haltung. Sie waren ganz und gar nicht Truppen, die ein General gern im Hyde Park paradieren ließe. Aber Alten kümmerte sich keinen Deut darum. Sie verrichteten alles so bequem wie möglich; wenn sie auch nicht schneidig marschierten, so konnten sie weit marschieren; und mochten ihre Uniformen auch in den seltsamsten Farben geflickt und ihre Tschakos formlos sein, weil sie zuviel Regen ausgesetzt waren, ihre Waffen waren immer vollkommen in Ordnung, und nicht ein Fleckchen Rost war in den wohlgeölten Läufen zu entdecken.

«Hm! Sie schauen bemerkenswert gut aus und sind in guter Kampfverfassung», sagte Wellington, als er spät im Mai Truppenschau hielt.

«Ganz meine Meinung, Mylord», antwortete Alten und betrachtete seine buntscheckige Division mit ruhiger Genugtuung.

Drittes Kapitel

Salamanca

I

Es wurde Juni, bevor das Regiment sein Winterquartier verließ. Die Löcher und Wagenspuren in den Straßen, voll Schlamm, mit braunem Eis überzogen, das unter den geflickten Stiefeln der Armee in Splitter zersprang, waren inzwischen längst von Sonne und Wind hartgebacken worden. Ein Sommermarsch konnte genauso unerfreulich wie ein Wintermarsch sein. Man konnte sich in diesen tiefen Furchen die Knöchel schauderhaft verrenken, und wenn auch kein bitterkaltes, windgepeitschtes Schneegestöber daherwehte, daß man bis auf die Knochen erschauerte, so brannte dafür eine sengende Sonne herunter, dörrte die Haut aus, ließ die Adern am Hals anschwellen, bis man das Gefühl hatte, daß sie den engen hohen Kragen sprengen mußten. Fleckige, verblichene Uniformen wurden vom Schweiß noch fleckiger; die Tornister drückten auf schmerzende Schultern; und die gute Muskete, die «Braune Bess», wurde zu einer unerträglichen Last mit ihrem langen Lauf, der glühend heiß war, wenn man ihn berührte. Aber der Landstrich nördlich von Ciudad Rodrigo, durch den die Armee auf ihrem Weg nach Salamanca marschierte, weckte in den langen verstaubten Kolonnen ein leises, fast angenehmes Heimweh bei so manchem Engländer. Wenn man sich den Anblick und den üppigen Duft der Gummiziste wegdachte, konnte man sich vorstellen, daß man in Wiltshire, in der Nähe von Salisbury war. «Obwohl man auf der Salisbury-Ebene nicht an diesem Dreckstaub ersticken würde», sagte Harry und wischte sich seine schmerzenden, rotgeränderten Augen.

Harry sah leidend aus, aber seine Beschwerden kamen nicht von dem grassierenden Fieber. Es war nichts so Romantisches – Brigadeadjutant Smith, der mit zusammengepreßten Lippen neben seiner Kolonne ritt, litt an Furunkeln. Einen hatte er an der Innenseite des Knies, der das Reiten zur Qual machte und seine Stimmung sehr beeinträchtigte. Es war verdammt viel schlimmer als irgendein Fieber, aber zu prosaisch, als daß es Mitleid erregt hätte – außer in der einen zärtlichen Brust. Harry machte sich genau wie seine Freunde über seine Furunkel lustig, aber das Geschöpfchen, das er geheiratet hatte, rieb seine Beine mit seltsamen Salben ein, kochte gräßliche Tränklein, die er schlucken mußte, und beobachtete ihn ängstlich mit großen fragenden Augen. Als Spanierin litt Juana an keinem der Übel, die Engländern in ihrem Lande zu schaffen machten. Als das heiße Wetter kam, dunkelte ihre Haut zu einer goldenen Sonnenbräune nach, zeigte aber nie die roten Flecken, die das Leben für so viele Engländer zur Hölle machten. Sie ritt durch die sengende Mittagshitze, die Augen unter dem Schatten ihres Hutes zwar gegen das gleißende Licht etwas zusammengekniffen, aber strahlend und klar. Diese Juana – das war keine von den feinen Damen, die sich an die Kissen einer Reisekutsche lehnten, den Fächer in der einen, das Hirschhornsalz in der anderen Hand. Ebensowenig wie sie je ein parfümiertes Taschentuch an die Nase drückte, um den Geruch schmutziger Menschheit auszuschalten, versagte sie Harry auch je den Trost ihres Körpers, obwohl ihr Mann staubverschmiert zu ihr kam – genauso widerlich wie jeder Gemeine, sagte er. Ihre kleinen Brüste waren das Kissen für seinen Kopf nach langen Märschen. «Bist du müde?» flüsterte er dann und weckte sie aus dem Schlaf der Erschöpfung. «Nein, nicht müde, *mi* Enrique», antwortete sie dann, und ihr ganzer Körper war bereit für die Berührung seiner schmalen, nervösen Hände.

Obwohl ihre Glieder manchmal vor Ermüdung schmerzten – ihr Geist ermattete in diesen ersten Monaten ihrer Ehe niemals. Der ganze Tagesablauf einer Armee auf dem Marsch, für die Männer um sie her in der Eintönigkeit gewohnter Plackerei ermüdend, war für Juana erstaunlich neu. Für ein im Kloster erzogenes Mädchen war der Anblick der langen, dahinstapfenden Kolonnen romantisch, aufregend das Geklapper und Gerassel einer Schwadron leichter Kavallerie, wenn sie im Trott vorbeizog; und höchst interessant der nicht endenwollende Troß, vollgestopft mit Schlachtenbummlerinnen, Kutschen, Wagen zum Bersten voll mit Vorräten und Munition, die oft in tiefen Gräben versanken oder auf den abscheulichen Straßen die Räder verloren. Englische Augen mochten die Reihe der Maultiere mit ihren bunten Schabracken und den einheimischen Maultiertreibern in Samthosen und grellfarbigen Schärpen interessanter finden und das Auftauchen einer Kompanie von Guerilleros auf der Straße für eine Notiz im Tagebuch wert halten; das jedoch konnte Juana nicht sehr fesseln. Eine scharlachrote Jacke hingegen mit Knöpfen, die fast schwarz geworden waren, ein Tschako, der durch wiederholte Regenstürme aus der Form geraten war, das Flattern und Wehen eines silberbetreßten Husarenumhangs, der schwarzlackierte Helm eines Artilleristen, die zusammengestellten Gewehre auf den Sammelplätzen, selbst die in einer bestimmten Ordnung aufgerichteten kleinen portugiesischen Zelte im Lager: dies alles war der immer gleichbleibende Anblick, der Juana entzückte. «Eine ganze kleine Welt, die sich vorwärtsbewegt», sagte sie, wenn sie nach Worten suchte, um ihre Gedanken auszudrücken.

Harry lächelte, hatte aber eine Falte zwischen den Brauen. «Der Verpflegungstrain hat sich verspätet», murmelte er. «Wie gewöhnlich ...»

«Wir haben ja noch immer die Ziegen», schlug sie hilfreich als Ausweg vor. Die gab es tatsächlich – man roch sie schon auf eine halbe Meile, und irgendein verlaufenes Zicklein verwickelte sich immer in den Stricken oder krabbelte vom Boden hoch, genau vor der Nase eines Pferdes. Alles sammelte Ziegen, je mehr, desto besser, da eins zu zehn gewettet Ziegenmilch die einzige Milch war, die in einem von den Franzosen verwüsteten Land zu bekommen war. Ein Schwarm kleiner portugiesischer Jungen, lärmend und streitend wie die Affen, versorgte die Tiere, trieb sie in der Nachhut der Armee über die Straßen – kleine zankende Wilde, halbnackt in der Sonne.

Erst am 16. Juni, als die Armee auf fünf Meilen vor Salamanca angekommen war, machte sich die Gegenwart des Feindes bemerkbar. Als die Vorhut die niedrigen Hügel nahe der Stadt erstieg, stieß sie auf einen kleinen französischen Spähtrupp und vertrieb ihn nach einem leichten Geplänkel.

Man erfuhr, daß sich Marmont von Salamanca zurückgezogen und in den drei Forts Besatzungen zurückgelassen hatte; und am 17. Juni setzte die Armee Wellingtons durch tiefe Furten über den Tormes.

Juana sah, wie sich die Infanterie, bis zu den Schultern im Wasser, hinüberkämpfte, und blickte etwas zweifelnd drein. Ein Mann rutschte aus und verschwand im Wasser. Er wurde wieder heraufgeholt und erreichte sicher das andere Ufer, aber tröstlich war der Anblick nicht gewesen. Ein kleines unbehagliches Gefühl saß Juana in der Magengrube; sie hatte gemeint, daß der Tag sehr heiß war, entdeckte aber plötzlich, daß sie fröstelte. Sie stand neben ihrem Pferd und wartete auf Harrys Anordnungen. Er war irgendwohin geritten, sie wußte nicht wohin, und sie hatte nur West bei sich, der sich um sie kümmern sollte.

Kincaid, der seine Stute am Zügel führte, kam heran. «Juana!»

Sie drehte sich um, und als sie zu ihm aufschaute, sah er, wie blaß sie im Schatten ihres Hutes war. Die erkünstelte Munterkeit ihres Lächelns tat ihm weh; er nahm ihre Hand und sagte sanft: «Fürchten Sie sich nicht! Es ist ganz ungefährlich.»

«Hier sollte eine Brücke sein», sagte sie scheltend. «Mein Reitanzug wird ganz verdorben werden!»

«Erlauben Sie mir, daß ich Sie mit hinübernehme», sagte er. «Die Stute wird uns leicht beide tragen können.»

Harry kam herangeritten. «Hallo, Johnny! Hinauf mit dir, Juana! Jetzt kann ich dich hinübernehmen.»

Kincaid runzelte die Stirn und sagte leise: «Nimm sie doch vor dir auf den Sattel, Mann!»

Harry warf schnell einen durchdringenden, prüfenden Blick auf das Gesicht seiner Frau.

«Unsinn!» sagte er. «Steig auf, *alma mia*! Ich muß hinüber.»

Sein Tonfall feuerte ihren Mut an. Sie nickte Kincaid zu, daß er ihr in den Sattel helfe. Als sie hoch oben auf dem Rücken des großen portugiesischen Pferdes thronte, schaute sie Harry in die Augen. «Ich bin soweit, und ehrlich gesagt, war es mir schon zu dumm, so lange auf dich warten zu müssen, aber ich glaube, ich muß dir der Ordnung halber sagen, daß ich nicht schwimmen kann.»

«Schwimmen! Wer soll denn schwimmen?» sagte Harry, entzog ihr den Zügel und nahm ihn selbst in die Hand. «Jetzt sitz ganz fest, mein kleines Liebes, und sei ein tapferes Mädchen!»

«Ich sehe nichts, was ich fürchten sollte», antwortete sie hochmütig von oben herab.

«Dann mach die Augen nicht zu. Du mußt es lernen, auch ohne mich Flüsse zu durchreiten. Es wird heute nicht das letztemal gewesen sein und es kann sein, daß ich nicht immer bei der Hand bin.»

«Ich möchte es sogar sehr gern lernen, aber ich weiß nicht, wie ich das soll, wenn du mir den Zügel wegnimmst, ohne auch nur zu fragen, ob es mir paßt, daß du mich führst; was, wie ich dir versichere, durchaus nicht der Fall ist. *Absolutamente no!*»

«*Tirano!*» ergänzte Harry und zwang ihr widerstrebendes Pferd in den Fluß.

«*Espadachin!*» zischte Juana.

Kincaid, der ihnen auf den Fersen folgte, fing den Nachhall eines lebhaften Austausches von persönlichen Anzüglichkeiten auf. Sie überquerten den Fluß ohne Zwischenfall, nur daß die Röcke von Juanas Reitanzug naß wurden. Am anderen Ufer eroberte sie ihren Zügel von Harry zurück und informierte ihn, daß sie nie wieder von ihm durch eine Furt geleitet zu werden wünschte. «Denn laß dir sagen, daß du das sehr schlecht machst; und allein würde ich es viel besser können. Außerdem, wenn du glaubst, daß ich Angst habe, Flüsse zu überqueren, dann irrst du dich gewaltig und bist ein großer Narr – *insensato!* –, denn ich fürchte mich vor nichts. Aber schon vor gar nichts!»

Harry packte einen Augenblick lang ihre Hand. «Mein Süßes, ich liebe dich! Wußtest du das? Ich muß jetzt weg. Sitz nicht in diesen nassen Röcken herum!»

2

Am selben Tag noch ritt Lord Wellington in die Stadt Salamanca ein, da sich Marschall Marmont nach Fuente el Sauco an der Straße von Toro zurückgezogen hatte. Salamanca hängte unverzüglich Fahnen und Dekorationen heraus; und als der englische Generalbefehlshaber mit seinem Stab erschien, wurde die Stadt vor Aufregung verrückt. Es wurde für Seine Lordschaft ziemlich schwierig, in den breiten Straßen vorwärtszukommen, denn man bewarf ihn mit Blumen, die sein empörtes Pferd scheuen ließen, und hysterische Frauen zogen ihn in ihrer Begeisterung fast aus dem Sattel, und einmal sah es so aus, als ob es ihm nie gelingen würde, zu seinem Hauptquartier vorzudringen. Er nahm alles sehr gut auf – er hatte eine erstaunlich glückliche Art Ausländern gegenüber – und hob sich seine beißenden Kommentare für die Ohren seines Stabes auf.

Die französische Besatzung der drei Forts schritt nicht im geringsten gegen die Engländer in der Stadt ein. Die Aufgabe, diese Besatzungen zu unterwerfen, war der 6. Division Clintons übertragen. Seine Lordschaft machte Salamanca zu seinem Hauptquartier. Und jeder, dem es nur irgendwie gelang, ein paar Stunden Urlaub zu ergattern, suchte hier Erholung. Es war eine reizende, goldene Stadt mit breiten Straßen und weiten Plätzen, einer graziösen Kathedrale und einigen sehr schönen Bursen ihrer Universität. Den Männern, die in den vergangenen Monaten nichts Besseres als die Buden der Marketender gekannt hatten, erschienen die Läden besonders gut; und wäre der Sold nicht seit

Monaten im Rückstand gewesen, hätten sie in einer Orgie des Geldausgebens geschwelgt.

Frauen gab es in Hülle und Fülle. Einige Männer legten sich temporär Mätressen zu und schlenderten unter den Kolonnaden auf der Plaza Mayor mit dunkeläugigen Schönen am Arm herum. Auch einige von Harrys Freunden zählten zu den Glücklichen, vor allem Kincaid, dessen hohe Gestalt die Gunst einer Brünetten mit sehr weißen Zähnen und ein paar entzückenden Grübchen erworben hatte. Juana sagte, sie halte seine Dolores nicht für eine Dame, aber sie nahm es Kincaid nicht im geringsten übel, daß er sie sich genommen hatte. Sie hatte zwei Monate unter Soldaten gelebt und verstand schon, daß Frauen, gleich nach dem Verpflegungsamt, für das Wohlergehen der Armee höchst notwendig waren. Nur Harry durfte kein Auge auf die Damen von Salamanca werfen. Nicht ums Leben konnte er dem Flirt mit einem hübschen Frauenzimmer widerstehen. Er erklärte Juana, daß da nichts dabei sei. Sie drohte ihm, sie würde ihn mit seinem eigenen Schwert umbringen, und mußte mit einem Feldstuhl abgewehrt werden. Als er sie in seinen Armen auffing, schlug sie ihn und war nicht im geringsten das vertrauensvolle Kind, das ihn anbetete, sondern die eifersüchtige kleine Keifzange, die er sie hieß. Erst als alle Schmeichelei versagte und er achselzuckend sagte: «Ich hasse Keifzangen. Ich geh mir bessere Gesellschaft suchen», verschwand ihre Wut, ließ sie hilflos zurück, und sie schaute ihn stumm und flehend an. Diesem Blick konnte er nie widerstehen. Wie böse er auch sein mochte – und sie machte ihn oft wütend –, er schmolz dahin und breitete die Arme nach ihr aus. «*Hija, hija*, war doch nur Spaß!»

Zitternd, als er sie an sich preßte, sagte sie leidenschaftlich: «Du liebst mich! Sag es! Schwör es!»

«Ach, meine Süße», sagte Harry heiser. Er küßte sie wieder und wieder. «Du kleiner Teufel! Du kleine Hexe!»

«Plage ich dich sehr, *mi* Enrique?»

«Ja und ja! Du meine liebe Plage!»

«Ich schäme mich. Aber angelächelt hast du sie doch. Hast du, wirklich. Ich hab's gesehen. Findest du sie hübsch?»

«Nein», log Harry.

Sie brach in ihr entzückendes glucksendes Lachen aus. «Oh, das ist nicht wahr! Denn sie war hübsch! Hübscher als ich. Aber ich will brav sein.»

Sie war von Salamanca entzückt. Sie war nie in einer größeren Stadt als Bajados gewesen und schaute stundenlang Auslagen an. Sie machte nur wenige Einkäufe, da Harrys Taschen beklagenswert leer waren. Einmal sagte sie sehnsüchtig, sie wünschte, sie hätten etwas Geld. Das traf ihn tief, und weil er für sie Sachen kaufen wollte und nicht konnte, wurde er böse und sagte unfreundlich: «Wofür willst du eigentlich Geld?»

«Du brauchst neue Hemden», sagte sie seufzend.

Seine Lippen zitterten; sie sah es und warf ihm einen fragenden Blick zu. «Juana –» sagte er und hielt inne.

«Aber was ist denn, *mi* Enrique?»

«Nichts. Ich brauche keine neuen Hemden. Wenn wir nach Madrid kommen –»

«Madrid!» rief Juana aus. «Wir gehen nach Madrid?»

«Beim Jupiter, und ob! Wart nur, bis wir unsere Rechnung mit Marmont ins reine bringen.»

«Mir sieht es nicht danach aus, daß es überhaupt eine Schlacht gibt», sagte Juana.

Diese Meinung wurde von anderen geteilt, denn Lord Wellington, Marmont zahlenmäßig überlegen, schien seltsamerweise abgeneigt, sich mit ihm zu schlagen. Während Clinton die Forts von Salamanca belagerte, blieb die übrige Armee auf den Höhen von Christoval fünf Meilen nördlich der Stadt untätig liegen. Zweimal schien eine Schlacht gewiß; jedesmal endete es in nichts als einem kleinen Geplänkel, obwohl Marmont zwei Tage lang seine Armee in exponierter Stellung auf der Ebene vor der Stellung der Alliierten hielt. So mancher freimütige Gentleman sagte, Seine Lordschaft mache mit so viel Vorsicht einen Fehler, den er noch teuer bezahlen würde; und selbst seine Bewunderer staunten, daß er keinen Versuch unternahm, Marmonts Rückzug zum Douro zu verhindern. Die Guerilleros des Don Julian Sanchez überschwemmten die Straßen derart, daß fast jede französische Depesche abgefangen wurde, und jedermann wußte, mit welchen Schwierigkeiten der Marschall zu kämpfen hatte. Ebenso wußte jedermann, daß zum erstenmal im spanischen Krieg Wellington mehr Kavallerie zur Verfügung hatte als der Feind. Was aber sehr wenige wußten war, wie wenig es sich Wellington leisten konnte, das Risiko einer Niederlage auf sich zu nehmen. Die Gefühle seiner Offiziere prallten ab von ihm, und Seine Lordschaft blieb vorsichtig auf dem Pfad seiner Wahl.

«Eines schönen Tages werden wir – und zwar demnächst – zu kämpfen gezwungen werden», sagte Jack Molloy. «Merkt euch meine Worte!»

«Kämpfen?» sagte Eeles. «Woher kommt dir diese Idee? Wir sind doch nicht zum Kämpfen da, mein Junge!»

«Wenn einer das Wort Manöver erwähnt, speie ich», sagte William Havelock ganz sanft.

«Was mich betrifft», brachte Cadoux vor, «ich bin ganz zufrieden. Es wäre mir gräßlich, wenn mir mein neuer Mantel in einer gräßlichen, schmutzigen Schlacht zerschnitten würde.»

«Keine Angst! Wird dir nicht passieren!» sagte Harry.

Cadoux ließ einen trägen Blick zu Harry schweifen und lächelte. «Oh, glaubst du wirklich?» fragte er. «Ich möchte wissen, ob du das wohl sicher weißt? Ich möchte gern monatelang hierbleiben. Es behagt mir.»

«Mein lieber Junge! Jetzt mach dich nicht zum Narren!» bat George Simmons, der sich einschaltete, um eine Explosion Harrys zu verhindern. «Verlaß dich darauf, wir werden bald genug auf dem Marsch sein.»

«Zu bald», murmelte Cadoux. «Diese unerträgliche Hitze, George! Da muß man ja schwitzen. Die Armee ist nicht das Richtige für einen Gentleman. Ich verstehe einfach nicht, wieso ich dazugegangen bin.»

«Das versteht auch sonst niemand», sagte Harry und stand abrupt auf. «Kommst du mit, Jack?»

Er ging Arm in Arm mit Molloy weg. Cadoux sah ihm lächelnd nach. George Simmons sagte: «Du sollst das nicht, weißt du. Es ist sehr dumm von dir. Außerdem sollten wir zusammenhalten, meinst du nicht auch?»

«Oh, ihr Sweeps!» sagte der junge Havelock sanft, ein Scharlachrock unter Grünröcken. «Ihr unerträglichen Sweeps!»

3

Erst am 28. Juni brach die Leichte Division endlich das Lager ab. Die Forts von Salamanca waren am Vortag nach einer Belagerung, die sich in die Länge gezogen hatte, gefallen, und am selben Abend hatte Marmont mit dem Rückzug zum Douro begonnen.

«Habe ich nicht gesagt, daß wir bald auf dem Marsch sein werden?» fragte George Simmons, sehr heiß und staubig, aber jubelnd. «Jetzt werden wir's den Johnny Petits zeigen!»

Er drückte die Gefühle der ganzen Armee aus. Aber Lord Wellington hatte allen Grund, weniger optimistisch zu sein. Nur er wußte, wie unsicher seine Stellung in Spanien war. Alle seine Siege hatten nicht genügt, mächtige Feinde daheim zum Schweigen zu bringen. Er machte sich keine Illusionen: eine Niederlage würde aller Wahrscheinlichkeit nach seine Rückberufung bedeuten. Seine Erfolge bei Ciudad Rodrigo und bei Bajados waren in ihrer Art ja ganz nett, aber teuer gewesen und hatten keinerlei Rückwirkung auf die Hauptarmeen der Franzosen. Er brauchte einen Sieg, einen großen Sieg, würde aber keinerlei Risiko eingehen, um ihn zu erringen. Um die Sache noch schwieriger zu machen, mußte General Picton, der bei Bajados leicht verwundet worden war, seinen Befehl über die Kampfdivision abgeben und lag im Spital zu Salamanca. Ein grimmiger alter Hund, dieser Picton – führte zotige Reden wie nur irgendein Kavallerist, war aber trotz allem einer der besten und zuverlässigsten Generale Seiner Lordschaft. Seine Lordschaft übergab die Fighting Division seinem Schwager, Ned Pakenham, vielleicht dem einzigen, der den Befehl über sie zur Genugtuung Pictons übernommen haben konnte. Graham war der nächste General, der Seine Lordschaft verlassen würde – eine ernstere Angelegenheit das, denn Graham, obwohl kein Berufssoldat, konnte man auf eigene Faust handeln lassen. Er litt jedoch an irgendeinem Augenübel und würde heimkehren müssen.

Diese Sorgen – die Seine Lordschaft noch kürzer angebunden machten als gewöhnlich – fielen bei der Armee selbst nicht ins Gewicht. Hitze und Durst verbannten fast bei allen andere Erwägungen, denn die Ebene, die zwischen Salamanca und dem Douro liegt, war ausgedörrt und baumlos, so daß die Kolonnen in Wolken von rötlichem Staub marschierten, der den Männern in die Hälse, unter die Augenlider und durch die Kleider drang und ihre klebrigen

Körper wundscheuerte. Die eine oder andere unkluge Seele, die sich nicht imstande fühlte, das Gewicht des Tschakos länger zu ertragen, der sich wie ein Eisenband um den Kopf legte, nahm ihn ab – und erlitt daraufhin logischerweise alle Qualen eines Sonnenstichs. Abgehärtete alte Soldaten, die wußten, daß der erste Schluck aus einer Wasserflasche die Gier nach Wasser nur noch verstärkt, hielten sich so lange wie möglich zurück, ihre Flaschen anzuzapfen; aber junge Soldaten konnten kaum davon abgehalten werden, die ihren schon in den ersten paar Marschstunden auszutrinken.

Man war der Meinung, daß die Guards auf langen, sengenden Märschen am meisten und die Light Bobs am wenigsten litten. Die Gentlemen's Sons, auf einen schneidigen Schritt und eine Haltung trainiert, die alle Zuschauer zu Bewunderung hinrissen, konnten es nie über sich bringen, das berühmte Latschen zu übernehmen, das die Light Bobs zwar unschön, aber über die unglaublichsten Entfernungen trug.

Aber selbst die Light Bobs fanden den Marsch auf den Douro ungewöhnlich ermüdend. Meile um Meile in der Schwüle schien es kein Wasser zu geben. Der Dunst der Hitze tanzte und flimmerte vor den Augen, die wie Glutbälle zwischen den vom Staub entzündeten Lidern lagen. Da und dort taumelte ein Soldat aus der Kolonne und sank erschöpft am Straßenrand nieder; einmal wurde ein Mann plötzlich verrückt und begann mit der krächzenden Stimme eines Irrsinnigen Beschimpfungen zu kreischen. Die Männer sagten, es sei der Anblick eines gebleichten Skeletts gewesen, was ihm den Kopf verdreht hatte, aber es waren schließlich nur Pferdeknochen gewesen, ein Anblick, der wahrhaftig üblich genug war. Wahrscheinlicher war es Durst gewesen, denn als sie ihn überwältigten, sah man, daß seine Zunge ganz schwarz und geschwollen war.

Brigadeadjutant Smith, von Furunkeln gequält, und jetzt, da die Armee auf dem Marsch war, sehr beschäftigt, ängstigte sich um seine Juana, aber wann immer er die Kolonne entlang auf der Suche nach ihr heruntergeritten kam und fürchtete, daß er sie unter der unbarmherzigen Sonne entkräftet vorfinden würde, traf er sie aufrecht im Sattel sitzend an, fröhlich wie nur je und unerschütterlich jegliche außergewöhnliche Müdigkeit verleugnend. War sie müde? Hatte sie Durst? Wollte sie lieber in einer der Kutschen in der Nachhut fahren? *Madre de Dios, de ninguno manera!* George Simmons hatte ihr schon alles über diese Kutschen erzählt. Sie dankte ihrem Enrique, aber sie wünschte nichts und es fehlte ihr nichts. «*Nada me duele*», sagte sie immer, wenn besorgte Freunde meinten, sie sei blaß oder matt.

«Beim Zeus, meine Liebe, Sie sind der beste Soldat in der Armee!» sagte der alte Vandeleur und klopfte ihr auf die Schulter. «Ein Beispiel für uns alle, wie, Harry?»

Die Armee brauchte fünf Tage bis zum Douro, wo sie die Franzosen auf dem gegenüberliegenden Ufer lagernd vorfand. Die Leichte Division besetzte das Terrain um Rueda, einem gesegneten Ort, mit einer Fülle von Weinkellern: riesige Höhlen in den Fels gehauen und so voller Weinfässer, daß selbst die

Plünderung durch eine durstige Armee den Alkoholvorrat nur wenig zu mindern schien.

Es war sehr vergnüglich in Rueda, man hatte nichts zu tun als die Franzosen jenseits des Flusses zu beobachten, sich in den Gewölben bis zur Besinnungslosigkeit zu betrinken oder im Douro zu baden und dabei gutgelaunt dem Feind Beschimpfungen hinüberzurufen, der sich auf ähnliche Weise vergnügte. «Kommt ihr herüber, Johnny Petits?» rief dann ein britischer Gemeiner lustig und wälzte sich im kühlen Wasser.

«Wenn es uns paßt, *sacré boeuftake*!» schoß die Antwort zurück. «Dann werdet ihr schon rennen, verlaßt euch darauf!»

«Kommt doch herüber, und ihr werdet schon sehen, wie wir's euch geben!»

«Wir kommen schon noch! Wartet, bis wir kommen und uns Salamanca zurückholen!»

«Ihr Salamanca zurückholen? Das ist ein Witz?»

«Aber sagt uns doch, *sacrées pommes de terre*, warum kommt denn eigentlich ihr nicht zu uns herüber?»

«Werden wir – sobald wir den Wein auf dieser Seite ausgesoffen haben!»

Diese schlagende Erwiderung war dazu angetan, den Wortwechsel zu beenden, aber es war zweifelhaft, ob einer der Engländer, die sich im Fluß abkühlten, den wahren Grund für ihre Untätigkeit wußte. «Unsere Offiziere», sagte ein dicker Kerl und inspizierte eine Blase an seiner Ferse, «haben's mit der Tanzerei zu wichtig, das ist der Grund.» Bedächtig fügte er eine grundlose Verleumdung der Moral seiner Kommandeure hinzu, die bei seinen Zuhörern sofort einschlug.

Tatsache war, daß Lord Wellington, dem Feind jenseits des Douro gegenüberliegend, Ort und Jahreszeit für eine Offensive als durchaus ungeeignet befand. Die Franzosen hatten die Brücke bei Tordesillas besetzt, und die verschiedenen Furten waren noch immer zu tief, um eine Flußüberquerung zu erlauben. Wenn die Spanische Armee von Galicia die Belagerung von Astorga zu Ende bringen und herankommen konnte, um Marmonts Nachhut zu bedrohen, würde ihn die sich daraus ergebende Ablenkung in eine günstigere Lage bringen; aber er hatte es gelernt, sich nicht zu sehr auf seine spanischen Verbündeten zu verlassen.

Die Leichte und die Vierte Division, die den rechten Flügel der Armee vor Rueda und La Seca bildeten, hatten sich während ihres vierzehntägigen Aufenthaltes hier über nichts zu beklagen. Rueda war eine reizende kleine Stadt, ihre weibliche Bevölkerung überdurchschnittlich, ihr leichter, scharfer Weißwein höchst schmackhaft. Tanz war auch wirklich an der Tagesordnung, und da nur die Hälfte jeder Division als Vorsichtsmaßnahme jede Nacht vor den Städten biwakieren mußte, gab es immer eine Menge dienstfreier Offiziere als Partner für die Damen von Rueda auf den aus dem Stegreif veranstalteten Bällen.

4

Kincaid hatte sich in die Tochter des Küsters verliebt. Er sagte, er habe sie in ihres Vaters Haus einen Laib Brot backen gesehen und hatte prompt sein Herz an sie verloren.

«Ich finde nicht, daß sie schön ist», wandte Juana ein.

«Aber das Brot war ausgezeichnet», erklärte Kincaid.

Sie schüttelte den Kopf. «Ich glaube, Sie verlieben sich zu leicht. Ich jedenfalls habe die Bewußte in Salamanca noch nicht vergessen.»

«Aber was nützt eine Schöne in Salamanca, wenn ich in Rueda bin?» sagte Kincaid vernünftig.

«Stimmt», antwortete sie. «Aber die Tochter eines Küsters! Bringen Sie sie heute abend zum Tanz mit?»

«O sicher! Gehen Sie?»

«Nein, weil Enrique Dienst hat, Feldwachen kontrollieren. Enrique sagt, daß die Franzosen die Brücke bei Toro reparieren und wir bald nach links abrükken.»

«Ja», sagte Kincaid gähnend. «Ich höre, daß die übrige Armee schon in Bewegung ist.» Er schaute auf, als Harry ins Zimmer trat. «Hallo! Was gibt's Neues?»

«Nicht viel. Ich nehme an, daß wir bald Marschbefehl bekommen. Wie es aussieht, hat Marmont vor, über den Fluß zu setzen.»

«Warum kann uns der Kerl bloß nicht in Frieden lassen? Was hat er vor? Will er versuchen, unsere Linke zu umgehen und nach Salamanca durchzubrechen? Da wünsche ich ihm viel Glück dazu. Ich nehme an, wir werden noch eine Zeitlang nicht gestört werden? Wie weit liegt Toro? Zwanzig Meilen, fünfundzwanzig? Ich werde Pepita zu der Tanzerei heute abend einladen.»

Der Tanz fand statt, sollte jedoch vom Klang der Trompeten, die zu den Waffen riefen, unterbrochen werden. Dieser militärische Lärm brachte das Gekratze der Fiedeln zu einem jähen Ende.

«Zehn zu eins gewettet, daß es falscher Alarm ist», brummte Eeles und ließ nur zögernd seine Partnerin los. «Das wird dann der dritte sein, den wir gehabt haben. Trotzdem werden wir gehen müssen, meine Liebe.»

«Du geh aber nicht!» sagte Kincaid und drückte die Taille der Küsterstochter. «Mach es dir gemütlich, wir werden gleich wieder zurück sein.»

Dieses leichtherzige Versprechen wurde nie erfüllt. Als sich die Offiziere bei Fackel- und Laternenschein auf den Sammelplätzen einfanden, erfuhren sie, daß Rueda und La Seca unverzüglich geräumt werden mußten. Die kleine Stadt schäumte vor plötzlicher Geschäftigkeit über, die Männer sausten zu ihren Unterkünften, um ihre Habseligkeiten zusammenzuraffen, die Kompanien formierten sich laufend und marschierten in die Dunkelheit ab.

Juana war im Bett, als die warnenden Trompeten erklangen. Sie hatte sie schon früher gehört und wußte, was sie bedeuteten, so daß sie schon angezogen war, als Jenny Bates an ihre Tür trommelte, und dabei war, ihre und Harrys Kleider eilig in die Köfferchen zu packen. Sie wußte nicht, wo Harry war, aber er hatte ihr so präzise Weisungen eingehämmert, was sie in solchen Fällen zu tun hatte, daß sie Wests Zeit und Geduld nicht damit verschwendete, sich zu weigern, bis Harry käme – was er halb gefürchtet hatte –, sondern ihm sagen ließ, sie würde in zehn Minuten zum Aufbruch bereit sein. Er wartete mit ihrem Pferd und einem zweiten, entbehrlichen von Harry, unten auf der Straße; und Harrys Bursche, Joe Kitchen, stand mit dem Maultier für das Gepäck bereit.

Niemand hatte die leiseste Ahnung, wohin es gehen würde, aber es gab natürlich eine Menge Pessimisten, die dachten, die ganze Sache sei nur ein Getue und aller Wahrscheinlichkeit nach dem Umstand zu verdanken, daß das Kommando vorübergehend in Stapleton Cottons Händen lag. Wenn die alte Krummnase nicht fortgewesen wäre, um die Froschfresser bei Toro zu beobachten, wäre das nie passiert, sagte ein verstimmter Gentleman, der seine Gründe hatte, daß ihm der plötzliche Ruf zu den Waffen nicht paßte. Es sah Cotton ähnlich, fügte er unfairerweise hinzu, plötzlich und mitten in der Nacht aus weiß Gott was für Gründen loszugehen.

West drang darauf, daß Juana beim Troß blieb, der von Ansons Reiterei gedeckt wurde. Zuerst wunderte sie sich, wie die Kolonnen ihren Weg durch die Dunkelheit finden konnten, aber nach einiger Zeit gewöhnten sich ihre Augen an die Dunkelheit, und sie verkündete lebhaft, Nachtmärsche seien Tagesmärschen vorzuziehen. Ihre Besorgnis um Harry wurde gleich darauf leichter, als sie ihn kurz sah. Er kam sie suchen und begrüßte sie mit einem schnellen: «Juana? Alles in Ordnung mit dir?»

«Ja, o ja! Und, *sobre todo,* du bist gesund, *mi* Enrique!» antwortete sie freudig.

«Natürlich bin ich das, *hija.* Ich kann mich aber nicht aufhalten. Bleib an der Spitze des Gepäckstrains. West wird sich um dich kümmern. Ich muß fort. Du weißt, wie das ist, *alma mia*!»

«*Si, si! Adelante!* Aber wohin gehen wir, *amigo*?»

«Zehn Meilen nach hinten, nach Castrejon. Die Franzosen haben den Fluß bei Tordesillas überquert.»

«Aber das ist ja ganz nahe!» rief Juana.

«Keine Angst! Es ist absolut ungefährlich.» Er legte seine Hand einen Augenblick lang auf ihre, drückte sie heftig, und nachdem er sie noch einmal beschworen hatte, mit der Kolonne unter allen Umständen Schritt zu halten, stob er in die Dunkelheit davon.

Sie war vollkommen beruhigt. Wäre Lord Wellington persönlich erschienen und hätte sie informiert, daß die beiden Divisionen in unmittelbarer Gefahr schwebten, von der übrigen Armee abgeschnitten zu werden – sie hätte kaum darauf geachtet: Harry hatte ja gesagt, es sei ganz ungefährlich.

In Wirklichkeit war es Marschall Marmont gelungen, seinen englischen Gegner irrezuführen. Nachdem die Reparaturen an der Brücke bei Toro durchgeführt waren, hatte er Bonnets und Foys Divisionen über den Fluß geschickt.

Wellington, von Anfang an eifrig auf seinen linken Flügel bedacht, begann seine Armee auf der Straße nach Toro zu konzentrieren, nur um zu entdecken, daß der schlaue Marschall plötzlich seine Marschbefehle umgestoßen hatte: Bonnet und Foy gingen über den Douro zurück, bildeten statt der Vorhut die Nachhut, und die ganze französische Streitmacht befand sich auf dem Rückmarsch nach Tordesillas.

Cotton, dessen letzter Befehl gewesen war, die beiden von ihm befehligten Divisionen in Castrejon haltmachen zu lassen, erreichte dieses Dorf am 17. Juli und brachte seine kleine Streitmacht in Stellung. Die Meldungen seiner Patrouillen waren beunruhigend. Die Franzosen strömten bei Tordesillas über den Douro, und bei Anbruch der Nacht hatte die Hauptmasse Marmonts Nava Del Rey erreicht, keine zehn Meilen nördlich von Castrejon.

Castrejon lag am Trabancos, einem kleinen Zufluß des Douro, inmitten eines kahlen, offenen, hochgelegenen Geländes. Die beiden Divisionen lagen die ganze Nacht an den schwelenden Lagerfeuern neben ihren Waffen, und nur das ferne Quaken der Frösche und das unruhige Wetzen der angehalfterten Pferde störte hie und da die Nachtstille.

Am Morgen des 18. Juli, kurz nach Sonnenaufgang, begann eine Kanonade. Cottons Vorposten wurden zurückgetrieben, und er formierte unverzüglich seine Kavallerie vor den beiden Infanteriedivisionen, die durch eine breite Schlucht voneinander getrennt waren. Ein Hügel jenseits des Trabancos hielt die französische Armee außer Sicht, aber durch die Schwaden der Bodennebel über dem Flußtal konnte man Gruppen Berittener sehen. Harry fand Zeit, Juana nach hinten zu schicken, denn die Situation begann etwas brenzlig auszuschauen, da noch keine Nachricht über eine Unterstützung von Lord Wellington angelangt war. Cotton schob seine Kavallerie in dem Nebel vorsichtig nach vorn, aber obwohl die wartende Infanterie nichts sehen konnte, merkte sie an heftig einsetzendem Musketenfeuer, daß Ansons Reiterei in dem Tal auf mehr als Kavallerie gestoßen war. Ein Fußregiment kam im Laufschritt durch Castrejon, um Anson zu unterstützen, als sich die Kanonade verstärkte.

Der Flußnebel hob sich langsam zu einer Kuppel, durchschossen von den irisierenden Strahlen der aufgehenden Sonne. Durch den schweren, rauchgeschwärzten Dunst flitzten Reitergestalten hin und her, unaufhörlich flammten die Blitze der Musketen auf, und als sich der Nebel höher hob, wurden die Hügelwellen des Geländes jenseits des Flusses sichtbar; es war dicht mit französischen Truppen bedeckt.

«Seltsamer Anblick», bemerkte James Stewart in seinem freundlichen, teilnahmslosen, schleppenden Tonfall. «Wirklich bemerkenswert!» Er schaute Harry an, der einen Augenblick neben ihm angehalten hatte. «Es wäre mir gräßlich, sollte ich ein voreiliges Urteil fällen, aber es scheint ganz so, als säßen wir in einer ziemlichen Klemme.»

«Wie lange wir uns wohl halten können?» sagte Harry.

Es klang bedrückt. Stewart, der sich an einen jüngeren Harry erinnern konnte, der eine solche Situation genossen hätte, erkannte, daß eine Lage, in der ein Stabsoffizier zu seinen sonstigen Sorgen auch noch eine ganz von ihm abhängige junge Frau hatte, ganz dazu angetan war, seine natürliche Freude an Klemmen etwas abzustumpfen. Er sagte sanft: «Ich hoffe, Juana hat keine Angst.»

«Die nicht!» Der beunruhigte Ausdruck verschwand in einem Grinsen. «Sie findet es ein großartiges Abenteuer, mit gesatteltem Pferd auf einen schnellen Rückzug warten zu müssen.»

Stewart lächelte. «Was für ein Kind sie ist! Ist noch immer keine Nachricht vom Peer angelangt?»

«Nicht daß ich wüßte. Wenn wir abgeschnitten sind –» Harry schwieg und zuckte die Achsel. «Nun, ich nehme an, daß wir bald den Rückzug antreten werden.»

«Um ehrlich zu sein, ich wundere mich, daß wir nicht schon vor einer Stunde damit begonnen haben», sagte Stewart. «Ich nehme an, Cotton handelt nicht gern ohne Befehl.»

Was immer der Grund sein mochte, Cotton schien entschlossen zu sein, so lange wie möglich seine Stellung zu halten. Er war ein General der Kavallerie und handhabte die eine Brigade, die ihm zur Verfügung stand, geschickt genug, um die Franzosen zeitweilig im Zaum zu halten. Aber gegen sieben Uhr wurde sich die Infanterie, die seit Tagesanbruch am Gewehr stand, nervös des Wunsches bewußt, Lord Wellington wieder bei sich zu haben.

5

Kincaid, der am vorhergehenden Abend auf Feldwachendienst geschickt und noch nicht abgelöst worden war, hatte sich zu früher Stunde in einer etwas unbehaglichen Situation befunden. Als die Kanonade begann, pfefferte eine Menge Kugeln in das Gelände, in dem seine Feldwache postiert war. Er bemerkte kühl, die Frösche hätten sie anscheinend zu ihrer Zielscheibe fürs Einschießen auserkoren, und ließ seinen erfahrenen Blick in die Runde schweifen, um die nächste Deckungsmöglichkeit zu erkunden. Ein breiter Wassergraben, etwa hundert Meter entfernt, bildete das einzige Hindernis für ein Vorgehen des Feindes. Er merkte sich dessen Lage für einen eventuellen Bedarf, und als er sich umdrehte, stand ein Sergeant dicht neben ihm. Der Staubregen, aufgewirbelt von einem Geschoßhagel, der in der Nähe einschlug, ging über sie nieder. «Scheinen nicht gerade mit Platzpatronen zu schießen, was, Sergeant?» sagte Kincaid.

Der Sergeant grinste. «Nein, Sir. Was werden wir tun, Sir?»

«Och, die Ebene weiter beobachten!» antwortete Kincaid. «Dort hinter dem Hügel scheint es einen kleinen Wirbel zu geben.»

Der Sergeant, der nach dem wilden Aufruhr schloß, daß es dort einen ziemlich großen Wirbel geben mußte, grinste noch breiter, sagte aber nur: «Ja, Sir. Genau wie Sie sagen, Sir!»

Die Feldwache blieb in Stellung und hielt weiter Ausschau über die Ebene. Die Bodenwelle zur Linken verbarg die Operationen der Kavallerie, aber in kurzer Zeit erhob sich ein so heftiger Lärm hinter dem Hügel, daß Kincaid unverzüglich seine Feldwache in die Stellung hinter dem Graben brachte, den er vorhin bemerkt hatte. Kaum hatte er diese Bewegung ausgeführt, als – wie er es später beschrieb – Lord Wellington mit seinem Stab und einer ganzen Wolke französischer und englischer Dragoner und bespannter Artillerie durcheinander über den Hügel daherpreschte und genau über die Stelle ging, die Kincaid soeben geräumt hatte.

Da sich zu seiner Rechten eine Vorpostenkompanie des 43. Regiments formiert hatte, war Kincaid gezwungen, untätig zu bleiben, aus Angst, daß er in sie statt in den Feind hineinschießen würde. Er sagte, er sei von dem Anblick Lord Wellingtons und Marschall Beresfords, die sich ihren Weg mit gezogenen Schwertern durch das Handgemenge hackten, derart erstaunt gewesen, daß er daran zweifelte, ob er überhaupt seine fünf Sinne zusammengebracht hätte, um den Feuerbefehl zu geben.

«Und wie sie eigentlich dorthin kamen, weiß ich ebensogut wie mein alter Gaul!» sagte er viel später zu Harry. «Die alte Krummnase und Beresford und die beiden Kanonen und der ganze wunderschöne Stab nahmen hinter meiner Feldwache Zuflucht. Die alte Krummnase schaute nicht gerade sehr erfreut drein, kann ich dir sagen. Aber ein Vergnügen war es, General Alten fluchen zu hören. Ich wollte, ich verstünde Deutsch.»

«Mich wundert's nicht, daß der Peer nicht erfreut war!» sagte Harry. «Er brachte eben zwei Kavalleriebrigaden auf, um uns zu verstärken, und ritt vor ihnen her zur Linken unserer Plänklerlinie, wo die 11. und 12. Leichten Dragoner die Kanonen von Ross unterstützen. Gerade als er ankam, brach eine französische Schwadron in die Flanke ein, geradewegs auf die Kanonen zu. Die Zwölfer konnten ihr nicht standhalten und begannen zu weichen. Soviel ich gehört habe, versuchten sie einige Jungen vom Stab Beresford aufzuhalten und brüllten ‹Zu Dreien kehrt!› Damit begann der Wirbel, weil die Elfer, die zur Unterstützung anrückten, es hörten und meinten, der Befehl gelte ihnen. So machten sie kehrt, und die Franzosen brausten daher, mitten auf den ganzen Stab des Hauptquartiers los! Zum Glück sahen die Elfer bald, daß da irgendein Irrtum gewesen sein mußte, wendeten und vertrieben die Franzosen.»

«Mein Gott, wenn ich bedenke, daß mir das alles entgangen ist!» sagte Kincaid mit innigstem Bedauern.

«Verdammt, du kannst nicht alles haben!» wandte Eeles ein. «Du hast den alten Douro herumsäbeln gesehen, und das ist mehr, als wir hatten!»

«Alles recht schön!» sagte Harry. «Aber in einer schönen Patsche säßen wir jetzt, wenn er getötet worden wäre!»

«Ich glaube gar, du bildest dir ein, daß es ein prima Tag für uns war, weil uns diese Langnase auf einen seiner verfluchten Gewaltmärsche gehetzt hat?» sagte Eeles mit erhabenem Sarkasmus. «Ich habe eine Blase auf der Ferse, groß wie ein Taler.»

«Die Franzosen sind schlimmer dran als wir.»

«Na, ein schöner Trost!» sagte Eeles. «Ich jedenfalls hoffe, ich sterbe noch vor dem Morgen, das ist alles.»

Die beiden Divisionen hatten tatsächlich einen anstrengenden Tag hinter sich. Lord Wellington, der persönlich die Kavallerieverstärkung für sie herangeführt hatte, hatte unverzüglich die Leitung des Rückzuges von Cotton übernommen, die Divisionen sofort in Bewegung gesetzt, zum Guarena als unmittelbarem und nach Salamanca als endgültigem Ziel. Gedeckt von der Kavallerie, retirierten sie in zwei Kolonnen und waren noch nicht weit gekommen, als sie zwei französische Kolonnen gewahrten, die in der gleichen Richtung und anscheinend zu den gleichen Zielen marschierten. Acht Meilen lang zogen die gegnerischen Streitkräfte parallel zueinander und verwickelten einander die ganze Strecke entlang in flüchtige Handgemenge, die aber für die Nerven der Männer ebenso ermüdend waren wie eine regelrechte Schlacht. Das gewellte Land zwischen dem Trabancos und dem Guarena war reich an unübersehbaren Getreidefeldern, von ausgetrockneten Wasserläufen durchschnitten. Das reifende Getreide lag wie ein schimmerndes goldenes Meer da. Der Schuß einer französischen Kanone setzte ein Feld in Brand, und das Feuer breitete sich in gieriger Schnelle aus. Das Brüllen und Krachen der Flammen, die schwere schwarze Rauchwolke, die faul in der Luft hängen blieb, entlockte einem schwitzenden Rifleman den verbitterten Ausruf: «Jesus! Ist es noch nicht heiß genug, daß diese verdammten Frösche auch noch Lagerfeuer anzünden!»

Die 4. Division, die die Kolonne neben der französischen Marschlinie bildete, litt am meisten unter dem zeitweiligen Artilleriebeschuß, und es dauerte nicht lange, bis die Männer, erregt von den Verlusten in ihrer Kolonne, auf einen Entschluß der beiden gegnerischen Befehlshaber hofften, den Marsch anzuhalten und Schlachtfronten zu bilden. Man meinte, die Kavallerie hätte es noch am besten; und einer von der Leichten Division, der einem Scharmützel zusah, drückte laut seinen Wunsch aus, in ein Kavallerieregiment versetzt zu werden. Er klagte über Blasen an den Füßen, aber ein prosaisch gesinnter Freund antwortete verächtlich: «Tja, und wennst aufm Pferd wärst, hättest Furunkel am Arsch, so halt um Christi willen endlich deine dreckige Klapperbüchs!»

Am Ende des langen Tagesmarsches, als sich die Kolonnen, ab Torrecilla de la Orden von der 5. Division verstärkt, dem Guarena näherten, beschleunigte sich das Tempo beider Armeen. Der Beschuß hörte fast ganz auf, während sich die hundemüden Soldaten beeilten, den Fluß zuerst zu erreichen. Allmählich kam die Leichte Division der französischen Kolonne zuvor, und selbst der Kandidat für ein Kavallerieregiment vergaß auf seine Kümmernisse in dem Vorsatz, die Anhöhe jenseits des Flusses zu erreichen, bevor sie der Feind besetzen konnte. «Bei Gott, wir schaffen's!» sagte er ziemlich atemlos, aber zum erstenmal an diesem Tag glücklich. «Der reinste Talavera-Marsch, das hier!»

«Himmel, bin ich ausgedörrt!» krächzte ein Rekrut und fuhr sich mit der geschwollenen Zunge über die zersprungenen Lippen.

Aber obwohl jeder ausgedörrt vor Durst war, hielt die Leichte Division nicht am Fluß an, sondern sie tranken während sie durch die seichte Furt marschierten, indem sie das lauwarme, schmutzige Wasser mit den Händen oder Tschakos schöpften. Einige Rekruten waren geneigt, über die Unmenschlichkeit von Offizieren zu knurren, die ihnen nicht einmal fünf Minuten Rast gönnen wollten, aber sie stießen bei den alten Kriegern auf kein Mitleid. «Bleib nur da und schwemm dir den Bauch voll, und du wirst per Schaufel ins Bett gebracht!» knurrte ein Rifleman grimmig.

Die Wahrheit dieses Ausspruchs wurde etwas später demonstriert, als die Fünfte Division den Strom erreichte und haltmachte. Die französischen Kanonen, die eilends auf den Hügeln oberhalb des Flusses in Stellung gebracht worden waren, eröffneten sofort das Feuer und brachten den Grünschnäbeln, wie Tom Crawley sagte, der die Aufregung und das Blutbad im Fluß beobachtete, eine vorzügliche Lektion am Objekt bei. «Das wird den Pionieren eine Lehre sein», bemerkte er leidenschaftslos. «Wenn man sich einmal drauf einläßt, sich bei den Fröschen Freiheiten herauszunehmen, mein Bürschchen, dann bist du im Handumdrehen in einem Dreckswirbel, und vergiß das ja nicht!»

Lord Wellington konnte seine Stellung nicht ganz ohne Widerstand besetzen, aber nach einem etwas teueren Versuch, ihn herauszudrängen, rief Marmont seine Plänklergruppen zurück und gestattete seinen erschöpften Truppen, die in zwei Tagen eine Entfernung von achtzig Meilen zurückgelegt hatten, das Biwak für die Nacht aufzuschlagen.

«Und wenn mir einer verraten kann, wozu zum Teufel dieses ganze Manöver gut war, wäre ich dankbar!» sagte Eeles.

«Marmont ist doch nur halb so klug, wie ich dachte», sagte Charlie Beckwith, der ein Lagerfeuer mit Stoppelbündeln fütterte. «Er gewann zwar einen Tagesmarsch vor uns, als er den Douro überquerte, nicht zu erwähnen, daß er unsere ganze Stellung umging. Aber er hätte bis Salamanca kommen können, wenn er nicht so darauf versessen gewesen wäre, uns zu zeigen, wie hübsch er manövrieren kann.»

«Der Teufel soll ihn holen!» sagte Eeles, der zärtlich seine gequälten Füße inspizierte.

«Na, gewonnen hat er dabei nichts als einen verdammt großen Haufen Verluste», sagte Beckwith.

«Doch, hat er», sagte Harry grinsend. «Georges Menagekorb hat er gewonnen.»

Beckwith schaute auf. «Aber nein, wirklich? Ein schlampiger Kerl, dieser George. Immer läßt er seine Sachen herumliegen!»

«Ihr könnt leicht witzeln», sagte Simmons, der diese grundlose Anschuldigung mit seiner üblichen Gutmütigkeit aufnahm. «Aber für mich ist es gar nicht lustig, weil ich auch mein Maultier dabei verloren habe. Ein schönes junges außerdem. Es wurde auf dem Marsch von einem Hengst getreten und mein Bursche mußte es aufgeben. Gebrochener Schenkelknochen. Das schlimmste daran ist, daß ich verschiedene Sachen mit dem Menagekorb zusammen verpackt hatte, die ich nicht so leicht ersetzen kann. Ein großer Schlag für mich, kann ich euch sagen.»

«Macht nichts, George, du wirst mit uns essen», sagte Harry. «Bei uns gibt's Huhn.»

Eeles, der sich gerade Talg auf die Ferse schmierte, rollte sich auf den Ellenbogen herum und rief aus: «Juana! Oh, Juana! Mrs. Smith! *Queridissima amiga!* Werden Sie mich zum Abendessen einladen?»

Juana trat aus Harrys Zelt und kam zum Lagerfeuer herüber.

«*Qué fastidio!* Nein, weil es nicht genug zu essen gibt!»

«Wo ist es Ihnen gelungen, Geflügel aufzutreiben, Juana?» fragte Beckwith und faltete seinen Umhang zusammen, damit sie sich daraufsetzen konnte.

«Joe Kitchen hat es gestohlen», sagte sie schlicht.

Harry lachte und legte den Arm um ihre Schulter. «Ich könnte schwören, du hast es ihm angeschafft!»

«Nun, ich dachte, wir könnten es brauchen», erklärte sie und lehnte sich dankbar an seine Schulter.

«Müde, *hija*?»

«*Muy cansada*», gab sie zu und lächelte schläfrig. «Wann müssen wir wieder marschieren?»

«Das ist leicht beantwortet», sagte Eeles. «Bei Morgengrauen, gerade wenn Sie in den zweiten Schlaf sinken.»

«Señor Kincaid», bemerkte Juana zusammenhanglos, «sagt, Morgengrauen ist, wenn man ein graues Pferd auf eine Meile sieht.»

«Nun, laßt uns zu Gott hoffen, daß vor uns keine Kavallerie steht», sagte Eeles.

6

Als die Morgendämmerung kam, blieb jedoch in den französischen Linien alles ruhig. Der Himmel war bedeckt, und ein heißer Wind blies. Staubkörner schienen selbst in den dichtest verschlossenen Behälter zu dringen. Jack Molloy schwor, daß es sogar in dem Ei welche gab, das ihm sein Bursche zum Frühstück gekocht hatte.

Trotz der Hitze, der Müdigkeit des Vortages und dem deprimierenden Gefühl, daß Freunde aus den Reihen fehlten, war die Stimmung der Mannschaften gut. Zwar war der Sinn ihres erschöpfend heißen Marsches vielen nicht klar, aber sie konnten alle sehen, daß sie vor dem Franzosen standen und in eine starke Stellung gebracht worden waren, die sie, wenn nötig, den ganzen Tag verteidigen konnten.

«Die werden uns bestimmt nicht angreifen!» sagte ein erfahrener Krieger. «Die fressen ihr Frühstück, das ist es, was sie tun. Speck und Eier und Trümmer Rindfleisch, was sie bei den armen dreckigen Spaniern geplündert haben. Und was eigentlich von Rechts wegen wir haben müßten, wenn wir nicht so verdammte kleine Gentlemen wären.»

«Stimmt», sagte ein verdächtiges Subjekt, das sich Schnitten Schweinefleisch an der Spitze seines Ladestocks briet. «Grausam ist das, wie diese Johnny Petits das Land ausplündern. Alles, was sie für unsereins übriggelassen haben, war ein einziges dürres Schwein. Wo bleibt eigentlich der Verpflegungstrain?»

«Verlorengegangen, ganz wie gewöhnlich!»

«Also verdammich, Jungen, wenn der nicht bald auftaucht, dann müssen wir entweder einen Kartoffelacker finden oder einen Beutetag einschalten.»

Als der Morgen fortschritt, ohne daß sich ein anderes Zeichen von Aktivität an der französischen Front bemerkbar gemacht hätte als die Bewegungen verschiedener Spähtrupps, wurde es offenkundig, daß Marschall Marmont, der am 16. Juli die Flanke Wellingtons glatt umgangen und in den zwei darauffolgenden Tagen die französische Armee großartig über achtzig Meilen sonnenverbrannten Landes manövriert hatte, zu dem Entschluß gekommen war, seiner stoischen Infanterie Rast zu gönnen. Seine Armee blieb den ganzen Tag ruhig liegen und zog schließlich in der Abendkühle in südlicher Richtung ab.

«O verdammt! Ich glaube, sie scheuen sich genau wie wir, anzubandeln!» sagte der junge Racker verzweifelt. «Dieses ganze Kundschaften und Herumschleichen erinnert mich nur zu sehr an ein Katz- und Mausspiel.»

Es sah wirklich ganz so aus, als würde die Vorsicht der gegnerischen Befehlshaber in einer Sackgasse enden, denn die ermüdenden Märsche wurden zwei weitere Tage und in ziemlich derselben Art fortgesetzt. Manchmal waren die beiden Armeen einen halben Musketenschuß voneinander entfernt, manchmal verloren sie einander aus den Augen, aber nie kam es zu ernsteren Feindseligkeiten als Artilleriefeuer und etwas Kavalleriegeplänkel. Einmal, als die beiden gegnerischen Kolonnen auf ein und dasselbe Dorf zustrebten, sah es danach aus, als sei die Schlacht unvermeidlich, aber zur Wut des größten Teils seiner Armee nahm Wellington die Schlacht nicht an, sondern umging das Dorf.

Als die alliierte Armee Tormes erreicht hatte, fehlte eine Anzahl Kranker und Verwundeter aus den Reihen, und der Gepäckstrain, der in der Obhut einer portugiesischen Kavalleriebrigade stand, begann zurückzubleiben. Seit Stunden war nichts von den Franzosen zu sehen gewesen, aber als die Lagerfeuer angezündet wurden, sah man, daß einige französische Divisionen unweit der Furten des Huerta im Biwak lagen.

Früh am nächsten Morgen zog Wellington seine Armee in ihre alte Stellung auf den Höhen von San Christoval zurück, oberhalb der etwas nördlicher gelegenen Furten von Aldea Lengua und Santa Marta.

«Genausogut hätten wir die ganze Zeit hierbleiben können», sagte Eeles, «und überhaupt nicht nach Rueda gehen müssen. Dann hätte ich auch nicht die schlimmsten Blasen in der ganzen Armee bekommen.»

Da Lord Wellington beschlossen zu haben schien, Marschall Marmont zu erlauben, den Tormes ohne Widerstand zu überschreiten, war Charlie Eeles imstande, seine Ferse den ganzen Tag zu pflegen. Die alliierte Armee blieb bis zum Sonnenuntergang in ihrer Stellung auf den Höhen, während die französischen Truppen langsam den Fluß durch die Furten des Huerta überquerten, das Tal auf der anderen Seite hinaufmarschierten und ihr Lager am Rand eines Waldes keine sechs Meilen weit von Salamanca aufschlugen.

Juana benützte die Gelegenheit, um zwei Hemden Harrys zu waschen und zu bügeln. Er traf sie dabei an, als sie gerade ihr Bügeleisen über einem Stoppelfeuer aufstellte, das Joe Kitchen auf ihr Geheiß hatte anlegen müssen. Sie sah erhitzt aus, ihre dunklen Ringellocken klebten ihr feucht an der Stirn und Schweißtröpfchen glitzerten auf ihrem Nasenrücken. Harry nahm ihr das Bügeleisen weg und gab es Kitchen. «Nein, mein liebes Kleines», sagte er und führte sie weg, «so nicht!»

«Aber Kitchen bügelt gar nicht gut, *amigo*! Ich versichere dir –»

«Und ich versichere dir, ich dulde es nicht. Ich habe dir befohlen, dich auszuruhen, du kleiner Racker!»

«Ich bin wirklich nicht müde! *De ningún modo!*»

«*Tanto mejor!*» Er zog sie in den Schatten eines Baumes, setzte sich auf den Erdboden und zog sie zu sich herunter. Er sah müde aus, schmäler als zu Beginn des Feldzuges, die Linien von der Nase zu den Mundwinkeln waren tiefer geworden und verliehen seinem Gesicht einen strengeren Ausdruck.

«*En efeto*, wer hier müde ist, bist du, *mi* Enrique!»

«Sehr. Es kommt von diesen verfluchten Furunkeln.» Er streckte sich auf dem Erdboden aus und legte den Kopf in ihren Schoß. «Tröste deinen Jungen», murmelte er, und seine Augen unter ihren schweren Lidern lächelten zu ihr auf.

Sie ließ die Finger durch sein Haar gleiten. Sie zitterten ein bißchen; eine Welle der Zärtlichkeit stieg in ihr hoch. Sie stammelte: «Hältst du mich für eine schlechte Gattin?»

«Ich weiß nicht. Ich habe noch keine andere gehabt.»

«Ich quäle dich mit meiner unguten Art!»

«*Sí!*» Harrys Lider fielen zu.

«Ich wollte doch eine so gute sein!» sagte sie untröstlich.

Seine Augen öffneten sich wieder. «Was soll das alles?»

«Ich habe Angst, daß du in der Schlacht getötet wirst.»

«Juana, du Gänschen!»

Sie neigte sich über ihn und preßte die Hände sanft gegen seine hohlen Wangen. «Ich habe nur dich. Wenn du stirbst, muß auch ich sterben. Verstehst du?»

Er hob eine Hand und umschloß ihr Handgelenk. «Wer spricht denn von Sterben? Ich jedenfalls nicht, auf mein Wort! Die vom Regiment werden dir sagen, daß ich gefeit bin!»

«*Al contrario*, sie sagen, daß du tollkühn bist!»

«Zum Teufel mit ihnen! Ich passe schon gut auf mich auf, das verspreche ich dir. Wenn mir irgend etwas zustößt, wird sich Tom um dich kümmern und darauf sehen, daß du nach England gebracht wirst. Ich habe ihm gesagt, was zu tun ist – du brauchst dir nicht den Kopf zu zerbrechen. Bin ich nicht ein fürsorglicher Gatte?»

«Nein, nein, ein Narr bist du, ein Narr! Glaubst du, ich wollte ohne dich leben? *Jámas!* Ich habe mich entschlossen, auch zu sterben. Es wird ganz leicht gehen.»

«Der Teufel wird es das! Was soll ich nur mit dir machen?»

«Nichts kannst du machen. – Nur – ich dachte, ich will es dir lieber doch sagen.»

«Muchas gracias!»

Sie fuhr mit dem Finger die Linie seines Backenknochens nach. «Es wird besser so sein, glaubst du nicht auch?»

«Ich glaube, es wird noch besser sein, wenn ich ordentlich aufpasse, daß ich nicht erschossen werde, meine Eheweib.»

«O ja, viel besser!» stimmte sie zu und wurde heiterer. «Aber es schaut mir nicht danach aus, daß es überhaupt zu einer Schlacht kommt. Wann marschieren wir los?»

«Heute abend.»

«Nun, ich glaube, es wird regnen», sagte sie.

«Gott behüte! Ich kenne eure spanischen Gewitter.» Er schaute zum Himmel. «Trotzdem – ich glaube, du hast recht. Wir haben eine regelrechte Tam o'Shanter-Nacht vor uns. Gut! Das bedeutet, daß wir morgen kämpfen werden. Vor den Schlachten des Peers regnet es immer.»

Als der Nachmittag vorrückte, wurde der Himmel immer trüber und einige sehr schwarze Wolken stiegen im Westen herauf. In der letzten halben Stunde des Tageslichts sah die Landschaft bleiern aus. Als die Leichte Division, die die Nachhut der Armee bildete, den Abhang des Aldea-Lengua-Berges zum Fluß hinabzusteigen begann, brach die schnell zunehmende Finsternis herein, und einige schwere Regentropfen fielen.

«Da haben wir's!» sagte Kincaid.

«Verdammt! Ich wollte, ich hätte dich mit den Pionieren hinübergeschickt!» sagte Harry und knöpfte seinen Reitumhang um Juanas Hals zu.

«Oh, *vamos*! Ich fürchte mich nicht vor Regen», antwortete Juana heiter. «Ich kann dir versichern, ich würde die Brigade nicht verlassen!»

Ein plötzlicher Windstoß riß ihr fast den Hut weg; als sie die Furt am Fuß des Hügels erreichten, goß es in Strömen, und der Fluß ging schon hoch. Das Flackern der Blitze und das drohende Murren des Donners, der über die Hügelspitzen rollte, schreckten Juanas Pferd. Sie konnte spüren, wie es unter ihr zitterte, und mußte es in den Fluß zwingen. Das Wasser, das um seine Beine wirbelte und schäumte, ließ es schnauben, bocken und scheuen. Je mehr sie versuchte, es vorwärts zu treiben, um so störrischer wurde es und trug sie in seiner Angst in das tiefere Wasser neben der Furt und war zu erschrocken, um sich zu rühren. West, der Harrys Ersatzpferd führte, konnte nichts tun, um ihr zu helfen, als Ratschläge zu brüllen und versuchen, ihr Pferd dazu zu bringen, ihm zu folgen. Er begann ernstlich besorgt zu sein, denn es gab Schwemmsand im Fluß, als Harry durch den Sturzregen auf Old Chap herbeigesprengt kam, den Zügel des portugiesischen Pferdes knapp am Gebiß faßte und es zum gegenüberliegenden Ufer zerrte. Kaum waren sie es emporgekrabbelt, als ein ohrenbetäubender Donnerschlag die Pferde so erschreckte, daß selbst Old Chap den Kopf hochwarf, während der Portugiese stocksteif dastand und, wie Juana sagte, am ganzen Leib zitterte.

«Warum zum Teufel hast du nicht auf mich gewartet?» sagte Harry wütend. «Du hättest ersaufen können, du kleiner Narr!»

Er konnte ihr Gesicht in der Finsternis kaum sehen, aber ihre Stimme war voll Übermut. «Du hast gesagt, ich müsse es lernen, Flüsse ganz allein zu überqueren. *Muy bien!*»

«Den Hals könnte ich dir umdrehen! Weißt du, was für eine Angst du mir eingejagt hast?»

«An allem ist nur dieses dumme, feige Pferd schuld. Ich will es nicht mehr reiten. Ich will Tiny haben.»

«Darüber sprechen wir später. Los, vorwärts, und schau, daß du unter ein Dach kommst, falls du eines findest!»

Er mußte sie verlassen, denn er mußte sich um seine Pflichten kümmern, und er fand sie nicht vor einer oder zwei Stunden wieder. Inzwischen schloß sich Juana, unberührt von dem Regen, der erbarmungslos auf Kopf und Schultern niederprasselte, Kincaid an, dessen Brigade schon über den Fluß gesetzt hatte. Es schien irgend etwas mit ihm los zu sein. Er sagte mit zitternder Stimme: «Mein Gott, ich dachte, ich sei blind!»

«Aber warum? Was ist Ihnen denn passiert?»

«Nichts, meine Liebe. Nur – dieser schreckliche Blitz hat mich so geblendet, daß ich dachte, er hätte mich getroffen. Ich sage Ihnen, ich konnte zehn Minuten lang überhaupt nichts sehen, nicht einmal die Laternen! Ich habe noch nie in meinem Leben einen solchen Schrecken erlebt! Trotzdem – beim Zeus, welch ein Bild!»

Das Gewitter war auf seinem Höhepunkt angelangt. Fast pausenlos erhellten die Blitze gespenstisch die Szene, zeichneten den Hintergrund ragender Hügel und Wälder scharf ab und schienen förmlich auf den Spitzen des langen Zugs der Bajonette zu flackern, die sich immer noch beständig den Berghang zum Fluß hinabbewegten. Die in geschlossener Formation marschierende Leichte Division überquerte den Fluß, ohne ihre Ordnung zu verlieren. Eine vielzackige Feuergabel fuhr mitten in die Dragoner Le Marchants, die bereits in der Niederung bei Santa Marta biwakierten, tötete mehrere Männer und Tiere und erschreckte die angehalfterten Pferde derart, daß sich Hunderte von den Strikken losrissen, in die Finsternis davonstoben und vor Panik kreischten. Der Lärm ihrer donnernden Hufe, als sie wild herumrasten, das schrille Quietschen, vermischt mit dem Dröhnen und Krachen des Donners, schufen ein derartiges Pandämonium, daß Kincaid ganz erstaunt war, als er Juana nicht nur anscheinend ungerührt von dem ganzen Aufruhr sah, sondern sie noch lachte, obwohl die Regentropfen von ihrem durchnäßten Hutrand stoben und ihr in den Nakken rannen.

«Mein armes Liebes, Sie sollten unter Dach sein!»

«Ja, aber so ist es mir lieber. Der Regen tut mir nicht weh, und ich muß bei der Brigade bleiben.»

«Wo ist Harry? Mit dem Generalquartiermeister davon, um Quartier für Vandeleur zu finden?»

«Er hat mir nichts gesagt, aber bestimmt hat er zu tun. Enrique vernachlässigt seinen Dienst überhaupt nie.»

«Nur seine Frau?» sagte Kincaid neckend.

«Sie wissen genau, daß das nicht stimmt! *A decir verdad,* er ist sehr böse auf mich, weil dieses dumme Pferd den Fluß nicht überqueren wollte. Ich werde in Zukunft Tiny reiten.»

«Donnerwetter, wirklich? Weiß es Harry schon?»

«Ja, weil ich es ihm gesagt habe», antwortete Juana nachdrücklich.

7

Vandeleurs Hauptquartier für diese Nacht war ein Bauernhaus, das, obwohl sehr klein und armselig, den Vorzug hatte, eine Scheune zu besitzen, in der die Pferde und Harrys Windhunde vor dem Gewitter geschützt waren. Außer der Küche gab es in dem Bauernhaus nur noch einen Raum, aber Vandeleur wollte nichts davon hören, daß die Smiths draußen in ihrem kleinen Zelt kampierten. Da er selbst an Rheumatismus in der Schulter litt, die bei dem Sturm auf Ciudad Rodrigo verwundet worden war, konnte er einfach nicht glauben, daß der alles durchdringende Regen Juana nicht einmal einen Schnupfen verschafft hatte. Er wollte, daß sie das Glas heißes Wasser mit Brandy austrinke, das sein Adjutant für ihn gebraut hatte, und als sie bei dem ersten Schluck das Gesicht verzog und hustete und nicht weitertrinken wollte, schüttelte er den Kopf und prophezeite ihr eine Lungenentzündung. «Und was Sie betrifft, Harry, Sie werden sich krankmelden, und Schluß mit allen Dummheiten!» sagte er.

«Ich doch nicht, Sir!»

«Sie verdammter junger Narr, Sie können doch kaum reiten! Mit fünfzehn Furunkeln nützen Sie mir nichts, also bilden Sie sich nicht ein, daß Sie unentbehrlich sind!»

«Nur elf, General», verteidigte sich Harry.

«Einfach absurd!» sagte Vandeleur gereizt.

Bei dem Fleischtopf, der ihnen zum Abendessen vorgesetzt wurde, verkündete Juana, daß sie West befohlen hatte, ihren Sattel am nächsten Morgen auf Tinys Rücken zu legen.

«West erhält seine Befehle von mir», sagte Harry.

«*Seguramente!* Ich sagte ihm ja auch, daß es dein Befehl sei.»

«Das ist ein Angriff auf Ihre Flanke, Harry», sagte Vandeleur. «Los auf ihn, Liebe! Rollen Sie ihn auf, Kavallerie, Infanterie, Artillerie!»

«General Vandeleur», sagte Juana, ohne mit der Wimper zu zucken, «wünscht mich auf Tiny zu sehen.»

«Ganz richtig! Ertrage es nicht, sie auf diesem schwerfälligen Biest von einem Portugiesen zu sehen.»

«Wie du willst», sagte Harry. «Aber gib nicht mir die Schuld, wenn du mit Tiny nicht zurechtkommst. Sie ist nicht leicht zu reiten.»

Aber Juana zeigte am nächsten Morgen, daß sie durchaus imstande war, mit dem kleinen spanischen Pferd zurechtzukommen. Es war von Mameluken zugeritten, und sie führte es vor den Truppen in allen Gangarten vor und spielte sich auf wie eben das Kind, das sie war.

«Du solltest dich schämen!» sagte Harry, aber nicht sehr überzeugt. Er genoß den Beifall der Soldaten, den sie ihr zollten, genauso wie sie. Zu Charlie Beckwith sagte er: «Ich glaube wirklich, es gibt nicht einen unter diesen Halunken, der nicht sein Leben dafür hergeben würde, sie zu verteidigen. Und dabei sind einige von ihnen gräßliche Schurken.»

Da zunächst keinerlei Aussicht zu sein schien, daß es zu einer Schlacht kommen würde, erlaubte er ihr, den ganzen Vormittag bei der Brigade zu bleiben. Die Leichte Division, die den linken Flügel der Armee bildete, lag als Reserve hinter einem Hügel. Von dieser, aber auch von keiner anderen Stellung aus, war nicht viel vom Feind zu sehen, da Lord Wellington seiner üblichen verwirrenden Gewohnheit gefolgt war, seine Streitmacht auf den hinteren Abhängen der Hügel, die vor den Franzosen lagen, aufzuziehen. Da Salamanca nur vier Meilen entfernt von der Nachhut lag, schien es unglaubwürdig, daß es zu keiner Schlacht kommen würde, aber die Nachricht, daß der ganze Troß beim Morgengrauen in Richtung Ciudad Rodrigo fortgeschickt worden war, kam als eine unangenehme Überraschung für Männer, die tagelang danach gefiebert hatten, daß das Marschieren aufhören und es zum Kampf kommen würde. Niemand wußte genau, welche Absichten Seine Lordschaft hatte, aber eine Menge Kritiker erinnerten an seinen Ruf, daß er ein guter Befehlshaber vornehmlich in der Verteidigung sei.

Die Armee war auf einer Front von drei Meilen in eine vorteilhafte Stellung – darin konnte man sich auf Seine Lordschaft verlassen – gebracht worden. Das Gelände war sehr bewaldet und hügelig und wurde von zwei steilen Bergen beherrscht, den Arapilen, deren einer, der nördliche oder Kleine Arapil, von den alliierten Truppen besetzt war. Der Große Arapil, zwar höher, aber nicht so steil, lag etwa sechshundert Meter vor der Stellung, und jenseits von ihm, auf der Südseite des Tales, hatte Marmont seine Divisionen am Rand eines dichten Waldes aufgezogen.

Dem Gewitter des Vorabends folgte ein strahlender Tag mit wolkenlosem Himmel und heißer Sonne, die den Boden, der noch vor wenigen Stunden durchweicht war, schnell trocknete. Die Leute lagen neben ihren Waffen, knurrten, rauchten und versuchten sich vor der Sonnenhitze so gut wie möglich zu schützen. Außer einigen Änderungen in der Verteilung der Divisionen verging der Vormittag in fast völliger Untätigkeit. Vorposten und Vedetten berichteten, daß der Franzose ähnlich unentschlossen zu sein schien, was als der einzige Trost angesehen wurde; aber mittags, als das Gerücht umging, daß ein Rückzugsplan entworfen wurde, begannen die Gemüter zu kochen.

Harry, der als Brigadeadjutant über die Bewegung der einzelnen Divisionen mehr wissen konnte als seine Freunde, sah bis zwei Uhr nachmittags keinen Grund, seine Frau nach hinten zu verbannen. Außer daß Pakenham, der das

Kommando über Pictons Division führte, von der Nordseite des Tormes zu einer Stellung in der rechten Nachhut der Front nahe der Straße nach Ciudad Rodrigo heranbefohlen worden war, hatte keine bedeutendere Truppenbewegung stattgefunden. Einer der Adjutanten Lord Wellingtons, der mit seinem Stab, Marschall Beresford und dem spanischen Kommissar General Alava sein Hauptquartier in einem Bauernhaus irgendwo rechts der Front aufgeschlagen hatte, berichtete, daß er sich um zwei Uhr zu einem verspäteten Mittagessen, das aus kaltem Fleisch zwischen zwei Brotschnitten bestand, niedergelassen hatte. Und eben in diesem Augenblick begann Marschall Marmont seine Linke aufzurollen.

Maucunes Division war die erste, die sich in Bewegung setzte. Knapp vor zwei Uhr sah man sie gegen das Zentrum des schmalen Plateaus marschieren, das sich drei Meilen weit zur Westseite der französischen Stellung erstreckte. Ein sanfter Abhang im Norden führte zu der alliierten Front hinauf, aber da diese klug maskiert war, hatten die Franzosen weder von ihrer Formierung noch ihrer Stärke genaue Kenntnis. Sie marschierten zur Mitte des Plateaus, bis sie die Straße von Salamanca nach Alba de Tormes erreichten; vor dem Dorf Arapiles, das von Leiths Division gehalten wurde, hielten sie und begannen auszuschwenken. Ihre Voltigeurs arbeiteten sich den Abhang zum Dorf hinab, und donnerndes Artilleriefeuer brach aus. Einer, der vom Hauptquartier zurückkam, erzählte, ein Stabsoffizier sei bei dem Bauernhaus angeritten, wo Wellington im Hof sein Mittagessen an einem Klapptisch verzehrte, und habe gemeldet, daß die Franzosen ausschwärmten. «Das gibt's doch nicht!» hatte Seine Lordschaft gesagt, sich den Rest des Sandwichs in den Mund gestopft und war zu einer erhöhten Stelle gestiefelt. «Schnell das Glas!»

Lord Fitzroy reichte ihm das Teleskop. Eine Zeitlang beobachtete Seine Lordschaft schweigend die französischen Bewegungen. Dann senkte er das Glas und sagte lebhaft: «Na also! Ich glaube, jetzt ist es endlich soweit!»

«Hat er das wirklich gesagt?» schrie Harry. «Beim Jupiter, dann werden wir also kämpfen!»

«Ja, und dieser spanische Kerl – wie heißt er? – Alava? – sagte immerfort: *‹Mais que fait-il? Que fait Marmont lá-bas?›* und die alte Krummnase lachte kurz auf und sagte – und das hab ich selbst gehört! –: *‹Mon cher Alava, Marmont est perdu!›*»

«O großartig!» sagte Harry. «Aber ich muß meine Frau sofort da herausschaffen.»

West jedoch hatte Juana schon nach hinten gebracht, indem er ihr eisern erklärte, die Befehle seines Herrn seien deutlich gewesen. Sie war wütend auf ihn, weil sie bei der Brigade bleiben und ihre erste Schlacht mit ansehen wollte, und sie dachte, wenn Harry verwundet würde, dann hätte er gern seine Frau bei sich, damit sie ihm beistehe. West sagte, nein, das wäre das Letzte, was sein Herr gern hätte, eine Feststellung, die Juana so böse machte, daß sie den ganzen Weg nach Las Torres schmollte, einem Dorf, das ungefähr eine Meile hinter der rechten Flanke der Alliierten lag.

In Las Torres jedoch war die Reserve stationiert, eine Streitmacht, die aus einer portugiesischen Brigade, Españas spanischem Kontingent und Ansons, Le Marchants und Arentschildts Kavallerie bestand, und das Gedränge der Truppen mit ihren schlanken Pferden stimmte Juana viel fröhlicher. Sie liebte den warmen Geruch der Pferde, das Klirren des Zaumzeugs und die Pracht scharlachroter Uniformen, glitzernder Helme, wehender Federbüsche, gab ihr Schmollen auf und begann sich umzusehen in der Hoffnung, Bekannte zu finden. Es war weiter nicht überraschend, daß sie in dem Durcheinander der Pferde und herumlungernden Mannschaften niemanden Bekannten entdeckte. Aber kaum hatte sie Las Torres betreten, als sie das aufregende Erlebnis hatte, Lord Wellington persönlich in vollem Galopp vorbeipreschen zu sehen. Der flache Dreispitz und das knochige Profil waren nicht zu verkennen, aber Seine Lordschaft auf Teufel-komm-raus und ohne Gefolge dahinfliegen zu sehen, war etwas ganz Ungewöhnliches. Wenige Augenblicke später kam sein Stab hinterdrein, auch sehr schnell, aber absolut im Hintertreffen. Juana, die abgesessen war und sich neben einem Offizier der Dritten Dragoner stehen fand, fragte ihn auf die freundschaftlichste Art, ob er wisse, wohin denn Seine Lordschaft strebe. Er sagte in unbeholfenem Spanisch, er wisse es nicht genau, nehme aber an, bestimmt, um Pakenham nach vorn zu beordern.

Erst viel später hörten sie, wie Wellington selbst zu seinem Schwager geritten war, weil er den Befehl niemandem anvertraute, den er für ihn hatte.

«Edward», hatte Seine Lordschaft in seiner kühlen, herrischen Art gesagt, «rück mit der Dritten vor, nimm die Höhen vor dir und treib alles vor dir her!»

Es wurde natürlich bald bekannt, daß die Dritte an die Front rückte, aber da die Division zwei Meilen schwierigen Geländes vor sich hatte, dauerte es lange, bis man mehr von ihren Operationen hörte. Der Artilleriebeschuß hielt an; Bruchteile von Nachrichten sickerten nach hinten durch; und ihr neuer Bekannter von den Dritten Dragonern konnte Juana versichern, daß die Leichte Division nicht im Kampf stand, da sie auf der äußersten Linken der Front postiert war und Foys und Fereys Divisionen band.

Diese Nachrichten waren natürlich ausgezeichnet, und Juana, um ihre größte Sorge erleichtert, begann sich zu amüsieren. Ihre treue Begleiterin Jenny war mit dem Troß fort, aber West bewachte sie streng, so daß sie die derbe Jenny durchaus nicht vermißte, sondern im Gegenteil ziemlich froh war, daß sie nur einen Wächter hatte.

Nach einiger Zeit begannen Verwundete nach hinten zu sickern, aber nach dem, was sie sagten, sah es nicht so aus, daß die beiden Armeen schon aneinandergeraten waren. Sie waren alle von Kanonenschüssen verwundet worden, und das einzig Neue schien zu sein, daß die französische Armee immer noch längs des Plateaus entwickelte, Thomières' Division der von Maucune gefolgt war und die gesamte Streitmacht nunmehr gefährlich ausgedehnt erschien. Was eigentlich vor sich ging, wußte niemand genau, obwohl Marmont offenkundig darauf aus war, Wellington von Ciudad Rodrigo abzuschneiden. Maucunes Division stand immer noch vor dem Dorf Arapiles, und es fanden einige Handgemenge statt, aber nur zwischen Vorhuten. Thomières sei, erzählte ein Offizier mit einer Kartätschenwunde in der Brust, an Maucune vorbeigerückt, dränge längs des Plateaus in westlicher Richtung, wobei er eine sehr unsoldatische Lücke zwischen den beiden Divisionen ließ. Ja, die Meinung der meisten Verwundeten, die in einer Stellung gelegen waren, von wo aus sie die französische Truppenbewegung beobachten konnten, war, daß es ein derart schlampiges Manöver war, wie es von einem englischen Befehlshaber niemals gemacht worden wäre.

8

Juana hatte sich vorübergehend in einer *posada* mitten im Dorf einquartiert; kurz darauf kam eine Dame mit einem Offiziersburschen in den Hof und verlangte vom Wirt ein Glas Limonade. Nachdem sie Juana einige Augenblicke lang betrachtet hatte, kam sie zu ihr herüber und fragte, ob sie ebenfalls einen Gatten in der Armee hätte. Sie war beträchtlich älter als Juana, eine Engländerin mit tiefgebräunter, wetterharter Haut und Krähenfüßen um die Augen.

West, der gerade aus dem Schuppen trat, wo er die Pferde angebunden hatte, tippte grüßend an seine Mütze und erklärte, seine Herrin spreche nicht Englisch. Die Dame wiederholte ihre Frage auf spanisch, und als Juana bejahte, sagte sie verwundert: «Das hätte ich nicht für möglich gehalten! Sie sind so jung, meine Liebe.»

«O nein!» versicherte Juana. «Ich werde bald fünfzehn. Ich bin schon seit drei Monaten verheiratet.»

Die Dame lächelte. «Meine Liebe! Und Ihr Gatte – in welchem Regiment ist er?»

«Er ist ein Rifleman», sagte Juana. «Er ist Brigadeadjutant, was, wie Sie wissen müssen, eine sehr verantwortungsvolle Stellung ist.»

«Ja, wirklich», stimmte die Dame zu, und ein Zwinkern saß in ihren Augen. «Ich glaube, ich habe schon von Ihnen gehört. Haben Sie nicht gleich nach Bajados geheiratet?»

«Ja, ich bin Mrs. Harry Smith», sagte Juana. «Und Sie, Señora?»

«Ich bin Mrs. Dalbiac. Mein Gatte ist Oberst bei den Vierten Dragonern. Sehr sorgenvolle Zeiten für uns arme Ehefrauen, nicht wahr?»

«Ja, aber sie sind auch sehr interessant», erklärte Juana.

«Ach, wenn Sie der Armee so lang wie ich gefolgt sein werden, wird Ihnen an dem Interessanten nichts mehr liegen», seufzte Mrs. Dalbiac.

Juana hielt dies für sehr wahrscheinlich, da sie aber zu höflich war, um das zu sagen, fragte sie statt dessen Mrs. Dalbiac, ob diese gern ihr Pferd, Tiny, sehen wolle. Mrs. Dalbiac meinte, Tiny sei anscheinend ein ziemlich feuriges Reitpferd für eine Dame, aber Juana erklärte ihr, wie dumm sich das portugiesische Pferd beim Überqueren des Flusses angestellt hatte und wie entsetzt es bei dem Gewitter gewesen war, und Mrs. Dalbiac sagte – aber mit einem gewissen Staunen in den Augen –, daß es sicherlich nichts Schlimmeres geben könne als ein feiges Pferd. Sie stellte Juana Fragen über ihre Familie und schien von Juanas anschaulicher Darstellung der Umstände, die zu ihrer Heirat geführt hatten, sehr bewegt. Sie erschauerte bei der Beschreibung der Plünderung von Bajados und bemitleidete Juana sichtlich sehr, daß sie eine Waise war und keine Möglichkeit mehr hatte, mit ihrer Schwester in Kontakt zu kommen. Juana, die zwar durchaus nicht darüber erhaben war, unter dem Druck des Augenblicks zugunsten Harrys das herzzerreißendste Bild von ihrem Waisentum zu malen, war in Wirklichkeit von dem Verschwinden der Schwester aus ihrem Leben durchaus nicht berührt und fand das Gespräch ziemlich langweilig. Aber Mrs. Dalbiac ging ja ohnehin, nachdem sie ihre Limonade getrunken hatte, weg, um ihren Gatten aufzusuchen, und versprach, nach einer kleinen Weile wiederzukommen.

Der Lärm des Kanonenfeuers in der Ferne schien nun, da Juana Muße hatte, es zu merken, beträchtlich zugenommen zu haben. Sie schloß aus dem Stand der Sonne, daß es schon später Nachmittag geworden war. Es gab für sie nichts zu tun, und sie begann gerade, sich einigermaßen zu langweilen, als das Geschmetter der Trompeten, die zum Generalangriff riefen, ihr schwindendes Interesse aufpeitschten. West kam in den Hof gerannt, um ihr zu sagen, daß die Kavallerie nach vorn beordert war und daß sich die Nachricht verbreitete, Pakenham, unterstützt von der portugiesischen Kavalleriebrigade D'Urbans, habe die Kampfdivision großartig den Hügel zur Rechten hinaufgebracht und sei mit einer so heftigen Wut über die Führungskolonne der Division Thomières hergefallen, daß Thomières' ganze Kolonne, völlig überrumpelt, fast zur Gänze vernichtet worden war. Stabsoffiziere, die die Kavalleriereserve nach vorn zu bringen hatten, erzählten von einer äußersten Verwirrung in der französischen Vorhut. Die Hälfte der Streitkräfte Thomières' war gefallen, ein Adler erbeutet worden, und die siegreiche Fighting Division war soeben dabei, ihren Angriff längs des Plateaus gegen die Frontmitte vorzutragen. Das Schlachtfeld war, sagte ein Offizier, mit Toten und Verwundeten bedeckt und die Reste der französischen Kolonne auf der Flucht vor dem Vormarsch der Alliierten. Einen großartigeren Angriff als diesen habe es noch nie gegeben, und jetzt sollte noch einer zu sagen wagen, daß Lord Wellingtons Genie ausschließlich in der Verteidigung läge!

Juana war natürlich von diesen Neuigkeiten höchst erregt und rannte hinaus, um die Kavallerie abziehen zu sehen. Sie sahen so prächtig aus, daß sie einfach in die Hände klatschen und ihnen nachwinken mußte. Nachdem sie fort waren und das Geklapper und Gerassel zu einem fernen Dröhnen verschmolzen und schließlich nicht mehr zu hören war, schien das Dorf plötzlich ganz still und verlassen. Selbst West begann ziemlich nervös zu werden, denn obwohl die Leichte Division noch immer in Reserve gehalten wurde, konnte man nie wissen, wann sie in den Kampf gerufen und Harry vielleicht das Ersatzpferd, das West führte, brauchen würde. Nach kurzem Zögern gab er Juanas Flehen nach, etwas näher an die Front zu reiten, und ging die Pferde holen.

Als sie sich der Nachhut der Leichten Division näherten, wurde der Schlachtenlärm immer lauter. Die Beschaffenheit des Geländes verhinderte, daß sie etwas von dem Treffen auf dem Plateau sehen konnten, aber das Getöse war schrecklich – schlimmer, dachte Juana, als der gräßliche Lärm der Nacht von Bajados. Ein Stallbursche, der eine Remonte heranführte, sagte, daß Leiths und Coles Divisionen um fünf Uhr in den Kampf eingegriffen hätten und ihr Treffen mit der französischen Frontmitte eine blutige Angelegenheit gewesen war, in deren Verlauf Leith so schlimm verwundet worden war, daß er das Schlachtfeld hatte verlassen müssen. Aber die Dragonerbrigade Le Marchants, die den Hügel heraufkam, ritt in den Zwischenraum zwischen Leiths und Pakenhams Divisionen und erreichte den Kamm des Plateaus gerade, als Maucune zurückzuweichen begann. Es mußte ein höchst eindrucksvoller Anblick gewesen sein – eintausend Kavalleristen, die in zwei Reihen vorrückten und dann im Galopp auf Maucunes Flanke hinabstürmten. Mitten durch die französische Kolonne stießen sie durch und vor, von Le Marchant persönlich angeführt, der wie jeder gewöhnliche Kavallerist mitkämpfte, bis sie auf das Leitregiment der unterstützenden Division Brenniers trafen. Natürlich verloren sie ihre Formation, und es gab Dutzende leerer Sättel, aber keine Infanterie, die derart überrascht wurde, konnte hoffen, ihrem Angriff widerstehen zu können. Der Jammer dabei war, daß Le Marchant gefallen und die Brigade nicht wieder in Formation zu bringen war.

«Einer ritt mit dem anderen um die Wette, nur um der erste mitten in den Franzosen zu sein, so hat das ausgeschaut», erzählte der Stallbursche West. «Einfach verrückt nach rechts und links säbelnd, und das ganze Schlachtfeld mit Toten einfach bedeckt! Ich jedenfalls habe so etwas noch nie gesehen! Da waren die Franzosen, tadellos in Schlachtordnung, Tausende! – und bei Gott, schon in der nächsten Minute in der ganzen Gegend verstreut, und die Dragoner, die die Reste aufkehrten!»

Über die Leichte Division konnte er West keine Neuigkeiten geben, da sein Herr zur Division Clintons gehörte, aber er vermutete, sie sei nicht am Kampf beteiligt gewesen. Im südlichen Arapil, jenem felsigen Berg vor der alliierten Front, spielte sich eine sehr blutige Angelegenheit ab. Die Portugiesen Packs hatten versucht, sich in den Besitz des Berges zu setzen, aber unter dem verheerenden Feuer der Franzosen, die auf der Spitze saßen, war nicht daran zu denken, ihn zu erklettern.

Als Juana und West an ihrem Ziel, das etwas hinter der Leichten Division lag, angekommen waren, mitten unter den Munitionskarren, den Remonten, den Ärzten und allen anderen Leuten, die nicht unmittelbar in der Frontlinie zu tun hatten, verbreitete sich schnell ein Gerücht, daß Marmont getötet worden sei. Dies schien zu schön, um wahr zu sein, aber bei den französischen Verlusten, die enorm waren, war – wie man hoffnungsvoll dachte – alles möglich.

Das unaufhörliche, zuzeiten ohrenbetäubende Kanonenfeuer, der Anblick Verwundeter, die sich nach hinten begaben, und die verschiedenen Erzählungen, die Juana über den wütenden Charakter der Schlacht hörte, weckten alle ihre Ängste wieder, und erst als sie sich in der Nachhut der Leichten Division neben dem alten Dr. Burke stehen fand und er ihr versicherte, daß die Division nicht eingegriffen hatte, konnte sie sich wieder beruhigen. Sie hoffte, Harry zu sehen, aber fast unmittelbar nach ihrer Ankunft erhielt die Divison Befehl, vorzurücken und die Verfolgung der zurückweichenden Armee aufzunehmen.

Der französische Rückzug nach Tormes, von den intakten Truppen Fereys und Foys gedeckt, sah sehr nach völliger Auflösung aus. Hunderte von Soldaten flüchteten in den Schutz der dichten Wälder an der Südseite des Plateaus; das Plateau selbst war mit toten Menschen und Pferden übersät, immer noch hing dort, wo das Artilleriefeuer am schwersten gewesen war, der Rauch schwer in der Luft; und wirr verstreute Ausrüstungsgegenstände verliehen dem ganzen den Eindruck höchster Verwirrung.

Juana hörte, wie jemand vom Stab des Generalquartiermeisters sagte, der Rest der französischen Armee, die zu den Furten des Flusses strebte, würde von den spanischen Truppen, die in Alba zurückgelassen worden waren, gefangengenommen.

Die Sonne ging unter. In dem kühlen Nachtwind war Juana froh, ihren großen Mantel anzuhaben. West richtete ihr kleines Zelt auf dem Schlachtfeld auf, mitten in einem Fleck grünen Weizens. Er schnitt Garben daraus, für ein Bett für sie, weil er dachte, daß sie wohl kaum imstande sein würde, in dieser Nacht noch zur Brigade zu kommen. Er hatte einige Laternen mit, und in ihrem Licht aß Juana Sandwiches zum Abendbrot und spülte sie mit einem Schluck Wein aus Rueda hinunter. Als sie sich gleich darauf auf ihr Weizenbett legte, mußte sie ihr Pferd an seinem Zügel halten. Der Mond ging auf und beleuchtete das Schlachtfeld mit einem kalten Silberlicht, aber es konnte Juana ebensowenig vom Einschlafen abhalten wie die verwirrten Geräusche der Armee, die ihr Nachtlager bezog, oder das Krachen und Glühen der Lagerfeuer. Sie hatte einen erschöpfenden Tag hinter sich, sie war noch nicht fünfzehn, und nicht einmal der Gedanke an Mrs. Dalbiac, die sie wiedergesehen hatte, als sie zur Stelle des großartigen Angriffs von Le Marchant ritt und seltsam hager aussah, hatte die Macht, sie wachzuhalten. Mrs. Dalbiac schien sie kaum wiederzuerkennen; sie hatte nur immer wieder gesagt: «Ich muß meinen Mann finden. Ihr müßt mich meinen Mann finden lassen!» Das ganze junge warme Herz Juanas fühlte für sie; sie konnte sich selbst in der gleichen Verzweiflung auf der Suche nach Harrys Leiche unter den Erschlagenen sehen; aber sie konnte nichts tun, um Mrs. Dalbiac zu helfen; und Harry war wohlauf, und West wickelte gerade einige dicke Sandwiches aus, und sie war sehr hungrig.

Obwohl das Weizenbett etwas an der Wange kratzte, war es wunderbar gemütlich. Sie rollte sich unter Harrys Reitumhang ein und fiel in einen tiefen, traumlosen Schlaf, bis ein hartnäckiges Zupfen am Weizen sie weckte. Schlaftrunken öffnete sie die Augen, sah einen Mond wie eine Silberplatte und spürte Tinys weiche Nase an ihrem Ohr. Ein neuerliches Zupfen ließ sie erkennen, was geschah. Sie setzte sich auf und weckte West mit schallendem Gelächter: «Oh, oh, Tiny frißt mein ganzes schönes Bett auf!»

Viertes Kapitel

Madrid

I

Am Mittag des folgenden Tages lag Juana wieder in Harrys Armen. Wie die übrige Armee, war er zwischen Jubel und äußerster Gereiztheit hin- und hergerissen – es ärgerte ihn, daß es nicht gelungen war, die geschlagene französische Armee die Nacht hindurch zu verfolgen. Man hätte verhindern müssen, daß die flüchtenden Massen, die durch den Wald zum Fluß drängten, entkamen. Marmonts gesamte Streitmacht dürfte derart zerschlagen worden sein, daß eine Neuformierung undenkbar gewesen wäre, hätte der spanische General Carlos de España am Morgen der Schlacht seine Gruppe nicht abgezogen, statt sie, wie befohlen, in Alba zu lassen, um die Furten über den Tormes zu bewachen. Er hatte natürlich gemeint, ganz das Richtige zu tun, und als er vorsichtig vorfühlte und Lord Wellingtons höchst entschiedenen Wunsch entdeckte, die spanischen Truppen in Alba zu lassen, war er nicht gerade darauf aus, zu beichten, daß sie bereits abgezogen waren. Es war sehr schön, aus eigener Initiative zu handeln, aber etwas wesentlich anderes, wenn es darauf ankam, Seiner Lordschaft zu gestehen, daß man dies getan hatte – ja, es erwies sich schlechterdings als ganz unmöglich, wie jedermann, der auch nur im geringsten den Charakter Seiner Lordschaft kannte, sicherlich erkennen mußte. So strömten denn die Franzosen die ganze Nacht hindurch in wilder Flucht über den Tormes, ohne auf den geringsten Widerstand zu treffen; und die Verfolger entdeckten, daß sie, statt die Furten von Huerta zu benützen, über Alba de Tormes zurückgewichen waren.

Die Leichte Division setzte die Verfolgung fort, aber Harry war nicht dabei. Der alte Dr. Burke hatte geflucht, ihn einen dummen Narren genannt und ihm befohlen, samt seinen Furunkeln und seiner Gattin auf Krankenurlaub nach Salamanca zu verschwinden. Da dieser Befehl von General Vandeleur bekräftigt wurde, blieb Harry nichts anderes übrig, als seine Pflichten Bruder Tom zu übergeben, den Offiziersburschen seine Jagdhunde und seinen Koffer aus dem Troß herausschälen zu lassen, Juana in die Arme zu reißen und zu jubeln: «Wir werden Flitterwochen haben, *alma mia de mi corazon*!» und mit ihr nach Salamanca abzureiten. Daß sie kein Geld hatten, kümmerte beide nicht. Wenn es zum Schlimmsten kam, konnten sie immer noch von ihren Rationen leben. «*A buen hombre no hay pan duro!*» sagte Juana fröhlich.

Salamanca war mit Kranken und Verwundeten überfüllt, aber die Smiths fanden Quartier im Haus einer zartfühlenden Dame, die Juana bemutterte, die ärztliche Behandlung von Harrys Furunkeln mit eigenen Arzneien ergänzte und die Armeerationen mit Kaffee und ähnlichen Luxusdingen streckte.

Juana, die den mütterlichen Funken im Auge der Dame sofort entdeckt hatte, tat ihr schamlos schön, nahm alle Salben und Tränklein, die sie für Harry produzierte, an und entschwatzte ihr frische Eier und Butter, indem sie in quälendster Weise die gräßlichen Entbehrungen der britischen Armee schilderte. Wenn das nicht Erfolg hatte, konnte man sich immer darauf verlassen, daß ein höchst farbiger Bericht ihrer eigenen Abenteuer in Bajados der guten Dame ein paar Kuchen oder einen frischgebackenen Brotlaib entlockte. Harry schwor, daß Juana in den zwei Wochen, die sie in Salamanca verbrachten, ihre ganze Familie in der Belagerung von Bajados rücksichtslos hingemetzelt hatte.

«Ich habe nie gewußt, daß du so viele Tanten und Onkel und Vettern hattest!» erklärte er.

«Hab ich ja gar nicht», sagte Juana.

«Oh, du kleiner Racker, wie kannst du so etwas sagen? Da war dein Onkel Tomás, der von den Franzosen erschossen wurde; und dein Onkel Juan, der des Hungertodes verblich; und deine heldenmütige Base Maria, die sich eher in das Bajonett eines Soldaten warf, als daß sie ihre kostbare Jungfräulichkeit preisgegeben hätte – übrigens ein ziemlich schwieriges Unternehmen: sie muß rein aus dem Fenster in das Bajonett hinuntergesprungen sein, glaube ich wenigstens; und deine Tante im Kloster, die –»

«*Basta!*» sagte Juana. «Du weißt sehr gut, daß ich keinerlei Tante in keinerlei Kloster habe, und was meinen Onkel Tomás betrifft, der starb schon vor meiner Geburt, und natürlich kann man sich in ein Bajonett werfen, wenn es auf einen gerichtet ist, *estupido*!»

«Ich jedenfalls ziele nie zuerst mit dem Bajonett auf Mädchen, die ich vergewaltigen will», sagte Harry.

«*Pechero! Malvado!*» rief Juana, knuffte ihn und sprudelte vor Lachen über.

Harry packte sie an den Handgelenken. «Ruhe, Keifzange! Jetzt sag die Wahrheit! Hast du je eine Base Maria oder einen Onkel Juan gehabt?»

«Ja, gewiß habe ich beide, aber sie leben ganz weit weg von Bajados, und ich glaube nicht, daß ich sie je wieder sehen werde, also was macht es schon, wenn ich ein paar kleine Lügen über sie erzähle?»

«Kleine Lügen!» schalt Harry. «Du bist ein gewissenloses Frauenzimmer, *hija.*» Er ließ sie los, behielt aber eine ihrer Hände leicht in seiner. «Sag mir, *mi pobrecita,* vermißt du deine Familie eigentlich?»

«Nicht sehr», gestand Juana. «Nur wenn ich daran denke, daß ich jetzt niemanden außer dir habe, dann vielleicht ein bißchen.»

«Du bereust unsere Heirat nicht?»

«Nur wenn du unfreundlich zu mir bist und untreu», sagte Juana düster.

«Was?!» brachte Harry erstaunt heraus. «Wann bin ich dir je untreu?»

«Du hast die Nichte unserer Hausfrau in sehr untreuer Weise angeschaut», sagte Juana und schüttelte melancholisch den Kopf.

«Ich hätte gute Lust, dir den Hals umzudrehen!»

«Nein, lieber nicht. Sag mir lieber, wie wir ein Paar Socken kaufen können, denn die mußt du haben!»

«Ich will hängen, wenn ich das weiß. Ich muß schauen, ob ich von jemandem einen *crusado novo* borgen kann.»

«Einen *crusado novo* – das genügt nicht.»

«Ist aber alles, was ich vermutlich bekommen kann.»

Aber das Glück stand ihm bei, denn er traf zufällig den Adjutanten General Coles, der, nachdem er von der Klemme hörte, in der sich die Smiths befanden, ihm prompt einen Dollar von den vierzig lieh, die ihm zum Unterhalt seines Generals und dessen Stab gespendet worden waren. Er meinte, da Cole zusammen mit den anderen Generalstäblern, die in der Schlacht verwundet worden waren, im Spital lag, würde dieser den einen Dollar wohl kaum vermissen.

Der Besitz eines ganzen Dollars gab den Smiths das Gefühl, so reich zu sein, daß sie sofort die erfreulichsten Möglichkeiten diskutierten, wie ihn anlegen, zum Beispiel in Theaterkarten oder in einem Abendessen im besten Viertel der Stadt; nicht im entferntesten dachten sie daran, etwa ihre magere Garderobe oder ihren leeren Eßschrank aufzufüllen. Zwar bestand Juana – um des guten Gewissens willen – wirklich darauf, ein Paar Socken für Harry zu kaufen, aber das übrige Geld wurde auf eine Art ausgegeben, die George Simmons, wie Harry sagte, zweifellos als leichtsinnig verurteilt haben würde.

Sie besuchten Georges jüngeren Bruder Joseph, der mit einem schweren Fieberanfall im Hospital lag. Er war ein liebenswürdiger Junge, der sich freiwillig zur Armee gemeldet hatte und für den sich George eifrig bemühte, ein Offizierspatent in seinem eigenen Regiment zu bekommen, damit er ihn im Auge behalten und sich um seine Erziehung kümmern konnte. «Nur weiß ich nicht, ob ich nicht lieber mit Maud zusammen wäre», vertraute ihnen der Junge an und meinte damit einen zweiten Bruder, einen jungen Herrn, der sich sehr von George unterschied, das 34. Fußregiment zierte und derzeit in Estremadura unter General Hill diente. «Außer, daß ich ziemlich dringend etwas Geld brauche», fügte er hinzu, «und darin kann man sich auf den guten George verlassen, obwohl er einen immer so abkanzelt!»

«Wir hätten etwas von unserem Geld für den armen Joe aufsparen sollen!» sagte Juana reuig.

Sie hatten aber keines aufgespart, daher nützte es nichts, sich den Kopf darüber zu zerbrechen. Harry sagte, er danke Gott, daß er nie damit angefangen hatte, ein musterhafter älterer Bruder zu sein, denn wenn er je so viel für Tom getan hätte, wie George für Maud und Joe – und anscheinend für eine endlose Reihe jüngerer Brüder und Schwestern daheim –, dann stünde er vor dem Ruin.

Sie verbrachten zwei selige Wochen in Salamanca und verließen die Stadt, um die Armee einzuholen, die auf Madrid marschierte. Harry hatte noch immer seine Furunkel, obwohl sie nicht mehr so schmerzten wie vorher, aber auf den Einmarsch der Armee in Madrid wollte er auf keinen Fall verzichten. Glaubte Juana, daß sie imstande war, einen etwas scharfen Ritt auf sich zu nehmen, um die Division einzuholen? Natürlich war sie das! Ihr sehnlichster Wunsch war, Madrid zu sehen – *adelante*!

So zogen sie denn los, Hunde, Pferde, Tragtiere und Stallbursche, zwar ohne einen Pfennig Geld, aber in bester Laune. Die Sonne versengte sie; der staubige Wind rauhte ihre Haut auf und dörrte ihnen die Kehlen aus; in Valladolid mußten sie Harrys Uhr verkaufen, um etwas Bargeld zu haben. Aber sie holten die Division ein, als sie gerade die Sierra de Guadarrama überqueren sollte, und wurden mit offenen Armen willkommen geheißen.

«Harry, alter Schuft!»

«Juana, meine große Liebe!»

«O wie gut, wieder zurück zu sein!» rief Juana, rannte von einem Freund zum anderen und küßte unparteiisch alle. «Johnny! Jack! Lieber Charlie Beckwith! Oh, ich bin so glücklich, euch alle wiederzusehen!»

2

Die Smiths waren gerade rechtzeitig zur Division gestoßen, um mit ihr den ersten Blick auf die Türme von Madrid zu tun, die vom Guadarramapaß aus zu sehen waren; tief unten ragten sie aus dem Sonnendunst.

Es gab große Aufregung bei diesem ersten Anblick der Stadt, die für die meisten allmählich zu der Verheißenen Stadt geworden war. Als der Ruf «Madrid! Madrid!» erscholl, brachen die Soldaten aus Reih und Glied aus und rannten nach vorn. Wenn es auch einige unter ihnen gab, die meinten, daß die Ebene von Neukastilien, die noch so tief unter ihnen lag, sehr flach und seltsam reizlos aussehe, so waren es ihrer viel mehr, die bei dem undeutlichen Anblick der Türme von Spaniens Hauptstadt neue Energie verspürten.

In jener Nacht kampierte die Leichte Division im Park des Eskorial, und während die ernsthafteren Gemüter den Palast besichtigen gingen, unternahmen andere eine Sauhatz aus dem Stegreif. Es stellte sich heraus, daß diese den besseren Teil gewählt hatten, denn man entdeckte, daß der Palast ein unschönes Gebäude war, aller Bilder und Statuen beraubt, die ihn einstmals geschmückt hatten.

Als die müden Kolonnen über die endlose Ebene dahinstapften und noch etwa fünf Meilen von Madrid entfernt waren, begegneten ihnen die ersten Madrileños, die aus der Stadt strömten, um sie willkommen zu heißen. Von da ab wurde der Marsch zu einem Triumphzug, und der Durst, an dem die Soldaten litten, wurde mit Wein, Weintrauben, Limonaden gelöscht, die ihnen eine aufgeregte Bevölkerung aufdrängte, sie als Befreier bejubelte und sogar Palmwedel auf die Bürgersteige warf, damit sie darüberschritten. Die Straße war mit Zivilisten verstopft, Frauen und Männer, und nicht einer schien mit leeren Händen gekommen zu sein. Hübsche Mädchen stopften den grinsenden Soldaten Zuckerwerk in den Mund oder steckten ihnen Lorbeerzweige auf die Tschakos; und einige Personen von Stand hatten doch tatsächlich Träger gemietet, die zur Erfrischung der Truppen Weinkrüge vor die Stadt brachten.

«O bei Gott!» lachte Harry und fing eine Rose auf, die ihm zugeworfen wurde. «Wir werden die ganze Division sternhagelvoll in die Stadt hineinbringen!»

«Alles ganz schön, Jungen, aber auf mein Wort – sehr peinlich!» sagte George Simmons und trocknete sich das erhitzte Gesicht. «Zwei hübsche Mädchen haben mich gerade fast aus dem Sattel gezogen!»

«Sie wollten dich küssen!» sagte Harry.

«Nun, das weiß ich, aber es gehört sich nicht. Außerdem läßt man sich nicht gern von so kecken Gänsen küssen!»

«Wer läßt sich das nicht gern?» fragte Beckwith. «Wo sind sie? Warum zieht mich niemand aus dem Sattel?»

«Also Charlie, jetzt sei doch etwas ernst! Wirklich, ich bin erstaunt! Ich habe geglaubt, daß die spanischen Damen so streng sind, aber schau sie dir einmal an! Denn Damen sind sie wirklich, das heißt, ziemlich viele von ihnen. Das kann man an ihren Mantillen sehen.»

Das Schauspiel außerhalb der Erdwälle der Stadt war jedoch nichts gegen den Willkomm, der den Truppen in der Stadt selbst bereitet wurde. Lord Wellington ritt an der Spitze der Armee ein, und einige Regimentskapellen, die die Stimmung der Bevölkerung erfaßten, stimmten das Lied an: *See the Conquering Hero Comes.* Verglichen mit der wilden Begeisterung der Madrileños war der Einzug in Salamanca vor zwei Monaten eine farblose Angelegenheit gewesen. Weder Talavera noch Bussaco waren Siege gewesen, die im geringsten an die überragende Bedeutung des Sieges von Salamanca herankamen. Noch nie vorher mußten die Franzosen die Hauptstadt räumen, aber diesmal hatte nicht nur Marmonts Streitmacht eine vernichtende Niederlage erlitten, sondern König Joseph hatte sich in einem verspäteten Versuch, seinem Statthalter Verstärkungen zu bringen, aus Madrid zurückziehen müssen und hatte nur eine Garnison im Fort von Retiro zurückgelassen. Daher begrüßten die Madrileños Lord Wellington als ihren Befreier. Und eine mühsame Angelegenheit wurde das für ihn, als er sich langsam seinen Weg durch die geschmückten Straßen zu seinem Hauptquartier erzwingen mußte! Schals, Schleier, Blumen wurden auf das Kopfsteinpflaster geworfen, damit sein Pferd darüberreite; von jedem Balkon flatterten Rosenblätter auf ihn herunter; Frauen klammerten sich an seine Steigbügel und küßten doch tatsächlich seine Knie; und mehr als einmal wurde er fast aus dem Sattel gehoben. Hinter ihm marschierten seine treuen Soldaten ein, staubig, einige abgerissen und alle miteinander fußmarod, aber jeder mit einem breiten Grinsen, und viele mit lachenden Schönen am Arm, die sich ihnen schon angeschlossen hatten.

«Bestens!» war die Meinung der britischen Soldaten über die spanischen Frauen.

Die Armee war in und um Madrid einquartiert, die Leichte Division lag in Getafe, einer kleinen Stadt einige Meilen südlich von Madrid, auf einer ziemlich langweiligen Hochebene. Die Smiths fanden hier eine bequeme Unterkunft, verbrachten aber, wie jedermann sonst, alle ihre freien Stunden in Madrid. Harry war es gelungen, einen kleinen Teil des Soldes, den ihm die Kriegskasse schuldete, zu bekommen, und nichts war ihm gut genug, um Juana mit den schönsten Kleidern, die sich seine magere Börse leisten konnte, zu schmücken. Wenn er Arm in Arm mit ihr in der Abendkühle den Prado entlang schlenderte, erklärte er, daß sich nicht eine der schönsten Kastilierinnen, die Madrid aufzuweisen hatte, mit seiner kleinen Estremenha messen konnte.

Juana war von Madrid so bezaubert, daß es für sie in der Erinnerung immer der Maßstab blieb, nach dem sie alle anderen Städte beurteilte.

Es war ein seltsamer Ort, in der denkbar langweiligsten Gegend gelegen, kahl und baumlos, von der großen Kette des Guadarrama-Gebirges bedroht, das im Winter von seinen schneeigen Gipfeln Stürme herunterjagte und im Sommer die Ebene von den kühlenden Nordwestwinden abriegelte. In ganz Spanien gab es keine größere Hitze als die, welche den ganzen Tag lang über der Hauptstadt brütete. Ein unbedeutender kleiner Fluß bewässerte Madrid; Erdwälle umgaben die Stadt, dahinter erstreckte sich das Ackerland in endloser Einförmigkeit bis an den Fuß der Sierra. Innerhalb der Mauern lebten Reichtum und Armut Seite an Seite in erschreckendem Kontrast. Nirgendwo sonst gab es so breite reine Straßen mit schönen Häusern, aber hinter ihnen lauerten krumme Gäßchen mit schmutzigen Elendshütten. Bettler sah man kaum einmal, aber in den ärmeren Teilen der Stadt starben die Menschen wie die Fliegen an Hunger dahin, und Nacht um Nacht wurden ausgemergelte Leichen aus den Häusern geworfen, um in der Frühe eingesammelt und auf Handkarren weggeführt zu werden.

Es dauerte nicht lange, bis die Armee diesen erschreckenden Stand der Dinge entdeckte. Die Dritte Division richtete Suppenküchen ein, und die anderen Divisionen folgten dem Beispiel schnell. Der Sold war seit Monaten im Rückstand; es gab keine neue Bekleidung, um abgetragene, geflickte Uniformen zu ersetzen; Offiziere verkauften ihre Uhren, ihre Silberlöffel und manchmal sogar ihre Pferde; die Mannschaften lebten von ihren Rationen; aber jedermann brachte es auf die eine oder andere Art zuwege, sein Schärflein dazu beizutragen, daß das Elend der Stadt gelindert würde.

Aber obwohl im Hintergrund Hungersnot regierte, spielten sich die Festlichkeiten, die zur Unterhaltung der Briten geplant wurden, auf der luxuriösesten Ebene ab. Wenn die Guitarren und die Mandolinen Walzer und Fandangos für britische Soldaten und ihre kastilianischen Partnerinnen aufspielten, hörte niemand das Stöhnen in den armseligen Straßen. In der Nacht waren die Fenster der Elendshütten öd und schwarz, denn die Bewohner hatten kein Geld, um auch nur ein Talglicht zu kaufen; aber auf der Puerta del Sol und dem Prado, die ganze Calle Mayor entlang, wurden riesige Wachskerzen zu Dutzenden auf jeden Balkon gestellt, deren kleine Flammen in der heißen, unbewegten Luft steil und ohne Flackern brannten; sie erleuchteten die Stadt so hell, daß die Mitternacht zum Tag wurde.

Die Läden boten die lockendsten Waren an; vor den Kaffeehäusern wurden auf beiden Seiten des Prado kleine Tische aufgestellt; Gitarrespieler sangen jeder Gruppe von Offizieren vor, die so aussah, als könnten bei ihr ein oder zwei

Peseten herausspringen; die Damen der Stadt paradierten in ihren besten seidenen Röcken und schicksten Atlasleibchen herum, ließen die Fächer auf- und abwippen und die langen Fransen auf ihren Röcken im aufreizenden Spiel der Hüften schwingen; Limonadeverkäufer in ärmellosen Westen und weißen Kilts gingen in den baumbestandenen Avenuen hin und her und wickelten ihren Handel unter Geschrei und Gebrüll ab; die buntesten Matten wurden herausgehängt und schufen ein seltsames Gemisch heller Farben in den Straßen, deren Häuser ohnehin schon in allen Farben des Regenbogens prangten.

Zwei Tage nach Lord Wellingtons Einmarsch in die Stadt wurde ihm zu Ehren ein großer Ball gegeben. Jeder, der sich eine Eintrittskarte erbetteln oder stehlen konnte, nahm daran teil. Harry führte Juana hin, die nach der letzten spanischen Mode gekleidet war und mit einem hohen Steckkamm im Haar, eine schwarze Mantilla darüber drapiert, bezaubernd hübsch aussah. Auch Kincaid war da, in bester Laune, weil er sein Packpferd verkauft hatte, das – wie er sagte – so viel, ja mehr fraß, als es auf dem Rücken tragen konnte, und daher so dürr war, daß Johnny seine Mütze an den Rippen aufhängen konnte. Aber es war ein großes schönes Tier, und er hatte ein Maultier und fünf Dollar dafür bekommen, so daß er nun – laut Charlie Beckwith – imstande war, sich eine Mätresse in erstklassig luxuriösem Stil zu halten.

Lord Wellington, bei Gesellschaften ja immer großartig, war sehr liebenswürdig, um nicht zu sagen jovial. Sein Falkenauge fand Juana erstaunlich schnell aus der Masse heraus, und er führte sie am Arm davon, um sie einigen der bedeutendsten Anwesenden vorzustellen. «Meine kleine *guerrière*», nannte er sie; und er gab nicht nach, bis sie ihm einen spanischen Tanz vorführte. So führte sie denn ein Landsmann aufs Parkett, während Harry stolz wie ein Pfau danebenstand, behaupteten seine Freunde. Seine Lordschaft sagte Harry mit seinem wiehernden Lachen, er sei ein junger Hund mit einem Riesenglück. Nichts im Benehmen Seiner Lordschaft hätte selbst den scharfäugigsten Beobachter argwöhnen lassen, daß er mit Angelegenheiten beschäftigt war, die weitab von Bällen und Glückwunschansprachen lagen. Zwar mochte ihm sein glänzender Sieg über die Armee von Portugal bei Salamanca den Dank des Parlaments, die seit lange verschobene Ernennung zum Generalissimo der spanischen Armeen, einen englischen Grafentitel, einen portugiesischen Grafenrang, einen Zuschuß vom Parlament und soviel Schmeichelei, wie sich ein Mann nur wünschen konnte, eingetragen haben, aber seine drückendsten Schwierigkeiten hatte er ihm nicht weggezaubert. Seine Armee war durch Krankheit so dezimiert, daß die Feldhospitäler bei Salamanca und Cuidad Rodrigo überquollen und einige seiner Bataillone aufgereiht nicht mehr als dreihundert Bajonette aufzubringen vermochten; die Kriegskasse war so erschöpft, daß er weder die gesunden Truppen bezahlen noch die Kranken in der Nachhut unterstützen konnte; zwei seiner fähigsten Generale, Graham und Picton, waren krank; Beresford, Cotton, Leith und Cole, alle bei Salamanca verwundet, lagen im Spital; die spanischen Beamten, mit denen er verhandeln mußte, schienen eigens nach dem Grad ihrer Unfähigkeit ausgesucht («ein Hemmschuh für alles Geschäftliche», hatte er einen von ihnen genannt); er hatte Clintons Division zurücklassen müssen, die das, was von Marmonts Armee noch übrig war, am Douro festhalten mußte; und er war völlig im unklaren, was Soult in Andalusien vorhatte.

Aber nicht die Spur all dieser Sorgen durfte Seine Lordschaft in der Öffentlichkeit zeigen; ja, es wußten nur sehr wenige Leute, daß solche Sorgen überhaupt existierten. Den meisten der leichtherzigen Notabeln, die sich fröhlich auf dem Ball unterhielten, schienen die Aussichten der alliierten Armee rosiger denn je zu sein. Sie hatte die Streitmacht Marmonts zerschlagen («Vierzigtausend Mann in vierzig Minuten geschlagen», sagte jemand); Marmont selbst, von dem es zuerst hieß, er sei erschlagen worden, war schlimm verwundet; zwei seiner Generale waren gefallen; die Verluste der Franzosen betrugen zwischen zehn- bis fünfzehntausend Mann, zwei Adler und zwanzig Kanonen; und da war sie, die alliierte Armee, doch tatsächlich in der Hauptstadt des Königs Joseph im Quartier! Einen besseren Grund zum Tanzen hatte es noch nie gegeben!

3

Es gab jede erdenkliche Gelegenheit zum Tanzen. Die keine Karten für die offiziellen Bälle bekommen konnten, hatten die Möglichkeit, jeden Abend der Woche zum «Principe» zu gehen und sich bei den öffentlichen Bällen zu amüsieren, die dort abgehalten wurden. Auch war Tanzen nicht das einzige, was Madrid seinen Besuchern zu bieten hatte. Da gab es Theater und Konzerte und eine Menge Gelegenheiten zur Jagd im Großen Park, der vor Wild überschäumte; öffentliche Hinrichtungen auf der Plaza Mayor, falls man Lust hatte, einer Erdrosselung beizuwohnen; und Stierkämpfe auf der Plaza de los Toros, die seit Jahren geschlossen gewesen war, aber zu Ehren der britischen Armee wiedereröffnet wurde. Am Tag eines Stierkampfes ruhte alles Geschäftsleben in Madrid. Von zehn Uhr morgens an wurden die Tore der Arena von Menschenmengen belagert, die sich um die besten Plätze rauften und es anscheinend ganz zufrieden waren, nachdem sie sie einmal erobert hatten, stundenlang in der Hitze und dem Glast der Augustsonne dazusitzen und zu warten, bis der Kampf begann, Limonade zu trinken und klebriges Süßzeug zu essen, das auf dem Brett der Verkäufer schnell zu einer zähen Masse zerschmolz.

Den Engländern gefiel einiges am Stierkampf, aber nur sehr wenige mochten sich das Abschlachten zusammengebrochener Pferde mitansehen, was augenscheinlich einen wesentlichen Zug des Schauspiels bildete; und alle waren darin einig, daß es kein Anblick für Frauen sei. Harry weigerte sich, Juana mitzunehmen, worüber sie böse wurde, bis sie hörte, daß Kincaid gesehen hatte, wie sein ehemaliges Packpferd in die Arena getrieben worden war, und dann war sie froh, nicht dabeigewesen zu sein, und stritt mit Kincaid, weil er darüber gelacht hatte.

Die Garnison im Fort Retiro ergab sich nach wenigen Tagen, und Lord Wellington, der Ende August einen großen Galaball gegeben hatte, verließ Madrid mit der 1., 5. und 7. Division, einigen portugiesischen Truppen und zwei Brigaden schwerer Kavallerie, um Clinton Verstärkung zu bringen. Er ließ die 4. Division im Eskorial und die Dritte und Leichte Division in und um Madrid. Er hatte gegen Ende des Monats erfahren, daß Soult endlich begonnen hatte, Andalusien zu räumen, indem er die Belagerung von Cadiz aufhob, die sich über die Kleinigkeit von drei Jahren hingezogen hatte. General Hill, der die Truppen in Estremadura befehligte, schrieb, die Truppen Drouets, die er vor sich stehen hatte, seien verschwunden, angeblich abmarschiert, um zu Soult zu stoßen, der bei Granada konzentrierte. Da König Joseph mit der Mittelarmee und dem ungeheuerlichsten Gepäcks- und Flüchtlingstrain, den man je gesehen hatte, langsam in östlicher Richtung nach Valencia marschierte, um die Verbindung mit Suchet herzustellen, war es unmöglich, daß Soult sich in Andalusien weiter halten würde. Auch er würde aller Wahrscheinlichkeit nach Osten marschieren. Dazu würde er viele Wochen brauchen – und ein warmer Willkomm würde ihm von König Joseph zuteil werden, falls er mit diesem vielgeplagten Monarchen überhaupt je in Berührung kommen sollte – denn er hatte sich in der schroffsten Art benommen, mit ihm Depesche um Depesche gestritten, ihm falsche Informationen gegeben und sich sogar geweigert, seinen ausdrücklichen Befehlen zu gehorchen.

Da Lord Wellington entschied, daß Madrid von keiner unmittelbaren Gefahr bedroht war, verließ er die Stadt am letzten Tag des Monats und instruierte Hill, sobald dieser des Abganges von Soult nach Osten sicher war, zur Hauptstadt zu marschieren und den Befehl über die hier verbliebenen Truppen zu übernehmen. Wenn Seine Lordschaft die Rechnung mit der französischen Armee von Portugal beglichen haben würde, die unter Clausel wieder ihr Haupt erhob, hatte er vor, nach Madrid zurückzukehren und die vereinten Streitkräfte von Joseph, Suchet und Soult zu konfrontieren.

Inzwischen amüsierten sich die Divisionen, die in Madrid geblieben waren, so gut es ihnen möglich war. Geldmangel war wie immer das Haupthindernis, aber wenn man ein alter Krieger war, gab es Wege, auch diese Schwierigkeit zu überwinden. Ein unternehmungslustiger Gentleman nahm, anstatt sich eine anständige kleine Plünderei oder etwas legitimen Diebstahl zu erlauben, eine seltsam berüchtigte Witwe unter seinen Schutz, die außer einer großen Warze auf der Nase einen recht netten kleinen Sparpfennig besaß. Aber derlei Abweichungen wurden von den Kameraden nicht sehr beifällig aufgenommen. «Um ein Stück Dreck würdest du auch einen Misthaufen heiraten, wahrhaftig!» sagte ein freimütiger Freund dem selbstgefälligen Bräutigam.

Die Offiziere, deren Mehrzahl tief in den Schlingen von Geldverleihern steckte, brachten es dennoch fertig, sich alle die üblichen Vergnügen zu gönnen, die eine Hauptstadt bietet. Die Smiths, beide nicht durch eine unzulängliche Kenntnis der Landessprache behindert, schlossen einige Freundschaften und begannen, wie Harry sagte, ein ganz respektables und häusliches Dasein zu führen.

«Wenn du mit respektabel meinst, daß du dir die Bekanntschaft eines vermutlich verrufenen Priesters aufgerissen hast», näselte James Stewart, «und wenn du mit häuslich meinst, daß es deinem Schurken von einem Diener immer wieder gelingt, eine Henne oder ein Spanferkel für dein Mittagessen zu klauen –»

«*Ingrato!*» rief Juana. «Sie haben es mitgegessen! Und was Don Pedro betrifft, so ist das ein sehr braver Mann, sehr gebildet, sehr intelligent und überhaupt nicht verrufen. Enrique hat ihn gern!»

«Ihr kostbarer Enrique hat ihn gern, weil er ein guter Schütze ist und ebenso verrückt auf die Jagd wie er selbst. Erzählen Sie mir nur nicht, daß Harry auch nur ein Deut an seiner Intelligenz liegt, denn schwören könnte ich, daß ihm die noch nie aufgefallen ist.»

«Wenn Sie nicht so dumm wären, daß Sie Spanisch überhaupt nicht und Französisch nur miserabel können, dann wüßten Sie, daß Enrique sehr interessante, sehr kluge Gespräche mit dem Vikar führt», verteidigte Juana aufgebracht ihren Enrique.

Aber Stewart lachte nur, schüttelte den Kopf, und nichts in der Welt konnte ihn dazu bringen zuzugeben, daß das Leben der Smiths häuslich war. Er sagte, das einzige Anzeichen von Häuslichkeit, das er je gemerkt hatte, war, daß Juana ihrem Harry Kochtöpfe an den Kopf warf, eine Feststellung, die Juana sprachlos vor Empörung machte, Harry aber dröhnendes Gelächter entlockte.

«Aber das ist doch nicht wahr!» stammelte Juana. «Enrique, sag's ihm doch!»

«Nützt nichts, *queridissima*, er kennt dich zu gut als den widerborstigen, zornigen, bösartigen kleinen Teufel, der du bist!»

«Das bin ich nicht! Oh, das bin ich überhaupt nicht!»

«Und wer hat mir eine Ohrfeige gegeben, weil ich Tinte auf dem Tisch verschüttete? Wer hat fünf Stunden lang getrotzt, weil ich eine bewußte kleine Person nicht zum Stierkampf mitnehmen wollte? Wer –»

«Wenn du noch ein Wort sagst – auch nur ein einziges, *comprende*! –, laufe ich davon und komme nie wieder!» sagte Juana mit sehr glänzenden Augen und sehr roten Backen.

Sie sprach in ihrer Muttersprache, und er antwortete ihr ebenso. «Davor habe ich keine Angst. Du bist ein liebender, immertreuer kleiner Racker, *hija*.»

Ihr Ausdruck wurde weich; sie flüsterte: «Ich liebe dich wirklich. Ja, aber hassen tu ich dich auch.»

4

Als die Streitkräfte Sir Rowland Hills in Madrid ankamen, sah George Simmons seinen Bruder Maud wieder, ein zweifelhaftes Vergnügen, da Maud, ein leichtsinniger junger Herr, eine große Prüfung für seinen älteren Bruder bedeutete. Der arme George war gezwungen, wegzuschleichen, wenn seine Freunde Feste feierten, denn er hatte sehr kummervolle Nachrichten von Joe erhalten, der immer noch krank in Salamanca lag, und hatte ihm sein letztes Goldstück, unter das Siegel seines Briefes gesteckt, gesandt. Unglücklicherweise hatte er sich für seine Schwester Ann malen lassen, so daß er, nachdem er Joe die Goldmünze geschickt hatte, total auf dem trockenen saß.

Andere steckten so ziemlich in der gleichen Klemme, aber den meisten gelang es auf Biegen oder Brechen und durch den Verkauf weiterer Habseligkeiten, ihre Taschen so weit gefüllt zu halten, daß sie sich jeden Abend wenigstens am Prado unterhalten konnten.

Die Divisionen, die zum Schutz Madrids zurückgelassen worden waren, blieben bis Ende Oktober. Die Neuigkeiten aus dem Norden des Landes waren nicht gut, und es wurde bald offenkundig, daß Lord Wellington schließlich doch nicht mit der übrigen Armee nach Madrid zurückkehren würde. Die Soldaten begannen von einem Rückzug zu flüstern. Seine Lordschaft, der Burgos mit einer unzureichenden Sturmtruppe belagerte, machte keine Fortschritte; und in der Zwischenzeit hatten sich die Streitkräfte des Königs Joseph, Suchets und Soults vereinigt und marschierten auf die Hauptstadt. Wellington hatte sich darauf verlassen, daß die herbstlichen Regenfälle ein Überschreiten des Tajo zu einer peinlichen Angelegenheit machen würden, aber sie setzten erst spät über Neukastilien ein; der Tajo war, nach der Meinung General Hills, immer noch durchaus zu überwinden. Es gab den ganzen Oktober hindurch zwischen seinem und Wellingtons Hauptquartier viel Kommen und Gehen. Am 23. des Monats erhielt die Leichte Division überraschend den Befehl, sich um sechs Uhr abends auf den Sammelplätzen einzufinden.

«Wo ist Harry? Wohin geht's? Was soll das alles heißen?» fragten Harrys Freunde, soweit sie Zeit fanden, in seinem Quartier vorzusprechen. Juana wußte nur, daß die Brigade nach Alcala de Henares, nordöstlich von Madrid, verlegt werden sollte. George Simmons sagte, Alcala sei der Geburtsort von Cervantes, aber Jack Molloy, der sich darauf eingerichtet hatte, einem Ball in der Calle de Banos beizuwohnen, sagte, das mache die Sache auch nicht besser.

Niemand wollte aus der unmittelbaren Umgebung von Madrid weg; aber als man in Alcala ankam, war es die allgemeine Meinung, daß es eine sehr gute Stadt sei, sehr sauber und mit einer altertümlichen Atmosphäre, die der Hauptstadt fehlte. Warum aber die Division verlegt worden war, wußten nur wenige.

Die Wahrheit war, daß sich Hill in einer unbehaglichen Lage sah. Die Armee des Königs Joseph rückte auf Madrid vor, der Tajo war durchaus zu überschreiten, und General Ballasteros, der sich um Hill hätte vereinigen sollen, weit und breit nicht zu sehen. Aber Ballasteros, statt Soult in Atem zu halten, hatte es sich gefallen lassen müssen, von den Cortes in Granada verhaftet zu werden. Als nämlich Wellington zum Generalissimo der spanischen Armeen ernannt wurde, hatte er ein Manifest veröffentlicht, das heftig gegen die Ernennung protestierte, und hatte einen *coup d'état* versucht, um sich zum Beherrscher Spaniens zu machen.

Die Brigade blieb vier Tage in Alcala. Am 27. Oktober, gerade als sich jeder daheim zu fühlen begann, klagte Kincaid, kam für die Division der Befehl, nach Arganda abzurücken. «Wir tanzen also Ringelreihn!» sagte Jack Molloy. «Im Handumdrehen werden wir uns wieder in Getafe finden.»

«Hoffe nicht zu früh», empfahl ihm Captain Leach. «Mir schaut es ganz danach aus, daß eine Schlachtfront gebildet wird. Na, ich bin froh, daß Väterchen Hill vorhat, einen kräftigen Versuch zu machen und Madrid zu verteidigen.»

Die Division marschierte südwärts, überschritt den Henares und erreichte in der Abenddämmerung Arganda. Es erwies sich zwar als ein ziemlich kleiner Ort, aber das kümmerte niemanden im geringsten, denn es war für die Güte seiner Weine berühmt. Sobald es wegtreten hieß, beeilten sich die Mannschaften, den Ruf der Stadt auf die Probe zu stellen; und Vandaleur, der vorübergehend die ganze Division befehligte, da das Hauptquartier General Altens immer noch in Alcala festgehalten war, erwarb mehrere Flaschen einer ganz besonderen Marke und plante, sich mit ihnen einen höchst gemütlichen Abend zu machen.

Um zehn Uhr hatte die Division den Zustand einer kurzen, aber stürmischen Glückseligkeit erreicht. Da kam eine Ordonnanz in die Unterkunft der Smiths mit der dringenden Botschaft Vandeleurs, Harry möge sofort ins Hauptquartier kommen. Harry, der mit Juana auf dem Schoß vor einem gemütlichen Kaminfeuer saß, fluchte und sagte: «Was zum Teufel will der Alte jetzt wieder, möchte ich wissen?»

Er ging zu dem Haus, das er für den General beschlagnahmt hatte. Vandeleur saß bei einem Tisch, eine eindrucksvolle Reihe leerer Flaschen vor sich. Als Harry eintrat, begrüßte er ihn laut und fröhlich. «Hallo, bist du's, Harry? Gut so! Geh und befiehl das Signal zum Sammeln, mein Junge.»

«Zum Sammeln blasen lassen?» sagte Harry verdutzt. «Was – jetzt, Sir?»

«Das habe ich doch gesagt, oder nicht? Habe soeben von Alten gehört. Ganze Division zurück nach Alcala.» Er winkte großartig mit der Hand. «Zum Sammeln blasen!»

«Aber, guter Gott, Sir, wir können doch jetzt nicht marschieren! Die Leute sind alle voll!» protestierte Harry.

«Besoffene Schweine!» sagte Vandeleur und übersah großartig seinen eigenen Zustand.

Harry schaute den Adjutanten an, aber dieser Herr lächelte so vage ins Leere, daß es klar war, hier war auch keine Hilfe zu holen. Harry wandte seine Aufmerksamkeit wieder Vandeleur zu und versuchte, ihn zu überreden: «Hören Sie, General: es ist stockfinster draußen, und die Brigade ist nicht in der Verfassung, zu marschieren. Warten Sie ein paar Stunden, bis die Leute eine Chance hatten, nüchtern zu werden!»

«Verdammt noch einmal, befehlige ich die Brigade oder Sie?» fragte Vandeleur und schlug krachend mit der Faust auf den Tisch, daß alle leeren Flaschen hopsten.

«Sie, Sir – leider Gottes!» gab Harry zurück, dem von Natur aus jeder Respekt vor Persönlichkeiten abging.

«Ich sag Ihnen was!» erklärte Vandeleur: «Sie sind ein unverschämter junger Hund, Sir! Jawohl, das sind Sie! Habe gute Lust, Sie zu erledigen. Gehen Sie und lassen Sie zum Sammeln blasen!»

«Es wird Ihnen leid tun, wenn ich das tue. Jetzt nehmen Sie doch bloß Vernunft an, Sir! Die Brigade kommt auch nicht früher in Alcala an, wenn sie stockbesoffen dahintorkelt! Geben Sie mir ein Paar Stunden vor Morgengrauen Frist, und ich verpflichte mich, daß ich sie alle in anständiger Marschordnung habe.»

Der gute General hatte jedoch soviel Wein von Arganda inhaliert, daß er starrköpfig blieb und auf kein Argument hören wollte. So blieb Harry nichts übrig, als hinzugehen und zum Sammeln blasen zu lassen. Die Trompeten plärrten durch die Stadt, und aus jedem Haus torkelten Soldaten, sich schnell die Degengehenke umschnallend, die Uniformjacken zuknöpfend, Stufen hinunter in den Rinnstein purzelnd, und tollten in den verschiedensten Stadien der Besoffenheit vergnügt zu den Sammelplätzen. Ein derartiger Lärm fröhlichen Aufruhrs war in Arganda noch nie gehört worden; und ehrbare Bürger, die schon vor Stunden zu Bett gegangen waren, hingen nun mit ihren Nachtmützen auf dem Kopf aus den Fenstern, um zu sehen, was es denn gebe; während jene Offiziere, die nur irgendwie einer Anstrengung fähig waren, sich bemühten, die Division in halbwegs soldatische Form zu bringen.

«Wenn irgendwas noch verfluchter sein kann als sonst was, dann ist das so ein Marsch!» sagte Kincaid wütend. «Was soll das? Wer hat das befohlen?»

«Kommt davon, daß Hill das Kommando hat. Die alte Krummnase hätte uns einen solchen Streich nie gespielt», sagte Eeles. «Ich hab den schlimmsten Zacken seit Monaten!»

«Los, Jungen!» rief Soldat Hetherington schallend aus seiner Reihe, den Tschako schief über einem Auge. «Wer ist für eine Kaninchenjagd mit einem toten Wiesel?»

«Himmelkreuzdonnerwetter, wozu sind wir hergekommen, wenn wir kehrtmachen müssen, bevor wir uns noch den Staub herunterwaschen konnten?»

«*Panadas* für den Teufel kochen, das sollen wir! Wer hat uns denn hergeschickt!»

«Stimmt, und wer anderer kann das sein als der Bauerntölpel Hill? Und gescheit ist er wie Walthams Kalb, das neun Meilen rannte, um an einem Stier zu saugen.»

Fluchend, über das Pflaster dahinstolpernd, rückte die Division in die Finsternis aus. Die Straßen waren schlecht, der Weg kaum bekannt, und noch lange vor Alcala bereute Vandeleur schon seinen Eigensinn. «Wo zum Teufel sind wir?» fragte er gereizt, als Halt gerufen wurde, um herauszufinden, welche von zwei Straßen nach Alcala führte.

«Himmel, ich weiß es nicht, Sir!» sagte Harry heiter.

«Wo stecken denn diese komischen Führer von Ihnen?»

«Plündern vermutlich den Troß, soviel ich weiß. Soll ich Befehl zum Biwakieren geben, Sir?»

«Verdammt, wir gehen weiter! Ich wollte, ich hätte diesen Marsch nicht angefangen, aber das hab ich nun einmal getan, also werden wir ihn auch beenden. Los, Harry, los! Suchen Sie Ihre Kerle und sagen Sie ihnen, ich lasse ihnen das Fell über die Ohren ziehen, wenn sie nicht die richtige Straße entdecken!»

«Ich habe schon einen Aufklärungstrupp ausgeschickt, Sir.»

Vandeleur grunzte. «Sehr gut. Der Teufel steckte dahinter, als ich heute abend ein bißchen grob war. Aber der Jammer mit dir, Harry, ist, daß du dir einbildest, du kommandierst die Brigade!»

Harry grinste. «Das habe ich mir bei General Drummond angewöhnt, Sir. ‹Haben Sie Befehle für die Feldwachen, Sir?› fragte ich ihn am ersten Tag, an dem ich ihn kennenlernte. ‹Ich bitte sehr, Mr. Smith, sind Sie jetzt mein Brigadeadjutant oder nicht?› sagte er. ‹Ich glaube schon, Sir.› – ‹Dann lassen Sie sich gesagt sein›, sagte er, ‹daß es Ihre Pflicht ist, die Feldwachen zu postieren, und die meine, jeden Tag ein verdammt gutes Essen für Sie bereit zu haben!› Und so kam's, wie es mit uns weiterging – er kochte und ich kommandierte die Brigade.»

5

Die Führungskolonne der Division erreichte Alcala bei Morgengrauen, und die Mannschaften biwakierten auf den Straßen der Stadt. Unruhe brütete über dem Ort; niemand im Hauptquartier Altens schien sehr genaue Informationen zu haben, aber der plötzliche Rückmarsch von Arganda deutete so klar auf einen Rückzug hin, daß Harry, der daran verzweifelte, Geld aus der Kriegskasse zu bekommen, das irische Pferd verkaufte, das er vor Bajados von seinem General gekauft hatte. Er erhielt im Austausch gegen Paddy ein schönes, großes andalusisches Pferd und außerdem drei spanische Dublonen, die er triumphierend Juana aushändigte.

Am 30. Oktober lag die Division im Biwak in einer Vorstadt von Madrid am Segovia-Tor. Zu dieser Zeit stand es schon außer Frage, daß auch nicht der geringste Teil der Armee in der Hauptstadt bleiben würde. Man sprach von nichts anderem als von einem langen Rückzug an die Grenze. Wellington waren vier kostspielige Angriffe auf Burgos mißlungen, und Stabsoffiziere aus seinem Hauptquartier berichteten, daß viele seiner Leute krank waren. Er zog sich über den Douro zurück und hatte Hill Befehl gesandt, Madrid zu evakuieren und sich nicht durch das Tal des Tajo, sondern über den Guadarramapaß nach Areveto zurückzuziehen.

Kaum war die Neuigkeit des bevorstehenden Rückzuges über die unglücklichen Madrider hereingebrochen, als sich Szenen schmerzlichster Verzweiflung abspielten, welche die Gefühle von Männern marterten, die ohnehin schon über dieses Ende ihres glänzenden Feldzuges bitter enttäuscht waren. Ein Stöhnen der Verzweiflung stieg aus der Stadt auf; die Soldaten wurden angefleht, Madrid nicht der Gnade der Franzosen auszuliefern; weinende Frauen umschlangen die Knie verlegener Offiziere; und als man erkannte, daß kein Flehen gegen die ausdrücklichen Befehle des Oberbefehlshabers etwas ausrichten konnte, schlugen die Gefühle der Menge plötzlich um, und die Briten wurden über Nacht Ziel des Hasses der Spanier. Es gab ein oder zwei häßliche Zwischenfälle und einigen Aufruhr; und der Troß der Armee schwoll mit Flüchtlingen an, die es vorzogen, sich eher den Mühen eines Marsches mit der Armee zu unterziehen, als in Madrid von den Franzosen für den Willkomm, den sie Lord Wellington geboten hatten, bestraft zu werden.

Die Division blieb nur einige Stunden vor Madrid, dennoch lange genug, daß Juana einen nicht wieder gutzumachenden Verlust entdeckte: sie hatte die drei spanischen Dublonen verloren.

War das eine Szene, die Harry vorfand, als er zu Juana ins Biwak kam! Seine Frau war in Tränen aufgelöst, Jenny Bates tobte gegen Joe Kitchen, und Joe verteidigte sich hartnäckig gegen die Anklage grober Fahrlässigkeit.

«Beim Jupiter! Was soll das alles?» fragte Harry.

Drei Leute auf einmal erzählten es ihm, aber er beachtete nur eine Person. «Oh, *mi* Enrique, unser Geld ist weg!»

«Guter Gott, ist das alles?» sagte Harry. «Ich dachte, du hättest dir mindestens das Bein gebrochen!»

Er trieb Jenny und Joe Kitchen hinaus, konnte aber seine lebhafte Gattin nicht beruhigen, die aus der muntersten Laune in das tiefste Elend gestürzt worden war.

«Ich habe sie in deinen Portmanteau gesteckt, zwischen deine Hemden! Oh, welch ein Narr ich war! Ich dachte, da wären sie so sicher! Oh, sprich nicht mit mir! Ich schäme mich so!»

«Kopf hoch, *hija*! Wir können ja noch immer von unseren Rationen leben.»

«Es war alles Geld, das du besessen hast, und ich habe es verloren!» weinte Juana und stieß ihn weg.

«Aber Gänschen, was glaubst du, liegt mir daran?» sagte Harry und lachte sie an. «Küß mich und vergiß das Geld!»

Aber es dauerte Stunden, bis sie zu überreden war, sich keine Vorwürfe mehr zu machen, und sie hätte womöglich bis ins Unendliche über ihre Torheit weitergebrütet, wäre nicht eine Ablenkung in der Person ihres geistlichen Bekannten aufgetaucht, des Vikars von Vicalbaro, der sich im Biwak einfand, Harry beiseite zog und bat, ihn unter seine Fittiche zu nehmen.

«Ja aber, was soll das heißen, Padre?» sagte Harry. «Sie haben doch nicht vor, mit uns zu marschieren?»

«Doch, wenn ich mich Ihnen anschließen darf», antwortete Don Pedro ernst. «Tatsache ist, ich habe mich früher bei den Franzosen so unbeliebt gemacht, daß ich nicht wage, in meiner Pfarrgemeinde zu bleiben. Ich bin gekommen, um Ihren Schutz zu erflehen, *amigo*.»

Harry mußte ihn wider Willen auslachen. «Den können Sie haben, soweit er etwas wert ist. Aber was, glauben Sie, kann ich für Sie tun?»

«Sie können mich mitnehmen», sagte Don Pedro. «Ich habe mein Bündel schon mit. Sie wissen, wie sehr ich die Franzosen hasse. Nein, wirklich, mein lieber Freund, ich fürchte mich, in Vicalbaro zu bleiben. Sie haben keine Ahnung, was alles ich über die Franzosen gesagt habe!»

«Und ob ich das habe, beim Zeus! Aber sind Sie sich klar, was es bedeutet, einen Feldzug mitzumachen? Ein Spaß wird es nicht sein, versichere ich Ihnen. Wir haben jetzt fast schon November, die Regenperiode steht vor der Tür, und wir haben einen teuflischen Marsch vor uns! Keine gemütlichen Abende an einem angenehm warmen Herd, müssen Sie wissen – das einzige Feuer, das wir zu sehen bekommen, wird das Lagerfeuer sein. Zehn zu eins gewettet werden wir außerdem den ganzen Weg lang einen Nachhutkampf führen müssen.»

Don Pedro warf sich in die Brust. «Ich bin jung und gesund wie ihr. Was ihr ertragen könnt, kann ich auch! Meine einzige Angst ist, daß ich Ihnen und meiner jungen Landsmännin, Ihrer Frau, zur Last fallen könnte.»

«Wenn das alles ist», sagte Harry. Er erhob die Stimme: «Juana! Ohé, Juana!»

Juana kam gelaufen. «Du hast das Geld gefunden!» rief sie eifrig.

«Nein, nichts dergleichen. Aber schau, wen wir hier haben, *hija*! Der arme Padre hat eine Todesangst, in der Nähe von Madrid zu bleiben. Sollen wir ihn mitnehmen?»

Die Vorstellung, daß Don Pedro alle Härten eines Winterfeldzugs mit ihnen teilen würde, weckte sofort Juanas Sinn für Humor. Sie sagte: «Oh, mein lieber Padre, wie würden Sie ohne Ihren bequemen Sessel zurechtkommen und ohne Ihre Bücher und ohne alle Ihre Bilder und Möbel?»

«Es ist ein Opfer!» seufzte Don Pedro und schüttelte den Kopf. «Aber ich habe große Angst vor den Franzosen! Ich habe schlimme, schlaflose Nächte, versichere ich Ihnen!»

«Das ist bös», sagte Juana. «Aber ich glaube, wenn Sie mit uns kommen, werden Sie noch viel schlimmere haben. Denn ich muß Ihnen gleich sagen, daß es nur wenig zu essen geben wird, und wenn Sie nicht gut Schweine und Hühner stehlen können, dann gibt es gar nichts!»

Don Pedro blickte ganz entsetzt drein. «Aber Señora, Sie werden doch nicht von mir erwarten, daß ich stehle!» sagte er. «Bedenken Sie, mein Habit! Ich – ich glaube wirklich nicht, daß ich so etwas tun dürfte.»

«Dann werden Sie verhungern», antwortete Juana feierlich wie ein Richter. «Außerdem müssen Sie wissen, daß wir durch die Flüsse – durch alle Flüsse – schwimmen müssen und im Regen biwakieren, und auf dem Marsch ist Enrique immer sehr streng!»

«Das alles bekümmert mich nicht», sagte der Padre unglücklich, «sondern nur das eine, daß ich Sie inkommodieren könnte.»

«Sie zieht Sie nur auf, Padre – hören Sie nicht auf sie. Was meinst du, *hija*? Sollen wir ihn mitnehmen?»

«Nun, ich glaube wirklich, wir sollen, denn wenn wir ihn zurücklassen, wären die Franzosen vielleicht unfreundlich zu ihm.»

«Señora!» Der Padre küßte ihr die Hand. «Sie sind die Güte in Person! Was soll ich tun? Muß ich ein Pony haben? Soll ich auch ein Maultier kaufen?»

Juana meinte, sein einziges kleines Bündel, das, wie er sagte, ein paar Hemden enthielt, könne ein Pony mittragen, legte ihm aber nahe, sich ja einen warmen Mantel zu kaufen. Er ließ sein unordentliches Päckchen im Zelt der Smiths und stürzte davon, angefeuert von Juanas spitzbübischen Beschwörungen, nur ja nicht lange fortzubleiben, sonst würde er bei seiner Rückkehr entdecken, daß die Division verschwunden war. Er kam auch gleich wieder zurück, zerrte ein widerwilliges Pony hinter sich her und war in einen derart weiten Mantel gehüllt, daß Juana in einen Lachkrampf ausbrach. Als er ankam, stand zufällig Charlie Eeles vor dem Zelt der Smiths und verlor natürlich keine Zeit, um die Neuigkeit von dem Zuwachs in Harrys Haushalt in der ganzen Division zu verbreiten, die sie mit stürmischem Spott begrüßte. «Wird Harry Smith aber brav werden, so er jetzt einen eigenen Beichtvater hat!» erklärten seine Freunde.

6

Es war überaus traurig, von Madrid abmarschieren zu müssen, und da sich nichts gegen den Rückzug machen ließ, waren alle froh, als die Kolonnen aus dem Bereich der Hauptstadt waren. Meilenweit wurden sie von einer Schar weinender Madrider begleitet, die in dem Rückzug der alliierten Armee den Ruin all ihrer Hoffnungen sahen.

«Ja, ja, alles sehr traurig, aber es ist ihre eigene Schuld!» sagte Vandeleur gereizt. «Sie sind ein faules, eitles, leichtsinniges Volk. Was kann man für sie tun?»

Es zeigte sich bald, daß der Rückzug anstrengend werden würde. Die Regenperiode hatte eingesetzt, und die lange Rast in Madrid hatte nicht sehr viel dazu beigetragen, die Verfassung der Truppen zu bessern. Es gab viele Kranke; alle hatten geflickte, schäbige Uniformen; und einige Regimenter zeigten bald, daß sie bös aus der Hand geraten waren. Die Vierte Division geriet fast sofort in Schwierigkeiten und mußte eine Liste von dreihundert Absenzen vorlegen. Nach einem langen, nassen Marsch hatten sich die «Enthusiasten» in Valdemoro einer Sauforgie hingegeben, und sosehr sich die Offiziere bemühten, konnten sie die gänzlich marschunfähigen Männer nicht sammeln. Man mußte sie zurücklassen, und die Stimmung der Division war ebenso brüchig wie ihre Bekleidung.

Gleich am ersten Novembertag goß es in Strömen. General Vandeleur hatte Schmerzen in seiner alten Wunde; und als seine Brigade in Aracava ankam und jedes Bauernhaus im Dorf schon von Hills Hauptquartierstab besetzt fand, beseelte ihn bereits eine echt irische Wut. Er stelzte in das erstbeste anständig aussehende Quartier, das er fand, und ließ einen Offizier zusammenfahren, der sich vor einem prächtigen Feuer rösten ließ. «Wer sind Sie, Sir?» bellte der General und schüttelte die Regentropfen von seinem Dreispitz.

«Captain Brown vom Royal Waggon Train, zugeteilt General Hill. Und dieses Haus», fügte der Offizier etwas unverschämt hinzu, «wurde mir als Quartier zugewiesen.»

Der General fixierte ihn mit zornfunkelnden Augen. «Ich, Sir», sagte er, «bin General Vandeleur, und ich freue mich verdammt, Sie in meinem Quartier nur mehr die nächsten fünf Minuten zu sehen!»

Sie maßen einander. «Jawohl, Sir», sagte Captain Brown nachgiebig und begann seine Siebensachen zu packen.

In dem winzigen Haus gab es nur für den General Platz, aber Harry hatte ein Zimmer gefunden, keine sechs Fuß im Geviert, in das er seine Frau, den Padre und alle seine – nunmehr dreizehn – Jagdhunde stopfte. Der Padre, erstaunt über ein derartiges Gedränge, meinte zuerst, er würde doch lieber Juanas kleines Zelt beziehen, das auf der nassen Erde aufgerichtet worden war; aber nachdem er eine unbehagliche Viertelstunde darin verbracht hatte, änderte er seine Meinung.

Die Division langte am nächsten Tag in unbeständigem Sonnenschein am Fuß des Guadarramapasses an, und zum Abendessen gab es Schweinefleisch, weil die Mannschaften Schweine stehlen gingen, sobald sie ins Biwak entlassen waren. Das Wetter besserte sich, die Sonne wurde heller, und als Harry am nächsten Morgen vom Dienst hereinkam, fand er Juana in ihrem Zelt nett und adrett, und alle ihre durchnäßten Kleidungsstücke vom Vortag hingen säuberlich auf einer Leine zum Trocknen. Sie hatte ein sehr gutes Frühstück für ihn bereitet, und Harry sagte, das wenigste, was er tun konnte, sei, sich ebenfalls etwas aufzupolieren.

«Vielleicht rasieren?» sagte Juana schelmisch, denn sein Kinn war glatt wie das eines Knaben.

«Nein, noch nicht», grinste Harry. «Aber ich werde dir zu Ehren ein reines Hemd anziehen, *alma mia*.»

Ein reines Hemd in seinem Koffer zu finden war leicht, ein trockenes aber sehr schwer. Wie üblich wühlte Harry bei der Suche aufs Geratewohl sein ganzes Hab und Gut durcheinander. «Heureka!» sagte er schließlich und zog ein Hemd heraus, das von der Feuchtigkeit verschont geblieben war.

Juana kreischte auf – denn aus den Falten kollerten drei Golddublonen. «Enrique, Enrique, das Geld!» schrie sie und stürzte sich auf die herumkollernden Münzen. «Wir sind reich, wir sind reich!»

Als der Padre das Zelt betrat, tanzten seine Beschützer gerade einen übermütigen Fandango mitten in dem Durcheinander, das Harry aus dem Portmanteau geschüttet hatte. Die Befürchtungen des Padre um den Geisteszustand des Pärchens legten sich, als es ihm die ganze wunderbare Geschichte erzählte. Er nahm das kostbare Geld sofort in seine Obhut und versprach ihnen einen endlosen Vorrat an Brot, Schokolade, Eiern und Würsten.

«O ja, nehmen Sie es!» sagte Juana und legte ihm die Dublonen in die Hand. «Du verstehst doch, Enrique, nicht wahr, selbst wenn die armen Leute uns keine Eier verkaufen – einem Mönch immer!»

Ja, das leuchtete Harry ein; er meinte, sie könnten gar nichts Besseres tun, als den Padre zu ihrem Schatzmeister zu ernennen; und der Padre seinerseits sagte, das Geld, achtsam behandelt, würde für sie alle reichen, bis sie die Grenze erreicht haben würden.

Ende November hatten alle Streitkräfte Hills den Guadarramapaß überschritten, ohne daß sich der Feind in ihrer Nachhut hätte blicken lassen. Die Leichte Division lag in Villa Castin, und Kincaid, der in der Abenddämmerung in die Stadt ritt, nachdem er Posten und Feldwachen aufgestellt hatte, geriet in ein Abenteuer, das seiner Laufbahn fast ein Ende setzte. Er war wütend, aber ein ausnehmend gutes Abendessen stellte seine gute Laune wieder her. Er war auf einen wildgewordenen Stier gestoßen, der rund um den Marktplatz tobte und jeden Unglücklichen niederstieß, der ihm in den Weg geriet; da Kincaid durchaus keine Absicht hatte, sein Opfer zu werden, hatte er die Tür eines Hauses direkt hinter sich aufgestoßen und hatte sich samt seinem Pferd, das er vor sich hineintrieb, verzogen. «Aber drinnen erhob sich ein solches Getöse, daß es mir fast lieber gewesen wäre, auf alle Fälle wieder draußen zu sein», erzählte er, als ihn Essen und Trinken besänftigt hatten. «Das Haus war zufällig von englischen, portugiesischen und deutschen Ochsentreibern besetzt, die gerade beim Abendessen saßen, als mein Pferd den Tisch samt den Lichtern und allem, was daraufstand, umwarf. Das einzige, was ich ihren wilden Flüchen entnehmen konnte, war ihr Entschluß, die Ursache des Wirbels zum Tode zu befördern. Aber da ich mir erlaubte, in diesem Punkt anderer Meinung zu sein, nahm ich mir die Freiheit, ein oder zwei von ihnen niederzuschlagen, und schließlich gelang es mir, mein Pferd herauszufischen und mir meinen Weg ins Lager zurückzutasten. Hat vielleicht jemand etwas vom Feind erblickt? Ich jedenfalls nicht ...»

Nein, niemand hatte auch nur eine Vorhut gesehen. Hill konnte es sich leisten, wieder Atem zu holen und zwei Tage später seinen Truppen sogar eine kurze Rast zu gönnen. Unter den Mannschaften war Dysenterie ausgebrochen, und Rheumatismus setzte alten Wunden höllisch zu. Der Regen fiel stetig von einem Himmel, grau wie ein Bahrtuch; die Krankmeldungen nahmen alarmierendes Ausmaß an; und ein Bote aus dem Hauptquartier Lord Wellingtons kam an, schmutzbedeckt, mit Befehl für Hill, nicht nach Arevalo, wie zuerst vorgesehen, sondern via Peñeranda nach Alba de Tormes zu marschieren. Lord Wellington, dessen Streitkräfte ebenfalls von Krankheit verheert wurden, war im Begriff, sich auf Salamanca zurückzuziehen.

«Mißerfolg bei Burgos gehabt, was?» sagte der Junge Racker. «Das kommt davon, daß er seine besten Truppen nicht mitgenommen hat. Wie kommen wir nach Peñeranda?»

Sie kamen sehr mühselig, über schreckliche Straßen, nach Peñeranda. Die Packwagen versanken in Rinnen voll zähen Schlamms, und die halbverhungerten Ochsen, die sich unter den Peitschenhieben ihrer Treiber abmühten und ausrutschten, konnten sie kaum wieder herausziehen; Räder lösten sich los und Munitionskisten verschütteten alles über den durchweichten Boden; Ross mußte Prügelwege aus zerbrochenen Brettern und zusammengerafftem Kies bauen, um seine Geschütze über Wegstrecken zu bringen, die aussahen, als seien sie schwerem Kanonenfeuer ausgesetzt gewesen; die seit langem duldende und leidende Infanterie bahnte sich spritzend ihren Weg durch stehende Tümpel gelben Wassers oder pflügte durch klebrigen Schmutz, der ihre Stiefel mit einem saugenden Geräusch freigab und an ihnen hängenblieb, bis sie dreimal so schwer waren.

«Ich habe geweint, als ich geboren wurde, und jeder Tag zeigt's, warum!» sagte ein Rifleman und zog die Schultern unter dem strömenden Regen hoch. Er merkte, daß der Mann zu seiner Linken zusammengekrümmt taumelte, und sagte rauh: «Heda, du! Bleib nicht stehen, bevor du nicht lahm bist! Das hier ist noch gar nichts!»

«Ich bin aus und fertig!» keuchte sein Gefährte. «Ich sterbe lieber neben dem Weg, als noch weitergehen! Ich bleibe liegen!»

«Und du nennst dich einen Sweep! Da hättest erst beim Moore sein sollen! Himmeldonnerwetter, was bildest du dir ein, du verdammtes Grünhorn, daß du wegen einem lächerlichen Regentropfen winselst? Wenn wir auf dem Weg nach Corunna liegengeblieben sind, dann jedenfalls nicht, bevor die toten Läuse von uns abfielen! Halt dich bei mir an, und halt deine Klapperbüchse!»

Am 8. November war der Tormes bei Alba erreicht und überschritten. «Verdammich, wenn wir nicht wieder da sind, von wo wir ausgegangen sind!» sagte der Gemeine Grindle angewidert. «Je weiter wir gehen, desto weiter hinten landen wir, und ich habe dabei Hühneraugen wie die Kürbisse auf allen zehn Zehen!»

«Hühneraugen!» stieß Tom Plunket hervor. «Und was ist mit meiner neuen Jacke? Himmelhölle verdammt, ganz hin, und das mir, der ich als feschester Mann im Regiment bekannt bin!»

«Mault nicht, Jungens!» sagte Sergeant Ballard. «Wir sind auf dem Weg zum Peer!»

«Gepriesen sei der Herrgott!» brüllte Plunket und warf seinen Tschako in die Luft. «Jetzt wird's endlich Spaß für uns geben! Ah, wenn nur diese Langnase uns mit nach Burgos genommen hätte, dann wär das jetzt eine andere Geschichte!»

«Wohin gehen wir, Sergeant?»

«Nach Salamanca, soviel ich mir zusammenreimen kann.»

«Gott steh uns bei, hältst du uns am Ende gar zum Narren, Sergeant? Salamanca, beim Jemine! Jetzt werden wir endlich wieder wie die Herren futtern!»

Aber als die Briten in Salamanca einzogen, sahen sie, daß die wetterwendische Stimmung der Stadtbevölkerung umgeschlagen war. Eine Armee auf dem Rückzug schien in ihrer Brust eine Art Rudelwildheit geweckt zu haben; Menschen, die noch vor fünf Monaten die Truppen hysterisch begeistert willkommen geheißen hatten, ergriffen nun jede sich bietende Gelegenheit, dem einzelnen Soldaten jeden Tort, den sie nur konnten, anzutun. Berichte von Totschlag und Raufereien in den Straßen ergossen sich nur so über das Hauptquartier Seiner Lordschaft; es hieß, daß selbst der junge Prinz von Oranien nur knapp einem Bajonett entgangen war, das ihm eine der Zivilgarden durch den schlanken Leib rennen wollte.

Die Nörgler in der Leichten Division fanden die Truppen von Burgos in so schlechter Verfassung, daß sie allmählich meinten, sie selbst hätten vielleicht doch nicht so sehr viel durchgemacht. Die Norddivisionen hatten eine schauerliche Zeit in den Gräben vor Burgos verbracht und waren auf ihrem Rückzug von den Franzosen sehr geplagt worden. Sie waren hundemüde und mürrisch, aus einem Gefühl vergeblicher Mühe heraus; und ein gefährlicher Geist der Unzufriedenheit hatte ihre Disziplin unterminiert. Der Stab wurde wegen seiner Unfähigkeit verflucht; Verpflegungskarten waren verzögert ausgegeben worden und manchmal ganz verlorengegangen; und eine Wegspur von Plünderung in ihrem Kielwasser zeugte von der Demoralisierung der Mannschaften. Die Kavallerie war noch schlechter daran, die Pferde sahen wie Vogelscheuchen aus, und einige Regimenter waren kaum imstande, die Hälfte der regulären Anzahl Kavalleristen aufzubringen. Es gab kein Geld in den Taschen noch volle Rationen in den Bäuchen, aber Wein konnte in diesem Land der Weingärten immer requiriert werden. Und so schwelgte die Armee in ihrer Gewohnheitssünde, was fatale Folgen hatte.

Sowie sie auf der Hochebene war, wurde die Kälte intensiv. In dem unaufhörlichen Regen gab es zwar eine kurze Erholungspause, aber der Wind, der messerscharf über die Sierra blies, drang bis auf die Knochen und brachte Fieberanfälle mit sich, daß die Zähne klapperten, bis sie in die Wurzeln hinein weh taten.

Wellington hatte seine alte Stellung hinter den Arapiles bezogen, aber Soult, vorsichtiger als Marmont, zeigte wenig Neigung, ihn mit seiner gesamten Streitmacht anzugreifen. Den verstimmten britischen Soldaten schien es, daß nichts gewonnen worden war. Es war nicht sehr heiter auf dem alten Schlachtfeld, mit den Franzosen in einer Stärke von neunzigtausend Mann gleich in der Nähe lauernd; dem bitterkalten Wind, der einem das Blut in den Adern verdünnte; und mit dem grausigen Gefühl, wenn das Pferd unter einem bei jedem Schritt und Tritt auf «Pakenhams Hügel» einen erschreckend guterhaltenen Totenschädel lostrat, der dann dahinkollerte.

7

Am 15. November fing es wieder zu regnen an. Alle Vorratslager und die Kranken wurden von Salamanca nach Ciudad Rodrigo evakuiert. Was immer König Joseph diesbezüglich wünschen mochte – Marschall Soult dachte trotz seiner zahlenmäßigen Überlegenheit nicht daran, Lord Wellington auf einem Terrain anzugreifen, das Seine Lordschaft zu wählen beliebte. Um zwei Uhr nachmittags erreichte die verschiedenen Divisionen Marschbefehl, und sie setzten sich in zwei Frontlinien bei strömendem Regen nach dem Westen ab; die Leichte Division bildete die Nachhut der Mittelkolonne.

Juana hatte in Salamanca Wollstrümpfe und Fäustlinge für Harry und sich erstanden. Der Padre erzählte Harry, sie sei doch die seltsamste Mischung aus altkluger Weisheit und jugendlichem Leichtsinn. Man wisse nie, sagte er, wenn man sie aufsuchte, ob man eine fürsorgliche Hausfrau oder ein kleines Mädchen antreffen würde, das soeben dem Schulzimmer entwichen sei. Er war ganz überrascht von dem Maß an Freiheit, das ihr Harry ließ. Wenn sie der Padre, was häufig geschah, auf Besuch im Zelt eines kranken Freundes antraf oder mitten unter den Truppen im Lager, verletzte das seinen Sinn für Anstand. «Keine Angst!» sagte Harry. «Sie hat mehr Verstand in ihrem kleinen Finger als Sie sonst bei jemandem finden. Ich mische mich bei ihr nie drein.»

Harry hatte freilich auch wenig Zeit, sich in die Angelegenheiten seiner Frau einzumischen. Solange die Division als Nachhut auf dem Marsch war, hatte er unentwegt Dienst. Es war eine anstrengende Zeit für Stabsoffiziere; Harrys Augenlider wurden rot vor Schlafmangel und waren schwerer denn je.

Der erste Tagesmarsch war für die Armee sehr unbehaglich, denn der Regen fiel in Strömen, und wegen der sumpfigen Tümpel auf den Straßen ging es nur mühsam vorwärts. Der Zurgain, ein dünn dahinrieselnder Fluß, als sie ihn zuletzt gesehen hatten, war zu einem wild gischtenden Kessel reißender Wasser geworden und reichte den Männern bis an die Schulter, als sie die Furten durchwateten. Vor Anbruch der Nacht gab es kein Anhalten, erst dann bezog die Division Biwak in einem triefenden Wald. Die Männer begannen Vergleiche zwischen diesem und dem Rückzug des Sir John Moore nach Corunna zu ziehen, aber als Harry das hörte, lachte er. Nichts, was sie je wieder zu erleiden haben würden, konnte mit jener Hölle aus Schnee und Eis verglichen werden, durch die sich die Truppen damals in langen Eilmärschen durchgerauft hatten, jeden Meter des Weges erkämpfend, in durchgelaufenen Stiefeln und zerfetzten Uniformen und mit vereisten, tagealten Bärten. «Corunna!» rief Harry verächtlich aus. «Ihr hasenherzige Bande, damals haben wir siebenunddreißig Meilen an einem einzigen Tag zurückgelegt! Und dabei hungerten die Mannschaften noch!»

«Hast du wirklich hungern gesagt?» näselte James Stewart, der plötzlich aus der Dunkelheit auftauchte. «Na, das tun wir jetzt auch. Der Verpflegungstrain ist nämlich verlorengegangen.»

«Ihr Kerle von der Quartiermeisterei gehört erschossen!» sagte Harry wutschnaubend. «Was ist da wieder pasiert?»

«Auf der nördlichen Route nach Rodrigo gezogen.»

«Das ist nicht wahr!»

«O doch!» sagte Stewart. «Jetzt gib nur mir nicht die Schuld! Geh und verfluche den Generalquartiermeister, wenn du schon jemanden verfluchen mußt. Es müssen ihm ohnehin schon die Ohren klingen.»

Obwohl die Armee genug Gelegenheit hatte, die Unfähigkeit des Oberst Gordon zu beurteilen und zu verdammen, konnte zunächst niemand glauben, daß die Geschichte wirklich wahr sei. Aber es gab tatsächlich kein Essen für die hungrigen Truppen, die den durchweichten Boden nach Eicheln abtasteten und sie mürrisch an den Lagerfeuern kauten, die feucht zischten und mehr Rauch als Wärme gaben. Niemand fand in dieser Nacht viel Schlaf, denn nur die dem

Feuer zugekehrte Körperseite hatte es warm, und die Stöcke, die als trockene Unterlage gesammelt wurden, versanken unter dem Gewicht des Körpers im Schmutz. In den frühen Morgenstunden war eine Schießerei zu hören, und es gab Feindalarm; die Männer rappelten sich mühsam hoch und stöhnten, so verkrampft waren ihre Glieder. Jenseits der flackernden Lagerfeuer war nichts auszunehmen; später entdeckte man, daß die Schießerei von einigen Leuten der Dritten Division veranstaltet worden war, die in dem Wäldchen, in dem sie lagen, eine Herde von Hausschweinen entdeckt hatten. Die übrige Armee, aus ihrem unruhigen Schlummer aufgestört, wollte von dem frischen Schweinefleisch nichts haben und war auf Pictons «schwarze Halunken» böse; und einige waren sogar ganz einverstanden, als einige der Missetäter in der Früh aufgehängt wurden.

Bei Morgengrauen marschierte die Armee verfroren, hungrig und gereizt weiter.

«Los, meine Burschen!» sagte Harry. «Wir werden ihnen zeigen, was die Division kann!»

«Von schönen Worten wird der leere Bauch nicht voll», knurrte einer.

«Schöne Worte? Verflucht, von mir wirst du bestimmt keine schönen Worte zu hören kriegen, du schnapsstinkender Kartenbruder, du hasenherziger Vagabund!» gab Harry zurück.

Er erntete Gelächter. Der Meckerer wurde von unsanften Ellbogen in den Hintergrund gedrängelt, und man informierte ihn, daß er sich für dieses Spielchen den falschen Offizier ausgesucht hatte. «Du dummer Rüpel, wozu willst du eigentlich mit dem unverschämt sein? Der flucht dich in Grund und Boden, und das bestimmt! Unser Brigadeadjutant, der hat das Maul am rechten Fleck. Verdammt, wenn wir den eigentlich nicht hochleben lassen!»

Der Gedanke kam gut an; ein rauhes Hoch ertönte; Harry nahm es grinsend zur Kenntnis und empfahl den unrasierten Vogelscheuchen, die vor ihm standen, sich ihren Atem lieber für den Marsch aufzuheben.

Der Tagesmarsch unterschied sich von dem vergangenen nur dadurch, daß die Männer hungriger waren. Auf ihrem Weg traf die Leichte Division auf Nachzügler der Armee, die sich auf der Suche nach Plünderungsmöglichkeiten davongemacht hatten, oder auf Tote, die am Straßenrand an Erschöpfung gestorben waren. Es war alles sehr deprimierend; der Anblick gebleichter Pferdeskelette war zwar schon zu gewohnt, um noch Aufmerksamkeit zu erregen, aber die erstarrenden Kadaver von Pferden, die auf dem Marsch zusammengebrochen und durch einen barmherzigen Musketenschuß erledigt worden waren, sah niemand gern, und niemand hörte gern das schwache Muhen eines Ochsen, der von der Straße getrieben wurde, um in den durchweichten Feldern elend zu sterben. Während der üblichen Mittagsrast wurde etwas sehr schlechtes Rindfleisch, aus den noch warmen Körpern einiger der Zugtiere geschnitten, ausgegeben. Es war ziemlich widerlich, und Zeit, um es ordentlich zu kochen, gab es nicht. Ein paar Männer zündeten Feuer an und rösteten die Fleischstücke an den Spitzen ihrer Ladestöcke, aber die meisten stopften die rohen Stücke in ihre Menagekörbe, in denen sie bald das bißchen Brot, das noch vorhanden war, in einen blutigen Brei verwandelten. Einer der Soldaten Arentschildts machte aus seiner Ration ein Sandwich und teilte es mit seinem Pferd. Die Engländer lachten darüber, aber es war nicht zu leugnen, daß die Soldaten der Königlichen Deutschen Legion sich um ihre Pferde viel mehr kümmerten als irgendein britischer Soldat. Nicht einer von ihnen hätte daran gedacht, einen Bissen zu essen, bevor nicht die Pferde gefüttert waren, und die meisten erzogen ihre Tiere dazu, dasselbe zu essen, was sie selbst hatten.

Das Gerücht, daß der Verpflegungstrain über die Straße von Ledesma davongezogen war, wurde während der Marschpause bestätigt. Das bedeutete, daß bis Rodrigo keine Rationen mehr an die Armee ausgegeben würden. Der Stab wurde bitter verflucht, von den Offizieren ebenso wie von den Mannschaften; wegen der geringfügigsten Dinge brach Zank aus; und selbst die sonnigsten Gemüter marschierten in mürrischem Schweigen dahin.

Das Nachtlager an diesem Abend war trostlos. Es war fast unmöglich, mit dem grünen Holz, dem einzigen, das zu finden war, Feuer zu machen; und die Eisenkessel, die über dem feucht rauchenden Holz hingen, brauchten so lange, daß die Männer inzwischen in Schlaf fielen.

Die Franzosen trieben sich dicht an der Nachhut herum, zeigten sich jedoch erst am nächsten Tag, als sie begannen, diese ziemlich scharf zu bedrängen. Durch einen weiteren Fehler des Generalquartiermeisters war die Kavallerie, die die Leichte Division decken sollte, bei Morgengrauen noch vor der Infanterie abmarschiert, mit dem unvermeidlichen Ergebnis, daß die Kolonne von scharmützelnden Gruppen französischer Berittener belästigt wurde. Einige dieser französischen Truppen drangen doch wirklich in den Zwischenraum zwischen der Leichten und der Siebenten Division ein und plünderten den größten Teil des Gepäcks der Siebenten; und drei Leichte Dragoner hatten das unwahrscheinliche Glück, General Paget zu schnappen, der soeben als zweiter Oberbefehlshaber der Armee aus England angekommen war. Er ritt, nur von seinem spanischen Diener begleitet, vor, um das Tempo der Siebenten Division zu beschleunigen, und da er kurzsichtig und einarmig war, war es fast lächerlich leicht gewesen, ihn gefangenzunehmen. Die Nachricht erregte so ziemlich das einzige Gelächter, in das die verstimmte, unzufriedene Armee an diesem Tag ausbrach.

8

Die Mittelkolonne, deren Nachhut die Leichte Division bildete, erhielt Befehl, ihr Lager am jenseitigen Ufer des Huebra aufzuschlagen, aber als die Reste der Kolonne das steile Ufer hinab in den angeschwollenen Fluß sprangen und sich sicher hinübergearbeitet hatten, tauchte hinter den französischen Schwadronen der Dragoner, die sich den ganzen Tag mit der Leichten Division herumgeschlagen hatten, eine beträchtlich große Gruppe französischer Infanterie auf. Das veränderte die Sachlage ernstlich, und Harry schickte Juana unverzüglich nach vorn mit dem strengen Befehl, beim 52. Regiment zu bleiben, das Biwak beziehen sollte, während die Riflemen das Flußbett hielten.

Da Juana wußte, daß Harry bei den Riflemen bleiben würde, wandte sie ihm ein blasses Gesichtchen zu, ergreifend klein unter der großen, triefenden Hutkrempe. Die Worte blieben ihr im Hals stecken; sie wollte sich an ihn klammern, ihn festhalten; aber natürlich wußte sie, daß sie das nicht durfte. Es gelang ihr, herauszubringen: «Gib acht auf dich!»

Er nickte und tätschelte ihr die Wange. «Natürlich. Mut, *hija*! Ich bin gleich wieder bei dir!»

Er warf sein Pferd herum und ritt in einem Sprühregen von Schmutz davon. Der Padre bat Juana nervös, sich zu beeilen, und sie sagte großartig: «Haben Sie keine Angst! Beim Zweiundfünfzigsten sind wir gut aufgehoben. Die werden schauen, wenn sie mich sehen, alle unsere Freunde im Regiment!»

Der Padre schien diese Bemerkung für unwichtig zu halten, aber die Aussicht, ihre Freunde zu überraschen, heiterte Juana etwas auf; sie ritt flott dahin und holte das Regiment ein, gerade als es den Fluß durchqueren wollte.

Zu ihrer Genugtuung traf sie zwei von Harrys Freunden, Major Rowan, vom Stab des Generalquartiermeisters, und Captain Mein; und obwohl keiner von ihnen sehr überrascht zu sein schien, daß sie sich dem Regiment anschloß, begrüßten sie beide mit echter, wenn auch hastiger Freundlichkeit.

«Hallo, Juanita! Hat Sie Harry hergeschickt?» sagte Rowan. «So ist's recht! Wir werden uns um Sie kümmern. Halten Sie sich dicht an die Kolonne, seien Sie brav – ich wollte, ich könnte Sie unter meine Fittiche nehmen, aber Sie wissen ja, wie es ist!»

«Natürlich weiß ich, und ich will gar nicht unter Ihre Fittiche!» sagte Juana. «Gehen Sie und kümmern Sie sich um Ihren Dienst! Ich habe West und ich habe außerdem Don Pedro.»

«Was für einen guten Offizier vom Dienst Sie abgeben würden, Mrs. Smith!» grinste Rowan.

Billy Mein zog sie wegen eines Schmutzspritzers auf der Wange auf; auch fragte er sie *sotto voce*, wo zum Donner Harrys Beichtvater seinen Riesenmantel aufgetrieben hätte, worüber sie kichern mußte. Aber er konnte nur ein paar Minuten bei ihr bleiben, weil er sich um seine Kompanie kümmern mußte.

Da die französische Infanterie die Nachhut bedrängte, war keine Zeit zu verlieren, um den Huebra zu überqueren. Um diese Jahreszeit war er ein wilder Fluß, der unter so steilen Ufern dahinwirbelte, daß die Soldaten, statt hinunterzuklettern, einfach in die schnelle Strömung sprangen. Der Padre beobachtete das ziemlich mißtrauisch und sagte: «Aber wie sollen denn wir hinüberkommen?»

West, der sich immer dicht an seine Herrin hielt, lächelte ziemlich grimmig, denn er mochte den Padre nicht sehr. Juana sagte: «Ich zeige es Ihnen!» und lenkte Tiny direkt an das Ufer heran.

«Barmherziger Gott!» brachte West heraus. «Gnädige, Gnädige, warten Sie doch!»

Er hatte verschiedenes Hab und Gut fest auf den Sattel des Ersatzpferdes von Harry festgeschnallt, das er führte, und bevor er wieder in seinen Sattel zu krabbeln vermochte, war Tiny, die einen Augenblick am Rand verhalten hatte, schon in den Fluß gesprungen. Ohne sich im geringsten um den unglücklichen Padre zu kümmern, stürzte West samt Leitpferd und allem übrigen hinter Juana her. Als er endlich seine beiden Pferde in den Fluß gezwungen hatte, war Tiny schon halben Weges hinüber, schwamm kräftig dahin und hatte Juana, wenn auch bis auf die Haut naß, immer noch im Sattel. Sie erreichte sicher das andere Ufer, und ein Dutzend eifriger Hände waren schon dabei, Tinys Zügel zu ergreifen und das Pferd aus dem Fluß zu ziehen.

«Juana, Sie ganz schlimmes Kind!» schrie der Kleine Digby. «Was würde bloß Harry dazu sagen?»

«*Bien hecho!*» antwortete Juana und strahlte vor Lachen.

«Sehr wahrscheinlich», gab Digby zu. «Aber was soll jetzt geschehen? Sie sind patschnaß, und das Regiment erhielt den Befehl, flußabwärts zu ziehen, um die Furt von San Munoz zu bewachen!»

«Oh, keine Sorge! Ich komme mit, weil Enrique sagte, ich müsse bei euch bleiben, und daher werde ich das auch. Nur – wo steckt der arme Padre?»

Der Padre, der Juanas blendende Unternehmung tapfer nachgemacht und sein Pony in den Fluß hatte springen lassen, war jedoch in ernste Schwierigkeiten geraten. Das Pony, dem er fast zu schwer war, wurde von der Strömung weggerissen. Juana mußte lachen, als sie sah, wie Don Pedro flußabwärts geschwemmt wurde, den riesigen Mantel wie ein Segel hinter sich aufgebläht, aber es war bald nicht mehr zum Lachen. Da das Pony weder gegen die Strömung aufkommen noch unter dem Padre schwimmen konnte, ertrank es, und nur der vorsintflutliche Mantel, der den Padre über Wasser hielt, rettete ihn davor, das gleiche Schicksal zu erleiden.

«O Bob, ziehen Sie ihn heraus!» bat Juana und bemühte sich sehr, nicht zu lachen.

«Kann denn der Kerl nicht schwimmen?» fragte Digby. «Was in aller Welt hat euch zwei Verrückte bewogen, euch den aufzuhalsen? Da, einige von den Unsern haben ihn erwischt. Und Er, West, kümmere Er sich um Seine Herrin, ja? Ich muß weiter.»

«*Adios!* Richten Sie Billy Mein aus, Schmutz hab ich keinen mehr im Gesicht!» sagte Juana.

Der Padre, der weiter flußabwärts aus dem Strom gezogen worden war, schaute ziemlich erschüttert drein, als Juana und West zu ihm geritten kamen. Juana hatte ihren Reitanzug etwas ausgewrungen, aber der Padre stand zitternd vor Kälte in einer großen Pfütze. Wasser tropfte vom Rand seines Sombreros, vom Saum seines Mantels und selbst von seiner Nasenspitze. Als Juana ihm sagte, wie leid ihr sein Pech tue, antwortete er zähneklappernd, er hätte nicht im Traum geahnt, daß der Rückzug so ausschauen würde. Er fragte West, ob er das Ersatzpferd reiten könnte, aber West antwortete eisern: «Leihe niemals das zweite Schlachtroß meines Herrn her; überhaupt niemandem.»

«Aber Er muß es mir leihen!» sagte der Padre empört. «Wie soll ich ohne Pferd auskommen? Will Er, daß ich in die Hände der Franzosen falle, elender Kerl?»

«Wir marschieren nicht weit», antwortete West. «Der Fluß hat uns behindert und er wird die Franzosen auch aufhalten. Unsere Riflemen haben nicht vor, diese Kerle herüberzulassen. Beim Gehen wird Ihnen warm.»

«Señora!» rief der Padre aus und zitterte vor Wut wie vor Kälte. «Hören Sie das? Lassen Sie diese Frechheit zu?»

Juana schaute zweifelnd drein. «Aber wissen Sie, es ist das Ersatzpferd meines Gatten, und wenn Old Chap getroffen wird, muß er es unverzüglich haben. Nur, da er auf der anderen Seite des Flusses ist – könnte der Padre das Pferd nicht doch haben, West? Gerade nur dieses eine Mal?»

«Kann das Pferd meines Herrn nicht herleihen, Gnädige», sagte West verstockt.

«Ja, dann tut es mir sehr leid, aber ich fürchte, Sie müssen zu Fuß gehen», sagte Juana und milderte ihre Worte mit ihrem gewinnenden Lächeln. «Und bitte, könnten Sie gleich losgehen, denn wenn wir nicht beim Zweiundfünfzigsten bleiben, wird mein Gatte nicht wissen, wo uns suchen!»

«Aber Señor Smith versicherte mir, daß wir gleich biwakieren werden. Wohin gehen wir? Warum marschieren die Soldaten flußabwärts?»

«Oh, ich weiß nicht», sagte Juana heiter. «Das ist immer so bei der Armee – das macht es ja so aufregend.»

Der Padre schaute nicht so drein, als hielte er viel von so einer Aufregung, aber er wand seinen Mantel etwas aus und begann neben dem Pferd Juanas einherzustapfen.

Die Furt von San Munoz lag nicht weit flußabwärts; als sie sie erreichten, sahen sie sofort, warum das Regiment hierher beordert worden war: die Franzosen versuchten, sich einen Übergang zu erzwingen. Die Furt erwies sich als unpassierbar, aber fast bevor Juana noch wußte, wie ihr geschah, fand sie sich mitten in einem Geschoßhagel. Eine Granate schlug dicht neben ihr fußtief in den Schmutz ein, Tiny scheute so heftig, daß Juana fast aus dem Sattel flog, und irgend etwas, sie wußte nicht, war es eine Musketenkugel oder der Splitter eines Kartätschenschusses, pfiff über ihren Kopf hinweg. Sie stieg schnell ab, aber gerade als ihr West über den ganzen Aufruhr hinweg zubrüllte, sie solle mit ihm aus dem Schußbereich kommen, wurde ein Soldat getroffen und fiel fast vor ihren Füßen nieder. Sofort kniete sie hin, um zu sehen, was sie für ihn tun konnte. Es zeigte sich, daß er nicht sehr schlimm verwundet war, und sie konnte ihm selbst einen Verband anlegen und ihm nach hinten helfen. Dann fiel Captain Dawson, und ziemlich viele Männer wurden verwundet, und sie hatte keine Zeit, an die Gefahr zu denken, in der sie sich befand, denn natürlich mußte sie den Verwundeten helfen. Es war schrecklich, mitanzusehen, wie Captain Dawson fiel; sie dachte, ihr würde schlecht werden, und so wandte sie sehr vernünftig die Augen von seiner Leiche ab und begann, das Taschentuch des Padre um die Stirn eines Jungen zu knüpfen, der aus einer klaffenden

Wunde von einem Kartätschensplitter blutete. Major Rowan erblickte sie und rief aus: «Guter Gott, Sie hier? Nach hinten mit Ihnen, Sie törichtes Kind, schauen Sie, daß Sie nach hinten kommen!»

Da er jedoch keine Zeit hatte, die Ausführung seines Gebots zu erzwingen, blieb Juana, wo sie war. Die Leiche Dawsons war vom Feld getragen worden; sonst schien niemand gefallen zu sein, und das französische Feuer ließ bereits nach. Es regnete in Strömen, aber sie war ohnehin schon vom Flußwasser bis auf die Haut naß, so daß es ihr, wie sie sagte, nicht im geringsten etwas ausmachte.

Es war ein aufgeweichtes, schmutziges kleines Frauchen, das Harry eine halbe Stunde später mit angezogenen Knien neben dem Padre auf der Erde hokkend vorfand. Harry war ausgeschickt worden, um die Zweiundfünfziger abzuberufen, und war wie vom Donner gerührt, als er daraufkam, daß Juana mitten im dichtesten Kampfgetümmel gewesen war. «Mein Liebling!» rief er und schwang sich aus dem Sattel. «*Queridissima! Oh, mi pobrecita,* wie naß du bist!»

«Enrique!» piepste Juana freudig. «O wie froh ich bin, daß du gesund bist!»

«Ich?» sagte er. «Und ob ich gesund bin – aber du, Liebstes? Was zum Teufel hast du getrieben?»

«Oh, ich hatte so großartige Abenteuer! Ich ließ Tiny über den Fluß schwimmen, und das arme Pony des Padre ist ertrunken, er aber nicht, und wir hatten eine Schlacht!»

Er hielt sie an den Schultern fest, und schüttelte sie liebevoll. «Du Racker! Juana! Komm, ich muß dich schnell ins Biwak bringen! So eine ersoffene Ratte von einer Ehefrau!»

Er hob sie in den Sattel und legte die Zügel in ihre kalte Hand. Der Padre sagte: «Aber wie soll ich weiterkommen? Ich glaube nicht, daß ich zu Fuß gehen kann, und bestimmt habe ich mich verkühlt.»

«Oh, nehmen Sie mein zweites Pferd!» sagte Harry über die Schulter zurück.

9

Das Biwak war miserabel, aber Harry sah, daß einige Portugiesen in der Brigade ein großes Feuer angemacht hatten, und kaufte es ihnen für einen Dollar ab. Die Maultiere mit dem Gepäck waren alle weitergeschickt worden, so gab es nichts als Eicheln zu essen, kein Zelt, um Juana vor dem durchdringenden Regen zu schützen, und keine Kleider zum Wechseln für sie. Sie versicherte Harry, daß sie überhaupt nicht hungrig sei und ihr auch nicht sehr kalt sei, aber ihr blasses Gesichtchen sah halb erfroren aus, während der Padre gut und gern für den Ritter von der traurigen Gestalt gelten konnte, sagte Harry. Die Sättel wurden im Kreis um das Feuer aufgestellt; feuchter Dampf stieg von Juanas Kleidern auf, aber so schnell das Feuer die Feuchtigkeit aus ihnen sog, so schnell ersetzte sie der Regen wieder. Kincaid, der als diensttuender Brigadeadjutant bei der Ersten Brigade eingesetzt war, sah Harry auf einige Augenblicke und erzählte ihm, daß Eicheln ganz gut schmeckten, wenn man sie röstete, fast wie Kastanien; daher sammelte West eine Mütze voll, und sie hielten sie im Deckel eines Eßgeschirrs über das Feuer. Juana kaute sie entschlossen und sagte, sie schmeckten sehr sonderbar, und sie sei froh, daß sie nicht ein Schwein sei.

«Widerlich?» fragte Harry.

«O nein, nicht widerlich, nur sonderbar.»

«Mein armes Süßes!» sagte Harry, schälte eine zweite und steckte sie ihr in den Mund.

«Warum? Ich unterhalte mich großartig, versichere ich dir.»

«Oh, Juana, wie ich dich liebe!» sagte er mit schwankender Stimme.

«Fein! Ich liebe dich auch.»

Sie schlief sofort ein, die Wange in die Hand geschmiegt, auf der einen Seite angenehm durchwärmt, auf der anderen kalt und schmutzig. Der Padre, den feuchten Mantel über den Kopf gezogen, schlief auch und schnarchte hohl. Harry blieb wach und hütete das Feuer, aber er hatte drei Tage lang keine Rast gehabt, und wie sehr er sich auch bemühte, er konnte nicht wachbleiben.

Juana erwachte in den frühen Morgenstunden, von Kälte geweckt. Sie richtete sich mühsam auf den Ellbogen auf, immer noch halb im Schlaf und von einem Schüttelfrost gepeinigt. Harry schlief tief und fest zwischen ihr und dem Feuer. Juana brach in Tränen aus und rüttelte ihn.

Er schreckte hoch. «Juana? Was ist denn los, mein Herz?»

«Du bist gräßlich und rücksichtslos und grausam und dumm!» schluchzte Juana zähneklappernd. «Warum mußt du ausgerechnet hier liegen, *espadachin*? Ich hasse dich!»

«Oh, mein Süßes, es tut mir so leid!» sagte Harry reuig. «Ich muß zwischen dich und das Feuer hingefallen sein. Weine nicht, *queridissima*! Ich habe es nicht absichtlich getan.»

Er nahm sie in die Arme. Sie hörte sofort zu weinen auf und rieb sich die Augen. «O wie dumm von mir!» sagte sie und drängte sich dicht an ihn. «Ich schlief noch! Und jetzt habe ich dich aufgeweckt, wenn dir so gut und warm gewesen sein muß! Es tut mir so leid, Enrique!»

«Liebling, Liebling!» sagte Harry und küßte die feuchten Locken, die ihm das Kinn kitzelten.

«Nein – ganz schlechte Frau!» murmelte Juana und schlief wieder ein.

Etwas vor Tagesanbruch hörte der Regen auf. Die Leichte Division hatte erwartet, beim Morgengrauen weiterzumarschieren, wurde aber von der Ersten Division aufgehalten, der sie folgen sollte und die sich nicht in Bewegung setzte. Harry gelang es, für den Padre ein Maultier aufzutreiben, und Juana konnte ihre Kleider trocknen und George Simmons aufsuchen, der über den Zustand seines Bruders Joe ernstlich besorgt war.

Der Fluß war fast sofort zurückgegangen, und man erwartete, daß die Franzosen noch vor Mittag übersetzen würden. General Alten, der in einer Feindberührung an dieser Stelle und zu diesem Zeitpunkt keinerlei Vorteil sah, sandte mehrere Boten an Sir William Stewart ab, der seit Pagets Gefangennahme die Erste Divison befehligte.

«Was zum Teufel hat der Alte?» fragte Barnard.

«Ich glaube, er ist verrückt», sagte Alten ruhig.

Die Zeit verstrich, die Sonne brach durch die Wolken; und immer noch rührte sich die Erste Division nicht. Plötzlich tauchte ein Offizier der Guards auf, der sich auf einem Vollblut umständlich den Weg suchte.

«O Christus, der Ehrenwerte Arthur!» sagte Charlie Beckwith.

«Mein lieber Beckwith!» sagte Arthur Upton, als er ihn erblickte, und ritt heran. «Du könntest mich nicht zufällig informieren, wo ich einen *paysano* aufzutreiben vermöchte? Die Erste Division kann nicht abrücken – wir haben keinen Führer.»

«Ach verdammt, ist das der Grund?» rief Beckwith aus. «Wir werden unser möglichstes tun, um euch aus dem Weg zu kriegen! Komm mit zu Harry Smith! Der hat bestimmt einen *paysano* an der Hand! Harry, Harry! Wo zum Teufel steckst du, Mann Gottes? Da, die Erste braucht einen Führer! Heraus mit einem von deinen Halsabschneidern!»

Harry hatte wie gewöhnlich drei oder vier Eingeborene der Gegend in seiner Obhut und konnte demnach dem Ehrenwerten Arthur einen übergeben, der seinen Dank näselte und zimperlich seinen Weg suchend davonritt.

Die Leichte Divison hatte eine Kampflinie geformt, aber gleich darauf erfuhr man, daß die Franzosen, statt einen Übergang über den Huebra zu erzwingen, weggetreten und damit beschäftigt waren, ihre Kleider zu trocknen.

Endlich setzte sich die Division in Marsch, in kaltem, aber trockenem Wetter. Als Harry die letzten Männer der Nachhut an sich vorbeiziehen ließ, hörte er sich leise angerufen, und als er sich umschaute, sah er einen Rifleman mit verbundenem Bein unter einem Baum liegen. Er erkannte den Mann und ritt zu ihm hin. «O'Donnell! Aber mein armer Junge, das geht doch nicht!»

«Lassen Sie mich nicht hier zurück, Mr. Smith!» sagte O'Donnel flehend.

«Bist du schlimm verletzt?»

«Am Bein, Sir. Eine Kanonenkugel hat mir gestern den Schenkel zerschmettert. Verlassen Sie mich nicht, Sir, bitte nicht!»

Harry zögerte. Für Verwundete gab es in der Kolonne keine Vorkehrungen. Sie mußten zurückgelassen werden, wo man hoffte, daß sie vom Feind aufgeklaubt würden. Die Franzosen behandelten die Gefangenen natürlich absolut gut. Es nützte nichts, sentimental zu werden; man konnte nicht jedem Verwundeten oder Kranken, auf den man traf, helfen. Aber Harry wußte, daß dieser Mann einer der tapfersten Riflemen war. Er sagte in seiner schnellen Art: «Es gibt nur eins, wie dir zu helfen wäre, soviel ich weiß, aber ich glaube, das geht nicht. Wärst du imstande, auf einem Munitionskarren zu sitzen?»

«O ja, Sir, das könnte ich», sagte O'Donnell dankbar. «Nur – lassen Sie mich nicht zurück!»

«Dann warte. Ich schaue, was sich machen läßt», sagte Harry und galoppierte zu Ross, der mit seinen Sechspfündern an der Spitze ritt.

«Du verdammter Narr!» sagte Ross, als ihm die Sache auseinandergesetzt wurde. «Schön, du kannst eines meiner Geschütze nach hinten nehmen. Und ich glaube, daß du verrückt bist, Smith, hörst du?»

«Und ich glaube, daß du der beste aller Kameraden bist!» sagte Harry und ließ sein Pferd einige Schritte rückwärts gehen, um Platz zu machen, damit das Geschütz aus der Kolonne gelöst werden konnte.

Als sie den Verwundeten auf den Munitionswagen hoben, war es klar, daß ihm die geringste Bewegung größte Schmerzen bereitete. Er verlor fast das Bewußtsein, aber mit größter Willensanstrengung gelang es ihm, bei Sinnen zu bleiben und dem Geschützführer zu danken, daß er ihm so gutmütig seinen Sitz eingeräumt hatte. «So ist es gut», sagte er, aber man konnte die Worte kaum hören, so schwach wurden sie gehaucht. Der Geschützführer sagte, es sei gern geschehen, aber insgeheim dachte er, daß Brigadeadjutant Smith seine Zeit verschwende und der Rifleman keinen halben Tagesmarsch mehr überstehen würde. In der Tat starb O'Donnell zwei Stunden später, aber der Geschützführer, der dann wieder seinen Sitz einnahm, sagte, ihm wäre das vielleicht auch lieber so gewesen, als in Gefangenschaft zu geraten.

Von den Franzosen ward nichts mehr gesehen – sie waren daraufgekommen, daß es unmöglich war, sich noch länger aus einem schon verheerten Land zu verproviantieren. Der Tag war voller Frost und voll gräßlicher Anblicke längs des ganzen Marsches. Pferde und Ochsen starben wie die Fliegen dahin; und die Kranken, die aus der Kolonne ausfielen, um später von der Kavallerie in der Nachhut betreut zu werden, wurden ständig zahlreicher. Eine Ablenkung wurde von Sir William Stewart geliefert, einem netten alten Herrn, der absolut unfähig war – wie Lord Wellington behauptete –, einem Befehl zu gehorchen und der die Kommandeure der Fünften und der Siebenten Division überredete, mit ihm die vorgeschriebene Marschroute zu verlassen und einer seiner eigenen Wahl zu folgen. Beide Kommandeure waren Neuankömmlinge, und erst als sie entdeckten, daß Sir Williams Route von der Armee von Galicia verstopft war, die sich befehlsgemäß auf ihr befand, erkannten sie, wie unklug es gewesen war, auf ihn zu hören. Alle drei Divisionen wurden schließlich von Lord Wellington persönlich entdeckt – der sich aufgemacht hatte, um sie zu suchen –, wie sie in dem Schlamm warteten, bis die Spanier vor ihnen sich weiterbewegt haben würden. «Sie sehen, meine Herren, daß ich meine Sache am besten selbst verstehe», sagte Seine Lordschaft vernichtend.

Es wurde immer kälter, aber am folgenden Tag, dem 19. November, kam Ciudad Rodrigo in Sicht. «Gott sei Dank, endlich werde ich mir die Stiefel von den Beinen schneiden können!» sagte Kincaid.

Fünftes Kapitel

Winterquartier

I

Ende des Monats lag die Armee im Winterquartier, das sich südlich bis Coria in der Provinz Estremadura erstreckte, wo Hills Zweite Division kantoniert war, und nördlich bis Lamego am Douro mit Coles Fünfter Division. Lord Wellingtons Hauptquartier war in Frenada errichtet, einer schmutzigen kleinen Stadt, nur siebzehn Meilen von Ciudad Rodrigo entfernt; und die Leichte Division mit Victor Altens Brigade der deutschen Kavallerie war wie ein Schirm in verschiedenen Dörfern am Agueda auf spanischem Gebiet postiert. Es war eine kalte, zugleich unbehagliche Stellung, aber die Light Bobs kannten die Gegend so gut, daß sie fast wie ein Zuhause für sie war. Die Dorfbewohner bereiteten ihnen einen warmen Empfang, erkundigten sich nach vielen Männern bei Namen und schienen sich wirklich zu freuen, daß sie sie wiedersahen. Die Zweite Brigade hatte ihr Hauptquartier in Fuentes de Oñoro, einem Dorf, das immer noch ziemlich zerschossen von der Schlacht aussah, die vor achtzehn Monaten hier getobt hatte. Vandeleur wohnte in dem Haus des Ortspfarrers, aber Harry fand eine Unterkunft am anderen Ende des Dorfes in dem Häuschen einer Witwe. Es gab in der Nähe seiner Behausung einige erträgliche Ställe – ein wichtiger Umstand für einen jungen Herrn, der sechs Reitpferde und dreizehn Jagdhunde sein eigen nannte.

Alle waren etwas heiterer, als der Rückzug zu Ende war, aber die Zahl der Krankheitsfälle in der Armee war erschreckend hoch. Die Spitäler waren zum Bersten voll von Dysenterie- und Fieberkranken; und fast jeder Soldat litt an irgendeiner unerfreulichen Erfrierung. George Simmons, der gezwungen gewesen war, Joe während des Rückzuges auf seinem eigenen Pferd aufsitzen zu lassen, hatte die Beine mit bösen Flecken bedeckt. Er hatte die Sohlen seiner Stiefel durchgelaufen, und seine Füße waren ebenfalls in einem schlimmen Zustand. Er machte viel weniger Aufhebens von seinen Leiden als so mancher andere, der nicht halb so bös dran war; ja, er schien sich viel mehr Sorgen um die Dysenterie Joes zu machen. Der arme Joe war auf dem Marsch so krank gewesen, daß er, hätte sich George nicht so sehr um ihn gekümmert, entweder gestorben oder in die Hände der Franzosen gefallen wäre. Joe war einer von Juanas Schützlingen, und er pflegte dazuliegen und auf die Tür zu schauen, bis er sie hereinkommen sah, die Wangen und Locken vom Wind gepeitscht, einen Korb mit guten Bissen am Arm, die sie für ihn gekocht hatte, und immer mit einem Lachen in ihren spitzbübischen Augen. Ein Besuch von Juana, sagten Harrys Freunde, tat einem besser als der ganze Rindenwein, den einem die Ärzte zu schlucken gaben.

Harry hatte viele kranke Freunde, und Juana verbrachte ihre Zeit damit, für sie zu kochen und in die verschiedenen Dörfer zu reiten, wo sie einquartiert waren. Charlie Eeles, John Bell vom 43. Regiment, Jack Molloy und viele andere lagen mit Dysenterie darnieder. Harry fühlte sich natürlich so wohl wie immer und war von seiner Jagdleidenschaft besessen. Während Juana und der Padre kochten, ging er täglich auf Hasenjagd. James Stewart hatte eine Koppel Hunde und bat Harry, sie abzurichten; dann gab es Harrys eigene Greyhounds; und als diese Formen der Jagd ihre Reize verloren, konnte man immer noch mit Lord Wellingtons Meute auf Fuchsjagd gehen. Hatte man Lust auf Entenjagd, stand man mit Jonathan Leach hüfthoch im eisigen Wasser und wartete auf Wildenten; oder man versuchte sich überall in der Umgebung des Agueda an Waldschnepfen; oder übte seine Schießkunst an den weißköpfigen Geiern, die tagelang über Gallegos schwebten. Es war natürlich falsch, diese Straßenkehrer des Himmels zu schießen, aber irgendwie erregte der Anblick dieser schrecklichen Vögel bei den Männern einen unerklärlichen Zorn, wenn sie das verfaulte Fleisch von den Kadavern der Pferde zerrten, die den Weg des letzten Marsches der Armee säumten.

Bei den Mannschaften waren Wolfsjagden beliebt. Das Land war mit Wölfen überschwemmt; sie schlichen hinter einer marschierenden Armee einher, versteckt hinter den endlosen Gummicisten, heulten in der Nacht unaufhörlich und warteten ständig auf die Chance, einen Verwundeten oder ein erschossenes Pferd auf der Straße zu finden.

Als die Armee das Winterquartier bezog, fehlten fünftausend Mann, und eine überwältigende Zahl jener, die noch vorhanden waren, litten an der einen oder anderen Krankheit. Alle waren der Meinung, daß die Härten des Rückzuges von der Untüchtigkeit des Kommissariats und dem Stab im allgemeinen noch erschwert worden waren, so daß das Memorandum, das Lord Wellington den Offizieren zu verdauen gab, einen Sturm der Entrüstung in der Armee hervorrief. Seine Lordschaft hatte in denkbar übelster Stimmung alle Regimenter unter seinem Kommando auf Grund der Exzesse einiger weniger Leute, die ihm selbst unter die Augen gekommen waren, samt und sonders verdammt. «Ein Memorandum an die kommandierenden Offiziere der Divisionen und Brigaden», war das Dokument überschrieben, aber es gab nicht einen Offizier in der Armee, der nicht eine Kopie zu lesen bekam. Die Offiziere der Leichten Division, die stolz eine Liste von nur sechsundneunzig Absenzen von insgesamt fünf Bataillonen vorweisen konnten, suchten vergeblich nach einem Zeichen der Anerkennung für ihren Pflichteifer. Alles, was sie fanden, war eine bittere Anspielung auf die übliche Unaufmerksamkeit der Regimentsoffiziere ihren Pflichten gegenüber.

«Mein Gott!» sagte Charlie Beckwith, als Kincaid das laut vorlas.

«Warte, das ist noch nicht alles!» sagte Kincaid. «Du wirst dich freuen, wenn du erfährst, daß die Armee keine Entbehrungen erlitten hat, die nicht durch etwas Aufmerksamkeit der Offiziere hätten verhindert werden können!»

«Das geht auf den Stab des Generalkommissars», unterbrach der kleine Digby. «Und außerdem sehr wahr!»

«Durchaus nicht! ‹Es muß jedem Offizier klar sein, daß von dem Augenblick an, da die Truppen ihren Rückzug aus der Umgebung von Burgos einerseits und von Madrid andererseits antraten, die Offiziere jede Kontrolle über ihre Männer verloren haben.›»

«Ha!» sagte der Junge Racker. «Jemand hat ihm erzählt, daß sich die ‹Enthusiasten› in Valdemoro betrunken haben. Weiter, Johnny! Noch weitere Huldigungen?»

«O Teufel, das ist wirklich zu schlimm!» rief George Simmons aus, der das Memorandum über Kincaids Schulter hinweg las. «Hört nur, Jungen! – ‹Ich habe häufig die Leichtigkeit und Schnelligkeit beobachtet und im letzten Feldzug beklagt, mit der die Franzosen im Vergleich zu unserer Armee abgekocht haben.›»

«So, hat er das?» schnaubte Leach. «Na, wenn wir zu unseren verdammten Kesseln weniger als eine halbe Kirchentür brauchten, um sie heißzukriegen, würden wir auch mit Leichtigkeit und Schnelligkeit abkochen können!»

«Falsch!» sagte Kincaid. «‹Die Ursache dieses Nachteils ist dieselbe wie bei jedem anderen – Mangel an Aufmerksamkeit der Offiziere den Befehlen der Armee gegenüber und für das Verhalten der Männer.› Jetzt wissen wir's, wie?»

«Gott, ich glaube, ich trete aus der Armee aus!» sagte Digby angewidert.

«Meiner Seel, ich bin froh, daß ich nicht im Stab des Hauptquartiers bin!» sagte James Stewart, nahm das Memorandum Kincaid aus der Hand und überflog es. «Ich nehme an, in Wirklichkeit hat ihn diese Schweinestehlerei geärgert. Er ist ein jähzorniger Teufel.»

«Man kann wohl sagen, daß sich die Kerle, die er nach Burgos mitgenommen hat, schlecht benommen haben», sagte Leach. «Das soll ihm in Zukunft eine Lehre sein.»

«Was zum Teufel meint er damit, daß ‹Unregelmäßigkeiten und Exzesse ungestraft verübt werden durften›?» fragte Digby, seinerseits das Dokument ergreifend.

«Abscheuliche Szenen in Torquemada», sagte Beckwith. «Ich habe davon gehört.»

«Verdammt, damit hatten doch wir nichts zu tun!»

«Was sich darum schon Seine erhabene Lordschaft kümmert! Zum Kuckuck mit ihm, warum sollen wir uns aufregen? Wenn er sich einbildet, daß er einen großartigeren Haufen findet als unsere Männer, dann soll er gehen und ihn suchen! Wer kommt mit auf Schnepfen?»

2

Es würde noch lange brauchen, bis die Armee ihrem Oberbefehlshaber seine heftige Verdammung verzeihen würde, aber bis dahin war mittlerweile sehr viel zu tun, um die verschiedenen Quartiere bewohnbar zu machen und entsprechende Erholung für den Winter zu sichern. Die meisten Hütten, die als

Unterkünfte requiriert waren, bestanden aus zwei Räumen mit Lehmboden; in dem äußeren hauste nicht nur der Besitzer, sondern auch jegliches Viehzeug, das ihm gehörte. Das Feuer wurde mitten auf dem Fußboden angezündet, und der Rauch konnte durch ein Loch in der Decke abziehen, so daß die erste Aufgabe nach Zuweisung eines Quartiers die war, einen Rauchfang zu bauen. Die zweite war, zerbrochene Fenster zu dichten, um die Kälte abzuhalten; und die dritte, nach Almeida auf die Suche nach Kochgeschirr und allen anderen häuslichen Bequemlichkeiten zu reiten. Es gab Marketender in Frenada, aber die Preise, die im Hauptquartier verlangt wurden, lagen jenseits der Mittel der meisten Offiziersbörsen. Sechs Schilling für einen Laib Weißbrot mußte man zahlen, wenn man unerfahren genug war, dort einzukaufen, zweiundzwanzig Schilling für ein Pfund guten Tees, und Trockenfutter für die Pferde kostete einen nicht weniger als vier Schilling für ein kleines Bündel.

Die Offiziere der Leichten Division, deren schauspielerische Begabung berühmt war, schauten sich unverzüglich um ein passendes Theater um. Sie fanden es in einer aufgelassenen Kapelle in Gallegos. Bald hatten sie sie eingerichtet und gaben einige ausgezeichnete Vorstellungen, die von allen besucht wurden, einschließlich Lord Wellingtons, der nahe genug im Quartier lag, daß ein Ritt nach Gallegos für ihn tragbar erschien. Als der Bischof von Ciudad Rodrigo davon hörte, belegte er das Unternehmen mit einem feierlichen Bannfluch, wie Kincaid behauptete, aber niemand scherte sich nur einen Deut darum.

Inzwischen richteten sich die Mannschaften mit jener Leichtigkeit ein, die den meisten Inselbewohnern der Welt eigen ist, sich in jeglichem Quartier der Erdkugel häuslich niederzulassen. Viele Schlachtenbummlerinnen, die während des Rückzuges Witwen geworden waren, fanden neue Gatten. Das war so üblich, ja unvermeidlich, da keine Mittel vorgesehen waren, um sie nach England zurückzuschicken. Im allgemeinen gab es keinen Mangel an Bewerbern für sie, denn eine tüchtige Frau, bei der man sich darauf verlassen konnte, daß sie vor ihrem Mann im Lager eintraf und schon mit einer heißen Tasse starken Tees auf ihn wartete, wenn er kalt und müde und hungrig ankam, war für die Stimmung eines Soldaten äußerst wichtig. Auf die meisten dieser Frauenzimmer konnte man sich auch verlassen, trotz allem, was der erbitterte Provost Marshal auch anstellen mochte. Selbst wenn er die Esel unter ihnen niederschießen ließ, in dem vergeblichen Versuch, sie davon abzuhalten, die Marschfront zu verstopfen, kämpften sie sich eben zu Fuß weiter, trugen ihre Habseligkeiten auf dem Rücken, verfluchten ihn und behinderten den Vormarsch der Armee nach wie vor. Die standhaftesten unter ihnen konnte man nicht dazu bewegen, hinten mitzureisen. «Bestimmt würden mich die Franzosen – übrigens zu ihrem Pech – aufgreifen, wenn ich nach hinten gehe», sagte Mrs. Skiddy, «mich samt meinem Esel, und dann wäre Dan Skiddy ohne mich ganz verloren!» Die meisten hatten schon drei oder vier Gatten gehabt, seit sie in Portugal gelandet waren. Zwar gab es einige Männer, die meinten, der Vorteil, eine Frau zu besitzen, mit der man schlafen konnte und die für einen kochte, würde davon aufgehoben, daß man jedesmal, wenn das Geschöpf wütend wurde, den Kopf eines toten Mannes in der Suppe finden könne; aber gewöhnlich gab es doch ein halbes Dutzend Anwärter auf die Hand der Witwe, sobald die erste Schaufel Erde auf ihren verstorbenen Gefährten gefallen war. Sie waren eine rauhe Bande, ständig streitend, auf Plünderung noch versessener als die Soldaten, und ganz genauso verwegen.

Juanas Dienerin bildete keine Ausnahme der Regel und fand sich öfters in der Unterkunft der Smiths mit einem zerkratzten Gesicht oder blauen Auge ein; aber Harry war der Ansicht, daß ihre kämpferischen Eigenschaften für Juana praktischeren Wert besäßen als die Fertigkeiten einer richtigen Zofe.

Die Smiths hatten sich ihr Winterquartier so gemütlich eingerichtet, daß sich der Padre entschloß, bis zum Frühling bei ihnen zu bleiben. Nach seinem Abenteuer bei San Munoz war anzunehmen, daß er sie, sobald er nur konnte, verlassen würde. Eine Zeitlang war er äußerst mürrisch und moralisierte ziemlich viel über die Eigensucht der Soldaten. «Als Sie mir in Madrid erzählten, was die Härten eines Soldatenlebens auf einem Rückzug sind, nahm ich an, daß ich eine sehr genaue Vorstellung bekam», sagte er zu Harry. «Jetzt sehe ich, daß ich überhaupt keinen Begriff davon hatte. Jeder handelt nur in seinem eigenen Interesse! Da sitzt ein armer, zerschlagener Soldat im Schlamm, unfähig, sich zu rühren; dort kommen Stallburschen daher, die lebendige Pferde führen. Nicht einer fordert den Kranken auf, zu reiten; nicht einer hat Mitleid mit den Gefühlen des anderen – kurz, jeder scheint nur für seine eigene Person gegen die Schwierigkeiten zu kämpfen.»

«An Flußufern, Padre?» fragte Harry grinsend.

«Es erscheint mir ungewöhnlich und unchristlich», sagte Don Pedro kalt.

Aber als er sah, wie klug es Juana gelungen war, das kleine Bauernhaus in Fuentes de Oñoro angenehm zu machen, dachte er, daß er trotz allem die Wintermonate hindurch bei den Smiths bleiben würde. Er fing an, sowohl Juana wie Harry ziemlich lästig zu werden, aber es stellte sich heraus, daß er ein großartiger Koch war; demnach hatte das Arrangement, zuzeiten verdrießlich, doch sein Gutes.

Es hatten sich verschiedene Offiziersmessen aufgetan, und mit etwas Erfindungsgabe und einer Menge Wein, in Lamego besorgt, konnte selbst eine Scheune überraschend lustig und gemütlich sein, wenn auch das halbe Dach von einer Kanonenkugel hinweggefegt worden war. Holzkohlenbecken gaben Wärme; etwas Holzverschalung und eine Menge Flanell hielten den schlimmsten Luftzug fern; und ein guter Chef so einer Messe schaute schon darauf, daß es ständig eine Menge Schweinefleisch im Vorratsschrank gab, so wenig Rindfleisch er auch zu besorgen imstande war. Das aus dieser Gegend stammende Schweinefleisch war sehr schmackhaft und fett; im Agueda gab es Meeräschen und beim Marketender getrocknete Neufundländer Langfische zu kaufen; und Leute, welche die Gegend kannten, behaupteten, im Frühjahr gebe es guten Forellenfang.

Sobald sich eine solche Offiziersmesse ihren Raum erträglich eingerichtet hatte, war das nächste, Einladungen zu einem Bolero-Abend auszuschicken.

Diese Veranstaltungen wurden den ganzen Winter hindurch abgehalten und waren wirklich sehr vergnüglich. Alle Damen des Ortes besuchten sie, in ihren braunen Wolleibchen, die Röcke über und über mit Flicken aus rotem Tuch benäht. Sie brachten den englischen Offizieren bei, wie man den Fandango tanzt, mit den Kastagnetten umgeht und beim Bolero den Ellbogen in der richtigen Höhe hält; die Offiziere lehrten sie hinwieder, wie man sich durch den «Sir Roger de Coverley» windet. Heißen Punsch gab es stets in Mengen, und gegen Mitternacht konnte es auf diesen Lustbarkeiten ziemlich ausgelassen zugehen; das einzige, wogegen wirklich etwas einzuwenden war, war der Geruch von Knoblauch, den die Damen an sich trugen.

Juana, ebenso fremd in der Provinz Leon wie die Engländer, lernte einen der einheimischen Volkstänze auf der Hochzeit ihres Hausherrn. Er heiratete zum zweitenmal, aber die Festlichkeiten erstreckten sich über drei Tage und wurden in großartigem Maßstab abgehalten. Wenn man in diesem Landesteil zu einer Hochzeit ging, nahm man das Geschenk mit und gab es der Braut während eines Tanzes. Sie hielt ein Messer in der Hand und darauf einen Apfel, und angenommen, das Geschenk war von entsprechender Größe, dann schnitt man eine Scheibe aus dem Apfel und stopfte das Geschenk in die Spalte. Juana erbat sich von Harry eine Dublone, um sie der Braut zu schenken. Man fand, das sei ein sehr hübsches Geschenk, und alle sagten, obwohl Juana eine Estremenha sei, habe sie doch das richtige Gefühl und sei ein Mädchen, wie es jedermann gern in seinem Hause willkommen heißen würde.

3

Als Weihnachten kam, hatten sich alle, ausgenommen jene, die noch immer die Spitäler füllten, in die gewohnte Winterroutine eingelebt. Es war sehr kalt, manchmal naß, manchmal gab es Schnee und gelegentlich Nebel, aber vorausgesetzt, daß man viel Bewegung machte, war das nicht schlimm. Während die Stabsoffiziere mit den Hunden Seiner Lordschaft jagten, nahmen andere, die nicht so gut mit Pferden versorgt waren, ihre Flinten und wanderten meilenweit auf Schnepfen oder gingen mit Harry auf Hasenjagd über Ebenen, die vor Hasen überquollen. Die Mannschaften gingen mit Wieseln und einer einheimischen Meute von Bastarden und auf Hasen dressierten Hunden auf Kaninchenjagd. Sie hatten viel mehr Jagdglück als Seine Lordschaft, denn sie kamen nie mit leeren Händen heim, während es nur zu bekannt war, daß die Jagdhunde Seiner Lordschaft in dieser Saison erst einen Fuchs getötet hatten, und das durch Hetze. Die Füchse flüchteten immer zu den Ufern des Coa und verschwanden in den Felslöchern, da aber Seine Lordschaft mehr um der Bewegung als um des Sports willen jagte, schien ihn das nie zu ärgern.

Die Unterhaltungen im Hauptquartier wurden von den lustigen Light Bobs als sehr zahm bezeichnet. Es fing allein schon damit an, daß Frenada ein Dorf voller Flöhe war, zwischen den Katzenköpfen des Pflasters Stallmist lag und der Abfall aus den Bauernhäusern einfach auf die Straße hinausgeworfen wurde. Die meisten Häuser waren verfallen, und nicht einmal das Hauptquartier Seiner Lordschaft war wasserdicht. Seine Sekretäre mußten den ganzen Tag bei Kerzenlicht arbeiten, nachdem sie die wackligen Fenster verstopft hatten, und selbst dann waren ihre Finger oft steif vor Kälte. Die meisten Häuser waren gebaut, wie es in der Gegend üblich war: getünchte Behausungen über den Ställen. Es gab in jenem Winter im Hauptquartier nur eine einzige Dame, Mrs. Scovell, die von Zeit zu Zeit abends zu einer Kartenpartie einlud. Seine Lordschaft hielt natürlich offenes Haus und führte zudem eine sehr gute Tafel – er zahlte bis zu acht Schilling für einen Hasen; aber es wurden nur große Herren zu seinen Abendessen eingeladen. Es gab außerdem eine zu bedeutende Anzahl großer Herren in Frenada, als daß man sich gemütlich gefühlt hätte, meinte die Armee. Das «Hammelbein» und der «Blumenkohl», die einzigen anständigen Tavernen am Ort, waren immer mit Stabsoffizieren überfüllt, einige darunter sehr nette Kerle, aber viel zuviele eingebildete junge Lümmel, die sich in samtenen Feldmützen mit Goldquasten, graubetreßten Mänteln und Phantasiewesten in allen Regenbogenfarben als Dandies aufspielten. Einige dieser «Grafen», wie die Armee sie nannte, waren Adjutanten Seiner Lordschaft und in ihrem Benehmen den Regimentsoffizieren gegenüber durchaus nicht verbindlich. Wenn man natürlich das Glück hatte, Lord March zu treffen oder Ulysses de Burgh oder Fitzroy Somerset, dann nahm man die angenehmsten Erinnerungen an die «Familie» des alten Douro mit sich; aber es war ziemlich rätselhaft, wie Seine Lordschaft darauf verfallen war, sich einige von den anderen jungen Grünschnäbeln als Adjutanten auszusuchen.

Und dann waren da die Diener – eine gräßliche Bande fauler Taugenichtse, die in der ganzen Stadt herumwimmelten, in den Läden der Marketender herumbrüllten, sich in den *posadas* betranken, den Dörflern gegenüber arrogant waren. Wenn man einige Teller beim Zinnhändler erstehen wollte, mußte man sich doch tatsächlich den Weg durch eine laute Bande von Offiziersburschen an seiner Tür erzwingen – und wenn man versuchte, beim Marketender etwas Briefpapier zu erstehen, dann war zehn zu eins zu wetten, daß irgend so ein frecher privater Diener eines Stabsoffiziers einem das letzte Buch Papier vor der Nase wegschnappte und man einen erpresserischen Preis für das dünne, grobkörnige Foliopapier bezahlen mußte, das im Land selbst hergestellt wurde.

Wenn man aber die neuesten Nachrichten hören oder eine englische Zeitung sehen wollte, bevor sie Monate alt war, dann war es freilich besser, man kaufte in Frenada als in Almeida ein. Auch schnappte man hier die neuesten Lieder auf. Besonders zwei waren in jenem Winter sehr *en vogue*, und es mußte schon seltsam zugehen, daß man eine Stunde in Frenada verbrachte, ohne entweder *Ah, quel plaisir d'être soldat* oder *Ahé, Marmont* in den Straßen summen zu hören. Es waren aber auch sehr gute Schlager; es hieß, der alte Douro habe besonders *Ahé, Marmont* gern und verlange es oft bei seinen Gesellschaften.

Der alte Douro verließ Frenada im Dezember und ging auf sechs Wochen nach Cadiz. «Kann man ihm schwerlich verübeln!» sagten seine Soldaten und verbreiteten skandalöse Geschichten über seine mutmaßlichen Beschäftigungen dort. Staunen mußte man nur, daß ein Mann, in dessen Macht es lag, sich seine Stellung auszusuchen, ausgerechnet Frenada zu seinem Hauptquartier erwählt hatte. Was von einem übrigblieb, wenn sich die Flöhe und Wanzen an einem satt gefressen hatten, wurde von den eisigen Winden davongeweht, die durch die Straßen pfiffen; und es gab nicht eine einzige Frau in dem Ort, die es wert war, überhaupt angeschaut zu werden. Seiner Lordschaft, dem alten Gauner, war nur zu gratulieren – bei der Auswahl südlicher Schönheiten fürs Bett in Cadiz!

Mochte auch Frenada eine unappetitliche Stadt sein, das Land rundherum war äußerst malerisch, besonders in der Umgebung des Coa, eines wilden Flusses, der zwischen Massen verwitterter Felsen und durch großartige Schluchten dahinfloß, gesäumt von verkrüppelten Bäumen und den Ruinen ehemals befestigter Dörfer. Erinnerte einen ziemlich an die Erzählungen der Mrs. Radclyffe, dachten einige, mit unbehaglich viel Wölfen. Es war durchaus keine Gegend, in der man sich gern für immer niedergelassen hätte. Alles sehr schön und gut für Liebhaber des Romantischen, aber ein gewöhnlicher Mensch würde eine anmutigere und reichere Landschaft vorziehen. Eine der größten Schwierigkeiten bestand darin, genügend Futter für die Pferde aufzutreiben. Die Maultiere mußten meilenweit um Futter geschickt werden, und Hafer, wenn überhaupt zu haben, war entsetzlich teuer. Die Stabsoffiziere in Frenada sagten, Seine Lordschaft habe ganz offen davon gesprochen, im kommenden Jahr wieder in dem Bezirk zu überwintern; und als man darauf hingewiesen hatte, daß die Armee fast alle verfügbaren Ochsen aufgegessen habe, antwortete er mit seinem wiehernden Lachen: «Nun, dann müssen wir uns daranmachen, alle Schafe aufzuessen, und wenn die aus sind, dann, nehme ich an, müssen wir fortziehen.»

4

Zu Neujahr waren alle Sierras weiß von Schnee, und das Wetter war äußerst unfreundlich geworden. Die Soldaten hatten in Espeja einen «Trigger Club» gegründet, aber die Riflemen mußten ihr Lieblingsspiel «Nine Holes» aufgeben – es war wirklich zu kalt dazu und der Boden zu hart, als daß es gelohnt hätte. Es gab noch immer viel Krankheit, aber vielen war es gelungen, dem Spital zu entfliehen und zu ihrem Regiment zurückzukehren. Die meisten Rekonvaleszenten litten noch an Fieberanfällen, bei denen ihnen die Zähne klapperten wie Kastagnetten. Joe Simmons, der stolz sein Abzeichen eines Rifleman trug, war immer noch weit davon entfernt, gesund zu sein, aber George, der seine Laufbahn mit dem Medizinstudium begonnen hatte, kümmerte sich sehr um ihn und hoffte, daß er ihn bis zum Frühling in guter Kampfverfassung haben würde. Mittlerweile ließ er ihn schwer arbeiten. Joe mußte fünf Stunden am Tag studieren. Er knurrte ein bißchen, aber da sein zweiter Bruder, Maud, außer Reichweite war, gab es niemanden, der ihn zur Auflehnung ermuntert hätte, und so fügte er sich mit Anstand darein. George konnte seinen Eltern mitteilen, daß Joe zwei Zoll gewachsen war und es lernte, sich Mühe zu geben.

Für die Leichte Division waren einige Spanier angeworben worden, und ihre Vorgesetzten berichteten, daß sie erträglich in Form kamen. In einer Hinsicht waren sie wie die Portugiesen: wenn sie von ihren eigenen Offizieren befehligt wurden, neigten sie ganz dazu, sowohl beim Zurückweichen wie beim Vorgehen in ein Durcheinander zu geraten; aber wenn man gute englische Offiziere bei ihnen einsetzte, verhielten sie sich sehr gut. In absehbarer Zeit würden sie voraussichtlich ebenso verläßlich werden wie die Portugiesischen Caçadores, aus denen Marschall Beresford so ausgezeichnete Truppen gemacht hatte.

Auch andere Neuerungen gab es. Vor allem wurden die großen Eisenkessel gegen leichtere und kleinere Zinnkessel ausgetauscht. Anscheinend hatte Seine Lordschaft Zeit gehabt, sich von der Wut zu erholen, die ihn beherrscht hatte, als er sein Memorandum an die kommandierenden Divisions- und Brigadeoffiziere erlassen hatte, und hatte erkannt, wie sehr die unhandlichen Kessel schuld an der Saumseligkeit seiner Soldaten beim Abkochen waren. Die neuen Kessel wurden begeistert begrüßt, ebenso die Tschakos für Offiziere anstelle des Dreispitzes, der sie zum Ziel für jeden französischen Scharfschützen gemacht hatte.

Es herrschte allgemein die Meinung, daß vor Mai kein Vormarsch nach Spanien zu erwarten war, da die Pferde mindestens einen Monat Grünfutter brauchen würden, bevor sie für einen neuen Feldzug in Form waren. Natürlich wurden von England Remonten und frische Truppen geschickt, um die gelichteten zweiten Bataillone zu ersetzen, die in die Depots heimgekehrt waren.

Mittlerweile lief das Leben in der Armee wie gewöhnlich weiter. Einige legten sich spanische oder portugiesische Mätressen zu, so daß die Horde der Schlachtenbummlerinnen kurios vielsprachig wurde. Sie stritten sogar noch heftiger als die Irinnen, und es war ihnen zuzutrauen, daß sie mit dem Messer losgingen, wenn sie böse waren, aber das Essen, das sie in ihren irdenen *penellas* kochten, war es wert, sich mit ihrer Neigung zu Mord und Totschlag abzufinden.

Im Umgang mit der *penella*, die tagein, tagaus neben dem Feuer stand und von Zeit zu Zeit gedreht wurde, waren alle Spanierinnen sachkundig. Juana nahm Unterricht beim Padre und lernte es, ein Gericht so zuzubereiten, daß einem beim Duft allein das Wasser im Mund zusammenlief. Aber wenn Billy Mein, der herübergeritten kam, um mit den Smiths zu essen, Juana fragte, was sie in den Topf getan hatte, daß es derart gut schmeckte, schien sie es nie zu wissen, sondern antwortete nur vage: *«Oh, un poco de aceyte y una cabeza de ajos.»* Aber da alle ihre Eintopfgerichte immer wieder anders schmeckten, glaubte es niemand, und «ein bißchen Öl und eine Knoblauchzehe» wurde zum geflügelten Wort und zur stereotypen Antwort auf jede kulinarische Frage.

Billy Mein war oft im Quartier der Smith zu finden. Er pflegte nach Fuentes de Oñoro zu reiten, um mit Harry einen Grog aus schlechtem Rum zu trinken. Major Rowan war ebenfalls ein häufiger Gast, der Nachrichten von dem Oberst des Regiments brachte, die nach der Einnahme von Ciudad Rodrigo verwundet nach England geschickt worden war. Die Männer vom 52. Regiment wurden nicht eher froh, bis Obert Colborne wieder das Kommando haben würde, denn es gab keinen Offizier, der die Vorpostenarbeit gründlicher verstand und beliebter war. «Oh, wenn doch bloß Colborne da wäre!» stöhnten sie, wann immer etwas schiefging. Aber in dem Angriff auf Rodrigo war seine Schulter so schlimm zerschmettert worden, daß es fraglich war, ob er je wieder auf die Halbinsel zurückkommen würde.

Ende Januar erfuhren die Truppen zu ihrer Genugtuung, daß Beau Douro wieder unter ihnen weilte. Der Anblick seiner wohlbekannten Gestalt hatte immer eine höchst aufmunternde Wirkung auf die Armee. Man hoffte, daß sich Seine Lordschaft beim Festefeiern in Cadiz gut unterhalten hatte; er sah sehr gut aus und schien bester Laune zu sein, daher hatte er ohne Zweifel vor, König Joseph in dem kommenden Feldzug einige harte Püffe zu versetzen.

Anfang Februar mußten die Smiths, sehr zu ihrem Unwillen, ihre Unterkunft in Fuentes de Oñoro verlassen, um mit General Vandeleur nach Fuente Guinaldo zu gehen. Das Hauptquartier der Brigade war dorthin übersiedelt, um dem Spanischen Hauptquartier Platz in Fuentes de Oñoro zu machen. Niemand schätzte den Wechsel sehr, denn in Guinaldo war es viel kälter, abgesehen davon, daß es vierundzwanzig Meilen von Frenada entfernt lag. Die Smiths hätten den Padre mitgenommen, aber er hatte sich entschlossen, nach Vicalbaro zurückzugehen. Vielleicht hatte er das Kochen satt. In Guinaldo hatte Vandeleur viel mit Kriegsgerichtsprozessen zu tun. Er hatte den neuen Auditeur kennengelernt, einen Zivilisten, aber sehr angenehm, der auf einem schönen schwarzen Pferd von Frenada herübergekommen war und über das Leben der Armee erstaunt zu sein schien. Da er die Nacht zufällig im Quartier Vandeleurs verbrachte, begleitete er ihn zu einem Maskenball, der von den Offizieren der Leichten Division gegeben wurde. Alle Schönen von Guinaldo waren anwesend, einige als englische Offiziere verkleidet; ein unzarter Spaß, der Mr. Larpent ziemlich entsetzte; und alle bemerkenswert frei im Umgang mit den lustigen Light Bobs. Ja, ein verführerisch molliges Geschöpf war die Ursache eines Skandals. Sie schmiegte sich in einer bequemen Wandnische in die Arme von Vandeleurs drahtigem jungem Brigadeadjutanten, und, die Wange an die Aufschläge seiner Jacke geschmiegt, schnurrte sie ihn sanft an. Die Augen des Brigadeadjutanten glitzerten lachend durch die Schlitze seiner Maske; nach der Art zu schließen, wie sein Arm um die Taille seiner Partnerin lag, schien er ihren Avancen nicht unzugänglich zu sein; aber während ihn Mr. Larpent noch müßig beobachtete, stürmte eine wütende kleine Person in einem heftigen Gewoge befranster Röcke auf den Brigadeadjutanten los und versetzte ihm eine schallende Ohrfeige.

Der Brigadeadjutant sprang auf, schüttelte die mollige Dame ab und schaute drein, als hätte er große Lust, die Ohrfeige zurückzugeben. Seine Angreiferin attackierte ihn mit einer Sturzflut in leisem Spanisch, das Mr. Larpent nicht verstehen konnte; der Offizier zischte eine blitzschnelle Antwort in derselben

Sprache zurück, und gerade als sich Mr. Larpent ganz entsetzt in Bewegung setzte, um einzuschreiten, schlenderte ein sehr großer Mann in der grünen Uniform der Rifles herbei und zog das dunkle Geschöpfchen unwiderstehlich in einen Walzer, der eben begann.

Mr. Larpent entdeckte, daß General Vandeleur kichernd neben ihm stand. «Beim Zeus, der hat eine wilde Range geheiratet!» sagte der General. «Ein liebes kleines Seelchen das, nicht?»

Mr. Larpent konnte ihm nicht beipflichten. Juana, die immer noch hochrot und wütend mit Kincaid Walzer tanzte, sah nicht im geringsten wie ein liebes kleines Seelchen aus.

«*Malvada!*» schalt Kincaid sanft. «Was, glauben Sie, verdienen Sie dafür, in aller Öffentlichkeit eine Szene zu machen?»

«Das ist mir gleich! Ich wollte, ich hätte noch fester zugeschlagen!»

«Er hätte Sie umgebracht! Schauen Sie, Sie wissen doch genau, daß Ihr Benehmen eine Schande ist! Englische Damen ohrfeigen ihre Gatten nicht – wenigstens nicht bei Maskenbällen!»

«Ich bin aber keine Engländerin! Ich will keine Engländerin sein! Er ist mir untreu – *no se inquieta por nada*!»

«Sie kleines Teufelchen, es wird ihm gleich gar nicht gleichgültig sein, daß Sie ihn in aller Öffentlichkeit lächerlich gemacht haben! Außerdem wissen Sie, daß er sich nichts dabei denkt, wenn er gerade nur ein bißchen flirtet!»

«Er tanzt mit ihr!» sagte Juana mit zitternder Stimme.

«Natürlich! Das würde ich auch, wenn meine Frau daherkäme und mich ohrfeigte, nur weil ich den Arm um die Taille eines hübschen Mädchens lege!»

«Sie sind genauso gräßlich wie er, und ich gehe heim – *instantáneamente*!»

«Nein, nein, das können Sie nicht tun! Wenn Sie das tun, werden Sie alle auslachen!»

Juana informierte ihn mit zusammengebissenen Zähnen, daß sie von ihr aus die ganze Armee auslachen könne. Er führte sie am Ende des Tanzes vom Tanzboden und versuchte sie immer noch zu überzeugen, als die Kapelle den nächsten Walzer anstimmte. Juana sagte: «Entweder begleiten Sie mich jetzt heim, oder ich gehe allein!» und sah plötzlich Harry ohne Maske auf sie zustürmen.

«Den wirst du mit mir tanzen!» sagte Harry, packte ihre Hand und riß sie grob in seine Arme.

«Ich will nicht!» sagte Juana, aber doch ziemlich erschrocken.

Er beachtete es nicht, sondern begann, mit ihr Walzer zu tanzen. Er hielt sie stahlhart im Arm, preßte ihre Finger zusammen und sagte mit zornglühender leiser Stimme: «Was zum Hades ist dir eingefallen, mich zu schlagen? Antworte!»

«Das weißt du sehr gut, und wenn du mich nicht losläßt, tue ich es noch einmal!» flüsterte Juana.

Er schaute einen Augenblick auf sie herunter, mit weißem Gesicht, die Augen hell vor Zorn. «Das tu lieber nicht, *mi muchacha*!»

Juana dachte, daß sie es vielleicht lieber wirklich nicht tun sollte. Sie sagte: «Dann flirte lieber nicht mit dieser – dieser *ramera*!»

«Ich flirte, mit wem ich will, verdammt! Und laß mich ja nicht noch einmal dieses Wort hören! Wie wagst du es, eine solche Sprache zu führen?»

«Wenn ich ein schlimmeres Wort wüßte, würde ich es auch sagen! Ich werde alles sagen, was mir paßt!»

«Du bist ein vulgärer, dummer, eifersüchtiger, schlechtgeratener Balg!»

«Und du bist ein Wüstling!»

Harry lachte plötzlich verächtlich auf. «Es geschähe dir recht, wenn ich das wäre! Wenn du es je noch einmal wagst, mich in der Öffentlichkeit lächerlich zu machen, verlasse ich dich! *Comprende?*

Sie kam aus dem Takt; sie antwortete mühsam: «Du willst mich also los sein.»

«Sehr, wenn du mir einen derartigen Streich spielst!»

Die Musik hörte auf. Juana entwand ihm ihre Hand und ging zu Kincaid, der an der Wand lehnte. Er richtete sich auf und sagte: «Wissen Sie, Juana, Sie und Harry sind doch die besten Tänzer im Saal!»

«Ich gehe heim», sagte Juana mit halberstickter Stimme.

«Sehr gut», sagte Kincaid und bemerkte das Glitzern einer Träne auf ihrer Wange. «Dann begleite ich Sie.»

Eine leichte Schneekruste lag auf dem holprigen Pflaster, und die Nachtluft war sehr kalt. Juana zog die Kapuze ihres Kamelottmantels über den Kopf und ging stumm neben ihrem großen Begleiter dahin. An der Tür ihrer Unterkunft sagte er: «*Mi querida amiga*, Kopf hoch! Wenn schon Harry das Temperament einer Pfefferbüchse hat, so haben Sie das auch – das wissen Sie ja!»

«Ja», sagte Juana, «ich weiß es.»

Sie sagte gute Nacht und ging ins Haus. Das Feuer im Zimmer, in dem sie und Harry schliefen, war tief heruntergebrannt, und ein beißender Luftzug pfiff unter der wackligen Tür herein. Mit zitternden Händen legte Juana etwas Holzkohle in das Becken, warf ihren ganzen Putz ab, drehte die Lampe nieder und kroch vor Kälte zitternd ins Bett. Eine halbe Stunde später, immer noch schluchzend, hörte sie, wie die Haustür geöffnet und krachend zugeworfen wurde. Sie kroch unter der Decke ganz in sich zusammen, zog sie über den Kopf und biß in ihr feuchtes Taschentuch, um ihr krampfhaftes Schluchzen zu unterdrücken. Harrys schneller Schritt erklang; er kam in das Zimmer. «Juana!» sagte er scharf.

Sie lag mäuschenstill. Er dreht die Lampe wieder auf, sah die rührende Gestalt unter den Decken, ging zum Bett und zog unerbittlich die Decke vom Kopf seiner Frau zurück. «Tu nicht so, als schliefest du!» sagte er wütend. «Wenn das nicht die Höhe ist! Zuerst schlägst du mich, dann –» Er brach ab und sein Zorn verrauchte beim Anblick von Juanas nassen Wimpern und zitternden Gliedern ganz plötzlich. «Oh, du schlechter, goldiger kleiner Racker!» rief er aus und nahm sie in die Arme. «Weine nicht, weine doch nicht, mein armes Baby! Es war ganz meine Schuld!»

«O nein, o nein!»

«Du dummes, schlimmes Kind, du bist ja eiskalt! Willst du dir den Tod holen, du Schlechte?»

«Das ist mir gleich, denn du w-willst mich los sein!»

«Nein!»

«Du hast es gesagt!»

«Nein, nein, das habe ich nicht gesagt!»

«Aber doch, und ich will einfach sterben!» weinte Juana.

«Wenn ich das gesagt habe, war das eine gemeine Lüge! *Mi queridissima muger!*»

«O mein Enrique, es tut mir so schrecklich leid!» sagte Juana und warf die Arme um seinen Hals. «Es war schlecht von mir, daß ich dich geschlagen habe, und vulgär und – und schlechtgeraten, und sie war bestimmt nicht das, was du mir verboten hast, zu sagen! Und vielleicht hast du doch nicht mit ihr geflirtet, und es war nur meine ganz schlechte Eifersucht!»

«Ach, ach!» sagte Harry und küßte sie zuerst auf das eine und dann auf das andere Augenlid. «Ich habe geflirtet, und sie hat auch geflirtet, und ich verdiene zwei Ohrfeigen!»

«*O malvado!*» sagte Juana und lachte unter Tränen. «Du Schamloser!»

«Wüstling!» grinste Harry. «O Juana, du absurdes Baby, was sollte ich ohne dich anfangen?»

5

Sie stritten nie wieder, selbst dann nicht, als die Damen von Guinaldo Bänder an Harrys Jacke knüpften und ihm auf der Straße Kußhände zuwarfen. Zum Glück waren die Grünröcke nicht so beliebt wie die Offiziere des Zweiundfünfzigsten, die jetzt in der Stadt im Quartier lagen und von den Einheimischen so umschmeichelt wurden, daß es ein Wunder war, wenn es ihnen nicht die Köpfe verdrehte.

Verstärkungen der Kavallerie, die aus England ankamen, erregten einige Bewunderung, aber auch ziemlich viel Spott bei den schäbigen, wetterharten Veteranen des spanischen Krieges. «Zart und schön wie die Lilien!» spöttelte Hauptmann Leach, als er einer Schwadron der Life Guards in all ihrer unbefleckten Pracht begegnete.

Cadoux schüttelte den Kopf und murmelte sehnsüchtig: «Wenn ich es mir leisten könnte, ich glaube, ich würde in ein Kavallerieregiment überwechseln. Wirklich, man könnte schwer schickere Uniformen finden! Ich tue natürlich, was ich kann, aber man ist schrecklich behindert.»

«O nein, verlaß uns nicht!» bat Jack Molloy. «Du könntest deiner Vorliebe für Phantasiewesten nicht frönen, wenn du zu den Life Guards gingest!»

«Wahr, sehr wahr!» sagte Cadoux und kniff seine schläfrigen Augen zu dem versteckten Lächeln zusammen, das Harry nie zu merken schien. «Außerdem habe ich gerade jetzt eine so hübsche neue für die Gesellschaft.»

«Oh, gehst du hin?» fragte Molloy. «Mir hat niemand eine Einladung geschickt.»

Ja, Cadoux – der seine Einladung durch Gott weiß was für unterirdische Kanäle erhielt, sagten seine Kameraden – ging natürlich zu der Gesellschaft. Es war ihm jedoch nicht gelungen, sich eine Einladung zum Diner zu verschaffen.

Die Gesellschaft wurde von Lord Wellington gegeben, in Ciudad Rodrigo, anläßlich der Verleihung des Bathordens an General Lowry Cole. Sie würde aus einem erlesenen Diner bestehen, mit nachfolgendem Ball und Souper. Da Seine Lordschaft noch nie eine seiner großartigen Gesellschaften in Rodrigo gegeben hatte – er war zum Duque dieser zerschossenen Stadt gemacht worden –, lag ihm sehr daran, die Sache in großem Stil zu machen. Alles Silbergeschirr des Hauptquartiers wurde mit Beschlag belegt; ganze Wagenladungen Gläser wurden von dem fünfundzwanzig Meilen entfernten Almeida geschickt; und sowie Oberst Colin Campbell, der den Haushalt Seiner Lordschaft führte, meldete, in Rodrigo gebe es keine Möglichkeiten, die Speisen zu einem Bankett zuzubereiten, wurden Vorkehrungen getroffen, um ein vorgekochtes Diner auf Karren und Maultierrücken aus Frenada herbeizuführen. Colin Campbell fluchte und sagte in seiner groben Art, er könne sich nicht vorstellen, was einen vernünftigen Mann so verrückt mache, daß er sich nur um eines Diners willen in eine derartige Mühe stürze. Aber Seine Lordschaft liebte Gesellschaften und sah nicht ein, daß es auch nur die geringste Mühe von der Welt machen sollte, jedes Gericht siebzehn Meilen weit herbeizuschaffen. Man verlasse sich darauf, den Köchen des Hauptquartiers mache das überhaupt nichts aus.

Harry, der seinen Brigadegeneral zufällig dienstlich nach Frenada begleitete, hatte das Glück, von Seiner Lordschaft bemerkt zu werden. Seine Lordschaft konnte den jungen Smith gut leiden, der nie um Urlaub ansuchte, nie gerade dann krank wurde, wenn man ihn am meisten brauchte, und er erinnerte sich, daß er mit der charmanten Repräsentantin einer der besten Familien Estremaduras verheiratet war. Er sagte ihm, er müsse bestimmt seine kleine *guerrière* zum Ball bringen, und versprach ihm eine Einladung.

Harry meinte, daß zwanzig Meilen zu weit seien, um seine Frau mitzubringen, aber Juana klärte ihn schnell über den Irrtum auf.

«Du wirst zu müde zum Tanzen sein», sagte Harry.

«Zum Tanzen bin ich nie zu müde», antwortete Juana schlicht.

So gingen denn auch die Smiths zu der Gesellschaft, und Harry ritt bis nach Almeida – keine kleine Reise von Guinaldo –, um dort den allerschönsten Braganza-Schal für seine Juana zu kaufen.

Cadoux näselte, er würde es sich angelegen sein lassen, mit Juana zu tanzen, um Harry zu ärgern.

«Ich bezweifle, ob er das wird», sagte Kincaid. «Und warum überhaupt ärgern?»

«Aber weil er mich auch ärgert», sagte Cadoux anklagend. «Man kann mit ihm einfach nicht auskommen. Wohin man auch geht, Smith ist da – ein magerer kleiner Teufel, der Lärm für zwei seiner Größe macht, nie stillhält, sich einbildet, keiner außer ihm könne etwas tun, und immer so verdammt sicher, daß es nichts gibt, was er nicht könnte, wenn er nur wollte.»

Kincaid lachte, sagte aber: «Oh, Harry prahlt fürchterlich! Das wissen wir alle. Aber er ist ein verdammt guter Stabsoffizier, Dan. Wenn du unter einem von den wirklich Schlimmen gedient hättest, wie ich sie in meiner Laufbahn getroffen habe, würdest du Gott für einen Harry Smith danken. Nie ist er müde –»

«Das finde ich sehr ärgerlich», murmelte Cadoux. «Wenn jeder Mann in der Brigade umfällt vor Müdigkeit, gehört es sich nicht, so voller Energie zu sein.»

Kincaid lächelte, schüttelte aber den Kopf. «Alles sehr schön, aber die Mannschaften würden dir nie recht geben. Sie wissen, gleichgültig, was Tag oder Nacht los war oder was für eine wilde Schlacht auch immer im Gange ist, Smith wird nie eher aus dem Sattel steigen, bevor er nicht jeden einzelnen Mann in der Brigade in Deckung gesehen hat.»

«Er verflucht sie in Grund und Boden», beschwerte sich Cadoux.

Aber die Männer machten sich absolut nichts aus den schauerlichen Verwünschungen, die ihnen Harry in heiklen Augenblicken an den Kopf zu werfen pflegte. Während einer Schlacht gab es keinen Fluch, der nicht in seinem Vokabular stand, aber ein Offizier, der das schlimmste Granatfeuer mit ihnen teilte und sich in ihrem Interesse bis auf die Knochen abschindete, konnte sie sowohl persönlich wie kollektiv herzlich gern mit den zotigsten Schimpfwörtern bedenken, die ihm nur einfielen.

Es war kaum zu erwarten, daß er und der stutzerhafte Cadoux, der immer nur leise sprach, sich je vertragen würden, aber Offiziere, die beide gern hatten, versuchten immer wieder, die guten Seiten des einen dem anderen aufzuzählen. George Simmons sagte, die törichte Feindschaft sei größtenteils Cadoux' Schuld, weil er keine Gelegenheit vorbeigehen ließ, um Harrys lebhaftes, intolerantes Temperament zu reizen.

Aber als Cadoux am Ball Lord Wellingtons mit Juana Walzer tanzte, kümmerte das Harry wenig. Juana tat ihm leid, daß sie sich mit einem solch wertlosen, oberflächlichen Kerl abgeben mußte, und er zuckte nur verständnislos die Achsel, als sie sagte, sie fände Cadoux einen wirklich angenehmen Gesellschafter.

Der Ball war ein großer Erfolg, und alle außer Colin Campbell und dem spanischen General O'Lalor, die für das Arrangement verantwortlich waren, unterhielten sich großartig. Man hatte das beste Haus, das noch in der Stadt übriggeblieben war, genommen, und die Verwüstungen der Belagerung wurden mit einigen sehr schönen Wandbehängen aus gelber Damastseide verdeckt, die aus dem Palast St. Ildefonso fortgebracht und in Rodrigo versteckt worden waren, um sie vor den Franzosen zu retten. General O'Lalor hatte sie entdeckt, sie wurden zeltartig im Ballsaal aufgehängt und sorgten sowohl für eine prunkvolle Atmosphäre wie für einen gewissen Schutz vor dem kalten Luftzug, der durch ein großes Loch in der Decke, die von einer Kanonenkugel in das Dach geschlagen worden war, eindrang. Die Speisesäle waren mit karmesinroter Seide und Gold verkleidet und sahen ebenfalls sehr gut aus. Rotwein, Champagner und Wein aus Lamego, der wie der beste Portwein schmeckte, waren aus Frenada gebracht worden; das Diner, über das sich die aufgeregten Köche die Haare rauften, schien nicht darunter gelitten zu haben, daß es zum Teil siebzehn Meilen weit weg zubereitet worden war; und an Silbergeschirr des Hauptquartiers war soweit genügend vorhanden, daß es für jeden Gast während des Mahls einen Tellerwechsel gestattete. Eine fluchende Schar Offiziersburschen schwankte hinter den Kulissen mit ungeheuren Kesseln voll heißen Wassers herum und wusch zwischen den Gängen alle Löffel und Gabeln in fieberhafter Eile; und die Kapelle des 52. Regiments spielte nach dem Diner die neuesten Tanzmelodien auf.

Im Ballsaal war es ziemlich kühl, und es gab ein gefährliches Loch im Parkett; aber das Tanzen machte einem bald warm, und was das Loch betraf, so lag eine Matte darüber und daneben war ein Mann aufgestellt, der aufpassen mußte, daß niemand mit dem Fuß hineingeriet, so daß auch das keine besondere Rolle spielte.

Lord Wellington, der bis halb vier Uhr nachmittags in Frenada hart an der Arbeit gewesen war, ritt pünktlich zum Diner nach Rodrigo hinüber und erschien mit allen seinen Orden. Er war die Seele der Gesellschaft. Mehrere Male tanzte er selbst, zog seinen Stab auf, flirtete mit den hübschesten Damen, blieb zum Souper und ritt im Mondlicht nach Frenada zurück, durchaus mit der Absicht, mittags wieder in seinem Büro zu sein. Von seiner «Familie» war nur Oberst Gordon zu bewegen, mit ihm zurückzureiten. Alle anderen hatten sich eine Unterkunft in der Stadt besorgt, so daß die Gesellschaft erst um fünf Uhr früh zu Ende ging. Nachdem Seine Lordschaft gegangen war, wurde es ein bißchen derb, und Harry brachte Juana in ihr Quartier. Als er sie jedoch sicher zu Bett gebracht hatte, ging er zum Ball zurück und kam gerade zurecht, um den aufgeregten spanischen Gästen beizubringen, statt ihren Vivas Hipphipphurra zu brüllen. Ein Trinkspruch jagte den anderen, wobei die beliebtesten waren «Auf den nächsten Feldzug!» und «Tod allen Franzosen!» Gleich darauf schien es ein guter Einfall zu sein, den jungen Prinzen von Oranien auf einem Sessel durch den Saal zu tragen, aus keinem besonderen Grund als dem, daß er ein netter Junge war und sie ihn gern hatten. Der Gedanke zog, und der nächste, der herumgetragen wurde, war General Vandeleur. Damit aber hörte es auch schon wieder auf, denn die Träger des Generals waren entschieden angesäuselt und ließen ihn fallen.

Harry kehrte zu seiner Juana zurück, als schon das Tageslicht durch die Läden schien, und taumelte neben sie ins Bett mit einem schauerlichen Stöhnen, das sie weckte. Sie setzte sich auf, sah, daß er den Kopf in das Kissen vergrub, und fragte: «Nanu, was ist denn los? Bist du krank?»

«Nein. Betrunken», sagte Harry mit verquollener Stimme.

Juana kicherte. «Gräßlicher Mensch!» sagte sie, kuschelte sich wieder hin und zog seinen Kopf an ihre Schulter. «Dann schlaf lieber – du wirst gleich fürchterlich Kopfweh haben.»

Er legte einen schweren Arm quer über ihren Körper. «Du bist doch die Beste von allen, m'Darling», sagte er schläfrig.

Bis April waren vier von den invaliden Generalen nach Spanien und zur großen Erleichterung der Armee Murray auf seinen alten Posten als Generalquartiermeister zurückgekehrt. Der elegante Kommandant der Kavallerie, Stapleton Cotton, war immer noch in England und quälte Lord Bathurst bis aufs Blut – behauptete der respektlose Stab des Hauptquartiers –, ihm den Titel eines Peer zu verschaffen; aber niemand zweifelte daran, daß er rechtzeitig zum kommenden Feldzug bei der Armee zurück sein würde. Ob er nun mit oder ohne Peer-Titel zurückkam, eine Wagenladung schicker neuer Uniformen würde er bestimmt mitbringen, meinten seine Offiziere, denn er war ein nobler Graf, und es hieß von ihm, wenn voll ausstaffiert, Mann samt Pferd, sei er nicht einen Pfennig weniger als fünfhundert Pfund wert.

General Clinton war weiterhin abwesend, General Picton zu seiner Divison zurückgekehrt, und so wurde Pakenham zum Kommandeur der Sechsten Division ernannt. Sein Verhältnis zur Dritten Kampfdivision war nach allgemeinem Urteil ausgezeichnet gewesen, und den Männern tat es leid, daß er ging. Andererseits waren sie an den guten alten Picton gewöhnt und hatten ihn samt seiner Grobheit gern; und als er bei ihnen eintraf, disreputierlich wie eh und je aussah, in einer Travestie von Uniform und mit einer großen Bibermütze, ließen sie ihn – zu ihrer eigenen wie zu seiner Überraschung – hochleben.

In der Armee wurde nun von nichts anderem als einem Vormarsch gesprochen. Die Neuigkeiten von dem Debakel Napoleons in Rußland hatten Spanien erreicht; und Wellington, der im Jahr vorher geschrieben hatte: «Ich erschauere, wenn ich über die ungeheure Aufgabe nachdenke, die ich auf mich genommen habe», und im November die Aussichten auf eine erfolgreiche Kampagne noch für äußerst düster gehalten hatte, sprach nun in bester Laune davon, so bald wie möglich das Glück herauszufordern. Er hatte jedoch nicht vor, den ihm unterstellten spanischen Streitkräften irgendeine gesonderte oder wichtige Aufgabe anzuvertrauen, ja, er wollte sogar so wenige spanische Regimenter in dem Feldzug einsetzen, wie er es nur wagen konnte. «Ich habe noch nie erlebt, daß die Spanier etwas getan hätten, geschweige denn etwas gut getan hätten», sagte Seine Lordschaft bissig.

Zu Beginn des Winters waren die drei französischen Armeen, die den Alliierten gegenüberstanden, über einen ungeheuer großen Landstrich kantoniert; Soult hielt mit der Südarmee Toledo, Avila und einen Teil von La Mancha besetzt; die Armee von Portugal bildete ein Dreieck zwischen Palencia und Valladolid, wobei Zamor dessen Spitze bildete. Zwischen diesen beiden Armeen breitete sich die Mittelarmee des Königs Joseph aus; aber im März erreichten Wellingtons Hauptquartier durch Guerilleros und Offiziere des Nachrichtendienstes Informationen von beträchtlichen Truppenbewegungen. König Joseph war Soult endlich losgeworden, der im Februar abging, um seinem Kaiser zu helfen, eine neue Armee für Deutschland zu bilden. Er nahm sein ganzes andalusisches Plündergut mit sich, einschließlich einer kompletten Galerie Murillogemälde; und Joseph begann die Südarmee einzuziehen, bis sie zwischen Madrid und dem Douro lag.

Die Franzosen hatten einen unbehaglichen Winter verbracht, bedrängt von Guerilleros, die sie wie lästige Wespen angriffen und von Aufständen der Einheimischen. Im Norden, in Navarra und Santander, einem äußerst gefährlichen Teil des Landes, waren diese Aufstände ernst genug, um ihnen sehr viel zu schaffen zu machen, denn der Guerillaführer Longa war nicht nur ein echter Kämpfer, sondern der britische Admiral Sir Home Popham ließ außerdem zu seiner Unterstützung reichlich Munition und Vorräte in das Land strömen. Clausel wurde nach Norden geschickt, um dieser Bedrohung Herr zu werden, und durch seinen Abgang wurde die Ebene von León für den alliierten Vormarsch frei. Als König Joseph sein Hauptquartier nach Valladolid verlegte, verlor Suchet, der von den englischen Streitkräften im Mittelmeerraum sehr geplagt wurde, den Kontakt mit ihm. Kein Wunder, daß Lord Wellington guter Laune war. Einige seiner Bataillone waren zwar natürlich weit unter voller Stärke, aber mit Briten und Portugiesen zusammen war zu erwarten, daß er mit über sechzigtausend Infanteristen und achttausend Kavalleristen marschieren konnte. Zählte man die Artillerie hinzu, die Pioniere, sein frisch berittenes Stabskorps und alle übrigen Armeeabteilungen, konnte er eine Streitmacht von einundachtzigtausend Männern ins Feld werfen, die meisten von ihnen zudem bewährte Truppen.

Im Mai versetzte die Neuigkeit, daß die Diener im Hauptquartier eifrig den Rotwein Seiner Lordschaft verpackten, die Armee in gespannte Erwartung. Acht auffallende graue Hengste wurden von Lissabon nach Frenada gebracht, um vor den Reisewagen Seiner Lordschaft gespannt zu werden, ein Geschenk des Prinzregenten. Als sie das erste Mal vor die Kutsche gespannt wurden, geriet einer von ihnen rittlings auf die Deichsel, ein zweiter stieg und stürzte nach hinten, und alle acht benahmen sich, als seien sie noch nie eingespannt gewesen. Die laut zum Ausdruck gebrachte Meinung der schwitzenden Stallburschen Seiner Lordschaft war, daß seine sechs alten Maultiere die Sache viel besser verrichten würden; aber nach sehr viel Dressur fingen die Grauen an, recht gut im Geschirr zu gehen und würden den Zug Seiner Lordschaft durch Spanien sicherlich zu einem schönen Schauspiel machen.

Am 17. Mai hielt Seine Lordschaft eine Truppenschau der Leichten Division auf der Ebene von Espeja ab und schien über ihr Aussehen erfreut zu sein. Die Mannschaften waren neu ausgerüstet worden, und obwohl ihre Reihen noch immer durch ziemlich viele Krankheitsfälle gelichtet waren, boten die beiden Fronten, die zur Inspektion aufgezogen waren, einen eindrucksvollen Anblick. Die Leichte Division mit drei Kavalleriebrigaden sollte die Mittelkolonne des Marsches bilden, und wenn noch etwas nötig gewesen wäre – sagten kritische Seelen aus anderen Divisionen –, um sie noch aufgeblasener vor Einbildung zu machen, war es das Wissen, daß Lord Wellington persönlich mit ihr gehen würde.

Über das Datum des Aufbruches vom Winterquartier war nichts Genaues bekannt. Der Marschbefehl wurde täglich erwartet, kam aber nicht. Gerüchte besagten, daß sich der Pontonzug verspätet habe. Inzwischen hatte sich der gute Douro schwer verkühlt, und die Soldaten lungerten herum, verfluchten die Pioniere und fingen Forellen und Plötzen, von denen die Flüsse überquollen.

Die gute Laune Seiner Lordschaft hatte die Armee angesteckt. Von einer Wiedereinnahme Madrids war keine Rede mehr. Allen war es klar, daß Seine Lordschaft auf ein weit größeres Unternehmen aus war und vorhatte, die Franzosen über die Pyrenäen zu jagen. Und das würde ihm auch gelingen, schworen seine Truppen. «Nächsten Winter zurückkommen? Nicht wir! Da werden wir in Paris sein!» sagte ein Optimist und packte leichten Herzens seinen Wintermantel weg, um ihn ins Depot zu geben. «Verdammt gut, daß wir unsere Mäntel nicht mehr selbst mitschleppen müssen, wie sonst immer, und erst die neuen Zelte, gar nicht davon zu reden, daß die Drecks-Eisenkessel für die zinnernen da ausgetauscht wurden, ich kann mir nicht denken, was uns da noch halten könnte.»

«Übernimm dich nur nicht!» gab ein prosaischerer Freund zurück. «Sehr wahrscheinlich werden wir uns ohne unsere Mäntel zu Tode frieren!»

7

«Marschbereit? Wann brechen wir auf?» fragten Harrys Freunde und versuchten, etwas aus ihm herauszukriegen.

Aber Harry war noch nie so wenig marschbereit gewesen. Er war außerdem in einer fürchterlichen Laune und schnauzte jeden an. Als die Brigade nach Guinaldo gekommen war, hatte er sechs großartige Pferde gehabt, aber das Winterquartier war, wie er schmerzlich zugab, kein Festfressen für seinen Stall gewesen. Das andalusische Pferd, in Alcala gekauft, hatte er damit umgebracht, daß er es auf einer sehr schweren Strecke, als er mit Stewarts Meute auf Hasenjagd war, durch zwei Flüsse gehetzt hatte; und von den übrigen fünf waren nur zwei verwendungsfähig. «Wenn ich jetzt hinfalle, breche ich mir bestimmt das Nasenbein, ein derart verteufeltes Pech habe ich momentan!» sagte Harry wild.

«Ich habe dir gesagt, daß du ein rücksichtsloser Reiter bist», sagte Stewart aus einer Wolke Zigarrenrauch. «Was ist mit Old Chap los?»

«Hat sich einen Nagel in die Hinterhand eingetreten. Wird monatelang nicht zu reiten sein!»

«Leichtsinniger Kerl! Ich überlasse dir keine Pferde mehr», hänselte ihn Stewart.

Aber Harry war mit der ganzen Welt über Kreuz. Seine mißliche Lage war aber auch wirklich schlimm genug, um selbst das ausgeglichenste Gemüt auf eine harte Probe zu stellen, und die Verfassung seines Stalles war durchaus nicht seine eigene Schuld. Eine englische Stute, ein sehr verläßliches Reitpferd, hatte sich eine Fessel verrenkt; und Tiny, die nun Juana gehörte, hatte die schwere Futterkrippe im Stall heruntergerissen und sich den Huf der Vorderhand schwer beschädigt. Damit blieben für beide Smiths nur zwei Pferde, eines ein gutes Schlachtroß, das andere eine Vollblutstute, sehr auffallend, aber schwerfällig.

«Sie glauben wohl, daß ich Sie mit Pferden versorge?» sagte Vandeleur und versuchte, streng dreinzuschauen.

«Tja, wenn Sie es nicht tun, Sir, dann weiß ich nicht, wie ich zurechtkommen soll», antwortete Harry kühl.

«Verdammte Unverschämtheit!» sagte Vandeleur. «Ein feiner Zustand für einen Brigadeadjutanten! Na ja, ich glaube, ich kann Ihnen hie und da eines von meinen Pferden überlassen.»

Als der Marschbefehl endlich erging, kam er ganz plötzlich, zur Mitternacht des 20. Mai. Beim Morgengrauen wurde die ganze Division im Dorf San Felices el Chico versammelt und es ging wie bei einem gesellschaftlichen Ereignis zu. Freunde, deren Quartiere für gegenseitige Besuche zu weit auseinander gelegen waren, trafen einander lachend wieder und schlugen einander auf die Schulter; alte Späße wurden aufgewärmt und viele Fragen gestellt. Hatte einer ein frisches Maultier, wurde es begutachtet; und man erkundigte sich selbst nach den unbedeutendsten Leuten, wie portugiesischen Ziegenhirten oder schlehdornäugigen Liebchen.

Die Armee marschierte in drei Hauptkolonnen; Girons galicische Streitmacht marschierte aus dem Norden an, um sich den sechs Divisionen unter Graham anzuschließen, die den Douro in Portugal überschreiten und Richtung auf Braganza nehmen sollten. Diese bildeten den linken Flügel der Armee, Hill mit drei Divisionen den rechten; er marschierte zum Tormes.

Die Leichte Division mit ihren alten Freunden, den deutschen Husaren Arentschildts, passierte Ciudad Rodrigo und kampierte am Yeltes. Alle waren in Hochform; die neuen Zelte – je eines für zwanzig Männer – verwandelten die Biwaks zu höchst luxuriösen Lagern – eine große Verbesserung gegenüber einer Pferdedecke mit Schlingen, auf Stöcken aufzuspießen, sagten die Soldaten.

Sie marschierten durch ein Territorium, das sie das letzte Mal unter einem bleiernen Novemberhimmel gesehen hatten, und alle gaben zu, daß es nicht wiederzuerkennen sei. Die Männer erinnerten sich an den Morast, die im Schlamm versunkenen Baumstrünke, an denen sie sich ihre mit Blasen übersäten Füße wundgestoßen hatten, an den Regen, mit Schnee vermischt, den beißenden Wind, und sie schauten um sich, als könnten sie kaum ihren Augen trauen. Ein blauer Himmel, eine warme Sonne, grüne Grasflächen waren etwas, das sie mit diesem Landstrich nie in Verbindung gebracht hätten. In San Muñoz schien dieser Kontrast besonders groß zu sein. Der Strom, über den Juana mit ihrem Pferd geschwommen war, war zu einem freundlichen Flüßchen mit nur knietiefen Furten zusammengeschrumpft.

Sie rasteten hier einen Tag lang. Jonathan Leach ging mit seinen subalternen Offizieren Weißfische fangen und briet sie nachher in einer flachen Pfanne. Einige Mannschaften fischten ebenfalls, aber die meisten faulenzten am Ufer herum, erinnerten einander an das aufgeregte Scharmützel vor sechs Monaten und verglichen ihre gräßliche Eicheldiät von damals mit ihren jetzt wohlgefüllten Menagekörben.

Die Life Guards und die Blauen schlossen sich an diesem Tag der Kolonne an, große Burschen auf glänzenden Pferden, alle in bester Verfassung. Die sonnverbrannten, wetterharten alten Krieger beurteilten sie insgeheim als eine prächtig aussehende Bande, aber natürlich verbargen sie ihre Bewunderung und zogen die Neuankömmlinge auf. «Wartet nur, bis es ein bißchen Dienst und Hungerei gibt, und dann redet!» riefen sie den in ihrer Pracht erstrahlenden Soldaten zu. «Ihr habt einfach nichts getan, als in der günstigsten Zeit daherzukommen, weiter nichts, in der Jahreszeit, wo es natürlich Gras gibt!»

«Gott behüt mich, ob ich schon je einmal eine so verfluchte Bande von Grünschnäbeln gesehen habe!» bemerkte ein Rifleman, der mit aufgestütztem Kinn auf dem Bauch lag.

«Halt deine Zunge im Zaum, Bürschchen. Frisches Leder dehnt sich», sagte ein knochiger Schotte.

«Wird es auch müssen. Irgendwer hat den benebelten Hyde-Park-Soldaten aufgeschwätzt, daß der Feind irgendwo in der Gegend steckt, und wenn sie jetzt nur einen *burro* vor sich sehen, bilden sie sich schon ein, daß sie auf die Nachhut vom Johnny Crapaud gestoßen sind.»

Die Household Kavallerie, die sich ihrer Unerfahrenheit peinlich bewußt war, schien tatsächlich zu erwarten, daß sie hinter jedem Busch einen Franzosen finden müßte. Sie waren alle voll Eifer, aber das würde sich schon legen, meinten die Zyniker. Sie verwendeten viel Zeit darauf, ihre Ausrüstung zu reinigen, und das würde sich auch noch legen.

«Mein lieber Freund, also wirklich, mein lieber Freund, ist es denn wirklich nötig, daß Ihre Leute so – so verdammt abgerissen ausschauen?» fragte einer ihrer Offiziere Kincaid. «Nun glauben Sie bitte ja nicht, daß ich kritisieren will! Man weiß, was für großartige Soldaten ihr habt, aber auf mein Wort, als ich sie zum erstenmal daherlatschen sah – wirklich, ich war entsetzt!»

Kincaid, in dessen Zelt der Offizier zum Abendessen eingeladen war, füllte dessen Glas nach und sagte: «Mein armer Grünschnabel, als hingegen meine Leute Ihren Haufen sahen, alle so rosig und hübsch und blankgeputzt, sagten sie, ‹viel Kleie, wenig Brot›. Ich natürlich sage das nicht. Ich bin überzeugt, ihr werdet alle großartige Soldaten sein, wenn ihr euch erst einmal die Milchzähne ausgebissen habt.»

«Aber, aber, das ist zu schlimm!» protestierte sein Gast errötend und lachend. «Natürlich sind wir nicht nach Spanien gekommen, um euch Burschen weise Lehren zu geben, aber man muß unwillkürlich meinen – es fällt einem wirklich auf, wie verdammt leichtsinnig ihr seid! Jedenfalls nicht das, was ich darunter verstehe, auf der Hut zu sein, verstehen Sie?»

«Wovor zum Hades sollen wir eigentlich auf der Hut sein?» erkundigte sich Kincaid überrascht.

«Nun, der Feind so ganz in der Nähe –»

«Da muß Sie aber rein jemand zum Narren gehalten haben!»

«Nein, wirklich! Schauen Sie, wir haben doch tatsächlich heute morgen einige ihrer Pferde gefangen! Das ist es, was ich meine. Sie scheinen nicht zu –»

«Einige ihrer Pferde gefangen?» unterbrach Kincaid. «Wovon reden Sie? Ich jedenfalls habe nichts von einem Feind vor uns gehört!»

«Sie vielleicht nicht, aber –»

«Zum Teufel das ‹ich vielleicht nicht›! Ich bin der Stabsoffizier vom Dienst!» Soeben betrat der Korporal der Wache mit dem Parolebuch das Zelt. Kincaid streckte die Hand danach aus und sagte: «Fahren Sie nur fort – erzählen Sie mir mehr über Ihre mysteriösen Pferde.»

«Mysteriös! Sie können kommen und sie selbst sehen, wenn Sie mir nicht glauben!»

Kincaid hob die Augen vom Parolebuch. Sie schauten ehrfuchtsvoll drein; aber seine Stimme schwankte kaum merklich. «Waren es – könnten es – Pferde leichter Dragoner gewesen sein?» fragte er.

«Ja gewiß waren sie das! Was zum Teufel ist denn jetzt los?»

Kincaid war in brüllendes Gelächter ausgebrochen. «Habt ihr euch aber angeschmiert!» keuchte er. «Das werdet ihr nie wieder los! Da steht alles drin, im Parolebuch. Belohnung für die Ergreifung der Diebe, außerdem! Verdammich, wenn ich mir die nicht hole!»

«Belohnung? Diebe?» stammelte sein Gast. «Sie wollen doch nicht sagen – daß das etwa unsere Pferde waren?»

«Genau das waren sie!» versicherte ihm Kincaid. «Auf die Weide geschickt – und ihr habt sie gemaust!»

8

Am 7. Juni kam für die Division Palencia in Sicht, aber der Feind zog sich immer noch zurück. In Salamanca war die Nachhut, die vom Feind in der Stadt gelassen worden war, von leichter Kavallerie verfolgt und ziemlich zugerichtet worden; und am 2. Juni, auf der Straße nach Toro, hatte das Zehnte Husarenregiment einen glänzenden Angriff geführt und zweihundert Gefangene gemacht.

Der Douro wurde mit Hilfe von Brettern und fliegenden Brücken überschritten, da mehrere Bögen der Brücke bei Toro zerstört worden waren. Als die Armee den Fluß überschritten hatte, betrat sie ein sonnverbranntes, ausgedörrtes, fast baumloses und schlecht bewässertes Land. Das Wasser in den wenigen kleinen Flüssen schmeckte brackig; die Sonnenglut war fürchterlich; die Männer begannen sich an die glühenden Märsche von Salamanca zu erinnern. Die Männer der Household Kavallerie verloren ihren frischen Teint, litten Todesqualen von den Brandblasen auf der Haut, die alle Stadien von brennendrot bis zum endgültigen Lederbraun durchmachte. Weißer Staub bedeckte die glänzenden Stiefel, und Schweiß verfärbte die Uniformen.

«Beißt die Zähne zusammen, beißt sie nur hübsch fest zusammen!» sagten ihnen die alten Soldaten, wenn sie unter der ungewohnten Hitze stöhnten. «Ihr wißt noch nicht, was Hitze wirklich ist!»

Es regnete, gerade nur so viel, daß der Kalkboden schlüpfrig wurde. Auf einer Böschung rutschte die Stute, die Juana ritt, aus, stürzte und fiel auf sie. Die Stute krabbelte wieder hoch, aber nach einem Versuch, sich aufzurichten, wimmerte Juana und biß sich auf die Unterlippe.

«Haben Sie sich verletzt, Gnädigste?» fragte West ängstlich. «Das ungeschickte Vieh! Ich wußte doch, daß wir gleich am Anfang Pech haben würden!»

Ziemlich blaß um die Lippen, sagte Juana schwach: «Mein Fuß – ich habe mir den Fuß verletzt. Ich glaube nicht, daß ich auftreten kann.»

Zum Glück war sie mit der Kolonne geritten, so war Harry in wenigen Minuten bei ihr, und ein junger Subalterner wurde im Galopp nach hinten geschickt, um einen Arzt zu holen.

Man konnte sehen, daß sie große Schmerzen hatte, obwohl sie sagte, es sei nicht schlimm. Harry zwang sie, etwas Brandy aus einer Feldflasche zu trinken, die er bei sich hatte, und George Simmons, der den verletzten Fuß sanft abtastete, sagte, der Stiefel müsse herunter, weil der Fuß bereits anschwoll. Das war eine sehr schmerzliche Sache; Juana, fest von Harrys Armen gehalten, drückte ihr Gesicht an seine Schulter und biß in das grobe Tuch seiner Jakke. Der alte Vandeleur, der mittendrein herangeritten kam, war sehr betroffen, jagte seine Ordonnanz davon, um den Arzt anzutreiben, befahl George, aufzupassen bei dem, was er tue, verfluchte alle blöden Pferde und wünschte, er hätte Hirschhornsalz bei der Hand.

«Sie hält es schon aus, Sir – keine Sorge!» sagte Harry. «Halt ganz still, *hija*! Was hat sie sich getan, George?»

«Das kann ich nicht sagen. Ich hoffe, es ist nichts Ernstes. Die Frage ist nur, wie man sie nach Palencia bringt.»

Juana öffnete die zusammengebissenen Zähne und wandte den Kopf. «Ich kann reiten», sagte sie kaum vernehmbar.

«Reiten? Unsinn, mein armes Kind! Einfach absurd!» sagte Vandeleur. «Wo zum Teufel steckt denn dieser verdammte Arzt? Wir müssen sofort eine von den Kutschen herkriegen.»

«Ich will nicht in einer Kutsche fahren. Es geht mir schon besser. Schauen Sie, es ist wahr, es geht mir wirklich schon viel besser! Bitte, hebt mich wieder aufs Pferd!»

«Braves Mädchen!» sagte Harry. «Sie wird zu Pferd weniger leiden als in einer Kutsche, General. Da, George, nimm meine Schärpe und verbinde ihr den Fuß damit. Höre, *alma mia*, es ist nicht mehr weit nach Palencia – du wirst es nicht lange ertragen müssen. George wird sich um dich kümmern und dich sicher in die Stadt hineinbringen.»

«O ja!» sagte Juana und löste sich aus seinen Armen. «Du mußt weg! Du mußt dich um deinen Dienst kümmern, und ich brauche dich wirklich nicht. Du wirst sehen, was für ein guter Soldat ich sein kann!»

«Der beste Soldat von der ganzen Division, meine Liebe!» sagte Vandeleur. «Nun, wir werden uns alle bestens um Sie kümmern, keine Angst! Wenn ich diesen verdammten Knochenschinder sehe, werde ich – fort mit dir, Harry, fort! Und verschaff dem Kind nur ja eine anständige Unterkunft!»

Harry küßte Juana, legte sie George in die Arme und ritt davon. Einige Minuten später kam Dr. Burke auf seinem rattenschwänzigen Grauen angetrottet, und nachdem er den geschwollenen Fuß abgetastet und bewegt hatte, ein Vorgang, der Juana die Tränen über die Wangen laufen ließ, verkündete er zur allgemeinen Erleichterung, daß nicht viel passiert und nur ein kleiner Knochen gebrochen sei.

Aber als die Stadtmauern von Palencia erreicht waren, mußte George neben Juanas Pferd einhergehen und sie im Sattel aufrechthalten, und selbst Dr. Burke, der ein sehr optimistischer Mensch war, begann sich zu sorgen, wie er seine Patientin unter ein Dach bringen würde, bevor sie ohnmächtig wurde.

Die Division schlug ihr Lager vor den Stadtmauern auf, nur der Stab betrat die Stadt. Die Einwohner liefen in Scharen vor die Tore, hießen die Truppen willkommen, winkten mit den Taschentüchern und schrien *Viva los colorados!* Harry, der sich ungeduldig durch den Volksauflauf drängte, traf den feierlichen Zug, der seine Frau geleitete, gerade vor dem Stadttor. Er hatte ein ansehnliches Quartier an der Hauptstraße aufgetrieben, und Juana wurde unverzüglich hingebracht. Sobald sie auf das Bett gelegt worden war, konnte sich Dr. Burke genauer mit ihrem Fuß befassen. Dieser war sehr entzündet und der Arzt glaubte nicht, daß sie vor einer Woche imstande sein würde, wieder zu reiten, eine Ankündigung, die sie weinen machte und die Sorgenfalten in Harrys Gesicht vertiefte. Als der Doktor gegangen war, kniete er neben dem Bett nieder, streichelte und beruhigte Juana und versprach ihr, daß West mit ihr der Division nachreiten würde, sobald sie imstande war, ihren Fuß in den Steigbügel zu setzen.

Es gelang ihm, seine Besorgnis vor ihr zu verbergen, aber er war ratlos. «Ich wage es nicht, sie hierzulassen!» sagte er zu Kincaid, einem der vielen, die sich nach Juana erkundigen kamen. «Du weißt, wie diese Leute sind! Sie brüllen *viva los Ingleses*, aber sie sind so verflucht bigott, daß sie einer Katholikin, die mit einem Ketzer verheiratet ist, nicht im geringsten helfen würden.»

Es war Juana, die das Problem löste. Der bloße Gedanke daran, von Harry getrennt zu sein, ließ sie den Schmerz im Fuß vergessen und sich aus dem Zustand der Selbstbemitleidung aufraffen. Sie hörte zu weinen auf, trank den Tee, den Harry für sie gebraut hatte, und sagte entschlossen: «Jetzt geht es mir viel besser – *muy agradable!* –, und ich will euch sagen, was wir tun müssen. Ich bleibe nicht in dieser Stadt, die meiner Meinung nach schmutzig ist. Das ist einmal sicher. Verschaffe mir ein Maultier oder einen *burro, mi* Enrique, und leg ihm einen spanischen Damensattel auf. Ich stütze meinen Fuß auf das Fußbrett, und ich gehe mit euch!»

«Mein armes Mädchen, glaubst du, daß du das aushalten wirst?» sagte Harry bekümmert. «Das wird so stoßen!»

«Eso no es de consecuencia!»

«Niederschießen müßte man mich, so etwas auch nur zu denken! Juanita, bist du auch sicher, daß du es aushalten kannst?»

«Ja, ja, sage ich dir! Verschaffe mir nur ein gutes Maultier!»

Sobald Juanas Entschluß bekannt wurde, fanden sich Dutzende Freiwilliger in der Unterkunft der Smiths ein und boten ihre Dienste an. Zum Glück sollte die Division erst spät am kommenden Nachmittag in Marsch gesetzt werden; so verbrachten die Offiziere der Brigade den Vormittag damit, die Stadt nach einem gutgepolsterten Sattel abzugrasen und die Gangart eines jeden verfügbaren Maultiers zu versuchen, um ein recht bequemes zu finden. Juana saß am Fenster ihres Quartiers und schaute zu, wie der Strom der Kavallerie, Artillerie, Infanterie und des Trosses durch die enge Hauptstraße vorbeizog.

Kincaid kam auf einen Sprung herein, um nachzuschauen, wie es ihr ging, und brachte sie zum Lachen, als er ihr die Stadt in höchst unschmeichelhaften Ausdrücken beschrieb. Die Vorderseite aller Häuser war von Säulen gestützt, und das sah aus, sagte Kincaid, wie lauter alte Lebemänner auf Krücken.

Als sich die Brigade in Bewegung setzte, stand auch Juanas Maultier für sie bereit, und sie mußte nur hinuntergetragen und in den Sattel gehoben werden. Sie leugnete tapfer jeden Schmerz, heimste aber viel Mitgefühl von allen außer Harry ein. Der eine oder andere zartfühlende Offizier war ganz empört über seinen forschen Ton Juana gegenüber, aber Harry, dem jedes Zusammenzucken Juanas in der Seele weh tat, ließ es sie nie merken, wie sehr sie ihm leid tat. Ihr tapferer Geist sprach auf die rücksichtslosen Forderungen an, die er ihr stellte; sie nahm es ihm nicht im geringsten übel, sondern saß hochaufgerichtet in ihrem gepolsterten Damensattel und versuchte verzweifelt, seinen Erwartungen gerecht zu werden.

Sie ertrug den Marsch gut und folgte der Kolonne zusammen mit den Ärzten und dem Troß. Als sie in dem Dorf ankam, in dem das Hauptquartier der Brigade eingerichtet war, kam Harry erst gar nicht dazu, sie selbst von dem Maultier herunterzuheben. Lachend wurde er beiseite gedrängt, und eine eifrige Ehrengarde verwandelte ihr Absitzen geradezu in eine Zeremonie. Der Arzt kommandierte; Mäntel wurden zu ihrem Empfang auf dem Boden ausgebreitet; ein halbes Dutzend Offiziere erhoben Anspruch auf das Privileg, sie herunterzuheben, und es gab ein derartiges Geplapper von Ratschlägen und scharfen Ermahnungen – «So paß doch auf!» und «Vorsicht mit dem Fuß!» –, daß sich die Dorfbewohner versammelten und verwundert das Getue anglotzten.

Bevor noch die Woche um war, ritt sie ihre Stute wieder, zwar sehr lahm, aber entschlossen, nicht länger nur in der Gesellschaft der Ärzte in der Nachhut nachzutrotten. «Mein Platz ist bei der Kolonne», sagte sie mit keck erhobener Nase; und als sie sich wieder den Soldaten anschloß, ließen sie sie hochleben, und Harry mußte schärfsten Befehl erteilen, damit sie die Stute nicht in allen ihren Gangarten vorführte. Auf dem Marsch war Juana immer gehorsam. Sie salutierte und sagte so genau im Tonfall von Harrys Untergebenen: «Jawohl,

Sir!», daß sich brüllendes Gelächter erhob und Harry ihr mit der Faust drohte.

Als sich die Kolonne nordwärts dahinschlängelte, ließ sie die unfruchtbaren Ebenen hinter sich und betrat einen Landstrich, der reich an reifendem Getreide und dichten Weingärten war. Es gab keine Grenzsteine oder Hecken, die einen Besitz vom anderen trennten, und das Getreide war ein ununterbrochenes schimmerndes Meer, so weit das Auge reichte.

Die größte Schwierigkeit, die es zu überwinden galt, war der Mangel an Brennholz. In dem Gebiet gab es kaum Bäume, und schließlich sahen sich die Quartiermeister gezwungen, unbewohnte Häuser im Dorf niederzureißen und das Bauholz für die Lagerfeuer zu verwenden.

Die Armee war mit den Streitkräften König Josephs in Feindberührung, aber die Infanterie hatte noch nicht eingegriffen. Nur wenigen war bekannt, warum die Franzosen immer noch zurückwichen, und nur die Stabsoffiziere vermochten die Strategie, die dem Marsch der drei Heersäulen Lord Wellingtons zugrunde lag, richtig einzuschätzen. Die Truppen wußten nur, daß sie in eine weite, nordwestliche Kehre gedrängt wurden, mit dem vermutlichen Zweck, die rechte Flanke König Josephs zu umgehen. Daß Lord Wellington schon vor Wochen Pläne gemacht hatte, um seine Basis von Lissabon nach Biskaya zu verlegen, um damit seine langen, schwierigen Verbindungswege mit der portugiesischen Küste aufzugeben, war das Geheimnis Seiner Lordschaft. Niemand, am allerwenigsten die geplagten französischen Befehlshaber, brachte die Anwesenheit einer britischen Versorgungsflotte in Corunna mit diesen sorgfältig geheimgehaltenen Plänen in Verbindung. Die Anwesenheit der Schiffe erklärte man sich mit der Notwendigkeit, die spanische Armee von Galicia mit Waffen und Vorräten zu versorgen. Aber am 10. Juni sandte Seine Lordschaft von seinem Hauptquartier in Melgar eine Depesche an einen Offizier ab, der die britischen Depots in Galicia über hatte, und informierte ihn zum erstenmal von dem Vorhandensein dieser Schiffe. «Ich wäre Ihnen sehr verbunden», schrieb Seine Lordschaft, «wenn Sie bei Erhalt dieses Briefes jeden Marinekommandeur, der sich in Corunna befindet, ersuchten, alle wie oben erwähnt geladenen Schiffe unter seinen Konvoi nehmen zu wollen und mit ihnen nach Santander zu segeln. Sollte er Santander in den Händen des Feindes finden», fuhr Seine Lordschaft kühl fort, «bitte ich ihn, außerhalb des Hafens zu bleiben, bis die Operationen dieser Armee den Feind gezwungen haben, Santander aufzugeben.»

So befand sich Seine Lordschaft, mochte er auch manchmal äußerst nervös aussehen, wie dies für einen Oberbefehlshaber nur natürlich war, der einen Vormarsch dieser Größenordnung unternahm, doch in einer Stimmung ruhiger Zuversicht.

Seine Armee war bei bester Gesundheit; mit Murray als Generalquartiermeister war jede Einzelheit des komplizierten dreifachen Marsches genau vorbereitet; der Nachschub hielt mit den Kolonnen gut Schritt; Clausel jagte noch immer Guerilleros in Navarra; und es war bekannt, daß die Streitmacht des Königs Joseph behindert wurde von dem Zug der Flüchtlinge, der sie samt deren Fahrzeugen und Gepäck begleitete, von Zivilverwaltern, Ministern, dem

Privatgepäck Seiner Majestät und einer langen Kolonne von Karren mit Schatztruhen.

Die britischen Offiziere dachten, daß König Joseph und Marschall Jourdan sich auf der Front am Pisuerga festsetzen würden, aber wieder wichen die Franzosen zurück, dieses Mal in Richtung Burgos. König Joseph, völlig im Ungewissen über die Absichten seines Gegners und durch die Notwendigkeit – und die höchst ausdrücklichen Befehle seines autokratischen Bruders und Mentors – gezwungen, die große Straße nach Frankreich zu halten, die durch Burgos und Vittoria lief, traute der Stellung am Posuerga nicht und entdeckte außerdem, daß es unmöglich war, dort für seine Armee Verpflegung aufzutreiben.

Als es in den alliierten Reihen klar wurde, daß Burgos ihr Ziel werden mußte, legte sich die Aussicht, sich in eine lange Belagerung einlassen zu müssen, auf alle Gemüter.

Die Light Bobs zweifelten nicht daran, daß es ihnen bestimmt war, für diese Aufgabe eingesetzt zu werden. Natürlich würden sie die Stadt einnehmen, das stand außer Frage; aber sie sahen dem mit düsteren Gefühlen entgegen. Alle haßten Schanzarbeiten; und alle hätten lieber in einem halben Dutzend offener Feldschlachten gekämpft, als an einem einzigen Sturm auf eine befestigte Stadt teilzunehmen. Jedenfalls würde Burgos eine ebenso harte Nuß zu knacken sein wie Bajados, und niemand konnte an jene höllische Sache denken, ohne zu hoffen, daß man von ihm nie wieder verlangen würde, eine so abscheuliche Nacht durchzumachen. Als daher am 12. Juni die Marschroute jäh in östlicher Richtung abbog und die Truppen nun selbst wußten, daß sie auf Burgos marschierten, gab es weniger gutgelaunte Gespräche in den Reihen als sonst. Pessimisten prophezeiten einen Monat lang Grabenarbeit unter Artilleriebeschuß, und als die Division am Abend in Hornilla biwakierte, lag eine gewisse deprimierte Atmosphäre über dem Lager.

Aber sehr früh am nächsten Morgen wurden die Männer von dem Echo einer ungeheuren Explosion aus dem Schlaf aufgeschreckt. Es war so laut, daß viele von ihrem Lager aufsprangen, und nach ein oder zwei Minuten erfolgten drei weitere Detonationen. Niemand wußte, was ihre Ursache war, obwohl sich fast in jeder Brust die wildesten Hoffnungen entzündeten. Sie hieß, Wellington sei mit den Divisionskommandeuren auf Kundschaft ausgeritten; einige Stunden später sah man ihn zurückkehren; und rasch verbreitete sich die Nachricht im Lager, daß Marschall Jourdan Burgos evakuiert und das Kastell gesprengt hatte und auf dem Rückzug zum Ebro begriffen war.

Tschakos wirbelten in die Höhe, die Luft dröhnte vor Hurragebrüll. Es kam Befehl, das Lager abzubrechen und zum Ebro zu marschieren, und er wurde mit neuerlichen Hochrufen begrüßt. Die Menagekörbe wurden gepackt, die Lagerfeuer ausgestampft, Zelte auf die Maultiere verladen, und die Division marschierte in allerbester Stimmung nach Nordosten.

Sechstes Kapitel

Vittoria

1

Als die Kolonnen endlich die ungeheure Tierra de Campos mit ihren Meilen ununterbrochener Getreidefelder hinter sich gelassen hatten, gerieten sie unvermittelt in ein Gewirr von Felsen und steilaufragenden Bergen, stiegen von den Bergen in das Tal des Oberen Ebro hinunter und meinten, plötzlich in das Gelobte Land geraten zu sein. Riesige Korkeichen spendeten Schatten vor der blendenden Sonne; überall reifte Obst und wuchsen Blumen. Aus hübschen kleinen Dörfern kamen in Scharen Mädchen mit Blumenkränzen heraus und hängten sie den *colorados* um. Sie tanzten vor ihnen auf der staubigen Straße und boten ihnen große Körbe an, die vor Kirschen und Birnen überquollen. Die Soldaten, entmutigt von der Felsenwüste, durch die sie sich den Weg unter Schwierigkeiten erzwungen hatten, wurden sofort wieder lebendig; und als sie den Ebro überschritten, stimmten die Regimentskapellen das Lied *The Downfall of Paris* an.

Weiter ging es, vorwärtsgetrieben auf langen, harten Märschen drei glühendheiße Tage lang; manchmal keuchten sie Berghänge hinauf, manchmal trotteten sie durch die üppig grünen Täler. Sehr wenige von ihnen wußten, wohin es ging oder wo die anderen Kolonnen waren. Eines Tages rollte und hallte das dumpfe Donnern von Artilleriefeuer um die Berggipfel nach; irgendwo nordwärts mußte es Truppen geben, und das mußten Grahams Soldaten sein. Demnach sah es ganz so aus, daß ein Teil der Armee nordwärts vordrang, vielleicht um die Franzosen an der Flanke zu umgehen. Die Leichte Division, die Befehl erhielt, ihr Gepäck und ihre Artillerie bei der Vierten zu lassen, bog von der Straße ab, die den Fuß der Berge entlanglief, und überschritt das Gebirge auf einem Pfad, den jeder Mensch außer Lord Wellington als für Truppen unpassierbar angesehen hätte. Sie wurden belohnt, als sie in das Dorf San Millan hinunterstiegen, denn hier stießen sie geradewegs auf eine Brigade Maucunes, die mit zusammengestellten Gewehren und ohne Feldwachen Rast hielt. Wie es das Glück haben wollte, war die Brigade Vandeleurs in Führung und demnach die erste, die einen Angriff auf den erschrockenen Feind führte.

Harry konnte Juana gerade nur zurufen, sich hinten zu halten, als er an ihr vorbeigaloppierte, um das 52. Regiment zur Unterstützung des Riflebataillons nach vorn zu bringen. Vandeleur rollte die Front schnell auf; eine Kakophonie von Trompetenstößen plärrte durch das Dorf; und die Franzosen, die von dem Vormarsch der Alliierten auf der Straße, die wie ein Hohlweg von vorspringenden Felsen und steilen Böschungen maskiert war, nichts bemerkt hatten, taumelten in eine Art Schlachtordnung.

Die Riflemen gingen in Zweierreihen über den Abhang vor, schossen im Laufen und brüllten: «Die ersten im Feld, die letzten heraus, die blutigen, kämpfenden Neunundfünfziger!»

Juana mußte absteigen und zog ihr Pferd beiseite, um den Männern, die zur Unterstützung herankamen, nicht im Weg zu sein. Ein Adjutant kam in einer Staubwolke an ihr vorbei, um das Vorgehen der Brigade Kempts zu beschleunigen, dicht gefolgt von Vandeleur. Der Kampf vor dem Dorf wurde schnell zu einem wirren Gemenge, da plötzlich die zweite französische Brigade mit einem Troß in ihrer Nachhut durch eine Kluft in den Felsen auftauchte und von Kempt in den Kampf verwickelt wurde. Die Saumtiere rissen sich los und tobten zwischen den Felsen herum; heftiges Kampfgetümmel tobte über alle Berghänge; und die Franzosen, die nicht wußten, was für Truppen der Hohlweg noch verbergen mochte, gaben Fersengeld, und viele warfen ihre Tornister weg, damit sie leichter über die Felsen fliehen konnten.

Als Juana, die den Kampf zappelnd vor Aufregung mitangesehen hatte, in das Dorf hinunterritt, begann sich der Staub, der durch das Gefecht aufgewirbelt worden war, zu legen, und der Boden war mit verstreutem Gepäck und militärischen Ausrüstungsgegenständen bedeckt. Der ganze Troß und über zweihundert Gefangene waren die Beute. Ein sehr gutes Tagwerk, war das Urteil der Light Bobs, die die Beute überschlugen, und nur vier eigene Tote und eine Handvoll Verwundeter als Gegenrechnung für den Sieg.

Als jedoch die Division am folgenden Tag in Pobes haltmachte und Alten befahl, daß das französische Gepäck durch eine Auktion verkauft werden sollte, flackerte Mißmut bei den Brigaden auf, da Kempts Leute, obwohl sie den Troß gefangen hatten, keine Gelegenheit erhielten, mitzubieten. Eine Zeitlang war die Aufregung groß, aber als bekannt wurde, daß die Armee endlich auf die Hauptmacht des Feindes gestoßen war, die hinter dem Fluß Zadorra auf dem gewellten Gelände vor Vittoria aufgezogen war, vergaß man so geringfügige Überlegungen und dachte an nichts als an die bevorstehende Schlacht.

Lord Wellington verbrachte den Tag damit, daß er persönlich die verschiedenen Routen inspizierte, über die er seine Streitkräfte an die französischen heranführen wollte. Er war gutgelaunt, aber mit seinem Stab etwas kurz angebunden. Einige dieser Herren hatten seinen blitzartigen Vormarsch nach Norden mißbilligt. Sie hatten es nicht für sicher gehalten, über den Ebro hinauszugehen, und die Größe der Pläne Seiner Lordschaft hatte sie erschreckt. Seine Lordschaft blieb von ihrer Mißbilligung unberührt. Er hatte keine hohe Meinung von König Joseph und nicht viel Achtung vor Marschall Jourdan; und er wußte, daß Sarrut von Biskaya her zur Armee gestoßen war, aber von einem Vormarsch Clausels hatte man immer noch nichts gehört. Der eine oder andere Kritiker sagte, Wellingtons Erfolg bei Salamanca sei ihm zu Kopf gestiegen; aber sie erkannten nicht wie Seine Lordschaft, welch einen niederschmetternden Schlag jener augenfällige, pompöse Sieg der Kampfmoral der Franzosen versetzt hatte. Er war sogar in einer sehr zuversichtlichen Stimmung, obwohl dies nicht hinderte, daß er seinen persönlichen Stab anschnauzte, wie einer seiner Adjutanten mürrisch sagte, der Seiner Lordschaft eine Frage gestellt hatte, die dieser für unnötig hielt.

Am Morgen des 21. Juni war es dunstig. Es regnete sogar etwas, aber die Wetterpropheten meinten, es würde schön werden. Die Leichte Division wurde sehr früh zu den Waffen gerufen, und auf ihrem Weg zu ihrer Stellung vor dem Zadorra kam sie durch das Lager der Vierten Division, die noch schlief. Aber sie sollten nicht die ersten sein, die angriffen – diese Ehre war Hill zugefallen, und niemand sonst durfte auch nur die geringste Bewegung vollziehen, bis man nicht gesehen hatte, daß er sein Ziel erreichte.

Harry wußte natürlich von alledem; er hatte sich ebenfalls das Gelände angeschaut und wußte, daß die Nachrichtenoffiziere die Wahrheit sagten, als sie berichteten, daß die Franzosen über eine zu lange Front auseinandergezogen waren und an den verschiedenen Brücken über den Zadorra ungenügende Wachen stehen hatten. König Joseph war in der unbehaglichen Lage, über die Absichten seines Gegners völlig im Ungewissen zu sein; und obwohl seine Patrouillen vor einiger Zeit vorsichtig der alliierten Armee nachgefühlt hatten, konnten sie nur die verwirrendsten Berichte über den Vormarsch mitbringen. Über Clausel waren keine Nachrichten zu erhalten, der, soviel der König wußte, vermutlich immer noch in den wilderen Teilen von Biskaya auf Guerilla-Banden Jagd machte; und die Stadt Vittoria war nicht allein mit zivilen Flüchtlingen vollgestopft, die sich an die Rockschöße seiner Armee klammerten, sondern in dem ganzen Gedränge von Karren, Caissons und Artilleriewagen gab es mehrere Packwagen aus Frankreich, auf denen stand: *Domaine extérieur de S. M. l'Empereur,* die Hartgeld im Wert von fünf Millionen Francs enthielten. Genau wie den Soldaten Lord Wellingtons, schuldete man auch den Soldaten König Josephs seit Monaten den Sold. Der König war sehr froh gewesen, als er die lange fälligen Packwagen gesehen hatte, aber als er sich vor die unmittelbare Aussicht gestellt sah, eine Schlacht schlagen zu müssen, hätte er sich die Wagen andernorts gewünscht.

Die sogenannte Ebene von Vittoria, auf der sich der König nach viel Herzeleid entschlossen hatte, Widerstand zu leisten, war ein welliges Gelände, das sich von Nordost nach Südwest über etwa zwölf Meilen und in der Breite über sechs bis acht Meilen erstreckte. Sie war von Bergen umgeben und vom Zadorra bewässert, einem wilden Strom, der durch seine vielen Windungen die übelste Frontlinie bildete. Einige seiner Kehren waren so eng, daß der Fluß fast zurückzufließen schien. Es gab mehrere Brücken über ihn, und da er ohnehin leicht über Furten zu durchqueren war, waren die Brücken intakt gelassen worden. Vittoria, eine Stadt, in der fünf Straßen aufeinandertrafen, lag einige Meilen vom Zadorra entfernt auf erhöhtem Gelände; und über das ganze Gebiet lagen in waldigen Tälern einige Dörfer verstreut.

Ein Blick auf die Landkarte, die auf dem Tisch in Altens Hauptquartier ausgebreitet lag, genügte Harry, um zu sehen, daß es das größte Schlachtfeld war, auf dem sie bisher zu kämpfen hatten. Es war der Plan Seiner Lordschaft, seine Armee in vier Massierungen auf die Franzosen loszulassen, eine Operation, die genaueste Zeitabstimmung erforderte. Hill, der sich außen um die französische linke Flanke vorarbeiten sollte, hatte die Aufgabe, den Zadorra zu überschreiten und die Höhen von Puebla zu erstürmen, eine Bergkette, die fast in rechtem Winkel zur alliierten Front stand, und von da mit seiner Hauptmacht durch einen Hohlweg auf die Ebene hinunterzusteigen, während seine Flanke ihren Weg längs der Höhen erzwingen sollte. Während dieser Operationen sollten die Leichte und die Vierte Division sich zwischen den beiden Brücken von Nanclares formieren und, durch das zerklüftete Gelände vor dem Feind verborgen, hier bleiben, bis Hill die Höhen von Puebla eingenommen haben würde. Nordwestlich von ihnen, an derselben Front, würden die Dritte und die Siebente Division über den hohen Monte Arrato marschieren und bei der Mendoza-Brücke, stromaufwärts von Nanclares, in die Ebene herabkommen, genau jenseits einer ungewöhnlich scharfen Stromkehre. Schließlich sollte die Kolonne Grahams, von spanischer Infanterie maskiert, die Division Sarruts an der äußersten rechten Flanke der Franzosen angreifen. Auf diese Weise würde die alliierte Armee den Feind, grob skizziert, an den drei Seiten eines Quadrats angreifen.

Da die Armee den 20. Juni mit ihrer Aufstellung verbrachte, war Harry voll beschäftigt und hatte wenig Zeit für Juana. Das Hauptquartier der Brigade lag in Pobes, einem malerischen, aber schmutzigen Dorf, das dem Stab nur verwanzte Bauernhäuser als Quartier zu bieten hatte. Auf dem Lehmboden in dem niedrigen Zimmer der Smiths gab es so viel Flöhe, daß Juana ihr Bettzeug auf dem Tisch ausbreitete und sich darauf einrollte. Ein paar Tausendfüßler, die unter einem Schrank hervorwanderten, trugen nicht zu ihrem Behagen bei. Sie erschlug sie mit dem Knauf ihrer Reitpeitsche, aber sie erwiesen sich als sehr zählebig, und die Hinrichtung endete damit, daß es Juana ziemlich übel wurde. Als Harry zum Abendessen hereinkam, war es schon spät, und er grübelte über seine Befehle nach. Ein Grunzen war die einzige Antwort, die er einer zögernden Bemerkung zuteil werden ließ, daher aß Juana, die nie beleidigt war, wenn sie um der Armee willen vernachlässigt wurde, ihr Abendbrot in geduldigem Schweigen.

«Was für ein gräßlicher Fraß!» sagte Harry und kaute an einem zähen Stück Rindfleisch.

«Ja», stimmte ihm Juana bei. «Ich könnte dir eine Omelette machen, wenn du möchtest.»

«Nein, es ist nicht wichtig», antwortete er, die Gabel in der einen, die Landkarte in der anderen Hand.

Nach dem Abendbrot ging er in das Hauptquartier Vandeleurs. Als er zurückkam, lag Juana in eine Decke gehüllt auf dem Tisch, hellwach und ziemlich ängstlich. Sie lächelte ihn an, aber er ließ sich nicht täuschen und sagte sofort: «Hallo, du! Was soll dieses verschreckte Gesicht in meinem Quartier?»

Juana setzte sich auf. «Sei nicht bös auf mich! Ich merke, daß ich trotz allem doch ein bißchen Angst habe.»

Harry hängte seinen nassen Mantel auf und kam zum Tisch. «Angst? Du? *Qué dira la gente?*»

«Das ist mir gleichgültig.»

«Na, ich hoffe, es ist dir nicht gleichgültig, was ich dazu sage! Du bist ein schlechtes, dummes Kind. Was glaubst du, an wie vielen Kämpfen ich schon teilgenommen habe?»

«Du weißt sehr gut, daß das nichts damit zu tun hat. Ich wollte, du wärst ein Los-geht und nicht ein Los-kommt!»

«*Por gracia!* Möchtest du das wirklich?»

«Nein», seufzte Juana.

«Na siehst du!» sagte Harry und küßte sie auf die Wange. «Jetzt schlafe, *querida* – ich muß auch etwas Schlaf haben.»

Es gab so viele Fragen, die sie ihm gern gestellt hätte, aber er sah immer noch geistesabwesend drein, daher fragte sie nur das Wichtigste: «Wann marschieren wir?»

«Wie? Oh! Sehr früh. Aber du wirst mit West hierbleiben.»

Sie saß da, die Arme um die Knie geschlungen, und starrte krampfhaft einen Sessel an. «Es ist ein bißchen trübsinnig, hinten warten zu müssen.»

Er lächelte, schüttelte aber den Kopf. «Nützt nichts, Juana – du kannst nicht mit mir ins Feld gehen.»

So stand denn eine untröstliche kleine Gestalt in einem sehr abgetragenen Reitanzug auf der Schwelle des Bauernhauses und sah den Light Bobs nach, als sie am folgenden Morgen abmarschierten.

Der Abschied von Harry war durchaus nicht romantisch gewesen. Er hatte es sehr eilig, sprang nach einem Blick auf die Uhr mit vollem Mund vom Frühstückstisch auf, packte seinen Mantel und Dreispitz, die auf einem Stuhl lagen, zog seine Frau rasch an sich und sagte mit vollem Mund: «Gib acht auf dich! West wird sich um dich kümmern.»

Er war auf seinem einzigen Pferd weggeritten, das noch diensttauglich war, einem nervösen, störrischen Tier, das noch nicht an den Militärdienst gewöhnt war. Juana dachte an dieses Pferd, als sie dastand und den vorbeistapfenden Soldaten mit ihrem Taschentuch nachwinkte. Wenn Harry Old Chap geritten hätte, das Jagdpferd, das ihm James Stewart verkauft hatte, würde sie keine solche Angst haben, dachte sie.

Sie ließ die Hand schlaff sinken, lehnte am Türpfosten und beobachtete immer noch die Kolonne bei ihrem Vorbeimarsch. Sie war sehr bedrückt und fragte sich, wie viele Grünröcke, die da die Straße entlangzogen, wohl fallen und wie viele von schrecklichen Wunden verstümmelt würden. Es war seltsam, daß sie sich darüber freuten, in den Kampf zu ziehen, aber fast alle freuten sich wirklich, wie man an dem belebten Ausdruck ihrer Gesichter sehen konnte.

Plötzlich gewahrte sie Kincaid, und für den Fall, daß sie ihn nie wieder sehen sollte, rannte sie auf die Straße hinaus. Er war überrascht, als er sie sah, denn er dachte, daß sie weiter nach hinten gegangen sei. Er ritt neben seiner Kompagnie, zog sofort die Zügel an, und streckte ihr mit einem Ausruf die Hand hin. Sie war nicht imstande, etwas zu sagen, sondern drückte sie nur und schaute mit nassen Augen zu ihm auf. Bevor er noch etwas sagen konnte, war sie in das Haus zurücklaufen. Kincaid sagte wild zu seinem Pferd: «Los!» und ritt weiter, und das Bruchstück eines Gedichts, das er einst gelesen und fast vergessen hatte, quälte ihn. Aber er konnte sich nur an zwei Zeilen erinnern, die lauteten: «Hoch schwoll ihm, ach, die Brust bei diesem schlichten stummen Abschied», was aus dem Zusammenhang gerissen unsinnig klang, aber ihm immer wieder im Kopf herumging, wie es eben bei einem solchen Wortgeklingel zu sein pflegt.

2

Als die Leichte Division das hohe, felsige Gelände, das zum Zadorra hin abfiel, überquert hatte und die Ebene erreichte, hatte sich der Morgendunst verzogen, und die Sonne war hervorgekommen. Jede Linie der Landschaft trat so scharf hervor, daß weit entfernte Gegenstände vom bloßen Auge wie mit einem Fernglas ausgemacht werden konnten. Alles war seltsam nahe gerückt, so daß die Türme des fünf bis sechs Meilen entfernten Vittoria viel näher schienen und man fast die Blätter auf weit entfernten Bäumen unterscheiden konnte.

Die Leichte und die Vierte Division gingen etwa eine Meile hinter dem Zadorra in Stellung, wo der Fluß von den beiden Brücken von Nanclares überspannt wurde. Sie näherten sich vom Feind nicht eingesehen und erhielten Befehl, die Gewehre zusammenzustellen und in der Deckung des Hohlwegs und der Felsengruppen zu bleiben. Sie legten sich nieder und murrten gutmütig über den alten Douro, daß er Hill die Ehre gegeben hatte, die Schlacht zu eröffnen. Von verschiedenen günstigen Punkten aus konnten die Offiziere das ganze Schlachtfeld überblicken und sogar die Gestalten des Königs Joseph und seines Stabes auf einem Hügel ausnehmen.

Lange Zeit hindurch störte nichts als leichte Truppenbewegungen die Stille, aber kurz nach acht Uhr erblickte Harry, der eine kurze Strecke den steilen Abhang des Monte Arrato hinaufgestiegen war und mit zusammengekniffenen Augen zu den Höhen des Puebla hinüberstarrte, die ein, zwei Meilen entfernt in einem rechten Winkel zur Front standen, entlang des ganzen Kammes Rauchwölkchen ausbrechen. Er wartete einige Minuten, und als die Wölkchen immer häufiger wurden und winzige dunkle Gestalten auf der Bergseite auftauchten, bestieg er sein Pferd und ritt zu Vandeleur zurück. «General Hill ist ins Gefecht gekommen, Sir.»

«So, so?» grunzte Vandeleur. «Wo ist mein Glas?»

Es zeigte sich bald, daß auf den Höhen des Puebla ein scharfer Kampf zwischen der französischen Plänklerfront und den Spaniern Hills im Gange war; Hill schickte Verstärkungen vor, und man konnte das Glühen von Scharlach neben den dunklen Röcken der Spanier ausnehmen. Wellington, der vor der Leichten Division gestanden war, ritt zum Ufer vor, um den Fortschritt Hills besser beobachten zu können. Rings in den Hügeln begann Artilleriefeuer zu dröhnen; rechts brachen viel größere Rauchwolken aus, hoben sich träge in die Höhe und zogen sich in schwarzen Strähnen am Himmel hin.

Plötzlich zog ein bösartiges Krachen von Musketenfeuer vor ihnen die Aufmerksamkeit der Light Bobs von Hills Kampf ab. Ein Adjutant galoppierte zu Kempt heran und ersuchte ihn, seine Brigade zu der Brücke bei Villados, einige hundert Meter zu seiner Linken, vorzuziehen. Man erfuhr, daß eine Gruppe französischer Voltigeurs, die Lord Wellington am Ufer erblickt hatten, über die Brücke vorgestürmt waren, einen bewaldeten Hügel auf der alliierten Seite des Zadorra eingenommen und ein heftiges Feuer auf Seine Lordschaft eröffnet hatten. Verletzt wurde niemand, aber die Schüsse peitschten Schmutzschauer rund um den Stab auf, und man mußte natürlich diese aufdringlichen Herrschaften vertreiben. Kempts Leute jagten sie auf ihre eigene Seite des Flusses zurück und setzten sich zwischen dem Gebüsch und den Bäumen am Ufer fest. Die ganze Front entlang flackerte Feuer auf, und Verwundete begannen sich zur Nachhut zurückzuschleppen.

«Sie merken's endlich, was?» bemerkte Billy Mein vom Zweiundfünfzigsten. «Hallo, Harry! Irgendwelche Befehle?»

«Noch nicht. Hill hat die Höhen eingenommen.»

«Worauf warten wir dann eigentlich noch, zum Teufel?»

«Auf die Dritte und Siebente. Sie sind noch nicht herangekommen.»

«Gott weiß, daß ich für den alten Picton nicht viel übrig habe», sagte Mein, «aber es schaut ihm nicht ähnlich, daß er bei einem Angriff zu spät kommt. Glaubst du, daß irgendwas passiert ist?»

«Dalhousie hat das Kommando, das ist alles», sagte Harry.

«Was?» sagte Mein atemlos. «Dalhousie über den Picton gestellt? Warum, um Gottes willen?»

«Kein Mensch weiß.»

«Himmel, bin ich froh, daß ich nicht zu Pictons Haufen gehöre – man wird es wochenlang nicht mit ihm aushalten können.»

Um ungefähr halb zwölf Uhr begann die Brigade Kempts zu dritt nach links abzurücken. Die Zweite Brigade beobachtete dieses Manöver eifersüchtig. «Da! Wenn wir keinen Hasen jagen, kriegen wir auch keinen Braten!» verkündete eine empörte Stimme aus den Reihen der Soldaten.

«He, wohin zum Teufel zieht Kempt ab?» fragte Tom Smith. «Wann kommen eigentlich wir dran?»

«Verflucht, woher soll ich das wissen?» sagte Harry gereizt, weil er so viele Stunden aus der Schlacht gehalten wurde. «Irgendein spanischer Bauer ist zum Peer gekommen und hat ihm gesagt, daß auf der Brücke von Tres Puentes keine Wache steht. Kempt soll jetzt dort über den Fluß setzen.»

«Und wo», erkundigte sich Billy Mein, «soll dieses Tres Puentes eigentlich liegen?»

«Ungefähr eineinhalb Meilen zu unserer Linken. Es ist hinter dieser scharfen Krümmung des Flusses. Wo hast du diese Wurst her?»

«Das möchtest du halt gern wissen, was?» sagte Mein und biß hinein.

Von dem spanischen Bauern geführt, marschierten Kempts Leute in der Dekkung der Felsen ab, und nachdem sie sich etwas später um die Haarnadelkurve des Zadorra herumgearbeitet hatten, überquerten sie, die Gewehre im Anschlag, zu zweit die Brücke von Tres Puentes. Sie trafen auf keinen Widerstand und erreichten bald einen steilen Hügel auf der anderen Seite des Flusses, der von der Ruine einer Kapelle gekrönt wurde. «Weckt das nicht einige seltsame Gedanken?» keuchte George Simmons, als er den Gipfel erreicht hatte, und betrachtete nachdenklich das alte Gebäude. «Weißt du, hier kämpfte einmal der Schwarze Prinz. Man kann sich nicht des Gedankens erwehren, daß er –»

«In Deckung, George!» brüllte Molloy, ihn ohne Umstände unterbrechend. «Da kommt's! Huii!»

Kugeln schlugen vor ihnen ein, die zweite riß dem spanischen Führer den Kopf von den Schultern. Einen Augenblick lang stand der Körper noch aufrecht, das Blut spritzte aus dem abgeschnittenen Hals. dann fiel er hin, während sein Kopf durch die Luft flog, auf den Boden fiel und dahinrollte, bis er von einem Felsbrocken aufgehalten wurde. Jemand lachte und wurde von seinen Kameraden zum Schweigen geknufft.

«Sehr häßlich», bemerkte Hauptmann Leach sachlich. «Gefällt euch diese Stellung? Mir nicht.»

Der Kapellenhügel wurde, wie man bald entdeckte, von einem einige hundert Meter entfernten Berg beherrscht, den eine große Gruppe Infanterie besetzt hielt. Den Kugeln folgte eine Granate, krepierte fast unter der Nase von Kincaids Pferd und wirbelte eine Wolke von Staub und Kies auf. Ein Splitter traf den Steigbügel, und das Schlachtroß, wiehernd vor Angst, war fast nicht zu halten, stieg, schlug aus in dem wilden Kampf, mit dem Reiter durchzugehen.

«Halten Sie lieber Ihre Leute zusammen, Sir!» zischte Wellington, der eben in diesem unglücklichen Augenblick hinter Kincaid herangeritten kam.

Kincaid wurde puterrot und gab seinem ungehorsamen Pferd Sporen und Peitsche. Daß Seine Lordschaft annahm, er führe seine Reiterkünste vor wie irgendein eitler Grünschnabel, ließ ihn leise fluchen, aber er konnte Wellington die Umstände natürlich nicht erklären und mußte seinen Unwillen hinunterschlucken.

Die Lage der Brigade war unbehaglich, da ihr schnelles Vorstürmen über den Fluß sie von der übrigen Armee isoliert hatte. Die Deckung auf dem Hügel war jedoch gut, und nach dem ersten Ausbruch von Artilleriefeuer hörten die Franzosen auf, die Stellung mit Granaten zu belegen. «Wir sollten vorgehen und das Dorf dort nehmen», bemerkte George Simmons, völlig unberührt davon, daß ihm der Tschako vom Luftzug eines Geschosses, das über ihn hinwegflog, weggerissen wurde.

«Fällt dir vielleicht sonst noch etwas ein?» erkundigte sich Molloy. «Mir ist nicht behaglich. Verdammt, mir ist ganz und gar nicht wohl! Heda, du, bleib in Deckung!»

Aber während die Rifles von Villados nach Tres Puentes vorgegangen waren, war die Dritte Division den Hohlweg vom Monte Arrato heruntergeströmt, und als Simmons beschlossen hatte, daß das Dorf Ariñez eigentlich eingenommen werden sollte, stellte Picton – eine erstaunliche Erscheinung in einem blauen

Rock und einem Zylinder mit Schirmrand, um seine entzündeten Augen zu schützen – jedem Adjutanten, der in Sicht kam, die Frage, ob es keine Befehle für ihn gebe. Gegen Mittag war seine Stimmung schwer angeschlagen, er ritt auf seinem unschönen Gaul nervös hin und her und trommelte ungeduldig auf dessen gestutzter Mähne mit dem Stock, den er trug, herum. «Verdammt noch einmal!» brach es vor seinem Brigadeadjutanten aus ihm heraus. «Lord Wellington muß uns vergessen haben!»

Oberst Gordon kam aus der Richtung Tres Puentes herangaloppiert und hielt neben Picton an.

«Na, Sir, na?» bellte Picton.

«Ich suche Lord Dalhousie, Sir. Haben Sie ihn gesehen?»

«Nein, Sir, ich habe Seine Lordschaft überhaupt nicht gesehen!» sagte Picton, der Dalhousie auf dem Vormarsch über den Monte Arrato glatt überholt hatte. «Aber haben Sie denn keine Befehle für mich?»

«Keine, Sir», bekannte Gordon.

«Dann bitte sehr, Sir, was sind die Befehle, die Sie wirklich bringen?» fragte Picton scharf.

«Nun», antwortete Gordon, «sobald Lord Dalhousie einen Angriff auf jene Brücke beginnt –», er drehte sich im Sattel herum, um auf die Mendozabrücke in der Ferne zur Linken der Division zu zeigen –, «sollten ihn die Vierte und die Leichte unterstützen.»

Das war zuviel für Picton; er schien vor Empörung aufzuschwellen und erschreckte Gordon, als er mit donnernder Stimme sagte: «Sie können Lord Wellington von mir ausrichten, Sir, daß die Dritte Division, unter meinem Kommando, in weniger als zehn Minuten jene Brücke angreifen und einnehmen wird, und die Vierte und die Leichte können mich unterstützen, wenn sie wollen!»

Er gab Gordon keine Gelegenheit, ein Wort zu sagen, sondern warf seinen Gaul herum und trabte davon, um sich an die Spitze seiner Leute zu stellen. «Los, kommt, ihr Schurken! Los, ihr Kampfteufel!» brüllte er ihnen zu.

Wenn auch zehn Minuten eine leichte Übertreibung waren – denn die Brücke von Mendoza war zwei Meilen weit entfernt –, so war der Vormarsch der Fighting Division genau an der Spitze von Dalhousies Siebenter, die als letzte auf dem Schlachtfeld angekommen war und hier angehalten hatte, ein ebenso verblüffender Anblick wie der, den Picton selbst mit seinem Zylinder bot.

«Gott, schaut euch bloß Pictons Division an!» sagte atemlos ein erstaunter Zuschauer. «Ein Meteor ist nichts dagegen!»

Eine von Pictons Brigaden wurde zur Brücke dirigiert, die andere zu einer Furt weiter stromaufwärts, und die ganze Streitmacht warf sich über den Fluß mitten in eine schwache Kavalleriebrigade hinein, die von drei Geschützen unterstützt zur Bewachung der Brücke eingesetzt war. Die Geschütze traten in Aktion, aber Kempt warf Barnard mit einigen Rifle-Kompagnien nach vorn, und die Artilleristen, nicht imstande, dem bissigen und genau gezielten Feuer der Grünröcke standzuhalten, protzten auf und machten sich davon.

Sobald Kempt sah, daß Picton sicher über den Fluß gekommen war, führte er seine ganze Brigade vor, formierte sie auf der rechten Nachhut der Dritten Division und schlug unterwegs die Voltigeurs an der Villodas-Brücke in die Flucht.

«Jetzt wirst du imstande sein, dein kostbares Dorf einzunehmen, George!» grinste der junge Frere.

3

Erst zwischen zwei und drei Uhr nachmittags, als Kempt und Picton in heißem Kampf mit den Verteidigern von Ariñez lagen, wurde endlich Vandeleur gerufen. Dalhousie, dessen Vorgehen von zwei saumseligen Brigaden aufgehalten worden war, überquerte den Fluß etwas nach Picton und richtete seinen Angriff auf ein Dorf eine Viertelmeile nördlich von Ariñez. Es gelang ihm, die Franzosen daraus zu vertreiben, er wurde jedoch in ein blutiges Gefecht mit fünf Bataillonen Deutscher verwickelt, die unter den Adlern dienten und hinter einem Fluß, der das Dorf La Hermandad schützte, formiert waren.

«Was?» sagte Cadoux. «Die Siebente unterstützen? Natürlich haben wir davon sprechen gehört, daß es eine Siebente Division geben soll, aber gesehen haben wir sie nie!»

Die Brigade marschierte ab, überquerte die Villodas-Brücke und zog hinter der Bodenerhebung vorbei, von der aus Picton und Kempt Angriff auf Angriff auf das befestigte Dorf Ariñez führten. Sobald die Spitze der Kolonne unter Feuer kam, schickte Vandeleur Harry nach vorn, um sich bei Lord Dalhousie zu melden. Harry galoppierte mitten in das dichteste Getümmel vor La Hermandad und gab unterwegs gut acht, um sich das Gelände einzuprägen. Er traf Dalhousie an, als er gerade ernsthaft mit seinem Generalquartiermeister diskutierte, und salutierte. «Brigadeadjutant Smith, Sir, von General Vandeleur um Befehle geschickt!»

Der Generalquartiermeister, ein Rifleman und alter Freund von Harry, wechselte einen vielsagenden Blick mit ihm. Dalhousie sagte aufgeregt: «Ja ja, warten Sie einen Augenblick. Das ist ein bißchen verzwickt, Drake!»

Auf einen Befehl zu warten, während Seine Lordschaft versuchte, sich zu einem Entschluß durchzuringen, was tun, war durchaus nicht nach Harrys Geschmack. Er steckte sein Pferd mit seiner Nervosität an, zappelte vor Ungeduld, und die Ratschläge brannten ihm auf der respektlosen Zunge. Er konnte sehen, daß Drake ärgerlich wurde, und gerade, als er in eine hastige Rede ausbrechen wollte, hörte er Dalhousie sagen: «Lieber doch das Dorf nehmen, Drake!»

Das genügte Harry, der schon auf seinem Ritt beschlossen hatte, daß das Dorf sofort eingenommen werden sollte. «Gewiß, Mylord!» sagte er frisch, warf sein Pferd herum und raste davon, taub für Dalhousie und Drake, die ihm beide nachbrüllten, doch zu warten.

«Das Dorf nehmen? Gut!» sagte Vandeleur.

Nachdem Harry gesehen hatte, daß das Zweiundfünfzigste in Linie aufmarschierte und die Rifles sich in tödlichen kleinen Scharfschützengruppen ausbreiteten, galoppierte er zu dem nächstgelegenen Bataillon der Siebenten Division davon und bahnte sich seinen Weg zum Kommando. «Lord Dalhousie wünscht, daß Sie dieser Brigade der Leichten Divison dicht folgen!» verkündete er.

«Wer sind Sie, Sir?» fragte der Oberst und starrte ihn an.

«Das ist gleichgültig! Gehorchen Sie dem Befehl des Mylord auf eigene Gefahr nicht!» biß Harry zurück.

Und schoß wieder davon, um sich seiner Brigade in ihrem Ansturm auf das Dorf anzuschließen. Er erreichte den Bach davor unter den ersten, aber hier mußte er einen Aufenthalt erleiden, da sich sein Pferd weigerte, auch nur einen Huf über das Ufer zu setzen. Zweimal ritt Harry an, und zweimal gab es einen rutschenden Halt. Ein wunderschöner Brauner kam den steilen Abhang herunter an Harry vorbei. Mit einem wütenden Fluch schüttelte Harry seine Steigbügel ab, schwang sich aus dem Sattel und packte den Schwanz des Braunen. Er wurde über den Bach und das andere Ufer hinaufgezogen und entdeckte, daß der Reiter des Braunen Cadoux war.

«Nun, wenn das nicht unser hochgeschätzter Brigadeadjutant ist!» sagte Cadoux. «Und was haben Sie eigentlich mit Ihrem Pferd gemacht, bitte sehr?»

«Das Biest im Stich gelassen», sagte Harry.

«Wie Ihnen das ähnlich sieht!» seufzte Cadoux. «Jetzt werden Sie zu Fuß gehen müssen.»

«Und wenn schon?» gab Harry zurück. «Dann werde ich eben in Ihrer Gesellschaft gehen.»

«Große Ehre, Captain Smith!» murmelte Cadoux und verbeugte sich. «Aber in diesem Falle, fürchte ich, werden Sie rennen müssen, denn wissen Sie, wir – äh – wir sind gern die ersten am Schlachtfeld!»

Die ersten am Schlachtfeld waren sie, und welche Zweifel an Cadoux' Qualitäten Harry auch immer gehegt haben mochte, bei dem wütenden Ansturm auf das Dorf, durch Gräben, über Wälle, in die Häuser und Gärten hinein und wieder heraus, wurden sie beruhigt. Wo immer das Feuer am heißesten war, da war Cadoux, nicht ein Härchen derangiert, taub für das Pfeifen der Kugeln ringsum, in seiner ruhigen Art die Männer ermutigend. «Nur Ruhe, meine Burschen!» sagte er, als das Gewehrfeuer einen Augenblick ungleichmäßig wurde. «Also nur keine Unordnung, nur nicht unsauber! So ist's recht – das ist gut geschossen! Wir wollen vorgehen, Sergeant – ich glaube wirklich, wir müssen diese lärmenden Herren da vor uns vertreiben.»

Harry, selbst ganz heiser vor lauter Anfeuern der Männer, verließ ihn, als er gerade eine Gruppe Voltigeurs aus dem Garten vertrieb, in dem sie sich verschanzt hatten, und machte sich auf den Weg zu Ross' Batterie. Er bekam ein Kavalleriepferd von Ross und stürzte sich in den Kampf um das Dorf zurück, erblickte Cadoux einmal, kam aber nicht so nahe, daß sie miteinander sprechen konnten, bis sie einander auf der anderen Seite des Flusses wieder begegneten, staubig, zerzaust und nur darauf bedacht, die Männer nach ihrem unwiderstehlichen Vorgehen durch das Dorf wieder in Ordnung zu bringen.

Cadoux nahm seinen Tschako ab und schüttelte den Staub von ihm ab. Harry ritt auf seinem Kavalleriepferd zu ihm hin, die Augen zwischen den zusammengekniffenen Lidern sehr hell und die schmalen Wangen immer noch rot vor Aufregung. Cadoux schaute ihn mit einem flüchtigen Lächeln an. «Nun, Captain Smith?» näselte er. «Fertig damit, Himmel und Hölle in Bewegung zu setzen?»

Harry lachte. «O bei Gott, was Himmel und Hölle in Bewegung setzen betrifft –!» Er streckte die Hand aus. «Danke dafür, daß Sie mir den Schwanz Ihres Pferdes geliehen haben!»

Cadoux schaute ihn einen Augenblick an und hob überrascht die Augenbrauen. Dann ergriff er Harrys sehnige Hand und schüttelte sie. «Nicht der Rede wert!» sagte er in seinem gezierten Tonfall. «Ich hoffe, Sie haben ihm kein Haar ausgerissen! Ein zauberhaftes Tier, nicht wahr, dieser Barossa?»

«Oh, ist das das Schlachtroß, das Sie in Barossa erwischt haben?» fragte Harry. «Ist es wahr, daß Sie den Pistolenhalfter voller Dublonen gefunden haben?»

«Gerücht, mein lieber Freund, nichts als Gerücht!» sagte Cadoux mit einer vagen Geste. «Aber es war eine nette Schlacht, wirklich, eine sehr nette Schlacht. Der liebe alte Graham stand bis zu den Hüften im Fluß und brüllte fast so laut wie Sie es immer tun, bis einer von unseren Burschen sagte: ‹Jetzt geh schon und kümmere dich um deine eigenen Angelegenheiten, alter Korporal, und geh uns aus dem Weg!›»

Harry brach in Lachen aus und lachte auch noch, als er zu Vandeleur kam. Lord Dalhousie war sehr geschäftig dahergekommen, Drake neben sich. «Äußerst glänzende Leistung, wirklich!» sagte Dalhousie zu Vandeleur. «Wo ist der Offizier, den Sie um Befehle zu mir geschickt haben?»

Harry ritt vor. «Hier, Mylord.»

Dalhousie musterte ihn von oben bis unten. «Auf mein Wort, Sir! Sie empfangen und tragen Befehle schneller, als ich es je bei einem Offizier erlebt habe!»

Harry riß die Augen auf. «Sie sagten doch, ‹das Dorf nehmen›», protestierte er. «Mylord, hier ist es, samt Kanonen und allem.»

Dalhousie hob die Hand, um ein Lächeln zu verbergen, aber Drake grinste ganz offen und sagte: «Gut gemacht, Harry!»

4

Da der Brigade eine Atempause gegönnt war, während sie sich neu formierte, hatten die Männer Muße, das dröhnende Getöse und Krachen der Artillerie vor ihnen auf der linken Flanke zu bemerken, dessen sie vorher nicht gewahr waren. Es bedeutete, daß Graham im Norden im Kampf lag; und diese Tatsache, zusammen mit dem sehr beträchtlichen Vorrücken an der ganzen Front, schien anzuzeigen, daß die alliierte Armee auf Vittoria rückte. Die Schlacht war jedoch keineswegs vorbei, denn obwohl die Franzosen zurückgedrängt wurden, kämpften sie sehr hartnäckig um jeden Fußbreit Boden, und ihre Scharfschützen nützten jeden Graben, jedes Gebüsch aus. Vandeleurs Brigade lag den ganzen Nachmittag in wildem Kampf, aber in einem laufenden Gefecht, in einem Gelände, das viel Deckung bot, waren die Ligth Bobs unschlagbar, exponierten sich nie unnötig, noch massierten sie sich in Gruppen, die groß genug gewesen wären, dem Feind ein gutes Ziel zu bieten. Wo Kempt war oder wie es ihm erging, wußte niemand, denn das Gelände war zu wellig, um eine Übersicht über das restliche Schlachtfeld zu gewähren. Aber als der Tag fortschritt, wurde allmählich der Bedarf an Kavallerieunterstützung fühlbar, das heißt bei jenen, die überhaupt Zeit hatten, an etwas anderes zu denken als an genaues Zielen.

Der Feuerlärm wurde so ohrenbetäubend, daß man brüllen mußte, wenn man über den schauerlichen Lärm hinweg gehört werden wollte. Der Rauch hing immer schwerer über der Ebene, und die Luft war derart beißend, daß viele ununterbrochen husten mußten. Von der Bodenerhebung aus, auf der Harry neben Ross' Geschützbrigade stand, konnte er durch den Rauch die dunkle Masse des Feindes sehen. Unaufhörlich schossen feurige Striche durch den Rauch; über den Köpfen kreischten Granaten und explodierten Krach auf Krach, wirbelten Schauer von Schmutz und Steinen auf und verstreuten ganze Äste, Felsbrocken und oft noch schauerlichere Trümmer über die Fronten.

«Bei Gott, ein solches Inferno habe ich wahrhaftig noch nie gesehen!» rief Harry aus.

Gerade als er das sagte, stürzte sein Pferd unter ihm wie vom Blitz getroffen zu Boden. Er hatte gerade noch Zeit, abzuspringen, und begann sofort die Wunde zu suchen. Er hatte kein Geschoß bemerkt, das nahe genug eingeschlagen wäre, um das Kavalleriepferd zu verletzen, aber inmitten eines solchen Kugel- und Granatenregens war es durchaus möglich, daß es ohne sein Wissen getroffen worden war. Aber obwohl das Pferd anscheinend tot war, konnte er keine Spur einer Wunde an ihm finden. Er entdeckte, daß das Herz schlug, und machte das Experiment, ihm auf die Nase zu schlagen. Es reagierte großartig, schüttelte den Kopf und krabbelte sofort hoch. Harry spang wieder in den Sattel; einer von den Kanonieren Ross' rief ihm zu, er habe das schon einmal erlebt: der Luftzug einer feindlichen Kanonenkugel hatte auf das arme Biest wie ein k.-o.-Schlag gewirkt.

Es dämmerte, als Vadeleurs Brigade an Vittoria vorbeikam, über eine Ebene, die endlich frei von den breiten Gräben war, die das Vordringen so schwierig gemacht hatten. Soweit es die Ligth Bobs beurteilen konnten, war die französiche Armee in der gleichen Verwirrung auf der Flucht wie auf dem Schlachtfeld von Salamanca. Als die Brigade weiterzog, die Stadt links liegenlassend, wurde ihr Vormarsch von einem unbeschreiblichen Durcheinander von Gepäck aufgehalten, das im Stich gelassen worden war. Weithin war das Gelände mit allen möglichen Transportmitteln bedeckt, vom Packwagen bis zu eleganten Privatkutschen, in denen oft Zivilisten in heller Angst saßen. Pferde waren ausgespannt und als Reittiere benützt worden, mit denen die Flüchtenden in die zunehmende Dunkelheit davongeritten waren; Kisten lagen verstreut auf dem Boden, die Schließhaken waren aufgebrochen, und Kunstschätze quollen aus ihnen hervor; Geschütze, Caissons, Artilleriewagen verstopften die große Durchzugsstraße nach Bayonne; und es war unmöglich, einen Schritt zu tun, ohne auf einen Tornister zu treten oder einen geplatzten Koffer, einen Lagerkessel, einen zerbeulten Helm oder das Toilettekästchen eines Offiziers. Die Franzosen schienen alles im Stich gelassen zu haben – selbst die kostbaren Geldtruhen aus Paris.

Als die Brigade sich ihren Weg durch die Verwirrung suchte, immer noch auf der Verfolgung des fliehenden Feindes, stürzte sich plötzlich ein Schwarm französischer Kavallerie auf sie und riß fast die ganze Kompagnie Tom Cochranes mit sich. Seine Leute warfen sich hinter einer Böschung nieder und begegneten diesem Ansturm mit einem derart genau gezielten Feuer, daß die Kavallerie aufgehalten wurde, und als Harry einen Teil seiner eigenen Kompanie zur Unterstützung herbeiführte, sich davonmachte und eine Anzahl Toter und Verwundeter zurückließ.

Außer einigen planlosen Scharmützeln gab es in diesem Teil des Schlachtfeldes keinen Kampf mehr. Einige Regimenter waren schon dabei, den im Stich gelassenen Troß zu plündern, und da man Kisten mit Wein und Brandy fand, versprach die Nacht sehr lustig zu werden. Vandeleur erhielt Befehl, die Erste Brigade mit Altens Hauptquartier zu vereinigen, und schickte Harry voraus, um Quartier zu machen. Harry schien von den Anstrengungen des Tages nicht übermäßig ermüdet zu sein, aber seine Stimme war weg, wie das meist nach einer Schlacht der Fall war. Als er sich der Ersten Brigade näherte, war das erste, was er hörte, eine Flut von herzzerbrechenden Klagen in Spanisch.

«O Charlie Eeles, *el no vendra nunca! El no vendra nunca! Muerto, muerto, muerto!*»

«Aber Juana, liebste Juana, warten Sie nur ein bißchen! Man kann noch nicht sagen, daß er tot ist! Verlassen Sie sich darauf, es war alles nur ein Irrtum! Bitte, bitte, weinen Sie nicht! Wir werden ihn gleich finden, Sie werden sehen!»

Harry lachte heiser und spornte sein Pferd an, dorthin, wo er in dem Zwielicht undeutlich seine Frau sehen konnte. «*Hija!*»

Es war nur ein Krächzen, aber sie hörte es, kam auf ihn zugerannt und stolperte über die Schleppe ihres Reitkostüms, die sie in ihrem freudigen Schrecken hatte fallen lassen. «Enrique, *mi* Enrique! O Gott sei Dank, daß du nicht gefallen bist, nur schwer verwundet!»

«Das auch nicht, Gott sei Dank!» sagte Harry heiser. «Aber du, kleiner Racker – was zum Kuckuck machst du hier, in diesem ganzen Aufruhr?»

«Ich bin mit West der Ersten Brigade gefolgt. Ich wußte nicht, daß unsere Brigade nicht bei ihnen war! Und dann haben sie mir gesagt, daß du tot bist, weil dich einer deiner Leute fallen sah! Oh, warum lügst du mich an? Du mußt verwundet sein!»

Nichts konnte sie überzeugen, daß ihn tatsächlich nicht einmal ein Splitter berührt hatte, und da er weder Stimme noch Zeit genug für einen Streit hatte, übergab er sie Eeles' Obhut und ritt davon, um für seinen General ein Quartier zu finden.

Die Brigade biwakierte auf dem Stoppelfeld jenseits Vittoria, und die einzige Behausung, die für Vandeleur und dessen Stab zu finden war, war eine große Scheune. Quartiermeister Surtees meldete, obwohl er den Verpflegungstrain der Division gefunden habe, sei es unmöglich, ihn über Vittoria hinaus zu bringen, da die Verstopfung der Straßen alles festhielt. Das war keine so ernste Sache, wie sie es hätte sein können, da jeder, der sich die Mühe machen wollte, einen Spaziergang durch den französischen Troß zu unternehmen, sicher sein konnte, mit einem Schinken oder etwas Wurst und ein paar Flaschen vorzüglichen Weines zurückzukehren. Es war unnötig, Feldwachen aufzustellen, da die Kavallerie bereits weit vorne war und die flüchtenden Franzosen in die Dunkelheit hinein verfolgte; daher kam Harry bei seiner Frau und dem General rechtzeitig an, um mit ihnen ein Abendbrot aus Schinken, Schweizer Käse und Burgunderwein zu teilen.

Er brachte die Neuigkeit mit, daß Mr. Larpent eine der französischen Generalsdamen, Mm. de Gazan, in einer Kutsche gestrandet fand, von der die Pferde gestohlen worden waren. Die Dame bejammerte laut den Verlust ihres kleinen Sohnes. Larpent hatte sie natürlich nach Vittoria begleitet; so wie sie entdeckte, daß sie sich als geehrter Gast Lord Wellingtons zu betrachten hatte, kehrte ihre gute Laune zurück, und sie schien den Verlust ihres Kindes ganz gut zu überstehen.

«Wie schaut sie aus? Hübsch?» erkundigte sich Vandeleurs Adjutant.

«Ich weiß nicht. Ich habe sie nicht gesehen. Johnny Kincaid hat schon wieder Glück – seine Leute haben eine ganze Kiste Wein in der Privatkutsche irgendeines alten Herrn gefunden. Ich verließ Johnny gerade, als er auf dessen Wohl trank. Eine derartige Unordnung auf den Straßen und den Feldern habe ich noch nicht erlebt! Sie sagen, die ganze private Kriegsbeute Josephs dürfte soeben von unseren Plünderern aufgesammelt werden. Ich selbst habe einige Kerle gesehen, wie sie sich die Taschen mit Dublonen vollstopften.»

«Doch keine unsrigen?» sagte Vandeleur schnell.

Harry schüttelte den Kopf und nahm Abstand davon, seinem General zu sagen, daß einer dieser Plünderer ein Offizier war.

Es wurde dunkel, und da niemandes Gepäck nachgekommen war, konnte man die Scheune nicht beleuchten. Die Offiziersburschen hatten etwas Futter für die Pferde und einen Zinnkessel aufgetrieben, der über einem Feuer in einer Ecke der Scheune kochte. Das Abendessen wurde bei dem flackernden Licht des Feuers eingenommen, und alle waren so müde, daß sie sich, sowie der letzte Bissen geschluckt war, in ihre Mäntel gehüllt zwischen die Pferde legten und so tief schliefen, als lägen sie auf der besten Federmatratze.

Juana war durchaus nicht verlegen in einer Situation, in der jede englische Dame vor Entsetzen ohnmächtig geworden wäre. Da sie keinerlei andere Lebenserfahrung außerhalb der Klostermauern besaß als jene, die sie an Harrys Seite erworben hatte, sah sie nichts Ungewöhnliches darin, ihr Schlafquartier mit einem halben Dutzend Pferden und mehreren Stabsoffizieren zu teilen. Wenn sie überhaupt darüber nachgedacht hätte, so hätte sie angenommen, daß jede verheiratete Dame, die der Trommel folgte, dasselbe tat. Ihre eigenen Landsleute hätten das natürlich nicht gebilligt, aber wenn man mit einem Engländer verheiratet war, war natürlich die ganze Lebensführung seltsam. Sie war jung genug, um es für einen großen Spaß zu halten, daß sie sich ihre wirren Locken mit dem Taschenkamm des Generals auskämmte, den Staub von Gesicht und Händen in einem zinnernen Trinkkännchen wusch und sich am Handtuch des Adjutanten abtrocknete, das zufällig das einzige reine in der ganzen Kompanie war.

Bei Tagesanbruch war das Gepäck dank Surtees' Unermüdlichkeit angekommen, und nachdem die verschiedenen Menagekörbe von den Maultierrücken abgeladen waren, machten sich alle daran, ihr Frühstück zuzubereiten, einschließlich Vandeleurs, der versuchte, auf der Schwertspitze Brotschnitten über einem rauchigen Feuer zu rösten. Aber kaum hatte der Kessel zu kochen begonnen, als Befehl für die Divisionen kam, anzutreten. Alles mußte schnell wieder eingepackt, die Pferde gesattelt und aus der Scheune herausgeführt werden. Der General war schon aufgesessen, und Harry schrie Juana zu, sich zu beeilen, als sie plötzlich unter dem Tor der Scheune stehenblieb und sagte: «Horch! Ich bin sicher, ich höre jemanden stöhnen wie einen Verwundeten!»

«Unsinn, komm schon!»

«Aber ich höre es wirklich!» beharrte sie.

«Besser, Sie schauen nach!» knurrte Vandeleur.

Harry ging in die Scheune zurück und schaute sich ziemlich ungeduldig um. Er entdeckte, daß über der halben Scheune ein Heuboden war, den in der Dämmerung des vergangenen Abends niemand bemerkt hatte. Als er sich um eine Leiter umsah, war unverkennbar ein unterdrücktes Stöhnen zu hören. Eine Leiter schien nicht vorhanden zu sein, oder sie war vielleicht hinaufgezogen worden, aber mit etwas Nachhilfe vom Adjutanten Vandeleurs gelang es Harry, auf den Heuboden zu krabbeln.

Ein völlig unerwarteter Anblick bot sich ihm: mehr als zwanzig französische Offiziere, alle schwer verwundet, und ein armer Teufel, der, wie Harry auf einen Blick erkannte, schnell dahinstarb, lagen zusammengedrängt auf dem aufgehäuften Heu. Eine Frau beugte sich über den Sterbenden; als Harry sich auf den Heuboden emporstemmte, schaute sie auf und strich mit zitternder Hand das Haar aus der Stirn. Geistesabwesend starrte sie Harry an; ein kleiner Mops rannte aus dem Schutz ihrer Röcke hervor und bellte ihn an. Niemand sprach; einige der Offiziere lagen halb bewußtlos da; und einer, der mit dem Rücken an die Wand gestützt dasaß, schien Harrys Ankunft kaum zu bemerken. Die Frau beugte sich wieder über den Sterbenden, als wollte sie ihn mit ihrem Körper schützen. Harry trat vor und sprach sie französisch an. Sie antwortete auf spanisch und sehr unzusammenhängend. Er bemerkte, daß ihn einige Männer, die überall im Heu lagen, mit mißtrauisch wachsamen Augen beobachteten; er sprach sie an und versicherte ihnen, daß sie jede Aufmerksamkeit erfahren würden. Die Dame, deren Angst vor ihm allmählich verging, bat ihn, etwas für ihren Geliebten zu tun. Harry kniete neben dem Mann nieder, aber sein Gesicht war totenbleich und seine Augen wurden glasig. «Es tut mir so leid», sagte Harry schüchtern.

Sie stöhnte verzweifelt auf, warf sich über den Sterbenden und küßte ihn leidenschaftlich auf den Mund. Der Hund, der an Harrys Stiefeln geschnüffelt hatte, sprang an ihm hoch, und die Glöckchen an seinem Halsband klingelten fröhlich.

Harry stand auf, sah, daß die Leiter am Rand des Heubodens lag, senkte sie hinunter und rief Juana zu, heraufzukommen.

«Erzähl es dem General, Bob!» sagte Harry. «Wir brauchen eine Wache, die sie übernimmt, aber sie sind alle verwundet, und wir müssen etwas für sie tun. Schick ein paar Burschen zu mir herauf, und auch West!»

Man half Juana die Leiter hinauf; sie war tief entsetzt von dem Anblick der Verwundeten, und bei dem Gedanken, daß sie die ganze Nacht hier gelegen waren und aus Angst vor den englischen Offizieren ihr Stöhnen unterdrückt hatten. Mit Tränen des Mitgefühls lief sie zu der spanischen Dame. Der Offizier war tot. Eine Zeitlang konnte sie die Dame nicht überreden, seine Leiche zu verlassen. Sie schluchzte, er sei so durstig gewesen, und sie habe kein Wasser für ihn gehabt, worüber Juana in großem Kummer weinte: «Oh, Señora, wenn wir das bloß gewußt hätten! Ach, ach!»

Als der General einige Ordonnanzen geschickt hatte, ließ Harry die Verwundeten in die Scheune hinunterheben. Sie schienen zuerst sehr verschreckt, als fürchteten sie sich vor ihrem Schicksal aus den Händen der Feinde, aber als man ihnen Wasser mit Brandy eingeflößt hatte, fühlten sie sich besser und konnte mit leidlicher Fassung auf Harrys Versicherungen, sie würden freundlich behandelt werden, antworten. Sie waren alle ziemlich jung, kaum älter als Knaben, und die schreckliche Niederlage am Vortag, gefolgt von einer Nacht in Schmerzen und Durst, hatte die schrecklichsten Vorstellungen in ihnen geweckt.

Das Frühstück, das in die Menagekörbe verpackt worden war, wurde schnell wieder herausgeholt und allen Gefangenen vorgesetzt, die zu essen imstande waren. Als die spanische Dame sah, wie Juana eine häßliche Wunde am Bein eines Offiziers wusch und verband, riß sie sich aus ihrem Kummer hoch und taumelte zu ihr hin, um ihr zu helfen.

Harry konnte unmöglich länger bleiben, aber als die Wache kam, waren die schlimmsten Wunden schon provisorisch versorgt, einige Offiziere konnten sich aufsetzen, Schinken und Brot essen, und erholten sich zusehends. Ihre Dankbarkeit bereitete große Verlegenheit, besonders als die Dame ihren kleinen Mops aufhob, ihn in Juanas Arme legte und sie bat, ihn als Dank für ihre Freundlichkeit anzunehmen.

Juana war von dem Hund entzückt; er war ein hübsches kleines Tierchen mit einem Fell wie Seide, und er konnte die bezauberndsten Tricks vorführen, aber Juana zögerte, das Geschenk anzunehmen.

«Nein, nein, ich bitte Sie darum!» sagte die Dame beharrlich. «Sie ist sehr brav und sehr intelligent. Ich wünsche so sehr, daß Sie sie nehmen! Wenn Sie mir Freude machen wollen, lehnen Sie nicht ab!»

«Oh, Enrique, darf ich?» sagte Juana und wandte ihm ein strahlendes Augenpaar zu.

Fiel es Brigadeadjutant Smith etwa ein, daß ein Schoßhund wohl kaum eine willkommene Ergänzung seines Gepäcks sein konnte? Nicht einen Augenblick lang dachte er daran. Natürlich durfte Juana das kleine Ding nehmen, und ein Dutzend mehr, wenn sie es sich wünschte!

«Donnerwetter, wo haben Sie denn das her?» fragte der General, als er den Mops unsicher auf Juanas Sattelbogen reiten sah.

Juana ließ die Zügel fahren, um ihren Liebling zur Besichtigung hochzuhalten. «Oh, lieber General Vandeleur, meine *perrilla*! Schauen Sie, ist sie nicht ein süßes Hündchen? Ich werde sie Vittoria nennen! Meine kleine Vitty bist du, nicht wahr, *mi querida*?»

5

Obwohl die Division Befehl hatte, um zehn Uhr anzutreten, marschierte sie schließlich erst mittags ab. Es gab viel zu tun, um die unvermeidliche Verwirrung aufzuräumen, die auf einen solchen Sieg folgte. Die Verwundeten mußten in Vittoria untergebracht, die Toten anständig begraben werden; und jedes Regiment, das im Verdacht stand, geplündert zu haben, mußte die Tornister zur Inspektion aufreihen.

Seine Lordschaft, dessen Plan, die Armee König Josephs zu umgehen und zu vernichten, fehlgeschlagen war, teils, weil es Graham mißlungen war, von Norden her eine kräftige Attacke zustande zu bringen, teils dank der Saumseligkeit Dalhousies, war in übelster Laune. Aber obwohl es über fünfzigtausend Franzosen gelungen war, vom Schlachtfeld zu entkommen, waren alle ihre Geschütze mit Ausnahme von zwei Kanonen in die Hände Seiner Lordschaft gefallen, und nicht einmal Salamanca war ein derart durchschlagender Sieg gewesen. Der König war geflohen, und seine Armee strebte hinter ihm her, mit Ausnahme der Divisionen Rilles in einem Zustand katastrophaler Unordnung. Ihr Ziel war Frankreich, wo einzig sich der König in Sicherheit wähnen konnte. Aber alles das besserte die Laune Seiner Lordschaft nicht. Die Mehrheit seiner ihm ergebenen Truppen hatte die Nacht nach der Schlacht nicht der sehr nötigen Ruhe und dem Essen gewidmet, sondern hatte statt dessen das Gelände nach Beute abgesucht. Das Flackern der vielen Laternen hatte die Stoppelfelder vor Vittoria wie einen Jahrmarkt aussehen lassen, und selbstverständlich waren alle Kisten Wein ausgetrunken worden, so daß, als die Trompeten das Signal zum Antreten schmetterten, eine ganze Anzahl guter Soldaten volltrunken in

Gräben hinter Hecken schlief. Einige spaßhafte Seelen hatten sich in die Uniformen französischer Offiziere, die sie in dem verstreuten Gepäck gefunden hatten, verkleidet, ein Scherz, der nicht gerade dazu angetan war, den Sinn für Humor ihres Oberbefehlshabers anzusprechen. Aber schlimmer als diese Exzesse war, daß der größte Teil von Königs Josephs Schatz verschwunden war. Obwohl Bilder von unschätzbarem Wert, aus den Rahmen geschnitten und in besonderen Behältern eingerollt, in den königlichen Kutschen gefunden werden konnten oder aus aufgesprungenen Kisten ausgestreut herumlagen; obwohl Seiden und Brokate in dichten Lagen in Eisentruhen eingepackt waren; und Silberkelche, Kerzenleuchter und Goldgeschirr unter den Sitzen der Kutschen hervorgeholt wurden; obwohl über hundertfünfzig Stück Kanonen, ein Adler, ein voller Fahnenständer und keine geringere Trophäe als Jourdans Marschallstab – den Seine Lordschaft mit seiner tiefsten Ehrerbietung an den Prinzregenten absandte – erbeutet worden waren, gelangte von dem Geld, das aus Paris geschickt worden war, nur ein Zwanzigstel in den Gewahrsam Seiner Lordschaft.

«Die Soldaten der Armee haben unter sich ungefähr eine Million Sterling an Bargeld», schrieb Seine Lordschaft erbittert an Earl Bathurst.

Die Durchsuchung der Tornister, um den fehlenden Schatz zu entdecken, verlief ergebnislos. Seine Lordschaft sagte, die Schlacht habe alle Ordnung und Disziplin gänzlich vernichtet. Die Mannschaften seien der Abschaum der Erde; die Unteroffiziere ebenso schlimm; und keiner der Offiziere tue seine Pflicht. «Es ist wirklich eine Schande, zu derartigen Leuten, wie es einige unserer Soldaten sind, etwas sagen zu müssen», schrieb Seine Lordschaft – glücklicherweise nur zu Earl Bathursts privater Kenntnisnahme.

Aber wieviel von dem Schatz die Truppen Seiner Lordschaft auch geplündert, und wie viele Flaschen Wein sie auch getrunken haben mochten, keiner tat den entsetzten französischen und spanischen Zivilisten, die von den fliehenden Truppen in Stich gelassen worden waren, auch nur die geringste Gewalt an. Es gab viele Frauen und Kinder unter ihnen, einige dieser Kinder verloren und traurig nach ihren Müttern jammernd. Man tröstete sie damit, daß man sie mit dem unpassendsten Essen, das im französischen Troß gefunden wurde, fütterte; und der kleine Junge der Comtesse de Gazan, über den Verlust seiner Mutter anscheinend überhaupt nicht betrübt, war doch tatsächlich von einem weichherzigen Soldaten an Sohnes Statt angenommen worden. Er wurde später entdeckt und seiner Mutter zurückgegeben, wogegen er laut protestierte, die – um ihr Gerechtigkeit widerfahren zu lassen – kundtat, sie sei durchaus bereit, ihn seinem neuen Beschützer zu überlassen.

Als die Division, welche die Mittelkolonne anführte, ihren Marsch auf der Straße nach Pamplona begann, kam sie wie die übrige Armee nur langsam weiter. Die Soldaten waren müde und hatten sich mit geröstetem Hammelfleisch vollgestopft, da sie einige Schafherden des Feindes erbeutet, sie geschlachtet und gegessen hatten. Fast jeder Brotbeutel war voll mit geplündertem Mehl und großen frischgeschlachteten Hammelkeulen, wog schwer und drückte seinen Träger nieder; als man diese Beute wegwarf – was man bald tat –, waren die Brigaden imstande, etwas schneller zu marschieren.

Als Vorausabteilung vor der Infanterie verfolgte Victor Altens Kavallerie die französische Nachhut und trieb deren Nachzügler zusammen. Seine Lordschaft klagte, seine Leute seien derartig erledigt, daß er keine frischen Truppen nach vorn schicken könne, um den ungeordneten Rückzug der Franzosen abzuschneiden, aber es gab sehr viele Oberste, die dieser Anklage, wäre sie ihnen bekannt geworden, hitzig widersprochen hätten. Die Zahl der Gefangenen während der Schlacht war lächerlich klein gewesen – ein Fehler, sagte die Infanterie, an dem die Kavallerie schuld war.

Das Wetter war fürchterlich. Der Donner rollte ununterbrochen, und es regnete in Strömen, so daß die Straßen an manchen Stellen in einen Morast verwandelt waren, durch den die fluchenden Truppen knietief waten mußten. Ein steiler Anstieg und ein scharfer Abstieg durch einen Hohlweg führte nach Salvatierra, wo alle Straßen mündeten und die rechte und die linke Kolonne auf die Mittelkolonne treffen mußten. Vorne schienen die Berge von Navarra den Weg zu versperren.

Im Lauf des Nachmittags wurde die Marschordnung geändert, da Seine Lordschaft über Rat seines Generalquartiermeisters Graham befahl, mit dem größeren Teil seiner Streitmacht nordwärts zu marschieren, zu der großen Chaussee nach Bayonne, die während der Schlacht von Longas spanischen Truppen abgeschnitten worden war. Es war keine leichte Aufgabe, Grahams Leute an einem Nachmittag voll strömenden Regens und tiefer Nebel zu finden; es gab viel Verwirrung, und einige der vorgeschobenen Kavallerieabteilungen erreichte der Befehl überhaupt erst bei Einbruch der Nacht. Die Laune Wellingtons wurde noch schlimmer, sagte der Stab. Er schnauzte jeden an, und bevor noch der Tag zu Ende war, hatte er einen Sündenbock gefunden. Durch die feuchten Biwaks flog eine unglaubliche Nachricht von Lagerfeuer zu Lagerfeuer: Seine Lordschaft hatte Norman Ramsay, seinen glänzendsten Artillerieoffizier, verhaften lassen, weil er einen Befehl mißverstanden hatte, den ihm Seine Lordschaft persönlich erteilt hatte.

Niemand, vom gemeinen Mann bis zum General, der Ramsay gesehen hatte, wie er durch die Masse der französischen Infanterie bei Fuentes de Oñoro an der Spitze seiner Batterie durchgebrochen war, konnte eine solche Neuigkeit unbewegt mitanhören. Vor Empörung vergaß die Armee ihre Beschwerden. Man sprach von nichts anderem, und die Attribute, die zur Beschreibung Seiner Lordschaft benützt wurden, waren alles eher denn schmeichelhaft. Anson, zu dessen Brigade Ramsay gehörte, führte Seiner Lordschaft vor Augen, welch glänzende Arbeit Ramsay am Vortag bei Vittoria geleistet hatte; eine ganze Reihe rangälterer Offiziere nahmen sich ein Herz und intervenierten für ihn; aber Seine Lordschaft war unerbittlich. Die Disziplin der ganzen Armee war lax, und er hatte es sich in den Kopf gesetzt, an Hauptmann Ramsay ein Exempel zu statuieren.

Den ganzen nächsten Tag stapfte und watete die Armee auf ihrem Weg die Straße nach Pamplona dahin. Nur Victor Altens Kavallerie war in Berührung mit der französischen Nachhut, da der Vormarsch aufgehalten wurde, weil die Franzosen jedes Dorf, durch das sie kamen, in Brand steckten. Stabsoffiziere, die das Privileg hatten, Lord Wellingtons Meinung über seine Truppen anzuhören, dachten insgeheim, daß er sich angesichts der Verwüstungen, die auf dem ganzen Rückzugsweg vom Feind angerichtet wurden, seine scharfe Kritik hätte sparen können. Überall waren die gräßlichsten Bilder der Zerstörung zu sehen. Die Landleute waren aus ihren brennenden Häusern geflüchtet, um sich in den Wäldern und Obstgärten zu verkriechen; das Vieh lag, von Bajonetten totgestochen, zwischen den verkohlten Ruinen der Scheunen; und einmal ließ die traurige kleine Leiche eines Säuglings die Soldaten ihre geschulterten Musketen fester packen und stumm und zähneknirschend schneller ausschreiten. Man hörte sehr wenig über schwieriges Gehen, nasse Kleider und Blasen an den Füßen. Die Armee wollte nichts als an den Feind kommen, der diese ungeheuerliche Verwüstung angerichtet hatte.

Die Riflemen von Kempts Brigade, von Ross und Arentschildts Husaren unterstützt, gerieten am folgenden Tag in Yrurzun an ihn. Es war nur ein Scharmützel bei der Brücke von Araquil, aber nachher war den Rifles viel wohler. Sie erbeuteten eine der beiden Kanonen, die die Franzosen in Vittoria gerettet hatten, und die Zweite Brigade sagte neidig, Kempts Burschen hätten eben das Glück gepachtet. Aber die «Enthusiasten», die der Leichten Divison auf dem Marsch dichtauf folgten, verfluchten alle Light Bobs ohne Unterschied und sagten, es sei an der Zeit, daß jemand anderer die Chance hätte, als erster im Feld zu sein.

Die Leichte Division biwakierte in jener Nacht auf Sichtweite der Wälle von Pamplona. Die Stadt sah ziemlich imposant aus, wie sie auf einem Hügel mitten in einer baumlosen Ebene am linken Ufer des Arga dalag, aber niemand hatte eine Möglichkeit, sie näher zu besichtigen, denn sie war nicht nur stark befestigt, sondern wurde auch von einer französischen Garnison gehalten. Am nächsten Morgen erhielt Wellington die Nachricht, daß Clausel in der Nähe sei und versuche, sich mit König Josephs Streitkräften zu vereinen, und die Leichte und die Vierte Division erhielten plötzlich den Befehl, südwärts über die Gebirgsstraße nach Tudela zu marschieren.

Vandeleurs Brigade erreichte das kleine Dorf Offala nach einem schwierigen Marsch, und da man ein scharfes Auge auf Pamplona halten mußte, verlor Harry keine Zeit, um einen entsprechenden Führer zu finden. Er und Vandeleur postierten die Feldwachen gemeinsam, und es stellte sich heraus, daß der Führer ebensogut unterrichtet wie gesprächig war. Da Vandeleur nicht Spanisch sprach, trug Harry die Last des Gespräches. Der Führer steckte wie alle voll Neugier über die Schlacht, die bei Vittoria geschlagen worden war, und nachdem er Harry sehr viele Fragen gestellt hatte, flüsterte er, indem er mit dem Kopf in Vandeleurs Richtung deutete: «Wie heißt dieser General?»

«General Vandeleur», antwortete Harry, und er war neugierig, was da wohl als nächstes kommen würde.

«Bandelo, Bandelo», murmelte der Führer und prägte es sich anscheinend ein. «Entschuldigen Sie mich, Señor!»

Er schenkte Harry ein gewinnendes Lächeln und rannte nach vorn, wo Vandeleur dahinritt, und überschüttete ihn mit einer Wortflut.

«Kommen Sie her, Harry, ich brauche Sie!» rief Vandeleur. «Was sagt der Bursche da?»

«Er erzählt alles, was er von den Franzosen hörte, die auf ihrem Rückzug in seinem Haus einquartiert waren. Er steckt voller Anekdoten.»

«Oh, ist das alles?» sagte Vandeleur.

Der Führer, dessen ausdrucksvolle Augen forschend zuerst Harrys Gesicht und dann das des Generals anblickten, als versuche er zu lesen, was ihr englisches Gespräch bedeute, sagte ernsthaft: «Ja, sie sagen, die Engländer hätten gut gekämpft, aber wäre nicht ein gewisser Bandelo gewesen, hätten die Franzosen den Tag für sich gebucht!»

«Warum starrt er mich denn immer so an?» fragte Vandeleur. «Was sagt er jetzt?»

Ohne auch nur den Schatten eines Lächelns übersetzte Harry die Bemerkung des Führers.

«Auf mein Wort!» sagte Vandeleur sehr überrascht. «Er muß damit unsere Unterstützung der Siebenten meinen! Aber wie zum Teufel weiß er davon?»

«Kann ich nicht sagen, Sir», sagte Harry ernst.

«Ein intelligenter Bursche», sagte Vandeleur. «Heda, du, fang auf!»

Der Führer fing die Münze, die ihm zugeworfen wurde, mit den ausgefallensten Ausdrücken der Dankbarkeit auf, und als er sich umdrehte, zwinkerte er Harry grinsend zu.

Als sie vom Aufstellen der Feldwachen zurückkamen, entdeckte Harry, daß der Führer für die kommende Nacht sein Hausherr war. Er versprach, ein ausgezeichnetes Abendessen zu besorgen, und als Harry nach einem reinen Hemd in seinem Koffer wühlte, kam er herein, um ihm sehr geheimnisvoll mitzuteilen, daß er einen ganz großartigen Wein im Keller habe und so viel, wie Harry und seine Diener nur trinken wollten. «Kommen Sie mit hinunter und schauen Sie sich meinen Keller an, Señor», sagte er. «Sie werden überrascht sein!»

«Ja, aber ich ziehe mich gerade um», antwortete Harry ungeduldig.

«Nein, kommen Sie!» beharrte sein Gastgeber. «Ich will Ihnen zeigen, was ich unten habe! Sie werden sich freuen!»

«Was für ein seltsamer Mann!» sagte Juana auf französisch. «Er gefällt mir nicht. Ich wollte, du schicktest ihn fort.»

«Dazu ist er verdammt zu höflich. Ich glaube, ich muß mitgehen. Ich hoffe, er hat wirklich etwas in seinem Keller, was dafürsteht.»

Er folgte dem Spanier aus dem Zimmer und wartete oben an der Steintreppe, die in den Keller führte, während der Mann eine Lampe anzündete.

«Jetzt!» sagte er.

Der Ton unterdrückter Erregung in seiner Stimme ließ Harry scharf aufschauen. Er meinte einen seltsamen Ausdruck auf Gonsalez' Gesicht zu bemerken, aber erst als er halben Weges auf den Stufen war und sein Gastgeber sich umdrehte, um mit ihm zu sprechen, und dabei die Lampe in die Höhe hielt, erkannte Harry, daß eine höchst ungewöhnliche Veränderung über den Mann gekommen war. Sein lächelndes Gesicht war ausgesprochen teuflisch, und er schaute Harry in der denkbar düstersten Art schief von der Seite an. Er war ein großer, muskulöser Kerl, Harry nicht bewaffnet, seine Diener außer Hörweite.

«Kommen Sie, Señor!» drängte Gonsalez. «Sie werden gleich einen wundervollen Anblick haben! Er wird Ihr Herz erfreuen, und ich biete Ihnen diesen Augenschmaus, weil Sie ein Engländer sind!»

«Also gehen Sie voraus!» sagte Harry leichthin.

Unten an der Treppe war es dumpf und feucht. Gonsalez steckte den Schlüssel in das Schloß einer der Türen, drehte ihn mit einem knirschenden Geräusch um, warf die Tür auf und hielt die Lampe so, daß ihre Strahlen den Keller erleuchteten. «Dort, Señor!» sagte er mit einer dämonischen Stimme. «Dort liegen vier der Teufel, die geglaubt haben, Spanien unterjochen zu können!»

Harry blieb an der Schwelle stehen, starr vor Entsetzen. Auf dem Fußboden lagen steif in ihrem Blut die Leichen von vier französischen Soldaten.

«Ich bin ein Navarrese!» erklärte Gonsalez salbungsvoll. «Ich bin frei, unter keinen fremden Invasoren geboren, und diese meine Rechte soll dieses Stilett in mein Herz versenken, wie sie es in das ihre tat, ehe ich und meine Landsleute uns unterjochen lassen!»

Aus dem Augenwinkel heraus sah Harry das Glitzern von Stahl und wußte, daß er allein mit einem Verrückten war. Er schlenderte tiefer in das Gewölbe hinein. «Wirklich gut gemacht!» sagte er kühl. «Das ist großartiger, als ich es mir hätte träumen lassen!»

«Ich wußte doch, daß Sie das sagen würden!» rief Gonsalez fröhlich. «Und jetzt wollen wir auf den Tod aller Franzosen trinken, was?»

«Und ob!» sagte Harry.

Gonsalez sah ihn mißtrauisch an. «Sie sind doch erfreut? Es gefällt Ihnen doch?»

«Ungeheuer!» sagte Harry inbrünstig. «Eine edle Tat! Ein Wunder!»

«Vier Stück!» betonte Gonsalez. «Verstehen Sie? Ich tötete eigenhändig vier! Ein guter Spaß, nicht wahr? Warum lachen Sie nicht?»

«Lachen? Über solche Heldentaten lache ich nicht!» sagte Harry. «Kommen Sie, trinken wir darauf!» Er setzte sich auf ein Faß, und sein Fuß berührte fast eine der Leichen.

Gonsalez schien befriedigt zu sein. Er stellte die Lampe nieder und zog Wein in zwei Krüge ab. Während er Harry den Rücken kehrte, schaute sich dieser die Toten kurz an. Sie waren alle in Dragoneruniform, schöne, große Kerle, ihre Schwerter an der Seite, und jeder einzelne wäre dem Mörder allein gewachsen gewesen. Jeder war durch Messerstiche in die Brust getötet worden – ein schäbiger Tod, dachte Harry, und seine Nasenflügel zitterten bei dem leichten, unheimlichen Geruch von geronnenem Blut.

Gonsalez kam mit dem Wein auf ihn zu und stieg achtlos über die Leichen seiner Opfer hinweg. Harry nahm einen Krug entgegen und hob ihn. Er war froh, daß seine Hand ganz ruhig war, denn Übelkeit drehte ihm fast den Magen um. «Auf Ihr ganz besonderes Wohl!» sagte er.

«Tod den Franzosen!» schrie Gonsalez.

Der Wein war von vorzüglicher Qualität und beruhigte Harrys Magen. Er trank den Krug ganz aus und stand auf. Zu seiner Erleichterung erhob Gonsalez keinen Einwand dagegen, daß sie den Keller verließen, sondern folgte ihm hinaus, versperrte die Tür hinter sich und begleitete Harry die Treppe hinauf, allem Anschein nach wieder ganz so gutmütig wie vorher.

«Wie waren Sie imstande, vier so große Kerle zu überwältigen?» fragte Harry.

«Oh, das war ganz einfach!» antwortete Gonsalez kichernd. «Ich gab vor, ich sei ein Afrancescado und schlug nach dem Abendessen vor, wir sollten auf die Vernichtung der Engländer trinken!» Er hielt inne, und Harry hörte, wie er mit den Zähnen knirschte. «Diese französischen Schufte! Sie ahnten nicht, was ich vorhatte! Ich brachte sie in den Keller hinunter und gab ihnen Wein und noch mehr Wein, bis sie so betrunken waren, daß sie niederfielen. Dann tötete ich sie. So sollen alle Feinde Spaniens sterben!»

«Wirst du nach dem Abendessen noch beim General vorbeischauen?» fragte Juana, als Harry wieder bei ihr war.

«Das werde ich nicht», sagte Harry.

Juana sah, daß er ziemlich blaß war. «Ist dir schlecht?» rief sie aus. «Sag mir sofort, ist etwas los?»

«Los? Herr, nein! Überhaupt nichts!» sagte Harry.

7

Die Brigade verließ Offala am nächsten Morgen, ohne daß Harrys Hausherr noch einmal Anzeichen des Irrsinns gezeigt hätte. Harry hatte nicht das Gefühl, daß ihn vier tote französische Dragoner eigentlich etwas angingen, und da er Gonsalez recht gut leiden konnte, wenn dieser gerade bei Vernunft war, erzählte er nichts von den gruseligen Überresten in dessen Keller.

Der Tagesmarsch führte die Divisionen in ein schönes, obstreiches Gebiet, vorbei an dem großen, hundertbogigen Viadukt von Pamplona. Kirschen, Birnen und große rote Pflaumen waren um einen Penny das Pfund zu haben; zu beiden Seiten der Straße standen Olivenhaine; und in allen Dörfern gab es eine Menge Schweinefleisch zu kaufen. Alle freuten sich, als der Befehl zum Halt für einen Rasttag erging. Die Divisionen kampierten bei der Kreuzung der Straßen von Tudela und Saragossa. Von einem Vormarsch Clausels war weder etwas zu sehen noch zu hören. Gegen Ende des Tages jedoch kam einer der Riflemen unter einem fadenscheinigen Vorwand zu Harrys Quartier und fragte: «Sir, ist der Befehl schon da?»

Harry war solche Besuche gewöhnt, denn es war bekannt, daß er einer der zugänglichsten Offiziere der Armee war. «Wofür?» sagte er. «Für eine Extraration Wein?»

«Nein, Sir, für eine Extraration Marsch!» gab der Mann grinsend zurück. «Wir sollen uns gleich hinter diese französischen Kerle hermachen, die glauben, daß sie ohne einen Fußtritt in den Hintern von der Leichten Division nach Frankreich kommen!»

«Das bedeutet also», sagte Harry später zu Cadoux, der zum Abendessen bei den Smiths eingeladen war, «daß wir doch Befehl bekommen. Hängen soll ich, wenn ich weiß, wo die Männer ihre Informationen herkriegen, aber sie wissen lange vor uns, wenn eine Bewegung bevorsteht!»

«Oh, wie unangenehm!» sagte Cadoux. «Ich habe gerade begonnen, mich ganz wie daheim zu fühlen.»

Kaum hatten sie das Abendessen beendet, als eine Ordonnanz mit einer Notiz von Vandeleur ankam. «Hab ich dir's nicht gesagt!» sagte Harry. «Der alte Douro hat Wind von Clausels Division gekriegt. Wir sollen versuchen, ihn abzuschneiden.»

Cadoux nahm seinen Tschako auf und glättete sorgfältig den flotten grünen Federbusch. «Das wird ja sehr erfreulich», sagte er. «Du brauchst mir nicht erst das Schlimmste zu sagen – ich weiß es schon: wir haben einen Nachtmarsch vor uns.»

«Stimmt!» sagte Harry.

Die Divisionen erreichten Tafalla in der Abenddämmerung, eine hübsche Stadt, von Olivenhainen umgeben; nach einer kurzen Rast marschierten sie eilig nach Olite, ständig in südlicher Richtung, zum Aragon. Es begann wieder zu regnen, und in Casada, wo nur für Stabsoffiziere Quartier zu finden war, schlugen alle das Biwak in gepflügten Feldern auf. «Ha!» sagte Kincaid und beschaute sich die durchweichte Mulde, die sein Bett werden sollte. «Ein vermaledeites Bett!»

In Olte wurde plötzlich die Marschrichtung geändert, so daß nun die rechte Seite der Divisionen Sanguessa zugewandt war.

«Zeitlich auf und trotzdem nicht näher!» knurrte Tom Crawley. «Verdammich, wenn nicht die ganze trübselige Division die Drehkrankheit kriegt!»

Sie befanden sich auf einem Marsch durch ein Gebiet voll hoher Fichtenwälder. Die kerzengeraden Stämme glänzten vor Nässe, und die Nadeln rieselten unaufhörlich zu Boden, auf die hohen Schichten vom Vorjahr. Der Nachtmarsch ging weiter, kräftig verflucht von den Soldaten, die kaum ein paar Meter weit voraus sehen konnten und das Marschieren sehr mühsam fanden.

«Der Krug geht so lang zum Brunnen, bis er bricht!» sagte Humphrey Allen, der unversehens in ein Wasserloch trat und sich den Knöchel verrenkte. «Das hat mir gerade noch gefehlt!»

«Vorwärts, Langer, wir müssen dem Johnny Crapaud verflucht nahe sein, sonst tät uns die alte Krummnase nicht im Finstern herumjagen», sagte ein Freund voll Hoffnung.

«Stimmt – wir werden mit dem Johnny anbandeln, bevor sich noch die Katz den A... schlecken kann!»

«Halt's Maul, da ist die Gnädige von unserem Brigadeadjutanten!»

Juana, die ziemlich mühsam auf der schlechten Straße dahinhumpelte, hatte absteigen müssen. Sie war sehr naß und ihr Fuß, der noch keineswegs ausgeheilt war, schien ihr sichtlich weh zu tun. Vitty folgte ihr auf den Fersen, ein Bild des Jammers, denn der kleine Hund haßte Regen.

«Aber, aber, Gnädige!» rief Tom Plunket in erträglichem Spanisch aus. «Sie sollten doch nicht mit Ihrem wehen Fuß zu Fuß gehen!»

«Nein, aber die arme Tiny lahmt sehr, und es ist besser, wenn ich zu Fuß gehe, weil sie mich auf einer so schlechten Straße nicht tragen kann.»

«Stimmt, es ist nicht sicher, wenn man keine Hand vor den Augen sehen kann», sagte Sergeant Brotherwood. «Nur habe ich mir gedacht, einer von uns könnte Ihnen weiterhelfen, Señora, wenn Sie gütigst erlauben wollten, daß Ihnen einer den Arm bietet.»

«Nein, nein, ihr habt mit euch selbst genug zu tun, ohne daß mir einer noch hilft! Außerdem kann ich recht gut gehen. Nur weiß ich nicht, wohin mein Mann verschwunden ist. Ich habe ihn nämlich verloren.»

«Der wird schon irgendwo hier sein, keine Bange, Señora! Bleiben Sie nur bei der Kolonne. Ich tät mich nicht wundern, wenn wir uns alle verirrt hätten, wenn ich es recht bedenke.»

«Ich habe den Brigadeadjutanten vor einiger Zeit an die Spitze der Kolonne reiten gesehen», versuchte Josh Hetherington sie zu beruhigen.

«Oh, dann ist ja alles in Ordnung!» sagte Juana.

Keiner ihrer Zuhörer, so hoch er auch seinen Brigadeadjutanten schätzte, konnte beim besten Willen ihre Überzeugung teilen, daß das Wissen, wo er steckte, die Lage in irgendeiner Hinsicht besser machte, aber nicht einmal der mürrischste Soldat sagte es laut.

Harry ritt entgegen seiner sonstigen Gewohnheit an der Spitze der Brigade, die zufällig die führende war, um ein Auge auf die Führer zu halten. Die Kolonne näherte sich dem Aragon. Es gab eine gute Brücke über den Strom, aber der Zugang zu ihr war etwas kompliziert, und als die ersten zwei Bataillone hinübergezogen waren, schlug Harry dem General vor, der Brigade zu befehlen, sich zu formieren, um sicher zu gehen, daß auch alle Bataillone da waren.

Vandeleur stimmte zu. Die ersten beiden Bataillone hielten. Harry wartete, aber keine Kolonne kam in Sicht. Er ritt zur Brücke, schrie Hallo und hörte eine Stimme, die ihm aus weiter Ferne antwortete. In wenigen Augenblicken entdeckte er, daß es die Stimme Oberst Wades war, eines exzentrischen Herrn, der langsam dahergeritten kam, seinen Hornisten hinter sich. Harry galoppierte zu ihm. «Oberst, formieren Sie Ihr Bataillon, sobald Sie die Brücke erreichen!»

«Bei Jesus, wir sind bald formiert!» antwortete Wade sachlich. «Ich und mein Hornist sind allein.»

«Wo ist das Regiment?» fragte Harry.

«Meiner Seel, genau das möchte ich gerne Sie fragen!»

Harry gab einen Ausruf der Ungeduld von sich und galoppierte durch die Finsternis auf die Brücke zu. Es war klar, daß die Kolonne unterbrochen war und die hinteren Bataillone, die die Vorhut aus der Sicht verloren hatten, eine falsche Abzweigung eingeschlagen hatten. Die Schatten von Craufurd! dachte Harry, der auf der Brücke die Zügel anzog und Ausschau hielt; sehen konnte er freilich nichts, glaubte aber in einiger Entfernung Stimmen zu hören. Er ritt weiter, die Straße am Fluß entlang, schrie Hallo und traf gleich darauf mit der Kolonne zusammen, die ihm entgegenmarschierte.

«Sind Sie es, Smith? Wir haben die Brücke verpaßt und sind eine gute Meile in die Irre gelaufen, bevor wir entdeckten, daß wir uns geirrt hatten.»

«Wo ist meine Frau?» entfuhr es Harry.

«Ich weiß nicht – ich habe sie nicht gesehen.»

Harry sagte ihm kurz angebunden, er solle die Straße weiterverfolgen, bis er zu einer Abzweigung linker Hand käme, und ritt weiter. Die Straße, kaum mehr als ein Maultierpfad, wurde bald so uneben, daß er absteigen und Old Chap führen mußte. Die Kolonne zog sich lang dahin, und um der Infanterie nicht im Wege zu sein, führte Harry sein Pferd auf die Böschung oberhalb des Flusses. Das erste kalte Morgenlicht begann am Himmel hochzukriechen, aber der Regen fiel nach wie vor mit unverminderter Stärke. Plötzlich gab ein Stück der Böschung unter Harry nach; ein aufzuckender Blitz zeigte ihm den Fluß, der dreißig Fuß unter ihm über Felsen schäumte. Er hatte die Geistesgegenwart, sich fest am Zügel anzuhalten, und Old Chap, erschreckt von dem Blick auf die tosenden Wasser unten, stieg, drehte sich auf den Hinterbeinen und zog Harry auf festen Boden. Eben als er hinaufgezogen wurde, hörte er einen Schrei, und im nächsten Augenblick war Juana neben ihm, zitternd vor Entsetzen über die Gefahr, in der er gewesen war.

«Nichts passiert!» sagte Harry. «Gott sei Dank, du bist wohlauf! Was ist mit Tiny los?»

«Oh, sie lahmt wieder schrecklich! Und weißt du, wir sind in die falsche Richtung gegangen, und ich habe dich schreien gehört, oh, so weit weg! Und dann habe ich geglaubt, daß ich Vitty verloren habe!»

«Das ist jetzt nicht wichtig – geh weiter und zu Vandeleur! Du findest ihn über der Brücke drüben. Ich habe keine Zeit, mich um dich zu kümmern, solange ich diesen höllischen Wirrwarr nicht in Ordnung gebracht habe.»

«*Muy bien!*» sagte Juana heiter.

Harry brauchte einige Zeit, bis er seine verstreute Brigade in der Finsternis gesammelt hatte, aber das Tageslicht machte die Aufgabe bald leichter. Als er sich mit einigen markigen Kommentaren über den un-Craufurdschen Fortschritt erleichtert hatte, ritt er zu seinem General zurück. Er fand Vandeleur und Juana auf einer nassen Böschung sitzen, Juana hielt ihren Schirm über die rheumatische Schulter des Generals und erzählte ihm in fließendem Französisch die Geschichte ihrer Abenteuer im Lauf der Nacht.

«Hallo, Harry!» rief Vandeleur. «Ich hoffe, du hast die ganze Bande verflucht!»

«Natürlich. Aber Tatsache ist, daß in Wirklichkeit niemand schuld ist!» antwortete Harry. «Die Straße bog sehr plötzlich zur Brücke ab und war zu eng, als daß die Stabsoffiziere die Flanke der Kolonne hätten abreiten können, wie sie es sollen. Juana, du bist bis auf die Haut naß!»

«Ja, aber das macht nichts. Charlie Gore sagt, er wird einen Ball geben, wenn wir nach Sanguessa kommen, weil es jetzt feststeht, daß wir die Franzosen in diesem schlechten Wetter nie und nimmer fangen.»

«Wenn ich dich bloß schon in Sanguessa hätte!» sagte Harry. «Wie weit bist du denn mit deinem wehen Fuß marschiert?»

«Ich weiß nicht. *Nada importa!* Aber alle wollen in Sanguessa sein. Johnny Kincaid sagte, wenn wir hinkommen, wird alle unsere Plage vorbei sein.»

Sie erreichten Sanguessa, eine alte Stadt mit baufälligen Häusern, die einander in allen den engen Straßen zu drängen schienen, spät am Tag. Aber obwohl der Ehrenwerte Charles Gore, Adjutant des Generals Kempt und ein vermögender junger Herr, sofort die luxuriösesten Vorbereitungen für seinen Ball traf und berichtete, daß die Mädchen von Sanguessa eine ungewöhnlich hübsche Bande seien, waren die Sorgen der Division durchaus nicht vorüber. Das Lager wurde außerhalb der Stadt errichtet, und es herrschte die übliche Schwierigkeit, Brennholz aufzutreiben. George Simmons wurde mit einer Gruppe ausgesandt, genügend Holz für die Division zu sammeln, und mußte die örtlichen Behörden um Erlaubnis bitten, ein unbewohntes Gebäude niederzureißen. Nachdem dies gestattet worden war, verbrachte die Gruppe sehr anstrengende Stunden mit dem Einsammeln jedes Stückchens Bauholz aus den Trümmern und damit, alles auf die Maultiere zu laden. Wie es das Pech haben wollte, liefen sie auf ihrem Heimweg General Picton geradewegs in die Arme, der an der Spitze der Dritten Division daherkam.

«Heda, Sie da!» donnerte Picton und starrte den armen George durchdringend an. «Was haben Sie da auf diesen Maultieren, Sir?»

«Brennholz für die Leichte Division, Sir», antwortete George und salutierte.

«Nun, Sir, Sie haben da genug für Ihre und meine Division! Ich lasse es teilen», sagte Picton, der die Leichte Division haßte. «Ihre Leute sollen es auf den Boden werfen! Verdammter Mist, hinter euch verfluchten Kerlen einherziehen zu müssen! Ihr fegt ja geradezu alles vor euch her zusammen!»

George blieb nichts übrig, als zu gehorchen. Er gab seinen Leuten den entsprechenden Befehl, während Picton auf seinem Gaul dasaß, das Bild eines dicken Grobians. Aber als Georges Gruppe mit wilden Flüchen die Maultiere abzuladen begann, gewahrte George General Alten und entschlüpfte, um ihm die Angelegenheit zu berichten.

General Baron Charles von Alten, ein dürrer, hartgesottener Kriegersmann, richtete seinen strengen hellen Blick auf George. «Was sagen Sie da? General Picton nimmt unser Holz für seine Division? Das wird er nicht, glaube ich!»

Da George Alten kannte, glaubte er das ebenfalls nicht. Er schloß sich ihm an und folgte ihm zurück zu seinem Maultiertrain. Alten ritt daran vorbei und geradewegs auf Picton zu. George hörte ihn sagen: «Guten Abend wünsche ich, General! Da ist Ihnen wohl ein kleiner Irrtum unterlaufen, glaube ich.»

«Schnell, ladet die Maultiere auf!» sagte George Simmons seinen Leuten. «Glotzt nicht herum! Wir schauen, daß wir weiterkommen, solange wir noch können.»

Das Holz wurde hastig wieder aufgeladen, während nicht weit von ihnen eine heiße Schlacht entbrannte. Alten schrie überhaupt nicht, aber Pictons Gebrüll folgte Georges Gruppe ziemlich lange nach. Wie das Treffen ausging, erfuhr George nie, denn er verließ die beiden wutentbrannten Generale mitten in ihrer Auseinandersetzung, hörte aber kein Wort mehr darüber, daß er seine Holzladung mit der Dritten Division teilen müßte.

«Hab ich jetzt etwas durchgemacht!» sagte er zu Kincaid, den er gleich darauf antraf, wie er das Aufrichten seines Zeltes überwachte.

«Du sollst etwas durchgemacht haben?» unterbrach ihn Kincaid. «Durchgemacht hab ich etwas!»

«Nanu, was ist denn los, alter Junge?»

«Ich ergattere die erste dienstfreie Stunde seit einer Woche, um in meinem Zelt ein paar Briefe zu schreiben», sagte Kincaid, «und bevor ich noch Zeit habe, meine Feder einzutauchen, bin ich plötzlich samt Zelt und Zeltstange in ein einziges Bündel gerollt, kugle auf dem Boden herum mitsamt dem Tisch und meinem ganzen Schreibzeug, und der Leibhaftige persönlich trampelt auf mir herum!»

«Aber wie – wieso denn das?» fragte George und versuchte nicht zu lachen. «Was denn für ein Teufel?»

«Wie sich herausstellte, eigentlich zwei. Ob du es glaubst oder nicht, das Ganze – oh, nimm ja keine Rücksicht auf mich, lach dich nur aus! – das Ganze war von einem Pärchen schurkischer Esel arrangiert worden, die neckisch aufgelegt waren und einander in der Gegend herumjagten, bis sie in mein Zelt hineinrannten mit einer Wucht, daß alle Pflöcke aus dem Boden flogen und sie den ganzen Kram auf mich draufschmissen. Und ich war derjenige, der behauptete, alle unsere Plagen würden vorbei sein, sobald wir diese Klapperkiste von Stadt erreicht hätten!»

Siebtes Kapitel

Skerrett

I

Mitte Juli kampierte die Leichte Division auf der Höhe von Santa Barbara oberhalb der Stadt Vera, zehn Meilen von der französischen Front entfernt. Von Pamplona aus, dessen Blockade sie den Spaniern und einigen britischen Einheiten überlassen hatten, waren sie nordwärts in die Pyrenäen marschiert und immer tiefer in ein wildes, bezauberndes Land eingedrungen, voller Täler, reich an Olivenhainen, Obstbäumen und weiten Strichen von Getreidefeldern; und turmhohen Bergen, deren tieferliegende Hänge dicht mit Bäumen der Edelkastanie, fiedrigen Lärchen und graustämmigen Birken bewachsen waren und deren Gipfel an sechs von sieben Tagen unsichtbar in Wolkenkränzen lagen. In den Tälern rauschten Flüsse, die aus den Bergen herunterstürzten und über Felsbrocken wirbelten; die Dörfer waren schöner als in Spanien, mit größeren Häusern, deren Besitzer die seltsame, unverständliche Sprache der Basken sprachen. Als die Leichte Division höher in die Berge hinaufkam, wurde das Marschieren immer schwieriger, und manchmal, wenn nur enge Schafsteige zu den steilen Bergpässen führten, gefährlich, da ein einziger falscher Tritt einen Hunderte von Fuß tief in Klüfte auf Geröllhalden stürzen ließ. Aber niemand kümmerte das im geringsten, wenn wilde Erdbeeren neben dem Steig wuchsen und einen jeder Schritt näher an die Grenze brachte.

Die Johnny Petits waren nach Frankreich zurückgerannt, und ihr Rückzug hatte wahrhaftig mehr einer Flucht denn einem Zurückweichen geglichen. Es hieß, König Joseph habe sein Pferd nicht ein einziges Mal gezügelt, bevor er St. Jean de Luz erreicht hatte. Der arme Pepe Botellas! Bei Vittoria hatte er alles verloren: seinen Schatz und seine Kanonen und seine Liebesbriefe und selbst den Beistand seines kaiserlichen Bruders; und die letzte Demütigung ließ nicht lange auf sich warten. Soult, der Marschall und Herzog von Dalmatien, den er in des Kaisers Ungnade wissen wollte, erreichte Bayonne am 11. Juli, um den Oberbefehl über die demoralisierten Armeen von Spanien zu übernehmen und mit dem Befehl, König Joseph in Haft zu nehmen, sollte es sich herausstellen, daß der König Ungelegenheiten bereite. Es gab keine getrennten Kommandostellen mehr in Spanien, keine Streitereien zwischen eifersüchtigen Marschällen, kein unentschlossenes Zaudern eines Marionettenkönigs. Als Oberster Befehlshaber würde Soult Lord Wellington aus den Pyrenäen vertreiben, über den Ebro, über den Douro, zurück zu seinen portugiesischen Linien, sobald ihn nur die großen Militärdepots in Bayonne mit Artillerie, Munition und frischer Ausrüstung für die Truppen versorgt hätten.

Inzwischen aber belagerte Sir Thomas Graham die Stadt und Festung San

Sebastian an der Küste; englische Konvois löschten Vorräte in Passages und Bilbao; und Lord Wellington hielt alle Pässe von der Küste bis nach Roncevalles: eine vierzig Meilen lange Front Luftlinie, wobei Sir Rowland Hill den rechten Flügel von Roncesvalles bis Maya hielt, Graham den linken; dazwischen war die Leichte Division, die die Verbindung zwischen ihnen aufrechterhielt.

Es war eine seltsame Stellung, dieses Vera – nicht so angenehm wie Santesteban, wo die Lights Bobs in der bezauberndsten Gegend eine Woche lang im Lager gelegen waren, aber entschieden besser als Lesaca, vier Meilen weiter hinten, wo Seine Lordschaft sein Hauptquartier aufgeschlagen hatte. Lesaca war zwar recht hübsch, da es in einer Mulde der dichtbewaldeten Berge lag, aber es stand im Ruf, eine feuchte, ungesunde Stadt zu sein, und sicher war, daß sie sehr schmutzig war. Der Stab im Hauptquartier klagte, daß man die Flöhe auf den Fußböden aller Häuser direkt herumhüpfen sehen konnte, und der Lärm in den überfüllten Straßen war entsetzlich. Wenn man versuchte, sich auf die Arbeit zu konzentrieren, war eins zu zehn zu wetten, daß irgendwer direkt unter dem Fenster ein Schwein schlachtete, der Hausherr seinen Weizen auf dem Speicher über deinem Kopf zu dreschen begann oder ein Straßenverkäufer unter dem Fenster herumlümmelte und schrill und ohne Unterlaß schrie: «*Aqua ardente! Aqua ardente!*»

Das alles gab es in Vera nicht. Es war eine kleine Stadt am Ufer des Bidassoa, der hier zwischen unregelmäßigen und oft steil abstürzenden Ufern in vielen Windungen zum Meer – keine zehn Meilen entfernt – dahinströmte. Als die Leichte Division die Franzosen aus dem ganzen Vera-Tal verscheucht hatte, wurde es mehr oder weniger neutraler Boden, wo einander die Furiergruppen der beiden Armeen auf ihrer Suche nach Getreide und Bauholz in völliger Herzlichkeit trafen. Die Leichte Division stellte vorgeschobene Feldwachen in der Stadt auf, aber ihre Hauptmasse kampierte auf der Santa-Barbara-Höhe, in der Nähe der Ruinen eines Klosters. Gegenüber dieser Stellung hielten die Franzosen einen steilen Berg besetzt. Englische und französische Schildwachen standen auf Pistolenschußweite voneinander entfernt, aber es gab nie auch nur die geringste Unerfreulichkeit, weder auf den Höhen noch im Tal. Nur frische Truppen begingen die Torheit, Feldwachen völlig zwecklos zu vertreiben – die englischen und französischen Veteranen dachten nicht im Traum daran, einander nutzlos zu ärgern; und da jeder den anderen respektierte, konnten sie einander auf neutralem Boden ohne den geringsten Anschein einer Feindseligkeit treffen.

Wenn der Berg gerade nicht in Nebel gehüllt war, konnte man von Santa Barbara aus den schönsten Ausblick genießen. Als die Light Bobs den Abhang zum erstenmal erkletterten, war ein klarer Tag, und sie erhaschten linker Hand einen Blick auf das Meer, das weit draußen in dunstiger Ferne lag. Es gab ein großes Geschrei, als der erste, der seinen Augen kaum traute, atemlos rief: «Seht, Seht!» Niemand wußte, warum ihn der Anblick des Meeres so plötzlich aufregte. «Ich glaube, weil wir dabei an zu Hause denken», sagte Hauptmann Leach. «Inselblut, wie? Meine Burschen haben geschnuppert und geschworen, sie könnten das Salz riechen. Bekommst du Heimweh davon, George?»

George schüttelte den Kopf. «Nein. Ich glaube oft, daß es mich nicht mehr halb so freuen wird, nach diesem wilden, romantischen Leben in England zu sein. Auf einem Feldzug sein ist das Leben für mich. Ich war noch nie so glücklich, wie seit ich Soldat bin.»

«Der Mann ist verrückt!» sagte Jack Molloy. «George, alter Junge, du hast einen Sonnenstich!»

«Er hat recht», sagte Harry.

«Unsinn, ihr seid beide verrückt! Und Jonathan auch, weil er denkt, ein Forellenbach sei schon das ganze Paradies.»

Leach lächelte, sagte aber ernst: «Surtees erzählt mir, daß er einen Lachs gesehen hat, ihn aber nicht erwischte. Wenn es jemand anderer als Surtees gewesen wäre, hätte ich es nicht geglaubt, denn ich jedenfalls habe noch nie einen gesehen. Aber –»

«Jetzt ist es aber genug!» bat Molloy. «Wir haben schon alles über Surtees' Lachs gehört, und über die ungeheuer große Forelle, die du gestern gefangen hast, und ich persönlich glaube, daß ihr beide Lügner seid. Wenn es ein so wunderbarer Fisch war, warum haben wir ihn dann nicht zu Gesicht bekommen?»

«Ich habe ihn den Smiths geschenkt. Frag Harry!»

«Also so etwas!» sagte George, aus seiner Träumerei geweckt. «Der reinste Verrat! Laß doch diese faulen Kerle von der Zweiten Brigade selbst fischen!»

«Hast du ihn mit deinem tapferen Brigadegeneral geteilt, Harry?» fragte Molloy grinsend.

«Ich bestimmt nicht!» sagte Harry. «Ich speise jetzt nicht mehr mit meinem Brigadegeneral, außer ich bin eingeladen, wenn ihr das freundlichst zur Kenntnis nehmen wollt!»

«Das ist doch nicht dein Ernst?» Es klang ganz empört, als George das sagte. «Du hast doch mit dem lieben Vandeleur recht gut zusammengelebt!»

«Nun, mit Skerrett lebe ich nicht zusammen, da irre dich nur nicht!» sagte Harry.

Die Zweite Brigade hatte das Pech gehabt, Vandeleur zu verlieren, der Anfang des Monats zum Kommando einer Kavalleriebrigade versetzt worden war. An seiner Stelle hatte die Brigade General Skerrett bekommen, einen Offizier ganz anderen Schlages. Er kam von der Vierten Division zu den Light Bobs, aber in der Zeit, da die Armee um Madrid lag, war er bei der Streitmacht in Cadiz gewesen, so daß niemand viel über ihn wußte. Harry hielt ihn zwar für ziemlich liebenswürdig, erhielt aber innerhalb von drei Tagen nach seiner Kommandoübernahme einen deutlichen Wink, daß der General, wenn er seinen Brigadeadjutanten zu sehen wünschte, eine Ordonnanz um ihn schicken würde. Harry, der es gewöhnt war, im Quartier seines Brigadegenerals ein und aus zu gehen, als wäre es sein eigenes, und der mit ihm gefrühstückt oder zu Abend gegessen hatte, wann immer es ihm paßte, traute seinen Ohren nicht, als ihm

Skerretts Adjutant die Neuigkeit überbrachte. «Beim Jupiter, der wird der Leichten Division nie im Leben passen!»

«Er ist kein schlechter Bursche», sagte Tom Fane entschuldigend. «Nur ein bißchen steif. Außerdem führt er ohnehin keine sehr gute Küche.»

«So?» sagte Harry. «Dann komm lieber und teil das Quartier mit uns!»

«O beim Zeus, und ob ich das gern tue!» sagte Fane und strahlte über sein ganzes freundliches, häßliches Gesicht.

So schloß sich denn der Häßliche Tom, wie die Brigade prompt den neuen Adjutanten taufte, dem Stegreifhaushalt der Smiths an und lebte sich erstaunlich leicht ein, betete Juana an – die ihn unbarmherzig quälte –, interessierte sich für Harrys Hunde, wie es sich gehörte, und behandelte Vitty mit geziemendem Respekt.

Alle stimmten darin überein, daß der Häßliche Tom ein großartiger Kerl sei, alle aber betrachteten General Skerrett nur mit dem tiefsten Mißtrauen.

«Wenn es sich nicht herausstellt, daß er im Kampf ein verdammter Grenadier ist, dann verkenne ich die Anzeichen», sagte Cadoux sanft und betrachtete sich die flotte Gestalt des Brigadegenerals aus der Ferne durch die Wimpern hindurch. «Ich glaube, wir werden es noch erleben, daß wir den Tag verwünschen, an dem er zu uns gekommen ist.»

Harry und Cadoux hatten sich sehr angefreundet. Harry, immer impulsiv, von Natur aus warmherzig, vergaß, sowie er auf Tapferkeit traf, sofort die Geziertheit der Rede und Manieren, die ihn früher irritiert hatte. Wenn ein Mann sich mitten im dichtesten Kampfgetümmel so kühl benehmen konnte wie Dan Cadoux, dann war er richtig und konnte sich alles Getue zulegen, das er wollte. Wie er Skerrett einschätzte, war es wahrscheinlich richtig, dachte Harry. Fane sagte, Skerrett stehe im Ruf persönlichen Mutes, der fast an Tollkühnheit grenze – ein Tribut, der für die kritischen Light Bobs nur Anlaß war, festzustellen, daß er, falls er einer jener Offiziere sei, die sich als Ziel geradezu anbieten, um vom Feind niedergeschossen zu werden, kein Kommandeur für Truppen sei, die dazu erzogen waren, sich nie unsinnig zu exponieren.

Die Brigade, mit Ausnahme des 52. Regiments, war tatsächlich etwas verärgert. Das 52. jedoch hatte seinen geliebten Oberst Colborne zurückbekommen, und alles andere kümmerte sie überhaupt nicht. Er war achtzehn Monate lang von Spanien weggewesen, seit dem Sturm auf Ciudad Rodrigo, und viele seiner Freunde hatten seine Chance, zur Armee zurückkehren zu können, sehr düster beurteilt. Er war zehn Monate lang gelegen und hatte das Schlimmste mitgemacht, aber schließlich gelang es den Chirurgen, die Kugel aus seiner Schulter herauszubohren, und im Juli war er in San Sebastian gelandet, zwar ziemlich blaß, dünn, mit einer leicht hängenden Schulter und einem steifen Arm, sonst aber ganz der Alte. Alle waren entzückt, ihn wiederzusehen, sogar Lord Wellington, dem es nicht sehr lag, Äußerungen der Wiedersehensfreude von sich zu geben. «Bei Gott, ich bin verdammt froh, Sie wiederzusehen, Colborne!» sagte Seine Lordschaft in seiner unverblümten Art. «Sie sehen, wie wir die Franzosen in die Flucht geschlagen haben!» Er warf einen Blick auf Colbornes hübsches Gesicht mit der gebogenen Nase und den schönen dunklen Augen und fügte hinzu: «Aber es tut mir leid, daß Sie so blaß und dünn aussehen. Hoffe, Sie haben sich ganz erholt? Ich höre, ich habe Ihnen zu gratulieren!»

Oberst Colborne dankte ihm. Nein, sagte er, eine schnelle Frage beantwortend, er habe seine junge Frau nicht mit herausgebracht; er hielte einen Feldzug nicht für das geeignete Leben für Frauenzimmer.

«Bei Gott, Sie haben recht!» sagte Seine Lordschaft nachdrücklich.

Seine Lordschaft war ein großer Mann geworden, seit Colborne ihn das letztemal gesehen hatte, aber in seinem Benehmen zeigte sich keine Spur von Wichtigtuerei. Er schien sich einen blauen Teufel um all die Ehren zu scheren, die über ihn ausgeschüttet worden waren; zwischen dem Viscount Wellington of Talavera und dem Feldmarschall Marquis of Wellington gab es keine Spur Unterschied.

Der Prinzregent hatte ihn zum Feldmarschall ernannt. Nachdem er von ihm Jourdans Marschallstab erhalten hatte, schrieb ihm Seine Königliche Hoheit einen seiner gnädigen Briefe. «Sie haben mir unter den Trophäen Ihres unvergleichlichen Ruhmes den Stab eines französischen Marschalls gesandt, und ich sende Ihnen dafür jenen von England», schrieb der Prinzregent, ohne sich um die Tatsache zu kümmern, daß ein solcher Stab gar nicht existierte. Als ihn seine aufgeregten Minister darauf verwiesen, sah er überhaupt keine Schwierigkeit dabei – er würde eben selbst einen entwerfen.

Dieser Gedanke war gräßlich genug, um die Herren bei den Horse Guards erbleichen zu lassen. Während man sich einerseits alle Mühe gab, die Gedanken Seiner Königlichen Hoheit von dem jäh gefaßten Vorhaben abzubringen, wurde dem Oberst Torrens aufgetragen, so schnell wie möglich einen Marschallstab herstellen zu lassen. «Wenn mir ‹der Quell allen Geschmacks› nicht dazwischenfährt, hoffe ich, daß es ein entsprechendes Symbol der Befehlsgewalt wird», vertraute Torrens Wellington in einem privaten Brief an.

Aber es sah wirklich nicht so aus, daß Seiner Lordschaft auch nur im geringsten daran lag. Alles, was er über seine Siege sagte, war, sie hätten ihn in die glückliche Lage versetzt, endlich das tun zu können, was ihm passe. «Ich habe jetzt jedem anderen General gegenüber große Vorteile voraus», sagte er mit seinem sardonischen Lachen zum Auditeur. «Ich besitze das Vertrauen der drei verbündeten Mächte, so daß alles, was ich sage oder anordne, ob es nun gut oder schlecht ist, immer für richtig gehalten wird.» Etwas ernster und ohne eine Spur Heuchelei fügte er hinzu: «Und dasselbe ist es bei den Truppen. Wenn ich selbst auftauche, glauben die Soldaten, daß gerade sie die wichtigste Aufgabe haben, weil ich bei ihnen bin, und daß alles einzig nur von ihrem Bemühen abhängt. Natürlich vergrößern sie es dementsprechend, und für mich tun sie, wozu sie vielleicht niemand anderer brächte.»

Das war vollkommen richtig. Dennoch konnte man nicht behaupten, daß ihn seine Männer liebten; man hatte nie an ihm erlebt, daß er um Beliebtheit buhlte, und er hätte die Andeutung, daß er geliebt wurde, sehr wahrscheinlich mit seinem kalten starren Blick aufgenommen. «Aber Tatsache ist», sagte Kincaid, «daß wir in einer Schlacht lieber seine lange Nase als eine Verstärkung von zehntausend Mann sehen.»

2

Die Armee, untätig hoch über den Berpässen, fragte sich, warum sich Seine Lordschaft eigentlich zurückhielt. Ein kühner Vormarsch nach Frankreich, bevor Soult seine Armee wieder in Form drillen konnte, müßte sicherlich Erfolg haben, dachten so manche ungeduldige Herren, die sich wenig um die Neuigkeiten aus Deutschland, wie sie in der Gazette veröffentlicht wurden, kümmerten. Seine Lordschaft jedoch war nicht so unaufmerksam. Der Waffenstillstand von Pläßwitz hielt die Operationen in Deutschland auf, und Seine Lordschaft wußte um die sehr reale Möglichkeit, daß zwischen Napoleon und den alliierten Souveränen ein Frieden zusammengeflickt werden konnte. Seine Lordschaft hatte nicht die leiseste Absicht, nach Frankreich zu marschieren, solange eine Chance bestand, daß Napoleon in der Lage war, Soult überwältigende Verstärkungen zu schicken; und ebenso wollte er auch nicht einen Schritt weiter tun, bevor er nicht Pamplona und San Sebastian unterworfen haben würde.

Bei Pamplona gab er sich damit zufrieden, die Stadt durch Aushungern zur Unterwerfung zu zwingen; San Sebastian war ein dringenderes Problem und erwies sich als eine ebenso harte Nuß wie Burgos. Offiziere, die für einen Tagesurlaub an die Küste gingen, berichteten, daß es äußerst schlecht einzunehmen war, da die Stadt und die Festung auf einem großen Sandsteinfelsen saßen, der vierhundert Fuß hoch aus dem Meer ragte, das ihn auf drei Seiten umgab. Grahams Streitkräfte, sagten sie, sollten sich nur schön der Aufgabe unterziehen, sie zu unterwerfen. Aber als in Vera die Nachricht eintraf, daß der Sturmangriff der Fünften Division fehlgeschlagen war, sagten die Light Bobs trotzdem, solange man nicht sie zum Sturm auf die Stadt einsetzte, würde sie nie und nimmer eingenommen werden. Ein – höchst ungerechtes – Gerücht kursierte, daß sich die Pioniere der Aufgabe nicht sehr rühmlich entledigt hätten. «Na ja!» sagten die Light Bobs mit einer so betonten Nachsicht, daß es einen wirklich wütend machen konnte.

Die Belagerung wurde einen Tag nach dem Angriff aufgehoben, als Lord Wellington die Nachricht erhielt, daß Hill bei Roncesvalles und Maya im Kampf lag und schwere Verluste erlitten hatte. Soult hatte sich endlich und in rapidem Tempo in Bewegung gesetzt und griff die alliierte Rechte mit der klaren Absicht an, den Übergang über die Pässe zu erzwingen und nach Süden vorzudringen, um Pamplona zu entsetzen.

«Halte dich bereit, daß wir jeden Augenblick losmarschieren!» sagte Harry zu Juana.

Sie hatte auch kaum ihren Koffer gepackt, als ihr eine Ordonnanz eine hastig gekritzelte Notiz von ihm brachte: Stewart hatte den Maya-Paß verloren, und der Leichten Division war befohlen, sich von Vera in Richtung Yanzi oder sogar bis nach Santesteban zurückzuziehen.

Sie zogen los, zu ihrer Linken das Echo von Kanonenfeuer. Niemand, nicht einmal Alten, wußte um den endgültigen Bestimmungsort, noch waren irgendwelche sicheren Nachrichten über den Kampf in den Bergen um Roncesvalles zu erhalten. Sie marschierten durch Lesaca und trafen den Stab des Hauptquartiers teils beim Packen an, teils war er schon abmarschiert, und die ganze Stadt war mit Packpferden, Maultieren und Wagen verstopft. Ab Lesaca marschierten sie auf einer steinigen Straße bis zum Einbruch der Nacht dahin und bezogen dann auf einer Höhe nach Sumbilla Lager. Gerüchte schwirrten herum: es hieß, daß D'Erlon den Maja-Paß mit zwanzigtausend Mann überschritten habe und alles vor ihm zurückwich, was mit Sicherheit darauf deutete, daß die Division nach Süden dirigiert werden würde, um sich den Verteidigern von Pamplona anzuschließen.

In der Nacht des 27. Juli stolperte die Division auf ihrem Marsch über felsige Bergpfade dahin, und grausige Abgründe lauerten in der pechschwarzen Finsternis, um Unvorsichtige zu verschlingen. Die Nerven waren zum Zerreißen gespannt; man hörte die gegenseitigen Zurufe der Männer, die Stimmen von der Angst geschärft, sich in dieser wüsten Wildnis zerklüfteter Berge und tiefer, gefährlicher Wasserläufe zu verirren. Reisigbündel wurden als Fackeln angezündet, aber die Finsternis legte sich wie ein erstickendes Totentuch über ihren Schein. Als die Zweite Brigade einen Ziegenpfad erklomm, der für drei Männer nebeneinander zu eng war, erstarrten sie zu einem abrupten Halt, als ein gellender Schreckensschrei und das widerwärtige Geräusch eines Körpers an ihre Ohren drang, der in die schwarze Leere neben dem Pfad stürzte und irgendwo aufschlug. Es war ein Rifleman, der irrtümlich neben den Rand des Pfades getreten war; man konnte das Klappern der Menagebüchse auf seinem Rücken hören, als sie gegen die Felsen schlug, und das Prasseln von losem Geröll, das über den Berghang hinunterkollerte. Der Mann, der neben dem Abgestürzten dahingestapft war, stand wie von Fieber geschüttelt da, aber als der Lärm des Sturzes verklungen war, schlug plötzlich von tief unten eine Stimme an die gespannt lauschenden Ohren der Soldaten: «Hallo, da oben!» schrie sie, zwar etwas zitternd, aber keck und entschlossen. «Sagt dem Hauptmann, mit einer Nadel könnt man mich stechen, und nichts tät ich spüren, so zerschunden bin ich; aber Knochen hab ich mir keinen gebrochen, und schwören könnt ich, kein Soldat hat je so flott dem Kommando ‹Nieder!› gehorcht. Paßt nur auf, Jungen, daß ihr mir nicht nachkommt! Die Bresche von Bajados war nichts gegen das Loch ohne Boden, in dem ich da steck'!»

Erleichtertes Gelächter begrüßte den Witz; der Kamerad wurde aus seinem Loch ohne Boden geholt, aber der Zwischenfall hatte die Nerven doch sehr erschüttert, und es ging noch langsamer vorwärts, und als die Morgendämmerung den Himmel heraufkroch, sah die Division, daß sie kaum eineinhalb Meilen zurückgelegt hatte.

Am 30. erreichte sie Lecumberri, etwa zehn Meilen vor Pamplona. Den ganzen Tag grollte der Lärm schweren Kanonenfeuers im Osten, und selbst das schärfere Musketengeratter war vernehmbar. Mürrisch, weil sie wußten, daß irgendwo in der Nähe eine Schlacht geschlagen wurde, waren die Truppen weitermarschiert, aber obwohl Alten Boten um Boten aussandte, um etwas Neues zu erfahren, war nichts Sicheres festzustellen, und es trafen auch keine neuen Befehle von Wellingtons Hauptquartier ein, wo immer er es errichtet haben mochte.

Harry, dem sehnig wie er war, die Hitze, die Höhenunterschiede und die Härte des Marsches nichts anzuhaben vermochten, war, wie üblich, in schwierigen Situationen, ein Fels der Stärke. Weder seine Energie noch seine heiter spottende Zunge erlahmten auch nur einen Augenblick, aber die Falten in seinem sonnverbrannten Gesicht hätten mit einem Meißel gezogen sein können, so scharf waren sie, und selbst wenn er einen Witz riß, um einen erschöpften Soldaten aufzumuntern, waren seine Augen voll Besorgnis.

«Harry lernt jetzt, was Sorge heißt», sagte Oberst Ross.

«Der arme Teufel!» murmelte Charles Eeles. «Ich frage mich nur, was er tut, wenn sie ausfällt?»

Aber Juana würde nicht ausfallen. Sie nicht! Tiny war so trittsicher, daß sich niemand um sie zu sorgen brauchte, sagte sie. Und daß sie absteigen und das Pferd die steilsten und schlimmsten Teile des Pfades führen mußte – was gab es darüber schon zu klagen? Sie versicherte auf fürsorgliche Nachfragen, der Knochen in ihrem Fuß sei ganz verheilt und bereite ihr überhaupt keine Beschwerden.

«*Nada me duele!*» sagte sie. «Ich glaube, es geht uns viel besser als auf unserem Marsch nach Rueda, weil wir damals so durstig waren – *ti acordas?* –, und hier gibt es so viele Bergbäche!»

«Meine arme kleine Schwägerin, du bist so müde!» sagte Tom Smith, als er sie antraf, wie sie sich während der paar Augenblicke einer Rast neben einem Bergbach an Tinys Schulter lehnte und keuchend nach Luft rang.

«Sag's nicht Enrique!» brachte sie mühsam heraus.

«Nein, nein – aber wenn ich dir nur irgendwie helfen könnte!»

«Es ist nicht der Rede wert. Das sind nur die Berge, daß ich so keuchen muß.»

Wann immer Harry die Kolonne entlang nach hinten geritten kam, richtete sie sich kerzengerade auf und begrüßte ihn heiter. Er äußerte nie ein Wort des Mitleids; er schien es für selbstverständlich zu nehmen, daß sie mit der Brigade Schritt halten würde, und sprach zu ihr ganz so, wie er zu einem jungen Untergebenen gesprochen haben würde, der ermutigt werden mußte; aber seine Augen zwischen den zusammengekniffenen Lidern suchten ihr Gesicht nach den Anzeichen der Erschöpfung ab, die er fürchtete, und im Biwak wickelte er sie in ihre Decke ein wie ein kleines Kind, bettete ihren Kopf an seine Schulter und hielt sie im Schlaf eng umschlungen.

Sie erreichten Lecumberri nach Einbruch der Nacht und kampierten in einem Wald. Die Nacht in den Bergen war kühl, die Männer errichteten Lagerfeuer und legten sich innerhalb des Walls von Packsätteln und dicken Tornistern um sie herum.

«*Muy comodo!*» sagte Juana schläfrig und blinzelte in die Flammen. «Nett ist es hier, nicht Enrique?»

«Wenn du von diesen verdammten Bergnebeln nur nicht im Handumdrehen Rheumatismus bekommst!»

«Wie dumm! Bildest du dir ein, ich bin wie General Vandeleur?»

«Bestimmt nicht. Küß mich, *alma mia di mi corazon*!»

3

Befehle Lord Wellingtons erreichten die Division erst am späten Nachmittag des nächsten Tages. Soweit Altens Kundschafter Informationen hereinbrachten, waren sie vage, den Bauern mühsam vom Mund abgelesen und nur in Bruchstücken verstanden. Irgendwo nördlich von Pamplona schien ein schwerer Kampf stattgefunden zu haben, und es war nicht daran zu zweifeln, daß Soult einen großen Vorstoß durch die Berge gemacht hatte. Altens scharfgeschnittenes Gesicht war ruhiger wie eh und je, aber sein Stab fand, daß er ungewöhnlich kurz angebunden war, und als seine Boten zurückkamen und berichteten, es sei ihnen nicht gelungen, mit Wellington, noch mit Hill Fühlung aufzunehmen, zuckte ein Muskel in seiner Wange und er preßte die Lippen zusammen, als wollte er ein vorschnelles Wort des Tadels zurückhalten. Obwohl die Truppen die aufgezwungene Rast sehr nötig hatten, konnten sie sich ihrer nicht erfreuen, solange Gerüchte über eine Schlacht in der Luft lagen, sondern waren etwas gereizt und wollten wissen, was das heißen sollte, daß sie in einem Wald herumlagen, während die übrige Armee mit den Johnny Crapauds kämpfte.

Aber in der Abenddämmerung tauchte ein Dreispitz auf, weiß vor Staub, und es hieß, einer der hochwohlgeborenen Herren Adjutanten sei mehr tot als lebendig in das Biwak geritten gekommen und aus seinem Sattel fast in die Arme des Quartiermeisters Surtees getaumelt. Er brachte einen Befehl Wellingtons, vom Vortag datiert, und hatte die Division gesucht, bis sein Pferd fast umgesunken war und er vor Müdigkeit im Sattel schwankte. Soult war nach einer sehr heißen zweitägigen Schlacht bei Sorauren geschlagen worden, und die Leichte Division sollte sofort nach Zubieta zurückmarschieren.

Vom General herunter bis zum jüngst eingetroffenen Gemeinen wurde gründlich geflucht, denn nichts war verhaßter als ein Rückmarsch. Natürlich gab man dem Stab die Schuld, aber in Wirklichkeit konnte niemand etwas dafür. Sobald sich die Leichte Division einmal durch das Gewirr von Bergen und gewundenen Tälern in Bewegung gesetzt hatte, war es eine schwere Aufgabe gewesen, sie zu finden und aufzuhalten; und ein Rückzugsgefecht, das in einer zweitägigen Schlacht am rechten Flügel seinen Höhepunkt fand, hatte die Sache nicht leichter gemacht.

Alten gab unverzüglich Marschbefehl, und die Division brach das Lager im sinkenden Tageslicht ab. Es wurden nur neun Meilen zurückgelegt, denn Alten, der die Lehre eines einzigen Nachtmarsches über Bergpfade hinter sich hatte, ließ, sowie es dunkel wurde, die Division bei Leyza halten. In den frühen Morgenstunden kamen neue Befehle vom Hauptquartier. Soult hatte sich über den Paß von Arraiz zurückgezogen und strebte nach Vera und dessen Nachbardorf Echalar. Seine Lordschaft wünschte, daß Alten ihn, wenn möglich, bei Santesteban ablenken sollte; wenn das nicht ging, dann sieben Meilen weiter nördlich, bei Sumbilla; oder zumindest irgendwo in seine Marschkolonne einfallen. Aber Seine Lordschaft hatte gehofft, die Leichte Division schon bei Zubieta, fünf Meilen vor Santesteban, zu finden und nicht zehn Meilen weit weg auf der anderen Seite eines schwierigen Passes.

Die Division war in der Morgendämmerung auf den Beinen und hatte nach einem harten Marsch gegen Mittag einen Punkt wenige Meilen vor Santesteban erreicht. «George hat trotz allem einen Treffer gemacht», sagte Molloy und wischte sich die Stirn.

George hatte nämlich den Vorsitz über eine Kriegsgerichtsverhandlung übernehmen und daher in Leyza bleiben müssen. Harry, der einen grausigen Tag voraussah, war halb geneigt gewesen, Juana bei ihm zu lassen, aber der bloße Vorschlag hatte sie so böse gemacht, daß er die Idee aufgab. Müdigkeit und Härten ertrug Juana ohne zu klagen, aber die geringste Andeutung, zurückgelassen zu werden, verwandelte sie aus einem tapferen Kameraden in ein unangenehmes, trotziges Kind. Drei stürmische Stunden lang waren Kratzbürstigkeit und bitterböse Blicke Harrys Los.

«Wenn du mich zurückläßt, wirst du mich nie wiedersehen, weil ich dann nämlich nach Spanien zurückgehe», verkündete Juana.

«Rede keinen Unsinn!»

«Ich rede gar keinen Unsinn! Du bist unfreundlich und hast genug von mir, und bestimmt hast du irgendein gräßliches Frauenzimmer gesehen, das du viel lieber als mich hättest!»

«Eine baskische Bäuerin, wahrscheinlich, nichts als Zöpfe und Unterröcke.»

«Wer es ist, ist mir egal, und ich wünschte sehr, ich hätte dich nie geheiratet, weil du brutal bist und ein Tyrann, und mir fällt jetzt sehr vieles ein, was du getan hast und worüber ich nichts gesagt habe und was mich aber trotzdem sehr verletzt hat, und ich kann dir nur sagen, lieber möchte ich von den Franzosen gefangen werden, als noch einen einzigen Tag bei dir bleiben!»

«Wieso ich dir eigentlich in diesen ganzen Monaten nicht den Hals umgedreht habe, kann ich nicht verstehen!» sagte Harry.

«Ich wäre sehr glücklich, wenn man mir den Hals umdrehen würde, denn es kann nichts Schlimmeres geben, als gezwungen zu sein, mit dir zu leben!»

«Oh, also gut!» sagte Harry. «Dann komm mit – nur wirst du bei mir kein Mitleid finden, wenn du auf dem Marsch ausfällst, merk dir das!»

«*Mi queridissimo esposo!*» hauchte Juana, warf sich in seine Arme und küßte ihn leidenschaftlich. «Natürlich werde ich nicht ausfallen!»

Danach war es für sie natürlich Ehrensache, nicht das kleinste Zeichen von

Müdigkeit zu verraten, und als nach einem vollen Tagesmarsch Alten Nachricht erhielt, daß die Franzosen Santesteban früh verlassen hatten, und er der Division befahl, über den Bergpfad nach Yanzi vorzurücken, sagte Juana, nichts könnte ihr lieber sein.

Bei Tagesanbruch war es neblig gewesen, aber nun brannte die Sonne schon seit Stunden auf die staubigen Truppen hernieder. Der Verpflegungstrain war schon vor zwei Tagen überholt worden, und die Rationen in den Tornistern wurden immer knapper. Jedermann war müde, denn der Weg war unentwegt gleich schwierig, und die Mühe, Berghänge hinaufzuklettern, war kaum geringer als die Anstrengung, wieder hinunter zu müssen, was einigen ermüdender als die Kletterei vorkam.

Der lange Anstieg zur Santa-Cruz-Höhe ließ sogar die Beschwerlichkeit des Nachtmarsches verblassen. Die Sonne brannte, und der Pfad, kaum mehr als ein Schafsteig, wurde immer steiler, so daß die Offiziere schließlich absteigen und die Pferde führen mußten, und die Männer kämpften sich, fast niedergedrückt von dem Gewicht der Tornister, nur mühsam weiter. Um die Sache noch schlimmer zu machen, lagen große Felsblöcke mitten im Weg, und das lose Geröll rutschte unter den Füßen weg. Von der großen Höhe sang ihnen das Blut in den Ohren; dem einen oder anderen wurde schlecht; und alle mußten die steifen Kragen ihrer Jacken aufreißen, damit das Toben der angeschwollenen Halsadern leichter wurde.

Kempts Brigade hatte das Glück, die Führungskolonne zu bilden, aber Skerretts Brigade, halberstickt von dem Staub, den die Truppen vorne aufwirbelten, erlitt die unvermeidlichen Nachteile, die das Los der Nachhut sind, und es erging allen sehr schlecht. Mann um Mann fiel aus, buchstäblich unfähig, noch einen Fuß vor den anderen zu setzen. Keine Bürde wog weniger als vierzig Pfund, und bei einigen wog sie sogar viel mehr; die Tschakos schienen immer enger um die schwitzenden Stirnen zu werden, und wenn ein Soldat erschöpft niedersank und ihm der Tschako herunterfiel, sah man eine hellrote Linie quer über der Stirn. Während sie so den fürchterlichen Gebirgspfad hinaufkrochen, die Knie fast in der Höhe des Kopfes, drang ihnen der erstickende Staub in die Lungen und machte sie fast blind, und die Sonnenstrahlen versengten ihnen den Rücken. Juana kam an einem Rifleman vorbei, der neben dem Pfad hingestreckt lag, das Gesicht schwarz, Schaum vor dem Mund. Es war schrecklich, ihn dort liegen zu sehen, allein am Berghang, zurückgelassen, um zu sterben, wenn er nicht schon tot war. Ihr Herz hämmerte, als wollte es ihr die Brust sprengen, und der Kopf war ihr wie geschwollen. Vor Entsetzen verschwamm ihr alles vor den Augen; sie sah ihren eigenen Körper, verlassen auf den heißen Felsen, und Geier, die über ihm kreisten und schwebten, wie sie es so oft auf Gewaltmärschen gesehen hatte. Sie verlor den Halt auf dem lockeren Boden, stolperte und schürfte sich die Knie auf. Der Schock ließ sie aufwimmern, aber es war Angst und nicht der lächerlich geringe Schmerz, was ihr den Laut entlockte. Tinys Zügel lagen schlüpfrig in ihrer feuchten Hand; das Fell des Tieres war schweißnaß, und das Geräusch seines Atems erschreckte sie. Wenn Tiny versagte, schien es ihr, daß sie selbst sterben mußte. Eine Hand, die ihren Ellbogen packte, half ihr wieder auf die Füße. Wests Stimme sagte rauh: «In Ordnung, Gnädige?»

Sie versuchte, den Nebel vor ihren Augen wegzuwischen, und verschmierte dabei den Staub im Gesicht. West konnte sie ihre Ängste nicht erzählen; sie flüsterte nur: «Ja!» und gab Tinys Zügel einen Ruck.

Der Schweiß klebte ihr den Rock des Reitkostüms an die Füße; sie begann ihre Schritte zu zählen und hielt den Kopf gesenkt, so daß sie nichts als die Steine und Felsen zu ihren Füßen sah und nicht den endlosen, steilen Weg vor sich. Sie dachte, wenn sie ausfiele, dann würde West vielleicht neben ihr sitzen bleiben, bis sie tot war, um die Geier fernzuhalten; nur – große starke Männer sanken fast jeden Meter um, und vielleicht würde West vor ihr versagen.

Die Kolonne stockte wieder einmal. West sagte ihr mit heiserer, ausgedörrter Stimme, sie solle sich einige Minuten hinsetzen. Es war zu anstrengend, ihm zu antworten, und sie sagte nichts. Wenn sie sich hinsetzte, würde sie nie wieder aufstehen können; so stand sie nur still, lehnte sich an die arme geduldige Tiny und versuchte, ihre Lungen mit der dünnen, staubgeladenen Luft zu füllen. Davon mußte sie husten, und als sie aufblickte, drehten sich Himmel, Felsen und Soldaten in einem schwindelnden Wirbel um sie. In ihren Ohren dröhnte es so, daß sie ganz verwirrt wurde und anfing zu fürchten, sie würde die Zahl ihrer Schritte vergessen. Es war wichtig, daß sie das nicht vergaß, dachte sie und sagte daher: «Viertausendsechshundertundachtundachtzig» vor sich hin, immer wieder.

Eine eindringliche Stimme drang in ihre Versunkenheit. «Mach den Mund auf! Juana, mach den Mund auf, hörst du?» sagte jemand.

«Viertausendsechshundertundachtundachtzig», sagte sie heiser. «Viertausend –»

«Aufhören!» sagte Harry grob. «Trink das sofort!»

Sie sagte vage, ungläubig: «Enrique?»

«Ja, ich bin hier. Trink das aus, und es wird dir gleich besser!»

Er hielt ihr einen Emailkrug an die Lippen, und sie schluckte gehorsam die schwache Mischung von Brandy und Wasser, die er enthielt. Die Welt wurde wieder sicher und hörte auf, um sie herumzuwirbeln. Sie sah Harrys finsteres Gesicht und lächelte. «*Nada me duele!*» sagte sie.

«Wir sind fast oben», sagte er. «Kannst du weiter?»

«O ja, nur bitte, Enrique, sage West, er soll die Geier fernhalten, ja? Es tut mir leid, daß ich lästig bin, aber du darfst nicht die Geier über mich kommen lassen, wenn ich ausfalle. Versprichst du mir das?»

«Ich verspreche es dir», sagte er mit erstickter Stimme. «Aber du redest Unsinn. Du wirst nicht ausfallen.»

«Nein, aber ich dachte, ich möchte dir nur schnell das wegen der Geier sagen.»

«Schön, aber jetzt hast du es mir gesagt, und jetzt brauchst du nicht mehr an solche Sachen zu denken.»

Sie stimmte ihm zu, und wirklich, sowie er neben ihr war, traten die gespenstischen Trugbilder zurück. Der Trunk, den er ihr gereicht hatte, belebte sie; sie sagte, es gehe ihr besser, und wagte sogar, den Bergkamm hinaufzublicken. Harry konnte unmöglich bei ihr bleiben; sie war nicht die einzige Ursache seiner Sorgen, mochte sie auch die schmerzlichste sein. Zweihundert Mann waren aus der Kolonne ausgefallen, so erschöpft, daß sie sich nur aufrecht halten konnten, wenn sie sich auf ihre Musketen stützten, und sie sagten mürrisch und bestürzt, sie seien noch nie vorher ausgefallen, nicht einmal auf der Straße nach Talavera. Kundschafter meldeten, daß der Feind auf der Straße neben dem Bidassoa dahinmarschiere – und dabei war noch nie eine Brigade in einer schlimmeren Kampfverfassung gewesen. Um Harrys Sorgen noch zu vergrößern, machte sich Skerrett völlig unnützerweise wichtig und war ärgerlich, was von seiner Führung der Brigade im Kampf Böses ahnen ließ.

Die Führungsbrigade erreichte den Kamm von Santa Cruz um vier Uhr nachmittags und erhielt Erlaubnis, hier zu halten. Mehrere Männer, die die letzten paar hundert Meter nur durch den verbissenen Entschluß, sich nicht unterkriegen zu lassen, hinter sich gebracht hatten, erreichten kaum den Gipfel, als sie schwer auf die sonnenheißen Felsen niederstürzten, sich einige Augenblicke in einer seltsamen Agonie krümmten und starben, schwarz im Gesicht wie der Soldat, den Juana gesehen hatte, mit Schaum vor dem Mund, die Musketen noch fest in der Hand. Andere hoben die Köpfe, als der Schrei «Der Feind!» durch das Dröhnen in ihren Ohren in das Gehirn drang, und zeigten Gesichter, die unter dem Staub und Schweiß unkenntlich waren. Dreitausend Fuß tief unter ihnen floß der Bidassoa durch eine tiefe Schlucht zwischen den Höhen von Santa Cruz und von Sumbilla. Jenseits des Bidassoa lief die Straße von Santesteban nach Vera den Fluß entlang, und als die müden Soldaten hinunterblickten, sahen sie eine dichte Masse von Truppen auf der Straße dahinziehen. Selbst von dort, wo sie hielten, konnten sie schon sehen, daß die Kolonne in Unordnung war und nordwärts eilte.

«Schaut sie an, Jungen, schaut sie an!» rief Tom Plunket mit brüchiger Stimme aus. «Sie sind in die Flucht geschlagen, bei Gott! Jetzt heißt's, Gewehr entsichert und drauf!»

4

Der Anblick der weichenden Kolonne weckte die Geister der Division; Männer, die noch einen Augenblick zuvor gedacht hatten, sie seien nicht imstande, sich zu rühren, krabbelten wieder hoch; und als Alten beschloß, den Marsch noch weitere sieben Meilen zu forcieren, in dem Versuch, den Rückzug der Franzosen abzuschneiden, mühte sich fast die ganze Erste Brigade mit dem steilen Abstieg auf der Nordseite des Berges ab. So viele Männer von Skerretts Brigade überhaupt noch imstande waren, einen Fuß vor den anderen zu setzen, folgten ihr, aber dreißig Meilen Marsch in der Nachhut der Kolonne über schwierigstes Gelände hatte der Stärke der Brigade zuviel abverlangt. «Die Männer bringen es nicht zustande, General», sagte Harry Skerrett rundheraus.

«Ich glaube fast, Sie haben recht», sagte Skerrett unentschieden. Harry wußte, daß er wirklich recht hatte, und biß sich auf die Lippen, um eine hitzige Antwort zurückzuhalten. Nach einer Weile schien Skerrett zu einem Entschluß gekommen zu sein und sandte Fane mit einer Botschaft für Alten weg. Gleich darauf kam Fane mit dem Befehl zurück, die Brigade solle am Fuß des Berges wegtreten, in der Nähe eines Dorfes, wo sie auf ihrem Marsch nach Lecumberri gehalten hatten.

Für Juana, sich und Tom Fane beschlagnahmte Harry dasselbe Bauernhaus, das sie vor wenigen Tagen bewohnt hatten. Es war ein nettes kleines Gebäude, und als sie es zuletzt gesehen hatten, war es inmitten wohlbebauter Felder gestanden, mit einem Garten voll Gemüse dahinter und einem Hof, der vor Geflügel und Ziegen überquoll. Der Durchzug der französischen Armee hatte das alles geändert. Der Mais war als Futter beschlagnahmt worden, die Erbsenstauden im Garten waren leer, die Felder niedergetrampelt und die Enten und Hühner requiriert worden. Der Besitzer schien sich jedoch damit abgefunden zu haben. Er erzählte Harry, etwas von seinem Getreide sei von englischen Kommissaren genommen worden; aber die Engländer gaben Quittungen aus und bezahlten alles, wenn man Geduld hatte; und selbst wenn sie nie zahlen würden, würde ihm das auch nichts machen, weil sie die schurkischen Franzosen aus dem Lande vertrieben hätten. Er hatte noch etwas Speck versteckt – genug, um für die Smiths ein Abendessen zu liefern, wenn sie ihn mit ihren eigenen Rationen streckten, sagte er.

Es war spät, als Harry zu Juana und Tom Fane ins Quartier kam. Juana schlief schon auf dem ausgebreiteten Mantel auf dem Fußboden, und Tom Fane saß auf einem Hocker und behütete sie. Sie schaute klein und hilflos aus und war so erschöpft, daß weder das Öffnen der Tür noch Harrys ungedämpfte Stimme ihre Augenlider auch nur zucken ließ.

Als der Bauer das Abendessen hereinbrachte, weckte sie Harry. Er setzte sich an den Tisch; sie schien immer noch halb zu schlafen, aber der Geruch des Essens brachte sie zu sich, und sie aß recht tüchtig. Sobald sie den letzten Bissen geschluckt hatte, schlief sie wieder ein und rührte sich bis zum Morgen nicht mehr. Dann setzte sie sich auf, gähnte und streckte sich. «Oh, wie ich geschlafen habe!» sagte sie.

«Geht's besser, *querida*?» fragte Harry.

«Oh, es geht mir großartig, und ich bin so schrecklich hungrig!»

«Wenn wir nur noch etwas von dem Speck hätten, den wir zu Abend gegessen haben!» sagte Fane. «Wir hätten etwas aufheben sollen!»

«Ihr habt Speck zum Abendessen gehabt?» rief Juana aus. «Oh, *malvado, hombre brutale*! Warum habt ihr mich denn bloß nicht aufgeweckt?»

«Aber, Juana, Harry hat Sie doch geweckt!»

«Nein, niemals! Das ist nicht wahr!»

«Doch», sagte Harry und lachte sie aus. «Du hast außerdem sehr tüchtig gegessen!»

«Enrique, das ist gelogen! Ich habe nichts gegessen, sage ich dir! *Estupido,* wie soll ich gegessen haben, wenn ich mich überhaupt nicht daran erinnern kann? Ich habe die ganze Zeit geschlafen!»

«Mein liebes Herz, da magst ja geschlafen haben, aber mein Ehrenwort, du bist dort auf dem Hocker gesessen und hast Speck und Eier gegessen und zwei Tassen Kaffee getrunken!»

«Ja, das haben Sie wirklich», versicherte ihr Fane.

«Na, wenn das wahr ist, dann ist das ja ganz schlimm!» sagte sie. «Denn mir kommt vor, daß ich seit gestern morgen überhaupt nichts mehr gegessen habe, und es wäre sehr tröstlich, wenn ich mich wenigstens erinnern könnte, daß ich gestern abend Speck und Eier gegessen habe.»

5

Wie durch ein Wunder lebte die Division wieder auf, sie marschierte noch am selben Morgen wieder und schloß sich Alten bei Yanzi an. Kempts Brigade hatte am Vorabend, gedeckt von dichten Wäldern, die Ufer des Bidassoa erreicht, die in Unordnung geratene französische Kolonne auf der anderen Seite des Flusses überrascht und die Reihen mit ihrem Feuer durchsiebt. Die Aussicht, «den Staub aus den Fellranzen der Franzmänner zu klopfen», hatte die Brigade vorwärts getrieben, aber nach der ersten Salve hatte sie nicht mehr viel unternommen. Eingezwängt in den Hohlweg von dem Berg hinter sich, dem genau gezielten Feuer der Riflemen gnadenlos ausgeliefert, hatten die Franzosen durch Zeichen um Pardon gebeten und auf ihre Verwundeten gewiesen, die sie mit sich führten. Es herrschte schreckliche Verwirrung bei ihnen, und die Körper toter Soldaten wirbelten im Bidassoa dahin, während die Kavallerie, verwundete Infanteriesoldaten niedertrampelnd, versuchte, den Paß von Echalar hinaufzustürmen.

Auf dem Marsch am nächsten Tag wurde die ermüdete Leichte Division von der Ankunft Lord Wellingtons in ihrer Mitte ebenso aufgemuntert wie von dem hinterlassenen französischen Gepäck, das wirr durcheinander längs der ganzen Straße lag. Seine Lordschaft war sichtlich in vorzüglicher Laune. Er tippte zum Gruß für die Leichten Truppen an seinen Dreispitz und lächelte, daher war er anscheinend mit den Ergebnissen ihrer Gewaltmärsche nicht unzufrieden. Und Seine Lordschaft war tatsächlich geneigt, über seine Soldaten erfreut zu sein. In Augenblicken der Erbitterung sagte er, sie seien zu nichts als zum Kämpfen gut. Er gab zu, darin seien sie sehr gut, und es hieß, daß er von dem Kampf bei Sorauren gesagt habe, er hätte die Armee sich noch nie so gut betragen gesehen. Die Männer hatten Seiner Lordschaft – wie er auch wußte, daß sie es tun würden – aus einer Klemme geholfen. General Cole hatte ihm keine entsprechende Aufklärung übermittelt, und es hatte in verschiedener Hinsicht ziemlich viel Unsicherheit zwischen den verschiedenen Divisionskommandeuren geherrscht, so daß es Soult möglich geworden war, viel weiter vorzudringen, als man es hätte zulassen wollen. Der Verlust des Maya-Passes war ziemlich unnötig, und als die Armee bis nach Sorauren zurückweichen mußte, ärgerten sich die Soldaten und murrten und hatten kein Vertrauen mehr zu ihren Generalen. Aber alles das änderte sich in dem Augenblick, als Seine Lordschaft zur Armee stieß. Er ritt ganz allein her, weil er Lord Fitzroy Somerset mit Depeschen für den Generalquartiermeister in Galopp weggeschickt hatte. Wellington tauchte mitten unter den Plänklern einiger portugiesischer Caçadores auf, und kaum hatten sie den flachen Dreispitz und vertrauten Frack erblickt, als sie auch schon «Douro! Douro!» brüllten, mit welchem Titel sie Seine Lordschaft zu preisen pflegten. Die britischen Truppen spitzten die Ohren; wenig später war Seine Lordschaft auch schon unter ihnen und wurde von einem derartigen Getöse von Hochrufen empfangen, daß es bis zu den Linien Soults drang und sogar eine Spur Farbe in die Wangen Seiner Lordschaft brachte. Er salutierte vor seinen Truppen in seiner steifen Art, aber obwohl er nur sagte: «Kein Hochrufen, meine Jungen, schickt lieber die Franzosen dorthin, wohin sie gehören», war zu sehen, daß ihn die Kundgebung nicht unberührt gelassen hatte. Es wurde nicht mehr geknurrt, es gab keine pessimistischen Prophezeiungen mehr. Wenn Seine Lordschaft persönlich kam, wußten seine Leute, daß es dem Ende zuging. Man konnte sein ruhiges Profil nicht sehen, ohne das Gefühl grenzenlosen Vertrauens zu haben, und er hatte eine Art, unvorhergesehen mitten unter hartbedrängten Truppen aufzutauchen, die das Schlachtenglück immer zugunsten der alliierten Armee wandte. Während einer Schlacht brachte ihn nichts aus der Ruhe, und der Mann, der in seinem Büro eine erschreckende Gereiztheit zeigen konnte, wann immer etwas schiefging, war nicht wiederzuerkennen. Er konnte demoralisierte Truppen einfach dadurch wieder sammeln, daß er sich in ihre Mitte begab; und wenn unter dem Druck der Umstände ihr Feuer unregelmäßig wurde, konnte er es wieder stetig machen, indem er bloß in seiner lauten, heiteren Art sagte: «So ist's recht, meine Burschen – laßt euch Zeit! Nur keine Übereilung!», als wären sie bei einer Schießübung.

Daß Hills Streitkräfte bei Sorauren so erfolgreich gewesen waren, ärgerte die Light Bobs natürlich etwas, wenn sie an ihren fruchtlosen Marsch nach Lecumberri dachten; aber sie hatten Gelegenheit, zu zeigen, aus welchem Holz sie geschnitzt waren, als sie ihre ursprüngliche Vorpostenlinie oberhalb Veras wieder bezogen und entdeckten, daß die Franzosen die Höhen von Echalar zu ihrer Rechten hielten. Die Männer waren durch die übermäßigen Märsche und den Mangel an Verpflegung so geschwächt, daß sie sich zum Teil kaum auf den Beinen halten konnten. Sie aßen etwas Zwieback, der vom Proviantmeister ausgegeben wurde, während sie ihre Gewehre luden, und, geschwächt oder nicht, die Division ging auf die französische Flanke los, während die Vierte und die Siebente Division einen Angriff auf die Frontmitte führten. Eine Brigade der Siebenten trug an diesem Tag die größten Ehren des Kampfes davon, aber die Rifles und das 43. Regiment unter Oberst Barnard nahmen die Bergspitze von Ivantelly in dichtem Nebel ein, fegten die französische Plänklerlinie beiseite, verloren die Verbindung zu ihrer Einheit und kämpften wie die Teufel in den dichten Wolkenbänken. Als sich der Nebel hob, stand Barnard auf dem Kamm, daher taufte die Armee den Gipfel in «Barnard's Hill» um, und die Division konnte vergessen, daß sie bei Sorauren nicht einen Streich geführt hatte.

Soult, dessen Zentrum der Front zerschlagen und dessen Flanken in dem verwirrenden Nebel in die Flucht geschlagen waren, war nun gänzlich geschlagen, meinte die Armee. Es hieß, die Männer desertierten zu Hunderten aus den französischen Linien, und es war allgemein bekannt, welch kostbares Gepäck der Feind auf diesem katastrophalen Rückzug verloren hatte.

Aber noch immer kam keine Nachricht über einen Bruch des Waffenstillstandes von Pläßwitz, daher ließ Lord Wellington seine Armee halten, statt die Franzosen in ihr eigenes Territorium zu verfolgen, und gruppierte sie an der Pyrenäenfront um.

Der ganze August verging für die Leichte Division ruhig. In San Sebastian hatte Graham die Belagerung der Stadt und Festung wieder aufgenommen, aber die übrige Armee erfreute sich einer wohlverdienten Atempause; das wichtigste Anliegen der Offiziere war es, ihre diversen Offiziersmessen mit Lebensmitteln und Wein zu versorgen. Es dauerte nicht lang, bis Brigadeadjutant Smith entdeckte, daß die spanischen Basken mit ihren französischen Nachbarn regen Schmuggel trieben und Brandy, Rotwein und sogar Schafe leicht zu haben waren, wenn man nur wußte, wie. Harry wurde von seinen Freunden belagert, und es gelang ihm regelmäßig, für sie zu beschaffen, was sie wollten.

«Du bist zu schade für die Armee», sagte Cadoux. «Was für ein Schmuggler aus dir geworden wäre! Ob ich wohl meine Hände mit diesen illegalen Flaschen beflecken soll?»

Die Beschäftigungen seines Brigadeadjutanten kamen schließlich Skerrett zu Ohren. Er klagte Harry, daß er keinen Wein bekommen könne und seit Monaten nicht mehr wisse, wie Hammelfleisch schmecke; und als Harry prompt erwiderte, er könne beides für ihn bekommen, hüstelte er, schaute Harry von der Seite an und sagte: «Nun, ich weiß nicht, wie Sie das zustande bringen, aber sollten Sie wirklich zufällig von einem anständigen Rotwein und etwas Hammelfleisch hören, wäre ich froh, wenn Sie es mir besorgen wollten.»

«Nichts leichter als das, General!» sagte Harry. «Ich will meine Schmuggler in Aktion setzen.»

Man konnte sich auf ihn verlassen; nach einigen Tagen sagte er Skerrett, er habe acht Schafe und ein Dutzend Flaschen Rotwein bekommen. An Vandeleurs Begriff von Gastfreundschaft gewöhnt, der verschwenderisch großzügig war, hielt er die Lieferung für ziemlich mager und wollte sich gerade dafür entschuldigen, als es ihm die Sprache verschlug, denn Skerrett sagte: «Ich bin Ihnen sehr verbunden, Smith, wirklich sehr verbunden, und würde mich freuen, wenn ich ein ganzes Schaf und zwei Flaschen Rotwein haben könnte.»

Die Geschichte war zu schön, um sie der Brigade vorzuenthalten. Skerretts Tafel wurde sprichwörtlich und zu einem Witz, der in der ganzen Division verbreitet wurde. Was die übrigen sieben Schafe und zehn Flaschen Rotwein betraf, so fanden Harry und Fane sie für das Maß ihrer eigenen Gastfreundlichkeit völlig unzureichend.

Dieser Witz war noch nicht abgeklungen, als Skerrett seine Absicht verkündete, ein Galadiner zu geben. Als er diese Neuigkeit seinem Adjutanten und seinem Brigadeadjutanten mitteilte, vermieden sie es sorgfältig, einander anzuschauen. «Wen laden Sie dazu ein, Sir?» fragte Harry.

«Ich muß natürlich Barnard und Colborne bitten, und Blakeney und einige andere Herren. Sie und Fane werden natürlich anwesend sein, und ich verlasse mich auf Sie, daß Sie sich um alles kümmern», sagte Skerrett.

Sie versicherten ihm, dies würden sie tun, aber als Harry fragte, ob er die Einkäufe für das Bankett besorgen solle, sagte Skerrett, nein, darum wolle er sich lieber selbst kümmern. «Man kann nicht erwarten, daß man in einem Biwak sehr gut speist», sagte er, «aber ich muß sagen, daß mein Koch ein respektables Diner durchaus zustande bringt.»

Da er den schlechtesten Koch in der Division hatte, teilten weder Harry noch Fane seinen Optimismus. Woher würden die Vorräte kommen? Wo war der Wein zu haben?

«Ausgerechnet Barnard!» kicherte Harry. «Der hat schon seit Salamanca einen französischen Koch, und oh, wie der sein Abendessen und eine gute Flasche Wein liebt! ‹Man kann nicht erwarten, daß man in einem Biwak gut speist!› Weiß denn der alte Narr nicht, daß die Diners von Colborne und Barnard berühmt sind? Ich sage dir schon jetzt, Tom: wir werden Steaks und einen Säuerling dazu kriegen!»

«Er muß doch etwas Besseres als einen Säuerling auftreiben wollen», sagte Tom.

Er hatte recht. Als Harry am Morgen des Festschmauses bei seinem Brigadegeneral um Order vorsprach, fand er ihn im Reiseanzug. «Wohin reiten Sie, General?» fragte er.

Skerrett, der zuerst entsetzt war über die legere Art der Divisionsoffiziere, hatte sich in den Mangel an Etikette bei seinem Brigadeadjutanten dreingefunden und antwortete, er sei auf dem Weg nach Lesaca. Das konnte nur bedeuten, daß er sich auf Suche nach Vorräten begab, daher sagte Harry prompt zu Fane, sie hätten den Burschen falsch beurteilt, und er gehe tatsächlich zum Marketender des Hauptquartiers, um das Nötige dort einzukaufen.

Fanes Affengesicht verzog sich bei der Anstrengung, die logischen Schlußfolgerungen daraus zu ziehen. «Die Preise beim Hauptquartier sind nichts für Skerrett», sagte er. «Ich glaube, du hast nicht recht. Es wird doch Steaks und Geflügel geben – und zäh außerdem.»

«Warum ist er aber dann nach Lesaca geritten?»

«Das weiß ich nicht», sagte Fane, «aber ich werde draufkommen.»

Er postierte sich dementsprechend als Beobachter und kam in das Bauernhaus, das er mit den Smiths teilte, gerade rechtzeitig, um sich für das festliche Abendessen bereitzumachen. Harry hörte ihn kommen und steckte den Kopf zur Tür seines Zimmers heraus. «Na, hat er eingekauft?»

«Ja!» sagte Fane. «Zwei Flaschen Sherry! Und du mußt ja vorsichtig damit umgehen! Er hatte die eine in der einen Tasche und die andere in der anderen stecken, und trug mir eigens auf, dich zur Vorsicht zu ermahnen!»

Ein solcher Witz war natürlich viel zu gut, um nicht weitergegeben zu werden, und als sich die Gesellschaft in Skerretts Eßzimmer versammelte, wurden Barnard und Colborne sofort in das Geheimnis eingeweiht.

Das Diner war genauso schlecht, wie es Tom erwartet hatte, aber alle stimmten darin überein, daß es eine großartige Gesellschaft war. Denn kaum hatte man sich zu Tisch gesetzt, als Oberst Barnard in der unschuldigsten Weise sagte: «Los, Smith, ein Glas Wein!» Der Sherry aus Lesaca verschwand, bevor noch der erste Gang serviert war, und Tom Fane mußte sich in den Hintergrund zurückziehen, um sein Lachen beherrschen zu können.

«Los, General, noch etwas von diesem Wein!» sagte Barnard. «Wir Burschen im Lager bekommen eine solche Köstlichkeit nicht alle Tage!»

Colbornes ernster, schöner Mund zuckte, denn er hatte schon mit Oberst Barnard zu Abend gegessen. Skerrett starrte Harry an und sagte: «Es tut mir sehr leid, aber dies war die letzte Flasche eines alten Vorrats, Barnard. Was ich Ihnen jetzt geben muß, ist, fürchte ich, nicht so gut.»

Und es war wirklich saurer Wein. Barnard sagte: «Nein, das geht nicht; aber trinken wir doch einen Brandy!»

Aber der Säuerling war alles, was sie bekamen, und kein Brandy tauchte auf, nicht einmal, als ein miserabler Kaffee serviert wurde, um General Skerretts erste und letzte Abendgesellschaft abzurunden.

«Ihr seid doch alle miteinander ganz schlechte Kerle», sagte Colborne nachher mit einem Lächeln, das nur seine Augen erhellte. «Wenn ich je eine Brigade bekommen sollte, hoffe ich inständig, daß man mir nicht Sie als Brigadeadjutanten schickt, Smith.»

«Und ich hoffe inständig, daß ich Ihr Brigadeadjutant werde, sollten Sie eine Brigade bekommen, Oberst!» antwortete Harry schnell.

6

Am 25. August, dem Geburtstag des Regiments, gaben die 95er Rifles ihr erstes Regimentsdiner, eine ganz andere Sache als Skerretts denkwürdiges Gastmahl. Nicht weniger als siebzig fröhliche Herren setzten sich zu dem Diner nieder, und da die ganze Division im Biwak lag und kein Haus in der Umgebung zu finden war, das einen Raum gehabt hätte, um eine so große Gesellschaft zu fassen, hatte man beschlossen, das Diner im Freien abzuhalten. Es wurden zwei lange tiefe Parallelgräben ausgehoben, die Herren saßen auf dem Boden, die Beine in diesen Gräben, und der Rasen zwischen ihnen diente als Tisch. Alles weniger Feste, sagte Molloy, wäre ohnehin unter dem Gewicht der Speisen und Getränke, die darauf standen, zusammengebrochen. Es war eine lärmende, fröhliche Unterhaltung mit einer Menge Trinksprüche und sehr viel Gesang;

und die französischen Vorposten auf der Höhe über diesem Schauspiel sahen mit angespanntestem Interesse zu.

Wenige Tage später wurden Freiwillige aufgerufen, um bei dem zweiten Sturm auf San Sebastian auszuhelfen. Gerüchte besagten, Lord Wellington habe gesagt, daß er Truppen nach San Sebastian schicken würde, die der Fünften Division zeigen würden, wie eine Stadt durch einen Sturm einzunehmen sei – eine Bemerkung, die Soldaten nicht gefallen konnte, denen es mißlungen war, eine unmögliche Aufgabe durchzuführen. Lord Wellington wollte außer mehreren Hundert von anderen Divisionen einhundertfünfzig Männer der Leichten Division; aber als aus einem Bataillon vierzig Freiwillige vortreten sollten, trat das ganze Bataillon einen Schritt vor. Schließlich waren die vierzig ausgewählt, aber es gab viel Streit unter den Männern; und Offiziere, die beharrlich, aber vergebens verlangten, gewählt zu werden, waren tagelang bitter beleidigt. Als die erfolgreichen Freiwilligen San Sebastian erreichten, wurden sie jedoch von den Pionieren sehr kalt aufgenommen; und General Leith sagte rundheraus, was den Zweck betraf, der Fünften zu zeigen, wie man eine Bresche erstürmt, sollten sie als Unterstützung, nicht aber als Sturmtruppe dienen. Als Termin des Sturmangriffs wurde der letzte Tag des August festgesetzt, aber man erwartete, daß Soult versuchen würde, die Stadt zu entsetzen. Man wußte, daß seine Armee zwischen der Küstenstadt St. Jean de Luz und dem Dorf Espelette konzentriert war, daher stand Lord Wellington auf der Westseite des Bidassoa für ihn bereit. In der Nähe der Küste gab es zwei Furten, bei Irun und Behobie, aber überall sonst in dem Gebiet war der Fluß sehr unzugänglich, mit steilen, felsigen Ufern, die einer Armee keine Möglichkeiten boten, ihn zu überschreiten. Am oberen Bidassoa, bei Vera, hielt die Leichte Division die Stadt immer noch mit Vorposten, während das Gros der Division auf der Höhe von Santa Barbara lagerte und hinunter auf die Stadt und die verbarrikadierte Brücke blickte. Die zur Vierten Division gehörenden Portugiesen bewachten die Furten weiter stromabwärts, aber als Soult sehr früh am Morgen des 31. August in großer Stärke anrückte, hing einer der allzu häufigen Bergnebel schwer über dem Fluß, so daß von einem Vormarsch des Feindes nichts zu sehen war. Vier Divisionen unter Clausel griffen die Portugiesen vor sieben Uhr an und überschritten den Fluß in dichtem Dunst. Er hob sich etwa eine Stunde später, und sofort begann eine französische Batterie, Vera mit Granatfeuer zu belegen, und die Leichte Division zog ihre Vorposten ab. Die Division, auf dem beherrschenden Gelände oberhalb der Stadt in Schlachtordnung aufgezogen, erwartete, in großer Stärke angegriffen zu werden, es stellte sich jedoch bald heraus, daß der Hauptangriff auf den unteren Bidassoa geführt wurde, wo die Spanier General Freires – von zwei britischen Divisionen unterstützt – die Ehre hatten, den Frontalangriff zu empfangen. Um zehn Uhr war diese Sache beendet, wobei sich die Spanier sehr gut gehalten hatten, aber gegen Ende des Kampfes etwas den Mut verloren. General Freire, sehr nervös, ging persönlich zu Lord Wellington, um Verstärkung zu erbitten, aber Seine Lordschaft erwiderte kühl: «Wenn ich Ihnen britische Truppen senden würde, hieße es, die hätten die Schlacht gewonnen. Da sich aber die Franzosen bereits zurückziehen, könnt ihr sie ebensogut selbst gewinnen.»

Inzwischen lagen einige Meilen weiter stromaufwärts bei Vera die Portugiesen in übelstem Wetter den ganzen Tag im Kampf. Es regnete unaufhörlich, grollender Donner und plötzliche Windstöße zeigten an, daß sich ein Unwetter zusammenbraute. Der Fluß schwoll rapid an, ein Umstand, der Brigadeadjutant Smith bald Unbehagen zu bereiten begann, denn wenn die Furten unpassierbar würden, war es klar, daß die Franzosen um der Sicherheit willen versuchen mußten, sich in den Besitz der Brücken bei Vera zu setzen. Als das schwere Kanonenfeuer die britischen Vorposten aus der Stadt vertrieb, galoppierte Harry sofort dorthin, wo Skerrett in einer äußerst exponierten Stellung neben seinem Pferd stand, und wies auf die Vorbereitungen hin, die der Feind für eine Attacke auf die Häusergruppe am Brückenkopf traf, die von einigen Riflemen gehalten wurde. Harry, ohnehin schon über Skerretts anscheinend fixe Gewohnheit erbittert, sich immer auf einem gefährlichen Platz zu postieren, während sich seine Männer klug in jedem verfügbaren Stückchen Deckung verbargen, sprach heftig und ziemlich ungeduldig. «General Skerrett, wenn wir das 52. Regiment nicht zur Unterstützung hinschicken, wird der Feind die Riflemen zurücktreiben! Sie können diese Häuser nicht gegen die Zahl halten, die zur Attacke bereitsteht. Unsere Leute werden wie die Teufel kämpfen, weil sie erwarten, daß sie unterstützt werden, und wenn sie vertrieben werden, werden sie sehr schwere Verluste haben!»

Er mußte brüllen, um sich bei dem Lärm der explodierenden Granaten verständlich zu machen, und erwartete tatsächlich, jeden Augenblick getroffen zu werden, da alle möglichen Geschosse rund um seinen General in den Boden pfefferten. Skerrett schien sich um seine Warnung ebensowenig wie um das Kanonenfeuer zu kümmern und lachte. «Oh, ist das Ihre Meinung?» sagte er.

«Und die Ihre wird das in fünf Minuten sein!» gab Harry aufsässig zurück. Er war so böse, daß er viel mehr gesagt hätte, hätte ihm Skerrett die Möglichkeit dazu gegeben. Aber Skerrett schien ihm seine hastige Entgegnung nicht sehr übelzunehmen und begann die Sache zu diskutieren. Es war aber ein Augenblick für Handlungen und nicht Diskussionen, und bevor noch Skerrett Zeit hatte, seine Ansichten auseinanderzusetzen, überfiel eine Wolke von Voltigeurs, von einer großen Kolonne unterstützt, die Häuser an der Brücke.

«Werden Sie vielleicht jetzt endlich vorrücken?» brüllte Harry.

Nein, General Skerrett würde nicht vorrücken. Er hielt es für unklug, Truppen aufs Spiel zu setzen, bloß um die Brückenhäuser zu verteidigen; er wollte Zeit und Rat, um die Sache zu überdenken, und er fürchtete, daß sein Brigadeadjutant ein sehr unbedenklicher junger Mann sei. Während er noch stritt, argumentierte und unschlüssig war, setzen sich die Franzosen in den Besitz der Häuser und folgerichtig der Brücke selbst, und die Riflemen mußten sich nach einer mutigen Verteidigung unter noch schwereren Verlusten zurückziehen, als Harry sie befürchtet hatte.

Für einen, der selbst ein Rifleman war und so genau, als wäre er mitten unter ihnen gewesen, wußte, wie unbedingt die Männer, die in den Häusern postiert waren, sich auf die Unterstützung ihrer Kameraden verlassen hatten, war es zum Verrücktwerden, sehen zu müssen, daß dieser Glaube, aufgebaut in so vielen harten Gefechten, durch leichtfertige Dummheit zerstört und Leben nutzlos geopfert wurden. Heftige Vorwürfe lagen Harry auf der Zunge, aber er unterdrückte sie, weil der Schaden geschehen war und durch Vorwürfe nichts gewonnen wurde. Die Häuser konnten und mußten zurückerobert werden. Die Franzosen konnten von ihrer Stellung aus nicht hoffen, sie zu halten, falls sie nicht die Leichte Division aus ihrer beherrschenden Stellung über sich vertrieben. Harry sagte: «Sie sehen jetzt, was Sie zugelassen haben, General. Wir müssen die Häuser, die wir nie hätten verlieren dürfen, zurückerobern.»

«Na ja», sagte Skerrett, «ich glaube, Sie haben recht.»

Harry wartete, aber er erhielt keinerlei Befehl, irgendeinen Teil der Brigade vorrücken zu lassen. Skerrett schien unentschlossener denn je, und Harry, der den letzten Fetzen Geduld oder Gleichmut, der ihm noch geblieben war, verlor, warf sein Pferd herum und galoppierte durch einen Geschoßhagel dorthin, wo das 52. Regiment gefechtsbereit stand. Er ritt geradewegs zu Colborne, der ihn mit einem sehr strengen Blick ungewöhnlich grimmig begrüßte: «Na, Smith? Darf ich fragen, was Sie vorhaben?»

«Sir, General Skerrett will nichts unternehmen!» brach Harry aus. «Wir müssen jene Häuser wieder einnehmen! Ich habe ihm vorausgesagt, was geschehen würde!»

«Oh!» sagte Colborne. «Ich bin froh, denn ich war auf Sie böse. Sehr gut, wir nehmen sie sofort.»

Es dauerte nur wenige Minuten, und die Häuser waren wieder besetzt, weil sich die Franzosen zurückzogen, sowie sie sahen, daß die Briten Ernst machten. Harry konnte nicht umhin, sich zu fragen, was wohl Skerrett fühlen mußte, wenn er einen Teil seiner Brigade in den Kampf eingreifen sah, ohne irgendeinen Befehl gegeben zu haben. Aber als Skerrett bald darauf zu ihnen stieß, machte er keine Bemerkung. Das trug nichts dazu bei, Harrys gute Meinung von ihm zu fördern. «Stelle man sich bloß den alten Vandeleur vor, wenn man das Gesetz des Handelns selbst in die Hand genommen hätte!» sagte er verächtlich.

«Hätte man nicht erst müssen», sagte Bruder Tom, der Adjutant, kurz.

Im Laufe des Nachmittags hörte der Beschuß auf, aber das Wetter wurde zunehmend schlechter. Vedetten berichteten, der Bidassoa führe sechs Fuß hohes reißendes Wasser, und dabei fiel der Regen immer noch in Strömen. Die Wildwässer aus den Bergen waren zu Sturzbächen geworden, die mit einem derartigen Lärm Gestein mit sich führten, daß er über den unaufhörlichen Donner hinweg zu hören war. George Simmons, der auf Feldwachendienst im Tal stand, war nicht nur bis auf die Haut naß, sondern wurde fast von einem Ast niedergeschlagen, der von dem tobenden Sturmwind vom Baum gerissen wurde. Es war bekannt, daß die Franzosen den Bidassoa an allen Stellen überschritten hatten, und da nicht daran zu zweifeln war, daß Lord Wellington sie noch vor Einbruch der Nacht zurückwerfen würde, begann der hochgehende Fluß in der Abenddämmerung Harry große Sorgen zu machen. Er schlug Skerrett vor, das ganze zweite Bataillon des 95. Rifleregiments bei den Brückenhäusern zu postieren und das 52. Regiment in der Nähe zur Unterstützung bereitzuhalten, und wies darauf hin, es sei keine Zeit zu verlieren, um die Brücke selbst zu verbarrikadieren.

Skerrett, durch die Untätigkeit der Franzosen im Lauf des Nachmittags und das Verschwinden von Clausels Streitkräften am unteren Bidassoa in ein falsches Gefühl der Sicherheit gewiegt, lachte ihn nur aus. «Auf mein Wort, Smith, Sie kommen mir vor wie eine Katze auf der heißen Herdplatte! Sie können eine Feldwache aus einem Offizier und dreißig Mann an der Brücke lassen.»

«General Skerrett», sagte Harry, «die Franzosen stehen auf unserer Seite des Flusses, und sie werden über ihn zurückgehen müssen. Die Furten sind bereits unpassierbar, und ich gebe zu bedenken, daß es äußerst wichtig ist, die Brücke zu halten!»

Skerrett, der eben dabei war, sich in seinem Haus auf der Santa-Barbara-Höhe zum Abendessen niederzulassen, wurde rot und sagte ärgerlich: «Wollen Sie die Güte haben zu tun, was man Ihnen sagte Sir!»

«Sehr wohl!» schnappte Harry zurück. «Ich habe anzuordnen, daß sich das Bataillon auf diese Höhen zurückzieht.» Er zog sein Memorandumbuch aus der Tasche, und zum erstenmal in seinem Leben notierte er die Befehle seines Generals darin. «Ist das so richtig, Sir?» fragte er und zeigte Skerrett, was er geschrieben hatte.

«Ja, habe ich Ihnen schon gesagt!»

«Das werden wir noch vor Tagesanbruch bereuen!» sagte Harry und stob aus dem Haus, bevor Skerrett noch Zeit hatte, seine Impertinenz zu rügen.

Er galoppierte in den Regen, der ihm in die Augen schlug, zur Brücke hinunter. Der Wind war so heftig, daß er wie durch einen Strudel von Blättern, Stöcken und dem Unrat ritt, der aus den Bauernhäusern im Dorf hinausgeworfen wurde, alles in den Windstößen des Sturms durch die Luft gewirbelt. Er befahl dem Bataillon, sich in die Stellung auf der Höhe von Santa Barbara zurückzuziehen, und rief den Adjutanten auf. Oberst Norcott sagte: «Sind Sie verrückt geworden, oder habe ich Sie mißverstanden?»

«Weder noch», sagte Harry kurz angebunden. Er bemerkte, daß Tom Smith neben ihm stand. «Ruf mir eine Feldwache von einem Offizier und dreißig Mann für die Brücke!» sagte er.

«Bei Gott, Sie sind verrückt!» rief Norcott aus. «Damit will ich nichts zu tun haben!»

«Machen Sie, was Sie wollen! Ihr Befehl ist, sich auf die Höhen zurückzuziehen.»

«Harry, es kann nicht dein Ernst sein, die Brücke durch eine einzige Feldwache halten zu lassen!» sagte Tom eindringlich. «Das ist Mord!»

«Spar dir deine Bemerkungen!» stieß Harry hervor. «Was zum Teufel stehst du hier herum, wenn du einen Befehl bekommst? Ruf sofort eine Feldwache zu mir, verdammt!»

«Cadoux' Kompanie ist zum Feldwachdienst dran», sagte Tom, erschrocken über die Wildheit in Harrys Stimme.

Harry gönnte ihm keine Antwort. In einigen Minuten kam Cadoux auf Barossa herangeritten. «Was für ein nettes Wetter wir haben, wirklich!» sagte er. «Ah, du bist's, Harry. Ich hätte dich schon seit heute morgen gern einmal gesprochen. Ich möchte nicht für unhöflich gehalten werden, aber was zum Teufel hast du dir eigentlich dabei gedacht, uns in unserer kleinen Affäre nicht zu unterstützen?»

«Schimpf nur weiter! Nicht meine Schuld!» antwortete Harry mit einem häßlichen kleinen Lachen.

«Oh, nicht die deine? Dann mußt du entschuldigen – ich dachte, du seist unser Brigadeadjutant. Weißt du, daß wir nur durchgehalten haben in der Hoffnung, Unterstützung zu bekommen? Wir haben dich nicht gerade sehr ins Herz geschlossen. Meine Kompanie ist auf fünfzig reduziert. Ist dir das vielleicht bekannt?»

«Dan, du Narr, glaubst du wirklich, es war meine Schuld? Aber schau – wir haben keine Zeit zum Tratschen! Die Feldwache!»

«Oh, also es war doch wahr, ja?» sagte Cadoux. «Eine Feldwache, bestehend aus einem Offizier und dreißig Mann, für die Brücke; nun, mit deiner gütigen Erlaubnis, wir wollen es die ganze Kompanie machen lassen, und ich bleibe bei ihr.»

«Natürlich hast du meine Erlaubnis!» sagte Harry. «Und, Dan, paß höllisch auf – du wirst noch vor Tageslicht angegriffen werden, denn Clausel ist hier irgendwo auf dieser Seite des Flusses und versucht, einen sicheren Weg hinüber zu finden.»

«Bestimmt werden wir angegriffen werden», sagte Cadoux kühl. «Ich werde die Brücke so gut ich kann blockieren, und wenn möglich, werde ich sie halten, bis ich unterstützt werde. Aber ich möchte sehr gerne in der Früh immer noch eine Kompanie haben; wenn also die Attacke beginnt, schick das ganze Bataillon zu mir herunter, ja?»

«Du weißt, daß ich alles tun werde, was ich kann!» sagte Harry. «Aber dieser verdammte Narr –!»

«Nun, wolle Gott, ich halte die Brücke! Oh, und – äh – Harry?»

Harry schaute zurück. Cadoux saß nonchalant auf seinem Pferd, eine Hand in die Hüfte gestützt, sein nasser Mantel vom Wind um ihn gepeitscht, und Barossa tänzelte unruhig unter ihm herum. Harry konnte sein Gesicht in der Dämmerung nicht sehr deutlich sehen, aber er wußte, daß er lächelte. «Ja?»

«Alles Liebe an General Skerrett», sagte Cadoux.

«Verrecken soll er!» knurrte Harry.

Er verließ das Bataillon, bereit, sich zurückzuziehen, und ritt davon, nicht um sich bei Skerrett zu melden, sondern um Colborne aufzusuchen und ihm den Befehl in seinem Memorandumbuch zu zeigen.

Es war sehr gut, daß er sich den Befehl notiert hatte, denn Colborne, der eine derartige Narrheit nicht glauben wollte, neigte fast zu der Meinung, daß Harry mißverstanden haben mußte, was Skerrett meinte.

«Ich habe Cadoux mit seiner Kompanie zurückgelassen, um die Brücke zu halten, Sir», sagte Harry. «Aber dieses üble Durcheinander heute morgen hat ihn derart reduziert, daß er nur mehr an die fünfzig Mann hat. Ich kenne ihn – er wird die Brücke bis zum letzten Mann halten, aber er muß unterstützt werden!»

«Natürlich muß er unterstützt werden», sagte Colborne; seine Stimme stand in seltsamem Kontrast zu Harrys ungestümem Tonfall. «Das ganze Bataillon soll nach Vera hinunterrücken.»

«Nach Vera hinunterrücken! Ich hatte sie dort, und eben jetzt ziehen sie den Berg hinauf zurück!» sagte Harry bitter. «Cadoux erwartet, daß sie ihm zu Hilfe kommen, aber ach, Oberst, Skerrett ist allen Argumenten unzugänglich! Ich fürchte, ich werde ihn nicht dazu bewegen können, sie in Bewegung zu setzen!»

«Nun», sagte Colborne, «Sie müssen alles tun, was Sie nur können. Wenn der Angriff erfolgt, müssen die 95er augenblicklich zur Unterstützung der Feldwache anrücken. Sobald ich das Bataillon in Bewegung sehe, komme ich den Berg herunter zu eurer Flanke. Gehen Sie jetzt lieber zum Brigadegeneral zurück.» Er fügte mit einem leichten Lächeln hinzu: «Und wenn ich Sie wäre, Smith, würde ich ihm gegenüber meine Beherrschung nicht verlieren.»

«Nützt nichts, Sir, ist schon verloren. Wenn er Cadoux' Kompanie in Stücke hauen läßt, ist es mir egal, wenn er mich zugrunde richtet, denn bei Gott, sein Brigadeadjutant will ich nicht sein!»

Er fand Skerrett am Kamin in seinem Quartier vor. Als er die Vereinbarung mit Colborne vortrug, lächelte Skerrett bloß und sagte, er wüßte sehr gern, wer denn eigentlich die Brigade kommandierte: er, Oberst Colborne oder ein junger Naseweis von Brigadeadjutant?

«Cadoux wird noch vor Morgengrauen angegriffen», antwortete Harry kurz.

«Unsinn!» sagte Skerrett. «Ich erwarte nichts dergleichen. Wenn er angegriffen werden sollte, dann sicherlich nicht in großer Zahl. Ich habe keine Befehle mehr heute abend für Sie, Sie können daher in Ihr Quartier gehen. Ich würde Ihnen raten, zu Bett zu gehen und Ihre ganze Aufregung zu vergessen.»

«Mit Ihrer Erlaubnis, General, werde ich hierbleiben», sagte Harry.

«Oh, machen Sie, was Sie wollen», sagte Skerrett achselzuckend. «Aber bilden Sie sich nicht ein, Sie könnten mich in eine Panik treiben! Ich habe wesentlich mehr Erfahrung als Sie, so seltsam Ihnen das auch vorkommen mag. Wenn ich Sie nicht als einen jungen Hitzkopf kennte, der es gut meint, hätte ich einiges über Ihr Benehmen heute abend zu sagen. Aber Sie sind in Ihrer Art ein braver Bursche, also will ich es hingehen lassen.»

Da Harry nicht imstande war, sich zu einer höflichen Antwort auf diese Rede zu zwingen, sagte er lieber nichts. Skerrett legte sich gleich darauf auf sein

Bett und schlief ein; aber Harry blieb wach am Feuer sitzen, horchte auf den Wind, der um das Haus heulte, und den Regen, der die Fensterscheiben peitschte. Die Nacht war stockdunkel, nur von gelegentlichen Blitzen erhellt. Etwas nach Mitternacht kam ein Bote vom Divisionshauptquartier mit einer Depesche von Alten, der Skerrett informierte, daß der Feind sich über den Fluß zurückzog; daß er sehr wahrscheinlich noch vor Tagesanbruch versuchen würde, sich in den Besitz der Brücke von Vera zu setzen, und daß jede Vorsichtsmaßnahme getroffen werden sollte, um dies zu verhindern.

«Da haben wir's, General!» sagte Harry triumphierend. «Lassen Sie mich das Bataillon sofort zur Brücke hinunterschicken!»

«Ah, pah, Sie sind viel zu hastig! Zehn zu eins gewettet, daß die Franzosen Vera in diesem Unwetter nie erreichen werden. Es ist doch so finster, daß man die Hand nicht vor den Augen sieht! Es wäre ja sehr nett von mir, die Leute ohne guten Grund in einer solchen Nacht losmarschieren zu lassen!»

«General Skerrett, jede Minute, die Sie zögern, bringt den Vorposten in schlimmste Gefahr. Was verlieren Sie schon dabei, wenn Sie das Regiment zur Unterstützung vorrücken lassen?»

«Was ich dabei verliere – wahrhaftig! Sie junger Narr, ich hätte die Hälfte der Leute mit Fieber krank darniederliegen, wenn ich sie unnötigerweise exponierte! Nein, nein, ich weiß Besseres zu tun, als das!»

Kein Argument – und Harry brachte viele vor – war imstande, ihn seinen Entschluß ändern zu lassen. Sie diskutierten immer noch – Harry höchst ungestüm –, als Trompetenklang das Tosen des Sturms übertönte. Harry sprang zum Fenster und riß mit Gewalt die wackeligen Flügel auf. Der Wind pfiff ins Zimmer, blies die Papiere auf dem Tisch durcheinander und ließ Skerrett fluchen. «Ruhe, um Himmels willen! Horchen Sie!» schrie Harry.

Seine angestrengten Ohren fingen den Klang des allzu vertrauten Geschreis auf: *«En avant! l'Empereur recompensera le premier qui s'avancera!»*

Das schwache Echo ging in dem plötzlichen Stakkato-Geratter von Musketen unter. Harry schloß das Fenster, drehte sich um und packte seine Mütze und den Reitmantel. «Na, General, wer hat jetzt recht?»

Skerrett fuhr hastig in seine Jacke. Er sah verletzt drein und murmelte, er hoffe, es würde sich als eine bloße Plänklerattacke herausstellen. Harry rannte hinaus, brüllte nach seinem Pferd, das West auf seinen Befehl gesattelt in der Scheune bereit gehalten hatte, und galoppierte rücksichtslos durch die Finsternis dorthin, wo das Zweite Rifle-Bataillon im Biwak lag. Die Männer waren neben ihren feuerbereiten Waffen gelegen, und es war nicht erst nötig, zu drängen, daß sie sich mit der Aufstellung beeilen sollten. Sie rückten den Berg hinunter vor, mehr geleitet vom Feuerlärm an der Brücke als von dem schwachen Licht, das durch die Sturmwolken brach. Dem Lärm war deutlich zu entnehmen, daß Cadoux in heißem Kampf lag, und einlaufende Meldungen bestätigten Harrys Ängste, daß die Brücke in überwältigender Stärke angegriffen wurde. Clausel persönlich war es mit zwei Brigaden gelungen, im Lauf des Nachmittags den Fluß zu überqueren, bevor die Furten unpassierbar wurden, aber seine Brigaden in der Nachhut, auf dem Westufer gestrandet, hatten sich die ganze Nacht durch die Finsternis getastet, um die Brücke von Vera zu finden. Cadoux hatte Doppelposten aufgestellt, aber das Toben des Sturms hatte die Geräusche der nahenden französischen Kolonnen verschluckt, und die Posten waren überfallen und mit Bajonetten niedergemacht worden, weil der Regen ihr Zündpulver feucht gemacht hatte und die Musketen nicht losgingen. Aber Cadoux war auf der Hut, und statt unbelästigt über die Brücke zu gelangen, trafen die Franzosen auf das entschlossene Feuer von fünfzig Riflemen. Wäre das übrige Bataillon im Dorf postiert geblieben, wäre die französische Kolonne überwältigt worden, aber obwohl die Riflemen Angriff um Angriff führten, sich in schwindender Zahl um ihren Hauptmann scharend, konnten sie den andringenden Wellen der Franzosen, die auf sie losgelassen wurden, nicht standhalten. Das Bataillon, das so schnell wie nur möglich zur Brücke eilte, war viel zu weit, um rechtzeitig dort anzukommen und ihren Verlust zu vereiteln. Die Rifles erreichten sie im ersten Tageslicht und fielen über die französische Nachhut her, aber die Führungskolonne war schon auf dem Ostufer drüben, und Cadoux' Kompanie war zurückgetrieben worden, die Hälfte davon entweder tot oder schwer verwundet.

Als Harry zur Brücke hinuntergaloppierte, konnte er leicht erkennen, wie verzweifelt der Vorposten seine Stellung verteidigt hatte. Die Brücke war mit Toten verstopft, und viele Körper, in den Fluß hinuntergeworfen, wurden von den hochgehenden Fluten gestoßen und mitgerissen. Llewellyn, der Leutnant Cadoux', lag mit zertrümmertem Kiefer da; er versuchte, Harry anzurufen, und konnte es nicht. Harry sah, wie einer der Sergeanten mit einem gebrochenen Bein versuchte, auf die Füße hochzukommen, und schrie ihm zu: «Hauptmann Cadoux? Wo ist Hauptmann Cadoux?»

«Tot! Tot!»

Harry stöhnte auf. Er hatte keine Zeit, Cadoux' Leiche zu suchen, aber als die Brücke wieder in britischer Hand war und die Körper der Feinde über das Geländer in den Fluß geworfen waren, fand er ihn; er lag dort, wo der Kampf am wildesten getobt hatte. Eine Kugel hatte sein Gehirn durchschlagen; Cadoux mußte sofort tot gewesen sein; hatte vielleicht nichts gespürt. Der kleine Rest seiner Kompanie, der seine Leiche zu dem Grab trug, das für ihn gegraben worden war, weinte, als sie die nasse kalte Erde auf ihn häuften, denn seine Leute hatten ihn heiß geliebt.

«Wenn er nicht gefallen wäre, hätten wir die Brücke gehalten, so wahr mir Gott helfe, daß wir das hätten!» sagte ein verwundeter Soldat und wischte sich mit dem Ärmel über die Augen.

Aber Harrys Kummer brannte schlimmer, denn er wußte, daß sich Cadoux darauf verlassen hatte, unterstützt zu werden; und obwohl es nicht seine Schuld war, daß diese Unterstützung zu spät kam, schien es, als werfe ihm das schwache spöttische Lächeln um die Lippen des Toten vor, sein Vertrauen enttäuscht zu haben.

Achtes Kapitel

Colborne

1

Wie Skerrett die Katastrophe an der Brücke von Vera General Alten gegenüber darstellte, erfuhren seine Offiziere nicht. Man nahm an, daß er sich schon irgendwie herausgeredet hatte. Aber wie auch immer er imstande gewesen sein mochte, sich bei Alten weißzuwaschen – keine noch so heroische Tat oder taktische Geschicklichkeit würde ihm je die Verzeihung der Riflemen erwirken. Die Nachricht, daß die Stadt – wenn auch nicht die Festung – von San Sebastian eingenommen und die Franzosen überall zurückgeschlagen worden waren, wurde vom Regiment mit mürrischem Schweigen aufgenommen. Eine höchst unglückliche Stimmung lag über der Brigade, die Männer des 52. Regiments sympathisierten offen mit den Riflemen, und selbst die Caçadores schimpften über die Dummheit des Brigadegenerals. Der Zoll an Toten der an sich schon dezimierten Kompanie war so erschreckend hoch, daß niemand darüber sprach. Wohin immer Skerrett ging, trafen ihn finstere Blicke.

«Es kann nicht sehr angenehm sein, wenn einem die Schuld gegeben wird, daß man das Leben seiner Männer geopfert hat», sagte der sanftherzige Fane.

«Dann soll er eben sein Kommando abgeben!» war alles, was Harry dazu zu sagen hatte.

Und er gab es ab. Offiziell ging er auf Krankenurlaub heim, aber die ihn am besten kannten, sagten, er sei durch den Tod seines Vaters zu Vermögen gekommen und ginge weg, um es zu genießen. Was immer der wahre Grund seines Rücktritts sein mochte, er hatte die Pyrenäen verlassen, bevor noch die Toten, die den Bidassoa füllten, weggeschwemmt waren.

Die Rifles, die die Haufen toter Franzosen in den Fluß geworfen hatten, weil sie meinten, die starke Strömung würde sie ohnehin mitreißen, sollten ihren Ungestüm noch bereuen. Die Toten blieben tagelang im Wasser liegen und verbreiteten einen höchst widerlichen Geruch. Man sah, wie sich die Forellen an ihnen nährten – Hauptmann Leach ging dieser Tage nicht fischen, nein danke! –; und ein junger Subalterner von einer anderen Division, die viel weiter unten am Fluß lag, erlebte einen gräßlichen Schreck, als er sich niederkniete, um zu trinken, und einen schwarzgewordenen Arm aus dem Wasser ragen sah, die Nägel an den Fingerspitzen weggefault.

Bei Skerretts Brigade ging wirklich alles schief, selbst das Wetter; es wurde immer kälter, es gab unaufhörlich Nebel und Regengüsse. Die Aussicht, anscheinend für unendliche Dauer untätig auf der Santa-Barbara-Höhe liegen zu müssen, war für alle fast ebenso ekelhaft wie der Gedanke erschreckend, von Skerrett in eine Schlacht geführt zu werden. Aber Skerrett ging ab, und während Pessimisten noch wetterten, daß an seiner Stelle bestimmt ein ebenso unfähiger General ernannt werden würde, ließ die Neuigkeit, daß Oberst Colborne zeitweilig den Befehl über die Brigade übernehmen sollte, die Stimmung der Männer sprunghaft in die Höhe schnellen.

Niemand konnte entzückter sein als Harry. Er warf seine Kappe in die Luft, als er die Nachricht erfuhr, und brüllte «Hurra!»

Viele fragten sich, wie er wohl mit Colborne auskommen würde, denn keine zwei Männer konnten voneinander verschiedener sein, der eine ruhig, beherrscht und ziemlich reserviert, der andere aufbrausend, überschwenglich und bis zum Übermaß impulsiv. Aber die Besorgnisse waren überflüssig. Vom ersten Augenblick an, da Colborne sein Kommando übernahm, besaß er Harrys ganze Ergebenheit.

«Also jetzt habe ich Sie doch als meinen Brigadeadjutanten bekommen, Smith», sagte Colborne halb lächelnd.

«Ja, und Gott sei gedankt dafür!» antwortete Harry.

Bis zu seiner letzten Stunde behauptete Harry, daß er all sein Wissen über Vorpostendienst von John Colborne habe. Gewiß, kein Mann kannte die Pflichten leichter Truppen besser als dieser Schüler Moores. In dem ganzen Monat, den die Division im Biwak auf Santa Barbara verbrachte, schien Harry ständig im Sattel zu sein und jeden Meter des Geländes vor ihrer Front auswendig zu lernen. Er lernte, wie und wo man am vorteilhaftesten Feldwachen aufstellt; wie jeder Posten dadurch gestärkt wurde, daß man Hindernisse aufwarf, um Nachtüberfälle zu verhindern; wie man den Männern unnötige Müdigkeit erspart; und wie man die Absichten des Feindes im vorhinein erriet. Colborne, dem er schon als ein unermüdlicher Brigadeadjutant bekannt war, entdeckte auch einen begabten Schüler in ihm, lachte über seine Extravaganzen und hatte ihn sehr gern. Auch Juana hatte er gern und kam mit ihr sogar besser als Vandeleur aus, da er Spanisch ebenso fließend wie Harry sprach. Wie immer er über die Anwesenheit von Frauen im Lager dachte, ließ er sich doch nie anmerken, daß er Juana etwa anderswo gewünscht hätte, sondern freute sich immer, wenn er sie in seinem Quartier sah, und nahm es als selbstverständlich an, daß, wenn Harry mit ihm speiste, auch sie dabei war. Er war viel jünger als Vandeleur, erst fünfunddreißig, und daher Juana gegenüber zunächst ziemlich schüchtern. Aber niemand konnte Juana gegenüber lange schüchtern bleiben, und nachdem sie einen Riß in seiner Jacke geflickt, seine Socken gestopft, mehrere fehlende Knöpfe an seinen Hemden angenäht und ihn gescholten hatte, weil er es zuließ, daß MacCurrie, sein Diener, ihn vernachlässigte, hatte er sich so an ihre Gegenwart gewöhnt, daß sie ihm wie eine jüngere Schwester erschien. «Lieber Colborne», nannte sie ihn, worüber er lächeln mußte.

«Oberst Colborne heißt das, du respektloser Racker!» sagte Harry.

«Also ‹Obest› Colborne», sagte Juana gehorsam.

«An Ihrer Stelle würde ich mich nicht zu viel um Smith kümmern», schaltete sich Colborne ein. «Ich glaube nicht, daß mir Obest Colborne gefällt, und den ‹Oberst› werden Sie Ihrer Zunge ja doch nie abringen können.»

Die Nachricht von dem Bruch des Waffenstillstandes von Pläßwitz erreichte Wellington am 3. September zugleich mit Gerüchten über die Schlacht bei Dresden, aber die Belagerung der Festung von San Sebastian zog sich noch eine Woche hinaus. Zwar war ein Korps von Sappeuren und Mineuren in den Pyrenäen angekommen, aber zu spät, als daß sie von großem Nutzen gewesen wären. Eine faule Sache, dieses San Sebastian – genau wie jede andere Belagerung, die Seine Lordschaft unternahm. Was die Einnahme der Stadt betraf, so war es besser, einen Schleier darüber zu breiten, sagten jene, die etwas von der Plünderung gesehen hatten. Die Festung ergab sich endlich am 9. September, und die Armee begann voll Hoffnung von einem Vormarsch zu reden. Es war schon ziemlich sicher, daß es in diesem Jahr kein reguläres Winterquartier geben würde, und alle außer Lord Wellington juckte es, den Fuß auf französischen Boden zu setzen.

Seine Lordschaft war nicht ganz so erpicht darauf, seine gemischten Streitkräfte in das Feindesland zu führen. Eine feindselige Bevölkerung zu plündern war etwas ganz anderes, als dies in Spanien zu tun. Schon hatte der Kriegsrichter einen Fall zu verhandeln, in dem ein Soldat, der wegen einer Vergewaltigung in Urdug vor Gericht gestellt worden war, als Milderungsgrund für sein Verbrechen anführte, er habe geglaubt, er sei schon in Frankreich, und dort sei das regulär. So etwas ließ nichts Gutes für das zukünftige Benehmen der Armee ahnen; aber weitaus mehr Sorgen als die voraussichtlichen Übergriffe der britischen Soldaten verursachte die Aussicht, wie sich die Spanier an den Franzosen rächen würden, sobald sie die Grenze überschritten. Es gab wenig Zweifel daran, daß sie sich verdammt übel aufführen würden, dachte Seine Lordschaft; um so weniger, als ihre Verpflegungskolonnen so schlecht organisiert waren, daß der größte Teil ihrer Truppen halb verhungert und zerlumpt war.

Seine Lordschaft erhielt laufend Nachrichten aus Frankreich, denen er nicht traute. Es wurde ihm versichert, Napoleon sei im Süden sehr unpopulär geworden; es bestehe dort eine starke Royalistenpartei; die Landbevölkerung würde den Vormarsch der Briten begrüßen. «Hm, na ja», sagte Seine Lordschaft, durchaus nicht beeindruckt.

Aber Mitte des Monats erreichte ihn ein ausführlicher Bericht von der Schlacht von Kulm, und endlich begann er den Vormarsch vorzubereiten.

Inzwischen arbeiteten die Franzosen wie Ameisenschwärme an der Sicherung ihrer Stellungen. Colborne und Harry ritten ständig hinaus, um sie beim Bau ihrer Schanzen und Gräben zu beobachten. Vor Vera lagen zwei Höhen, La Grande Rhune und La Petite Rhune, durch eine enge Schlucht getrennt, durch die der Fluß Nivelle strömte. La Grande Rhune, deren steile, felsige Abhänge mit Stechginster übersät waren, erinnerte die Schotten an ihr Hochland. Vorhügel, die wie Landzungen in das Gebiet ragten, bildeten einen Teil des großen Massivs; zwei davon, Bayonette und Commissari genannt, ragten über Vera auf und waren weithin von Schützengräben und Befestigungen geschützt.

Der Vormarsch über den Bidassoa wurde länger als vorgesehen durch den

Zustand der Furten am unteren Teil des Flusses aufgehalten, die bis Oktober immer noch zu tief waren, um Grahams Streitkräften, die nunmehr von Sir John Hope befehligt wurden, die Passage zu erlauben. Aber am 6. Oktober brachte Oberst Barnard die mit Ungeduld erwarteten Befehle vom Hauptquartier zur Leichten Division. Es gab an jenem Abend viel Tanz und Gesang, denn da sich die Division allmählich für eine großartige Kampftruppe hielt, war sie nur glücklich, wenn sie auf dem Marsch war. Daß die Aufgabe, die Colbornes Brigade zugeteilt war, milde gesagt, äußerst aussichtslos schien, kümmerte niemanden. Colborne hatte persönlich die französische Stellung erkundet, und die Brigade hegte keinen Zweifel daran, daß sie unter seiner Führung alles zustande bringen würde, was man von ihr erwartete. Die Rifles waren glücklich, weil ihnen die Ehre zuteil geworden war, den Angriff zu eröffnen; und die Leute vom 52. Regiment waren glücklich, weil sie, maskiert von den Plänklern der Rifles, die Schanzen auf einem der drei Vorberge oberhalb Veras stürmen sollten.

Der Angriff der Leichten Division, mit Lowry Coles Vierter Division in Reserve, sollte in zwei Kolonnen erfolgen. Kempts Brigade, die nach Osten vorgehen sollte, würde, nach Vertreibung der Vorposten auf dem Verapaß, die Rhune dahinter umgehen, während Colborne die Schützengräben oberhalb der Stadt auf den Höhen von Bayonette und Commissari angreifen und dann den Hügel von Südwesten aus umgehen sollte. Da die Bayonette, ein steiler, schmaler Ausläufer, von drei hintereinanderliegenden Befestigungen blokkiert wurde, war es klar, daß der Brigade Colbornes die schwerste Aufgabe übertragen worden war. Colborne erlaubte nicht, daß die Feldwachen bei Tagesanbruch abgelöst wurden, sondern befahl ihnen, vorzugehen, so daß die ganze Brigade in der Stadt Vera war, bevor noch die Franzosen den bevorstehenden Angriff merkten.

Der Vormarsch begann etwas nach sieben Uhr morgens; Colvilles Division lenkte den Feind durch lärmende Demonstrationen bei Urdax im Osten ab; die Leichte Division, die die vorgeschobenste Einheit war, griff jedoch nicht eher in den Kampf ein, bis die Spitze von Coles Kolonne – etwa um zwei Uhr nachmittags – auftauchte.

«Na, Smith, sehen Sie die Höhen da oben?» sagte Colborne.

«Ja, und ich wollte, wir wären schon oben!» antwortete Harry.

Colborne lachte. «Nun, wenn wir dort oben sind und Sie nicht auf der Nase liegen, dann werden Sie, wenn meine Empfehlung etwas wert ist, Hauptmann im Majorsrang sein.»

2

Vom Fenster des Bauernhauses aus, das so lange die Unterkunft der Smiths gewesen war, konnte Juana den ganzen Sturmangriff mitansehen. Das Bauernhaus lag kaum außerhalb der Reichweite der Musketen, aber nichts konnte sie dazu bewegen, es zu verlassen. Sie sagte, sie wolle eine Schlacht sehen, und obwohl sie Harry nach hinten schickte, kam sie, kaum hatte er den Rücken gekehrt, doch wieder zurück. Sie war aufgeregt und nervös, nicht um ihretwillen, sondern wegen Harry, und West konnte sie nicht dazu bewegen, sich vom Fenster wegzurühren. Sie bildete sich ein, daß sie Harry unter den berittenen Offizieren ausnehmen konnte, und obwohl es unmöglich war, ihn auf eine solche Entfernung zu erkennen, versetzte sie diese Überzeugung sehr bald in fieberhafte Ängstlichkeit. Die Rifles – die dunkel uniformierten Truppen vor den Rotröcken – schienen über den ganzen Abhang der Bayonette zu schwärmen. Feuerstöße hinter Büschen und Felsspalten hervor zeigten, daß sie sich jeder erdenklichen natürlichen Deckung bedienten, aber die Bayonette fiel so steil ab, daß sie anscheinend von keinem Soldaten zu erklettern war.

«Es ist sicherer, wenn man den Berg hinaufschießen muß als hinunter», sagte West tröstend. «Außerdem ist der Herr nicht bei den Plänklern. Es ist nicht wahrscheinlich, in seinem Rang.»

«Oh, er ist immer dort, wo es am gefährlichsten ist!» sagte Juana händeringend. «Wenn ich bloß nicht hiergeblieben wäre! Das ist entsetzlich!»

«Nun, Gnädige, lassen Sie mich doch bloß Tiny satteln, und ich bringe Sie weg!»

«Nein, nein, um nichts in der Welt! Wie könnte ich denn weg?», antwortete sie und rührte sich nicht vom Fenster. «Ich bin nur froh, daß er Old Chap reitet. Es ist doch besser, wenn er auf einem guten Pferd reitet, nicht wahr, West?»

West versicherte ihr, daß damit die halbe Schlacht gewonnen war, aber sie hörte ihm kaum zu und rief plötzlich aus, die Rifles seien zurückgeworfen. Das trieb ihn zum Fenster, und er sah selbst, daß sie recht hatte: die Franzosen waren in großer Zahl aus den Schanzen auf den Vorsprung des Hügels hervorgestürmt und hatten die Plänklerlinien zurückgetrieben. Sie hatten aber die Riflemen in ihren grünen Uniformen für Caçadores gehalten und gerieten nun beträchtlich aus der Fassung, als sie ihren Irrtum merkten. Denn hinter den Rifles war das 52. Regiment vorgerückt, und während die Rifles zurückgingen, führte Colborne sein Regiment in einem Großangriff vor, unter dem die ersten Schanzen fielen.

Von dem Fenster des Bauernhauses aus war nichts als ein großes Durcheinander auf dem Hügelabhang zu sehen. Es gab viel Lärm, und der Kampf, der den Hügel auf und ab wogte, sah aus, als sei er derart aussichtslos, daß Juana sich unwillkürlich die Augen zuhielt. Erst als West ihr eine kleine Gruppe von Personen auf dem Kamm eines Hügels zeigte, von dem aus das ganze Feld zu übersehen war, und ihr sagte, er könnte in ihrer Mitte deutlich Lord Wellington erkennen, schaute sie wieder hin, in der kindlichen Hoffnung, daß Seine Lordschaft Harrys Brigade unverzüglich Hilfe schicken würde.

Sie wäre sehr empört gewesen, hätte sie gewußt, daß gerade in diesem Augenblick ein Adjutant zu General Alten herangaloppiert kam, mit einer Botschaft von Kempt, der eine Meile weit weg und außer Sicht rund um die Flanke der Grande Rhune vorging, mit der Bitte um etwas Unterstützung durch das 52. Regiment.

«Oberst Colborne, und ihn etwas unterstützen!» sagte Alten. «Wenn er den Berg sehen könnte, auf dem Colbornes Brigade steckt, würde er merken, daß Colborne gerade genug mit sich selbst zu tun hat!»

Mitansehen zu müssen, wie die Männer auf dem Abhang der Bayonette umfielen, war für Juana zu herzzerreißend. Sie wandte sich schaudernd ab, bat aber West, scharf aufzupassen. Er konnte ihr gleich darauf sagen, daß das 52. die erste Schanze erreicht hatte und die Rifles und die Caçadores die Franzmänner auf ihrem Rückweg hinauf zur Kammlinie ganz schön mordeten.

Sie lief zum Fenster zurück, hatte es aber kaum erreicht, als ein kastanienbraunes Jagdpferd nach hinten galoppiert kam, den Sattel leer und seinen Reiter, der mit einem Fuß im Bügel hängengeblieben war, neben sich über den Boden schleifend.

Ein Schrei wildester Verzweiflung brach aus Juana. «Old Chap!»

«Mein Gott, wirklich!» murmelte West.

Juana rannte aus dem Haus, und ihre verzweifelte Angst beflügelte sie derart, daß West, obwohl er rannte, so schnell er nur konnte, sie nicht einzuholen vermochte. Der Tote, dessen Fuß vom Steigbügel losgekommen war, lag in einiger Entfernung, aber der Kastanienbraune stob immer noch in Todesangst vom Schlachtfeld weg dahin. Farbe und Zeichnung waren dieselben wie bei Old Chap, aber als er an Juana vorbeigaloppierte, erkannte sie ihn und blieb stehen. West, der hinter ihr dahergestapft kam, keuchte: «Gnädige, das ist nicht Old Chap! Das ist das Pferd von dem portugiesischen Oberst, das dem Pferd vom gnädigen Herrn ähnlich sieht wie ein Ei dem anderen!»

Sie war totenblaß, ihre Brust wogte. Sie versuchte zu lächeln, zu sprechen, aber der Schock war zu groß für sie gewesen, und sehr zu Wests Bestürzung fiel sie ihm ohnmächtig vor die Füße.

Sie kam erst zu sich, als er sie in das Haus zurückgetragen und auf das Bett gelegt hatte. Er war voller Angst um sie, und während er sie mit Wasser besprengte und Jenny Bates zurief, sie solle einige Federn auftreiben und sie ihr unter der Nase verbrennen, drohte er ganz verrückt zu werden. Aber nach einigen Augenblicken kam Juana wieder zu sich und versuchte, sich aufzusetzen.

Jenny Bates drängte West mit dem Ellbogen beiseite und drückte sie in die Kissen zurück. «Jetzt bleiben Sie aber liegen, Gnädigste! Schluß jetzt damit, sich gräßliche Schlachten anzuschauen! Wenn gewisse Leute bei Verstand wären, den ihnen der liebe Gott bei der Geburt geschenkt hat, hätten sie Sie niemals aus dem Fenster gaffen lassen!»

«Es war nicht Old Chap!» sagte Juana benommen. «Ich hab es gesehen. Es war der arme Algeo. Oh, West, schau Er hinaus und sage Er mir, was draußen vorgeht!»

«Er wird Ihnen sagen, daß unsere Leute heil und munter oben auf dem Berg sind und sich keiner von uns wegen ihnen den Kopf zerbrechen muß!» sagte Jenny in so drohendem Ton, daß West die Anspielung verstand und berichtete, die Brigade habe sich in den Besitz der Höhen gesetzt.

«Oh, ist das wahr?» sagte Juana. «Weiß Er das bestimmt?»

«Na, wo sonst sollen sie denn sein?» fragte Jenny verächtlich. «Sie brauchen sich nicht über den gnädigen Herrn aufregen, denn der hat seinen Spaß daran, genau wie der Meinige, wie ich die kenne! Männer! Ja, denen ist nichts lieber als hingehen und sich in eine mistige, blutige Schlacht mischen und anständige Frauenzimmer halb von Sinnen bringen und selber sich aufführen wie ein Pack verteufelter Lausbuben nach der Schule! Sie liegen jetzt ganz still, und wetten, daß der gnädige Herr gleich hereingestürmt kommt wie ein Wirbelwind und Ihnen erzählen wird, was für eine großartige Keilerei er gehabt hat!»

«Wenn Sie nur recht hat, daß alles vorüber ist!» sagte Juana erschauernd. «Aber ich höre immer noch schießen!»

«Ei ja, aber das sind nicht die Unseren!» versicherte ihr West. «Natürlich ist alles vorbei! Wetten, unser gnädiger Herr steht gerade jetzt mit dem Oberst ganz oben auf dem Berg!»

3

Aber obwohl sich die Brigade in den Besitz der ersten Schanze gesetzt hatte, lag noch ein beträchtliches Stück vor ihr, bis sie die Verteidigungsanlagen auf dem Kamm der Bayonette erreicht haben würde, und Harry, weit davon entfernt, dort oben neben seinem Oberst zu stehen, ritt, so schnell er konnte, soeben zu Coles unterstützender Division.

Die «Enthusiasten» waren den Abhang des Hügels hinaufgedrungen, und sowie Cole hörte, daß Colborne vorhatte, weiter vorzudrängen, sagte er in seiner raschen Art: «Verlaßt euch auf meine Unterstützung! Bei Gott, ihr werdet sie nötig haben, denn ihr habt einen zähen Kampf vor euch! Prächtig gemacht, Sir, großartig, wirklich! Alles spricht von eurem Angriff!»

Harry wendete und spornte Old Chap wieder bergwärts. Sobald Colborne der Unterstützung Coles sicher war, warf er eine Maskierung von Riflemen in Scharmützelordnung vor und ließ die ganze Brigade in dem mörderischen Feuer vom Kamm herab vorrücken. Zahlreiche Schüsse gingen jedoch über die Köpfe der Männer hinweg, während die Riflemen, die bergauf schossen, ihre Ziele mit tödlicher Genauigkeit trafen. Die Franzosen setzten den Beschuß hinter den Brustwehren hervor fort, bis die Briten, die stetig vordrangen, fast herangekommen waren. Es folgte ein sehr kurzes Handgemenge, aber statt ihre ziemlich fürchterliche Stellung so entschlossen zu verteidigen, wie es die Briten erwartet hatten, ließen sie die Franzosen plötzlich im Stich und stürzten davon, die steile Seite der Schlucht in ihrem Rücken hinab.

Colborne, Harry, Winterbottom, der Adjutant des 52. Regiments, und Tom Smith befanden sich in der vordersten Kampflinie; als sie die Franzosen die Schlucht hinunterfliehen sahen, folgten ihnen alle vier nach, zusammen mit etwa zehn der flinksten Männer der Brigade, die hinter ihnen dreinrannten. Auf der gegenüberliegenden Seite der Schlucht sahen sie eine kleine Abteilung der

Riflemen von Kempts Brigade, die den Kamm des gegenüberliegenden Vorbergs erreicht hatte und ebenfalls vordrängte.

«Wohin gehen Sie, Oberst?» brüllte Harry, die Augen leuchtend vor Erregung.

«Nun, natürlich ein bißchen rekognoszieren!» antwortete Colborne.

Die Schlucht wurde unerwartet breiter, und plötzlich kam eine Kolonne von etwa vierhundert Franzosen in Sicht.

Harry fing zu lachen an. «Um Gottes willen, Oberst, sehen Sie sich vor, was Sie tun! Sie haben unsere eigene Kolonne glatt überholt! Was sollen wir tun?»

«Oh, jetzt nützt nichts als gute Miene zum bösen Spiel machen!» sagte Colborne. «Ich wette, die werden Kempts Burschen auf dem anderen Kamm für die Spitze einer Kolonne halten. Los, vorwärts!»

Er gab seinem Pferd die Sporen und galoppierte auf den Offizier an der Spitze der feindlichen Kolonne zu.

«Sie sind abgeschnitten», sagte er auf französisch und ganz so – dachte Harry –, als hätte er die Unterstützung von zehntausend Mann hinter sich. «Strekken Sie die Waffen!»

Obwohl der Offizier überrascht worden war, blieb er vollkommen kühl. Er schaute zu den Riflemen auf dem Kamm hinauf, und einen Augenblick lang meinte Harry schon, er habe erraten, daß die zehn Männer, die in Sicht waren, die ganze Streitmacht bildeten. Aber augenscheinlich hielt er sie doch für die Spitze einer großen Kolonne, denn er wandte sich zu Colborne zurück, bot ihm seinen Schwertgriff dar und sagte: «Ich übergebe Ihnen hiermit ein Schwert, das stets seine Pflicht getan hat, Monsieur!»

Colborne nahm es in Empfang, indem er sich ernst verneigte. Die drei Offiziere hinter ihm, nicht weniger überrascht als der Franzose, fragten sich, was er wohl als nächstes tun würde, aber mit seiner üblichen Geistesgegenwart sagte er: «Lassen Sie Ihre Leute links wenden und aus der Schlucht hinausmarschieren.»

Sein Ton war so ruhig, sein Benehmen so sicher, daß Harry überhaupt nicht erstaunt war, als dem Befehl sofort gehorcht wurde. Er war äußerst froh, daß die Franzosen von ihren Waffen getrennt waren, aber während er noch dastand und versuchte, das Lachen zu unterdrücken, das ihn schüttelte, drehte sich Colborne um und sagte: «Schnell, Smith, was tun Sie noch hier? Treiben Sie ein paar Leute auf, oder wir kommen doch noch in die Klemme!»

Harry, an seine Pflicht erinnert, sagte hastig: «Jawohl, Sir!» und ritt davon, um den Anmarsch der Leute hinter Colborne zu beschleunigen. Er fand sie auf dem Kamm sich formierend und brachte sie bald herunter und dorthin, wo Colborne mit dem französischen Offizier Höflichkeiten austauschte. Der junge Cargill, ein sehr schottischer Subalterner vom 52., brachte die Gefangenen unter Bedeckung nach hinten, während die übrige Kolonne auf französisches Gebiet vorstieß.

Es war allmählich dunkel geworden, und Harry wurde ausgeschickt, um die Brigade halten zu lassen, als gerade einer von Lowry Coles Adjutanten herangeritten kam, um Colborne mit Empfehlungen von General Cole zu fragen, wie weit er noch vorzugehen gedächte. «Denn Sir Lowry Cole sagt, Sir, er habe nicht die Absicht, noch weiter zu gehen!»

«Oh, ich bin weit genug gegangen!» antwortete Colborne.

Die Brigade biwakierte auf dem Gelände, das sie gewonnen hatte, die Männer lagerten neben ihren Waffen, und ein feiner Sprühregen fiel die ganze Nacht. Da der Troß nicht nachgekommen war, war das Biwak miserabel, aber alle waren in bester Laune. Mühsam wurden Feuer angezündet, Rum spülte die Zwiebackration hinunter, und Colborne hatte die Genugtuung, zufällig zu hören, wie ein Gemeiner seines eigenen Regiments plötzlich schrie: «Auf die Gesundheit des Obersten! Und verdammt der Mann, der je einen Schuß auf ihn abgibt!»

Am Morgen kehrte der junge Cargill zur Brigade zurück. Nach Ablieferung der Gefangenen hatte er die Nacht gemütlich in Vera verbracht, worüber seine Offizierskameraden, die sich die verkrampften Glieder rieben, ihn kräftig verfluchten. Er ging Colborne Meldung erstatten und traf ihn dabei an, wie er und sein Stab gerade Würste brieten.

«Na, Sie schauen ja tipptopp aus, Mr. Cargill», sagte Colborne, der selbst unrasiert und schmutzig war. «Die Gefangenen sicher nach hinten gebracht?»

«Jawohl, Sir. Und ich habe unterwegs Lord Wellington getroffen, Sir, gerade in der Abenddämmerung.»

«Aber nein, wirklich?»

«Jawohl, Sir. Seine Lordschaft rief mir zu: ‹Hallo, Sir, wo haben Sie diese Kerle her?›, und ich sagte ihm: ‹Aus Frankreich – die Brigade vom Oberst Colborne hat sie gefangen!›»

«Oh, und deshalb schaust du so verdammt selbstzufrieden drein, wie?» sagte Harry.

«Na ja, immerhin, es war Seine Lordschaft persönlich», sagte Cargill in schlichtem Stolz. «Und er sagte zu mir: ‹Wie zum Teufel wissen Sie, daß es Frankreich war?› Och, das wußte ich ja nun recht gut! ‹Weil ich eine Menge von unseren Burschen in die Kolonne zurückkehren gesehen habe, mit Schweinen und Geflügel, die wir auf der spanischen Seite nie erwischt hätten›, sagte ich ihm.»

Colborne fuhr mit einem sehr finsteren Blick auf. «Aber, Mr. Cargill, Sie können doch nicht ein solcher Tölpel gewesen sein und Seiner Lordschaft so etwas gesagt haben, wie?!»

«Warum nicht? Es war doch die reinste Wahrheit!» sagte Cargill mit runden Augen.

«Sie junger Narr, fällt Ihnen nichts Besseres ein, als Wellington zu erzählen, daß die Mannschaften plündern?! Schauen Sie, daß Sie zu Ihrem Regiment zurückkommen, Sir, aber sofort!»

Cargill zog sich sehr belämmert zurück. Harry lachte, Colborne aber sagte: «Davon werde ich noch hören.»

Als er jedoch etwas später zum Hauptquartier ritt, traf er Seine Lordschaft in sehr guter Laune an. «Bei Gott, Colborne, Ihre Kerle haben sich verdammt gut gehalten!» sagte Seine Lordschaft energisch. «Aber wissen Sie, obwohl sich Ihre Brigade sogar noch mehr als sonst ausgezeichnet hat – das Eigentum des Landes müssen wir doch respektieren.»

«Dessen bin ich mir vollkommen bewußt, Mylord. Ich kann mich auf die Disziplin meiner Soldaten verlassen, aber Eure Lordschaft wissen ja sehr gut, daß in der Hitze des Kampfes eine kleine Unregelmäßigkeit vorkommen kann.»

«Ah, ah!» sagte Seine Lordschaft. «In Zukunft lassen Sie das nicht zu, Colborne!»

Ein derart milder Verweis, noch dazu von einem Lächeln und Nicken begleitet, verblüffte Colborne geradezu. Er sagte Lord Fitzroy Somerset, an den er sich um Harrys willen wandte, er habe Seine Lordschaft noch nie in so ausgezeichneter Laune getroffen.

«Oh, er hat Ihre kleine Affäre gestern beobachtet!» antwortete Fitzroy. «So etwas war noch nie da, Oberst! Ich wünschte, Sie hätten Seine Lordschaft gehört – er sagte, der Angriff des 52. Regiments sei das Schönste gewesen, was er je erlebt hätte. Sie werden in der Depesche erwähnt werden.»

«Nun, daran liegt mir nichts, aber ich möchte für Smith einen Majorsrang.»

«Ich glaube nicht, daß es da eine Schwierigkeit geben wird», sagte Fitzroy. «Ich werde mich darum kümmern.»

So ging denn Colborne zu seiner Brigade zurück, suchte sofort Harry auf und sagte: «Na, geben Sie mir die Hand, Major Smith!»

Aber es gab eine Enttäuschung für Harry. Als Oberst Barnard von der Ernennung hörte, ging er unverzüglich zu Fitzroy und verlangte sie für einen seiner eigenen Hauptleute. «Verdammich, Sie können sie nicht dem jungen Smith geben!» sagte er. «Ich habe den Jungen sehr gern, und er verdient sie auch wirklich, aber er kann doch nicht über den Kopf von zwanzig anderen im Regiment hinweg zum Major ernannt werden!»

Darum kam man natürlich nicht herum, und Fitzroy mußte Harry die traurige Neuigkeit überbringen. Er schwächte den Schlag etwas ab, indem er Harry erzählte, daß Seine Lordschaft, als man ihm die Schwierigkeit vortrug, nachdrücklich gesagt habe: «Ein Jammer, weiß Gott! Wenn er gehen und als Brigadeadjutant bei einer anderen Brigade dienen will, gebe ich ihm den Rang nach der nächsten Schlacht!»

«Das sollten Sie wirklich lieber tun, Smith», sagte Colborne böse und gekränkt.

«Nein, lieber Oberst!» sagte Harry und schluckte seinen eigenen Kummer hinunter. «Und selbst wenn Sie mir Ihren eigenen Rang verleihen, nicht!»

4

Das Gepäck kam im Lauf des Vormittags an, und mit ihm Juana, immer noch so erregt von dem Schock bei der Verwechslung von Algeos Pferd mit Old Chap, daß sie sich gar nicht ähnlich war, so zahm, daß Harry ganz ängstlich wurde, besonders da sie bei jedem plötzlichen Geräusch zusammenfuhr. Es dauerte einige Tage, bis sie ihre alte Lebhaftigkeit wiederfand, aber zum Glück verurteilte Lord Wellington, da er die Grande Rhune gewonnen hatte, seine Armee zu einem weiteren Monat der Untätigkeit, so daß es keinerlei weitere Aufregungen gab, die sie wieder verschreckt hätten.

Die Division besetzte nun die große Hügelkette, eine wunderbare Stellung, wenn man eine Vorliebe für weite Ausblicke und Morgennebel hatte. An einem klaren Tag konnte man in der Ferne sogar Bayonne sehen, und St. Jean de Luz tief unten sah von hier wie eine Spielzeugstadt aus. Im Westen glitzerten die Gewässer der Bucht von Biskaya, kleine Schiffe lagen hingetupft überall längs der Küste. Es waren britische Kreuzer, und die Aufregung war groß, als einmal einer eine französische Kriegsbrigg jagte. Tausende Soldaten starrten angestrengt vom Gipfel der Grande Rhune hinüber und brachen in wildes Geschrei aus, als zu guter Letzt die Brigg explodierte.

«Wie entzückt die Terrjacken wären, wenn sie wüßten, daß so viele Landsleute ihnen vom Gipfel der Pyrenäen zuschauten und ihnen Beifall zollten!» bemerkte George Simmons, der vor Freude strahlte.

«Oh, George, George!» kicherte Tom Smith. «Wie geht's denn eigentlich deinen Trompetern?»

Georges Kompanie hatte am Vera-Paß ein paar französische Trompeter gefangengenommen. Er schüttelte den Kopf. «Oh, gar nicht gut! Wir haben versucht, sie dazu zu bringen, uns die neuesten französischen Lieder vorzuspielen, aber die armen Burschen waren so verschreckt, daß es Ihnen jämmerlich mißlang.»

Georges Trompeter waren natürlich ein großartiger Spaß, aber Juana konnte nicht ganz verstehen, wieso George imstande war, so leichtherzig zu lachen, denn er war gerade aus San Sebastian zurückgekommen, wo er einen guten Freund besucht hatte, der bei dem Sturm auf die Zitadelle sehr böse verwundet worden war. So viele Freunde waren dort und bei der Überquerung des Bidassoa gefallen, und sie selbst war davon derart bedrückt, daß es ihr tagelang unmöglich war, zu lachen.

Es gab jedoch bald eine Ablenkung, die sie solch düstere Gedanken vergessen ließ. In der Umgruppierung der Streitkräfte auf dem Kamm war die äußerste Rechte der Division zur linken Flanke geworden, und die Smiths mußten packen und übersiedeln. Als die Brigade die neue Stellung erreichte, trafen sie das erste Bataillon der Rifles gerade dabei an, sie zu evakuieren. Major Gilmour, der während der zeitweiligen Abwesenheit Barnards das Bataillon befehligte, hatte sich eine Lehmhütte gebaut, und als Juana herangeritten kam, rief er sie herbei, begrüßte sie und wies mit einer weitausholenden Geste, mit der er den Hut schwang, auf diesen großartigen Bau. «Steigen Sie ab, meine Liebe, und kommen Sie in Ihr Schloß, das ich für alle Ewigkeit Ihnen vermache!» deklamierte er.

Juana glitt sofort aus dem Sattel. Sie war von der Hütte entzückt und klatschte vor Vergnügen in die Hände über die eleganten Errungenschaften darin.

«Oh, ein Schornstein und ein Kamin! Ach, wie haben Sie es zustande gebracht, eine Tür zu machen? Das ist ja ein goldiges Haus!»

«Geradezu der Sitz eines Edelmannes, schmeichle ich mir», sagte Gilmour. «Zehn Fuß im Quadrat, und beachten Sie die Tür: bestes Flechtwerk und Ochsenhaut – und die Lage mit unvergleichlicher Fernsicht! Gott segne Sie, mein Kind –, mögen Sie es auch wasserdicht erleben. Wo ist Harry?»

«Feldwachen aufstellen gegangen. Wird der staunen, wenn er unser entzückendes Haus sieht! Lieber Gilmour, ich bin Ihnen so dankbar! In unserem Zelt ist es jetzt gräßlich!»

Als Harry und Fane hereinkamen, brannte schon ein helles Feuer in der Hütte, das Abendessen war fertig, und die Diener hatten draußen das Zelt für sich aufgerichtet.

«Beim Zeus, so etwas Gemütliches war noch nie da!» rief Fane aus und wärmte sich die kalten Hände am Feuer. «Was für ein guter Kerl, dieser Gilmour! Wenn man bloß denkt – im Warmen schlafen zu können!»

Nach den Unbilden feuchter Herbstnächte unter Zeltleinwand erschien die Hütte wirklich als der Gipfel des Luxus. Sobald das Abendessen weggeräumt war, schürten sie das Feuer, bereiteten ein paar Matratzen auf dem Fußboden aus und legten sich höchst zufrieden unter ihre Decken. In Harrys Arm geschmiegt sagte Juana schläfrig: «Hör nur den Wind! Es wird bald regnen. Wie leid mir West und Kitchen in meinem gräßlichen Zelt tun!»

Mit dem Regen hatte sie recht. Kaum war sie in den ersten Schlaf gesunken, als sich plötzlich ein Sturm erhob. Harry, der noch wach lag, hörte, wie der Regen herunterstürzte, und gratulierte sich eben zu seiner trockenen Unterkunft, als ihm ein Erdklumpen ins Gesicht fiel. Bevor er noch Zeit hatte, gerade nur zu der Decke aus schwarzen Torfstücken hinaufzublicken, strömte der Regen auch schon durch die Fugen, löste die Torfstücke auf, und alles in der Hütte erstickte in Schmutz.

Fane fuhr mit einem ärgerlichen Ausruf in die Höhe, aber Juana, von einem Regen- und Schmutzschauer derb geweckt, brach in Gelächter aus. In wenigen Sekunden schien die Hütte voll Wasser zu sein. Das Feuer, das vom Regen ausgelöscht wurde, spuckte Rauchwolken, und die unglückseligen Besitzer der Hütte stolperten durchnäßt und schwarz wie Straßenbengel ins Freie.

«Oh, war das nicht wirklich nett von Gilmour?» sagte Harry. «Na, warte nur, bis ich den erwische! Mein armer Liebling, bist du sehr naß?»

«Oh, bis auf die Haut, aber war es nicht lustig, Enrique? Oh, schau dir nur Toms Gesicht an! Der reinste Mohr!»

Den Rest der Nacht verbrachten sie in dem verachteten Zelt, aus dem sie die Diener ohne Umstände hinauswarfen und sie forderten nie wieder die Gefahren von Gilmours Lehmhütte heraus.

Es wurde schnell sehr kalt, und da sich die Konvois, die aus Portugal kamen, verspäteten, bedauerten es die Soldaten allmählich, daß sie sich von ihren Wintermänteln getrennt hatten. Eine unangenehme Eigenschaft des Gebietes begann sich in den plötzlichen Quellen zu zeigen, die an den unerwartetsten

Stellen aus der Erde brachen und verhältnismäßig trockene Biwaks in Sümpfe verwandelten. Kincaid, der sich eine höchst geniale Feuerstelle in seinem Zelt angelegt hatte, indem er ein Loch grub und den Rauch unter der Zeltwand durch einen Rasenkamin hinausführte, kam vom Abendessen in dem Zelt eines Freundes zurück und fand einen Springbrunnen, der aus seiner Feuerstelle quoll und über sein Bett und sein ganzes Gepäck sprühte.

«Das konnte auch niemandem anderen passieren!» sagte Charlie Eeles, der Kincaid dabei half, dessen Sachen an eine trockenere Stelle zu tragen, so gut er das vor lauter Lachen konnte.

«Nein, denn niemand sonst war so klug, sich eine so feine Erfindung auszudenken», gab Kincaid zurück.

Die Morgennebel wurden dichter. Es war ein herrlicher Anblick, sagte George, wenn die Bergspitzen wie Inseln aus den Wolken auftauchten, während der dichte Dunst, in der Sonne irisierend, schwer über allen Tälern lag.

«Brrr!» sagte Molloy fröstelnd. «Ich weiß nur, daß wir die ganze Division mit Fieber darniederliegen haben werden.»

Seltsamerweise – denn häufige Hagelstürme wechselten mit dem Nebel ab – war die Gesundheit der Leute gut. Sie knurrten sehr, denn es war nicht nur kalt und naß auf der Rhune, sondern der Anblick der reichen Ebenen von Frankreich unter ihnen war eine Qual, und sie sehnten sich alle nach dem Befehl, die Franzosen von den gegenüberliegenden Höhen der Petite Rhune hinauszuwerfen. Und während die alliierte Armee inaktiv blieb, schien außerdem jeder französische Soldat emsig dabei zu sein, Befestigungen zu errichten, so daß es ganz danach aussah, daß sie vorhatten, ihre Front ziemlich verzweifelt zu verteidigen. Wenn das Wetter am schlimmsten war, pflegten die französischen Feldwachen am Fuß der Petite Rhune hoffnungsvoll den britischen Vorposten zuzurufen: «Ihr könnt doch in diesen kahlen Bergen nicht viel länger bleiben. Wir nehmen an, ihr werdet euch über Winter bald nach Spanien zurückziehen?»

«Sehr wahrscheinlich könnten wir das, wenn es uns befohlen wird», war alles, was sie zur Antwort erhielten.

«Spanien oder Frankreich, das ist mir alles gleich», sagte der dicke Johnny Castles und kroch unter den nassen Falten eines zusammengestürzten Zeltes hervor. «Hagel bringt Schnee, und es ist an der Zeit, daß wir aus den Wolken hinunterkommen.»

«Ah»! bemerkte ein Schotte. «Ich habe gehört, daß die Burschen vom Hill jetzt in guten zwei Fuß Schnee stecken, so merk dir das lieber auf der Kehrseite von deinem Rechnungsbüchel vor.»

«Die Art, wie unser Oberst das Land ausspioniert, schaut mir ganz danach aus, daß wir den Johnny Petit von seiner Aufsitzstange da drüben herunterhauen!» sagte ein Gemeiner vom 52. Regiment und deutete mit dem Daumen auf die Petite Rhune.

Das war sehr richtig – Oberst Colborne, der seine Kenntnisse Harry vermittelte, erkundete jeden Fußbreit Boden vor seiner Front, denn mit der Übergabe von Pamplona Ende Oktober wurde der Befehl für einen Generalangriff täglich erwartet. Von den beherrschenden Höhen der Grande Rhune aus konnten alle französischen Linien eingesehen werden. Colborne und Harry pflegten den Fortschritt, der an den feindlichen Befestigungen gemacht wurde, zu beobachten, und oft gesellte sich Wellington zu ihnen, wanderte auf einem der nördlichen Kämme des Berges herum und starrte in seiner hochnäsigen Art auf das reiche Land unten. Er sprach mit Colborne, manchmal sehr lebhaft, öfter noch in abgehackten Sätzen. Er sagte, er würde gezwungen sein, den größeren Teil der spanischen Truppen heimzuschicken, bevor er sich nach Frankreich wagte, und selbst Colborne, der, da er früher bei den Spaniern gedient hatte, immer geneigt war, sie zu verteidigen, konnte nicht leugnen, daß es gewagt gewesen wäre, sie in Frankreich einmarschieren zu lassen. Was die Briten betraf, mußte die Disziplin verstärkt werden, sagte Seine Lordschaft; und wirklich sprachen er und der Auditeur die strengsten Strafen für Plünderungen aus.

Als Seine Lordschaft eines Tages zu Colbornes vorgeschobener Stellung geritten kam, blieb er länger aus als sonst, und nachdem er eine Zeitlang herumgewandert war, legte er sich auf den Boden, stützte sich auf seine verschränkten Arme und schaute nachdenklich zur Petite Rhune hinüber. Er hatte seinen Quartiermeister, Sir George Murray, Fitzroy Somerset und einen seiner Adjutanten mit, und etwas weiter weg bewegte ein Offiziersbursche ihre Pferde. Außer Colborne und Harry hatten sich Alten und Kempt der Gesellschaft zugesellt.

Wellington schwieg eine Weile, dann aber wandte er den Kopf zu Colborne und sagte unvermittelt: «Diese Kerle glauben, sie seien unverwundbar, aber ich werde sie verjagen, und das mit größter Leichtigkeit.»

«Daß wir sie schlagen, wenn Eure Lordschaft angreift, bezweifle ich nicht», antwortete Colborne, «aber was die Leichtigkeit betrifft –»

«Ach, Colborne, ausschließlich vom Standpunkt Ihrer Kenntnis des Terrains hätten Sie vollkommen recht!» unterbrach Wellington. «Es scheint schwer, aber das Wesentliche ist, daß der Feind nicht genug Leute hat, um die Befestigungen und Linien, die er besetzt hält, zu bemannen. Er wagt es nicht, eine genügend große Anzahl zu massieren, um den Angriffen standzuhalten, die ich auf sie führen werde. Ich kann an gewissen Punkten eine größere Streitmacht einsetzen, als sie konzentrieren können, um mir standzuhalten.» Er wandte sich an Murray, der neben ihm saß, und begann gedämpfter und ernst mit ihm zu sprechen.

Alten schaute seine Brigadiers vielsagend an und stand auf, um sich zurückzuziehen, aber Seine Lordschaft unterbrach sich und sagte: «Oh, bleiben Sie liegen!»

Er sprach in seiner schnellen, eindringlichen Art mit Murray weiter und umriß seinen Angriffsplan für die ganze Armee. Murray hörte aufmerksam zu und schob ein- oder zweimal eine Frage ein. Als Seine Lordschaft fertig war, zog Murray Schreibmaterial aus seiner Säbeltasche und begann die Pläne methodisch zu Papier zu bringen. Der kalte Wind fuhr in die Blätter und peitschte die Feder auf seinem Dreispitz. Es mußte sehr unbequem sein, dachte Harry, auf dem feuchten Boden zu sitzen und gleichzeitig mit kalten Fingern zu schreiben und die Ecken des Papiers niederzuhalten, aber Sir George schien davon gänzlich unberührt zu sein. Als er die Pläne seines Chefs niedergeschrieben hatte, las er sie vor, während Wellington, das Teleskop am Auge, die französischen Linien prüfend überblickte.

Harry hatte gehört, daß nach Wellington Murray der beste Kopf der Armee sei, und als der Generalquartiermeister damit geendet hatte, seine Notizen laut vorzulesen, glaubte er es auch. Es war wunderbar, dachte er, daß Murray nicht einen Punkt ausgelassen, sondern alles fast genauso niedergeschrieben hatte, wie es Wellington gesagt hatte.

«Ist das alles nach Ihrem Wunsch, Mylord?»

Wellington hatte stumm zugehört, als seine Anordnungen vorgelesen wurden, die Wangen etwas angesogen, die Lippen geschürzt. Er senkte sein Teleskop und lächelte. «Murray, damit kriegen wir die Linien dieser Kerle. Werden wir morgen bereit sein?»

«Ich fürchte nein, Mylord, aber übermorgen.»

Wellington nickte und setzte sich auf. «Nun, Alten», sagte er, «wenn in der Nacht vor dem Angriff die Leichte Division genau hier formiert werden könnte, damit gerade bei Tagesanbruch La Petite Rhune gestürmt werden kann, wäre das äußerst wichtig und würde uns große Verluste ersparen. Und wenn Sie sich auf diese Art auf die rechte Flanke der Befestigungswerke werfen, können Sie sie auch bestimmt einnehmen.»

Alten schaute nachdenklich über die Schlucht hinweg auf den zackigen Kamm der Petite Rhune mit ihrer abschüssigen Vorderseite und den Verschanzungen, die über die steilen Hänge hinaushingen. Der Ton Seiner Lordschaft war voll Vertrauen, aber jeder, der das Gelände nur im geringsten kannte, mußte wissen, welch eine tollkühne Aufgabe er seinen Elitetruppen setzte. Altens hageres dunkles Gesicht verriet nichts; nach einiger Überlegung sagte er ruhig: «Ich glaube, ich kann es, Mylord.»

«Meine Brigade kann eine Straße benützen», sagte Kempt. «Es kann nicht schwer sein.»

«Für mich gibt's keine Straße», sagte Colborne, «aber Smith und ich kennen jeden Busch und jeden Stein. Wir haben studiert, was wir täglich erwartet haben, und ich glaube, wir können uns verpflichten, die Brigade in der schwärzesten Nacht zu diesem Punkt hier genau herzuführen.»

«Also dann, Alten», sagte Seine Lordschaft munter, «wenn Sie Befehl zum Angriff bekommen, soll es so gemacht werden.»

5

Harry platzte fast vor Aufregung bei der Aussicht auf den bevorstehenden Angriff, aber nicht einmal die Hoffnung auf eine trockenere und wärmere Unterkunft konnte Juana dazu bringen, ohne böse Ahnungen daran zu denken. Harry hatte sie so gut erzogen, daß sie ihr Bestes tat, um ihre Ängste vor ihm zu verbergen. Als Colborne, dessen tiefliegende Augen viel mehr sahen als die Harrys, ihr beruhigend zuredete, beherrschte sie das Zittern ihrer Lippen und sagte, daß sie wirklich nicht dumm sein würde und er auf keinen Fall Enrique erzählen dürfe, welch eine Angst sie hatte, ihn nie wiederzusehen.

Als sich bei Anbruch der Nacht des 9. November die Brigade von ihrem Lager in Bewegung setzte, war Harry schon eine Weile geritten, als er plötzlich das Pferd zügelte und ausrief: «O beim Jupiter, ich habe vergessen, meiner Frau Adieu zu sagen!»

«Dann reiten Sie lieber zurück», sagte Colborne.

«Das sollte ich wirklich!» sagte Harry. «Ich weiß nicht, wieso ich darauf vergessen konnte, aber sie wird mich dafür bestimmt ohrfeigen!»

«Na, ich muß schon sagen, da geschähe Ihnen recht. Fort mit Ihnen, und beeilen Sie sich!»

Juana hörte das Dröhnen der Hufe von Old Chap, der zu der Holzhütte galoppiert kam, die Harry hatte bauen lassen. Sie saß, die Hände fest im Schoß verschränkt, und statt Harry mit einer Flut von Beschimpfungen zu begrüßen, wie er es durchaus erwartet hatte, warf sie sich in seine Arme, sobald er eintrat, und klammerte sich schweigend an ihn.

Er spürte, wie ihr Herz an seinem klopfte, und sagte reuig: «*Hija!* Verzeih! Ich hatte bis in die letzte Minute hinein so viel zu tun, daß ich glatt vergessen habe!»

Nur ein tiefer Seufzer antwortete ihm. Er hielt sie von sich ab und hob ihr Kinn hoch. «Hallo – was ist denn los?»

«Enrique!» sagte sie mit schmerzhaft zugeschnürter Kehle, «morgen wirst entweder du oder dein Pferd getötet! Ich spüre es – hier!» Sie preßte die Hand auf die Brust und schaute kummervoll zu ihm auf.

Er lachte. «Nun, von diesen beiden Chancen hoffe ich, es ist das Pferd!»

«Du glaubst mir nicht.»

Er nahm ihr Gesicht in beide Hände und küßte sie. «Liebstes, nein.»

«Ich hätte es nicht sagen sollen. Aber es ist wahr.»

«Unsinn! Da, ich muß weg! Paß auf dich auf und sei überzeugt, daß auch ich gut auf mich aufpassen werde!»

Er gab ihr noch einen Kuß, einen ziemlich derben, weil ihre Augen voll Tränen waren, und rannte hinaus, schwang sich auf den Rücken Old Chaps und ritt der Brigade nach.

Die Nacht war sehr finster, und da es keine Straße über den Gebirgskamm gab, war es eine heikle Sache, die Kolonne zu dem abgesprochenen Punkt zu führen. Aber Colbornes Unterricht kam Harry gut zustatten, und er merkte, daß er selbst im Finstern imstande war, die Felsbrocken und Büsche, die er so genau studieren hatte müssen, zu erkennen. Da Stille für den Erfolg der Bewegung wesentlich war, blieb Colborne in der Nähe der Brigade und schickte Harry von Punkt zu Punkt vor, bevor er den Mannschaften erlaubte, weiterzumarschieren. Selbst wenn Harry seine Merkpunkte fand, war der Oberst nicht immer befriedigt, sondern ritt mehrere Male selbst voraus, um sicher zu sein, daß kein Fehler gemacht worden war.

Alles Sprechen war den Soldaten verboten, und man hatte sie ermahnt, vorsichtig aufzutreten, als sie den Nordabhang des Berges hinuntermarschierten. Ein- oder zweimal rollte ein kleiner Felsbrocken hinunter, von einem unvorsichtigen Fuß losgetreten, kollerte und sprang den Berg hinab, aber schließlich kroch die Brigade hinter ihren vorgeschobenen Feldwachen heran, etwa einhundertfünfzig Meter vom Feind entfernt, ohne ihre Annäherung durch irgendein ernstlicheres Geräusch verraten zu haben.

Colborne und Harry ließen die Kolonne halten und ritten zur Wache nach vorn, da sie wußten, sollten die Franzosen sie auch hören, würden sie denken, daß sie bloß in der üblichen Art die Vorposten inspizierten. Sie fanden die Wachen um ein Lagerfeuer sitzen, ihre Gewehre quer über die Knie, und jeder Mann ebenso aufmerksam wie der Wachposten, der etwas weiter vorne stand. Colborne war erfreut und lobte sie wegen ihrer Wachsamkeit. Der Sergeant sagte leise: «Nun, Sir, es scheint ja nicht gerade die richtige Zeit zum Schnarchen zu sein, sozusagen. Aber es rührt sich nichts, vorne.»

Zufrieden kehrte Colborne zur Brigade zurück; und Harry, der gesehen hatte, daß sich alle Soldaten unter ihren Decken niedergelegt hatten, gönnte sich selbst ein paar Stunden Schlaf. Fane, der es vorgezogen hatte, lieber bei ihm zu bleiben, als nach hinten zu gehen, versuchte ebenfalls zu schlafen, konnte aber nicht. Er saß in seinen Wintermantel gehüllt, hielt sich die Kälte mit häufigen Schlückchen aus der Branntweinflasche ab und staunte, wie Harry so leicht einschlafen und so friedlich schlummern konnte. «Du bist doch ein rüder Teufel, und ich weiß wirklich nicht, warum ich dich eigentlich so gern habe», sagte er leise und traurig und stopfte den Reitumhang fester unter Harrys bewußtlosen Körper.

Eine Stunde vor Tageslicht wurde Harry von dem plötzlichen Knall einer Muskete wachgerissen. Er war sofort auf den Beinen, mit einem Fluch auf den Lippen, aber obwohl es einige ängstliche Minuten gab, ertönte bei den französischen Vorposten kein Alarm. Der Soldat, dem durch ein Mißgeschick das Gewehr losgegangen war, wurde stumm und nach allen Regeln der Kunst von seinen Freunden verdroschen, und alles war wieder still.

Schlaf gab es nach diesem Zwischenfall nur mehr wenig. Die Männer lagen da und beobachteten die dunklen Bergkämme auf die ersten Anzeichen der Dämmerung. Während sie um zwei Uhr nachts eine Mahlzeit aus Fleisch und Zwieback gegessen hatten, war Kempts Brigade nach einem langen Marsch über die Straße herangerückt und hatte schweigend neben der Stellung Colbornes die ihre bezogen. Wieder einmal würden die Brigaden den Feind getrennt angreifen; Kempts Sache war es, über den Sumpf, der vor ihm lag, hinüberzugelangen und den schmalen, nach beiden Seiten scharf abfallenden Grat, der zwei Drittel des Weges zur Rhune hinauf lag, zu stürmen; und Colbornes Aufgabe war es, sich um den äußersten Westen des Berges herumzuarbeiten und das Tafelland jenseits des Kammes mit seinen starken Forts im Sturm zu nehmen. Zur Rechten der Division sollten Girons Spanier und die «Enthusiasten» die Rhune auf ihrer Ostseite angreifen.

Es sollte ein Generalangriff werden, aber niemand in der Leichten Division konnte einen Gedanken auf die Vorgänge bei einem anderen Teil der Armee verschwenden, sondern konzentrierte sich nur auf das eine Ziel, massiert den Hauptangriff auf das französische Zentrum zu unternehmen. Der schwächste Punkt in den Verteidigungswerken des Feindes war die Öffnung zwischen den beiden Rhunes und dem Fluß Nivelle, aber die Petite Rhune bildete eine wirksame Barriere gegen eine Annäherung längs dieser Linie. Ein Spaßvogel betrachtete sich die undurchdringliche Front des Berges und sagte: «Ein Jammer, daß die prima neuen Sappeure und Mineure, die bei San Sebastian nichts taugten, diesen verfluchten Berg nicht in die Luft jagen, dann brauchten wir ihn nicht mit Sturmleitern zu erklettern. Diesen Gefallen könnten sie uns doch wirklich tun.»

«Da kommen wir nie hinauf, was?» fragte ein junger Soldat und versuchte, sein Zähneklappern zu beherrschen.

«Ho, das also denkst du, ha? Wie zum Teufel sollen wir denn an die Front vom Johnny Petit kommen, wenn wir nicht zuerst die Rhune einnehmen?»

«Es schaut fürchterlich aus!»

«Red nicht so verdreht daher! Wär ja eine schöne Geschichte, wenn die Light Bobs die Frösche nicht von ihrer Stange boxen wollten, wann immer ihnen danach zumut ist!» sagte der alte Krieger ätzend. «Du gib's auf jetzt, und paß lieber scharf auf, wann es dämmert!»

«Wenn es bloß rasch dämmern wollte!»

«Na, deshalb wird es auch nicht schneller. Hör lieber mit deinem Quatsch auf!»

Das Signal zum Angriff sollten drei Kanonenschüsse vom Gipfel des Atschubia sein, der östlich von der Division lag. Knapp vor Morgengrauen war im Westen etwas Gewehrfeuer zu hören, und der junge Soldat fuhr zusammen, als er es hörte.

«Halt still, das ist Hope», knurrte sein Gefährte. «Scheinangriff. Wenn du morgen um diese Zeit noch lebst, wirst du nicht mehr so grün sein wie jetzt, das ist immerhin ein Trost.»

Alle Köpfe waren dem Osten zugewandt. Die dunkle Masse des Atschubia war gegen den grauen Himmel auszunehmen, aber erst um sechs Uhr früh stahlen sich die ersten Sonnenstrahlen über den Gipfel. Fast im selben Augenblick wurden die Signalschüsse abgefeuert. Befehle liefen die Linien entlang, die Männer sprangen auf und formierten sich; und zwei Kompanien des 43. Regiments von Kempts Brigade wogten vorwärts und in den Sumpf hinein, während sich das übrige Regiment zu den zerklüfteten Felsen der Rhune vor ihnen in Bewegung setzte.

Sieben Kolonnen wurden gegen die Rhune gerichtet, und die Nachtmärsche waren so erfolgreich gewesen, daß der Angriff den Feind völlig überraschte. Während die Truppen von den niedrigeren Hängen der Grande Rhune über die schwierige Schlucht hinweg zum Fuß der kleinen Rhune vorstürmten, sah man die Franzosen in fliegender Hast zu ihren fürchterlichen Verteidigungswerken hetzen. Einige Geschütze eröffneten das Feuer, und unverzüglich antwortete ihnen die Gebirgsartillerie, die auf dem Gipfel der Grande Rhune aufgestellt worden war.

Colborne, der gleichzeitig mit Kempt vorging, durchschritt den toten Winkel der Schlucht auf der Südseite der Rhune, während die Plänkler der Ersten Brigade die Aufmerksamkeit der Franzosen auf den niedrigeren Abhängen ablenkten, und drang durch das westliche Ende der Verteidigungswerke. Das 52. Regiment, alle Gegenwehr beiseite fegend, ging die Abhänge des Mouiz in einem unwiderstehlichen Angriff hinauf, um die Brustwehren und Befestigungen, die die Riflemen stürmten, von der Flanke her zu nehmen.

Noch nie hatte die Leichte Division eine ruhmreichere Kampfhandlung durchgeführt. Die Schnelligkeit ihres Vorgehens und die Tapferkeit ihrer wiederholten Angriffe hätten selbst den großen «kleinen Craufurd» persönlich befriedigt. Um acht Uhr war die Schlüsselstellung der Franzosen eingenommen, und der Weg für einen Angriff gegen die Hauptstellung am Nivelle-Fluß lag offen. Major Napier, mit zerfetzter und vom Geschützfeuer angesengter Uniformhose, hatte das 43. Regiment trotz aller Bemühungen, ihn davon abzuhalten, persönlich auf den schmalen Grat hinaufgeführt. Geschütz- und Musketenfeuer und große Felsbrocken, die über die zerklüfteten Seiten der Stellung hinuntergerollt wurden, konnten das Vordringen der 43er nicht hemmen. Sie kamen herauf, kletterten über Stellen, die unzugänglich schienen, und ein um das andere der drei Forts am Kamm fiel in ihre Hände. Die Verluste waren erschreckend, aber nichts konnte den Schwarm der Rotröcke aufhalten. Eine sieben Fuß hohe Mauer schützte die erste der Schanzen, aber sie wurde trotz des mörderischen Feuers seitens der Verteidiger mit Sturmleitern erklommen. Major Napier wurde fast aufs Bajonett genommen, als er versuchte, sich von einem höchst unsicheren Stand auf einem vorspringenden Stein in halber Höhe über die Mauer zu schwingen, und wurde von einigen seiner subalternen Offiziere, sehr zu seiner Wut, zurückgezerrt.

Als die Franzosen von der Schanze flohen, waren die Männer so erschöpft, daß sie sich ungeachtet des Feuers von der zweiten Schanze herüber keuchend zu Boden warfen. Sobald sie zu Atem kamen, stürzten sie wie scharlachrote Teufel wieder nach vorn, stürmten die «Elsternnest»-Schanze und wogten weiter, ihre Toten und Verwundeten zuhauf hinter sich lassend, und formierten sich in einer Art Angriffsordnung für eine Attacke auf den «Donjon», die letzte der Schanzen auf dem Kamm.

Vom «Elsternnest» aus hatte man einen guten Blick auf das ganze Schlachtfeld. Unten trennte eine Schlucht den Vorberg von der Mouiz-Höhe, die das 52. Regiment erreicht hatte. Die Schlucht hinauf führte Kempt seine portugiesische Reserve, aber es war Colbornes blitzschnelles Vorgehen, das den Tag entschied. Als die Franzosen sahen, daß ihre Flanke umgangen und sie selbst in Gefahr waren, abgeschnitten zu werden, verließen sie ihre Schützengräben auf dem Mouiz und flohen in beträchtlicher Verwirrung nordwärts. Die Truppen, die den Portugiesen gegenüberstanden, wurden von dem Schrecken angesteckt und folgten ihnen; und als die Garnison im «Donjon»-Fort auf der Petite Rhune den ungeordneten Rückzug ihrer Kameraden jenseits der Schlucht sahen, verließen auch sie das Fort, bevor noch Napier damit fertig war, seine Männer für einen Angriff aufzustellen.

Auf der Höhe von Mouiz gruppierte Colborne seine Leute zu einem Angriff auf die Hauptstellung der Franzosen nördlich der Petite Rhune. Die ganze vierzig Meilen lange Front entlang hämmerten Kanonen auf die Kampflinien. Es war ein strahlender Tag ohne eine Spur Nebel in den Tälern; man konnte sehen, wie Hopes Divisionen die französischen Linien von der Küste bis zu den Rhunes bedrohten; und auf den glitzernden Gewässern der Bucht von Biskaya zeichneten sich die Schiffe in der Ferne deutlich wie Miniaturen gegen den Himmel ab. Im Osten strömten fünfzigtausend Soldaten den Abhang des Atschubia herab, und ihre Bajonette blitzten im Sonnenschein. Auf dem Kamm des Mouiz selbst waren die einzigen noch übrigen französischen Truppen jene, die eine starke Sternschanze an der Kante eines steilen Hügels hielten. Colborne, der sich dieser Schanze über einen schmalen Streifen Bodens näherte, ließ das 52. genau unter einem Abhang halten, denn er wußte aus Erfahrung, daß es nicht nötig war, Menschenleben in einem Angriff auf die Stellung zu verschwenden, da sie von der übrigen französischen Armee abgeschnitten war. Gerade wurde sie von Kempts Brigade links umgangen, und Cole kam mit den «Enthusiasten» von hinten heran, während sie Girons Spanier rechts von Colborne auf der östlichen Seite einschlossen.

Harry, der soeben Old Chap für seine Vollblutstute ausgetauscht hatte, schloß sich Colborne auf dem Bodenstreifen unterhalb der Schanze an. Er war im dichtesten Kampfgetümmel gewesen, jedoch ohne Kratzer. «Barnard ist getroffen», sagte er. «Ich weiß nicht, wie schlimm – Simmons hat ihn nach hinten gebracht. Kempt ist auch verwundet, aber es heißt, er sei noch immer auf dem Schlachtfeld. Beim Zeus, Sir, so einen Tag hat's noch nie gegeben! Haben Sie vor, die Schanze anzugreifen?»

«Ich sehe nicht, wozu. Sie kann sich nicht halten, und wir würden nur zwecklos Männer verlieren», antwortete Colborne und schaute zu dem steilen Hügel hinauf.

Den Spaniern zu seiner Rechten jedoch beliebte es in diesem Augenblick, einen Scheinangriff gegen das Fort zu führen. Die Verteidiger schickten sie sehr schnell dorthin, wohin sie gehörten, und gerade als Colborne die Vorgänge sehr verärgert beobachtete, kam Charles Beckwith mit Befehl von Alten für die Brigade, vorzugehen.

«Vorgehen?» sagte Colborne. «Was wollen Sie damit sagen? Wünscht General Alten, daß ich die Schanze angreife? Wenn wir sie rechts oder links liegen lassen, muß sie ohnehin fallen. Unsere ganze Armee wird in zwanzig Minuten über sie hinausgedrungen sein.»

«Ich weiß nicht», sagte Beckwith, der müde und abgekämpft aussah. «Ihr Befehl ist, vorzugehen.»

«Charlie, ich soll die Schanze angreifen?» fragte Colborne.

«Ich sage dir, ich weiß nur, daß du vorgehen sollst!» antwortete Beckwith, warf sein Pferd herum und galoppierte davon.

«Was für ein unklarer Befehl!» sagte Colborne.

«Oh, Sir, lassen Sie doch uns das letzte Vorwerk nehmen!» sagte Harry mit blitzenden Augen. «Das ist in ein paar Minuten gemacht!»

«Es scheint, wir müssen es tun. Gehen Sie in Kompaniekolonnen vor.»

Kaum hatte sich das 52. in Bewegung gesetzt und erkletterte den Hügel unterhalb des Forts, als es ihnen klargemacht wurde, daß die Franzosen vorhatten, die Stellung zu verteidigen. Den Truppen schlug ein derart mörderisches Feuer entgegen, daß die führenden Reihen niedergemäht wurden. Das Regiment kämpfte sich vor, Colborne an der Spitze, und gewann den Kamm, nur um von einem tiefen Graben mit dichten Palisaden aufgehalten zu werden, der vor der Schanze ausgehoben worden war. Sie wichen vor dem Feuer der Verteidiger zurück und suchten in einer kleinen Schlucht Deckung. Sobald sie wieder formiert werden konnten, führte sie Colborne wieder durch einen Hagel von Geschossen und Granaten nach vorn. Innerhalb von zwanzig Metern vor dem Graben wurde Harrys Stute getroffen. Er wendete sie schnell, so daß, als er von ihr absprang, ihr Körper zwischen ihm und dem Feindfeuer lag, und als er ein Bein herumschwang, traf sie ein zweiter Schuß, sie fiel und klemmte Harry unter sich ein, während ihr Blut sein Gesicht überströmte.

Colborne sah Harry zu Boden gehen, war aber zu beschäftigt, seine Leute zu ermutigen, um sich viel darum zu kümmern. Rund um ihn herum platzten Granaten, und das 52. Regiment erlitt entsetzliche Verluste, ohne imstande zu sein, zur Schanze vorzudringen. Tom Fane stieg vom Pferd, lief zu ihm und brüllte: «Ich flehe Sie an, Sir, ich flehe Sie an, steigen Sie ab! Sie werden sofort getroffen!»

«Nein! Das ist doch absurd! Sie müssen sich ergeben!» rief Colborne aus, zog sein Taschentuch heraus, ritt vor und schwenkte es über seinem Kopf. Als er sich dem Graben näherte, ließ das Feuer nach. Er spornte sein Pferd an, ritt direkt an den Grabenrand, und als er einen Offizier innerhalb der Befestigung erblickte, rief er aus: «Welch ein Unsinn ist das, zu versuchen, auszuhalten! Sie sind von allen Seiten umzingelt! Zu Ihrer Linken befinden sich Spanier! Besser, Sie ergeben sich sofort!»

Er sprach laut, und der französische Offizier, der dachte, er versuchte, seine Leute zur Übergabe zu überreden, lehnte sich über den Wall und sagte empört: «Sie sprechen mit meinen Leuten!»

«Das ist doch alles Unsinn! Sie müssen sich ja ergeben!»

«Sie fordern meine Leute auf, mich zu verraten! Ziehen Sie sich zurück, oder ich erschieße Sie!»

«Wenn auch nur ein Schuß abgefeuert wird, jetzt, da Sie von unserer Armee umgeben sind», sagte Colborne, «werden wir jeden einzelnen von euch hinrichten! Seien Sie doch vernünftig, oder Sie haben die Spanier sofort hier!»

Das Entsetzen, in spanische Hände zu fallen, hatte entschieden seine Wirkung auf die Verteidiger der Schanze, wie Colborne sehr gut wußte. Der Offizier zögerte, aber seine Lage war hoffnungslos, und nach einer Weile bat er Colborne, in das Fort hineinzukommen und die Bedingungen zu arrangieren.

Inzwischen brüllte Harry, der zwar unter dem Körper seiner Stute lag, aber wie durch ein Wunder unverletzt war, einigen Soldaten in der Nähe zu, herzukommen und ihn herauszuziehen. Sie liefen zu ihm, erstaunt, ihn lebendig vorzufinden.

«Also verdammt zum Teufel, wenn unser alter Brigadeadjutant überhaupt getötet werden kann!» rief einer von ihnen.

«Los, zieht mich heraus!» sagte Harry. «Ich bin nicht verwundet – nur gequetscht!»

«Himmel, Sir, Sie sind blutig wie ein Schlächter!» sagte ein stämmiger Gemeiner und zog ihn unter der Stute hervor.

Harry hielt sich nicht damit auf, sich das Blut vom Gesicht zu wischen, sondern rannte zu Colborne, der sein Notizbuch herausgezogen hatte und auf französisch hineinschrieb: «Ich kapituliere bedingungslos.»

«Hallo, Smith! Ich habe geglaubt, Sie sind tot. Geben Sie das dem Kerl und sagen Sie ihm, er soll es unterzeichnen», sagte Colborne.

Der französische Offizier brach in Gelächter aus, als Harry in das Fort kam. «Man könnte rein glauben, Sie sind eine wandelnde Leiche!» sagte er. «Sie sind buchstäblich mit Blut bedeckt!»

«Trotzdem bin ich sehr lebendig!» antwortete Harry und übergab ihm Colbornes Zettel zum Unterschreiben.

Der Offizier zog eine Grimasse über die Worte, die Colborne geschrieben hatte, aber da nichts half, kritzelte er seinen Namen darunter und gab Harry das Papier zurück.

«So ist's recht», sagte Colborne, als Harry es ihm brachte. «Suchen Sie sich ein frisches Pferd und bringen Sie das Wellington.»

«Da, nimm meines!» sagte Fane und drückte Harry die Zügel seines Pferdes in die Hand. «Du bist ja ein feiner Anblick!»

Harry trug tatsächlich eine derartige Maske aus Blut, daß Seine Lordschaft, als er bei Wellington anritt, fragte: «Wer sind Sie, Sir?»

«Der Brigadeadjutant, 2. Rifle Brigade, Mylord», antwortete Harry.

Seine Lordschaft starrte ihn an. «Hallo, Smith! Schlimm verwundet?»

«Überhaupt nicht, Sir – das ist das Blut meiner Stute», sagte Harry und überreichte ihm Colbornes Papier.

«Na!» sagte Wellington, nahm und überflog es. «Sagen Sie Colborne, ich bin einverstanden. Haben Sie viele Leute in dieser Angelegenheit verloren?»

«Ja, Mylord, sehr viele.»

«Das tut mir leid», sagte Seine Lordschaft und machte ein verdrießliches Gesicht. «Es wäre nicht nötig gewesen, die Schanze anzugreifen.»

«Wir erhielten Befehl, vorzugehen, Sir.»

«Der kam nicht von mir! Da muß irgendein Irrtum sein!» sagte Alten ärgerlich. «Ich habe Colborne keinen Befehl geschickt. Ich meine, Colborne versteht sein Geschäft sehr gut ohne solche Befehle von mir.»

«Ah – hm! Ich wünschte, die Stabsoffiziere lernten ihre Pflichten besser kennen!» sagte Seine Lordschaft mit einem seiner frostigen Blicke.

6

Um zwei Uhr nachmittags waren Clausels Truppen in verwirrtem Rückzug über die Nivelle; in der Abenddämmerung überquerte Wellington den Fluß mit zwei Divisionen; und die Leichte, die Vierte und Girons Andalusier biwakierten auf dem Abhang hinter den ursprünglichen französischen Stellungen.

Hier schloß sich Juana wieder der Brigade an, als sie zeitlich am nächsten Morgen mit dem Gepäck herankam und vor Entsetzen fast in Ohnmacht fiel, als sie Harrys blutbefleckte Kleider sah. Sie konnte einfach nicht glauben, daß er nicht irgendeine gräßliche Verletzung vor ihr verbarg. Er nahm sie bei den Schultern, schüttelte sie und sagte: «Willst du vernünftig werden, *estupida*, oder muß ich mich nackt ausziehen, um dir zu beweisen, daß ich nichts als ein paar blaue Flecken habe? Die Stute wurde verletzt, nicht ich!»

Sie rief sofort aus: «Ich wußte es doch! Habe ich dir nicht gesagt, was geschehen würde? Du bist wirklich überhaupt nicht verwundet?»

«Nein, sage ich dir!»

Sobald sich ihr Schrecken gelegt hatte, reagierte sie sofort sehr heftig. «Oh, du bist gräßlich, daß du mich so erschreckst! Ich spreche kein Wort mit dir, so lange, bis du dich gewaschen und diese gräßlichen Kleider ausgezogen hast!»

«Als hätte ich mich nicht selbst die ganze Zeit danach gesehnt, sie auszuziehen!» sagte Harry. «Möchtest du mich nicht küssen, mein gehässiger Liebling?»

«Nein! Dein Gesicht ist blutverschmiert! Eher küsse ich den Häßlichen Tom!» erklärte sie.

Sie ging fort, um einen seiner Freunde zu besuchen, der verwundet war. Er sah sie erst viel später wieder, und dann war sie es, die dringend einen Kleiderwechsel nötig hatte, denn von den zweihundert Männern des 52. Regiments, die als getötet und verwundet gemeldet wurden, hatten sich hundert, die an Fleischwunden litten, geweigert, nach hinten zu gehen. Aber eine ganze Menge von ihnen mußte versorgt werden, und Juana, die im Auswaschen und Verbinden von Wunden recht erfahren geworden war, hatte den ganzen Vormittag zu tun. Als Harry, sehr schmuck in seiner besten Uniformjacke und Schärpe, ihr begegnete, wich er zurück, seine schmalen Augen funkelten vor Lachen, und er sagte: «Oh, du abscheuliches kleines Ding! Rühr mich ja nicht an!»

«Oh!» rief Juana. «Ein einziger kleiner Blutfleck! Wie hübsch du aussiehst! Küß mich schnell, denn ich muß gehen und mir die Hände waschen!»

«Nicht, bis du dich gewaschen und diese Kleider da ausgezogen hast!» murmelte Harry boshaft. «Ich jedenfalls will herauskriegen, wie viele meiner Freunde gestern getroffen wurden!»

«Nun, ich kann dir sagen, daß alle unsere besonderen Freunde gesund sind, nur Johnny Kincaid ist ganz elend wegen des armen Oberst Barnard, denn er fürchtet, daß er stirbt.»

Das waren schlechte Neuigkeiten, und Harry stürzte sofort auf der Suche nach Kincaid davon, der Barnards Adjutant war. Der Oberst war von einer Musketenkugel in die Lunge getroffen worden und vom Pferd gestürzt, und als Kincaid ihn errreicht hatte, war er so erstickt von Blut, daß er nicht sprechen konnte. Seine Männer versammelten sich in tiefster Verzweiflung um ihn, denn er wurde sehr geliebt, aber Kincaid, der George Simmons ganz in der Nähe erblickte, rief ihm geistesgegenwärtig zu, schnell zu Barnard zu kommen. George wusch Barnard das Blut aus dem Mund, befühlte die Wunde und schaute ernst drein, aber als Barnard wieder zu Bewußtsein kam und ihm sagte: «Simmons, bin ich tödlich verwundet?» hatte er in seiner anständigen Art geantwortet: «Oberst, es hat keinen Zweck, die Sache zu verkleinern: Sie sind gefährlich verwundet, aber nicht unmittelbar lebensgefährlich.»

«Seien Sie aufrichtig!» hatte Barnard gesagt. «Ich fürchte mich nicht vor dem Sterben.»

«Ich bin aufrichtig», hatte George fest geantwortet.

Vier Männer hatten den Oberst auf einer Decke weggetragen, und George begleitete sie. Man erwartete, daß George am nächsten Tag zu seinem Regiment zurückkehren würde, aber gerade bevor sich die Brigade in Bewegung setzte, erhielt Joe Simmons eine Botschaft von ihm, daß er zunächst in Vera bleiben würde, um sich um Barnard zu kümmern, dem es bemerkenswert gut ginge und der sich einzig Georges Pflege anvertraut hatte.

«Der gute alte George, wie ihn das freuen wird!» sagte Kincaid.

Die Brigade rückte noch am selben Tag vor, stieg in die fruchtbare französische Ebene hinab und erreichte Arbonne. Nach dem wilden Gebirge, in dem sie so lange gewesen waren, freuten sich alle über den Anblick der netten Bauernhöfe und bestellten Felder, die von Hecken getrennt waren. Außerdem gab es Heu für die Pferde, was berittene Offiziere ihrer drückendsten Sorge enthob. Das Wetter war jedoch schlecht, und man sah deutlich, daß sehr viel Regen auf die Ebenen gefallen sein mußte, denn alle Wege waren vor nassem Lehm wie Schwämme. Tiny sank in diesem klebrigen Schmutz bis an die Knie ein, ein Umstand, der Harry Smith die Aussichten der Armee, tiefer nach Frankreich vorzudringen, als sehr gering einschätzen ließ.

Und er hatte sehr recht. Die Beschaffenheit des Bodens machte es der Artillerie fast unmöglich, vorwärtszukommen, ebensowenig konnte die schwere Kavallerie aus ihren Quartieren in Spanien herangebracht werden. Bei günstigem Wetter und besserem Ernährungszustand der spanischen Truppen wäre nicht abzusehen gewesen, wie weit Wellington Soult zurückgeworfen hätte. Er hatte ihn gezwungen, St. Jean de Luz zu evakuieren, das er selbst zu seinem Hauptquartier machte, aber er wäre imstande gewesen, noch mehr zu tun. «Ich bin über die Spanier verzweifelt», schrieb er an Lord Bathurst zehn Tage nach der Schlacht. «Sie sind in einem so miserablen Zustand, daß es wirklich kaum fair wäre, zu erwarten, daß sie sich davon zurückhalten würden, ein wunderschönes Land zu plündern, besonders wenn man in Betracht zieht, welches Elend ihr eigenes Land von den Eindringlingen zu erleiden hatte. Wenn ich nur 20 000 gute Spanier, bezahlt und wohlgenährt, aufbringen könnte, hätte ich Bayonne. Wenn ich 40 000 aufbringen könnte, weiß ich nicht, wo überhaupt ich innehalten sollte. Nun habe ich zwar an dieser Front sowohl die 20 000 wie die 40 000 zu meiner Verfügung, aber ich kann es nicht wagen, auch nur einige von ihnen vorzuschicken. Ohne Sold und Verpflegung müssen sie plündern; und wenn sie plündern, werden sie uns alle ruinieren.»

Während Freires und Longas Soldaten Ascain verheerten und Minas wilde Guerilleros sich rapid dem Zustand offener Meuterei näherten, war es immerhin tröstlich, daß Seine Lordschaft Bathurst mitteilen konnte, das Verhalten der britischen und portugiesischen Truppen sei genauso, wie er es wünschte. Aber das ungeheuerliche Benehmen der halbverhungerten Spanier zeigte sich im denkbar schlechtesten Augenblick. Noch nie war die Zeit so reif für einen kühnen Vorstoß gewesen wie jetzt. «Wo befindet sich jetzt das Hauptquartier eures Kaisers?» fragte Wellington einen gefangenen französischen Offizier.

«Nulle part», hatte der Franzose traurig geantwortet. *«Il n'y a point de quartier général et point d'armée.»*

Nicht jeder Oberbefehlshaber, der in feindliches Land eindrang, hätte es über sich gebracht, freiwillig auf 40 000 Mann seiner gesamten Streitkräfte zu verzichten; aber Wellingtons kaltes Urteil sagte ihm, daß eine Verzögerung, seine Operationen zu vollenden, der alliierten Sache weniger schädlich wäre als die Verwüstungen der Spanier in einem Land, das zu versöhnen von so lebenswichtiger Bedeutung war. Nachdem er eine erstaunliche Zahl der Marodeure hängen ließ, ohne freilich im Verhalten der übrigen eine Besserung herbeizuführen, schickte Seine Lordschaft mit Bedacht jede spanische Division, außer der Morillos, nach Spanien zurück.

Das Wetter wurde schlechter. Die Leichte Division, die in der Nähe von Arbonne biwakierte – in der stündlichen Erwartung eines Marschbefehls –, wurde nur bis zur Stadt vorgeführt und bezog hier Quartier.

Es war eine unbehagliche Situation, denn es regnete ununterbrochen, und obwohl die französischen Einwohner des Gebiets den Briten gegenüber wirklich so freundlich waren, wie man es schon vorher Wellington versichert hatte, gab es zänkische aufflackernde Gefechte mit Soults Kräften, die vor Bayonne in den Schützengräben lagen; und fast jeder Tag brachte Scharmützel mit den Vorposten entlang der ganzen Frontlinie.

Sowie der Regen aufhörte und der durchnäßte Boden trocken genug war, um einen Vormarsch möglich zu machen, wurde die Division näher an Bayonne herangebracht und in zwei großen Schlössern einquartiert. Die erste Brigade war in Arcangues, die zweite in Castilleur, in das Colborne das 52. Regiment dicht wie die Heringe, sagte Harry, zusammengepfercht hatte.

Es war inzwischen Dezember geworden, und man begann an Weihnachten zu denken. Colbornes Stab hatte eine Gans gekauft, und falls sie nicht an

Überfutterung eingehen würde, sagte Colborne, würde sie ein großartiges Weihnachtsmahl abgeben.

«Aber natürlich geht sie nicht ein!» sagte Juana. «Wir mästen sie ganz auf die richtige Art.»

«Ja, das sagen Sie», antwortete Colborne mit seinem heimlichen Lächeln. «Aber alles hat seinen Grund, und ich glaube, der Vogel wird sehr wahrscheinlich platzen. Wann immer ich Fane oder Harry brauche, finde ich sie dabei, die Gans mit dem unpassendsten Futter vollzustopfen. Ja, die Gans wird mir allmählich lästig, denn ihr schaut mir beim Essen so eifersüchtig auf den Teller, um zu sehen, was ich übriglasse, das man zusammenkratzen und der Kreatur geben könnte, daß ich mich schon kaum zu essen traue.»

«Aber, aber Sir!» protestierte Fane. «Und wer hat versucht, der Gans ein hartgekochtes Ei zu geben? Und ein verdorbenes Ei obendrein!»

«Aber Sie dürfen sie doch nicht dazu zwingen, Eier zu essen!» rief Juana aus. «Das ist sehr schlecht von Ihnen, Colborne, sehr unrecht, wirklich, und ich bin ganz entsetzt!»

«Ich habe es ihr bloß angeboten», sagte Colborne. «Der Himmel sei vor, daß ich diesen fettleibigen Vogel zwingen würde, etwas gegen seinen Willen zu essen!»

Aber schließlich war alle ihre ängstliche Fürsorge um die Gans umsonst. Am 9. Dezember rückten die Erste und die Siebente Division dicht an die Nachhut der Leichten heran, was für alle ein sicheres Zeichen war, daß irgendeine Aktion geplant wurde.

«Hm, hm, ich wittere Unrat!» sagte Tom Plunket.

«Ja, und genauso der Johnny Crapaud!» antwortete der «Bombenfeste» sarkastisch. «Diese Mausefalle riecht zu stark nach Käse. Der Johnny ist drauf und dran, demnächst einen Kopf kürzer zu sein. Jede Menschenseele da drüben war unter Waffen, seit die Gentlemen's Sons ihre Fassade gezeigt haben. Ich tät mich nicht wundern, wenn wir einen ganz netten Wirbel hätten, bevor noch der Tag um ist.»

Man erfuhr bald, daß die Erste und Siebente vorgerückt waren, um den Nive zu überqueren. Die Leichte Division erhielt Befehl, die Feldwachen des Feindes auf Bayonne zurückzudrängen, um eine Ablenkung zu schaffen. Dies führten sie nach etwas oberflächlichem Geplänkel aus und richteten bei Einbruch der Dunkelheit die gewöhnliche Postenkette wieder ein.

Man dachte allgemein, daß sich aus diesem Scheingefecht nichts weiter ergeben würde, aber es sickerte die Nachricht durch, daß Hill auf St. Pierre in der Nähe von Bayonne vorrückte, und Harry, stets sehr hellhörig, fühlte Unbehagen. Er war überzeugt, daß die Franzosen auf der linken Flanke der alliierten Armee eine Ablenkung starten würden, war am nächsten Tag noch vor Tageslicht im Sattel und inspizierte die vorgeschobenen Posten, die eine Meile vor der Hauptmacht der Brigade lagen. Kaum brach der Tag an, als sich ihm Beckwith zugesellte, der aus geschwollenen Augenlidern zu den französischen Linien hinüberstarrte und sagte: «Was hältst du davon, Harry?»

«Gefällt mir nicht. Die haben etwas vor.»

«Genau meine Meinung!»

Colborne kam heran, während sie noch die Bewegung im französischen Lager beobachteten. Harry ritt ihm ein Stück entgegen. «Der Feind wird uns angreifen», sagte er unvermittelt.

«Nein, sie nehmen nur ihre gewohnten Posten vor unserer Front auf», antwortete Colborne.

«Aber schauen Sie sich nur das Korps unmittelbar vor unserer Front an!» sagte Harry. «Wenn ich mich nicht sehr irre, ist da drüben eine Kolonne, die sich offenkundig auf die Erste Division zu bewegt!»

Sein Ton war ungeduldig. Colborne wußte, daß ihm immer unbehaglich zumute war, wenn irgendeine Möglichkeit für einen plötzlichen Angriff bestand, wegen Juana; und kümmerte sich daher nicht darum. Er hatte sein Glas herausgezogen und schaute zu den feindlichen Linien hinüber. Er entdeckte in der Ferne einige Blitze und sagte: «Das müssen einige Soldaten sein, die ihre Gewehre abfeuern.» Im nächsten Augenblick sah er, ziemlich weit weg, ein starkes Korps Soldaten auf dem Vormarsch.

«Bei Gott, die ganze Armee ist in Marsch!» sagte Beckwith, sein Glas ebenfalls auf die Kolonne gerichtet, die Colborne gesehen hatte.

«Ja, Sie haben recht», sagte Colborne.

«Los, wir müssen etwas tun!» brach Harry aus. «Was werden Sie tun?»

«Sachte, ich muß zuerst ein bißchen denken», antwortete Colborne.

Old Chap begann zu tänzeln und unruhig zu werden, als sei er von Harrys Ungeduld angesteckt. «Lassen Sie mich wenigstens die Brigade an die Waffen rufen!» bat Harry.

«Oh, schweigen Sie doch endlich, Smith!» sagte Colborne und versuchte, seine Verfügungen zu überlegen.

«Ich kann nicht schweigen, solange nichts getan wird. Wir werden gleich angegriffen werden!»

«Also gehen Sie und rufen Sie die Brigade an die Waffen und führen Sie das 52. heran. Und sagen Sie lieber Ihrer Frau, sie soll das Schloß sofort verlassen, denn ich stelle mir vor, daß es angegriffen wird.»

Harry ritt in kurzem Galopp davon, gerade als die Franzosen das Feuer auf die vorgeschobenen Posten eröffneten. Juana bügelte gerade Hemden, als der Alarm ertönte, und hatte kaum Zeit, das Bügeleisen in den Herd zu schieben, als West schon hereinlief, um ihr zu sagen, daß er den gnädigen Herrn einen gehetzten Augenblick lang gesehen hatte und der Befehl lautete, das Schloß unverzüglich zu verlassen.

Juana raffte die Hemden zusammen, aber West sagte: «Keine Zeit, etwas einzupacken, Gnädige – wir werden jeden Augenblick unter Feuer sein.»

«Dann geh Er und sattle Er Tiny, und ich komme sofort!» sagte sie, schon ihr Reitkleid aus dem Kasten zerrend. «Und West, West! Suche Er Vitty! Sie ist vorhin hinausgelaufen!»

Sie war gerade in ihren Reitanzug geschlüpft, als die ersten Schüsse um die

Mauern des Schlosses knatterten. Das 52. formierte sich zur Schlachtordnung, und es gab soviel Lärm und Durcheinander, daß es etwas schwierig für sie wurde, sich ihren Weg zu West und den Pferden zu bahnen. Sie war sofort auf Tinys Rücken, verlangte aber in scharfem Ton zu wissen, wo Vitty war.

«Ich kann sie nicht finden, Gnädige! Es nützt nichts, wir können es nicht wagen, uns wegen ihr aufzuhalten!»

«Oh, ich gehe einfach nicht ohne meinen armen kleinen Hund! Nein, nein, sie wird vielleicht getötet! Wir müssen sie finden!»

West sagte grob: «Gnädige, Sie haben gehört, was der gnädige Herr befohlen hat! Es ist meine Sache, Sie dorthin zu bringen, wo Sie in Sicherheit sind, und wenn Sie nicht freiwillig kommen, muß ich Tiny führen!»

Ihre Augen blitzten, aber eine Musketenkugel, die über ihre Köpfe pfiff, ließ sie einsehen, wie unvernünftig es wäre, in einer so gefährlichen Situation darauf zu bestehen, zu bleiben; so schluckte sie ein Schluchzen hinunter und sagte demütig, es täte ihr leid, und sie würde nicht mehr lästig sein.

Das Donnern von Kanonenfeuer zur Linken zeigte, daß in der Nähe von Bayonne ein Kampf ausgefochten wurde, aber obwohl die Franzosen einen heftigen Angriff sowohl auf Castilleur wie Arcangues führten, ließen sie ihm weiter nichts als ziemlich bösartige Scharmützel folgen.

West hatte Juanas Zelt auf das Maultier laden lassen und errichtete es für sie, sobald sie zur Nachhut der Division gelangten. Sie versuchte, nicht an Vittys Schicksal zu denken, aber als Harry am Ende des Tages hereinkam, müde und abgehetzt, wurde er von einem so schmerzlichen Gesicht empfangen, daß er in einem Versuch, Juanas Laune zu heben, sagte: «Hallo, was ist denn jetzt wieder los? Beweinst du den Verlust unserer Gans?»

«Vitty!» sagte Juana, und die Tränen rollten über ihre Wangen.

«Oh, ist sie geschnappt worden? Armer kleiner Mops! Puh, was für ein Tag! Was gibt's zum Abendessen?»

Ein so rüdes Übergehen von Vittys schmerzlichem Schicksal war mehr, als Juana ertragen konnte. «Du bist grausam und kalt, und es kümmert dich nicht, was aus meinem Liebling geworden ist! Alles, woran du denkst, ist Essen!»

«Es tut mir leid», sagte Harry. «Natürlich liegt mir etwas an Vitty, *querida.* Nur, um dir die Wahrheit zu sagen, ich habe den ganzen Tag keinen Bissen gegessen, und außerdem bin ich hundemüde.»

Sie wurde blutrot und tupfte schnell die Tränen aus den Augen. «Oh, ich bin eine so schlechte Ehefrau, *mi* Enrique! Verzeih mir! Schau, ich habe den Speck mitgenommen, den wir heute morgen hatten, und West hat etwas Brot in die Taschen gestopft, und außerdem hat er hier sehr gutes Gemüse aufgetrieben, und so habe ich einen Stew gemacht. Das mit Vitty macht nichts. Hauptsache, du bist gesund, und das genügt mir!»

Sie teilte das Essen aus. Gerade, als sie sich niedersetzte, um mit Harry zu essen, steckte Kitchen seinen Kopf ins Zelt herein und sagte, einer der Trompeter des 52. Regiments wolle sie sehen.

«Hallo, einer deiner komischen Freunde?» sagte Harry. «Schicke Er ihn herein, Joe!»

«Aber ich kenne keinen von den Trompetern im 52.!» wandte Juana ein. «Er kann nicht mich sehen wollen. Er muß nach dir gefragt haben, aber Joe ist ja so dumm!»

Aber als der Trompeter mit einem breiten Grinsen hereinkam, wandte er sich an Juana, nicht an Harry. «Verzeihung, Gnädige!» sagte er in rauhem Spanisch. «Ich habe da in meinem Habersack etwas für Sie.»

«Was denn?» fragte Juana, überrascht von seiner Geheimniskrämerei.

«Etwas, was Sie gern haben werden, möchte ich wetten. Ich habe sie in dem Durcheinander dort in dem Schloß gesehen und sie geschnappt, denn es geht doch nicht, dich zu verlieren, habe ich mir gesagt.»

«Vitty?» rief Juana und sprang auf.

«Stimmt, Gnädige», sagte der Trompeter, zog den unglücklichen kleinen Hund aus dem Brotbeutel und legte ihn Juana in die Arme. «Sie ist den ganzen Tag da dringesteckt, und ganz brav war sie, und hat nur hie und da ein bißchen Winseln losgelassen!»

7

Da sie ihren Liebling wiederhatte, hob sich Juanas Laune sprunghaft. Die Unbequemlichkeit des Biwakierens ohne die geringste Spur von Gepäck mehrere Tage hindurch wurde mit einemmal ein großer Spaß, und als die Franzosen schließlich zurückgetrieben waren und die Brigade nach Castilleur zurückkehrte, vermochte nicht einmal die Entdeckung, daß einige ihrer Besitztümer gestohlen worden waren, sie zu deprimieren. Tom Fane verdammte laut und empört die französischen Diebe, die den Inhalt seines Koffers geplündert hatten, und Billy Mein beklagte den Verlust der Gans, «gerade als sie anfing, fett zu werden!», aber Juana sagte, obwohl es ein Jammer sei, daß der Häßliche Tom beraubt worden war, täte es ihr durchaus nicht leid, daß die Gans weg sei: «Denn ich glaube nicht, wir hätten sie überhaupt essen können, nicht?» sagte sie ernsthaft.

«Oh, hätten wir nicht?» sagte Mein.

«Nein, Billy, weil wir sie zu sehr liebgewonnen haben und ihr außerdem der Oberst schlechte Dinge zu essen gegeben hat.»

«Pfui!» sagte Colborne und schaute mit einem Augenzwinkern auf.

«Adieu, unser Weihnachtsmahl!» sagte Mein.

«Ganz und gar nicht!» sagte Harry munter. «Ich weiß, wie es uns gelingt, den Verlust der Gans wettzumachen.»

«Du natürlich», sagte Fane. «Hast du vielleicht noch ein paar Schmuggler aufgetrieben?»

«Nicht einen, zum Kuckuck! Aber wir werden den Kommissar zu der Gesellschaft einladen!»

«Harry», sagte Colborne, «wenn Sie nicht wegen Unverschämtheit vorzeitig kassiert werden, dürften Sie es noch weit bringen. Ich sehe eine glänzende Karriere für Sie voraus.»

«Nun, ich hoffe, daß wir Weihnachten immer noch hier sind», sagte Fane etwas pessimistisch.

Das schien tatsächlich etwas zweifelhaft, denn die Franzosen vor ihnen legten genug Lebhaftigkeit an den Tag, um sie ständig in Atem zu halten. Offiziere, die Feldwachen aufzustellen hatten, fanden die häufigen Alarme ermüdend, und Harry, der ja nie zu jenen gehörte, die ihre Pflichten leicht nahmen, fing wieder an, vor Schlafmangel rote Augen zu haben.

Einmal, als er nach einem Tag voll Scharmützel die Nachtwachen aufstellte, begegnete er einem französischen Offizier, der die gleiche Pflicht versah. Harry fand, daß er seine Vedetten zu nahe an den britischen vorgeschobenen Posten aufstellte, und da er keinerlei Absicht hatte, seine eigenen Feldwachen zurückzuziehen, ging er hinüber, um bei dem Franzosen zu protestieren.

«Hallo, Sie, ich möchte mit Ihnen sprechen!» rief er aus.

Der Offizier, zwar etwas amüsiert, kam ohne Zögern zu Harry herüber. «Aber sicherlich, Monsieur! Und was gibt's?»

«Ihre Vedette», sagte Harry. «Da drüben ist die meine, und wenn Sie die Ihre so weit vorne aufstellen, führt es zu nichts als Alarmen, wenn Sie abgelöst werden. Ich wünschte, daß Sie sich etwas zurückzögen!»

Der Franzose hob die Brauen. «Das sehe ich zwar nicht ein, Monsieur, aber wenn Sie mir zeigen, wo Sie meine Vedette postiert zu sehen wünschen, wird es mir ein Vergnügen sein, Ihnen den Gefallen zu tun und meine Vedetten zu versetzen.»

«Sehr nett von Ihnen», sagte Harry. «Schauen wir uns das Gelände an!»

Das taten sie. Der Franzose rückte seine Vedette an eine Stelle nach Harrys Wunsch, und bevor sie sich trennten, bot er Harry einen Schluck von seinem ausgezeichneten Brandy an. Harry nahm dankbar an, denn es war eine kalte Nacht, empfahl sich von seinem neuen Bekannten und ritt nach Castilleur zurück.

Es war spät, als er ankam, und er fand Colborne auf einer Matratze vor dem Feuer schlafend, vollkommen angezogen, einschließlich der Stiefel, denn seit der Ankunft der Brigade in Castilleur hatte es so viele Alarme gegeben, daß weder er noch Harry je daran dachten, sich zum Schlafengehen auszukleiden. Harry, selbst hundemüde, weckte ihn nicht, aber nachdem er sich gefragt hatte, ob es wohl der Mühe wert sei, etwas zum Essen zu holen, entschied er, daß es dies nicht war, und legte sich so, wie er war, auf die Matratze, die er ständig in Colbornes Zimmer hielt. Er schlief fast sofort ein, aber war es die Müdigkeit oder weil er nicht gegessen hatte – die Ruhe, die er so dringend brauchte, wurde von einem Traum gestört, der so lebhaft war, daß er ihn mit einem bösen Ruck und dem Schrei: «An die Waffen!» weckte.

Colborne wachte auf und war sofort auf den Beinen. Das flackernde Licht des Feuers zeigte ihm Harry, der mitten im Zimmer stand und blinzelte, als schlafe er noch halb.

«Oh, ich bitte um Verzeihung, Sir! Ich habe geträumt», sagte er unsicher.

«Macht nichts», sagte Colborne. «Es ist fast taghell, und es zeigt jedenfalls, daß Sie sich im Schlafen wie im Wachen intensiv um Ihren Dienst kümmern. Haben Sie geträumt, daß wir angegriffen werden?»

«Nein», sagte Harry. «Nicht wir. Ich – verdammt, es ist mir derart hängengeblieben, daß ich es nicht loswerden kann! Ich habe gemeint, daß der Feind das Haus meines Vaters angriff. Es gibt da eine Tür hinten, die in den Garten führt. Mein Vater trug meine Mutter in den Armen; ich sah sie so deutlich wie je in meinem Leben: er trug sie durch die schwarze Tür, wie wir sie immer nannten, als wir noch Kinder waren, und rief aus: ‹So schließe doch jemand die Tür! Sie ist gesund und gerettet.› Dann wachte ich auf. So ein Unsinn! Und außerdem habe ich Sie damit aufgeweckt, Sir!»

Er legte sich wieder hin, konnte aber nicht schlafen, da ihn der Traum derart bedrückte, daß er jedesmal, wenn er die Augen schloß, das Bild wieder vor sich sah. Als der Morgen kam, schaute er sehr zerquält aus, war stiller als sonst und sehr gereizt.

Es war ein ermüdender Tag mit ununterbrochenem Geplänkel der Vorposten. Die Caçadores standen vorn und wurden früh am Morgen angegriffen. Harry sagte, er habe die Franzosen seit dem Rückzug nach Corunna nicht mehr so wagemutig gesehen. «Ich weiß nicht, was zum Teufel uns heute bevorsteht!» sagte er, als Colborne zu den Vorposten geritten kam. Gereizt fügte er hinzu: «Stehen Sie doch nicht da herum! Sie werden jeden Augenblick getroffen werden!»

Colborne lachte, aber tatsächlich schlug eine Minute später eine Kugel durch seine Kappe. Er schien nicht sehr gerührt davon, rückte aber doch an eine sicherere Stelle und bemerkte: «Schauen Sie sich die Burschen an! Es ist offensichtlich, daß es kein Generalangriff wird, denn die Truppen im Biwak sind nicht unter Waffen. Sie wollen diesen Posten.»

«Den sie auch in zehn Minuten haben werden», sagte Harry, «falls ich nicht das 2. Rifle-Bataillon heranführe. Die Caçadores sind der Aufgabe nicht gewachsen.»

«Holen Sie sie!» sagte Colborne und inspizierte das Loch in seiner Kopfbedeckung. «Das nenn ich aber knapp davongekommen!»

Harry sagte nur im Wegreiten: «Sie sollten sich nicht derart exponieren, Sir!»

«Was ist denn bloß mit Harry los?» fragte Mein, nachdem die Bedrücktheit des Brigadeadjutanten drei Tage gedauert hatte. «Man bringt ihn nicht ein einziges Mal zum Lachen. Was frißt denn an ihm?»

Niemand wußte es; aber wenige Tage später kam die Post aus England an und brachte Harry einen Brief von seinem Vater. Als er die Handschrift sah, erbleichte er. «Ich weiß, was es ist», sagte er und brach das Siegel mit zitternden Fingern auf. «Ich habe es gewußt, seit ich den Traum hatte!»

Juana beobachtete ihn schüchtern, als er den Brief seines Vaters las. Er stöhnte auf; sie sagte: «Ist es – ist es etwas mit deiner Mutter, Enrique?

«Ja», antwortete er. Er stand einen Augenblick still, dann warf er sich plötzlich neben Juana auf die Knie und weinte und weinte, das Gesicht in ihren Händen vergraben.

Sie wußte nicht, wie ihn trösten. Sein Kummer erschreckte sie, weil er ihr immer so stark erschienen war, daß sie gemeint hatte, nichts in der Welt würde ihn derart zusammenbrechen lassen. Sie weinte auch ein bißchen, weil er ihr so leid tat. Später, als sich die Wolke von Harrys Stirn nicht hob, weinte sie um ihrer selbst willen, weil der zurückhaltende stille Mann, der ihr Bett teilte, nicht Harry war, der sie liebte und tyrannisierte, sondern ein Fremder, zu traurig, um mit ihr zu streiten, zu teilnahmslos, um sie auch nur zu fragen, wie sie den Tag verbracht hatte.

Einmal traf Harry sie weinend an und blieb verdutzt auf der Schwelle stehen. «*Hija!*»

Sie schrak auf, versuchte, ihr Gesicht zu verbergen und stammelte: «Zahnweh! Nicht der Rede wert!»

Er kam durch das Zimmer auf sie zu, nicht langsam, als sei er erschöpft, sondern wie sonst mit seinem schnellen Schritt. «Mein Liebling! Was ist denn?»

Sie sagte: «Enrique, ich habe Vater und Mutter verloren, und mein Bruder starb an seinen Wunden in meinen Armen. Du hast immer noch dein Heim und deinen Vater. Ich – ich lebe allein für dich, mein Alles!»

Er hielt sie fest an die Brust gedrückt. «Und ich für dich! Für sonst niemanden.»

«Ich kann dich nicht trösten, Enrique», sagte sie traurig. «Es ist nicht genug, daß du mich hast.»

«Doch, es ist wirklich genug», antwortete er. «Das ist doch Unsinn! Willst du mir vielleicht erzählen, schlimmer Racker, daß ich dich nicht liebe? Was glaubst du, was du dafür verdienst?»

Sie warf die Arme um seinen Hals, überglücklich, daß sie wieder den spöttischen Ton in seiner Stimme hörte. Später, als sie über die Sache nachdachte, sah sie, daß ihr Bemühen, brav und geduldig und mitfühlend zu sein, Harry lange nicht so geholfen hatte, sich von seinem Schmerz zu lösen, wie die Schwäche, die sie vor ihm zu verbergen gesucht hatte. Als er demnach das nächste Mal wieder dasaß und ins Feuer starrte, den Kopf in die Hand gestützt, brach sie über irgendeine Kleinigkeit einen Streit mit ihm vom Zaun; und wenn er geistesabwesend war und über seine eigenen Gedanken schwer seufzte, behandelte sie ihn mit einer derartigen Schaustellung puren Schlimmseins, daß er nach einer Woche, in der er sich von einer Stunde zur anderen fragte, welchen gefährlichen Streich sie wohl als nächstes spielen würde, ganz auf dem Weg war, sein Unglücklichsein vor lauter Sorge über das gräßliche Betragen seiner Frau zu vergessen. Als er schließlich zu den wildesten Drohungen gelangt war, was er tun würde, wenn Juana ihren Kragen und den Hals seiner Pferde riskierte, indem sie versuchte, eine Treppe hinaufzureiten, war der Brigadeadjutant Smith wieder der alte, und Mrs. Harry Smith hielt es für an der Zeit, den Kopf sanft hängen zu lassen und zu versprechen, wieder brav zu sein.

Neuntes Kapitel

Barnard

I

Ende Januar befand sich die Leichte Division in Ustaritz, wo sie eine Zeitlang den Feind aus der Sicht verlor, da sie zehn Meilen hinter ihren Stellungen von Arcangues und Castilleur lag. Das, sagte Harry, war auch sehr gut, da die Feldwachen beider Armeen viel zu befreundet miteinander wurden. Ein Offizier, der eines Nachts Vorposten inspizierte, hatte seine Feldwache mit Ausnahme eines Mannes, der zurückgelassen worden war, in einer Hausruine, deren Keller voller Weinfässer war, vorgefunden, wie sie mit der französischen Feldwache fraternisierte. Sowie er ankam, waren alle Soldaten aufgesprungen – die Franzosen salutierten vor ihm mit besonders großer Geste – und waren zu ihren Posten zurückgegangen. Es mochte ja hingehen, sagte Harry, dem Feind zu signalisieren, daß es einem ernst war, indem man in einer besonderen Art auf die Gewehrkolben schlug, wenn man in Gesamtstärke vordrang, um einen leichtbesetzten Vorposten zu fangen – es ersparte unnötiges Blutvergießen und gab dem Feind eine Chance, sich in guter Ordnung zurückzuziehen; aber es war etwas ganz anderes, am Heiligen Abend einen Boten über die französischen Linien zu schicken, um Brandy vom Feind zu kaufen. Das, sagte er, war denn doch zuviel des Guten.

Die Riflemen, die sich an dem Einkauf des Brandy beteiligt hatten, stimmten ihm durchaus zu. Jeder Mann hatte einen halben Dollar beigesteuert, und die Franzosen waren mit dem Branntwein bereitwilligst herausgerückt. Leider hielt es der Bote, der ausgeschickt worden war, um den Branntwein zu holen, für richtig, ihn zu kosten, bevor er zu seinen Kameraden zurückkehrte, mit dem Ergebnis, daß der französische Wachposten den Riflemen zurufen mußte, ihren Freund aus dem Graben zu holen, in den er gefallen war. Es waren drei Männer nötig, um ihn in die eigenen Linien zurückzubringen, und beide Branntweinflaschen waren leer.

Das Leben in Ustaritz war verhältnismäßig langweilig, obwohl es eine Menge Jagdgelegenheiten für jene Offiziere gab, die es sich leisten konnten, diesem Zeitvertreib zu huldigen. Lord Wellington, dessen Hauptquartier in St. Jean de Luz nur etwa fünfzehn Meilen weit weg war, hatte um seine Jagdhunde nach Spanien geschickt, und man konnte ihn oft in seinem rücksichtslosen Stil querfeldein reiten sehen, meist in dem himmelblauen Rock der Salisbury-Jäger, mit einer kleinen schwarzen Jagdmütze. Seine Lordschaft ließ die Sorgen hinter sich, wenn er Parforcejagden ritt. Dann wurde er so zugänglich wie nur etwas, lachte über seine eigenen Stürze wie die der anderen und unterhielt sich mit jedermann in allerbester Laune.

Natürlich hatte er seine Sorgen, obgleich nicht so viele, wie Marschall Soult seinem Kaiser zu klagen hatte. Soult sagte empört, daß alle Einwohner des Südens die Briten mit offenen Armen willkommen hießen. Das war sehr wahr. Sobald die marodierenden Spanier in ihr eigenes Land zurückgesandt worden waren, kamen Leute, die in Entsetzen vor diesen Eindringlingen aus ihren Dörfern geflohen waren, ängstlich zurück. Sie fanden, daß sich die Briten und sogar die Portugiesen nicht nur gut, sondern ausgesprochen freundlich betrugen. Aber die Beliebtheit der alliierten Armee war nicht so sehr darauf, wie auf die unglaubliche Entdeckung zurückzuführen, daß die Kommissare das, was sie nahmen, auch bezahlten. Für ein Volk, das gewöhnt war, von den eigenen Armeen ausgebeutet zu werden, war diese Anständigkeit der Briten zu erstaunlich, als daß es zunächst daran geglaubt hätte. Aber bald sprach es sich herum, daß Offiziere, die in Bauernhäusern und Gasthöfen einquartiert waren, die Rechnung verlangten, bevor sie abzogen; und daß die Kommissare, die über Heuladungen feilschten, Schuldscheine für alles, was sie requirierten, ausgaben. *«Vivent les Anglais!»* schrien die Bauern dankbar, wann immer sie eine Kompanie von Rotröcken auf der Straße erblickten.

Das war alles sehr schön und erleichterte auch gewiß Seine Lordschaft um eine seiner Sorgen. Aber um die Kriegskasse stand es immer noch schlecht, und es war schwer, die Schuldscheine einzulösen, solange die langmütige Infanterie mit dem Sold sechs Monate im Rückstand war. «Ich kann mich kaum aus dem Haus rühren, wegen der öffentlichen Gläubiger, die darauf warten, was ihnen gebührt», schrieb seine Lordschaft, nie einer von denen, die eine Beschwerde beschönigen.

Ärgerlich war auch, daß man weder die Basken noch die Franzosen dazu bringen konnte, spanisches oder portugiesisches Silber anzunehmen, das einzige, was an Bargeld in der Kriegskasse war. Seine Lordschaft veröffentlichte Bekanntmachungen, die das mißtrauische Volk informierten, wieviel der Dollar und der spanische Silber-Real wert waren, aber sie wiesen weiterhin Dollars eigensinnig zurück. So schrieb denn Seine Lordschaft einen Privatbrief an die Oberste, die in der Armee Bataillone befehligten, und versprach kühl allen berufsmäßigen Falschmünzern in den Reihen, die sich melden würden, Straflosigkeit und gute Bezahlung. Er bekam etwa fünfzig dieser Herren zusammen, brachte sie heimlich nach St. Jean de Luz, errichtete dort eine geheime Münzstätte und stellte sie dazu an, sich an die Arbeit mit dem spanischen Silber in der Kriegskasse zu machen. Die Dollars verschwanden und an ihrer Stelle begannen geheimnisvollerweise ausgezeichnete napoleonische Fünffrankenmünzen zu zirkulieren.

Das Wetter war den ganzen Dezember und Januar hindurch weiterhin abscheulich und machte Truppenbewegungen unmöglich. Die Armee blieb daher noch im Quartier und begann über die Untätigkeit etwas zu murren. Aber Seine Lordschaft war zum erstenmal in seinem Leben über die Unfreundlichkeit der Jahreszeit nicht gerade böse. Er wünschte solange nicht viel weiter nach Frankreich vorzudringen, bis er von den Absichten der Alliierten unterrichtet sein würde. Zogen sie in Betracht, Frieden mit Napoleon zu machen? Hatten sie vor, die Ansprüche der Royalisten zu unterstützen? Oder erwogen sie die Möglichkeit, eine neue Republik zu errichten? Seine Lordschaft konnte nicht finden, daß für die Sache der Royalisten viel Begeisterung bestand, neigte aber zu der Meinung, wäre er ein Bourbone, würde er nach Frankreich kommen und seine Chance wahrnehmen. Er sagte, obwohl die Bevölkerung von Südfrankreich das bonapartistische Regime von Herzen satt habe, zerbreche sie sich nicht sehr den Kopf darüber, welche Regierungsform ihm folgen sollte.

Daher kam der Herzog von Angoulême inkognito auf einen Besuch ins Hauptquartier. Er war eine ziemlich seltsame Persönlichkeit, und der persönliche Stab Seiner Lordschaft, der alle vornehmen Besucher im Hauptquartier als «Tiger» bezeichnete, taufte ihn prompt den «Königstiger». Er fand das Hauptquartier des Feldmarschalls gänzlich bar allen Pomps und alles Zeremoniellen, und niemand, vom jüngsten Adjutanten bis hinauf zum Feldmarschall selbst, spielte den großen Mann. Es war zunächst ziemlich verwirrend, daß die «Familie» Lord Wellingtons aus sehr jungen Herren bestand, die ständig in unerschöpflich bester Laune waren und eine Vorliebe für Phantasiewesten hegten; und höchst verblüffend, Seine Lordschaft und alle die großen Tiere der Armee mit diesen Sprößlingen der Universitäten scherzen und lachen zu hören, ganz so, als wären sie alle Mitglieder einer einzigen großen, gemütlich lustigen Familie, aber der Herzog gewöhnte sich sehr bald daran und lebte sich recht fröhlich ein.

2

Als im Januar bekannt wurde, daß General Skerrett nicht zu seiner Brigade zurückkehren würde, fand Oberst Colbornes temporäres Kommando ein Ende. Er ging zu seinem Regiment zurück, aber der Schlag wurde durch die Ernennung des Obersten Andrew Barnard an Skerretts Stelle doch sehr gemildert. Oberst Barnard, der die ganze Division während der Belagerung von Bajados kommandiert hatte, war ein blendender Soldat und der heiterste, gastfreundlichste Mensch der Welt, sagten seine Offiziere, die ihn bei seiner Rückkehr liebevoll begrüßten. Die Wunde in seiner Brust war durchaus nicht ausgeheilt, aber er sagte, er sei bei bester Gesundheit und verdanke sein Leben der hingebenden Pflege George Simmons'. Niemand anderer als George durfte ihn verarzten, und sobald er wieder auf den Beinen stehen konnte, hatte er George mit sich nach St. Jean de Luz genommen, wo er eine Zeitlang blieb. George hatte tatsächlich an der Tafel Lord Wellingtons gespeist, so daß es ein Wunder war – sagten seine Kantinengenossen –, daß er sich herabließ, überhaupt noch mit seinen schlichten Freunden zu verkehren. George nahm all die Neckerei mit seinem freundlichen Grinsen auf, sagte aber ernsthaft, die Freundschaft eines Mannes von Oberst Barnards Qualitäten zu gewinnen würde immer von Nutzen sein. Oberst Barnard hatte ihm eine schöne goldene Uhr geschenkt, die eigens aus London gekommen war und die George stolz jedermann zeigte; und zum Neuen Jahr wurde George dazu ernannt, dem neuen Telegrafen der Leichten Division im Schloß D'Urdanches vorzustehen.

Die Rekrutierung von Falschmünzern . . .

... ist eine nur selten erfolgreiche Maßnahme, um temporärem Geldmangel abzuhelfen.
Ebensowenig ist ein anderes Wellington-Exempel von Kapitalbeschaffung für den zivilen Gebrauch verwertbar:
Seine Lordschaft erhielt vom britischen Parlament als Belohnung für den erfolgreichen Napoleon-Feldzug 500 000 Pfund Sterling, für Waterloo nochmals 200 000 Pfund extra. Eine hübsche Summe, gewiß; doch welche Mühen (siehe Bajadoz usw.) und welches Risiko (siehe Nelson bei Trafalgar)!
Wer dennoch die Laufbahn des Feldherrn für einen guten Weg zur Vermögensbildung hält, dem sei gesagt, daß die Kriegsbelohnungen mit der Zeit immer geringer wurden: Moltke erhielt vom preußischen Abgeordnetenhaus für seinen Feldzug 1866 nur noch den 25. Teil der Wellingtonschen Siegessumme. Und heute bleibt dem ausgedienten Kriegshelden oft allein das Honorar für die Memoiren und der Kampf gegen das Finanzamt.
In der Tat: Für den zivilen Gebrauch empfehlen sich andere, risikolose Wege der Vermögensbildung.

«George, du bist im Begriff, ein großer Mann zu werden!» sagten seine Freunde.

«Nein, nein!» protestierte George. «Nur bin ich entschlossen, meinen Weg in der Armee zu machen, und ich kann nur dem Zufall dankbar sein, der dazu führte, daß ich ausgesucht wurde.»

Bruder Maud, der aus St. Jean de Luz zurückkam, wohin sein Bataillon geschickt war, um neu ausgerüstet zu werden, besuchte George in seinem Blockhaus neben der Telegrafenstation. Er teilte ein ausgiebiges kleines Frühstück mit ihm und zog mit Georges gutem Maultier im Tausch für sein eigenes zusammengebrochenes Packpferd ab. Georges Freunde meinten, Mauds Besuche hätten große Ähnlichkeit mit dem Einfall von Heuschreckenschwärmen, aber George freute sich immer, seinen unverschämten Bruder zu sehen, und man konnte sich darauf verlassen, daß er jede erdenkliche Entschuldigung für dessen räuberische Gewohnheiten hatte.

Mit der Ernennung Barnards zum Kommandierenden der Zweiten Brigade tauschte das Erste Rifle-Bataillon, dessen Oberst er war, den Platz mit dem Zweiten, eine Änderung, die Harry nur angenehm sein konnte, der zum Ersten Bataillon gehörte und entzückt war, seine besten Freunde in der eigenen Brigade zu haben.

Im Februar wurde das Wetter besser, und Seine Lordschaft begann seine Vorbereitungen, um Soult aus Bayonne zu vertreiben. Seine Manöver waren sehr verwirrend für Soult, einen vielgeplagten Mann. Sein Kaiser hatte drei Divisionen von ihm abverlangt, und Soult schickte sie gehorsam ab. Dies ließ ihn in der unbehaglichen Situation zurück, zahlenmäßig Lord Wellington unterlegen zu sein. Er hatte den ganzen Januar hindurch Rekruten gedrillt, aber selbst Rekruten waren schwer zu haben, da die jungen Gascogner in die Wälder flohen, um nicht in die Armee gezwungen zu werden. Der Rat des Kaisers half ihm überhaupt nicht und bestand größtenteils aus Instruktionen an ihn, das Beste aus seiner Situation zu machen.

Es schien Soult, daß der Anprall seines Gegners irgendwo zwischen Bayonne und Port de Lanne erfolgen mußte, einige dreißig und mehr Meilen den Adour aufwärts; und er begann Truppen in östlicher Richtung in Bewegung zu setzen mit der Absicht, auf Wellingtons Flanke zuzuschlagen, sollte der Versuch gemacht werden, den Fluß zu überqueren. Daß Wellington vorhaben konnte, unterhalb Bayonne überzusetzen – der Gedanke kam ihm nicht. Als Wellington sich mit dem größeren Teil seiner Armee in östlicher Richtung zu bewegen begann und nur Hope mit 18 000 englischen und portugiesischen Truppen um Bayonne zurückließ, dachte der Marschall, er habe die Situation richtig erfaßt, und zog zuvorkommenderweise noch weitere Truppen von Bayonne ab.

Wellington war gezwungen, Freires und Carlos de Españas Spanier aufzurufen, um Hope zu verstärken. Er mußte sie natürlich ernähren, was er sich nur schwer leisten konnte, aber selbst dieser Aderlaß seiner Magazine war dem Übel vorzuziehen, daß sie sich aus dem Land ernährten.

Am 12. Februar begann Seine Lordschaft seine Bewegung mit dem Ziel, den

Feind von Fluß zu Fluß zurückzudrängen, bis er ihn zu weit östlich manövriert haben würde, um ihm eine Rückkehr zum Adour zu erlauben.

Aber erst vier Tage später brach die Leichte Division, die mit der Sechsten die Nachhut der Streitmacht Beresfords bildete, vom Kantonnement auf. Sie marschierten ohne das erste Rifle-Bataillon und das 43. Regiment, die beide nach St. Jean de Luz gegangen waren, um neue Ausrüstung zu empfangen, und sie waren äußerst verärgert, daß sie nicht in der Vorhut der Armee waren. «Ein Rifleman in der Nachhut ist wie ein Fisch auf dem Land», sagte Kincaid einmal.

Hills flankierende Kräfte auf der Linken der alliierten Kampflinie hatten die Ehre, die Bewegung zu eröffnen; und erst als der französische General Harispe, der sich zuerst nach Le Palais zurückzog, schließlich in eine Stellung hinter dem Gave d'Oloron zurückgetrieben war, erhielt Beresford Marschbefehl. Die Zweite Division und die Dritte des alten Picton, die nördlich von Hill vorgingen, würden den ganzen Spaß haben, sagten die Leute Beresfords.

Aber alles entwickelte sich genauso, wie es Seine Lordschaft vorgehabt hatte. Die Gesamtmasse der Streitmacht Clausels wurde gezwungen, sich hinter den Gave d'Oloron zurückzuziehen, von Peyrehorade nach Narreux, auf einer Front von dreißig Meilen; und am 18. Februar erfuhr man, daß zwei von den drei Divisionen, die Bayonne bewachen sollten, den Befehl erhalten hatten, nach Osten zu marschieren.

Beresford wurde aufgetragen, vorwärtszudrängen. Er marschierte, die Kavalleriebrigaden Vivians und Lord Edward Somersets vor seiner Infanterie. Die «Enthusiasten» und die Siebente – von den Leuten der älteren Divisionen unfreundlich «die Bastarde» genannt – folgten der Kavallerie; dann kam die Leichte Division; und die Sechste, die die äußerste Nachhut bildete, hatte die Streitmacht nicht einmal noch eingeholt.

Die Leichte Division, die Befehl bekam, einen Tag lang bei La Bastide Clarence am Fluß Joyeuse zu halten, hörte von Hills Kämpfen bei Garris und Arriverayte und knurrte. Hill rollte die Franzosen in großartigem Stil auf; Picton drängte vorwärts; und ausgerechnet *die* Division, die Lanzenspitze des Angriffs, wurde fünfundzwanzig Meilen weit hinten gehalten und stand sich die Beine in den Bauch!

Das Wetter war stürmisch und sehr kalt. Lord Wellington, der sich einen Tag absparte, um Sir John Hope zu besuchen, fand an der Küste hohen Wellengang vor, und Admiral Penrose war nicht imstande, seine Jagdflottille, die eine Brükke über den Adour formen sollte, in die Flußmündung hereinzubringen.

Das war ärgerlich, aber Seine Lordschaft blieb ruhig, im Gegensatz zu Marschall Soult, der ziemlich wild davon redete, daß ihm eine Armee von einhunderttausend Mann gegenüberstehe. Der Marschall, höchst verwirrt von den Manövern Seiner Lordschaft, hatte bereits den Entschluß gefaßt, die Linie des Gave d'Oloron aufzugeben und sich hinter den Gave de Pau zurückzuziehen, mit der starken Stellung von Orthez im Rücken.

Am 21. war Wellington mit Hill in Garris; am nächsten Tag erhielten die

Leichte und die Sechste Division Anweisung, sich Hills Streitmacht anzuschließen.

Soult, der erwartet hatte, daß Beresford versuchen würde, die Flußüberquerung bei Urt zu versuchen, war über die Nachricht dieser Änderung noch verblüffter. Was eigentlich, fragte er bekümmert, beabsichtigte Wellington? Hatte er vor, via Pau und Tarbes auf Toulouse zu marschieren? Die Verstärkung der Streitmacht Hills deutete auf eine derartige Truppenbewegung, dies aber wäre sehr waghalsig und würde seine Verbindungslinien zu seiner Küstenbasis ernstlich gefährden. «Ich bin erstaunt über diese Idee!» sagte der Marschall. «Was immer geschieht, ich habe Vorbereitungen getroffen, um meine Truppen zu massieren und ihn anzugreifen, sobald sich eine günstige Gelegenheit ergibt.» Daß Seine Lordschaft noch nie jemandem eine günstige Gelegenheit geboten hatte, ihn anzugreifen, daran dachte mehr als einer aus dem Stab des Marschalls; aber daß Seine Lordschaft die Absicht haben konnte, nichts zu tun, als die französische Armee nur aufzurollen und sich in den Besitz von Bayonne zu setzen, diesen Verdacht schien niemand zu hegen.

Am 24. Februar tauchten die Spitzen der alliierten Kolonnen vor dem Gave d'Oloron auf einer fünfzehn Meilen breiten Front auf. Das Wasser im Fluß war hüfthoch und eisig kalt, aber bis zum Abend hatten ihn vier von den fünf Divisionen überschritten, mit nur einigen wenigen Toten, Soldaten, die ertrunken waren. Nur Picton drängte zu weit vor und verlor achtzig Mann in einem unnötigen Geplänkel, ein Umstand, der der Leichten Division nicht gerade mißfiel.

«Der alte Picton – greift an, wo er nicht soll!» sagten die erbitterten Rivalen der Kampfdivision verächtlich.

Soult zog sich hinter den Gave de Pau zurück und konzentrierte seine Armee bei Orthez, eine Stellung, die Lord Wellington selbst gewählt haben könnte, da sie wunderbar auf einer Höhe lag und leicht zu verteidigen war.

Hill zog die Ersten Caçadores von Barnards Brigade ab und warf sie in den Vorort von Départ. «Orthez», sagte Harry, «wird in meiner Erinnerung als die Schlacht weiterleben, wo ich die Caçadores verlor und sie nicht wiederfinden konnte.»

Den nächsten Tag verbrachte die alliierte Armee mit dem Einrücken in ihre Stellung. Beresford, dessen Division an Stelle Hills die Flankierungsstreitmacht geworden war, wurde auf einen langen Marsch befohlen, um die französische Rechte zu umgehen, und den Light Bobs wurde wieder einmal befohlen, ihm zu folgen.

«Folgen?» sagte ein empörter Gemeiner im 52. Regiment. «Wofür hält uns die alte Krummnase eigentlich? Für einen Haufen Schweine des heiligen Antonius?»

Bei Tagesanbruch überquerte die Division den Fluß über eine Pontonbrücke und marschierte über ein Gelände, das nur aus Böschungen und Gräben und gelegentlichem Sumpfland zu bestehen schien. Als sie sich entlang der rechten Flanke der Dritten Division vorwärtsbewegten, kam Picton auf einem seiner dicken Pferde zu Barnard geritten und fragte grob: «Wer zum Teufel sind Sie?»

«Wir», sagte Barnard, der Picton sehr gut bekannt war, «sind die Leichte Division.»

«Wenn Sie wirklich leicht sind, Sir, wünsche ich, daß Sie etwas schneller vorgehen!» fuhr ihn Picton an.

«Das Kommando hat General Alten», antwortete Barnard kalt. Er fügte freundlicher hinzu: «Aber die Infanterie marschiert sehr schnell, und Sie können den Schritt der Kolonnenspitze nicht beschleunigen, ohne dem Ganzen zu schaden. Wo immer die Dritte Division ist, Sir Thomas, werden auch wir auf unserem Platz sein, darauf können Sie sich verlassen!»

Picton sah aus, als würde ihn sofort der Schlag treffen, aber da ihm Barnard wirklich nichts zu sagen übriggelassen hatte, gab er sich damit zufrieden, so laut zu fluchen, daß es mehrere interessierte Gemeine hörten, und ritt davon.

«Viel zu hitzig, um sich zurückzuhalten, der», bemerkte einer von ihnen. «Der würde ein einzölliges Brett glatt durchschlagen, wenn ein Fluch eine Spitze hätt!»

«Na ja! Haben ihn seine Leute in Stücke gehauen, den armen alten Schweinehund!» sagte ein toleranterer Gentleman. «Kein Wunder, daß er in Rage ist.»

Als die Division ihren Standort gegenüber dem Dorf St. Boes erreicht hatte, über eine Meile westlich von Orthez, war die Schlacht schon seit einiger Zeit im Gange, und die Light Bobs hatten lange Zeit hindurch nichts zu tun, als dem hartnäckigen Gefecht auf dem Kamm zuzusehen. Daß Wellington, der die Schlacht von einem beherrschenden Hügel unmittelbar vor ihnen beobachtete, sie in der Nachhut hielt, weil beide Brigaden um ein Regiment zu wenig hatten, fiel keinem ein; und als die «Enthusiasten», die einen Teil von St. Boes nach einem sehr blutigen Kampf eingenommen hatten, in einer leichten Unordnung zurückgetrieben wurden, tanzte die geschwächte Leichte Division fast vor Ungeduld. Als jedoch jedermann in das Stadium gekommen war, daß er seinem Nachbarn auseinandersetzte, wie die Kampfhandlung eigentlich geführt hätte werden sollen, kam General Alten zu Colborne geritten, der gerade mit Kempt sprach, und trug ihm auf, vorzugehen und anzugreifen.

Das 52. Regiment, in Kolonnen zu dritt vorgehend, war natürlich entzückt, aber Kempt, der gefragt hatte: «Und ich, General? Ich soll nicht vorgehen?» war so wütend, daß er zu Colborne knurrte:

«Gott verdamm den Alten – Gott verzeih mir!»

«Hallo, Colborne!» rief Wellington aus, als das Regiment an ihm vorbeizog. «Reiten Sie vor und schauen Sie, ob die Artillerie dort durchkommen kann!»

Colborne galoppierte zum Sumpf und kam gleich wieder mit der Nachricht zurück, daß alles durchkommen konnte.

«Na, dann beeilen Sie sich», sagte Seine Lordschaft. «Führen Sie Ihr Regiment vor und rollen Sie es in der Ebene in Linien auf. Die Disposition überlasse ich Ihnen.»

Das 52. Regiment ging also vor, bis es den Kamm erreichte, wo sie auf die

Vierte Division trafen, die sich in Unordnung zurückzog. Sir Lowry Cole, der Unterstützung suchte und ziemlich aufgeregt war, trieb sein Pferd eilig zu Colborne und sagte: «Nun, Colborne, was tun? Da sind wir, alle so schnell wir nur können, mitten im Zurückweichen! Was tun, eh? Was würden Sie tun?»

«Geduld haben, dann werden wir schon sehen, was tun», antwortete Colborne, der nie auch nur ein Jota von seiner Ruhe verlor und wenig Mitgefühl für aufgeregtere Männer übrig hatte.

Pictons Division lief auf der linken Seite auseinander – einer seiner Adjutanten kam ebenso aufgeregt wie Cole herangeritten, um zu erfahren, was er tun solle. Colborne sagte: «Stellen Sie sich, so schnell Sie können, in breiterer Front dort unten auf.»

Während dies ausgeführt wurde, marschierte das 52. den Hügel hinunter wie bei einer Parade, watete durch den Sumpf, unter einem schweren Feuer, das zum Glück hauptsächlich über die Köpfe hinwegging, und ging in großartigem Stil den Hügel hinauf.

«Das klassischste Vorgehen, das ich je gesehen habe!» erklärte Harry.

Foys Leute stimmten ihm sicherlich zu. Eben als es hieß, Marschall Soult habe sich auf den Schenkel geschlagen und freudig ausgerufen: «Endlich hab ich ihn!», begann Foy vor dem unwiderstehlichen Vordringen der 52er zurückzuweichen. Die Vierte und die Dritte Division, durch Colbornes Operationen vereinigt, erholten sich von ihrem Rückschlag und stürmten vor; die Franzosen wurden von der Höhe vertrieben, ließen den engen Paß hinter St. Boes offen, und Wellington warf die Siebente Division mit der Kavallerie Vivians und zwei Brigaden Artillerie dorthin.

3

Seine Lordschaft schrieb in seiner Depesche, der Angriff, der vom 52. Regiment angeführt worden war, habe den Alliierten den Sieg errungen.

«Er konnte nicht umhin, das zu sagen», bemerkte Colborne mit einem ziemlich schiefen Lächeln.

Tatsächlich waren die nüchternen Depeschen Seiner Lordschaft mit ihren nur kühlen Erwähnungen der Verdienste rangälterer Offiziere – ob sie sich nun gut aus der Affäre gezogen oder sich in einer Art betragen hatten, die Seine Lordschaft privat bemerken ließ, sie seien verrückt – eine Quelle großer Unzufriedenheit in der Armee. Tatsache war, daß Seine Lordschaft, ein Meister im Kritisieren, es nie gelernt hatte, zu loben.

Aber die Armee verzieh ihm seine widerwillige Anerkennung bei dieser Gelegenheit, denn Seine Lordschaft war während der Schlacht tatsächlich getroffen worden. Da er sich immer in der rücksichtslosensten Art exponierte, war es ohnehin erstaunlich, daß er noch nie vorher getroffen worden war, so daß seine Leute ihn allmählich für unverwundbar hielten. Aber bei Orthez, gerade als er lachte, weil General Alava von einem verirrten Schuß aus dem Sattel geworfen worden war, erhielt er selbst einen schlimmen Streifschuß an einer Hüfte. General

Alava sagte, es geschehe ihm zu recht und er habe es verdient, verwundet zu werden, weil er sich über das Pech anderer lustig mache.

«Verwundet? Pah! Nichts dergleichen», sagte Seine Lordschaft.

Die Abschürfung machte ihn jedoch einige Tage lang lahm, und es war offenkundig, daß sie ihm zu weh zum Reiten tat. Er gab es natürlich nicht zu; und anstatt sich eine Zeitlang hinzulegen, unternahm er einen langen unnötigen Ritt, um Lord March zu besuchen, der, äußerst schwer verwundet, mitten in der Schlacht vom Schlachtfeld nach hinten gebracht worden war.

Das 52. betrauerte March schon als tot, und er tat ihnen von Herzen leid. Sie kannten ihn nicht sehr gut, da er immer im persönlichen Stab Lord Wellingtons beschäftigt war; aber zu Neujahr hatte er beschlossen, es sei an der Zeit, daß er seine Pflichten als Linienoffizier lerne; und er hatte seinen Stabsdienst aufgegeben, um zum Regiment zu gehen. Er war ein bezaubernder junger Mann, und als er getroffen wurde, war Major George Napier so betrübt, daß er es seinem Bruder William überließ, den Kopf von March im Schoß zu halten, und fortstürzte, um es Colborne zu sagen, der unbewegt sagte: «Nun, da kann ich nichts machen, Lassen Sie ihn nach hinten bringen.»

Harry war inzwischen davongerast, um einen Arzt herbeizuholen. Er hielt March für ziemlich erledigt und war entsetzt, als er sah, daß der Arzt seinen Finger in die Wunde steckte, um den Lauf der Kugel zu verfolgen. Fitzroy Somerset kam mit dem Bruder Marchs, Lord George Lennox, herbeigeritten und war sehr aufgeregt, aber March, der die Nägel in die Handflächen grub, sagte schwach, aber sehr fest: «Maling, sagen Sie mir, ob ich tödlich verwundet bin, weil ich dann George etwas mitzuteilen habe.»

«Wenn Sie sich sehr still halten, kommen Sie schon in Ordnung», antwortete der Arzt mürrisch.

Aber zu Harry sagte er, er sähe nicht, wie March durchkommen sollte, eine Nachricht, die gelegentlich Lord Wellington zu Ohren kam und ihn zu jenem unvorsichtigen Ritt bewogen hatte.

«Leute, die behaupten, der Peer habe kein Herz, verstehen nichts davon!» sagte Harry zu Juana. «Stell dir nur vor, diesen ganzen langen Weg reiten, um den armen March zu besuchen! Dr. Hare, dessen Patient March ist, sagte mir, daß der Peer mitten in der Nacht ankam, gräßlich hinkte, und als er hörte, daß March schlief, ihn nur auf die Stirn küßte und wieder davonging, sehr vorsichtig, um ihn nicht zu wecken.»

«Nun, das war wirklich sehr nett von ihm», sagte Juana sachlich. «Aber sag mir, Enrique, hast du schon die Caçadores gefunden?»

«O mein Gott, nein!» stöhnte Harry.

Er fand sie zwei Tage lang nicht, so unentwirrbar vermischt waren sie mit der Sechsten Division. Barnard – der beste aller Brigadegenerale, schwor Harry – lachte nur; und als Harry eines Abends naß und kalt und triumphierend hereinkam und sagte «Heureka!», antwortete er ganz und gar nicht förmlich: «Was, Sie haben diese verdammten Portugiesen endlich gefunden? Bei Gott, darauf müssen wir eine Flasche leeren!»

Er, Bob Digby, sein Adjutant, und die Smiths drückten sich an diesem Abend in eine winzige Taverne, die einem alten Soldaten gehörte, der ein Glied in einem der italienischen Feldzüge Napoleons verloren hatte. Er wußte genau, was ein Offizier zum Abendessen gern hatte, und tischte eine köstliche Mahlzeit auf. Er war außerdem ein Spaßvogel und sagte Barnard, daß der Krieg auch nimmer das war, was er einmal war, als er zum erstenmal diente. «Ich sehe, daß jetzt zuerst die Kavallerie nachgibt, dann kommt die Artillerie, und dann folgt die Infanterie in Auflösung», sagte er.

Dieses wenig schmeichelhafte Bild von Soults Rückzug bei Orthez machte ihn seinen britischen Gästen sofort lieb. Sie hingegen gewannen sein Herz am nächsten Tag, als Barnard die Rechnung verlangte.

«Die Rechnung?» fragte er.

«Ja, für unsere Unterkunft und das Essen und den Wein.»

Der alte Soldat starrte ihn offenen Mundes an. «*Mon colonel*, Sie wollen wirklich richtig bezahlen, für das, was Sie hatten?»

«Aber natürlich! Also los, wieviel?»

«*Eh bien, monsieur! comme vouz voulez!* Aber ich sehe, daß der Krieg tatsächlich nicht mehr das ist, was er einmal war!»

Das Gepäck kam an jenem Morgen mit der Division an, und sie überschritten den Adour über Furten. Es waren Meldungen gekommen, daß die Armee Sir John Hopes den Fluß bei der Mündung überquerte, und alle waren in großartiger Laune.

«Bei Jesus, wenn wir die Frösche nicht bis nach Paris befördern!» fluchte ein Rifleman, der soeben in der ganzen Pracht einer neuen Uniform zur Brigade zurückkehrte.

Juana mußte auf ihrem Weg zu Harry über das Schlachtfeld reiten und sah es mit Toten und Sterbenden bedeckt. Sie sagte, daß fast jeder am Kopf verletzt worden war, ein Umstand, der den hohen Ufern zuzuschreiben war, die den Körpern der Männer Schutz geboten hatten; aber besonders betrübt war sie über das Schicksal eines Artilleristen, dem beide Arme weggeschossen worden waren, während er die Kartätsche in sein Geschütz hinuntergestoßen hatte. Er wollte weder Essen noch Trinken von Juana annehmen. Er sagte ihr ganz grob, sie solle weggehen; und als sie ihn gebeten hatte, wenigstens etwas Brandy mit Wasser zu trinken, hatte er sie etwas sehr Häßliches genannt und mit aller schwindenden Kraft, die er aufbringen konnte, gesagt: «Du möchtest wohl, daß ich mein Leben hinausziehe, mit beiden Armen weg, was? Ah, laß mich in Ruhe, verdammte Närrin!»

«Er hatte recht», sagte Harry bestimmt, als sie ihm die traurige kleine Geschichte erzählte. «Besser tot, als so verkrüppelt!»

Der Vorfall umwölkte Juanas ganzen Tag. Für die Armee war er umwölkt durch die bittere Kälte und die Notwendigkeit, einen anstrengenden Marsch nach Mont de Marsan nördlich von St. Sever zu unternehmen. Die Leute waren nach der Schlacht so müde, daß ganze Regimenter lieber unter freiem Himmel geschlafen hatten, als sich die zusätzliche Anstrengung zuzumuten, Zelte aufzustellen. Das Ergebnis waren verkrampfte und rheumatische Glieder. Ein Schluck Rum, der in der Morgendämmerung ausgegeben wurde, machte die Sache etwas besser; und nach einigen Stunden anstrengenden Marsches hatten sich alle außer den am schlimmsten Leidenden ihren Rheumatismus abgestrampelt.

Die Leichte Division erreichte Mont de Marsan nach Einbruch der Dunkelheit und erhielt Befehl, über Nacht Quartier zu beziehen. Es war eine große, geschäftige Stadt, aber schon so voll vom Stab Marschall Beresfords und einer Kavalleriebrigade, daß Harry die größte Mühe hatte, selbst für seinen Brigadier eine Unterkunft zu finden. Der Frost härtete den Boden, und Schnee, mit Regen vermischt, hatte zu fallen begonnen, bevor er seine Frau unter Dach brachte. Er fand ein kleines Haus, das einer Witwe gehörte, die, kaum hatte sie Juanas bleiches Gesicht und ihre zitternden Glieder gesehen, auch schon ein Feuer anzündete. Juana war müde, und es war ihr so kalt, daß sie die Zähne zusammenbeißen mußte, damit sie nicht klapperten. Die Witwe zog ihr die nassen Kleider aus und rieb ihr den Körper mit einem warmen Handtuch ab, bis Juana um Gnade bat. Jenny Bates hatte Juanas Koffer ausgepackt, aber die Witwe, die die schlechteste Meinung von einer derart ungehobelten Dienerin gefaßt hatte, sagte ihr, sie solle abziehen und ihre Herrin jenen überlassen, die etwas davon verstünden, wie man eine Dame bedient.

Jenny, die zu ihrem Gefährten wollte, ging gern weg; und die Französin, die Juana in trockene Kleider geholfen hatte, stellte einen Topf Bouillon auf das Feuer und setzte sich nieder, um ihren Gast näher in Augenschein zu nehmen.

«Aber Sie sind ja ein Kind!»

«Nein, ich bin sechzehn», sagte Juana, die die Hände in die Wärme des Herdes hielt.

«Meine arme Kleine, ein Baby sind Sie! Und Spanierin? Das würde man nicht glauben? Aber Ihr Freund, der ist Engländer?»

«Mein Gatte! Ich bin seit zwei Jahren verheiratet.»

«Ist das die Möglichkeit? *Mon Dieu,* was müssen Sie erlebt haben!»

«Nur Schlachten», sagte Juana schläfrig.

«Nur! *Ma pauvre,* haben Sie keine Mutter, keinen Vater?»

«Nein. Ich habe niemanden außer meinem Gatten. Das ist ganz genug», fügte sie hinzu, als sie das Mitleid in den Augen der Witwe sah.

«Aber einen Engländer!»

«Mögen Sie die Engländer nicht? Ich habe vergessen, daß Sie uns vielleicht hassen», sagte Juana etwas nervös.

«Nein, nein, *mon choux*! Die Engländer befreien mein Land von dem Thronräuber, wie sollte ich sie hassen? Ich bin eine Royalistin! Ich bin stolz, euch Befreier in meinem armen Haus zu haben. Sitzen Sie still und ruhen Sie sich aus; gleich sollen Sie Ihre Bouillon haben.»

Sie lief geschäftig weg und kam mit einer hübschen Sèvresschale zurück, in die sie die Brühe löffelte. Die Schale, erzählte sie Juana, war eines ihrer Hochzeitsgeschenke gewesen und seit dem Tode ihres Mannes nicht mehr benützt worden.

Juana bewunderte sie sehr, und als Harry hereinkam und die Nässe von seinem Dreispitz schüttelte, hätte sie ihm schon einen detaillierten Bericht über das Leben ihrer Gastgeberin geben können, einschließlich aller Einzelheiten jeder Krankheit, die sie in den letzten vierzig Jahren gehabt hatte.

Sie verbrachten die Nacht ganz verloren in schwellenden Federbetten und schieden von der Witwe am nächsten Morgen mit dem Ausdruck lebhaftesten Dankes und Bedauerns. Die Division war nach St. Sever zurückbeordert, einer Stadt an der Landstraße nach Toulouse; und da das Wetter voller Regenschauer und kalt war, hatten sie einen miserablen Marsch, über eine der schlimmsten Straßen, auf die sie je getroffen waren. Als die Dunkelheit einbrach, war die beste Unterkunft, die Harry für Barnard finden konnte, ein winziges Bauernhaus am Wegrand, in das es Barnard und Digby und den Smiths gelang, sich irgendwie hineinzuquetschen. Das Gepäck war zurückgelassen worden, um der Division zu folgen, die nassen und schmutzigen Kleider konnten nicht gewechselt werden, und obwohl Juana einen winzigen Schlafraum unter dem Dach für sich allein erhielt, mußten die drei Männer auf dem Fußboden unten schlafen, in ihre Mäntel gewickelt und ihre Säbeltaschen als Kopfpolster benützend. Ein Marschbefehl bei Tagesanbruch wurde erwartet, kam aber nicht, so setzte sich die Gesellschaft zum Frühstück, wobei Barnard und der kleine Digby Harry um seinen knabenhaften Bartmangel laut beneideten. Barnard, der sich mit der Hand über das borstige Kinn fuhr, sagte, er zweifle, ob Juana sich überhaupt mit einem so wüst aussehenden Kerl zu Tisch setzen würde, aber Juana versicherte, das mache nichts.

«Sie wissen ja, meine Liebe, daß Sie, wenn es mit rechten Dingen zuginge, eigentlich mit einer Lungenentzündung im Bett sein müßten», sagte Barnard streng.

«*Qué absurdidad!* Ich bin nie krank. Sie sind wie General Vandeleur und wie diese nette Frau in unserer Unterkunft gestern abend, die geglaubt hat, daß ich sehr schwach und zart sein müßte. Das stimmt nicht.»

«Übrigens, haben Sie eine gute Unterkunft gefunden?» fragte Barnard. «Mich hat Harry in ein Loch mit einem rauchenden Kamin gestopft.»

«Oh, wir hatten es so gemütlich! Unsere Wirtin war eine Royalistin und eine Witwe, und stellen Sie sich vor, sie gab mir eine Bouillon aus einer wunderschönen Sèvresschale zu trinken, die sie seit dem Tode ihres Mannes nicht mehr benützt hatte! *Muy patético!* Und sie erzählte mir von ihrem Baby, das gestorben ist, und von –» Sie brach ab, als Joe Kitchen hereinkam. «Oh!» rief sie aus, und die Tränen schossen ihr in die Augen. «Oh, Enrique!»

Harry drehte sich um und sah, daß Joe, der beträchtlich verdutzt über die plötzliche Erregung seiner Herrin war, offenen Mundes auf der Schwelle stand – und mit eben jener Sèvresschale voll Milch in den Händen.

«Wo hast du das her?» fragte Harry ärgerlich.

«Ei, aus dem Haus der Witwe, Sir!» stammelte Joe.

«Du willst sagen, du hast sie gestohlen! Wie wagst du nur so etwas zu tun?»

Barnard, dem Juanas Tränen unbehaglich waren, ließ eine Tirade gegen die Plündergewohnheiten der Armee vom Stapel, die Joe bis in die Knochen erzittern ließ. Als ihm befohlen wurde, zu erklären, was zum Teufel er mit seinem Benehmen im Sinn gehabt hätte, raffte er genug Mut zusammen, um zu sagen: «Lord, Sir, ei, die französischen Soldaten hätten die Witwe selbst weggetragen, wenn sie jung genug gewesen wäre, und ich habe gedacht, die Schale wäre so nett für die Ziegenmilch in der Früh! Aber die Witwe war böse, weil ich sie mitgenommen habe», fügte er aufrichtig hinzu.

Barnard, der durchaus Sinn für Humor hatte, konnte nicht verhindern, daß es ihm um die Lippen zuckte. Joe sah es und dachte, wenn er sich verkrümeln würde, konnte er vielleicht einer Prügelstrafe entgehen, so stellte er die Schale nieder, und mit einem flehenden Blick zu Juana hin machte er sich aus dem Staub.

Barnard ging zum Hauptquartier, sobald er sein Frühstück hinuntergestürzt hatte, kam aber um zehn Uhr mit der Nachricht zurück, daß die Division sich an diesem Tage nicht weiterbewegen würde. Juana, die seit der Entdeckung der Sèvresschale ungewöhnlich schweigsam war, schlüpfte hinaus und ging West suchen. West war etwas erschrocken, als ihm aufgetragen wurde, sein Pferd und Tiny zu satteln und Hafer in seinen Futtersack zu stecken, aber Juana sagte großartig – wenn auch unrichtig –, der gnädige Herr wisse davon.

Harry war gerade dabei, sich zu seiner Brigade zu begeben, als Juana zu ihm kam, zum Reiten angezogen, und so nebenbei sagte, sie gehe einen der verwundeten Offiziere besuchen.

Er mischte sich nie in solche Ausflüge, nickte auch jetzt nur und sagte ihr, sie solle West mitnehmen.

«O ja, natürlich! Aber hab keine Angst, wenn ich erst spät zurückkomme.»

«Nein, schon gut», sagte Harry zerstreut, mit gefurchter Stirn ganz in sein Parolebuch versunken.

Digby, der gerade um die Ecke des Bauernhauses kam, hörte dieses kurze Gespräch, und da er nicht wie Harry geistesabwesend war, wunderte er sich, warum Juana, die um zehn Uhr morgens einen Verwundeten besuchen ritt, annahm, sie würde erst spät zurück sein. Er rätselte immer noch daran herum, als West die Pferde vor die Tür führte. Er hörte Juana West fragen, ob er an den Hafer gedacht hatte, sprang auf und rief aus: «Beim Zeus, das Äffchen hat irgendeinen Unfug vor!»

Er brauchte nicht lang, um sein eigenes Pferd zu satteln, und ritt bald hinter Juana drein, in nördlicher Richtung. Er holte sie etwa eine Meile hinter dem Bauernhaus ein, ritt neben sie und fragte: «Wohin, in des Himmels Namen, reiten Sie, Juanita? Dieser Weg führt doch nicht zu irgendeinem unserer Verwundeten?»

Juana sah sehr aus der Fassung geraten drein und sagte böse: «*Fuera!* Ich will Sie nicht dabei haben!»

«Nein, aber hören Sie doch! Sie reiten in der falschen Richtung, wirklich!»

«Gar nicht! Ich reite nach Mont de Marsan, und ich kenne den Weg sehr gut.»

«Mont de Marsan!» brachte er heraus. «Mein liebes Mädchen, das können Sie doch nicht!»

«Ich muß. *Un caso de necesidad*», sagte Juana geheimnisvoll.

«Was können Sie wohl bloß – erzählen Sie mir ja nicht, es sei wegen dieser elenden Schale!»

«Das ist keine elende Schale! Es ist die hübscheste Schale der Welt, und der Gatte dieser armen Frau trank immer aus ihr, und es ist mir gleichgültig, was Sie sagen – ich jedenfalls werde sie ihr zurückbringen!»

«Liebste Juana, ich kann Sie verstehen, wirklich, aber Sie dürfen nicht – ich will Ihnen etwas sagen! Geben Sie sie mir und ich bringe sie statt Ihnen hin!»

«*De ningun modo!* Ich muß sie doch wirklich selbst zurückbringen und sie um Verzeihung bitten.»

«Es sind fünfzehn Meilen bis dorthin, und es gibt Feindpatrouillen in der Gegend!»

«Ich habe nicht die geringste Angst vor Feindpatrouillen», sagte Juana verächtlich. «Kein französischer Dragoner könnte mich je auf meinem spanischen Pferd Tiny einholen. Außerdem habe ich West gesagt, er soll scharf aufpassen.»

«O Liebe, was für ein eigensinniges kleines Biest Sie sind!» sagte Digby. «Sehr schön, wenn Sie unbedingt gehen wollen, dann muß ich mit Ihnen kommen.»

«*A voluntad!* Aber wird Sie Barnard nicht brauchen?»

«Er wird ohne mich auskommen müssen», sagte Digby. «Aber was Harry sagen wird, wenn er davon hört –!»

«Oh, das macht nichts!» sagte Juana heiter. «*Adelante!*»

4

Der Dienst hielt Brigadeadjutant Smith bis nach der Abenddämmerung in Atem. Als er in seine Unterkunft zurückkam, zog Barnard eben seine kotigen Stiefel vor dem Feuer aus, und ein angenehmer Duft von Essen zog durch das Bauernhaus.

«Sind Sie es, Harry?» sagte Barnard und wandte den Kopf. «Machen Sie die Tür zu, es bläst ein teuflischer Zug herein! Haben Sie diesen Taugenichts von Bob gesehen?»

«Nein, Sir. Ich dachte, er sei bei Ihnen», antwortete Harry und hängte seinen Mantel auf.

«Ich habe ihn den ganzen Tag nicht zu Gesicht bekommen.»

«Ich vermute, er ist davon, um nachzuschauen, wie es dem armen March geht. Wo ist Juana?»

«Ich weiß nicht. Ihr schurkischer Diener sagte, sie sei heute morgen weggeritten, um einen verwundeten Freund zu besuchen.»

Harry schaute etwas erschrocken drein. «Das hat sie, aber um diese Zeit müßte sie schon zurück sein.»

«Ich hoffe zu Gott, es ist ihr nichts zugestoßen.»

«O nein! Sie ist viel zu vernünftig, um in eine Klemme zu geraten. Ich erinnere mich jetzt – sie sagte, es könnte spät werden, bis sie zurückkäme. Wollen Sie abendessen, Sir?»

«Nein, nein, wir müssen auf Juana warten!» sagte Barnard. «Das Gepäck ist nachgekommen, also ziehen Sie lieber diese nassen Kleider aus, sonst habe ich Sie bettlägerig am Hals, niemandem zunutze.»

Als Harry diesen Ratschlag befolgt hatte, kam Barnards französischer Koch, der am Morgen mit dem Troß angekommen war, ins Zimmer gestürmt, um seinem Herrn persönlich Vorstellungen zu machen. «Der Diner, er ist *ruiné*!» verkündete er tragisch.

«Gehn Sie fort, Sir, gehn Sie fort!» sagte Barnard gereizt. «Wir warten auf Madame.»

«Der Diner, er wird nicht warten!»

«Nun, es muß warten! Stellen Sie es warm und kommen Sie mir nicht daher, um mir vor dem Gesicht herumzufuchteln!»

«Ah, *mon Dieu*!» stöhnte der Koch schmerzlich. «Stellen Sie es warm, sagen Sie! Welch ein Witz!»

«Ich wollte, Sie dinierten, Sir», sagte Harry, der eben ins Zimmer zurückgekommen war. «Sie brauchen doch wirklich nicht zu warten. Wenn ich nur wüßte, in welche Richtung sie geritten ist!»

«Jetzt fangen Sie nicht an, sich zu ängstigen!» sagte Barnard, der jeden Augenblick auf die Uhr geschaut hatte, seit Harry sich umziehen gegangen war. «Sie wird gleich zurück sein! Natürlich warten wir auf sie!»

Als der Koch das hörte, sagte er: «Das ist die Totenglocke!» und taumelte in die Küche zurück, vermutlich um über den Ruin seiner Kunst zu trauern.

«Wenn der Kerl nicht ein so verteufelt guter Koch wäre, bin ich verdammt, wenn ich auch nur eine Stunde länger mit ihm Geduld hätte!» sagte Barnard. «Zappeln Sie nicht herum! Setzen Sie sich nieder und geben Sie Ruhe!»

«Ich kann mich nicht niedersetzen, und ich kann nicht Ruhe geben!» sagte Harry gereizt. «Wenn es Ihre Frau wäre, würden Sie sich schön aufführen!»

«Unsinn! Was soll ihr denn geschehen sein? Verlassen Sie sich darauf, sie ist vollkommen munter! Und seien Sie kein unverschämter junger Hund, Harry! Ich mag vielleicht die Unverschämtheit dieses verdammten Kochs schlucken müssen, aber hängen soll ich, wenn ich die Unverschämtheiten von meinem Brigadeadjutanten schlucke! Was in aller Welt kann das Kind aufgehalten haben!»

«Ich weiß nicht, aber wenn sie in der nächsten Viertelstunde nicht da ist, gehe ich sie suchen.»

«In der Finsternis? So eine Torheit ist mir auch noch nie untergekommen! Sie würden sie bestimmt verfehlen. Außerdem bin ich überzeugt, daß das nicht im geringsten nötig ist.»

Als jedoch fünfzehn Minuten vorüber waren und Harry unbotmäßig sagte: «Sie können sagen, was Sie wollen, Oberst – ich gehe meine Frau suchen!», versuchte er nicht, ihn davon abzuhalten, sondern antwortete bekümmert, es sei sehr beunruhigend, und er wisse nicht, was am besten zu tun sei.

Harry griff nach seinem Mantel, aber bevor er noch Zeit hatte, ihn vom Haken zu nehmen, öffnete sich die Tür und Juana kam herein, sehr verfroren und naß und von oben bis unten schmutzbespritzt. Sie hob die Brauen, als sie den ungedeckten Tisch sah, und sagte mit einem kleinen Lachen: «Ja, warum habt ihr denn mit dem Abendessen gewartet? Befehlen Sie es; ich werde meinen Reitanzug gleich herunter haben!»

«Wo warst du?» fragten Harry und Barnard wie aus einem Mund so explosiv, daß Juana zusammenfuhr.

Sie sagte schmeichelnd: «Oh, seid nicht böse! Ich bin nicht gefangen worden, wie ihr seht! Ich war in Mont de Marsan, um der armen Witwe die Schale zurückzugeben.»

«In Mont de Marsan!» rief Harry aus.

«Auf mein Wort!» sagte Barnard. «Gut gemacht, Juana! Sie sind eine Heldin! Die Jungfrau von Saragossa ist nichts gegen Sie!»

Sie lachte, warf aber heimlich einen ängstlichen Blick auf Harrys Gesicht. «O nein! Nur, ich hätte keine Ruhe gehabt, bevor die Schale nicht zurückgegeben war, so dachte ich, es wäre nett, sie selbst hinzubringen. Ich war so froh! Sie weinte vor Freude, als sie mich sah, und sie wollte unbedingt, daß ich die Schale behielte, aber natürlich wollte ich das nicht.»

«Juana, du hast mich noch nie vorher hintergangen!»

«Nein, *mi querido*, aber ich glaube nicht, daß du mich hättest gehen lassen, wenn ich dir die Wahrheit gesagt hätte», erklärte sie arglos.

«Kleiner Teufel!» sagte Harry. «Kleiner, fürchterlicher, abscheulicher Rakker! Man hätte dich gefangennehmen können! Hast du denn das nicht gefürchtet?»

«Nein, weil wir sehr gut aufgepaßt haben und ich meine liebe Tiny hatte. Und Bob kam auch mit, so konnte mir gar nichts passieren!»

«Oh, dort also war er!» sagte Barnard. «Einen feinen Stab habe ich, das muß ich schon sagen! Wo steckt der Lump?»

«Er kümmert sich darum, daß die Pferde versorgt werden. Er wird gleich da sein. Er hat gemeint, es wäre Ihnen recht, wenn er mit mir ginge. Seien Sie nicht böse – nein?»

«Fort mit Ihnen, und ziehen Sie diese nassen Kleider aus!» sagte Barnard. «Glauben Sie ja nicht, Sie könnten mich mit Schmeicheln herumkriegen! Sie sind ein schlimmes Kind und geben mir viel mehr aufzulösen als die ganze Brigade zusammengenommen.»

Diese Strafpredigt jedoch beeindruckte Juana gar nicht, die wußte, daß sie Barnard, einen ihrer ältesten Freunde, um den Finger wickeln konnte, wann immer sie wollte. Sie warf ihm eine Kußhand zu und lief davon, um die Kleider zu wechseln.

In Wirklichkeit war Barnard von ihrem Unternehmen so entzückt, daß er die Geschichte in der ganzen Division verbreitete, so daß Juana von den Gratulationen, die sie am nächsten Tag erhielt, ganz verlegen wurde, und statt sie anmutig entgegenzunehmen, wie es eine Heldin sollte, schrecklich finster dreinschaute und drohte, dem nächsten die *panella* an den Kopf zu werfen, der es wagen würde, ihren Ritt nach Mont de Marsan zu erwähnen.

Im Quartier um St. Sever, wo Wellington sein Hauptquartier errichtet hatte, blieb die Leichte Division acht Tage; niemand hatte eine klare Vorstellung davon, was der nächste Schritt Seiner Lordschaft sein würde. Soult, der sich ostwärts zurückzog und verzweifelt versuchte, eine sehr erschütterte Armee zu reorganisieren, hatte ganz einfach beschlossen, lieber nach Toulouse zurückzuweichen, als Bordeaux zu schützen, zu dem der Zugang durch ein sandiges, kahles, spärlich bevölkertes Gebiet lag, das von der schwierigen Garonne durchflossen wurde. Bordeaux verteidigen hätte geheißen, ganz Südfrankreich für die Eindringlinge offenlassen; der weit bessere Plan würde sein, Wellington zu den Pyrenäen zu locken, denn es war nicht anzunehmen, daß der umsichtigste aller Oberbefehlshaber auf Bordeaux marschieren und seine Flanke einer Attacke von Osten aussetzen würde.

Der Marschall merkte nicht, daß im alliierten Hauptquartier ein sehr respektabler alter Herr irisch-jakobitischer Abstammung aus Bordeaux angekommen war, der überraschenderweise das Angebot machte, in Bordeaux das weiße Banner der Bourbonen zu hissen. Jean-Baptiste Lynch, Bürgermeister von Bordeaux, von Beruf Rechtsanwalt, sah der üblichen Sorte Herren, die Aufstände anzetteln, so absolut nicht ähnlich, daß Lord Wellington dazu neigte, ihn mit einem wohlwollenden Auge zu betrachten. Es lag auf der Hand, den Herzog von Angoulême, der sich immer noch unter seinem offiziellen Titel eines Grafen de Pradel im Hauptquartier herumtrieb, in Bordeaux einzusetzen; aber unglücklicherweise hatten sich die alliierten Mächte noch immer nicht entschließen können, ob sie nun mit Napoleon Frieden machen sollten oder nicht. Lord Wellington war daher gezwungen, sehr vorsichtig vorzugehen, aber er ließ wissen, daß er, obwohl er Bordeaux aus militärischen und nicht aus politischen Gründen einnehmen sollte, nichts dagegen hätte, wenn sich die Royalisten für Louis VIII. erklärten. Nur durfte sich Beresford, den er mit der Siebenten und der Vierten Division nach Bordeaux schicken wollte, auf keinen Fall in einen Aufstand hineinziehen lassen. Der juristische Sinn des Jean-Baptiste Lynch wußte die Schwierigkeit für seine Lordschaft durchaus richtig einzuschätzen. Er erklärte, er sei vollkommen befriedigt, und ging nach Bordeaux zurück, vermutlich um weiße Kokarden verteilen zu lassen.

Inzwischen fand Hope, der Bayonne belagerte, daß die Einnahme der Stadt eine unerwartet schwierige Aufgabe war. Lord Wellington, der über nicht mehr als vierzigtausend Mann verfügte, war gezwungen, zwei von Freires spanischen Divisionen von der Belagerung abzuziehen und um seine gesamte schwere Kavallerie nach Spanien zu senden.

Nachdem diese Verstärkungen angekommen waren und Beresford schon weit auf seinem Weg nach Bordeaux war, brach die Armee am 9. März aus ihren Quartieren auf, um wieder einmal mit Soult zu kämpfen. Die Leichte Division ging auf Gée vor, wo sie erlebte, wie die Zweite Division unter Führung des unerschrockenen, aber etwas unberechenbaren Kämpen Sir William Stewart in einer sehr netten kleinen Affäre bei Aire frische Lorbeeren für sich einheimste. Auch ein Rifleman war in das Geplänkel verwickelt – Sir Williams leichtsinniger Neffe und sein Adjutant, Lord Charles Spencer. Lord Charles hatte sich vor kurzem ein großartiges Jagdpferd gekauft, dessen Erwerb weit über die Mittel seiner Börse ging. Es wurde in der Stadt am Rand einer schlammigen Pferdeschwemme totgeschossen, und über den Kopf des stürzenden Pferdes hinweg segelte Lord Charles in den Tümpel, ein Pech, das seinem Onkel nichts als ein mildes: «Ha! Da geht mein armer Neffe samt seinem Vermögen dahin!» entlockte.

Sir William hatte den Ruf, der tapferste Mann in der Armee zu sein. Er konnte gelegentlich sehr gereizt sein, aber man hatte noch nie erlebt, daß er auf dem Schlachtfeld seine Ruhe verloren hätte. «Verdammter alter Raufbold!» sagte ein erschütterter Offizier und wischte sich den Schweiß von der Stirn. «Gerade fiel eine Granate genau zwischen uns nieder, als ich mit ihm sprach, und hat mich zu Tode erschreckt! Und würdet ihr's für möglich halten? Alles, was der alte Feuerfresser sagte, war: ‹Eine Granate, Sir! Sehr animierend!›»

Harrys Brigade blieb mehrere Tage in Gée. Er hatte ein großes Haus für Barnard, Digby, sich und Juana requiriert, und sie meinten alle, auf Rosen gebettet zu sein, bis die Haushälterin eines Tages Juana allein antraf, sie plötzlich wie eine Verrückte packte und schwor, sie würde sie umbringen, weil sie eine verfluchte Spanierin sei. Trotz all ihrer Beweglichkeit war Juana in der Umklammerung der Frau hilflos und wurde vor Entsetzen fast ohnmächtig, als sie ein abscheulich scharfes Fleischmesser vor ihren Augen herumfuchteln sah. Zum Glück kam in diesem Augenblick Joe Kitchen mit einer Post von Harry herein und fiel prompt über die Verrückte her. Sie beruhigte sich bald, und als man sich über sie erkundigte, erfuhr man, daß solche Anfälle bei ihr nur hie und da auftraten. Aber das beruhigte Juana nicht im geringsten, und sie wollte nachher nie mehr ohne den Schutz Jenny Bates' in dem Haus bleiben. Als Jenny von dem Abenteuer hörte, verschränkte sie ihre massiven Arme, schaute die Französin von oben bis unten an und ließ nur eine einzige schneidende Silbe hören – «Ho!» sagte Jenny gräßlich.

Nach der Schlacht von Aire blieb die Armee wieder zwölf Tage lang im Quartier liegen; während Seine Lordschaft seine Truppen rasten ließ, beobachtete er den Fortschritt von Beresford und Dalhousie in Bordeaux. Jean-Baptiste Lynch war zu seinem Wort gestanden, und die Engländer, die ohne den geringsten Widerstand in die Stadt einmarschierten, sahen anstelle der Trikolore das weiße Banner flattern. «*A bas les aigles! Vivent les Bourbons!*» schrie die Bevölkerung und schwenkte kleine weiße Fahnen. Das war ja recht schön, aber Seine Lordschaft war alles andere eher als erfreut, als der Herzog von Angoulême ein paar bekannte Royalisten sammelte, unvermittelt das Hauptquartier verließ, in Bordeaux erschien und verkündete, er besitze die Unterstützung der Alliierten. Er hatte doch tatsächlich die Frechheit, Wellington zu schreiben und von ihm zu verlangen, er möge Marschall Beresford instruieren, daß er sich seinem königlichen Befehl unterstelle. Alles, was er daraufhin bekam, war einer der kältesten Briefe Seiner Lordschaft. Seine Lordschaft schickte um Beresford, der mit der Vierten Division zur Armee zurückkehren sollte, und ließ nur Dalhousie mit der Siebenten dort, um auf Bordeaux aufzupassen.

Als die Armee wieder marschierte, gab es ziemlich viele Geplänkel, aber die Leichte Division wurde nicht in die Gefechte gezogen, bis Soult, der Wellington immer weiter südwärts zog, Tarbes am Fuß der Pyrenäen erreichte. Hier erlebte die Division ein Gefecht, das viele ihrer Offiziere für den härtesten Tag der Division hielten. Alle drei Rifle-Bataillone waren in einen bitteren, bergwärts führenden Kampf verwickelt, und die Verluste waren sehr schwer. Nicht weniger als zwölf Offiziere wurden getötet oder verwundet, und groß war die Verzweiflung, als man entdeckte, daß George Simmons unter den Verletzten war. Der arme George war in der Kniescheibe verwundet und vor einem zweiten Schuß nur dadurch gerettet worden, daß sein Diener über ihm stand, bis Oberst Barnard selbst herbeiritt und ihn vom Feld tragen ließ.

So mußte George in Tarbes zurückgelassen werden und litt große Schmerzen in seinem zerschmetterten Knie, während die Armee Soult auf seinem Rückzug nach Toulouse verfolgte. Soweit Georges Freunde Zeit aufbrachten, besuchten sie ihn, bevor sie die Stadt verließen. Sie fanden ihn unbesiegbar heiter vor, und anscheinend fand er viel Trost in der Tatsache, daß ein Teil des Regiments seines Bruders zurückgelassen wurde, um über die Verwundeten zu wachen. Maud war zum Stadtkommandanten ernannt worden und hatte eine gute Unterkunft für George gefunden. Er teilte sie mit ihm, trank außer seiner auch Georges Weinzuteilung und unterhielt sich sehr gut. Er glaubte nicht, daß George noch je einen Kampf würde mitmachen können, aber George, der sein Knie einer genauen Untersuchung unterzog, sagte, er sei überzeugt, er würde bald gesund genug sein, um zu seinem Regiment zurückzukehren. Er war entzückt, als er hörte daß Barnard am Tag nach der Schlacht Lord Wellington überredet hatte, über den Berg zu reiten und sich das Gelände anzuschauen, auf dem die Rifles gekämpft hatten. Noch nie, schwor Barnard, waren die Toten dichter zuhauf gelegen. Lord Wellington ritt schließlich mit ihm und sagte: «Na, Barnard, um Ihnen eine Freude zu machen, will ich mitkommen, aber ich brauche keinen neuen Beweis für das verheerende Feuer Ihrer Rifles.»

«Oh, hat er das wirklich gesagt?» rief George, zwar ziemlich schwach, aber mit einem strahlenden Lächeln der Genugtuung. «Na, das macht die Mühe bezahlt!»

5

Wollte man die Wahrheit sagen, so war Lord Wellington mit dem Ergebnis der Schlacht bei Tarbes durchaus nicht zufrieden. Nachdem Soult während der drei Tage des alliierten Vormarsches aus jeder Stellung vertrieben worden war mit der Absicht, ihn gegen die Barriere der Pyrenäen zurückzuzwingen, war es ärgerlich, als man entdeckte, daß eine Straße für seinen Rückzug offengeblieben war. Soult, der seine Armee intakt hielt, entwischte über die St.-Gaudens-Straße, die an die fünfzig Meilen entlang der Pyrenäen lief und bei St. Martory nordwärts nach Toulouse bog.

Seine Lordschaft entschied, daß es wichtiger war, bei Toulouse zuzuschlagen, als Soult mit der gesamten Streitmacht zu verfolgen, und zweigte Hill ab, der ihm folgen sollte, während er selbst den Hauptteil seiner Armee über die direkte Straße, die durch Trie, Castelnau und Lombex lief, nach Toulouse führte.

Die Wetterverhältnisse waren abscheulich. Das ganze umgebende Land war durchweicht und die Straße schlimmer als ein spanischer Maultierpfad. Die Artillerie blieb im Schmutz stecken; die Lastwagen versanken in tiefen Löchern und Wagenspuren; selbst der Landauer Seiner Lordschaft, in dem General Alava saß, mußte aus dem zähen Schlamm herausgezogen werden. Die Armee kam nur langsam vorwärts, teils wegen des Mißtrauens Seiner Lordschaft der französischen Bevölkerung gegenüber, das sich jedoch bald als unbegründet herausstellte. Obwohl die Spanier Morillos in ihrem Kielwasser eine ausgeplünderte Strecke hinter sich ließen, wurde die alliierte Armee mit offenen Armen aufgenommen. Jede Art Lebensmittel wurde zum Verkauf angeboten, von Getreideballen bis zu schnatternden Gänsen. Obwohl die Armee ihren Verpflegungstrain weit hinter sich gelassen hatte, hatte sie noch nie so gut gegessen. Aber sie benahm sich auch ordentlich – es gab wirklich sehr wenig Unerfreuliches, obwohl in Castelnau ein stimmgewaltiges Frauenzimmer laut und hartnäckig Rache an einem hübschen Rifleman begehrte, der, wie sie sagte, ihre Tochter verführt hätte. Es gab jedoch keinen Beweis dafür, und man war allgemein der Meinung, daß der fette Johnny Castles die Sache sehr gerecht zusammenfaßte, als er, während er sich ein Stück Speck fürs Brot zurechtschnitt, bemerkte, wäre die Mutter selbst nie auf dem Ofen gewesen, hätte sie dort nicht nach ihrer Tochter Nachschau gehalten.

Aber das war ein vereinzelter Zwischenfall, da sich die Franzosen im ganzen so enthusiastisch benahmen, daß ein empörter *Sous-préfet* dem Marschall Soult zu dessen Information schrieb, die ganze Bevölkerung habe keinerlei nationale Gesinnung mehr.

Soult, der längs seiner Marschroute fünftausend Nachzügler zurückließ, erreichte Toulouse zwei Tage vor Lord Wellington – eine beachtenswerte Kraftleistung, zog man den beklagenswerten Zustand seiner Truppen in Betracht und die fünfzig zusätzlichen Meilen, die er zurückzulegen gezwungen war. Das Landvolk berichtete, die französischen Soldaten hätten ihre Stiefel durchgelaufen, aber da Toulouse das militärische Hauptdepot für Südfrankreich war, konnte diese und alle anderen Unzulänglichkeiten der Ausrüstung sehr bald wettgemacht werden.

Toulouse, eine mittelalterliche Festung, lag vom Gesichtspunkt Lord Wellingtons aus auf der falschen Seite der Garonne; und wurde außer von ihren Wällen und Basteien von einem sehr breiten Graben, wie einem Burggraben, geschützt. Auf der Nord- und Ostseite macht der Canal Royal jede Annäherung so ziemlich unmöglich; im Westen bot die Garonne ein noch schwierigeres Problem; und der einzige mögliche Weg in die Stadt im Süden wurde von dem wohlbefestigten Brückenkopf von St. Cyprien bewacht. Zwischen dem Kanal und dem Fluß Ers im Osten beherrschte die Höhe des Mont Rave die Stadt und war bereits in großem Umfang von Schützengräben durchzogen.

Die Spitzen der Kolonnen Lord Wellingtons tauchten am 26. März vor Toulouse auf; im Lauf der nächsten zwei Wochen wurden die Nerven Seiner Lordschaft durch eine Reihe vergeblicher Versuche strapaziert, seine Armee über die Garonne zu bringen. Die Tatsache, daß diese Erfolglosigkeit bis zu einem gewissen Maß dem Umstand zuzuschreiben war, daß er bei St. Jean de Luz auf den Rat seines Chefingenieurs nicht hören wollte, trug nichts dazu bei, seine Laune zu verbessern.

Sein erster, ziemlich gewagter Plan war, einen Durchgang bei Portet, südlich der Stadt, zu erzwingen. Es gelang ihm durch einige kluge Demonstrationen, Soult zu überzeugen, daß er vorhatte, nördlich von Toulouse stromabwärts überzusetzen, aber als der Marschall entgegenkommenderweise vier der sieben Kavallerieregimenter abgezogen hatte, die die Garonne patrouillierten, um die Nordufer zu beobachten, und die südlichen Landungsplätze fast gänzlich unbewacht ließ, ging der Plan schief, weil nicht genügend Pontons vorhanden waren, um über den angeschwollenen Fluß gelegt zu werden. Nachdem die vorhandenen mit viel Mühe am Ufer aufgelegt und vorgeschoben worden waren, entdeckte man, daß die Brücke um etwa achtzig Meter zu kurz war – eine Möglichkeit, die Elphinstone, der Chefingenieur, vorausgesehen hatte. In größter Wut ließ Seine Lordschaft, der sich in seinen Plan, die Garonne südlich der Stadt zu überschreiten, festgerannt hatte, die Pontons drei Meilen stromaufwärts transportieren, gerade oberhalb des Zusammenflusses der Ariège mit der Garonne. Die Brücke wurde in der Nacht des 30. März bei Pinsaguel über den Fluß gelegt; und in der Früh ging das Korps Hill hinüber, ohne auf irgendeinen Widerstand zu treffen.

Soult, emsig damit beschäftigt, seine Befestigungen zu stärken, entdeckte diese Bewegung einen ganzen Tag lang nicht; aber Hill, der den Boden aufgeweicht vom Regen und die Ariège unpassierbar vorfand, war gezwungen, seine Stellung wieder aufzugeben und nach Pinsaguel zurückzumarschieren.

Wieder kamen die Pontons zurück und auf ihre Reisewagen. «Lausig – wer möchte da ein Pionier sein?» sagte die übrige Armee.

Am zweiten April hatte sich Seine Lordschaft entschieden, also doch unterhalb Toulouse überzusetzen. Bis zum 4. April war es den fluchenden Pionieren gelungen, die Pontons zu einem Punkt elf Meilen nördlich der Stadt zu transportieren; hier endlich schlugen sie eine Brücke über den Fluß, über die die Armee hinübergelangen konnte. Es gab immer noch keinen Widerstand von Soult; und am Nachmittag war Beresford mit drei Infanteriedivisionen, drei Kavalleriebrigaden und einiger Artillerie drüben.

Dann kam der Regen. Die Garonne, die schnell stieg, zerrte an den Pontons, bis die letzten Kavalleristen gezwungen waren, abzusteigen und ihre Pferde über die gefährliche Brücke zu führen. Bei Anbruch der Dunkelheit waren einige Pontons von den Verankerungen gerissen, und einer schaukelte, trotz aller Anstrengungen der durchnäßten Pioniere, ihn zu retten, den Fluß hinunter. Die spanischen Divisionen Freires, die Dragoner der Königlichen Deutschen Legion, die Leichte Division und die ganze Artilleriereserve waren noch auf dem Westufer, und Marschall Beresford, von diesen Streitkräften durch einen tobenden Fluß getrennt, fühlte sich in einer derart gefährlichen Stellung, daß selbst ein Besuch Lord Wellingtons, der sich in einem kleinen Boot hinüberrudern ließ, ihn nicht zu überzeugen vermochte, daß er nicht in äußerster Gefahr war. «Sie sind wirklich sicher, Beresford», sagte Seine Lordschaft aufmunternd. «Nicht einmal zwei solcher Armeen wie die Soults mit einer derartigen Schlucht vor sich könnten einen Eindruck auf Sie machen!»

Zu jedermanns Überraschung machte Marschall Soult keinen Versuch, Beresfords Truppen in den Fluß zu jagen. Der Marschall, von Konskribierten verstärkt, litt, dachten die Engländer, entweder an einer nervösen Angst oder er wußte nicht, wie wenig Leute Beresford bei sich hatte.

Der Regen hörte auf; und am 7. April begannen die Fluten zu sinken. Der verlorene Ponton wurde wie durch ein Wunder wiedergefunden, die Brücke wieder über den Fluß geschlagen und alle, außer der Leichten Division, setzten über, um sich Beresford anzuschließen. Die Leichte Division rückte stromaufwärts nach Seilh vor, hielt die Verbindung mit Hills Truppen aufrecht und setzte erst beim Morgengrauen des 10. April über. Um diese Zeit hatte Seine Lordschaft seine Truppen bereits zu den äußeren Verteidigungswerken von Toulouse vorrücken lassen, und die Kavallerie Vivians hatte die Feindseligkeiten begonnen, indem sie die französischen Dragoner in ein kurzes, aber ruhmreiches Scharmützel verwickelte.

6

«Die denkbar schlechtest arrangierte Schlacht – nichts als Fehler!» war das Urteil Oberst Colbornes über die Schlacht von Toulouse.

Sie begann um fünf Uhr morgens mit einem Scheinangriff von Hill gegen die äußeren Linien jenseits der St. Cyprien-Brücke; und sie endete erst um fünf Uhr nachmittags, als es schon dämmerte. Freires Spaniern, die bei dem Angriff den Ehrenplatz verlangt hatten, gelang es nicht, die Höhen des Mont Rave einzunehmen; Picton verwandelte einen Scheinangriff in einen wirklichen und ließ seine Division wieder einmal in Stücke hauen; und Beresford, der die Hauptrolle spielte, war gezwungen, eine lange, hitzige Flankenbewegung zu unternehmen, wobei seine Kolonnen den ganzen Weg entlang dem Artilleriefeuer von den Höhen ausgesetzt waren.

«Ich glaube, Lord Wellington hätte fast verdient, geschlagen zu werden», sagte Colborne.

Natürlich dachte die Leichte Division, daß die Schlacht viel früher gewonnen worden wäre, hätte man sie aktiver eingesetzt, und fügte die spitze Bemerkung hinzu, hätte sich Picton zurückgehalten, dort anzugreifen, wo er es nicht hätte tun sollen – wie gewöhnlich –, wäre das schon eine große Hilfe gewesen.

Die Light Bobs wurden mehr als eine halbe Meile vor der Matabiau-Brücke über den Canal Royal aufgestellt, zu ihrer Linken die Divisionen Generals Freires neben dem Pujadehügel. Dieser Hügel, jenseits dessen östlich die Flankenoperation Beresfords begann, wurden von dem Nordende der Höhen des Mont Rave beherrscht, auf dem der französische General Villatte stark verschanzt lag, Da General Freire nach der üblichen spanischen Art das Recht beansprucht hatte, den Ehrenplatz einzunehmen, hatte ihm Lord Wellington erstaunlicherweise die Aufgabe gegeben, den Abhang des Mont Rave zu stürmen und die Franzosen aus ihren Schanzen und Gräben zu vertreiben. Die Attacke sollte erst gemacht werden, wenn Beresford an die spanische Linke herangekommen war, aber General Freire, etwas zu hochgemut, begann sie, bevor noch die Spitze der Kolonne Beresfords auftauchte. Er führte den Angriff persönlich an, und der galicische Sturm bergauf wurde so tapfer durchgeführt, daß skeptische Beobachter in der Leichten Division sagten, es schaue wirklich so aus, als hätten sie vor, die Sache schön durchzuführen.

Barnards Brigade stand der spanischen rechten Flanke am nächsten, und von Anfang an erwartete Oberst Colborne nichts als eine Katastrophe. «Ich täte mir leid, wenn ich es selbst mit zwei Leichten Divisionen durchführen müßte», sagte er, als ein optimistischer Offizier schrie, bei Gott, Freire würde es trotz allem schaffen!

Ein verheerendes Feuer von den Höhen empfing die Spanier, aber sie kämpften sich mit großem Mut vor, bis sie die tief eingeschnittene Straße nach Peyrolle erreichten.

«O zum Teufel!» rief Harry, der sein Glas auf die Abhänge des Mont Rave gerichtet hatte, aus. «Da werden sie ihre Offiziere nie herauskriegen!»

Er hatte vollkommen recht; der Hohlweg war das Unglück der Spanier. Als sie in ihn hinunterkletterten, entdeckten sie, daß die hohen Böschungen sie vor dem Artilleriefeuer schützten. Sie verloren den Schwung ihres ersten tapferen Vorstürmens; ihr Mut hatte Zeit, sich abzukühlen; und alle Anstrengungen der Offiziere konnten sie nicht dazu bewegen, sich dem mörderischen Feuer noch einmal auszusetzen. Sowie Villatte sah, daß sie ihr Vorgehen nicht fortsetzen würden, schickte er seine Infanterie aus den Schützengräben vor, um ein tödliches Musketenfeuer in den Hohlweg hinunterzuschicken. Das war mehr, als die Spanier ertragen konnten. Nur ein einziges Regiment von Morillos Division hielt stand; die übrigen flohen in wirrem Durcheinander zu den Abhängen der Pujade.

Als Major George Napier vom 52. Regiment die Fliehenden auf sein Regiment zuströmen sah, brüllte er: «Haltet sie auf! Haltet sie auf! Laßt sie nicht durch!»

Colborne, selbst durch einen Granatsplitter leicht am Arm verwundet, rief aus: «Doch, doch, laß sie gehen und mach uns die Front frei! Schnell, George! Formier das Regiment in eine offene Kolonne von Kompanien und laß die Spanier passieren!»

Dies wurde gemacht; Barnard warf seine Brigade nach vorn, um den Rückzug zu decken, und als die Leichte Division zum Angriff überging, gaben die Franzosen die Verfolgung auf und zogen sich wieder in ihre Gräben zurück.

«Bei Gott, wird der alte Douro eine Wut haben!» rief Charlie Beckwith aus.

Aber Seine Lordschaft, der an der Seite seines Schwagers, des Generaladjutanten, die Flucht der Spanier beobachtete, hatte plötzlich aufgelacht und sich auf die Schenkel geschlagen. «Na, verdammich, ob ich je schon einmal zehntausend Männer ein Wettrennen veranstalten sah!» erklärte er. «Was soll jetzt geschehen? Da steh ich, und nichts zwischen mir und dem Feind!»

«Nun, ich nehme an, Sie werden jetzt die Leichte Division vorschicken», sagte Pakenham.

«Hängen soll ich, wenn ich das tue!» antwortete Seine Lordschaft.

Die Spanier brauchten zwei Stunden, um sich zu sammeln, aber sie gruppierten sich um und, zu ihrer Ehre sei es gesagt, gingen die Höhen wieder an. Freire führte sie persönlich an, aber sie wurden unter beträchtlichen Verlusten zurückgeschlagen, während die Light Bobs lange und geläufig über ihre eigene Untätigkeit fluchten.

«Bei Gott, ich halte das nicht aus!» sagte Harry, zappelnd vor Ungeduld. «Wenn wir jetzt endlich nach vorn gingen, an die Flanke der Spanier, hätten sie Erfolg! Es ist Mord, sie ohne Unterstützung vorzuschicken! Verdammt sei der Alten!»

«Befehl Wellingtons», knurrte Barnard.

«Geschieht Freire recht, weil er geschrien hat, er will die Schlacht beginnen!» sagte Digby unbarmherzig. «Das tun sie immer, und dabei haben sie bisher noch nie zu Ende gebracht, was sie angefangen haben. Zur Hölle mit ihnen!»

Als die Spanier zum zweiten Mal zurückwichen, war Beresford, nachdem er seinen langen Marsch am Fuß der Ostabhänge von Mont Rave beendet hatte, dabei, die Schlacht vom Süden her schnell zu gewinnen. Er erzwang sich den Weg zu den Höhen, indem er Harispe schlug und Villattes Stellung von hinten zu bombardieren begann, gerade als Barnards Brigade endlich nach vorn geworfen wurde, um die Spanier zu unterstützen.

Soult gab Villatte den Befehl, sich zurückzuziehen. Es war noch nicht dunkel, aber nach zwölf Stunden Kampf waren beide Armeen hundemüde und die alliierte Artillerie vorübergehend erschöpft. Die Franzosen und die Briten biwakierten, wo sie gerade standen, Beresford und Freire auf den Höhen von Mont Rave und die Franzosen hinter der Barriere des Canal Royal.

7

Diejenigen, die erwarteten, daß Lord Wellington am folgenden Morgen eine Schlußoffensive starten würde, wurden enttäuscht. Da der Munitionspark auf Hills Seite des Flusses lag, dauerte es eine Zeit, bis neue Munition herangebracht werden konnte. Die Franzosen zeigten keinerlei Neigung, einen Ausfall aus Toulouse zu machen, und der Tag verging damit, daß die Alliierten ihre Verwundeten versorgten und ihre Ansichten über die Schlacht austauschten. Lord Wellington, der im Lauf des Morgens Oberst Colborne traf, rief ihm mit einer Geste gegen die Nordabhänge des Mont Rave zu:

«Na, Colborne, haben Sie je so etwas gesehen? War das wie die Flucht bei Ocaña?»

«Oh, ich weiß nicht!» sagte Colborne, der die Spanier nie gern verurteilte. «Sie liefen zur Brücke, glaube ich.»

«Zur Brücke, ha! Zu den Pyrenäen!» sagte Seine Lordschaft ironisch. «Ich vermute, sie dürften jetzt schon alle miteinander in Spanien sein!»

Es gab bei Toulouse keinen Kampf mehr. In der Abenddämmerung zog Soult seine Armee über die Straße nach Carcassonne aus der Stadt zurück; und sehr früh am 12. April kam eine Deputation von Bürgern ins Hauptquartier Lord Wellingtons mit einer Einladung, in die Stadt einzuziehen. Toulouse, so schien es, war von dem Ergebnis der Schlacht entzückt.

Seine Lordschaft ritt, von seinem Stab begleitet, später am Tag in die Stadt ein. Alle Einwohner trugen die weiße Kokarde und schwenkten weiße Fähnchen; und als Seine Lordschaft das Kapitol betrat, wurde die große Statue Napoleons vom Dach hinuntergeworfen und zersprang auf dem Kopfsteinpflaster in tausend Stücke.

Um fünf Uhr morgens kam Oberst Ponsonby von Bordeaux angeritten, mit der Nachricht von der endgültigen Abdankung Napoleons; daher war Seine Lordschaft, der die Situation als etwas peinlich empfand, imstande, während des Diners, das er an jenem Abend gab, aufzustehen und endlich auf die Gesundheit König Ludwigs XVIII. zu trinken. Es gab eine Menge Hochrufe, und General Alava, hingerissen vor Begeisterung, sprang auf und verlangte einen Trinkspruch zu Ehren Wellingtons: des Befreiers von Portugal! – von Spanien! – von Frankreich! – von Europa!

Wieder und wieder erschallten die Hochrufe. Seine Lordschaft, der hochnäsig dreinblickte, verneigte sich steif und verlangte den Kaffee.

Die Nachricht von der Abdankung wurde Soult sofort durch einen Adjutanten Seiner Lordschaft übermittelt, aber bis zur Ankunft von Abgesandten aus Paris wollte der Marschall nicht glauben, daß sie wahr sei und daß es nichts mehr gab, wofür gekämpft werden konnte.

Es fiel jedermann schwer, es zu glauben. Immer noch wurden Feldwachen aufgestellt, aber es gab keine plötzlichen Alarme mehr, keine Kavallerievedetten, die im Kreis ritten, um die Annäherung einer feindlichen Kolonne zu signalisieren; keine Zwangsmärsche mehr über miserable Straßen; kein Biwakieren mehr in durchweichten Feldern. Es schien zuerst unglaublich, und Oberst Arentschildt glaubte so wenig an den Waffenstillstand, daß er, wie man entdeckte, in seinen Kleidern schlafen ging, ganz so, als erwarte er einen Nachtalarm. «Waffenstillstand hin, Waffenstillstand her, bei Gott, ich schlaf in meiner Reithose!» fluchte er.

Die Leichte Division rückte in die Vorstadt von Toulouse ein und wurde einquartiert. Harry requirierte für sich und eine ausgesuchte Gruppe seiner Freunde ein ausgesprochen luxuriöses Schloß, stellte einen französischen Koch an, borgte etwas Geld vom Quartiermeister und gab alles für ein ausschweifendes Leben aus, wie es George Simmons nannte, der zu seinem Regiment zurückgekehrt war.

Theater, Bälle, Feste waren an der Tagesordnung, und natürlich war es äußerst wichtig, Kleider und Schmuck für Juana zu kaufen und neue Stiefel und Schärpen für Harry selbst und ein prachtvolles Halsband mit Silberglöckchen für Vitty.

Es gab so wenig Dienst, daß alle unverheirateten Offiziere eifrig dabei waren, sich in die Mädchen von Toulouse zu verlieben.

«Aber ich», sagte Harry, der sich dessen schuldig gemacht hatte, den Arm um eine verführerische Taille gelegt zu haben, «habe einen Schutz in meiner bezaubernden jungen Frau!»

«Du bist schamlos und treulos und überhaupt ein Taugenichts und ein großer Lügner außerdem!» sagte seine bezaubernde junge Frau hitzig. «Es ist mir vollkommen klar, daß dir Französinnen besser gefallen als Spanierinnen, und ich bin überhaupt nicht böse oder verletzt, sondern es tut mir nur äußerst leid, daß du einen so abscheulichen Geschmack hast!»

«Das stimmt überhaupt nicht!» sagte Harry. «Ich bete Spanierinnen an – immer schon!»

Ein empörtes Gesicht wandte sich ihm zu. «Ja! Du hast außer mir wahrscheinlich noch Hunderte geliebt!»

«Oh, Tausende!» stimmte Harry zu. «Einmal habe ich fast eine geheiratet. *Ay de mi!* Sie war ein liebes kleines Geschöpf, hübsch wie ein Bildchen außerdem und denkbar sanftmütig!»

«Enrique! Das ist nicht wahr!» stammelte Juana.

«So wahr ich hier stehe!»

«Wann?» stammelte sie. «Wo?»

«Oh, als ich mit Whitelocke in Montevideo war! Ich war in ihrem Haus untergebracht und lag dort teuflisch krank mit Fieber.»

Sie atmete erleichtert auf. «So lange her! Da warst du ja erst ein Schuljunge! Ich glaube, sie war überhaupt nicht hübsch und auch gar nicht sanftmütig!»

«O doch! Und Augen wie ein Reh!»

«Wenn sie Augen wie ein Reh hatte, war sie wahrscheinlich dumm. Es klingt mir nicht danach, daß sie die Sorte Frau war, die man sich für einen harten Feldzug aussuchen würde.»

Harry spitzte den Mund zum Kuß und gestand: «Nicht im geringsten, General Juana!»

8

Ende des Monats wurde die Division von Toulouse nach Castel Sarrasin verlegt, ein Umstand, der für die lustigen Light Bobs ein Glück war, so laut sie ihn auch beklagen mochten, denn das gesellschaftliche Leben in Toulouse ruinierte sie schnell. Die Smiths wurden in dem Haus einer Witwe mittleren Alters aus guter Familie einquartiert, die alle ihre Söhne mit Ausnahme eines einzigen in den napoleonischen Kriegen verloren hatte. Sie war zu den Smiths sehr nett, froh, wie sie sagte, wieder junge Leute unter ihrem Dach zu haben.

Sie sollten jedoch nicht lange hier bleiben. Kaum hatten sie Zeit, sich einzurichten, als Oberst Colborne eines Morgens um Harry schickte und ihm den Atem benahm, als er unvermittelt zu ihm sagte: «Smith, Sie hatten nach Ihren ganzen Dienstjahren das Pech, Ihren Majorsrang immer noch nicht zu bekommen, so daß Sie nicht müßig bleiben dürfen. Es wird eine – ziemlich beträchtliche Streitmacht nach Amerika gehen. Sie müssen mitgehen.»

«Mitgehen?» wiederholte Harry in einem ziemlich seltsamen Ton.

«Ja», sagte Colborne, «ich weiß, woran Sie denken, aber bedenken Sie, daß Ihre ganze Zukunft noch vor Ihnen liegt! Sie und ich werden morgen nach Toulouse reiten; Sie sollten lieber heute abend ein Pferd vorausschicken; es sind nur vierunddreißig Meilen. Wir werden dort frühstücken und zum Abendessen wieder zurück sein.»

Harry antwortete nicht gleich. Er war unter seiner Sonnenbräune weiß geworden, denn er wußte sehr gut, daß eine solche Schicksalswendung die Trennung von Juana bedeutete. Sobald er seiner Stimme wieder trauen konnte, sagte er: «Danke, Sir; ich werde bereit sein. Das ist – das ist sehr freundlich von Ihnen!»

«Davon werden Sie bestimmt eines Tages auch wirklich überzeugt sein, verspreche ich Ihnen, obwohl Sie jetzt nicht so denken», sagte Colborne mit einem leisen Lächeln.

«Ja», sagte Harry. «Natürlich!»

Er kehrte langsam in sein Quartier zurück.

Juana spielte mit Vitty im Garten; sie schaute auf, als Harry auf sie zukam, und das Lachen verschwand aus ihrem Gesicht. Sie sprang aus dem Gras auf und sagte ängstlich: «Du hast etwas Schlechtes erfahren! Weshalb hat dich Colborne sprechen wollen?»

«Nein, nein, nichts Schlechtes! Wenigstens – oh, beim Jupiter, ich weiß nicht, ob es gut oder schlecht ist!»

Juana stand ganz still. «Du wirst mich verlassen», sagte sie angstvoll.

«Ja – nein! Es ist noch nicht bestimmt! Ich bin überzeugt, es wird nichts daraus! Ich hoffe zu Gott, obwohl ich glaube, ich sollte das nicht wünschen!»

«Enrique, *en nombre de Dios*, sag es mir!»

«Colborne will, daß ich mich für die Expedition melde, die nach Amerika geht.»

«Amerika! Oh, Enrique, *mi esposo*, nein, nein, nein!» rief sie und warf sich in seine Arme.

«Weine nicht, *alma mia*, weine nicht! Ich werde Colborne sagen, ich kann nicht! Gott weiß es, daß ich nicht mag!»

Aber als der erste Ausbruch ihrer Verzweiflung vorüber war, sagte Juana: «Du mußt gehen. Es ist deine Pflicht. Es tut mir leid, daß ich geweint habe. Siehst du, ich – ich habe nie daran gedacht, daß wir vielleicht getrennt werden könnten.»

«Ich habe bestimmt ohnehin keine Chance, daß sie mich nehmen», sagte Harry.

Sie bemühte sich sehr, zu lächeln. «Du möchtest gern gehen, nicht, *mi* Enrique?»

«Wenn ich nicht verheiratet wäre! Aber von dir getrennt zu werden – nein, nicht daran zu denken! Ich werde es Colborne sagen.»

«Du weißt, daß du nie, niemals Colborne so etwas sagen könntest», sagte Juana traurig.

Sie weinte sich an diesem Abend in den Schlaf, aber am frühen Morgen verabschiedete sie sich mit einem Lächeln von Harry. Madame La Rivière, ihre Hausfrau, legte den Arm um ihre Taille und sagte Harry, er müsse sich keine Sorgen um sie machen, weil sie sich bis zu seiner Rückkehr um sie kümmern würde; aber als Harry Colborne traf, schaute er so mitgenommen aus, daß ihn Colborne ins Gebet nahm und ihn daran erinnerte, daß er selbst seine junge Frau seit über einem Jahr nicht mehr gesehen hatte.

Juana versuchte den ganzen Tag, nicht zu weinen, und hoffte verzweifelt, daß Harrys Gesuch abgeschlagen würde. Ein Blick auf sein Gesicht, als er um vier Uhr nachmittags zurückkehrte, sagte ihr, daß alles abgemacht war. Sie hatte beschlossen, ruhig und vernünftig zu sein, und sie sagte sofort, gerade nur mit dem leisesten Beben in der Stimme: «Du gehst. Ich bin – ich bin so froh, Enrique, weil es zu deinem Vorteil ist, und wir dürfen beide nicht murren. Sag mir – erzähl mir, was los war!»

Er setzte sich neben sie und zog ihren Kopf an seine Schulter. «*Hija*, was soll ich ohne dich anfangen!»

«Du wirst sehr gut ohne mich durchkommen. Du bist es ja auch, bevor ich dich kannte. Du w-wirst mit allen Amerikanerinnen flirten», sagte sie in dem vergeblichen Versuch, zu scherzen.

«Ich schwöre dir, das werde ich nicht!»

«Ja, aber du bist ein schlechter, treuloser Mensch. Reden wir nicht darüber. Was hast du in Toulouse gemacht?»

«Wir gingen sofort in das Amt des Generaladjutanten und entdeckten, daß schon jemand meinen Namen auf die Liste der Brigadeadjutanten gesetzt hatte, die in Amerika zu dienen wünschen. Er stand ziemlich am Anfang – als dritter, glaube ich. Wir fragten den alten Darling, wer das gemacht hatte, und stell dir vor, wer es war? Er sagte, Oberst Elley! War das nicht nett von dem guten Alten? Er kannte meine Familie sehr gut, aber ich hätte nie erwartet, daß er so etwas für mich tun würde. Er erwähnte mich doch tatsächlich bei Pakenham! Dann sagte Colborne: ‹Mein Freund Ross, der das Zwanzigste kommandierte, als ich Hauptmann bei der Leichten Kompagnie war, geht auch hinüber. Ich will ihn bitten, Sie als seinen Brigadeadjutanten mitzunehmen.› Ross hat mich natürlich auf dem Rückzug von Corunna kennengelernt. Er soll den Befehl über eine Streitmacht von drei Brigaden führen. Ich soll stellvertretender Generaladjutant werden.»

«Es ist sehr tröstlich, wenn man denkt, daß Ross bereit war, dich zu nehmen», sagte Juana bedachtsam. «Alle deine Freunde waren so nett, daß sie alles – alles so zufriedenstellend arrangiert haben.» Ihre Tränen fielen auf die Aufschläge seiner Jacke. «Oh, Enrique, du hast überall Freunde, aber ich habe niemanden, niemanden in der Welt als dich, und du schickst mich zu Fremden, in ein fremdes Land!»

Er drückte sie heftig an sich. «Du wirst Tom haben. Er wird mit dir fahren. Und mein Vater und meine Schwestern werden dich willkommen heißen –»

«Oh, ich kann nicht, Enrique, ich kann nicht! Nicht ohne dich! Was werden sie von mir denken? Wie kann ich ihnen gegenübertreten, wenn ich nicht einmal imstande bin, ihre Sprache zu sprechen? Nein, nein, wenn ich ohne dich nach England gehen muß, werde ich allein bleiben, nicht bei Menschen, die mir fremd sind und mich vielleicht verachten werden!»

«Das werden sie nicht!» sagte Harry, aber obwohl er das sehr fest sagte, konnte er sich Juana in dem schläfrigen Whittlesey nicht ganz vorstellen. «Wenn bloß meine Mutter noch lebte!» sagte er mit einem tiefen Seufzer. «*Hija*, ich bin dir ein schlechter Gatte gewesen, daß ich dich nicht veranlaßte, englisch sprechen zu lernen!»

Aber als Madame La Rivière das hörte, sagte sie: «Aber das trifft sich ja vorzüglich, denn dann hat die Kleine etwas zu tun, solange Sie weg sind. Sie wird Ihre Muttersprache lernen, und wenn Sie zurückkommen, wird sie Sie überraschen.»

«Ja», stimmte Juana zweifelnd zu.

Bruder Tom, der wegen einer alten Wunde, die ihn seit Wochen quälte, heimgeschickt wurde, sagte: «Ich muß sagen, ich sehe nicht ein, warum du nicht in London bleiben solltest. An deiner Stelle, Harry, würde ich sie nicht nach Whittlesey schicken. Laß sie doch bei einem guten Lehrer in London Englischstunden nehmen. In Whittlesey wird es für sie verteufelt langweilig sein, abgesehen davon, daß sie dort von allen unseren Freunden abgeschnitten wäre. Ich werde mich um sie kümmern. Und weißt du, wirklich», fügte er hinzu, «es ist nicht fair, sie in die Familie hineinzusetzen, wenn sie sich nicht in Englisch verständigen kann und die anderen in keiner der Sprachen, die sie spricht.»

Bei der Aussicht, Harrys Rückkehr in London abwarten zu dürfen, schaute Juana so viel heiterer drein, daß es schließlich so arrangiert wurde. Jegliche Zweifel, die Harry gehegt haben mochte, ob es sich schicke, eine Sechzehnjährige auf sich gestellt in London leben zu lassen, wurden von der Überlegung aufgehoben, die Tom ohne Umschweife ausdrückte: «Sie wird sich viel wohler bei unseren Jungen fühlen – denn mehrere von uns werden ohnehin einige Monate in London bleiben –, als wenn sie verwöhnt wird und man ein Getue mit ihr macht, und sie sehr wahrscheinlich von Eleanor und Betsy und Mary weise Lehren verpaßt bekommt. Du weißt, Harry, wir alle lieben sie, aber es ist nicht zu leugnen, daß sie ganz und gar nicht so wie die Mädchen bei uns zu Hause ist.»

Nein, dachte Harry und erinnerte sich an die langen Märsche unter glühendheißem Himmel, die Nachtlager in triefenden Wäldern, das Überqueren reißender Ströme über Furten, an die Matratzen in dreckigen, flohverseuchten Keuschen, an das Auswaschen eitriger Wunden, worüber eine englische Miss ohnmächtig geworden wäre – sie war wirklich ganz anders als die Mädchen daheim.

Zum Glück für beide hatten sie nicht viel Zeit, sich dem Jammer über die Trennung hinzugeben. Es mußten nicht allein Vorbereitungen für Juanas Reise nach London getroffen werden, sondern Harry mußte auch seine eigenen Angelegenheiten in Ordnung bringen – keine leichte Sache bei einem seit neun Monaten ausstehenden Sold und keiner Zeit mehr, eine private Zubuße aus England zu beschaffen. Es gelang ihm schließlich doch, aber nur durch die Treue seiner Freunde, die auf den größten Teil ihrer ersten Soldauszahlung verzichteten, um Harrys Teil auf den erforderlichen Betrag aufzurunden.

Sein Regiment gab ein Abschiedsdiner für ihn, ebenso die Ersten und Dritten Caçadores, die bei der Aussicht, demnächst nach Portugal zurückgeschickt zu werden, selbst sehr traurig waren.

«Ah, mein Freund, Sie sind glücklicher als wir!» sagte der Kommandeur der Dritten Caçadores kopfschüttelnd. «Sie jedenfalls werden zu Ihren Kameraden zurückkehren, aber wir – niemals mehr!»

«Oh, sagen Sie das nicht! Es ist unerträglich, daran zu denken!» sagte Harry.

«Ach!» sagte der Portugiese, und Melancholie überzog sein gemütliches Gesicht. «Wann, frage ich mich, werde ich je wieder meinen englischen Namen von englischen Lippen hören?»

Darüber mußte Harry lachen, denn da der Oberst Manuel Terceira Caetano Pinto de Silvuica y Souza hieß, war er gleich zu Beginn seiner Laufbahn in der alliierten Armee in einen weitaus einfacheren Jack Nasty-Face umbenannt worden. «Beim Zeus, Jack, das jedenfalls wäre ein Vorteil!»

«Ich betrachtete ihn als einen Namen, der eine höchst liebenswerte Zuneigung ausdrückt», sagte Souza traurig.

Als der Tag kam, Castel Sarrasin zu verlassen, brach Harry fast das Herz. Viel erschütternder als die Trennung von seinen Freunden war der Abschied, der ihm von den Soldaten zuteil wurde. Sein eigenes Bataillon – tausend Mann stark, als es sich vor der Schlacht bei Talavera nach Spanien eingeschifft hatte, nun auf fünfhundert zusammengeschrumpft – hatte sich in Reih und

Glied aufgestellt, um ihn hochleben zu lassen. Es gab kaum einen Mann unter ihnen, der nicht verwundet war; und nicht einen, schwor Harry, der sich nicht ein vollkommenes Wissen über Vorpostendienst angeeignet hätte.

«Kommen Sie zu uns zurück, Mr. Smith!» brüllten die alten Krieger, die ihm ihr ganzes Leben lang nie einen anderen Titel gegeben hatten.

«Bei Gott, das werde ich!» würgte Harry hervor.

«Der ist goldrichtig; der wird nie einrosten!» sagte Tom Crawley. «Himmel, ich gäb einen Monatslohn dafür, dabei zu sein, wenn der anfängt, eine neue Brigade in Form zu fluchen! Die werden vielleicht das eine oder andere lernen, sobald sie unseren Brigadeadjutanten kriegen!»

Von Tom und dem kleinen Digby begleitet, der Urlaub bekommen hatte, um mit ihnen nach Bordeaux zu fahren, schifften sich die Smiths in einem kleinen Boot ein und reisten die Garonne hinunter zur Küste, gingen jeden Abend vor Anker und übernachteten in Tavernen, die ihnen nach den *posadas* in Spanien als die Höhe des Luxus vorkamen. Wäre nicht die schwarze Wolke der Trennung über ihren Köpfen gehangen, hätten sie ihre Flußreise ungeheuer genossen; wie die Dinge lagen, taten sie voreinander so, als seien sie von allem, was sie sahen, entzückt, und dachten insgeheim, daß sie bestimmt nie wieder unglücklichere Tage erleben würden.

Sie fanden, daß Bordeaux die schönste Stadt – außer Madrid, sagte Juana fest – war, die sie je gesehen hatten. Sie stiegen in einem der besten Gasthöfe ab und stopften verzweifelt ihre Tage voll mit Besuchen von Sehenswürdigkeiten und Theater. Harry sollte sich auf der «Royal Oak» einschiffen, die unter dem Befehl des Konteradmirals Malcolm vor Pauillac vor Anker lag; Juana sollte mit Tom in Bordeaux bleiben, bis der nächste Transport nach England abgehen würde. Eine ganze Anzahl ihrer verwundeten Freunde fuhr ebenfalls nach England; und da Harry West mit nach Amerika mitnahm, schickte Digby seinen eigenen privaten Diener mit Juana, mit dem Befehl, sie auf keinen Fall zu verlassen, bis sie nicht sicher in London untergebracht war und seine Dienste nicht länger brauchte. Der Diener war ein sehr fähiger Mann, und man konnte sich verlassen, daß er sich um ihr und Toms ganzes Gepäck kümmern würde, von Tiny und Harrys Jagdhunden nicht zu reden, und ihr viel nützlicher sein würde als die Dienerin, die Madame La Rivière für sie engagieren wollte.

Vier Tage waren alles, was den Smiths in Bordeaux noch vergönnt war. Harry schickte West mit seinen Pferden nach Pauillac voraus und blieb mit Juana bis zur letzten Minute beisammen. Sie betrug sich wunderbar mutig, aber ihr Gesicht wurde immer bedrückter und die Ringe um ihre Augen immer dunkler, und als der schreckliche Augenblick der Abreise kam, klammerte sie sich einen Augenblick krampfhaft an Harry und versuchte zu sprechen. Sein Gesicht verschwamm vor ihren angstvollen Augen; in ihrer Kehle würgte es; sie versuchte mit aller Kraft, die ihr geblieben war, ihn anzulächeln, aber als er sie küßte, überwältigte es sie und sie versank in eine tiefe, gnädige Ohnmacht.

Digby löste sie mit Gewalt aus Harrys Armen und meinte, auch Harry würde im nächsten Augenblick ohnmächtig werden, so totenbleich war er geworden. «Es ist schon in Ordnung! Geh jetzt, Harry, bevor sie zu sich kommt. Sie erträgt das nicht länger, und du auch nicht!»

«Um Gottes willen, Bob, kümmere dich um sie!» sagte Harry heiser.

«Jaja, natürlich! Viel Glück, alter Junge! Und keine Sorge! Ich verständige dich, wie es ihr geht!»

Mit einem letzten wilden Blick auf Juanas blasses, lebloses Gesicht drehte sich Harry um und verließ den Gasthof. Sein Pferd stand schon für ihn auf der Straße bereit; er sprang in den Sattel und ritt mit einem so grimmigen Gesicht davon, daß ihm der Wirt offenen Mundes nachstarrte und sich fragte, was wohl mit dem heiteren jungen Engländer los sei.

9

Harry erreichte Pauillac erst am nächsten Tag. Er fand West bereits vor und die «Royal Oak» einige Meilen unterhalb des Dorfes vor Anker. West begrüßte seinen Herrn sehr sachlich, aber als er ihn zu der Unterkunft führte, die er für ihn gefunden hatte, konnte er nicht umhin, ihm einen ernst fragenden Blick zuzuwerfen. Harry konnte nur den Kopf schütteln.

West begann ein reines Hemd aus dem Portmanteau auszupacken. Nach einigen Minuten räusperte er sich und sagte: «General Ross ist noch nicht aufgetaucht, Sir.»

«Oh!»

«Ich hab mir diese ‹Royal Oak› da angeschaut», fuhr West fort; «ich mein, es ist ein feines Schiff.»

«Wir werden auf unsere Manieren aufpassen müssen, wenn wir an Bord sind», sagte Harry und versuchte, leichthin zu reden. «Man sagt, die Etikette auf einem Kriegsschiff sei so strikt, daß man damit gar nicht Schritt halten kann.»

«So – wahrhaftig?» sagte West düster. «Ich hab ja nie was von den Marinekerlen gehalten!»

Sie vertraten sich die Füße noch zwei Tage lang in Pauillac, aber Harry hatte die Freude, durch das Militärpostamt eine Nachricht von Digby zu bekommen, der ihm versicherte, daß es Juana gut ging und sie sich sehr bemühte, tapfer zu sein.

Am Nachmittag des zweiten Tages bestieg Harry, nachdem er seine Pferde mit West untergebracht hatte, mit seinem Portmanteau ein kleines Boot und wurde zur «Royal Oak» hinausgerudert. Er war wirklich etwas nervös, an Bord eines Kriegsschiffes zu gehen, da er höchst frostige Geschichten über die Strenge aller Regeln und Vorschriften bei der Marine gehört hatte. Aber sobald er an Bord kam, wurde er vom Offizier der Wache empfangen, der ihn rundheraus nach seinem Namen fragte, sagte, er freue sich, ihn an Bord willkommen zu heißen, und ihn sofort zur Admiralskabine begleitete. «Der Alte will Sie kennenlernen», vertraute er ihm an. «Ihr General ist noch nicht an Bord gekommen. Sie sind ein Rifleman, nicht? Ich wette, da haben Sie einiges an Schlachten erlebt? Waren Sie bei Salamanca dabei? Habt ihr Burschen den Fröschen bei Vittoria etwas aufzulösen gegeben! Wir haben gehört, daß der arme alte Joseph gar nicht mehr zu rennen aufhörte, bis er nach Frankreich kam! Da ist die Kabine des Admirals – Sie werden einen netten alten Knaben in ihm kennenlernen.»

In der Kabine befanden sich zwei Herren: Malcolm und Hauptmann Dick. Als Harry auf der Schwelle stehenblieb, dachte er, wenn der Admiral die Personifizierung eines britischen Seemanns war, so hätte sein Gefährte sehr gut als Modell für ein Porträt des John Bull sitzen können.

Beide Männer standen sofort auf und begrüßten Harry so herzlich, daß er merkte, wie sich während seiner Dienstjahre auf der Halbinsel die Meinung der Marine von der Armee geändert hatte. Vor neun Jahren, als Harry zur Armee gekommen war, wurde von nichts anderem als den Siegen Nelsons gesprochen; nun, als er Malcolm die Hand schüttelte, gewahrte er einen betont respektvollen Blick auf dem wetterharten Gesicht. Die Armee war ruhmreich geworden, sogar in den Augen der Marine.

«Freue mich sehr, Sie an Bord zu begrüßen, Sir!» sagte der Admiral. «Hauptmann Smith, nicht? Das ist Hauptmann Dick. Kommen Sie, setzen Sie sich nieder und nehmen Sie ein Glas Grog. Ihr General hat vor, erst morgen anzusegeln.»

Harry antwortete etwas. Der Gedanke, daß dieses sanft schaukelnde Schiff ihn in wenigen Stunden Tausende von Meilen von Juana wegtragen würde, hatte derart stark von ihm Besitz ergriffen, daß er kaum wußte, was er tat. Als der Admiral ihm eine Flasche hinschob, füllte er sein Glas halb mit Gin, fügte einen Schuß Wasser hinzu und goß das Ganze ohne mit der Wimper zu zucken hinunter.

Wenn es noch etwas bedurft hätte, Malcolm zu überzeugen, daß die Offiziere in der Armee ganze Kerle waren, dann war es diese geistesabwesende Geste.

«Gut gemacht!» rief er aus. «Ich fahre jetzt seit vierzig Jahren zur See, aber ich soll doch verdammt sein, wenn ich je ein steiferes Glas Grog in meinem Leben gesehen habe!»

Er bestand darauf, Harry persönlich zu seiner Kabine zu bringen, und instruierte ihn über die Tageseinteilung. «Ich frühstücke um acht, speise um drei, nehme Tee am Abend und Grog zur Nacht, wie Sie sehen; und wenn Sie durstig sind oder etwas brauchen, mein Steward heißt Stewart – ein Schotte wie ich. Sagen Sie dem Matrosen an der Kabinentür, er soll ihn rufen, und er soll Ihnen bringen, was Sie wollen.»

Ein so offenes Wesen und so viel Freundlichkeit mußten Harry aufheitern, und er meinte bei sich, sobald einmal der Schmerz über die Trennung von seiner Frau nachlassen würde, würde er sich an Bord der «Royal Oak» recht gut unterhalten.

General Ross traf am nächsten Morgen mit seinem Adjutanten, Hauptmann Tom Falls vom 20., und seinem Generalquartiermeister-Adjutanten, Leutnant de Lacy Evans, ein. Diesen beiden jungen Herren gefiel Harry vom ersten Augenblick an und sie ihm. «Wir alle fürchten uns wie der Tod vor Ihnen!» sagte de Lacy Evans grinsend. «Man hat uns erzählt, Sie seien ein Teufelskerl!»

Der General, ein milde aussehender Mann in den späten Vierzigern, sagte, er freue sich sehr, Harry bei sich zu haben, und gönnte ihm, als er ihm die Hand schüttelte, einen wohlwollend prüfenden Blick.

«Er ist ein jähzorniger, temperamentvoller junger Hund», hatte Colborne dem General gesagt. «Es sähe ihm durchaus ähnlich, daß er Sie in Grund und Boden verflucht, wenn er glaubt, daß Sie einen Fehler machen, und er wird die Brigade kommandieren, wenn Sie ihn gewähren lassen. Er ist mächtig von sich eingenommen, aber jeder, der je in seiner Brigade war, hält große Stücke auf ihn. Er wird Sie mit seiner Rastlosigkeit sehr wahrscheinlich verrückt machen; und Sie werden vermutlich entsetzt sein, wenn Sie ihn auf einem Schlachtfeld hören; aber Sie werden nie einen besseren Brigadeadjutanten haben, Sir, noch einen, der sich weniger schont.»

General Ross meinte, sein neuer Stabsoffizier sehe ziemlich mitgenommen aus; und er hoffte, er sei doch nicht krank?

«Nicht die Spur, Sir! Ich bin nie krank», sagte Harry forsch.

«Gut!» sagte Ross. «Ich habe von Oberst Colborne eine Menge über Sie gehört.» Er fügte zwinkernd hinzu: «Ich höre, Sie nehmen mir das Kommando aus den Händen, wenn ich nicht aufpasse.»

«Oh, das ist zu schlimm, Sir!» protestierte Harry errötend. «Zumindest habe ich das beim lieben Colborne nie getan!»

«Ah, wir jedenfalls kennen euch Sweeps!» murmelte Tom Falls.

Harry lachte und dachte, daß er sich mit seinem neuen General und dessen Stab wahrscheinlich sehr gut würde vertragen können.

Bald nachdem Ross an Bord gekommen war, lichtete die «Royal Oak» Anker und stach in See. Harry blieb reglos auf Deck stehen und sah zu der Küste von Frankreich hinüber, die langsam in der Ferne verschwand, bis nichts als ein feiner Strich am Horizont von ihr zu sehen war.

Zehntes Kapitel

England

1

Juana sah London zum erstenmal im Schein der Lampen. Nachdem sie sich von ihren Freunden an Bord des Konvois in Portsmouth getrennt hatte, verbrachte sie etwa zwei Stunden im Gasthof «George», während Tom die Ausladung Tinys, Old Chaps und aller Jagdhunde überwachte und mit Digbys Diener alle Vorkehrungen für deren Transport nach Whittlesey traf. Tom war in übermütigster Laune und vergaß vor Entzücken, wieder in England zu sein, ganz auf den Schmerz im Knie. Er war noch nicht so lange wie Harry – der England fünf Jahre lang nicht mehr gesehen hatte – fortgewesen, aber sein letzter Besuch zu Hause, 1810 nach der Schlacht am Coa, hatte sich unter so unangenehmen Umständen abgespielt, daß es schien, als zählte er kaum. Er war damals unter den ärgsten Qualen vom Schiff getragen worden und so krank gewesen, daß der Lärm und das Treiben im Hafen ihn im Kopf geschmerzt hatten und ihm nicht einmal daran gelegen war, aus dem Kutschenfenster auf das vertraute Bild der Landschaft zu schauen. Jetzt war alles anders. Gewiß machte ihm seine alte Wunde sehr zu schaffen, aber so schlimm war es nicht, daß es ihn hätte abhalten können, in der Stadt herumzuschlendern und darin zu schwelgen, daß er wieder in der Heimat war. Es erschien ihm seltsam und wunderbar, daß er in einen Laden gehen und mit dessen Besitzer englisch sprechen konnte. Er hatte sich so an Spanisch und Portugiesisch gewöhnt, daß er sich dabei ertappte, wie er einen verstörten Verkäufer in einem Herrenmodegeschäft in fließendstem Kastilisch ansprach und dann über seine eigene Zerstreutheit in Lachen ausbrach.

Juana hatte es abgelehnt, sich mit ihm die Stadt anzuschauen. Harry hatte ihr so oft erzählt, was sie alles miteinander unternehmen würden, sobald sie nach England kämen, daß der Gedanke, ohne ihn in Portsmouth zu sein, sie einen Augenblick zu überwältigen drohte. Aber sie hatte versprochen, brav zu sein, und wußte genug über Männer, um zu erkennen, daß es Tom durchaus nicht lieb wäre, den ganzen Weg bis London eine Schwägerin begleiten zu müssen, die unter dem ganzen Elend des Heimwehs und der Strohwitwenschaft litt. Als er in den Gasthof zurückkehrte, fand er sie im Salon am Fenster sitzen und die belebten Kais beobachten. Ihre Augen waren ziemlich rot, aber er war zu aufgeregt, um es zu bemerken, und fand nichts an ihrem Verhalten auszusetzen, das etwas still, aber durchaus heiter war.

Er hatte eine vierspännige Postchaise gemietet, die sie nach London bringen sollte, und nun beschäftigte ihn die Frage, in welchem Hotel Juana absteigen konnte.

«Weißt du, wir werden erst spät in London ankommen», sagte er. «Bestimmt würde Harry wünschen, daß ich dich ins Grillon oder Fenton bringe, denn er sagte, du sollst alles vom Besten haben, aber die Sache ist, daß wir nicht viel Geld haben, bis ich meinen Vater treffe, und diese großen Hotels sind verteufelt teuer.»

«Oh, bring mich nicht in ein großartiges Hotel!» bat Juana. «Ich habe einige Damen beobachtet und weiß, daß mein Kleid ganz unmodern ist.»

«Nun, ich muß sagen, ich würde es vorziehen, in einen guten Gasthof zu gehen, aber die Sache ist nur – würdest du dich dort wohlfühlen?»

Darüber mußte sie lachen. «O Tom, wie närrisch von dir! Erinnerst du dich an das Bauernhaus in Pobes, wo ich auf dem Tisch schlief, wegen der Wanzen?»

«Also das jedenfalls wirst du nicht müssen!» grinste Tom. «Der Postillion sagt, die Kutschen setzen Passagiere beim ‹Angel›, bei St. Clement's-in-the-Strand, ab, einem erträglichen Haus. Sollen wir wenigstens für eine Nacht dorthin gehen?»

Sie stimmte durchaus zu, daher wurde dem Postillion aufgetragen, sie zum «Angel» zu bringen, und los ging es.

Der «Angel» stellte sich als ein vielbesuchter, von fröhlichem Treiben erfüllter Gasthof heraus, und sein Besitzer war es zu sehr gewöhnt, daß an seiner Tür schäbige, sonnverbrannte Offiziere aus Spanien abgesetzt wurden, um die Ankunft eines Herrn in einer grünen Jacke und einem schwarzen Tschako in irgendeiner Hinsicht bemerkenswert zu finden. Die Entdeckung, daß die Gefährtin des Herrn eine spanische Dame war, war jedoch etwas völlig Ausgefallenes, und Juana wurde derart angestarrt, daß sie leicht rot wurde. Daraufhin mußte Tom erklären, daß sie nicht seine Frau, sondern seine Schwägerin war, deren Gatte nach Amerika gegangen war; und der Wirt hielt dies offenkundig alles für sehr seltsam und sagte, er jedenfalls halte nichts von diesem amerikanischen Krieg, der sich endlos weiterzog, und wenn jemand seine Meinung hören wollte, je früher er vorüber sei, desto besser. Da er seit Jahren gewöhnt war, Ausländer als Gäste zu haben, konnte er etwas schlechtes Französisch, aber keines der Stubenmädchen verstand mehr als die paar englischen Wörter, die Juana kannte. So mußte sie ihre Wünsche durch Zeichen bekanntgeben, und sie begann sich immer mutloser zu fragen, wie sie wohl in London zurechtkommen sollte, wenn einmal Tom nicht mehr bei der Hand sein würde, um als ihr Dolmetscher zu fungieren.

Sie verbrachten den nächsten Vormittag damit, sich um eine passende Unterkunft umzusehen. Juana war von der Größe Londons ganz verstört. Alle Straßen schienen voll vom Verkehr der Sänften, Droschken, eleganten Landauer und Sportwagen, die einander anscheinend von allen Seiten bedrängten, während geschniegelte Herren zu Pferd sich ihren Weg durch die Menge der Fahrzeuge suchten. Die Läden waren sehr schön, besonders in der Bond-Street, wo Juana und Tom die Elite der mondänen Welt promenieren sahen und Juana sich wie eine Landpomeranze vorkam. Als sie jedoch zufällig in einer Auslage einen reizenden Hut aus Seidenstroh mit apfelgrünen Bändern entdeckte, bestürmte sie Tom, mit ihr in den Laden zu gehen und ihn zu kaufen. Er sagte, er käme sich in Hutläden wie ein Narr vor, aber Juana erinnerte ihn mit lähmender Freimütigkeit daran, daß er sich in Toulouse nicht als Narr gefühlt zu haben schien, als er für die Dame, die damals unter seinem Schutz gelebt hatte, ein Angoulême-Häubchen aus Garnnetz erstand.

«Jetzt aber, Juanita – sprich um Gottes willen nicht so!» bat Tom. «Weißt du, in England geht das nicht! Die Leute würden es nicht verstehen. Du mußt alle diese Halbseidenen vergessen, wirklich, das mußt du!»

«Nun, ich will mich ja gar nicht an sie erinnern», sagte Juana. «Ich hielt ohnehin dein besonderes Stückchen Halbseide für eine sehr ordinäre Person.»

«Du hast sie nie auch nur von fern gesehen!»

«O doch. Ich habe dich mit ihr im Theater gesehen, und Harry erzählte mir, daß sie deine Mätresse war.»

«Also auf mein Wort, das ist doch ein feiner Bruder!» sagte Tom empört. «Du wirst das aber nicht meiner Familie erzählen, nicht wahr, nein?»

«Nein, natürlich nicht, du Dummer! Aber kann ich den Hut haben?»

«Oh, also gut!» antwortete Tom. «Aber es ist schon drei Uhr, und wir haben immer noch keine passende Unterkunft für dich gefunden, und da willst du jetzt Hüte kaufen!»

Aber es stellte sich heraus, daß Juanas Wunsch, einen Hut zu kaufen, ein höchst glücklicher Einfall war, denn sobald sie den Laden betrat, entdeckte sie, daß die Hutmacherin eine Französin war, und begann sofort ein Gespräch mit ihr. Madame Céleste war von ihrer Geschichte sehr ergriffen, und als sie hörte, daß sie eine Unterkunft suchte, empfahl sie ihr sofort, zum Panton Square zu gehen, wo auf Nr. 11 eine französische Emigrantin lebte, eine höchst ehrenwerte Witwe mit fünf Kindern, die ihre schmalen Mittel damit streckte, daß sie ein oder zwei ausgesuchte Besucher in Pension nahm.

Die Aussicht, bei einer Frau zu wohnen, die imstande war, sich mit ihr zu unterhalten, machte Juana gleich viel heiterer. Tom, der entdeckte, daß Panton Square ganz nahe am St. James Square lag, verkündete, die Lage sei sehr akzeptabel – ja sogar in einem höchst vornehmen Viertel –, so daß, kaum war der Seidenstrohhut bezahlt und in eine Tragschachtel verpackt, eine Droschke gerufen wurde und sie voller Hoffnung zum Panton Square fuhren.

Als die Droschke auf den Platz einbog, stellte sich heraus, daß es eher eine stille kleine Sackgasse denn ein Platz war, auf drei Seiten von schmalbrüstigen Häusern aus verwitterten Ziegeln umgeben, jedes mit einem kleinen Vorplatz, säuberlich von einem Eisengeländer eingezäunt. Einige Häuser waren etwas größer, die Eingangstüren von Schiebefenstern flankiert; Nr. 11 war, wie sich herausstellte, ein bescheidenes dreistöckiges Wohnhaus mit einer Reihe von Schlafzimmerfenstern im Dach und einer grünen Eingangstür mit einem blanken Messingklopfer. Die flache Türstufe war blendend weiß und die Vorhänge im Fenster rein, was in den anderen Unterkünften, die sich Juana schon angesehen hatte, nicht immer der Fall war.

Wie es das Glück haben wollte, konnte Madame Dupont Juana ein paar erträgliche Räume im ersten Stock anbieten. Ihre Bedingungen waren für die Gattin eines Offiziers, der sieben Jahre lang damit beschäftigt gewesen war, mitzuhelfen, den Ruin des korsischen Ungeheuers herbeizuführen, höchst vernünftig. Madame war sehr mitfühlend, als sie von Juanas temporärem Witwentum hörte, und versicherte Tom insgeheim, er müsse sich keine Sorgen machen, wenn er seine Schwägerin in ihrer Obhut zurückließ.

Da der «Angel», der am Hafen lag, ein lärmender Gasthof war, wo man in der Nacht kaum schlafen konnte, vereinbarte man, daß Juana unverzüglich zum Panton Square übersiedeln würde.

Tom, der seine Ankunft in England den Sanitätsbehörden der Armee melden mußte, war erleichtert, einen sicheren Hafen für Juana gefunden zu haben. Er versprach, sie oft zu besuchen, wenn ihn die Ärzte nicht ins Krankenhaus spedieren würden, warnte sie, daß sie sehr wahrscheinlich von seiner verheirateten Schwester besucht werden würde, die gleich vor London, in Clapton, lebte; befahl ihr, ein braves Mädchen zu sein, küßte sie brüderlich und begab sich von dannen.

Er wurde nicht zu einem Aufenthalt im Hospital verurteilt, aber da sich Juana in ihrer Unterkunft ganz behaglich zu fühlen schien, dachte er, er sollte doch ins Cambridgeshire reisen, um seine Familie zu besuchen. Obwohl Juana das Gefühl hatte, daß ihr damit die letzte Stütze genommen wurde, sagte sie tapfer, natürlich müsse er fahren. Da sie sehr wohl seine eingefleischte Sünde kannte, fügte sie hinzu, ziehe man in Betracht, daß er seinem Vater und seinen Schwestern jahrelang nicht geschrieben hatte, sei es das wenigste, was er tun konnte, sie unverzüglich zu besuchen.

«Du weißt ja – wenn du gern mitkommen möchtest, wären sie entzückt, dich zu sehen», schlug er ihr vor.

«O nein! Bitte, nein, Tom!» sagte sie. «Ihr seid eine so große Familie, und ich habe direkt Angst vor ihr!»

«Nun, ich muß zugeben, du hast recht, aber wir sind nur elf, außer Großmama und den Tanten. Und Stona ist jetzt verheiratet, ebenso Alice, wie du weißt; und meine Schwester Eleanor schreibt, daß Charlie fast ganz bei meinem Onkel Davie lebt.»

Aber selbst diese Versicherung konnte Juana nicht dazu bewegen, ihn zu begleiten. Statt dessen schickte sie ihrem Schwiegervater ihre ergebensten Grüße und den Schwestern die Kleinigkeiten, die Harry für sie in Bordeaux erstanden hatte, trieb Tom auf seinen Weg und beschwor ihn, seiner Familie zu erklären, warum sie in London blieb.

2

Als Tom nach Whittlesey abgereist war, genoß Juana den Luxus, sich in der Abgeschlossenheit ihres Schlafzimmers bitterlich auszuweinen, dann badete sie resolut ihre verschwollenen Augen und beschloß, sofort Englisch zu lernen. Madame Dupont dachte – ganz natürlich –, daß eine Frau eine bessere Lehrerin für ihren jungen Gast wäre als ein Mann; aber nachdem Juana mehrere deprimierende Stunden in der Gesellschaft einer vornehmen alten Jungfer verbracht hatte die viele Jahre lang in einer Schule für höhere Töchter angestellt gewesen war, verkündete Juana, daß sie Männer lieber hatte als Frauen und bat Madame, sich um einen passenden Professor für sie umzuschauen. Miss Price tat etwas beleidigt, als ihr Juanas Entschuldigungen übermittelt wurden, aber in Wirklichkeit war sie ganz erleichtert, eine Schülerin loszuwerden, deren Ungezwungenheit geradezu an Unanständigkeit grenzte. Da die wenigen englischen Ausdrücke, die Juana beherrschte, zum größten Teil von den Soldaten der Leichten Division aufgelesen waren, war es kein Wunder, daß die arme Dame zu einem gewissen Grad bestürzt war. Natürlich waren ihr die besonderen Umstände erklärt worden, aber die bloße Vorstellung, daß eine Frau der Trommel folgte, war für sie so abstoßend, daß sie die Meinung nicht loswurde, Juana müsse eine sehr unvornehme junge Person sein.

Als nächsten Lehrer fand Madame Dupont für Juana Mr. Frederick Stone, einen ältlichen Herrn mit Sinn für Humor, mit dem Juana, wie sie verkündete, sehr zufrieden war. Er ließ sie Thompsons «Seasons» laut vorlesen, und während ihre Zunge mit den schwierigen englischen Wörtern kämpfte, folgte ihre Phantasie Harry über den Atlantik oder weilte wieder in den Pyrenäen. Sie konnte fast den Ruf an die portugiesischen Wachen hören: *«Sentre alerte? – Alerte soy!»*, und kehrte in die unglückliche Gegenwart nur gelegentlich zurück, um zu entdecken, daß Mr. Stone ihre falsche Aussprache eines Wortes korrigierte.

Mehrere verwundete Bekannte von der Leichten Division weilten in England, und sie erhielt Besuch von jenen, die gut genug beisammen waren, um in der Stadt spazierenzugehen; aber die meisten waren auf Urlaub nach Hause in die verschiedenen Teile des Landes gegangen; und es waren auch mit Ausnahme von Oberst Ross vom 3. Bataillon eigentlich keine engen Freunde unter ihnen.

Sie lernte es bald, sich in den sie überwältigenden Straßen Londons zurechtzufinden, und pflegte Madame Dupont oft auf ihrem Einkaufsbummel zu begleiten. Sie wollte nicht zugeben, daß London mit Madrid zu vergleichen war, aber insgeheim war sie doch sehr beeindruckt und war ganz atemlos, als Madame sie zum Pantheon Bazar in der Oxford Street mitnahm. Den Hyde-Park fand sie sehr hübsch, aber als sie dort spazierenging und die eleganten Damen von London in ihren durchsichtigen Gewändern dahinschweben sah, am Arm von Dandies, die alle die «Grafen» in der Armee in den Schatten gestellt hätten, fühlte sie sich sehr einsam und mußte manchmal fest blinzeln, um die Tränen zurückzuhalten, die ihr in die Augen stiegen.

Als Tom von Whittlesey zurückkam, begrüßte sie ihn in Englisch und sagte stolz: «'ow du you do?», worüber er sehr lachen mußte.

«Lak mik nikt aus!» schalt sie. «Ik sprekke sehr gutt schon! Aber jetzt wollen wir, bitte, wieder spanisch sprechen. Hast du deinen Vater gesund angetroffen? Haben sich deine Schwestern gefreut, als sie dich wiedersahen?»

Ja, Tom war viel wärmer begrüßt worden, als es ein derart nachlässiger Sohn verdiente, aber er sagte, es sei traurig gewesen, sein Zuhause ohne die Mutter wiederzusehen. Betsy jedoch war eine großartige Hausfrau, Eleanor – die liebe träumerische Seele – war ganz die alte, und die kleine Anna war unglaublich gewachsen.

«Sie ist dir ziemlich ähnlich, nur älter, natürlich. Sie alle schicken dir liebe Grüße, und Eleanor – sie ist unsere Gelehrte, mußt du wissen – gab mir einen Brief für dich mit, in Französisch. Mein Vater möchte so gern, daß du hinkommst und bei ihnen lebst, aber ich sagte, das sei ganz aussichtslos. Meine Schwestern würden dich für ihr Leben gern sehen! Ich mußte dich immer wieder beschreiben, und Betsy sagte, sie sei überzeugt, daß du ein Frauenzimmer von edelstem Charakter seist! Ein guter Witz, was, Juana? Sie haben ziemlich Angst, daß du so wie die hochnasigen spanischen Damen bist, von denen man liest. Sie sind um nichts in der Welt zu überzeugen, daß nicht alle Spanierinnen so sind. Und dann sprechen sie natürlich deinen Namen falsch aus, das J so wie wir Engländer es aussprechen. Es klang ziemlich komisch und nicht ein bißchen nach dir. Und jetzt muß ich nach Clapton hinaus und meine Schwester Sargant besuchen. Das ist sehr lästig, aber ich habe es Vater versprochen.»

«Ja natürlich, aber erzähl mir, Tom: sind die Pferde in Whittlesey? Geht es Tiny gut?»

«Oh, beim Zeus, fast hätte ich darauf vergessen! Mein Vater trug mir auf, dir zu sagen, daß Tiny großartig beisammen ist, aber er staunt, daß Harry dich auf einem so ungebärdigen Pferd reiten ließ. Old Chap ist immer noch nicht gut beisammen. Vater fürchtet, daß er nie wieder viel taugen wird, aber es macht nichts, er hat ein Jagdpferd im Auge, das genau das richtige für Harry wäre.»

«Und die Hunde? Geht es ihnen gut?»

«Ja, und Lola hat wieder geworfen, und meine Schwestern sind ganz verrückt mit den Jungen. Ich sagte ihnen, sie würden sie verziehen, wenn sie sie abknutschen und verwöhnen, aber natürlich kümmern sie sich nicht darum, was ich sage.»

Er fuhr bald nachher zu seiner Schwester, nicht aber ohne vorher Juana noch ritterlich zu dem Aufzug der alliierten Souveräne begleitet zu haben, die zu einem Besuch des Prinzregenten nach London gekommen waren. Tom mietete ein Fenster, stimmte aber Juana zu, daß es kaum die Ausgabe wert gewesen war, weil nicht eine der glänzenden Persönlichkeiten, die den jubelnden Massen gnädig zuwinkten, der alten Krummnase ein Glas Wasser reichen konnte.

Seine Lordschaft hatte einen Herzogtitel erhalten und war außerdem zum Gesandten am Hof König Ludwigs XVIII. ernannt worden. Da sich Napoleon unter höflicher Aufsicht nach Elba zurückgezogen hatte, hätte man annehmen können, daß die Sorgen Seiner Lordschaft zu Ende waren. Jedoch nichts dergleichen! Ferdinand VII., wieder als König eingesetzt, hatte sich kaum in Madrid etabliert, als er sich schon in der lästigsten Weise aufzuführen begann, die Cortes auflöste, die Inquisition wieder einführte und die *Liberales* härtestens verfolgte. Wenn Ferdinand entschlossen war, als Despot zu regieren, gab es nur eins: der Feldmarschall, Herzog von Wellington, mußte als Gesandter mit unbeschränkter Vollmacht nach Madrid gehen, um ihn zur Vernunft zu bringen. Der Herzog, dessen rigoroses Pflichtgefühl ihm nie erlaubte, einen Dienst abzulehnen, der von ihm zum Wohl des Staates verlangt wurde, nahm den Auftrag an, war aber am Ende eines Aufenthaltes voller Schmeicheleien, Bankette und Aufzüge der Meinung, daß er sehr wenig ausgerichtet hatte.

Als er nach Frankreich zurückkehrte, verabschiedete er sich in Bordeaux in einem Tagesbefehl vom 14. Juni von seiner Armee. Er kam in London am 23. an und schloß sich in Portsmouth dem Prinzregenten, dem Kaiser von Rußland und dem König von Preußen – ganz zu schweigen von Marschall Blücher – an, um dort eine Flottenparade abzunehmen.

Während Juana diese Neuigkeit mühsam aus der Gazette buchstabierte, sagte sie, es sei natürlich erfreulich, daß der Krieg endlich vorbei war, jedoch der Gedanke daran, daß der Squire Abschied von der Armee nahm, so traurig sei, daß man sich fast wünschte, der Friede wäre nicht geschlossen worden.

«Der Squire?» sagte Mr. Stone.

«Oh, so nennen nämlich wir Lord Wellington!» sagte Juana erhaben.

Ein feines Lächeln zuckte um Mr. Stones Lippen; er hatte seine Schülerin noch nie so angeregt erlebt, denn im allgemeinen war sie ziemlich teilnahmslos und neigte dazu, tieftraurige Seufzer von sich zu geben. Er bemerkte, daß ihre traurigen Augen hell wurden, sobald sich das Gespräch Armeeangelegenheiten zuwandte, und so holte er sie ein bißchen aus, indem er sie fragte, was die Armee von all den neuverliehenen Pairswürden hielt. «Lord Niddry – Sir John Hope, zum Beispiel!» sagte er.

Niddry wurde mit einem Achselzucken abgetan. «Wir wissen nicht viel über Hope, aber Tatsache ist, daß er bei Toulouse gefangengenommen wurde, worüber wir Light Bobs natürlich sehr lachten. Und was Cotton betrifft, den sie zu einem Lord Combermere gemacht haben, so weiß jeder, daß er schon vor Monaten und Monaten eine Pairswürde haben wollte und sehr böse war, weil er sie nicht bekam. Wir nennen ihn den Lion d'or, müssen Sie wissen, aber er führt unsere Kavallerie sehr gut. Und alle sagen, Graham verdiene alles, weil er ein vorzüglicher Soldat ist, obwohl natürlich nicht mit Wellington zu vergleichen, der es sich, versichere ich Ihnen, aber auch nie und nimmer erlaubt hatte, bei Bergen-op-Zoom zu versagen! Aber der arme Sir Thomas – ich meine Lord Lynedoch – verließ uns, weil er blind wurde, und es war durchaus nicht fair, ihn nach Holland als Verantwortlichen dieser Expedition zu schicken. Was Väterchen Hill betrifft, so sagt mein Mann, daß er ein äußerst fähiger General ist, und ich bin überzeugt, daß sich Harry freuen wird, wenn er von dieser Pairswürde hört. Aber ich weiß, er wird sagen, daß der liebe Colborne mehr verdiente, als gerade nur zu einem Adjutanten des Prinzregenten ernannt zu werden. Denn es gibt überhaupt niemanden wie Colborne!»

Ihre ausdrucksvollen Augen funkelten, aber die bloße Erwähnung von Harry und Colborne erinnerte sie sofort an ihre Schicksalswende, und sie mußte sich abwenden, um vor ihrem Lehrer zu verbergen, wie ihr die Tränen in die Augen schossen.

Leute, die gern in den Skandälchen der Hocharistokratie schwelgen, waren erbaut, als sie im Juli lasen, daß Prinzeß Charlotte ihren Freier, den jungen Prinzen von Oranien, kurzerhand weggeschickt hatte. Da Juana sich nicht im geringsten für die Prinzessin interessierte, sagte sie nur, der Prinz von Oranien sei ein Flederwisch, der immer wie erschrocken dreinschaute und kein Kinn hatte; und sie jedenfalls könne es Charlotte nicht verdenken, daß sie ihn abgewiesen hatte.

Es gab immer noch keine Nachrichten von der Ankunft des Expeditionskorps Ross in Nordamerika. Juana wurde allmählich von bösen Träumen über Schiffbrüche gequält. Sie fühlte sich von Harry so gänzlich abgeschnitten, und manchmal verfolgte sie die Angst, ihn nie wieder zu sehen, derart, daß sie sie nicht abschütteln konnte. Sie vermißte ihn auf Schritt und Tritt, so daß sie das Gefühl hatte, nur mehr halb zu leben.

Das war auch der Eindruck, den Mrs. Sargant von ihr gewann, als sie sich gegen Ende Juli nach London fahren ließ, eigens um ihre Schwägerin zu besuchen.

Mrs. Sargant war zwar nur fünfundzwanzig Jahre alt, aber ihr entschiedenes Benehmen und die natürliche Atmosphäre von Entschlossenheit, die einer verheirateten – wenn auch noch jungen – Frau zukam, ließ sie viel älter wirken. Sie sah Harry sehr ähnlich und hatte etwas von seiner schnellen Art zu sprechen. Als sie in Juanas Salon geführt wurde, in ihrem besten Umhang, ihrem Kleid aus französischem Musselin, in der einen Hand einen absurd kleinen Sonnenschirm, sah sie, daß ihre Gastgeberin wider Willen instinktiv hinter den Tisch zurückwich und so jung und verschreckt dreinschaute, daß Mrs. Sargant kaum glauben konnte, wirklich Harrys Frau vor sich zu haben. Sie rief erstaunt aus: «Ist das möglich? Können Sie wirklich meine Schwägerin sein?»

«Ich bin Juana Smith», sagte Juana und war sich ihres schlichten, losen Hauskleides und bloßen Kopfes unbehaglich bewußt.

«Meine Liebe! Sie müssen entschuldigen! Aber ich habe Sie mir – anders vorgestellt, obwohl warum eigentlich, weiß ich selber nicht. Erlauben Sie, daß ich mich Ihnen vorstelle – ich bin Harrys Schwester Alice. Sicher hat er Ihnen von mir erzählt.»

Juana murmelte ja, aber es war Tom, nicht Harry gewesen, der von Mrs. Sargant gesprochen hatte. «Alice», hatte Tom gesagt, «ist der einzige Mensch, vor dem Harry Respekt hat.»

Keine sehr ermutigende Einführung, und Mrs. Sargants forsche, kompetente Art trug nichts dazu bei, Juanas nervöse Ängstlichkeit zu beschwichtigen. Die beiden Damen umarmten einander, nahmen rechts und links vor dem leeren Kamin einander gegenüber Platz und begannen eine mühsame Konversation, die – da Juana die englische Sprache immer noch recht mangelhaft beherrschte – sehr schnell in Fragen und einsilbige Antworten mündete.

Mrs. Sargant, die sich vergeblich bemühte, in ihrer schüchternen Gastgeberin einen Funken zu entzünden, schrieb sie insgeheim als dumm ab und fragte sich, was denn Harry eigentlich an ihr gefunden hatte. Sie war – wahrscheinlich – hübsch, aber ohne Leben. Ihre Stimme war sicherlich gut, sehr tief und melodiös, ihre Gestalt entschieden elegant, ihre Knöchel besonders hübsch geformt; aber was war an alledem daran, daß sich Harry Hals über Kopf in dieses Kind verliebt hatte? Natürlich mußte man ihr zugestehen, daß sie sich nicht in Englisch ausdrücken konnte, aber Mrs. Sargant meinte, sie hätte sich doch anstrengen können, Fragen, die ihr in bezug auf Harry gestellt wurden, etwas ausführlicher zu beantworten. Sie entdeckte ein gewisses Steifwerden, sobald sie den Namen ihres Bruders erwähnte, und erriet nicht, daß es ein übervolles Herz verbarg.

Gerade als sie sich fragte, ob sie sich mit Anstand von dieser enttäuschenden Schwägerin verabschieden konnte, öffnete das Dienstmädchen die Tür und meldete die Ankunft zweier Herren. Gleich darauf trat ein sehr großer Offizier ein, gefolgt von einem kleineren und viel stämmigeren, beide im grünen Rock der Riflemen, und Juana sprang mit einem Freudenschrei auf.

«O Johnny! O George! O meine lieben Freunde! Daß ich euch wiedersehe!»

Mrs. Sargant sah beträchtlich verwundert, wie sich das steife Mädchen von vorher im Handumdrehen in ein Geschöpf verwandelte, das vor Lebendigkeit glühte. Ein derartiges Wirrwarr von Spanisch brach aus, daß Mrs. Sargant verblüfft war. Sie erschrak, als sie sah, daß Juana doch tatsächlich die Besucher küßte, ihnen die Arme um den Hals warf und Tränen auf die Verschnürung ihrer Umhänge vergoß.

«Arme kleine Seele! Na, na!» sagte George und tätschelte ihr die Schulter.

«Aber Juanita, was würde Enrique sagen, wenn er Sie so weinen sähe?» sagte Kincaid. «Das geht doch nicht! Eine nette Art, alte Freunde willkommen zu heißen!»

«Oh, kümmert euch nicht um mich! Ich bin so überglücklich!» sagte Juana und wischte sich die Augen. «Wann seid ihr gelandet? Wie geht's dem Regiment? Erzählt mir alles, alles!»

«Natürlich wollen wir das, aber Sie haben Besuch», sagte George, der Mrs. Sargant bemerkte.

«Oh, wie ich meine Manieren vergesse!» Juana wandte sich reuig ihrer Schwägerin zu und sagte in ihrem gebrochenen Englisch: «Bitte, Verzeihung! Ich muß vorstellen Señor Kincaid und Señor Simmons, von unsere. Das sein Enriques Schwester, Johnny, Señora – Verzeihung, Mrs. Sargant!»

Obwohl Mrs. Sargant ziemlich entsetzt über den Empfang war, den Juana ihren Freunden geboten hatte, schüttelte sie ihnen gnädig die Hand, und bald saß George neben ihr auf dem Sofa und machte höchst liebenswürdig Konversation während Juana Kincaid eifrig mit Fragen bestürmte. Ging es allen ihren Freunden gut? War Charlie Beckwith in London? War das 52. Regiment mit den Rifles heimgekehrt? War Kincaid das Herz gebrochen, weil er jenes französische Mädchen zurücklassen mußte, in das er sich so schrecklich verliebt hatte, oder hatte er sie mit heimgebracht?

«Nein, nein, ob Sie es glauben oder nicht, ich wurde an unserem letzten Tag in Castel Sarrasin davon geheilt – absolut geheilt, meine Liebe! Ich holte sie und ihre Schwester ein, als sie am Flußufer spazierengingen, und stieg sofort ab, um sie zu begleiten. Mein Pferd folgte auf Zügellänge, und während ich mich höflich mit ihrer Schwester unterhielt, blieb die andere zurück, und als ich mich umschaute, da entdeckte ich, daß sie rittlings auf meinem Pferd saß! Und mit was für Beinen noch dazu! Es war wirklich zu gut –!»

Juanas entzücktes Gelächter ließ Mrs. Sargant mitten in dem Satz, den sie eben zu George sagte, abbrechen und einwerfen: «Es muß für meine Schwägerin eine große Genugtuung sein, daß sie von alten Freunden besucht wird. Wenn ich sie plötzlich so lebhaft sehe, erkenne ich, wie sehr ihr die Trennung vom Regiment nahegehen muß!»

«Nun, darüber weiß ich nichts», sagte George in seiner ehrlichen Art. «In Wirklichkeit liegt ihr kein Deut an irgend jemandem, außer am lieben Harry. Ich muß sagen, ich weiß nicht, wie es ihr gelingt, ohne ihn zu leben. Aber sie ist ja allem gewachsen!»

Sie merkte, daß er eine Juana kannte, die ganz anders war als das schüchterne Mädchen, daß sie empfangen hatte; als sie das Funkeln in den großen Augen sah, die auf Kincaid geheftet waren, die flatternden Gesten von Juanas Händen, entdeckte sie, warum sich Harry in sie verliebt hatte. Sie fragte sich, ob Juanas Reserviertheit vielleicht aus Stolz kam. Man hörte soviel von den Spanierinnen! Harry hatte in einem seiner Briefe Hidalgoblut erwähnt, und hatte in seinem abscheulichen Gekratze einen Namen geschrieben, so lang, daß man nur annehmen konnte, das Kind sei bedrückend hochgeboren. Bedeutete ihr Widerstreben, die Familie ihres Gatten zu besuchen, die Verachtung einer großen Dame für einen Landarzt? Mrs. Sargant hoffte, daß in diesem kleinen Lockenkopf keine so unsinnigen Vorstellungen wohnten, und beschloß, als sie sich erhob, um sich zu verabschieden, daß sie ihr Urteil vorderhand verschieben mußte. Sie erhielt einen schüchternen Kuß von ihrer Schwägerin, eine gestammelte Entschuldigung, daß sie nur einige wenige Worte Englisch sprach, und ging mit der Überlegung fort, daß das Kind, wenn es lächelte, wirklich entzückend hübsch war.

«Jetzt können wir es uns endlich gemütlich machen!» sagte Juana, als sich die Tür hinter Mrs. Sargant geschlossen hatte.

3

Sowohl George wie Kincaid gingen auf Urlaub heim, Kincaid Rebhühner in Schottland schießen, George, um seine Bekanntschaft mit allen seinen zahlreichen Brüdern und Schwestern zu erneuern; aber bevor sie London verließen, beschlossen sie, Juana zu Ehren einen Ausflug nach Vauxhall zu unternehmen. «Nur müssen wir noch eine zweite Dame auftreiben», sagte George.

«Oh, Johnny wird leicht eine finden!» sagte Juana. «Das tut er immer!»

«Nein, nein, das geht nicht!» antwortete George. «Sie sagen immer Sachen, Juanita! Es muß natürlich ein anständiges Frauenzimmer sein.»

«Aber solche kennt ihr doch nicht!» wandte Juana ein.

Eine Weile schien es, als würde aus dem Vauxhall-Plan nichts werden, aber zum Glück hatte Juana den guten Einfall, Madame Dupont einzuladen. Madame war entzückt, und zwei Tage später brachen alle vier fröhlich auf, um einen Abend jenseits der Themse zu verbringen, ein großartiges Feuerwerk mitzuerleben und sich in einer Loge zu einem gemütlichen Abendessen mit Schinkenschnittchen und Arrakpunsch niederzulassen. Da Juana noch nie ein Feuerwerk gesehen hatte, war sie über die platzenden Raketen so aufgeregt und klatschte beim Schlußbild so begeistert, daß es einen glücklich machte, wie George Kincaid anvertraute, allein ihr Vergnügen zu beobachten.

Als diese beiden treuen Freunde die Stadt verließen, war Juana schrecklich traurig, daß sie sich von ihnen trennen mußte, wurde aber bald durch die Ankunft Charlie Beckwiths abgelenkt. Er war ein so enger Freund Harrys, daß sie sogar noch entzückter war, ihn zu sehen. Sie genossen lange Diskussionen der Frage, wie weit die «Royal Oak» vermutlich schon über den Atlantik gekommen war, wobei Charlie Juana fest versicherte, sie würde in Kürze Nachricht von Harry haben.

Um nicht hinter ihren ersten Besuchern zurückzustehen, lud Beckwith Juana in Astley's Royal Amphitheatre ein, zu einem «Großen romantischen Spektakel des Kataraks des Ganges», eingerahmt von einem Doppel-Drahtseilakt und verschiedenen Reiterkunststücken; so daß Juana meinte, wenn bloß Harry bei ihr wäre, dann wäre London vielleicht trotz allem keine so große, langweilige Stadt.

Die Heimatgarnison des 95. Regiments war Kent, und man erwartete, daß es mit Ausnahme der wenigen Kompanien, die mit Graham in Holland waren, in Dover überwintern würde. Aber bis dahin waren immer ein oder zwei Offiziere in der Londoner Kaserne zu finden, außer jenen, die ihre Wunden ärztlich versorgen lassen mußten.

London wurde, was die große Gesellschaft betraf, immer leerer, selbst für die unerfahrenen Augen Juanas. Wenn sie Vitty auf Spaziergänge in den Hyde Park führte, gab es kaum mehr hochrädrige Phaetons zu sehen, die dahinschwankten, keine Landauer, keine Jagdwagen, von bekannten Sportfahrern gelenkt. Selbst die Spaziergänger schienen aus einer anderen Gesellschaftsklasse zu kommen. Die Oberen Zehntausend, die schon im Juni von London nach Brighton oder Worthington oder Cromer zu verreisen pflegten, waren Ende Juli ganz aus London verschwunden.

Auch die Prinzessin von Wales verschwand, sehr zur Erleichterung des Regenten. Sie hatte beschlossen, eine Zeitlang ins Ausland zu gehen, und schiffte sich am 8. August in Worthington ein. Der Regent hoffte, vielleicht mit etwas Phantasie und Klugheit verhindern zu können, daß sie überhaupt je wieder nach England zurückkehrte. Das konnte man ihm wirklich kaum verübeln, denn mit ihren sonderbaren Eigenbröteleien, der fragwürdigen Art ihres Haushalts in Kensington, dem subversiven Einfluß, den sie auf Prinzessin Charlotte ausübte, und der beklagenswerten Gewohnheit, die sie angenommen hatte, ausgerechnet in der Loge ihm gegenüber im Theater zu erscheinen, war ihre ständige Anwesenheit in England zu einer ernsten Verlegenheit geworden. Der Prinzregent war sicherlich kein Mustergatte, aber als die britische Öffentlichkeit, gerührt von dem Anblick einer verlassenen Gattin, Caroline an ihr mitfühlendes Herz genommen hatte und doch tatsächlich pfiff, wenn er in der Öffentlichkeit erschien, hatte er das Gefühl, daß es keine größere Ungerechtigkeit geben könne. Wenn man Berichten glauben konnte, hatte es sich Caroline angewöhnt, den daran Interessierten eine skandalöse Beschreibung ihrer Hochzeitsnacht zu liefern; und stempelte unumwunden ihre eigene Tochter zu einem Bastard, indem sie verkündete, sie habe stets Mrs. Fitzherbert für seine eigentliche Gattin gehalten.

Madame Dupont, die sich zu erinnern wußte, wie hübsch der Prinzregent war, bevor er so fett wurde, neigte dazu, sentimental seine Partei zu ergreifen, und Juana hatte es schon ganz satt, sich von ihr Hofnachrichten aus der Gazette vorlesen zu lassen. Sie interessierte es mehr, daß Lord Fitzroy Somerset kürzlich eine der reizenden Nichten des Herzogs von Wellington geheiratet hatte, Lady Emily Wellesly Pole; aber die einzigen Nachrichten, die sie wirklich begrüßt hätte, wären Neuigkeiten aus Amerika gewesen – und die gab es nicht.

Sie sah Mrs. Sargant nicht wieder, weil ihre Schwägerin über den August nach Cromer gefahren war. London war unerträglich heiß und staubig geworden; es gab soviel Fliegen wie in Portugal; und die Straßen in den ärmeren Vierteln rochen von dem angehäuften Mist in den Rinnsälen so übel, daß sich alle nach einem Regentag sehnten, damit der Schmutz weggewaschen würde. Ein Fremder in London konnte nichts anfangen, als in den heißen Straßen zu bummeln und Auslagen anzuschauen, im Park herumschlendern, die Baywater Tea Gardens oder die Botanischen Gärten besuchen – und das waren Unterhaltungen, die bald langweilig wurden. Juana dachte, wieviel vergnüglicher es war, den Sommer auf Feldzügen unter dem sengenden spanischen Himmel zu verbringen, und fragte sich niedergeschlagen, wie viele Jahre es wohl dauern würde, bis sie Harry wiedersah. Madame Dupont tat solche melancholischen Gedanken nur mit einem Achselzucken ab, aber Juana wußte, daß es nun über fünf Jahre her war, seit Harry den Fuß auf englischen Boden gesetzt hatte. Wenn sich der Krieg mit Amerika hinzog, konnten noch fünf Jahre hingehen, ohne daß er auftauchte.

Dann werde ich einundzwanzig Jahre alt sein, dachte sie und sah das Matronenalter herankriechen.

Der September kam, ohne einen Brief von Harry zu bringen. Er wich in eine Vergangenheit zurück, die ihr allmählich wie ein Traum erschien. Nur die gelegentlichen Besuche ihrer Freunde machten ihr die Spanienjahre wieder zur Wirklichkeit. Die Freunde bemerkten, daß sie die alten Tage nicht mehr erwähnte; sie erklärte schlicht, sie sei dumm, habe aber entdeckt, daß sie weinen mußte, wenn sie über die Vergangenheit sprach.

Aber Harry wurde schnell wieder Gegenwart, als ein Päckchen aus Whittlesey im Panton Square ankam. Die Adresse war in der Handschrift ihres Schwiegervaters, aber als Juana den Umschlag öffnete, fiel ein Brief von Harry heraus.

Das Schreiben war im August von Bermuda abgesandt worden, als die «Royal Oak» dort aufgehalten worden war, weil ein schrecklicher Sturm ihren Besanmast weggeblasen hatte. Harry ging es gut, aber er vermißte seine *queridissima muger* in jedem Augenblick, den der Tag hatte, und sie war in allen seinen Träumen bei Nacht. Sein Geschmier bedeckte Seite um Seite des dünnen, raschelnden Papiers, das bald schlapp wurde, weil es Juana ständig am Busen trug und ständig herauszog, um wieder darin zu lesen.

Harry genoß eine großartige Überfahrt; Admiral Malcolm war der beste Kerl in der Welt; einer der Leutnants, Holmes genannt, war sein besonderer Freund – Juana müsse sich Harry vorstellen, wie er auf dem Deck hin- und herging und Holmes von ihr erzählte –, er war immer so verständnisvoll! Ross war sehr liebenswürdig und väterlich, aber Harry konnte nicht behaupten, er inspiriere ihn zu der Meinung, die Colborne von ihm als Offizier hatte. Er war mit Verantwortung sehr vorsichtig – sogar gräßlich vorsichtig! Harry meinte, es würde sich herausstellen, daß er nicht den tollkühnen Unternehmungsgeist besaß, der für einen Soldaten so wesentlich ist. Er organisierte seine Streitkräfte in drei Brigaden, und Harry war als Stellvertretender Generaladjutant eingesetzt. Admiral Cochrane, der einen zusammengewürfelten Haufen von einhundertsiebzig Fähnchen an der Küste Amerikas befehligte, hatte eine Zusammenkunft, so bald sie nur möglich war, in Chesapeake Bay vorgeschlagen. Die Preise in Bermuda waren hoch: was meinte Juana dazu – fünfzehn spanische Dollar für einen einzigen elenden Truthahn?

In dem ganzen Brief stand kein Wort über eine mögliche Rückkehr nach England. Ja aber, wie sollte es das auch, wenn Harry noch nicht einmal in Amerika angekommen war?

Tränen benetzten die dünnen Blätter und wurden sorgfältig abgewischt. Vitty sprang Juana auf den Schoß, leckte ihr die Hände und bat sie mit angelegten Ohren und wedelndem Schwänzchen, doch nicht zu weinen.

«Jaja, Vitty, ein Brief vom Herrchen! Oh, meine kleine *perrilla* – wann werden wir Herrchen wiedersehen?»

4

Im Lauf des Nachmittags am 20. September ging die «Iphigenia» vor Spithead vor Anker, und sehr bald machte das Gerücht die Runde durch Portsmouth, daß sie drei Offiziere an Bord hatte, die Depeschen von Chesapeake heimbrachten. Ein Marinehauptmann und zwei Stabsoffiziere der Armee, einer anscheinend krank, kamen im Boot des Kapitäns an Land und begaben sich in die Georgstaverne. Die Neuigkeit kam einem Mr. Meyers zu Ohren, Generalagent, Schneider und Ausrüstungskaufmann für die Armee; der Gentleman nagte nachdenklich an der Fingerspitze und verkündete der Frau seines Herzens geheimnisvoll, daß da ein kleiner Profit in der Neuigkeit stecken könnte, und stürzte davon, um die Namen der Offiziere im «George» auszukundschaften.

Er entdeckte, daß sie bereits eine vierspännige Kutsche bestellt hatten, die sie nach London bringen sollte. «Wer die wohl sind», sagte er einladend.

Der Wirt wußte genau, wer sie waren: «Hauptmann Wainwright von der ‹Tonnant›; Hauptmann Smith, dem General Ross zugeteilt; und Hauptmann Falls vom Zwanzigsten», antwortete er.

«Ah!» sagte Mr. Meyers und strahlte auf. «Wenn das Hauptmann Harry Smith von den 95ern ist, dann kenne ich ihn. Ich will in den Kaffeesalon gehen.»

Das tat er denn auch. Hauptmann Wainwright war nicht da, aber ein militärischer Gentleman stand am Fenster und hielt eine der unverkennbaren Kassetten unter dem Arm, während der andere in seinen Mantel gehüllt in einem Stuhl saß.

«Guten Tag, Sir!» sagte Mr. Meyers höflich. «Ich freue mich sehr, Sie gesund in England wiederzusehen. Mein Gott, Sir, ich glaube wirklich, ich habe Sie nicht mehr gesehen, seit ich die Ehre hatte, Sie mit einigen Notwendigkeiten zu versehen, die Sie seinerzeit für Südamerika brauchten. Eine lange Zeit her! Es gibt einem direkt zu denken.»

Harry wandte sich um. Er hatte ein sehr gutes Gedächtnis, und nachdem er einen Augenblick lang Mr. Meyers stirnrunzelnd angeschaut hatte, hellte sich seine Stirn auf und er sagte: «Meyers – der sind Sie!»

«Stets zu Diensten, Sir», verbeugte sich Mr. Meyers. «Als ich hörte, daß Sie mit der ‹Iphigenia› gelandet sind – von Chesapeake, wenn ich recht verstehe? –, nahm ich mir die Freiheit herzukommen, um Sie respektvoll zu begrüßen.»

«Verdammt höflich von Ihnen!» sagte Harry, sofort auf der Hut. Er begegnete einem absurd schelmischen Blick. «Diese kleine Kassette unter Ihrem Arm enthält, wie ich sehe, Depeschen», sagte Mr. Meyers tastend.

«Na und?» sagte Harry. «Was soll's?»

«Wenn», sagte Mr. Meyers schmeichelnd, «Sie mir ganz im allgemeinen sagen, was sie bedeuten – ob gute Nachrichten oder schlechte –, soll es ihrer Mühe wert sein. Ihre Neuausrüstung jetzt, zum Beispiel! Eine teure Angelegenheit, Sir, wie ich sehr gut weiß.»

«Da will ich Sie eher zuerst beim Teufel sehen!» rief Harry, der den starken Wunsch verspürte, seinen Besucher niederzuschlagen. «Was, bitte sehr, würde Ihnen eine solche allgemeine Information wohl nützen?»

«Ich könnte einen Mann zu Pferd zwei Stunden vor Ihnen in London haben», antwortete Mr. Meyers überredend. «Gute Nachrichten oder schlechte auf der Börse – das wäre mein Zweck. Verstehen Sie jetzt, Sir?»

«Vollkommen!» sagte Harry. «Und wenn ich nach Amerika zurückkehre, erwarte ich mir eine erstklassige Ausrüstung von Ihnen für die wertvolle Information, die ich Ihnen gegeben habe. Guten Tag, Meyers!»

Augenscheinlich nicht im geringsten verblüfft, zog sich Mr. Meyers unter Verbeugungen zurück.

«Also, wenn das nicht die Höhe ist!» sagte Tom Falls. «Der alte Fuchs! Hast du vor, noch heute abend in London zu sein?»

«Beim Jupiter, und jetzt erst recht! Das heißt, wenn du die Reise aushältst?»

«O Gott, sorge dich nicht um mich! Ich werde sehr gut durchkommen. Was für eine dumme Sache diese Dysenterie doch ist!»

Zehn Minuten später kam Hauptmann Wainwright, der Marinedepeschen für die Lords der Admiralität trug, in den Gasthof zurück; und um fünf Uhr rollten er, Harry, Tom und West in einer vierspännigen Postkutsche von Portsmouth auf der Straße nach London dahin.

«Ich wollte zu Gott, ich wäre nicht in einer Chaise mit Ihnen gefahren», sagte Wainwright, als Harry das Fenster herabließ und dem Postillion zubrüllte, schneller zu fahren. «Es ist doch nicht nötig, alle Segel zu hissen, Sie Verrückter!»

«O doch!» sagte Harry, zog das Fenster wieder hinauf und wandte seinem Gefährten ein schmales, sonnverbranntes Gesicht zu, in dem die Augen vor Ungeduld zu brennen schienen. «Meine Frau, Wainwright, meine Frau!»

Hauptmann Wainwright griff nach der Schlaufe, um sich festzuhalten, als die Kutsche über eine schlechte Stelle in der Straßc holperte. «Ja natürlich! Ist sie in London?»

«Ich weiß nicht», sagte Harry. «Ich habe mich von ihr in Bordeaux getrennt, vor vier Monaten! Ich weiß nicht, wo sie ist, ob es ihr gut geht, oder – oder ob sie überhaupt lebt!»

Wainwright sah keinen Grund zu der Annahme, daß Juana entweder krank oder verstorben war, aber es war einfach unmöglich, von Harry auch nur die Spur eines vernünftigen Denkens zu erwarten, daher versuchte er erst gar nicht, zu argumentieren, sondern knurrte nur und sagte, er sei durchaus darauf gefaßt, daß die Kutsche ein Rad verlieren würde, bevor sie auch nur den halben Weg zurückgelegt haben würden.

Diese düstere Prophezeiung erfüllte sich zwar nicht, aber als die Kutsche einige Stunden später Liphook erreichte, kletterte Wainwright, dem es bitter leid tat, daß sie keinen Unfall gehabt hatten, steifbeinig vor dem «Anchor»-Gasthof heraus und verkündete seine unwiderrufliche Absicht, zu Abend zu essen.

«Wir werden kaum noch eine Stunde Tageslicht haben», wandte Harry ein.

«Mein fürchterlicher junger Freund, hier und nirgendwo anders gehe ich vor Anker. Verdammich, wenn ich nicht die Nacht hier verbringe!»

«O Sir, sagen Sie das nicht! Denken Sie doch an Ihre kostbaren Depeschen!» bat Harry.

«Wer wird schon mitten in der Nacht Depeschen lesen? Hören Sie auf, herumzuwetzen, oder ich schlafe wirklich hier!»

Harrys Gesicht voll kaum verhüllter Ungeduld rührte jedoch das Herz des Hauptmanns, und nachdem er eine Menge Butterbrote und mehrere Tassen Tee mit einer Menge guter englischer Sahne drin zu sich genommen hatte, willigte er ein, die Reise nach London fortzusetzen.

«Ich muß sagen, ich wollte, Sie beharrten nicht darauf, so schnell zu fahren», bemerkte er resigniert, ohne Hoffnung, gehört zu werden. «Nach den Szenen, deren Augenzeugen wir waren, möchte ich meine Augen an einer sanften Landschaft erquicken.»

«Bei Gott, ich auch», antwortete Harry schnell. «Keine brennenden Dörfer, keine verhungerten Bauern im Elend mehr. Ich habe das sieben Jahre lang genossen. Die Erregung trägt einen Soldaten glücklich durch das alles hindurch, aber an dem hier merkt man erst, was für eine verdammte, verfluchte Sache der Krieg ist!»

«Und auch keine brennende Zitadelle mehr», murmelte Tom aus seiner Ecke.

Die beiden Soldaten tauschten flüchtig einen Blick. Wainwright sagte: «Nun, ich habe das jedenfalls nicht befohlen!»

«Nein. Aber wenn Ross nicht gewesen wäre, hätte euer kostbarer Admiral Cockburn ganz Washington zerstört!» sagte Harry. Wainwright knurrte, das Gespräch verstummte.

Als das Tageslicht verblich, mußte das Tempo langsamer werden, aber gleich darauf ging der Mond auf, und wieder einmal wurde dem Postillion befohlen, die Pferde springen zu lassen. Hauptmann Wainwright bemerkte, daß er lieber in einem Sturm mit der Flut gegen sich in Küstengewässern kreuzen wollte, als in Harrys Gesellschaft reisen, drückte sich in seine Ecke, schloß die Augen und blieb für menschlichen Verkehr unzugänglich, bis die Kutsche in Downing Street hielt. Er verabschiedete sich hier von den beiden jüngeren Männern und machte sich auf den Weg zur Admiralität. Die Kutsche wurde ausbezahlt, weil Falls behauptete, es gehe ihm gut genug, daß er bis zu einem Kaffeehaus zu Fuß gehen könne; Harry lieferte seine Depeschen ab, West nahm die Koffer auf, und alle drei machten sich auf den Weg, eine passende Unterkunft für die Nacht zu finden. Da es inzwischen nach Mitternacht geworden war, fiel die Suche nicht leicht. Jeder Gasthof in der Nähe der Downing Street war besetzt, und Harry, der fürchtete, daß Toms Gesundheitszustand nicht gut genug war, daß er noch länger in der Stadt herumwanderte, überlegte schon, ob es nicht geraten wäre, eine Droschke zu rufen, als sie zum Salopian-Kaffeehaus in der Parliament Street kamen. Es schien ein reines, bequemes Haus zu sein, aber der Kellner, der ihnen entgegenkam, sagte, es tue ihm sehr leid, aber es sei nur mehr ein Schlafzimmer frei, sonst nichts.

«Oh, das genügt vollauf!» sagte Harry. «Alles, was wir brauchen, sind ein, zwei Stunden Schlaf!»

Der Kellner sah zweifelnd drein, übergab sie aber einem Stubenmädchen.

«Nur ein einziges Zimmer, Sir!» sagte dieses Dämchen.

«Genügt, genügt!» erklärte Harry.

«Aber meine Herren, nur ein einziges Bett!»

«Genügt, genügt!» sagte Tom mit einem krächzenden Lachen.

So gingen sie also hinauf, West folgte mit den Koffern; und als sie entdeckten, daß das einzige Bett reichlich mit Decken versehen war, begannen sie unter den entsetzten Augen des Stubenmädchens, die Hälfte des Bettzeugs auf den Fußboden zu breiten.

«Aber was tun Sie hier, Sir?» fragte sie und versuchte, eine Daunendecke vor diesem Schicksal zu retten.

«Ein zweites Bett machen», antwortete Harry. «Fort mit Ihnen – seien Sie nett!»

«Aber Sie können doch nicht auf dem Fußboden schlafen, Sir!»

«Und ob ich kann, beim Jupiter! Das habe ich sieben Jahre lang getan!» sagte Harry, legte ihr die Hände auf die Schultern und drängte sie aus dem Zimmer.

5

Harry war lang vor Tom Falls auf und aß ein hastiges Frühstück unter den Augen eines deprimiert dreinschauenden Kellners, der damit beschäftigt war, die Stühle abzustauben und die Möbel für den Tag zurechtzurücken. Sowie Harry seine Eier mit Speck und seinen Kaffee hinuntergeschluckt hatte, rannte er hinauf, um sich von dem armen Tom zu verabschieden, der immer noch gemütlich im Bett lag, rief eine Droschke, stopfte sich und West hinein und fuhr zu der Kaserne, wo, wie er wußte, einige Kameraden von den Rifles einquartiert waren.

Der Torhüter war überrascht, einen Offizier schon so früh unterwegs zu sehen. Er war nicht sehr schnell von Begriff, und als Harry ihn ansprach und die Namen von Offizieren wissen wollte, die anwesend waren, stand er offenen Mundes da, bis Harry ungeduldig sagte: «Los, Mann, los! Er muß doch wissen, wer drinnen ist!»

«Jawohl, Sir sicherlich weiß ich das. Da ist einmal – Augenblick –, da ist Mr. Dixon und – und Hauptmann Logan.»

«Nein, nicht die Richtigen. Denke Er noch einmal nach!»

«Jawohl, Sir. Und – und – Mr. Fry und Hauptmann Macnamara und Oberst Ross und der junge Mr. Milligan.»

«Moment! Oberst Ross? Welches Regiment?»

«Er trug eine grüne Jacke, als er daherkam», sagte der Torhüter.

«John Ross!» rief Harry aus. «Wo ist sein Zimmer?»

«Oh – aber – Sir! Stören Sie den Herrn nicht – er ist gerade erst schlafen gegangen!»

«Es ist ein Freund», sagte Harry, «ich habe ihn oft genug aus dem Bett geschmissen, und er wird sofort hellwach sein! Los schon, führe Er mich zu seinem Zimmer und beeile Er sich!»

«Nun, Sir, wenn Sie es sagen –» sagte der Torhüter.

Er führte Harry zum Zimmer des Oberst Ross, aber als er diskret klopfen wollte, stieß ihn Harry mit dem Ellbogen beiseite, warf die Tür auf, sprang in das Zimmer und rief aus: «Hallo, Ross! An die Waffen!»

Der Oberst, der nach einer sehr langen Nacht heimgekommen war und friedlich schlief, sprang bei diesem allzu vertrauten Ruf auf, erkannte, wo er war und fragte: «Wer zum Teufel sind Sie?»

«Harry Smith – ruht!» sagte Harry und zog die Vorhänge rücksichtslos auseinander.

«Harry!» rief Ross. «Also meiner Seel! Du alter Schurke, wo kommst du so plötzlich her?»

«Von Chesapeake, mit Depeschen. Wie geht's dir? Ist das Regiment heimgekehrt? Bei Gott, schön, dich wiederzusehen!»

Ross, der ihm die Hand fast ausrenkte, begann ihn mit Fragen zu bestürmen. Er war ebenso aufgeregt wie Harry, und es gab viel Gelächter und gegenseitiges Sich-auf-die-Schulter-Schlagen, bis Harry sagte: «Jetzt aber still, John! Lebt meine Frau, ist sie gesund?»

«Alles in Ordnung, Gott sei Dank, Harry! In jeder Beziehung so, wie du es dir nur wünschen kannst. Ich war gestern bei ihr!»

«Wo, John, wo?»

«In Panton Square, Nr. 11.»

«Gott sei Dank!» rief Harry und brach in Tränen aus.

«Na, na, Harry!» sagte Ross. «Ich sage dir doch, sie ist gesund und munter!»

«Wenn du wüßtest, was ich gelitten habe! Die Angst – nicht wissen, wo sie ist – ihre Jugend – ihre Abhängigkeit von mir! Aber genug. Ich sehe dich gleich wieder, John – jetzt kann ich nicht mehr warten!»

Er lief ebenso plötzlich davon, wie er gekommen war, sprang in die wartende Droschke und schrie dem Kutscher zu, ganz irrsinnig schnell zum Panton Square zu fahren. Die Droschke ratterte in schönem Tempo über das Kopfsteinpflaster und war kaum in den kleinen Platz eingebogen, als sich Harry schon eifrig hinausbeugte, die Hand an der Türklinke. Er erwartete, Juana beim Frühstück zu finden, wenn nicht noch im Bett, aber gerade als er die Nummer über den Türen auf der einen Seite des Platzes prüfte, schlug ein Schrei an sein Ohr.

«Oh, Dios! La mano de mi Enrique!»

«Halt!» brüllte Harry dem Kutscher zu. Bevor noch die Droschke stand, hatte er die Tür aufgerissen und sprang heraus, gerade als Juana, die auf der gegenüberliegenden Seite des Platzes dahinging, quer über die breite Straße gelaufen kam.

Sie schluchzte vor Freude und vor Schreck; er breitete die Arme aus, und sie stürzte hinein, mitten auf dem Platz, unter den interessierten Blicken des Kutschers, zweier Botenjungen und eines Stubenmädchens, das sich zufällig aus dem Fenster beugte.

«Meine Seele, mein Liebling!» sagte Harry und hielt seine Frau so eng an sich gepreßt, daß es ihr fast den Atem verschlug.

West, der etwas würdiger aus der Droschke gestiegen war und mit großer Mißbilligung das Grinsen der Botenjungen betrachtete, hüstelte entschuldigend. Seine Brotgeber beachteten ihn nicht. Sie hatten ihre Umgebung vergessen und hielten einander in einer solchen Ekstase der Freude umschlungen, daß nicht einmal die Ankunft eines rumpelnden Kohlenkarrens in ihr Bewußtsein drang.

«Hei, Soldat! Für Vögel und für Liebesleut der Himmel stets ein Dach gebeut!» schrie der Kohlenträger und grinste über das ganze Gesicht.

«Mi Enrique, mi esposo!» schluchzte Juana, die Arme fest um Harrys Hals. *«Alma mia de mi corazon!»*

«Ah!» sagte der Kohlenträger und schüttelte im Spaß den Kopf. «Frisch vom Quell macht Augen hell!»

«Du!» sagte West drohend. «Du schau, daß du weiterkommst, oder ich zeig dir's.»

«‹He, wer wird denn gleich so grob sein›, sagte Badger, als seine Stute ausschlug», gab der Kohlenträger zurück.

Einen Augenblick schien es, als würde der stille Platz auch noch durch eine Rauferei aufgemuntert, aber zum Glück hob Harry gerade den Kopf und bemerkte endlich die Zuschauer. «O zum Teufel!» sagte er und brach in Gelächter aus. «*Hija*, wo wohnst du? Nimm mich mit!»

«Ho, ein Ausländer!» bemerkte der Kohlenträger, der inzwischen von seinem Karren abgestiegen war.

«Genauso englisch wie du!» sagte Harry. «Hallo, Vitty! Siehst du, sie erinnert sich genausogut an mich wie du, Juanita!»

Vitty, die zunächst ganz unbeachtet an ihm hochgesprungen war, begann nun schrill zu bellen; aus den Fenstern fuhren mehrere Köpfe, und Juana, rot und lachend, packte Harry bei der Hand und lief mit ihm durch die offene Eingangstür der Nr. 11.

«Na, das ist ja eine ziemlich Leichtgeschürzte!» bemerkte der Kohlenträger.

«Wenn ich dir unbedingt den Kopf abreißen soll, dann sag noch ein Wort!» sagte West. «Sie ist die meinem Herrn gesetzlich angetraute Ehefrau!»

«Was du nicht sagst!» sagte der Kohlenträger staunend. «Also dann – ich hab's nicht bös gemeint, wirklich!»

Inzwischen stammelte Juana in dem engen Eingang der Nr. 11 Madame Dupont, der sie begegneten, die freudige Neuigkeit zu, erlaubte Harry gerade nur, der guten Dame die Hand zu schütteln und zog ihn dann mit sich in ihr Wohnzimmer. Sie war von dem Schock, daß er ihr unerwartet zurückgegeben war, so überwältigt, daß sie eine Zeitlang kaum sprechen konnte und zu träumen glaubte. Eine Tränenflut schüttelte sie; sie lag in seinen Armen, hielt seinen Rock mit beiden Händen gepackt und schluchzte unzusammenhängende Ausrufe hervor. Aber gleich darauf wurde sie ruhiger und war imstande, den Kopf von seiner Schulter zu heben und ihren Griff an seinem Rock zu lockern. «Ich kann es nicht glauben, ich kann es nicht glauben!» sagte sie und streichelte seine gebräunten Wangen. «Oh, *mi* Enrique, du bist schmäler geworden! Wieso bist du gekommen? Ist der Krieg endlich zu Ende?»

«Nein, nicht vorüber, aber Gott wolle, daß er es bald ist! Tom Falls – der Adjutant von Ross, wie du weißt – wurde auf Krankenurlaub heimgeschickt, daher gab Ross die Depesche mir. Oh, *querida*, weißt du, daß du schöner bist denn je? Ist es dir gut gegangen? Hat sich Tom gut um dich gekümmert? Hast du meinen Vater besucht?»

«Nein, nein, ich wollte nicht zu dir nach Hause fahren, bevor ich nicht Englisch sprechen konnte!»

«Oh, du schlimmes Kind, kannst du es immer noch nicht?»

«Doch!» sagte sie. «Ik sprekke es sehr gut – es ist ganz aus der Ordnung, wie gut ik es sprekke!»

Er küßte sie und lachte sie aus. «Tatsächlich, es ist vollkommen aus der Ordnung, wie du es sprichst!»

«Zieh mich nicht hinauf, *espadachin*!» sagte sie und zwickte ihn ins Ohr. «Ah, Enrique, *tirano odioso*, ich war ja so unglücklich!»

«Und ich erst! Du weißt nicht, wie!»

«Ich lasse dich nie wieder fort, keinen Schritt mehr aus meinen Augen!»

«Oh, beim Jupiter!» sagte Harry und erinnerte sich an seine Pflichten. «Mein armer Liebling, das wirst du doch müssen! Ich muß weg, um Lord Bathurst meine Aufwartung zu machen!»

«Ist es dienstlich? Dann natürlich mußt du gehen. Ich vergesse nicht, daß ich ein guter Soldat bin. Aber Enrique, sag mir, geht in Amerika alles gut?»

«Das hoffe ich zu Gott! Aber oh, wie oft ich geseufzt hab: ‹Wenn nur der gute John Colborne da wäre!› Ross ist der netteste Kerl in der Welt, aber er ist für ein solches Kommando so wenig geeignet wie – Aber eigentlich sollte ich das gar nicht sagen. Trotzdem – wenn du unsere Schlacht bei Bladensburg hättest sehen können, General Juana, mit alledem, was wir vom alten Douro angesichts des Feindes gelernt haben, wärst du entsetzt gewesen!»

«O Enrique, wir wurden doch nicht besiegt?»

«Nein, wir haben's den Yankees gegeben und alle ihre Kanonen erbeutet, aber über dreihundert Mann in der Schlacht verloren. Colborne hätte das gleiche mit einem Verlust von vierzig oder fünfzig höchstens durchgeführt. Jedenfalls aber sind wir in Washington eingezogen, mit Admiral Cockburn.»

«Ihr seid in Washington eingezogen?»

«Ja, zu dem liebenswürdigen Zweck, die Stadt einzuäschern! So etwas Barbarisches war noch nicht da! Für jene von uns, die frisch von Wellingtons Methoden der Kriegführung gekommen waren, war es einfach unerträglich schockierend. Ross spürte es – es ist ihm zu verdanken, daß der Brand dort aufhörte, wo er aufhörte. Dieser verdammte Admiral hätte alles angezündet! So wurden nur alle öffentlichen Gebäude in Brand gesteckt. Es war traurig, wenn man sah, wie das elegante Kapitol und das Haus des Präsidenten auf eine solche Weise zerstört wurden. Man schämte sich, ein Engländer zu sein. Wir fühlten uns mehr wie eine Bande von Rothäuten aus dem Urwald! Du wirst das aber bestimmt nicht weitererzählen, nicht wahr? Juana – ich muß weg!»

Sie wollte nichts davon hören, daß er in die Downing Street ginge, bis er sich nicht die Haare gebürstet und seine beste Schärpe umgelegt hatte. Die Art, wie er den Inhalt seines Koffers in ihrem ganzen Schlafzimmer verstreute, ließ ihr seine Heimkehr viel wirklicher erscheinen als alles sonst. Das stille Haus schien voll von seiner energischen Persönlichkeit zu sein; seine Stimme, die ihr zuschrie, sie solle doch um Himmels willen sofort herkommen, weil er sein Halstuch nicht finden könne, war die süßeste Musik, die sie seit Monaten gehört hatte. Sie lief hinein und fand das Halstuch natürlich ohne geringste Schwierigkeit; und zehn Minuten später winkte sie ihm vom Fenster aus nach.

Als er in Downing Street ankam, hatte Harry Grund, seiner Frau dankbar für ihre Beharrlichkeit zu sein, daß er seine Person etwas aufpoliert hatte, denn nachdem ihn Lord Bathurst sehr freundlich empfangen und ihm eine Anzahl Fragen gestellt hatte, sagte er: «Nun, Hauptmann Smith, die Nachrichten, die Sie bringen, sind derart wichtig, daß Sie der Prinzregent zu sehen wünscht. Wir gehen unverzüglich hin.»

«Was, Mylord, ins Carlton House?» rief Harry aus.

«Gewiß», sagte Bathurst lächelnd.

«Dann seien Sie so gut und erlauben Sie mir, die Landkarte mitzunehmen, die ich mitgebracht habe», sagte Harry, der seine Fassung prompt wiedergewann.

«Sehr guter Gedanke – ich habe sie hier», stimmte Bathurst zu.

Die Aufforderung, sich zum Regenten zu begeben, war natürlich nicht ganz unerwartet, aber da Harry noch nie in so erlauchten Kreisen gewesen war, wurde er zum erstenmal in seinem Leben äußerst nervös. Als die Kutsche hinter der Kolonnade vorfuhr und er und Bathurst in das Carlton House eingelassen wurden, bedrückte die Pracht seiner Umgebung zunächst sein sonst so äußerst lebhaftes Temperament, und er hätte fast gewünscht, daß Tom Falls gesund gewesen wäre, damit er der Träger der Depesche hätte sein können. Aber nachdem er in einen großen Saal geführt worden war und hier eine halbe Stunde lang wartete, während Lord Bathurst allein zum Regenten ging, um mit ihm zu konferieren, gewann er sein Selbstbewußtsein wieder, trotz der verblüffenden Wirkung, die der innenarchitektonische Geschmack des Regenten auf ihn ausübte, und er überlegte, wenn er schon unter dem durchdringenden Blick des alten Douro nie verzagte, brauchte er sich auch nicht vor dem Prinzregenten zu fürchten.

«Jedenfalls hat mich General Ross gebeten, zu reden, wenn ich gefragt werde!» sagte er zu einem stummen vergoldeten Sessel, gerade als Bathurst in das Zimmer zurückkam.

«Kommen Sie», sagte Seine Lordschaft, «der Prinz will Sie empfangen.»

Harry stand auf, sagte aber freimütig: «Mylord, wenn wir im Lager wären, könnte ich Eure Lordschaft überall herumführen, aber von Hofetikette verstehe ich nichts.»

«Oh, benehmen Sie sich genauso wie jedem anderen Gentleman gegenüber!» antwortete Bathurst. «Reden Sie ihn mit ‹Sir› an und kehren Sie ihm nie den Rücken zu.»

«Nein, denn das wenigstens weiß ich!» sagte Harry und folgte ihm aus dem Saal.

«Sie werden es sehr gut machen und werden sich in der Gegenwart Seiner Hoheit bald wohl fühlen. Und fürchten Sie sich nicht, zu reden. Er beklagt sich ständig, daß die Träger von Depeschen das nie tun. Da sind wir – Hauptmann Smith, Sir!»

Der Prinzregent hatte die britische Öffentlichkeit jahrelang mit einem Übermaß an Skandalen versorgt. Seine Schulden, seine Ehegeschichten, die Streitereien mit seiner Tochter, das Vulgäre seines kostspieligen Geschmacks, die endlose Reihe seiner Mätressen war alles selbst einem jungen Offizier frisch aus Spanien durchaus bekannt. Der Regent war Gegenstand rüdester Karikaturen in den Zeitungen; die Art, wie er seine Frau behandelte; seine Vorliebe für Alkohol; die Art, wie er sein möglichstes getan hatte, um seinen Vater in ein Irrenhaus zu hetzen; seine zahllosen Tollheiten – all das waren Themen, die von Mund zu Mund schwirrten, aber in dem Augenblick, da Harry sein Ankleidezimmer betrat, vergaß er sie im Handumdrehen. Der Regent saß vor einem üppigen Toilettetisch, stand aber sofort auf, kam auf Harry zu und streckte ihm höchst natürlich die Hand entgegen. «Ich freue mich sehr, Sie zu sehen, Hauptmann Smith. General Ross hat Sie mir nachdrücklich empfohlen als einen Offizier, der mir jegliche Auskunft über den Dienst geben könne, über den Sie zu berichten kommen – dessen Wichtigkeit», fügte er mit einem unerwartet scharmanten Lächeln hinzu – «durch die Kanonenschüsse unterstrichen wird, die Sie soeben hören.»

Harry wurde ganz rot, als er daran dachte, daß ganz London über die Nachrichten, die er gebracht hatte, in einem Aufruhr war und er tatsächlich die Hand seines zukünftigen Souveräns schüttelte. Der Regent zog ihn zu einem Tisch hinüber und bat ihn, sich zu setzen und «diese Landkarte, die ich da unter Ihrem Arm sehe», auszubreiten.

In wenigen Minuten fühlte sich Harry vollkommen wohl, da er auf sein Steckenpferd gesetzt worden war. Er war erstaunt über das Verständnis für militärische Angelegenheiten, das der Regent zeigte. Es wurden ihm die sachlichsten Fragen gestellt, und er entdeckte, daß sein königlicher Befrager so gut unterrichtet, so aufrichtig an der Führung des Krieges interessiert war, daß Harry mit größter Freimütigkeit, ja geradezu unverblümt sagte, es sei bedauerlich, daß man nicht eine genügend große Streitmacht ausgesandt hatte, um Washington zu halten.

«Was verstehen Sie unter einer genügenden Streitmacht?» fragte der Regent.

«Vierzehntausend Mann, Sir.»

«Worauf gründen Sie eine solche Ansicht?»

Sollte der Regent gemeint haben, Harry dabei zu ertappen, daß er aufs Geratewohl sprach, entdeckte er seinen Irrtum sehr bald. Harry zögerte nicht, seine Gründe anzuführen. Der Regent erkundigte sich über den gegenwärtigen Stand der Angelegenheiten in Amerika, und Harry sagte ihm, daß die halbe Armee krank an Dysenterie lag, als er weggefahren war, worüber der Regent ernst dreinschaute.

«Dann kann man ja Baltimore nicht angreifen!» rief er aus.

«Hauptmann Smith sagte mir, Sir, daß ihm General Ross versichert habe, als er das Land verließ, daß er dies nicht tun würde», warf Bathurst ein und enthielt sich hinzuzufügen, daß Harry ihm auch gesagt hatte, die Admirale Cochrane und Cockburn hätten ihr möglichstes getan, um Ross gegen Baltimore in Bewegung zu setzen.

«Wir veranlaßten den Feind durch eine List, sich auf Baltimore zu konzentrieren, Sir», sagte Harry. «Ein *coup de main*, wie die Feuersbrunst von Washington, kann im Lauf eines Krieges einmal ausgeführt, aber kaum wiederholt werden. Der Eingang zum Hafen wird außerdem wirksam behindert werden.»

Der Regent schien diese Beweisführung anzuerkennen, er stellte Harry noch eine Menge weiterer Fragen und holte ihn so geschickt aus, daß Harry sich plötzlich dabei ertappte, wie er die eine oder andere komische Episode erzählte, über die Seine Königliche Hoheit in brüllendes Gelächter ausbrach.

Als sich Harry endlich unter Verbeugungen rückwärtsgehend zurückzog, kam ihm der Regent nach, um ihn zu fragen, ob er mit seinem Freund, Sir Edward Smith von Shropshire, verwandt sei. Er sah enttäuscht drein, als Harry nein sagte, schüttelte ihm aber noch einmal die Hand und sagte gnädig: «Ich und das Land sind euch allen zu großem Dank verpflichtet. Die Empfehlung von Ross wird nicht vergessen werden; und, Bathurst, vergessen Sie nicht auf die Beförderung dieses Offiziers!»

6

Als sei die Vereinigung mit seiner Frau und ein Besuch in Carlton House noch nicht genug gewesen, in einen einzigen Lebenstag eines obskuren Offiziers hineingestopft zu werden, lud Lord Bathurst, als sie zur Downing Street zurückfuhren, Harry höchst herzlich ein, mit ihm am Abend in seinem Haus in Putney Heath zu speisen. Eine solche Einladung konnte man unmöglich ablehnen, wie sehr Harry es auch vorgezogen hätte, den Abend mit Juana zu verbringen. Sie schmollte nicht im geringsten, als sie gleich darauf davon erfuhr. Im Gegenteil, sie sagte, es sei ein Glück, daß sie in weiser Voraussicht sein Messejackett gebügelt und seine Musselin-Halstücher gewaschen hatte.

Bathursts Sekretär, ein lebhafter junger Herr namens Charles Cavendish Fulke Greville – aber ebenso bereitwillig auf den einfacheren Spitznamen «Punch» hörend – hatte Harry angeboten, ihn mit seinem Tilbury hinauszubringen. Er holte ihn knapp nach sieben Uhr abends in Panton Square ab und unterhielt ihn den ganzen Weg nach Putney mit einem Redestrom amüsantester Konversation, das meiste daran viel zu skandalös, um ernst genommen zu werden.

Als sie in den Salon im Hause Lord Bathursts geführt wurden, fanden sie schon eine große Gesellschaft versammelt, in der sich auch Lord Fitzroy Somerset und seine junge Frau befanden. Fitzroy kam sofort quer durch das Zimmer auf Harry zu, um ihm die Hand zu schütteln, beglückwünschte ihn zu dem Erfolg in Amerika und stellte ihn seiner Frau vor, die Harrys Tischdame war.

Lady Fitzroy, ein sanftes Geschöpf, die ihrem berühmten Onkel mit ihrem ziemlich langen, aber hübschen Gesicht sehr ähnlich sah, widmete Harry schmeichelhafte Aufmerksamkeit. Zu seiner Überraschung entdeckte er, daß er der Löwe des Abends war, da sich sein Gastgeber die Mühe gab, ihn auszuholen, und jeder Anwesende an seinen Lippen hing. Da Lord Fitzroy ihm gegenübersaß, dauerte es nicht lange, bis sich das Gespräch dem letzten Feldzug in Spanien zuwandte. Nach einem guten Essen und gutem Wein scheute sich Harry nicht im geringsten, vor einer so vornehmen Gesellschaft zu sprechen, und als ein Herr am anderen Ende der Tafel sagte, der Herzog von Wellington habe sicherlich nicht seinesgleichen in der Verteidigung, nahm er das Kriegsbeil, ohne im leisesten zu zögern, auf und sagte, in den Augen seiner Armee habe der Herzog in jeglicher Art der Kriegführung nicht seinesgleichen.

Fitzroy lachte. «Gut gegeben!»

Neben Harry saß ein ältlicher Herr mit sehr dunklen hochgewölbten Brauen über großen, glänzenden Augen und einer so weißen Haut, als sei sie Email. Er neigte höflich den Kopf und sagte mit einer tiefen, sanften Stimme: «Sie haben eine hohe Meinung vom Herzog, Hauptmann Smith?»

«Alle, die die Ehre hatten, unter ihm zu dienen, müssen eine hohe Meinung haben», antwortete Harry. «Für uns jedenfalls steht er hoch über jedem anderen menschlichen Wesen!»

Der Herr lächelte. «Ich freue mich sehr, daß Sie mit solcher Begeisterung von ihm sprechen. Er ist mein Bruder.»

Harry erkannte, daß er neben dem Marquis Wellesley saß, und wurde rot, sagte aber lachend: «Ich habe nach bestem Wissen und Gewissen in nichts übertrieben, Sir.»

Als sie sich nach dem Diner den Damen im Salon anschlossen, gesellte sich Fitzroy zu Harry, und sie sprachen lange miteinander. Fitzroy war nach dem Waffenstillstand mit dem Herzog nach Cadiz gegangen und hatte natürlich viel mit ihm über den letzten Krieg gesprochen. «Wissen Sie, Smith, der Herzog sagte mir oft, ‹die Leichte, Dritte und Vierte Division waren die Elite meiner Armee, aber die Leichte hatte die eine besondere Qualität – was immer sie für eine hitzige Aufgabe zu lösen hatte, wenn ich am nächsten Tag hinritt, habe ich immer noch eine ganze Division vorgefunden. Sie haben nie auch nur halb so viel Leute wie andere Divisionen verloren.›»

«Nein, hat er das wirklich gesagt?» rief Harry entzückt. «Oh, großartig, denn genau das war es, worauf wir so stolz waren! Ich habe doch tatsächlich gehört, wie unsere Soldaten einander über die Zahl aufzogen, die diese und jene Kompanie verloren hatte, und sich dabei immer über die Verluste abfällig äußerten!»

Im großen und ganzen verbrachte Harry, obwohl er von Juana getrennt war, einen bezaubernden Abend. Er kam nach Mitternacht nach Panton Square zurück und fand Juana mit einem so strahlenden Blick in den Augen, einem so willkommheißenden Lächeln auf den Lippen auf ihn wartend vor, daß er sie in seine Arme riß, hochhob und mit einer plötzlich ganz gepreßten Stimme ausrief: «Zu wissen, daß ich dich vorfinde, wenn ich in meine Unterkunft zurückkehre! *Mi muger! Mi queridissima muger!*»

Sie nahm sein Gesicht in ihre Hände, drückte seinen Kopf zurück, damit sie ihm – mit einem Blick voll Spitzbüberei – in die Augen sehen konnte, und sagte neckend: «Ei, ei, bildest du dir ein, ich glaube wirklich, daß es keine schönen Amerikanerinnen gegeben hat, *mi* Enrique?»

«Nicht eine! *Siempre tu fiel, fiel Enrique!*»

Sie lachte, küßte ihn aber. «Ich glaube dir nicht, weil ich weiß, was für ein schlechter Mensch du bist, aber ich liebe dich, ich liebe dich!»

Später, als sie in seinen Armen einschlief, ermunterte sie sich noch einmal und murmelte: «Jetzt kann ich mit dir nach Hause fahren!»

«Das wirst du auch – sobald wir von Bath zurückkommen», antwortete er.

«Bath?» fragte sie verblüfft.

«Habe ich es dir nicht gesagt, *hija*? Ich habe Ross versprochen, daß ich seine Frau dort besuche und ihr einen Brief von ihm bringen werde. Macht es dir etwas, wenn wir hinfahren?»

«Mir macht gar nichts etwas», sagte Juana und bohrte ihren Kopf unter sein Kinn. «Wann marschieren wir?»

Sie «marschierten» gleich am nächsten Tag und legten den ganzen Weg in einer Privatkutsche zurück, ein Luxus, der durch die Aussicht auf Harrys Beförderung, wie sie meinten, durchaus gerechtfertigt war.

«Aah!» sagte Juana und lehnte sich genußvoll in die Kissen der Kutsche zurück. «Wir sind so viele Meilen zusammen gereist – aber noch nie so! Ich komme mir großartig vor. Hast du überhaupt schon an deinen Vater geschrieben?»

Ja, Harry hatte alles getan, was einem pflichtbewußten Sohn zukam, einschließlich der Aufforderung, Mr. Smith möge in einigen Tagen nach London kommen, um ihn nach seiner Rückkehr von Bath zu treffen. Er hatte tatsächlich nichts auf dem Gewissen, und so konnte er sich der Seligkeit einer Woche ganz widmen.

Sie entdeckten, daß Bath eine entzückende Stadt und Mrs. Ross sehr liebenswürdig und gastfreundlich war. Einige Tage vergingen randvoll mit der Besichtigung von Sehenswürdigkeiten. Dann machten sich die Smiths wieder auf den Weg nach London und ließen eine verblüffte Mrs. Ross zurück, die ein so kometenhaftes Herumflitzen nicht gewöhnt war.

Madame Dupont empfing sie schon an der Haustür der Nr. 11 mit der Neuigkeit, daß Mr. Smith am Tag vorher in London angekommen war und gerade oben im Salon auf das Paar warte.

Juana hatte Harry erzählt, daß sie von Tom gehört habe, welche Angst die Familie vor einer hochnäsigen spanischen Dame als neuem Zuwachs habe, und als Harry von der Ankunft seines Vaters erfuhr, packte ihn der spitzbübische Wunsch, ihn ein wenig zu necken. Er ließ nicht zu, daß Juana zerknittert und zerzaust von einer langen Reise geradewegs zu Mr. Smith hineinging; er wollte Staat mit ihr machen, und sie sollte sich von ihrer schönsten Seite zeigen.

«Bitte, bitte, zieh doch ein spanisches Kleid an!» schmeichelte er. «Ich werde meinem Vater erzählen, daß du stattlich wie ein Schwan und stolz wie ein Pfau bist. Es wird ein großartiger Spaß!»

So schlüpfte also Juana in ihr Schlafzimmer hinauf, während Harry zu seinem Vater hineinging.

Man konnte sehen, von wem Harry seine schmalen, langgezogenen Augen und seine Adlernase hatte. Die Ähnlichkeit zwischen Mr. Smith und seinem Lieblingssohn war deutlich, sogar die leicht aufgebogenen Mundwinkel waren die gleichen; der einzige Unterschied lag im Ausdruck. John Smiths Gesicht war milder, sein Kinn nicht so aggressiv, seine Lippen nicht so fest zusammengepreßt; auch hatte er nicht den gleichen Ausdruck kaum gebändigter Energie.

Als Harry die Tür öffnete, wandte sich Mr. Smith um, faßte die Armlehnen seines Stuhls fest und sah seinen Sohn an. «Harry!» sagte er. «Mein Junge!»

Harry war bei ihm, als er sich von seinem Sessel erheben wollte, und packte seine Hände. «Vater!» sagte er, rot vor plötzlich aufwallender liebevoller Erregung. «Mein lieber, lieber Vater!»

John Smith konnte einen Augenblick nicht sprechen. Das letztemal hatte er seinen Sohn gesehen, als Harry von den Schrecken des Rückzugs nach Corunna heimgekehrt war, erschöpft von der Dysenterie, ständig von Fieber geschüttelt, die Kleider verlaust, seine leichte Gestalt ein jämmerliches Skelett. Es hatte der ganzen Geschicklichkeit seines Vaters als Arzt und des Verhätschelns seiner Mutter bedurft, um ihn wieder rechtzeitig auf die Beine zu bringen, damit er sich dem spanischen Feldzug Sir Arthur Wellesleys anschließen konnte. Und John Smith konnte den letzten Blick auf ihn nie loswerden, wie Harry zum Abschied aus dem Kutschenfenster gewinkt hatte. Er war damals erst zweiundzwanzig Jahre alt gewesen und hatte trotz drei Jahren anstrengenden Dienstes viel jünger ausgesehen. Irgendwie hatte sich ihn John Smith immer noch als einen dünnen, blaßgesichtigen Jungen vorgestellt. Nun, schmal war er immer noch, aber jungenhaft nicht mehr, und sicherlich nicht blaß; die Umrisse seines knochigen Gesichts, schärfer denn je, ließen ihn gereift erscheinen, in seinen Augenwinkeln saßen kleine Fältchen von dem ständigen Zusammenkneifen der Augen in grellem Sonnenlicht und tiefere Linien, die ihm einen leisen ironischen Zug verliehen.

«Ich hätte dich kaum erkannt!» konnte John Smith endlich herausbringen und hielt dabei Harrys Hände immer noch fest.

«Ich hätte dich überall wiedererkannt!» erklärte Harry. «Du hast dich nicht verändert – nicht ein bißchen!»

«Nun, ich weiß nicht, ob du dich wirklich sehr verändert hast, jetzt, da ich dich näher betrachte», sagte John, ließ Harrys Hände los, zog ein Taschentuch heraus und schneuzte sich mit unnötiger Heftigkeit. «Wenn die Mutter noch lebte – wie stolz sie auf dich wäre!»

Harrys Lippen zitterten. «Nicht! Sprich nicht davon! Ich kann es einfach nicht ertragen!» sagte er scharf. «Wenn ich denke – Aber komm! Du wenigstens bist wohlauf. Und meine Schwestern?»

«Doch, doch, uns allen geht es gut. Aber du wirst traurig sein, wenn du von dem Pferd hörst, das du von Stewart hattest!»

«Ach – Old Chap! Doch nicht tot?»

«Doch. Es war nichts mehr zu machen, mein Junge. Ich wußte, wie es dir nahegehen würde, und er muß ein bezauberndes Tier gewesen sein, bevor er krank wurde. Aber mach dir nichts draus. Dafür ist das Pferd deiner Frau großartig in Form. Aber wie kannst du nur eine Dame auf einen derartigen Racker setzen, Harry? Ich bin überrascht, daß du so etwas tun konntest!»

«Oh, sie kommt großartig mit ihr zurecht, kann ich dir versichern. Sie ist eine hervorragende Reiterin.»

«Das muß sie wirklich sein. Weißt du, es hat uns sehr leid getan, daß sie sich so resolut weigerte, nach Whittlesey zu kommen. Ich fürchte, sie wird uns für sehr einfache Leute halten, und unsere Lebensweise ist bestimmt nicht das, woran sie gewöhnt war.»

«Stimmt, sehr wahr!» sagte Harry und schlug die Augen nieder, um das Lachen in ihnen zu verbergen. «Sie war an ein ganz anderes Leben gewöhnt!»

«Ich hoffe, sie wird sich wohl fühlen», sagte John zweifelnd. «Weißt du, deine Schwestern fürchten sich schon sehr, sie kennenzulernen; sie sind überzeugt, daß sie sehr stolz ist.»

«Nun ja, du weißt ja, wie das mit Spanierinnen aus der Hidalgokaste ist!» sagte Harry leichthin. «Sie sind ein bißchen steif, sicherlich, und teuflisch genau in Angelegenheiten der Etikette, aber man gewöhnt sich daran! Sei nicht überrascht, wenn sie zunächst ein bißchen sehr würdevoll ist – ich bin überzeugt, daß sie dir bald gefallen wird.»

Schon die Spur einer solchen Neckerei genügte, daß John der Bekanntschaft mit Juana mit sinkendem Herzen entgegensah; und als sie das Zimmer in ihrem vollen spanischen Ornat betrat, war er glücklich so weit, daß er sich vor ihr fürchtete.

Sie blieb einen Augenblick auf der Schwelle stehen – und sah so wunderschön aus, daß es Harry den Atem verschlug, und so hochmütig, daß John Smith sich fragte, was denn in der Welt über seinen Sohn gekommen war, daß er eine derart arrogante junge Frau geheiratet hatte.

«Juana, mein Liebes, erlaube mir, dir meinen Vater vorzustellen», sagte Harry.

«Meine Liebe –» begann John und hielt inne.

Denn das Spiel brach zusammen. Der zweifelnde, nahezu bedrückte Ausdruck in John Smiths Gesicht war für Juana zuviel. Mit einem Klaps schlug sie den Fächer, den sie leise bewegt hatte, zu und warf ihn weg. «O nein! Ich kann nicht!» rief sie, rannte quer durch das Zimmer und geradeaus in die Arme ihres Schwiegervaters. «Ich bin überhaupt nicht stolz – nicht ein bißchen! Enrique ist schuld! Er ist ein Schurke, ein elender Kerl, ganz und gar abscheulich! *No vale nada!*»

«Na, Vater?» sagte Harry und grinste mutwillig, «gefällt dir mein kleiner Pfau?»

7

Gefiel sie ihm? Er betete sie an. Sie war seine kleine Liebe und sein hübscher Spitzbub, und als er sie nach Whittlesey gebracht hatte, war er so vernarrt in sie, daß es durchaus fraglich war, ob er sie je wieder würde aus den Augen lassen können. Die Schwestern – die gesetzte Mary, die mutwillige Eleanor, die muntere Betsy und die lebhafte kleine Anna – vertrauten Harry an, daß sie ihren Vater seit Mamas Tod nicht mehr so heiter erlebt hatten. Sie waren so brave Mädchen – sie dachten nicht im Traum daran, auf seine Frau eifersüchtig zu werden. Sie waren alle ganz hübsch, aber Juana stellte sie in den Schatten; denn wenn Eleanor klassischere Gesichtszüge hatte, so besaß Juana die Glut und das Funkeln, das Eleanor abging; und wenn Annas Zähne beim Lächeln ebenmäßiger waren, so waren Juanas Zähne weißer.

Was die Brüder betraf, so saßen sie da und beobachteten sie schüchtern, ganz fasziniert von ihren schnellen kleinen Gesten und ihrem hübschen gebrochenen Englisch. Der ernste Samuel, der Chirurg werden wollte wie sein Vater, sagte in seiner bedächtigen Art, seine neue Schwägerin sei ganz wie ein Junge; aber Charlie, der zwar bei seinem Onkel Davie lebte, aber viel zu Hause war, lachte verächtlich über eine solche Idee: Juana war nicht im geringsten wie ein Junge, sagte er. Sie war wie – nun, er wußte nicht genau wie, aber er hielt Harry für den glücklichsten Burschen unter Gottes Sonne. Charles plagte seinen Vater bis aufs Blut, daß er ihn als Freiwilligen zur Armee gehen ließe; William, der nüchternste der Brüder, sagte, das sei Unsinn, und es wäre besser für ihn, er hielte sich an seine Bücher.

Es gab so viele Tanten und Onkel und Vettern in Whittlesey, daß Juana zuerst ganz verwirrt war. Sie pflegten unter dem fadenscheinigsten Vorwand in St. Mary's Street vorzusprechen, die Grounds und die Moores, saßen dann da und schauten Harrys spanische Frau an, als sei sie ein seltsames fremdes Tier in einer Ausstellung. «Du darfst dich nicht um sie kümmern, liebste Jenny», sagte Eleanor, «weißt du, sie haben eben noch nie eine Spanierin gesehen.»

Mary erbot sich, Juana bei ihren Studien der englischen Sprache zu helfen, aber die Brüder protestierten laut. Sie wäre doch nicht halb so drollig, wenn sie sie nicht alle mit den komischen Wörtern, die sie benützte, zum Lachen brächte oder in einen Wortschwall in schnellem wildem Spanisch ausbräche, wenn man sie mehr neckte, als ihr lieb war. «Hui, was für ein Hitzkopf!» sagte Charlie voll Bewunderung, als sie das erste Mal auf ihn losfuhr.

«Ich muß sagen», gab Betsy großzügig zu, «man würde nicht glauben, daß es Jenny nicht gewöhnt war, in einer großen Familie zu leben.»

«Nein», stimmte Eleanor zu. «Bringt einem das nicht zu Bewußtsein, wie schrecklich unwissend man in bezug auf andere Länder und Völker ist? Ich werde bestimmt nie wieder gegenüber Ausländern voreingenommen sein. Denk doch nur daran, was für eine Angst wir hatten, sie würde steif und geziert sein und immer eine Duenna bei sich haben wollen!»

«Das bemerkenswerte an ihr ist», sagte Mary ernst, «daß sie mit dem lieben Harry solche Abenteuer durchgemacht hat, ohne die Zartheit des Gemüts zu verlieren, die ich entschieden für die wichtigste Eigenschaft einer Frau halte. Ich gebe zu, ich habe gefürchtet, daß ich einen gewissen Grad Unanständigkeit an ihr entdecken würde; denn weißt du, so lange mit Soldaten leben zu müssen genügt, um selbst feinste Empfindsamkeit abzustumpfen. Der bloße Gedanke an alle die Übel einer solchen Situation macht einen direkt schaudern.»

«O wirklich?» rief Anna, immer noch schrecklich burschikos. «Ach Gott, möcht ich gern der Trommel folgen und ein spanisches Pferd haben, das mir wie ein Hund folgt, und Eicheln essen und alles übrige!»

Wenn es noch etwas bedurft hätte, John Smiths Herz ganz zu erobern, so wäre es die Art gewesen, wie Juana mit Tiny umging. Das kleine Pferd war selbst für John so unlenksam gewesen, der, wie Harry sagte, der beste Reiter war, den er kannte, daß der arme John, als Juana Tiny aus dem Stall führte und freiließ, schon ganz erschrocken das Pferd in seinem geliebten Blumengarten herumspringen sah. Aber Tiny trippelte zierlich hinter Juana einher, Vitty neben ihr dahintrottend, geradewegs den sauberen Pfad hinauf und in den Salon hinein. Die Smiths konnten ihren Augen kaum trauen. Dann natürlich konnte es sich Harry um nichts in der Welt versagen, seine Frau zu veranlassen, daß sie ihren Reitanzug anzog und sich und das Pferd vorführte; und sie ließ Tiny Figuren reiten wie ein richtiger Mameluk.

Harry waren gerade nur drei Wochen daheim vergönnt, dann erreichten ihn Briefe aus den Horse Guards. Der erste befahl ihm, unverzüglich nach London zurückzukehren; der zweite ließ ihn entsetzt aufstöhnen, so daß Juana sofort bei ihm war.

«Ross!» sagte er. «O der Narr, der liebe, freundliche Narr! Ich hätte es wissen können!»

«Etwa John Ross?» rief sie. «Oh, was ist mit ihm?»

«Nein, nein, der arme General Ross! Er ließ sich von De Lacy Evans und diesen verdammten Admiralen überreden und griff Baltimore am 12. September an; es mißlang, natürlich, und er verlor dabei sein Leben. Guter Gott, er war tot, als wir eben seiner armen Frau zu seinem Erfolg in Washington gratulierten! Man kann gar nicht daran denken!»

Juanas Augen hingen an seinem Gesicht. «Und der andere Brief?»

«Ich muß sofort nach London. Pakenham ist zum Nachfolger Ross' ernannt, und ich fahre mit als Stellvertretender Generaladjutant.»

Nichts vermochte einen solchen Schlag zu mildern, auch nicht das liebevolle Zureden ihrer neuen Familie. Juanas weißes Gesicht trieb den Schwestern Tränen des Mitleids in die Augen. Alle versuchten zu helfen, und es kümmerten sich so viele Leute um Harrys Koffer, daß es ein Wunder war, wenn er überhaupt zuging. Tanten und Vettern brachten allerlei höchst unpassende Annehmlichkeiten für einen Offizier, der drauf und dran war, mitten im Winter den Atlantik zu überqueren; und Großmama versuchte noch im letzten Augenblick, ein Glas selbsteingemachter Aprikosen hineinzustopfen.

Diesmal war keine Rede davon, daß Juana allein in London leben würde. John Smith würde sie begleiten, um Harry abfahren zu sehen, und sie nachher nach Whittlesey zurückbringen.

Sie gingen alle drei zum Panton Square, und zum Glück für Juana war die Zeit so kurz, und was noch zu tun war, so viel, daß sie keine Gelegenheit hatte, sich traurigen Gedanken zu überlassen.

Harry ging sofort zu Pakenham, der ihn wärmstens begrüßte und ihm sagte, daß sie in wenigen Tagen von Portsmouth auf der Fregatte «Statira» absegeln müßten. Harry kannte Pakenham seit langem und hatte großen Respekt vor seinen Fähigkeiten. Sein Ruf in der Armee war groß, denn ob er die Division eines anderen in einem großartigen Angriff führte, wie bei Salamanca, oder den Dienst eines Generaladjutanten versah, wie er dies nach Vittoria getan hatte – er blieb immer kühl, kompetent und unfehlbar tollkühn.

Zu seinem Entzücken entdeckte Harry, daß das 3. Bataillon der Rifles für Amerika bestimmt und sein alter Freund, John Robb von den 95ern, zum Generalinspekteur der Spitäler ernannt war. Er und Robb vereinbarten, miteinander nach Portsmouth zu reisen und West mit ihrem Gepäck vorauszuschicken. Und an einem grauen Novembersonntag um drei Uhr sagte Harry seiner Frau wieder einmal Lebewohl.

Für ihn wenigstens war die Trennung nicht so schmerzlich wie in Bordeaux, denn er hatte den Trost, daß er sie in der zärtlichen Obhut seines Vaters ließ; aber für sie bedeutete die Trennung wieder Monate der Angst, wieder das Absuchen der Zeitungen nach schrecklichen Nachrichten aus Amerika. Sie benahm sich sehr tapfer und versuchte sehr, bis zuletzt ein lächelndes Gesicht zu zeigen, aber er ließ sie doch halb ohnmächtig zurück, die Stirn an den Kamin gelehnt, das Taschentuch an die Lippen gepreßt, um das Schluchzen zurückzuzwingen, das ihr die Brust zu sprengen drohte.

«Leb wohl, mein lieber Junge, leb wohl! Du weißt, ich werde mich um sie kümmern, als sei sie meine eigene Tochter!» rief John ganz überwältigt.

«Gott segne dich!» sagte Harry heiser und stürzte aus dem Zimmer.

Elftes Kapitel

Waterloo

I

Als Juana wieder in Whittlesey war, verlor das Leben seine Freude für sie. Sie ritt mit ihrem Schwiegervater aus, machte mit Mary Morgenbesuche und lernte von Betsy, wie man Apfelgelee kocht; aber obwohl sie nie mürrisch war und nie klagte, war es traurig zu sehen, wie sie ihre Lebhaftigkeit verlor, wenn Harry nicht bei ihr war. Er ging natürlich allen ab. Zwar gab es sieben junge Leute in dem Haus in St. Mary's Street, aber seit der Abreise Harrys schien sich Stille herabgesenkt zu haben. Anna sagte gähnend, das Leben sei gräßlich öd, und obwohl Mary sie tadelte, weil sie sich so gewöhnlich ausdrückte, gab sie selbst zu, daß es wirklich ein bißchen langweilig erschien.

Es wurde sehr kalt. Ein eisiger Wind wehte schneidend über die Flächen von Cambridgeshire, heulte in der Nacht um die Hausecken, pfiff unter den Türen herein, daß sich die Teppiche hoben. Eleanors Finger waren vor Frostbeulen verschwollen, Mary entwickelte einen strömenden Schnupfen und Betsy klagte, sie wisse nicht mehr, was tun, denn was immer sie anstelle, konnte sie die Zugluft aus dem Hause nicht verbannen. Nur Juana schien die Kälte durchaus nicht zu spüren.

Wenn die Schwestern darauf hinwiesen, wie dumm die Fenster in die Wände eingelassen waren, welch unangenehme Gewohnheit der Kamin im Eßzimmer hatte, daß er immer rauchte, wenn der Wind von Nordosten blies, und daß es unmöglich sei, die Halle und das Treppenhaus zu erwärmen, machte sie vor Überraschung große Augen und sagte, sie halte das Haus für *muy cómodo*. Sie waren erstaunt, aber wenn sie ihnen ihr Winterquartier in Fuentes de Oñoro beschrieb und die Lehmhütte, die ihr Major Gilmour auf der Grande Rhune vermacht hatte, gaben sie zu, das Haus sei damit denn doch nicht zu vergleichen.

Im Dezember fiel Schnee aus einem bleigrauen Himmel. Das kahle Land schien unter der weißen Decke zu frösteln, und die Bauern prophezeiten weiße Weihnachten.

«Dein erstes englisches Weihnachten, Liebste!» sagte Eleanor, die eben einen Arm voll Stechpalmenzweige hereinbrachte. «Wenn doch nur unser teurer Reisender hier sein könnte, um es mit uns zu verleben.»

«Macht nichts!» sagte Juana. «Wir werden jetzt bald einen Brief von ihm bekommen.»

Sie war so sicher, daß Harry schreiben würde; die Schwestern hofften, daß sie nicht enttäuscht würde, sagten aber seufzend, daß weder Tom noch Harry sehr regelmäßige Briefschreiber seien. «Er hat es mir versprochen», antwortete Juana mit eindrucksvoller Einfachheit.

Eine Woche vor Weihnachten wurde sie ziemlich unruhig, weil sie dachte, die «Statira» müsse nun Amerika erreicht haben und Pakenhams Streitmacht vielleicht schon mit dem Feind im Kampf liegen. Ihr Interesse an den Weihnachtsvorbereitungen war zwar pflichtbewußt, aber etwas oberflächlich, und das Fest selbst machte ihr nicht viel Freude. Es war ihr ein Trost in ihrer gegenwärtigen Stimmung, die Familie in der Frühe in die Kirche zu begleiten und für Harry zu beten – denn sie zögerte nicht im geringsten, eine protestantische Kirche zu betreten –, aber die große Gesellschaft zum Abendessen fand sie ziemlich überwältigend. Es waren so viele Verwandte anwesend, die alle über Familienangelegenheiten plauderten und über alte Späße lachten, daß sie sich fremd fühlte und fortgeschlüpft wäre, hätte John nicht den untröstlichen Ausdruck in ihrem Gesicht gesehen, sich neben sie gesetzt und mit ihr über den Menschen gesprochen, der ihren Herzen am nächsten stand.

Im neuen Jahr hatte John in London zu tun, nahm Juana und Anna mit, und sie reisten den ganzen Weg mit der Postkutsche. Es hatte schwere Schneefälle gegeben, und einmal kamen sie an einer Reisekutsche vorbei, die in einen Graben geraten war und mit zwei Rädern in der Luft dalag.

In London behauptete man, es sei der schlimmste Winter seit Menschengedenken, es habe noch nie eine derartige Kälte gegeben. Auf den Straßen mußte Sand gestreut werden, damit die Pferde auf dem glasigen Kopfsteinpflaster nicht ausglitten; die Damen zogen Schneestiefel über ihre Glacélederschuhe, vergruben die Hände tief in dicke kleine Muffe und trugen der Mode zum Trotz pelzgefütterte Mäntel über ihren lächerlich leichten Musselingewändern. Sogar die Themse war gefroren, und es wurden Jahrmärkte auf ihr abgehalten. Charlie Beckwith und Jack Molloy, die von Dover auf Urlaub waren, wo das Regiment im Winterquartier lag, führten Juana und Anna eines Abends dorthin aus, damit sie sich den Spaß ansehen konnten. Sie unterhielten sich großartig, aber es war durchaus nicht eine Unterhaltung die Mary gebilligt hätte. Sie kauften geröstete Kartoffeln, steckten sie in ihre Muffe und wärmten sich die Hände daran; sie entrichteten ihren Obolus, um die Riesendame und das Kalb mit den fünf Beinen zu sehen; sie versuchten sogar ihr Glück bei dem Wurfspiel «Hahnenschlagen» – «genau wie die gewöhnlichen Leute», erklärte Anna freudig.

Beckwith und Molloy berichteten Juana eine Menge Regimentsklatsch und allerlei Neuigkeiten über die Truppen, die in Holland stationiert waren. Beckwith erzählte – und hatte es angeblich aus bester Quelle –, daß der junge Prinz von Oranien, der zum Oberbefehlshaber der britischen Kräfte in den Niederlanden ernannt worden war, seit der Wiedereinsetzung seines Vaters auf den Thron der Niederlande bei den Holländern ständig großen Anstoß errege, weil er in Brüssel fast ausschließlich mit Engländern verkehre. Colborne, nunmehr im bestätigten Oberstenrang und außerdem Träger des Bath-Ordens, war sein militärischer Sekretär – kein Honiglecken, meinte Beckwith.

Jack zeichnete das grimmigste Bild von der kahlen Kaserne in Dover und wünschte sich, daß die 95er in die Niederlande abkommandiert würden. Brüssel schien nach allem, was man hörte, die amüsanteste Stadt Europas geworden zu sein. Die Engländer, entzückt, daß sie endlich wieder von ihrer eigenen Insel wegreisen konnten, strömten zu Hunderten nach Belgien. Jack kannte einen Burschen, der das Glück hatte, dort stationiert zu sein; dieser behauptete, London sei nichts dagegen. «Sogar besser als Madrid!» neckte Jack Juana.

Als sie nach Whittlesey zurückkehrten, war die Postchaise noch kaum in St. Mary's Street vorgefahren, als Sam schon unter Hallo aus dem Haus gerannt kam, um Juana zu sagen, sie solle schnell heimkommen und schauen, was für eine Überraschung sie erwarte. Eine Überraschung konnte nur eines bedeuten; sie raffte die Röcke zusammen und rannte hinein; und da war doch wirklich Eleanor, den Schal dicht um die Schultern gerafft festhaltend, und hielt ihr einen Brief von Harry entgegen.

Es war ein langer Brief, wie ein Tagebuch an Bord der «Statira» geschrieben und von der Mündung des Mississippi am 25. Dezember abgesandt. Man stelle sich nur vor – so lange hatte die «Statira» gebraucht, um zu ihrem Stelldichein mit der Flotte einzutreffen. Harry schrieb, das komme daher, daß ihr Kapitän aus der alten Schule stamme, jeden Abend alles dicht machte und die Segel einzog.

Es sah jedoch nicht so aus, als hätte Harry sich über die Verzögerung sehr geärgert. Er hatte die Reise genossen, obwohl die Fregatte so überfüllt war, daß die meisten Armeeoffiziere in Hängematten im Zwischendeck schlafen mußten. Es waren viele Kameraden vom Spanienfeldzug an Bord, und Sir Edward Pakenham, «einer der denkbar amüsantesten Menschen», flößte Harry jeden Tag größeren Respekt und tiefere Zuneigung ein. «Ich habe noch nie unter einem Mann gedient, dessen gute Meinung ich mir so sehr zu erringen wünschte», schrieb er.

Er hatte Zeit gefunden, noch einige Zeilen nach der Landung in Amerika zu kritzeln. Dank der gemächlichen Reise der «Statira», schrieb er, seien sie drei Tage nach der Ausladung der Armee unter Generalmajor Keane angekommen. Die Streitmacht hatte einen scharfen Nachtangriff durchgemacht, Stovon, der Generaladjutant, war am Hals verwundet worden; und Harry war an seine Stelle gerückt.

Das war natürlich eine sehr gute Neuigkeit; aber die Ankündigung, daß sich die Armee für einen Angriff auf New Orleans sammelte, verdrängte sie. Die Überlegung, daß der Kampf um diese Zeit schon vorüber war, im Guten oder Bösen, verjagte alles Lächeln von den Gesichtern der Schwestern; Juana preßte Harrys Brief an die Brust und rief aus: «Er kann tot sein! Er kann tot sein! *Ah Dios*, wie kann ich es ertragen, immer nur auf Nachrichten zu warten?»

Sie mußten eine höchst schmerzliche Zeit der Sorge durchleben, bevor weitere Nachrichten aus Amerika eintrafen. Der Schnee, der die sumpfigen Niederungen bedeckt hatte, war zu Matsch geworden, als eines trüben Tags im Februar Bruder William die Gazette brachte. Er schaute so ernst drein, daß Eleanor, die ihn an der Tür traf, unterdrückt aufschrie und fragte: «Harry?»

«Nein, Gott sei Dank! Er ist gesund! Aber die Nachrichten sind schlimm! Wir haben einen schrecklichen Rückschlag erlitten.»

«Oh, was macht das, solang nur Harry gesund und wohlauf ist! Schnell, komm sofort zu Juana hinein!» Sie hielt inne. «Woher weißt du das?» fragte sie. «Ist ein Brief von ihm gekommen?»

«Nein, etwas Besseres als das – General Lambert erwähnt ihn in der Depesche!»

Sie konnte es sich nicht versagen, ihm die Gazette wegzunehmen und einen Blick auf die wenigen Zeilen zu werfen, auf die sein Finger wies. «Major Smith vom 95. Regiment, derzeit militärischer Sekretär, ist für seinen Diensteifer und seine Begabung so gut bekannt, daß ich mit voller Wahrheit sagen kann, er besitzt jede Qualifikation, ihn hinfort zur schönsten Zierde seines Berufes zu machen», las sie und rief aus: «Oh, welche Freude! Wie das Juana fühlen wird! Unser Harry! Militärischer Sekretär! Sein Diensteifer und seine Begabung! Oh, ich muß sofort Juana suchen!»

Sie fand sie auch gleich, und erst als sie über die Anerkennung Harrys in freudige Rufe ausgebrochen, von ihrem Sessel aufgesprungen und im Zimmer herumgetanzt war wie das Kind, das sie war, konnte William sie dazu bringen, ihre Aufmerksamkeit auf die übrigen Zeilen der Depesche zu richten. Aber sowie Juana hörte, daß die Depesche von Generalmajor Lambert geschrieben worden war, wurde ihr Jubel sofort gedämpft und sie sagte scharf: «Lambert? Du meinst doch Pakenham, unseren teuren Sir Edward!»

«Nein, ach! Pakenham ist gefallen. Unsere Waffen haben eine Schlappe erlitten, meine liebe Schwägerin.»

«Gefallen!» weinte Juana und wurde blaß. «Schlappe! Das ist nicht möglich! Gib mir sofort die Gazette! Ich glaube dir nicht!»

Aber es war wirklich wahr. Der Sturm auf New Orleans war unter schrecklichen Verlusten abgeschlagen und Pakenhams Leiche in einer Spiritustonne tatsächlich zur Beerdigung nach England gebracht worden.

Juana brach in Tränen aus. Nicht einmal die glückliche Nachricht, daß Harry gesund und befördert worden war, konnte ihre Verzweiflung über eine britische Niederlage dämpfen. Sie sagte immer wieder, es könne nicht sein: «Nie, niemals haben wir eine Schlacht verloren! Oh, warum nur hatte nicht Lord Wellington den Oberbefehl? Dann hätte das nicht geschehen können!»

Am nächsten Tag kam ein Päckchen von Harry mit einem sehr höflichen kurzen Begleitschreiben von Wyly, Pakenhams militärischem Sekretär, der die Depesche heimgebracht hatte.

Harrys Brief war wieder als Tagebuch geschrieben, aber ein eiliges unzusammenhängendes Gekritzel, das deutlich verriet, wie beschäftigt und abgehetzt er seit seiner Landung in Amerika war. Er war mit einigen Regimentern von Anfang an unzufrieden gewesen; er entdeckte sehr bald, daß die amerikanischen Schützenregimenter, obwohl langsam, ausgezeichnete Schützen waren; und es ging klar hervor, daß er die Stellungen des Feindes für sehr stark hielt. Nur über ein Thema schrieb er mit seiner üblichen Begeisterung. «Ich bin ständig mit Sir Edward zusammen... Ich bin entzückt von ihm; er strömt eine Lebendigkeit aus, eine Kenntnis des Geländes, seiner eigenen Mittel und der Stärke der feindlichen Stellungen, die mich an seinen Schwager, unseren Herzog, erinnert... Ich glaube wirklich, ich hänge als Soldat wenn möglich noch stärker an Sir Edward als an John Colborne, wenn das überhaupt möglich ist!»

Die letzten Zeilen von Harrys Brief waren noch unzusammenhängender als sonst, sichtlich in größter Erregung geschrieben. Vor dem Sturm, am 8. Januar, mußte Harry seinen Posten als Generaladjutant an einen rangälteren Offizier abgeben, der angekommen war, um Stovin zu ersetzen. Da Lamberts Brigade gelandet war, war er als Stellvertretender Generaladjutant ihr zugeteilt worden. Juana würde sich sicher von Toulouse her an Lambert erinnern: ein Gentleman, ein liebenswürdiger Bursche, ganz und gar ein Guardsman. Harry hatte fünfundzwanzig Minuten, bevor Pakenham fiel, gewußt, wie es ausgehen würde. «Ich sagte, in fünfundzwanzig Minuten, General Lambert, werden Sie die Armee befehligen. Sir Edward wird verwundet und außer Gefecht oder tot sein. Die Truppen kommen nicht einen Schritt voran. Er wird an der Spitze der ersten Brigade sein, auf die er trifft.»

Und so geschah es auch. Pakenham fiel, der Angriff schlug fehl. Seit Buenos Aires, schrieb Harry, war es der erste Rückschlag, den er erlebte – das machte es doppelt schwer zu ertragen. Er hatte soviel zu tun, daß ihm Juana vergeben müßte, wenn er nur einen kurzen Brief schrieb. Trotz seines abscheulichen Geschmiers hatte Lambert ihn zu seinem militärischen Sekretär ernannt; er war mit der weißen Parlamentärsfahne zu General Jackson geschickt worden; er würde noch einmal hingehen müssen, um einen Gefangenenaustausch vorzuschlagen. Elende Arbeit, aber Gott sei Dank hatte er einen äußerst freisinnigen, klarköpfigen Partner für die Verhandlungen in Jacksons militärischem Sekretär, Lushington, gefunden. Er würde Juana keine weiteren Neuigkeiten geben, außer daß sich die Armee in Kürze einschiffen würde. Das übrige würde sie in Lamberts Depesche lesen.

2

Kaum hatte England Zeit gehabt, sich von den Nachrichten über die Niederlage in Amerika zu erholen, als es von einem weitaus erschreckenderen Ereignis niedergeschmettert wurde. Am 26. Februar floh Napoleon Bonaparte von der Insel Elba.

In London herrschte Bestürzung; sie verbreitete sich rasch im ganzen Land, und man sprach überall von nichts anderem als von der Landung des Ungeheuers im Süden Frankreichs. Pessimisten prophezeiten, mit der halben Armee in Amerika und Wellington weit weg beim Wiener Kongreß, würde Napoleon nicht aufzuhalten sein. Er würde Frankreich überrennen, und sehr wahrscheinlich ganz Europa; es würde keinen Frieden mehr geben.

John Smith sah ernst drein und schüttelte den Kopf, aber Juana sagte: «Oh, *basta*! Der Herzog wird vom Kongreß zurückkommen; ja, und Enrique wird aus Amerika zurückkommen; weißt du, jetzt ist es sicher, daß der Frieden unterzeichnet wird; und wir werden wieder auf dem Marsch sein, mit allen unseren Freunden! Oh, ich bin so froh, ich bin so froh, ich bin so froh!»

«Wie kannst du so reden?» rief Mary aus.

«Mein kleines Zelt – die Kolonnen auf dem Marsch – West, der Enriques Ersatzpferd führt – die Lagerfeuer – Oh, du kannst nicht verstehen, wie sehr ich das alles wiederhaben will!»

«Na!» sagte Mary. «Zu wünschen, daß Europa wieder in einen Krieg gestürzt wird, um welcher Überlegungen willen auch immer, ist etwas, das ich hoffentlich nie verstehen werde!»

«Du verstehst wirklich nichts davon!» sagte Charles. «Ich jedenfalls weiß, was du meinst, Jenny, und wenn mich irgend jemand diesmal davon abhält, zur Armee zu gehen, dann – dann – werde ich, dann werde ich –»

«Na, und was wirst du dann?» fragte John mit einem ziemlich melancholischen Lächeln.

«Oh, Sir, ich bin überzeugt, du kannst nicht so gefühllos sein, mir im Weg zu stehen! Es ist das einzige, woran mir liegt – Soldat zu sein wie Harry und Tom. Du mußt mich gehen lassen!»

«Ja», sagte John seufzend. «Ich glaube, das muß ich wirklich.»

Den ganzen nächsten Monat berichteten die Zeitungen Tag für Tag über Napoleons gemächliches Vordringen nach Paris. Als Marschall Ney zu ihm überging, gab es düsteres Kopfschütteln und sehr viel Gerede von Verrat. Am 20. März zog Napoleon in Paris ein, nachdem Ludwig XVIII. seinen Hof in aller Eile zusammengepackt hatte und über die Grenze nach Gent geflohen war. Die britische Armee in Belgien begann sich zu sammeln, immer noch unter der Führung des jungen Prinzen von Oranien – ein Umstand, der Juana höchst empörte. Sie sagte, es sei sehr gut, daß er den lieben John Colborne neben sich hatte, um ihn zu leiten, denn der Prinz verstand vom Krieg nichts, außer dem einen, wie sich als Wellingtons Adjutant zu benehmen.

Es wäre zu erwarten gewesen, daß nun, da Napoleon wieder an der Macht war, die englischen Besucher in Brüssel heimgefahren wären, aber kaum einer tat dies. Ja, im Gegenteil – es hieß, daß alle Paketboote mit reichen Müßiggängern auf ihrem Weg nach Belgien überfüllt seien, alle eifrig darauf aus, etwas von dem sich zusammenbrauenden Krieg zu erleben.

Als die Nachricht von der Unterzeichnung des Friedensvertrages mit Amerika eintraf, erwartete Juana täglich Harry in England. Man hörte jedoch nichts von ihm, und wenn sie überlegte, daß zwischen dem Sturm auf New Orleans und der Unterzeichnung des Friedensvertrages sehr wahrscheinlich in Amerika noch weitergekämpft worden war, begann sie schreckliche Angst zu haben, daß er gefallen sein könnte. Das lange Schweigen griff ihre Nerven derart an, daß sie bei jedem plötzlichen Geräusch blaß wurde und einen ihrer betrüblichen Anfälle von Atemlosigkeit bekam. Anna sagte zu Eleanor, sie wundere sich, wie ein so nervöses kleines Ding jemals den Gefahren der Feldzüge getrotzt haben konnte.

März, ein Monat voller Alarme, aber auch Ausflüge, verging ohne Nachrichten von Harry. Er verging auch ohne Nachrichten über die Rückkehr des Herzogs von Wellington aus Wien. Wirklich, sagten alle, er sollte doch bei seiner Armee sein! Niemand konnte sich im geringsten sicher fühlen, solange er abwesend war. Wenn man bedachte, daß Napoleon die britischen Streitkräfte angriff, während der Herzog immer noch bei diesem dummen Kongreß war! Es war Unsinn, zu behaupten, daß Napoleon noch nicht bereit war, zuzuschlagen – er plante vielleicht irgendeinen zerschmetternden Coup, während die Alliierten immer weiter herumtrödelten und über Subsidien feilschten. Noch nie war etwas von Anfang bis zum Ende derart schlecht geführt worden! Mit Wellington in Wien und vielen seiner Spanienkämpfer in Amerika hätte es doch das reinste Wunder sein müssen, wenn es Napoleon nicht gelänge, alles zurückzugewinnen, was er verloren hatte.

Am 5. April jedoch kam der Herzog in Brüssel an, und selbst überzeugte Pessimisten hatten allmählich das Gefühl, daß doch noch nicht alles verloren sei. Aber Harrys Onkel Davie sagte düster, man könne sich darauf verlassen, dieser Feldzug würde elend ausgehen, denn er hatte von einem Freund gehört, der es wieder von einem Mann hatte, der in Belgien gewesen war, daß die Armee dort zum größten Teil aus unerfahrenen Truppen bestand. Außerdem hieß es von den holländisch-belgischen Soldaten, sie seien eine politisch unzufriedene Bande, und Blüchers Preußen lagen sich mit ihnen schon in den Haaren.

«Alles wird jetzt gut werden, wenn der Herzog bei der Armee ist», sagte Juana vertrauensvoll.

«Ah, meine Liebe, ich wollte, du hättest recht!» sagte Onkel Davie kopfschüttelnd. «Aber alles ist so verpatzt worden! Ich habe es von Anfang an gesagt, sie hätten Bonaparte niemals nach Elba gehen lassen sollen; ich habe immer gewußt, wie dieser unglückselige amerikanische Krieg enden würde! Mich jedenfalls würde es nicht überraschen, wenn wir aus der Gegend da drüben von einer neuen Katastrophe hörten!»

«Oh, sag das nicht!» rief Juana aus.

«Ich halte es für sehr ominös, wirklich für sehr ominös», sagte Onkel Davie und übersah die heftigen Zeichen, die ihm seine Nichten machten, «daß man von Lambert seit jener letzten Depesche nichts mehr gehört hat, in der von der Einschiffung der Truppen nach der Katastrophe von New Orleans die Rede war. Da haben wir nun schon Mitte April, und Harry ist immer noch nicht heimgekommen! Merkt euch meine Worte, da steckt etwas dahinter, das wir nicht wissen!»

«Glaubst du das wirklich?» sagte Juana, die Augen gebannt auf seinem Gesicht.

«Ich hoffe, ich ermangle nicht des gehörigen Respektes, den ich meinem Onkel schulde», sagte Betsy rundheraus, «aber ich erkläre, daß ich noch nie in meinem Leben einen solchen Unsinn gehört habe. Wenn du auf meinen Rat hörst, Jenny, dann kümmerst du dich nicht im geringsten darum!»

Aber die Taktlosigkeit Onkel Davies hatte nur die Angst in Worte gekleidet, die Juana überall mit sich herumtrug; und obwohl sie sich zwang, Betsy anzulächeln, war es offensichtlich, daß es sie eine große Anstrengung kostete.

Die Schwestern begannen, sich über den Verlust ihrer Farbe und heiteren Laune und ihres Appetits große Sorgen zu machen. Nichts schien ihr gut zu tun. Es konnte ihr nichts helfen, sagte John Smith, den seine Töchter anflehten, der armen Jenny etwas vorzuschreiben, und nichts würde ihr nützen, bis Harry zu ihr zurückkam. «Eine solche Hingabe», sagte Eleanor mit einem tiefen Seufzer, «ist uns allen eine Lehre! Weißt du, Papa, wenn sie mit uns in die Kirche geht und ich sehe, wie sie vor sich hinstarrt, mit einem solchen Blick in den Augen, und die Hände so fest an ihr Herz gepreßt, greift mich das so an, daß ich wahrhaftig nicht weiß, wie ich mich beherrschen soll, um nicht in Tränen auszubrechen!»

Juana ging jeden Sonntag mit den Schwestern in die Kirche und nachher auf einen artigen Spaziergang. An einem Sonntag, spät im April, war die Sonne so hell und der Himmel so klar, daß selbst die vorsichtige Mary meinte, sie könnten sich ohne das Risiko, in einen Regenschauer zu geraten, etwas weiter wagen als gewöhnlich. Sie schlenderte dahin, William und Sam leisteten ihnen Gesellschaft, als sie plötzlich den Gärtnerjungen erblickten, einen neuen Diener, der auf sie zurannte und ihnen winkte, um ihre Aufmerksamkeit zu erregen.

Sie beschleunigten ihre Schritte, um ihm entgegenzugehen und fragten sich, was er wohl wolle, und waren erstaunt, als sie entdeckten, daß er überaus aufgeregt war. William fragte ihn ziemlich scharf, ob denn etwas nicht in Ordnung sei, und erhielt die geheimnisvolle Antwort, er wisse es nicht, nur wünsche der gnädige Herr, daß die Damen sofort nach Hause zurückkehrten.

«Guter Gott, ist Vater krank?» rief Eleanor.

Nein, dem gnädigen Herrn gehe es sehr gut, aber beim Falcon-Inn sei mit einer vierspännigen Postchaise ein fremder Herr angekommen, der nach dem gnädigen Herrn geschickt habe. «Und der gnädige Herr hat gesagt, daß ich die jungen Damen suchen gehen soll, und ihnen ganz ruhig sagen soll, daß er will, daß sie sofort nach Hause kommen.»

«Oh!» sagte Anna gedankenlos. «Könnte es sein, daß uns jemand Nachrichten über Harry gebracht hat?»

Juana gab einen komischen kleinen Seufzer von sich und fiel ohnmächtig um.

«Anna, wie kannst du nur?» rief Eleanor aus und sank neben Juana auf die Knie.

Die tüchtige Betsy schlug bereits Juanas totenblasse Wangen, und während die beiden Brüder ganz geistesabwesend immer noch zu denken versuchten, wo sie so schnell wie möglich Wasser auftreiben konnten, kam Juana zu sich.

«*Mi* Enrique! *Esta muerto! El no vendrá nunca, nunca!*»

«Liebste Jenny! Liebste Schwägerin! Schau, es ist deine Eleanor!»

«Oh!» Juana preßte eine Hand an den Kopf. «Es tut mir leid – *un acto de locura!* – aber jemand hat gesagt – oh, wie schrecklich von mir, mich so aufzuführen! Bitte, reich mir deinen Arm, denn ich versichere dir, mir geht es schon wieder ganz gut! Wir müssen sofort heimgehen!»

«Kannst du auch bestimmt zu Fuß gehen?» fragte Mary. «Du weißt, Sam kann zurücklaufen und die Kutsche holen.»

«Nein, nein, ich kann nicht warten! Jemand ist mit Nachrichten von Enrique gekommen!»

Da die anderen fast ebenso begierig waren wie sie, nach Hause zu kommen, versuchten sie nicht, ihr abzureden, sondern machten sich sofort zu der St. Mary's Street auf. Als das Haus in Sicht kam, ließ Juana den Arm Williams los und lief voraus. Das Gartentor stand offen; als es Juana erreichte, kam eine Gestalt, die nicht zu verkennen war, aus dem Haus *«Mi esposo, mi esposo!»* schluchzte Juana und warf sich in Harrys Arme.

3

Er hatte es natürlich nur gut gemeint. Er hatte so große Angst gehabt, Juana zu erschrecken, daß er seine Postkutsche beim Falcon-Wirt anhalten ließ und heimlich um seinen Vater schickte. Wie hätte er aber auch ahnen können, daß dieser dumme Kerl von einem Burschen mit seiner Botschaft auf diese Art herausplatzen würde?

«Oh!» sagte Eleanor scherzhaft. «Ich weiß nicht, wer der größere Dummkopf war, du oder Papa! Als könnte es Juana wehtun, dich wiederzusehen, den sie täglich, nein, stündlich erwartete! Du hast uns eine solche Angst eingejagt! Wir waren in einem Aufruhr der Sorge und fürchteten, daß du tot oder schwer verwundet sein könntest!»

«Dieser kleine Racker jedenfalls hätte es besser wissen müssen!» sagte Harry und hielt Juana fest im Arm. «Mir kann doch nie etwas geschehen!»

«Aber es hat so lange gedauert, bis du gekommen bist!»

«Beim Jupiter, und ob wir lange gebraucht haben! Dafür kannst du dem Admiral Cochrane die Schuld geben! Nicht genügend Verpflegung auf den Schiffen – wir mußten eine volle Woche in Havanna einschieben, um Vorräte an Bord zu nehmen! –, und als Krone des Ganzen hat er die Mitteilung des Friedensabschlusses an Lambert hinausgezögert. Oh, wie ich die Admirale verflucht habe! Das heißt, alle außer Malcolm. Aber macht nichts, jetzt sind wir hier, gerade rechtzeitig für den letzten Strauß mit Boney! Weißt du, daß wir keine Ahnung hatten von dem, was sich in Frankreich tat, bis sich die ‹Brazen› dem Bristol-Kanal näherte? Wir waren wieder in das übliche stürmische Wetter geraten, als wir an einem Handelsschiff vorbeischossen. ‹Woher seid ihr?› brüllte unser Kapitän. ‹Portsmouth.› – ‹Gibt's was Neues?› – ‹Nein, nichts.› Und ob du es glaubst oder nicht, das Schiff war schon fast außer Sicht, als wir jemanden herüberbrüllen hörten: ‹He, der Bonaparte ist wieder auf dem Thron von Frankreich zurück!› Habe ich Hurra gebrüllt! ‹Ich werde Oberstleutnant, noch bevor das Jahr um ist!› sagte ich. Lambert wollte es nicht glauben. Ich habe noch nie einen Burschen mit einem derartigen Glauben an die Regierung getroffen. Erst als wir nach Spithead kamen, konnte er überzeugt werden;

aber der Anblick all der Geschäftigkeit und der Kriegsschiffe dort war sogar für ihn genug.»

«Wann seid ihr vor Anker gegangen?» fragte John.

«Gestern. Sir John und ich sind noch am Abend in einer Postkutsche nach London losgefahren, kamen aber nur bis Guildford. Ich hatte bald entdeckt, daß sein Tempo nicht genügen würde, so erbat ich mir die Erlaubnis von ihm, weiter heimfahren zu dürfen. Bis dahin kannte er meine romantische Geschichte noch gar nicht. Als ich ihm von dir erzählte, *hija,* habe ich sein zärtliches Herz noch nie so bös erlebt – denn er hat mich wie seinen eigenen Sohn behandelt. Er hat mich richtig ausgescholten, mir gesagt, er würde unsere Ankunft selbst melden, befahl mir, ihm zu schreiben, damit er meine Anschrift wisse, und hat mich sofort losgeschickt! So setzten West und ich uns in eine Kutsche, erreichten London heute morgen und fuhren sofort zum Panton Square. Madame versicherte mir, daß es dir gut gehe, *querida,* und daß du erst kürzlich einen neuen Reitanzug bestellt hast. So mietete ich zuerst eine Postkutsche, und dann rannte ich zu Week's auf dem Haymarket, denn ich wollte doch nicht wieder mit leeren Händen heimkommen. Schau, was ich dir mitgebracht habe!»

Dieser verschwenderische Harry! Er hatte für seine Juana eine schwere Goldkette und ein Toiletteköfferchen gekauft, das, wie Anna erklärte, einer Herzogin würdig gewesen wäre! Er brachte ihr außerdem eine ganze Wagenladung spanischer Bücher aus Havanna mit; und West hatte ein Pärchen der lokkigen kleinen weißen Hunde erstanden, die sie dort züchten, und hatte sie eigens für die Gnädige mitgebracht! «Nicht sehr mein Geschmack», sagte Harry nachsichtig.

Er hatte viel über seine letzten Wochen in Amerika zu erzählen: wie er ausgesandt worden war, die Übergabe von Fort Bowyer zu fordern; wie die Armee bis zur Ratifizierung des Friedens auf der Dauphine-Insel ausgeladen worden war, am Eingang zur Mobile Bay, und welche Schwierigkeiten sie dort gehabt hatten, frische Vorräte zu bekommen; wie sie kein Brot backen konnten, weil es keine Öfen gab, bis Harry mit der bereitwilligen Hilfe Admiral Malcolms Mörtel zum Öfenbauen aus Austernmuscheln gemacht und die Generale überrascht hatte, als er eine ganze Kolonne frischer Bortlaibe und Brötchen fürs Frühstück aufmarschieren ließ; wie West eines Morgens in Harrys Zelt kam und ausgerufen hatte: «O Sir, Gott sei Dank, daß Sie leben! Ein Navigator ist die ganze Nacht immer um Ihr Zelt herumgegangen! Er hat einen richtigen Weg herum getreten!» Er hatte natürlich einen Alligator gemeint; es gab deren eine große Menge auf der Insel; die Soldaten pflegten die Jungen zu essen, die ungefähr nach schrotgemästetem Schweinefleisch schmeckten. Die Sandflöhe waren gräßlich; Harry, der Tabak haßte, hatte seiner Ordonnanz, soviel diese nur rauchen konnte, gegeben und ihm aufgetragen, sich unter seinen Tisch im Zelt zu setzen, während er seine Berichte schrieb. «Mit Verlaub, Sir», hatte die Ordonnanz – ein Spanienkämpfer – gesagt und den Kopf mit einem sehr wissenden Blick herausgestreckt, «das ist eine noch trockenere Arbeit als vor Salamanca, wo es kein Wasser gab und sogar keinen Grog.» So hatte denn Harry West um Rum und Wasser geschickt, und die Ordonnanz hatte zufrieden gesagt: «Also jetzt, Euer Ehren, wenn Sie so lange schreiben können wie ich rauchen, dann schreiben Sie eine ganze Weltgeschichte, und ich bringe das ganze Ungeziefer um.»

Als die Ratifizierung des Friedens eintraf, hatten sich Lambert, Harry und Baynes, der Adjutant, auf der Korvette «Brazen» eingeschifft und waren nach Havanna gesegelt. Hier wurden sie von einem Mr. Drake gastlich aufgenommen, einem reichen Kaufmann, der mit einer Spanierin verheiratet war. Aber Harry hatte alle seine Freizeit im Hause des Gouverneurs verbracht, denn der hatte eine Tochter, Juana so ähnlich, daß sich Harry kaum von ihr losreißen konnte.

«Ja, das brauchst du mir wirklich nicht zu sagen», sagte Juana. «Du bist überhaupt fürchterlich, *mi querido! Muy perfido!*»

In Havanna hatte Harry Woodville, den Zigarrenfabrikanten, kennengelernt, einen ganz außergewöhnlichen Mann, der Lambert erzählte, er könne etwas zeigen, dessen sich nur wenige Männer rühmen könnten. Er hatte die Finger in den Mund gesteckt und hatte einundvierzig Kinder herbeigepfiffen, in den verschiedensten Farbschattierungen, und keines über dreizehn Jahre alt. «‹Berichte besagen, Sir John, und ich glaube es›, hatte er Lambert gesagt, ‹daß jedes einzelne von ihnen mein Kind ist.› Ich dachte, Stirling und ich – Stirling ist der Kapitän der ‹Brazen›, mußt du wissen – müßten uns totlachen! Denn der liebe Sir John, einer der moralischsten Männer auf Gottes Erden, sagte in der mildesten Art: ‹Wahrhaftig eine sehr große Familie, Mr. Woodville.›»

Dann, im Golf von Florida, war die «Brazen» in einen schrecklichen Sturm geraten und achtundvierzig Stunden festgelegen. Einmal hatte sich Harry schon gefragt, ob er seine Juana je wiedersehen würde, aber einen Kapitän wie Stirling gab es kein zweites Mal, und so war er, Harry, ja schließlich doch hier, munter wie eh und je, und brannte nur darauf, zur Armee in Belgien zu stoßen.

«Oh, wieder unter der alten Krummnase zu dienen!» sagte er.

«Und ich, Enrique? Und ich?» fragte Juana und rüttelte an seinem Arm.

«Natürlich du auch, mein Liebling! Ich habe Lambert schon gesagt, ich würde dich mitbringen, und er bat mich, dir seine Empfehlungen auszurichten, und befahl mir, dir zu sagen, daß er sich sehr freue, meine kleine spanische Heldin kennenzulernen. Ich habe ihm nicht verraten, was für ein Racker du bist, *hija*!»

«Oh, Harry, du wirst doch Juana nicht nach Belgien mitnehmen?» rief Mary.

«Oh, und ob ich das werde, beim Jupiter!» sagte Harry. «Keine Trennung mehr für mich, nein danke!»

4

Es dauerte nicht lange, bis Harry von Lambert hörte, daß dieser bei der Armee in Belgien eingesetzt werden sollte und Harry sich besser bereit halte, um sich ihm innerhalb weniger Stunden anschließen zu können. Harry würde wieder als Brigadeadjutant verwendet werden, ein Posten, der ihm sehr recht war. Die Schwestern vergossen Tränen, aber Juana und Harry tanzten einen Fandango in so toller Laune, daß Seufzer und Tränen fehl am Platze schienen. Das Haus in der St. Mary's Street verwandelte sich plötzlich in das reinste Militärdepot; und Anne, die zusah, wie Zelte überholt, Menagekörbe frisch aufgefüllt, Reitanzüge, -stiefel und -umhänge zur Durchsicht ausgebreitet wurden, beneidete Juana so, daß sie sich kaum entschließen konnte, ihre eigene langweilige Zukunft ins Auge zu fassen.

Am dringendsten wurden Pferde benötigt. Harry entschied, daß sowohl Tiny wie seine eigene Stute zu alt für weiteren Militärdienst seien, und ging mit Juana und seinem Vater nach Newmarket, um sich einen Stall zu besorgen. Er kaufte zwei gute Pferde dort, zwei weitere in Whittlesey und von seinem Bruder Stona eine wunderschöne Stute aus der Zucht seines Vaters für Juana. Sie nannten sie die Kupferstute, und sie war ein schönes, starkes Geschöpf, das vollkommene Reitpferd für eine Dame – vorausgesetzt, daß die Dame eine vollkommene Reiterin war.

Betsy erklärte, Harrys Beförderung zum Major sei ihm total zu Kopf gestiegen. Sie sagte, er würde bald ruiniert sein, denn neben dem Offiziersburschen, den er haben würde, sobald er bei der Armee war, nahm er West mit, dann einen jungen Stallburschen, der sich um Juanas Pferd kümmern mußte, und eine Kammerzofe. Wie, fragte sie, stelle er sich vor, sich, seine Frau, seinen Bruder Charles, drei Dienstboten, fünf Pferde und einen Schoßhund nach Ostende zu transportieren?

«Oh, irgendwie wird das schon gehen!» sagte Harry sorglos.

Charles, etwas verlegen in einer funkelnagelneuen Schützenuniform der Rifles, sollte Harry begleiten. Er hoffte, er würde Gelegenheit haben, sich in dem kommenden Feldzug auszuzeichnen, denn kaum hatte er seine Freiwilligenjacke eine Stunde lang an, hatte er nur den einen Ehrgeiz: seine Schulterstreifen gegen das Abzeichen der Rifles auszutauschen.

Kaum waren alle Vorbereitungen getroffen und den Schwägerinnen ausgeredet worden, Juana alle möglichen Bequemlichkeiten aufzudrängen, die sie, sagte Harry, ebenso leicht wie die Pfarrkirche hätten mitnehmen können, als ein zweiter Brief von Sir John eintraf. Sir John startete unverzüglich nach Gent und empfahl Harry, sich von Harwich aus nach Ostende zu begeben, um sich ihm anzuschließen.

West und Jenkins wurden sofort mit den Pferden nach Harwich vorausgeschickt, und Harry würde ihnen mit Frau und Bruder in der Postkutsche folgen. An ihrem letzten Tag daheim ritten er und Juana mit John und den Schwestern aus, und Harry setzte seiner Laufbahn fast ein Ende, indem er auf seiner alten Stute noch einen letzten Sprung wagte. Sie stürzte und drückte mit der Schulter Harrys Bein zu Boden. Eine schreckliche Minute lang meinten alle, Harry entweder tot oder verkrüppelt zu sehen. Nichts dergleichen! Er war nicht verletzt, und sowie er entdeckte, daß er sein Bein nicht hervorziehen konnte, tastete er, bis er die Kandare zu fassen bekam, und riß so scharf daran, daß die Stute einen krampfhaften Versuch machte, sich zu erheben, und er imstande war, sein Bein herauszuziehen. Er taumelte auf, angeschlagen erschüttert und schwach, aber mit heilen Knochen. «Guter Gott!» sagte er und lachte etwas unsicher, «diesmal hätte mein Brigadeadjutantentum fast ein Ende gefunden!»

Trotz des Unfalls ging es ihm am nächsten Morgen keinen Deut schlechter; er hinkte nicht einmal sehr, was das geringste gewesen wäre, sagte der Vater, was er verdient hätte. Um drei Uhr früh stand die Postkutsche vor der Tür, und es mußte alles Abschiedselend durchgemacht werden. Der arme John, der drei seiner Söhne in den Krieg schickte, war schrecklich aufgeregt: «Napoleon und Wellington werden aufeinander treffen; es wird eine Schlacht geben, wie sie bisher unerhört war. Ich werde euch alle nicht wiedersehen», sagte er voll Trauer. Alle Schwestern hatten rote Augen und zerknüllte feuchte Taschentücher. Juana wurde immer wieder geküßt; Harry wurde gebeten, nur ja auf sie aufzupassen; ein Korb mit Erfrischungen für die Reise wurde in die Kutsche gestellt; Matty, Juanas Zofe vom Land, kletterte hinterdrein, die Arme voller Mäntel und Pakete; und endlich fuhren sie ab.

Sie erreichten Harwich am Nachmittag und gingen sofort zum Schwarzen Stier, wo Harry vor Jahren abgestiegen war, als er sich mit Moore nach Gothenburg eingeschifft hatte. Mr. Briton, der Wirt, erinnerte sich sofort wieder an ihn, sagte aber ziemlich dämpfend, daß, falls Harry nicht ein Boot mietete, er keine Chance haben würde, von Harwich aus abzusegeln. Jedes Paketboot war voll zum Überfließen, jedes Schiff, welcher Tonnage auch immer, war von der Regierung für Truppentransporte eingezogen worden.

Charles war von dieser Mitteilung sehr niedergeschlagen, aber Harry, immer auf der Höhe seiner Energie, wenn es galt, Schwierigkeiten zu überwinden, machte sich sofort daran, ein passendes Fahrzeug zu finden. Er bekam Wind von einer Korvette von einigen Tonnen, und am nächsten Tag, nach langen und lautstarken Verhandlungen, gelangte er mit dem Schiffer zu einem Abkommen, der zusammen mit einem Jungen die gesamte Mannschaft des Schiffes darstellte. Harry fand nach sorgfältigem Ausmessen, daß genug Platz für die Pferde vorhanden war und auf dem Hinterdeck ein kleines Loch, in das er sich, seine Frau und seinen Bruder hineinquetschen konnte. Charles, der das Schiff angewidert inspizierte, platzte heraus: «Das geht doch nie und nimmer für Jenny!»

«Nicht für mich?» sagte Juana, die gerade aus der winzigen Kabine auf das Deck hinaustrat. «Warum denn nicht?»

«Es ist so schäbig! Und es gibt keinen Platz für eine Dame!»

«*Basta!* Ich bin keine Dame, sondern im Gegenteil, ein guter Soldat. Wann segeln wir auf diesem lieben kleinen Boot ab, Enrique?»

Das war der Jammer – sie konnten nicht absegeln, bevor der Wind nicht günstig war, wegen der Pferde, und zu ihrem Pech hatte schlechtes Wetter eingesetzt.

Das hielt sie zwei Wochen in Harwich fest, müßig herumsitzend, aber endlich ging es los, die Pferde und das ganze Gepäck wurden an Bord gebracht, und an einem sonnigen Nachmittag wurden die Segel gehißt.

Eine sanfte Brise trug sie in vierundzwanzig Stunden nach Ostende hinüber. Sie mußten die Pferde ausladen, indem sie sie in Schlaufen spannten und in das Meer hinunterließen, damit sie an Land schwammen. Als die Kupferstute in den Schlaufen hing, sah sie Land und wieherte laut, ein Glücksomen, erklärte Juana.

Sie blieben drei Tage in Ostende und wohnten in einem großen Gasthof, der von Besuchern überquoll, Zivilisten und Militärpersonen. Harry fand bald einen englischen Pferdehändler und kaufte ein paar gute Maultiere und ein flämisches Pony von ihm, für das Gepäck. In Ostende trafen sie mehrere Bekannte und erfuhren, daß das 1. Bataillon der Rifles in Brüssel lag und die ganze Armee hinter der Grenze konzentriert wurde, in engster Fühlungnahme mit den Preußen.

Als sie Gent erreichten, entdeckten sie, daß Sir John erst einen Tag vor ihnen angekommen war. Sir John nahm Juana äußerst freundlich auf und begann sie sehr bald wie seine eigene Tochter zu behandeln. Seine Brigade bestand aus vier alten Spanienregimentern: dem 4., 27., 40. und dem 81., das den Garnisonsdienst in Brüssel versah. Er erzählte Harry, sie müßten bereit sein, jeden Augenblick einzurücken.

«Das ist kein Problem!» sagte Harry.

«Nicht für meine Brigade», stimmte Sir John zu. «Aber ich kann Ihnen das eine sagen, mein Junge: der Herzog hat hier keine solche Armee, wie wir sie gewöhnt waren. Das einzige, was er machen kann, um aus ihr etwas herauszuholen ist, die alten Truppen zwischen die unerfahrenen neuen Bataillone zu mischen; ich habe bereits erfahren, daß einige Generale ziemlich böse sind, weil ihnen ihre alten Nummern weggenommen wurden. Alten hat die neue Dritte Division; Picton bekommt die Fünfte; Colville hat die Vierte. Was von euch Ligth Bobs übriggeblieben ist, wurde unter die übrigen aufgeteilt. Colborne ist beim 52. Regiment von Clintons Zweiter Division – Adams Brigade – und ebenso euer 2. und 3. Bataillon. Barnard ist mit dem 1. Bataillon in Pictons Division unter Kempt. Und an Stelle Cottons befehligt Lord Uxbridge die Kavallerie – alles erscheint uns alten Hasen auf den Kopf gestellt.»

Die Brigade blieb weiterhin in Gent stationiert, aber da sich der Hof des französischen Königs hier etabliert hatte, war die Stadt ein wahres Zentrum des Kommens und Gehens und wurde sehr oft nicht allein von Wellington und den anderen Größen der Armee besucht, sondern von jedem Offizier, der Urlaub bekommen konnte und lieber Gent als Brüssel besuchte. Tom Smith, der in der Nähe von Ath lag, kam auf eine Stippvisite zu Harry. Dieser lachte darüber, daß Charlie es erreicht hatte, als Freiwilliger in das Regiment zu kommen, wünschte aber sehr, er wäre in seinem Bataillon. Charlie war zum 1. Bataillon nach Brüssel gegangen, wo er Harrys Freunden zweifellos willkommen sein würde.

Die Smiths hatten in Gent eine sehr gute Unterkunft, und sowie ihre besonderen Busenfreunde von ihrer Ankunft erfuhren, erhielten sie so viele Besuche, daß es eher schien, als seien sie nach Belgien gekommen, um eine gesellschaftliche Runde zu genießen, als an einem schwierigen Feldzug teilzunehmen. Aber Charlie Gore, der einst nach Vittoria einen Ball in Sanguessa gegeben hatte und der immer noch Adjutant Kempts war, erzählte ihnen, den besten Spaß hätten sie versäumt. «Nichts als Gesellschaften und Bälle und Picknicks, auf mein Wort!» erklärte er. «Jetzt gehen wir nicht mehr soweit. Die alte Krummnase mag es nicht. An der Front gibt es ziemlich viel Truppenbewegungen. Obwohl es heißt, Boney sei immer noch in Paris. Beim Zeus, Harry, du hast Glück, daß du noch rechtzeitig zu dieser Affäre aus Amerika zurückgekommen bist!»

Das war die Meinung aller: bei diesem Feldzug nicht mitmachen zu können, wäre das größte Pech, das man sich vorstellen könnte. Kincaid, der aus Brüssel nach Gent geritten kam, sagte, sie wollten Harry als ihren Brigadeadjutanten zurückhaben.

«He, du langer, magerer Teufel, was willst du damit sagen?» fragte Charlie Eeles empört. «Bin ich euch vielleicht nicht gut genug?»

«Du tust ja dein Bestes, Kleiner», sagte Kincaid ekelhaft gönnerisch. «Jedenfalls bist du nicht so lärmend, was, wie ich zugebe, ein Vorteil ist.»

«Keine Rauferei in meiner kostspieligen Unterkunft!» rief Harry aus. «Ich bin lieber bei Lambert als in der Division vom alten Picton. Es ist doch zu traurig, wenn man sieht, wie *die* Division derart aufgestückelt ist! Wie kommt ihr mit den anderen in eurer Brigade aus? Wen habt ihr bekommen?»

«Die Slashers, die 32. und die Highlander Camerons – es könnte nicht besser sein!» antwortete Eeles.

Kincaid seufzte. «Wir verkehren nicht viel mit ihnen», sagte er. «Was mich betrifft, vermisse ich unsere alten Freunde, die Caçadores. Es heißt, jedoch, daß der alte Douro versucht, sie zu uns zurückzubekommen.»

«Mach dir nichts draus! Wir haben immer noch die Holländer und Belgier», sagte Eeles salbungsvoll.

«Wie sind die Preußen?» fragte Harry.

«Weiß nicht – man sieht sie nicht. Ich nehme an, daß wir den Lion d'Or verloren haben, Harry?»

«Um den ist nicht schade», antwortete Harry. «Ich habe nie sehr viel von Cotton gehalten – wir kannten ihn, als er bei Moore war.»

«Aber sagt mir doch», unterbrach Juana, «wo ist der liebe Charlie Beckwith?»

«Oh, immer noch im Stab des Generalquartiermeisters! Hat er euch noch nicht besucht? Tatsache ist, daß sie im Amt des Generalquartiermeisters verteufelt viel zu tun haben. Deshalb glauben wir, daß wir bald in Bewegung gesetzt werden. Wie ist das eigentlich, in Gent im Quartier liegen? Seht ihr viel von den französischen Truppen? Taugen sie etwas?»

«Himmel, nein!» sagte Harry. «Ich habe noch nie eine solche Bande Kerle in meinem Leben gesehen! Der König ist ja ziemlich eindrucksvoll, aber kaum erblickt er einen von uns, schon sagt er, wie entzückt er ist, uns zu sehen und wie sehr viel er unserer Nation verdankt. Er hat mir das schon zweimal gesagt.»

«Jetzt höre einer einmal so etwas!» sagte Kincaid voll Bewunderung. «Hofkreise und so! Man stelle sich nur unseren Herrn Major Smith vor!»

«Ja, der König lehnte sich auf Enriques Schulter!» sagte Juana.

«Ich hab mir doch gleich gedacht, daß er noch selbstgefälliger dreinschaut als sonst – du nicht auch, Charlie?»

«Ja, aber ich hab das seiner Beförderung zugeschrieben», antwortete Eeles prompt.

«Charlie, nein! Johnny, wie kannst du so etwas sagen?» rief Juana ganz verzweifelt aus.

«Laß dich doch nicht von ihnen aufziehen, *hija*!» sagte Harry grinsend.

5

Harry pflegte jeden Morgen, solange sie in Gent waren, nach dem Frühstück Sir John Lambert wegen eventueller Befehle aufzusuchen. Es gab immer eine Menge Order, denn Sir John, ein Guardsman, hielt Parade um Parade ab und hatte es sehr wichtig mit Details beim Aufziehen der Wachen, des Postendienstes und korrekter Garnisonsvorgänge. Harry lachte, gab aber zu, daß die Brigade in prächtiger Form war.

Eines Morgens war er gerade bei Sir John, als im Gang jemand mit Stentorstimme brüllte: «Lambert! Lambert! Heda, wo zum Teufel ist denn da die Tür?»

«Wer in Himmels Namen kann das sein? Gehen Sie nachschauen, Harry!» sagte Lambert.

Harry ging hinaus und stieß zu seiner Überraschung direkt mit Admiral Malcolm zusammen, der ihn mit herzlichem Getöse begrüßte und wissen wollte, wo sich denn Lambert hinverstaut hatte. «Das Haus ist finster wie ein Schiffsrumpf!» erklärte er, schlingerte herein und packte Sir John bei der Hand. «Los, pack an und verschaff mir ein Frühstück, Harry! Keine normalen Stunden an Land, wie auf der ‹Royal Oak›!»

Woher denn er plötzlich auftauchte? Oh, er hatte einige Truppen von Amerika herübergebracht, einschließlich des 27. Regiments von Lamberts Brigade, und war zum Küstenkommandanten ernannt worden. Er sah nicht ein, warum die Armee den Spaß allein haben sollte; soviel er von seinem Freund Wellington wußte, hatten sie sich ja großartig unterhalten! Nichts als Bälle und Picknicks!

Aber die Armee sollte nicht mehr lange Ruhe haben, um diese Festlichkeiten zu genießen. Von De Lancey, dem Generalquartiermeister, kam in der Nacht des 15. Juni Befehl für Lambert, und eine Stunde später, im Morgengrauen, traf sich die Brigade an den Sammelstellen und marschierte auf der Straße nach Brüssel von Gent ab.

Nachmittags hatten sie Assche erreicht, und der Lärm ständigen Feuerns im Süden ließ die alten Krieger vor Eifer zappeln.

«Es ist wie in den alten Zeiten!» sagte Juana. Sie glitt vom Rücken der Kupferstute, den Reitanzug ganz verstaubt, aber die Augen leuchtend wie Sterne. «Irgendwelche Befehle, *mi amigo*?»

«Nein, General, keine! Wir biwakieren!» antwortete Harry prompt.

«Muy bien!» sagte sie und streifte die Handschuhe ab.

Lambert fürchtete, sie müsse müde sein, und sagte besorgt, er hoffe, der Marsch sei ihr nicht zuviel geworden, worüber Harry in Gelächter ausbrach. «Was, dieses kleine Stück, Sir? Da kennen Sie sie nicht!»

«Wirklich nicht!» sagte Juana und lächelte zu Lamberts freundlich besorgtem Gesicht auf. «Ich bin doch mit der Division von Lecumberri bis zur Spitze des Santa Cruz in den Pyrenäen marschiert! Und ich bin nicht ausgefallen! *Absolutamente no!*»

«Nun, Sie sind eine wunderbare Frau», sagte Lamberg. «Wollen Sie mir das Vergnügen machen, jetzt mit mir zu dinieren?»

«Ja, bitte!» sagte Juana. «Ich bin sehr hungrig, und Sie haben einen sehr guten Koch!»

In jener Nacht erhielt die Brigade keine sicheren Nachrichten, aber der Lärm des Feuers, das den ganzen Tag angehalten hatte, erstarb in der anbrechenden Dunkelheit. Es war klar, daß irgendwo im Süden eine heiße Schlacht stattgefunden hatte, aber sie erfuhren den genauen Ort erst am nächsten Tag, als sie Brüssel erreichten. Sie hielten in der Stadt und trafen alles im Zustand größter Verwirrung an, ganze Herden von Zivilisten, die versuchten, nach Antwerpen zu entfliehen, in Kutschen, zu Pferd, auf Kanalbooten, selbst zu Fuß. Es schwirrte vor Gerüchten: es hieß, am 16. sei eine Schlacht bei Quatre-Bras geschlagen worden; Napoleon habe den Herzog überrascht, indem er mit der Kaiserlichen Garde von Paris aus mit unglaublicher Schnelligkeit an die Front marschiert war; die Preußen hätten eine schwere Niederlage erlitten; die Franzosen würden jeden Augenblick in Brüssel sein. Ein dramatischer Belgier beschrieb den Abmarsch der britischen Truppen aus Brüssel am Vortag in den frühesten Morgenstunden. Sie hatten sich auf dem Marktplatz formiert, Regiment um Regiment; Brüssel hatte noch nie eine solche Szene erlebt. Die Herzogin von Richmond hatte einen großen Ball gegeben – alle Generale waren anwesend gewesen, sogar der Herzog selbst, und der Prinz von Oranien, der das 1. Korps befehligte. Als die Nachrichten von dem Rückzug der Preußen aus Charleroi eintrafen, waren junge Offiziere in der ganzen Pracht ihrer Galauniformen und weißen Handschuhe zu ihren verschiedenen Regimentern zurückgeritten, die schon auf dem Marsch durch die freundliche flämische Landschaft waren. Der Herzog war in der Frühe aus Brüssel weggeritten und hatte mit seinem lauten Lachen gesagt, daß Blücher die Sache sehr wahrscheinlich bereits erledigt habe und er daher zum Diner in Brüssel zurücksein würde.

Er war aber nicht zurückgekommen, und der Anblick, den die Stadt den ganzen Tag geboten hatte, war, wie die Belgier Harry versicherten, unvergleichlich *triste* gewesen. Nachdem sie so lange von englischen und schottischen Soldaten gewimmelt hatte und von reizenden Damen, die in hinreißenden Toiletten auf Morgenbesuchen durch die Straßen getrippelt waren, war es wirklich eigenartig und deprimierend, wie die Stadt von der üblichen heiteren Menschenmenge verlassen dalag. Die Leute waren auf die Wälle hinausgegangen, sehr viele waren nach Antwerpen geflohen. Dann hatte ein düsterer Zug in der Nacht die Leiche des armen Herzogs von Braunschweig durch Brüssel getragen – als sei man nicht schon vorher niedergeschlagen genug gewesen.

«Der Braunschweiger gefallen?» rief Harry aus. «Das dürfte die ‹Tod oder Ruhm›-Jungen blutdürstig machen!»

Vom Generalquartiermeister kamen neue Befehle für Lambert, auf Quatre-Bras zu marschieren. Nachmittags marschierten sie von Brüssel ab, durch das Namur-Tor, die Chaussee entlang, die durch den Forst von Soignies südwärts nach Charleroi führte. Der ganze Troß wurde auf dem Marktplatz zurückgelassen, und auch Juanas zwei Diener blieben dort.

Der Marsch nach Süden war etwas beunruhigend. Die Chaussee war in einem derartigen Zustand wildester Verwirrung, daß das Vordringen, immer schon schwierig, jetzt manchmal unmöglich wurde. Flämische Karren, Gepäckwagen, Verwundete und Deserteure waren in einer derart skandalösen Unordnung auf dem Rückzug, daß die Spanienkämpfer mit entsetzt ungläubigen Augen dreinstarrten. Hie und da lag ein Karren mit einem abgesprungenen Rad quer über die Straße und versperrte den Weg; Pferde, die gestürzt waren und sich auf dem Pflaster die Knie gebrochen hatten, waren erschossen und liegengelassen worden, wo sie gerade hingefallen waren; einmal galoppierte eine Schwadron irgendeiner fremden Kavallerie vorbei und brüllte, die Franzosen seien ihnen auf den Fersen.

Um ungefähr halb zwei Uhr bewölkte sich plötzlich der bis dahin strahlende Tag. Schwarzblaue Wolken rollten herauf, und fast bevor noch Juana Zeit hatte, ihren Reitumhang vom Sattel loszumachen, brach das fürchterlichste Gewitter über ihren Köpfen aus. Grelle Blitze zuckten durch die schwarzen Wolken, der Donner krachte ohrenbetäubend, und in wenigen Minuten fiel der Regen in Sturzbächen. «Das ist schlimmer als die Nacht vor Salamanca!» schrie Juana West durch das erschreckende Getöse zu. «Die arme Vitty hat solche Angst!»

Das Gewitter schien die Verwirrung auf der Straße noch zu verstärken, denn einige der Packpferde, die sich nach Brüssel schleppten, erschraken und tobten in wieherndem Schrecken herum. Eine Ordonnanz kam schmutzbedeckt angeritten. Er brachte eine weitere Depesche von De Lancey, diesmal mit der Anweisung, Lambert solle seine Brigade im Dorf Epinay kurz vor dem großen Forst halten lassen. Auf diesbezügliche Fragen erzählte die Ordonnanz, daß sich die Armee auf dem Rückzug von Quatre-Bras nach Waterloo befinde; er glaube nicht, daß es heute morgen einen Kampf gegeben habe, aber die Verluste am Vortag seien erschreckend gewesen.

Das waren sehr schlimme Nachrichten, aber als Harry einige Minuten später vorausritt, um die Straße zu räumen, begegnete er einer kleinen Gruppe verwunderter Highlander, die sich mühsam nach Brüssel schleppten. Sie sagten, ja, es habe einen harten Gefechtstag bei Quatre-Bras gegeben; die Highland-Brigade sei so ziemlich in Stücke zerhauen, auch Kempts Brigade; aber eine Niederlage – keine Spur! Die Franzosen hätten keinen Zoll breit Boden gewonnen.

«Verlassen Sie sich darauf, der Herzog ist gezwungen worden, sich zurückzuziehen, um seine Verbindung mit den Preußen aufrechtzuerhalten», sagte Lambert. «Wir wollen, bitte, vorstoßen.»

In Epinay gab es nicht viel Unterbringungsmöglichkeiten, aber Harry brachte seinen General und seine Frau in einem erträglichen Bauernhaus unter und ließ sie dort zurück, während er sich um das Biwak der Brigade kümmerte. Weitere fremde Truppen kamen von der Front dahergaloppiert und verbreiteten eine Geschichte, daß die feindliche Kavallerie tatsächlich die Verbindung des Herzogs mit Brüssel bedrohe; Hörner begannen zu blasen; die Soldaten packten hastig die Rationen weg, für die ihnen keine Zeit mehr blieb, und rannten zum Sammeln vors Dorf.

Harry ritt zu Lamberts Hauptquartier zurück und traf ihn, wie er sich eben ruhig mit Juana und seinem Adjutanten zum Diner niederließ.

«Na, Smith, was soll die Aufregung?»

«Irgendwelche belgische Truppen, die eben durch das Dorf kamen, Sir John, sagen, daß die feindliche Kavallerie die Verbindungslinien des Herzogs bedrohe.»

«Oh, wirklich?» sagte Lambert. «Eine feine Bande das! Lassen Sie die Truppen wegtreten – das ist alles Unsinn! Verlassen Sie sich drauf, daß nicht ein französischer Soldat im Rücken Seiner Gnaden ist! Setzen Sie sich zum Abendessen nieder! Mein Butler hat in Brüssel einen feinen Steinbutt erstanden, und den wollen wir gerade essen.»

«Heben Sie mir etwas davon auf, Sir. Ich will ein bißchen auf Erkundung gehen.»

«Wenn dieser Ihr Mann sich nicht zugrunde richtet, bevor er dreißig ist, wird demnächst einmal ein sehr feiner General aus ihm», bemerkte Lambert, als sich die Tür hinter Harry schloß. «Mir ist im ganzen Leben noch kein so energischer Kerl begegnet! Ist Ihr Reitanzug bestimmt schon ganz trocken, meine Liebe?»

Es dauerte eine Zeitlang, bis Harry zurückkam. Er berichtete, daß er durch den Forst bis zum Dorf Waterloo geritten sei, und knapp außerhalb auf einen Troß getroffen war, der sich so gemächlich zurückzog, daß es sicher war, der Alarm müsse falsch gewesen sein. Harry starrte vor Schmutz und sagte, daß die Straße in erbärmlichem Zustand und das ganze umgebende Gelände tief verschlammt sei. Soviel er den verschiedenen einander widersprechenden Geschichten, die er gehört hatte, entnehmen konnte, zog sich die Armee auf eine Stellung vor dem Dorf St. Jean zurück, etwas südlich von Waterloo an der Chaussee nach Charleroi gelegen. Es schien ziemlich sicher zu sein, daß die Preußen am Vortag eine schwere Niederlage bei Ligny erlitten hatten und nach Wavre zurückgewichen waren, achtzehn Meilen nach hinten; aber jeder, mit dem er gesprochen hatte, sagte übereinstimmend, das Gefecht bei Quatre-Bras hätte zugunsten des Herzogs geendet.

«Ha!» sagte Lambert. «Das ist noch nicht das Wahre. Morgen werden wir eine große Schlacht erleben.»

«Wenn man irgendwie nach dem Wetter gehen kann, dann ja», stimmte Harry zu. «Denn wir haben eine echte Wellington-Nacht vor uns.»

6

Der Regen fiel die ganze Nacht, und ein unaufhörliches Rumpeln von Gepäckwagen, die durch das Dorf in Richtung Brüssel fuhren, machte Schlaf fast unmöglich. In den frühen Morgenstunden kam Befehl für die Brigade, den Berg St. Jean hinaufzurücken. Die Truppen kamen bei Morgengrauen an den Sammelstellen zusammen und wollten sich eben in Bewegung setzen, als Sir George Scovell, der Stellvertretende Generalquartiermeister beim Hauptquartier, herangeritten kam und sagte, er sei vom Herzog ausgesandt, um nachzuschauen, ob im Rücken alles passierbar sei.

«Passierbar, mein Gott!» rief er aus. «Alles verstopft bis zur Front, und dabei erwartet Seine Lordschaft jeden Augenblick, angegriffen zu werden! Ihre Brigade muß die Straße räumen, bevor Sie sich in Bewegung setzen, Smith.»

«Den Teufel muß sie das. Na, ich kann Ihnen nur das eine sagen, Scovell, unsere Burschen brennen derart darauf, an die Front zu kommen, daß sie die Straße schneller als ein Hexenmeister aufgeräumt haben werden. Aber wie geht es vorne?»

«Oh, wir haben Ney geschlagen, und Boney schlug Blücher, und das Ergebnis ist, daß der Herzog die Armee dort aufgestellt hat, wo er es immer schon vorhatte. Wenn die Preußen herankommen, bedeutet das für Boney das Ende; wenn nicht, dann helfe uns Gott! Picton hält den linken Flügel, aber er ist verteufelt schwach. Seine Verluste bei Quatre-Bras waren erschreckend, müssen Sie wissen. Ich stelle mir vor, ihr werdet Befehl bekommen, ihn zu unterstützen, wenn Blücher nicht rechtzeitig dasein kann.»

Harry ging, um Lambert von dem Räumbefehl der Straße zu berichten. Er traf Juana dabei an, wie sie gerade ein sehr zeitiges Frühstück beendete, und sagte plötzlich: «Ich schicke dich mit West nach Brüssel zurück.»

Ihr Gesicht wurde lang, was sehr drollig aussah. «O Enrique, nein!»

«Doch, streit nicht! Ich habe eben mit Scovell gesprochen, und es ist sonnenklar, daß wir einen harten Kampf vor uns haben. Du mußt beim Gepäck bleiben – Gott weiß, wie die Sache ausgeht!»

«Der Herzog hat doch noch nie eine Schlacht verloren, Enrique!»

«Nein, und beim Jupiter, das wird er auch heute nicht! Aber du bleibst trotzdem beim Gepäck! Das ist ein Befehl, *querida*!»

Sie schluckte hart. «*Muy bien.* Aber ich glaube, du weißt nicht, was für eine Todesqual das ist, hinten warten zu müssen, außer Reichweite, und nicht wissen, was aus dir geworden sein mag!»

«Doch, mein Liebling, ich kenne das, aber ich wage nicht, dich hier zu lassen. Wenn wir gezwungen sein sollten, plötzlich zurückzuweichen, könntest du vielleicht sogar gefangengenommen werden. Schau, du bist ein viel zu guter Soldat, um deinen Befehl zu diskutieren.»

Sie nickte. «Das ist wahr. Ich will gehen.»

«Dann küß mich – *un beso de despedida*!»

Sie klammerte sich an ihn und küßte ihn leidenschaftlich. «Enrique, *mi querido, mi esposo*!»

«Bis wir einander wiedersehen!» sagte er und hielt sie fest umschlungen.

«Enrique – wenn – wenn wir einander nicht wiedersehen, dann will ich dir sagen, wie sehr glücklich ich immer war, wie sehr, sehr glücklich!»

«Und ich, meine Seele! Aber was soll dieser Unsinn? *Viva Enrique!*»

«Ich fürchte mich, ich fürchte mich mehr denn je! Diesmal ist es doch Napoleon selbst! Oh, wenn ich bloß mit dir gehen könnte, neben dir bleiben, alles mit dir teilen!»

«Da wärst du aber sehr im Wege, *hija*, versichere ich dir! Noch einen letzten Kuß!»

«Sag das nicht!» rief sie scharf. «Das ist ein schreckliches Omen!»

Aber er lachte nur und sagte, sie solle keine Gans sein.

West hatte die Kupferstute gesattelt; er hob Juana in den Sattel und reichte ihr Vitty hinauf; und in wenigen Minuten waren sie auf dem Weg nach Brüssel. Sie brauchten einige Zeit, um die Stadt zu erreichen, und als sie hinkamen, fanden sie Juanas Stallburschen immer noch bei ihrem Gepäck am Marktplatz Wache stehen, und Matty saß auf ihrem Bündel und wischte sich von Zeit zu Zeit mit einem Zipfel ihres Umhangtuches die Augen. Sie hatte Jenkins gegenüber ihr Los beweint und bereute es, daß sie je so ein Narr gewesen war, ihr liebes, sicheres Whittlesey zu verlassen, aber als sie Juana erblickte, heiterte sie sich gleich auf und meinte, nun würden sie sicherlich in ein Haus gehen, statt im Freien zu sitzen. Aber gerade als Juana in Brüssel einritt, kam ein Befehl für den ganzen Troß, die Stadt zu evakuieren und sich auf die Straße nach Antwerpen zu begeben. Da Harry ihr befohlen hatte, beim Gepäck zu bleiben, fühlte sie sich verpflichtet, den Troß zu begleiten, aber sie verließ Brüssel sehr schweren Herzens.

Das Tempo des Zugs von Karren und Packtieren war notwendigerweise langsam. Es dauerte lange, bevor alles das Nordtor passiert hatte, und als der Kanal einige Meilen jenseits von Brüssel endlich überquert war, ging es schon auf vier Uhr nachmittag. Hinter der Front war kein Feuerlärm zu hören, ein Umstand, der Juana etwas aufatmen ließ, bis sie einen der Maultiertreiber bemerken hörte, daß der Wind aus der falschen Richtung kam, um irgendein Geräusch von der Front nach Brüssel zu tragen.

Der Zug hielt bei einem Dorf auf der anderen Seite des Kanals. Juana und

Matty gingen in einen kleinen Gasthof, während West, der Jenkins bei den Pferden zurückließ, versuchte, den Wirt, der ganz geistesabwesend zu sein schien, dazu zu bewegen, eine Mahlzeit für seine Herrin zuzubereiten. Er stellte eben eine Pfanne mit Speck und Eiern auf den Herd, als Alarm geblasen wurde. West rannte hinaus und hörte, die Franzosen seien siegreich gewesen und hinter ihnen drein. Wieviel an der Geschichte stimmte, konnte er nicht mehr herausfinden, denn im Nu war das ganze Dorf in Aufruhr. Die Befehle seines Herrn waren sehr entschieden gewesen; er schrie Juana zu, sofort herunterzukommen, und rannte weg, um die Kupferstute vor die Tür des Gasthofes zu führen.

«Aber was ist denn geschehen?» rief Juana.

«Ich weiß nicht, Gnädigste, aber sie sagen, daß die Franzosen kommen. Wir dürfen keine Zeit verlieren – Sie müssen sofort nach Antwerpen. Ach, steh still, du!»

Der letzte Satz galt der Kupferstute, die von der ganzen Aufregung um sie herum erschrocken war, stieg und ausschlug. West konnte Juana gerade nur in den Sattel heben. Endlich gelang es ihr, sich zurechtzusetzen. «Vitty, West! Reiche Er mir Vitty!» befahl sie und klopfte beruhigend den Hals der Stute.

West, der immer noch den Zügel knapp am Gebiß hielt, beugte sich nieder, hob Vitty an ihrem fetten kurzen Hals hoch und setzte sie Juana in den Schoß. Diese meinte, daß er die Stute immer noch halte, und ließ den Zügel einen Augenblick los, während sie den Mops etwas sicherer verstaute. Im selben Augenblick ließ West den Zügel los. Die Kupferstute, die spürte, daß sie nur an einer leichten Trense gehalten wurde, tat einen Sprung nach vorn, wobei sie Juana fast aus dem Sattel warf, und schoß in gestrecktem Galopp die Straße dahin.

Die Trense war fast nutzlos, denn soviel Juana auch daran zog, es hatte keine Wirkung auf die Stute. Das Tempo war derart stürmisch und Juana war so behindert von der armen, verschreckten Vitty in ihrem Schoß, daß sie während der ersten zwei Meilen die größte Schwierigkeit hatte, ihren Sitz zu bewahren. Der schwere Regen am Vortag hatte die Straße in einen Sumpf schwarzen Schmutzes verwandelt, voll Wasser in allen Gruben und Wagenspuren, und es dauerte nicht lang, bis Juana voll Schmutz war. Jede Anstrengung, die lose Kandare in die Hand zu bekommen, war umsonst; die Stute raste dahin, ohne im geringsten einzuhalten, galoppierte durch die kleine Stadt Mecheln in einem derartigen Tempo, daß Juana Todesängste ausstand, und überholte auf der Straße rapid jeden Reiter, jedes Gefährt auf dem Weg nach Antwerpen. Deren gab es eine Menge, denn der Strom der Flüchtlinge aus Brüssel war nicht mehr abgerissen, seit man den ersten Feuerlärm vor zwei Tagen vernommen hatte. Aber Juana hatte keine Muße, den Zug irgendwie besonders zu beachten. Sie war völlig außer Atem, aber doch nicht so erschrocken, um nicht zu überlegen, daß die Kupferstute große Ausdauer zeigte und ein Tempo, das sie als Pferd für Feldzüge unschätzbar machte.

Sie war noch etwa eine Meile hinter Mecheln galoppiert, bevor es Juana gelang, sie zu zügeln. Vorne tauchte eine Gepäckwagen auf, der quer über der Straße lag; Juana versuchte mit allen Kräften, die ihr noch übriggeblieben waren, die Stute zu wenden, aber die sprach nicht auf die Trense an, stürmte geradeaus weiter und auf den Wagen zu. Es war für jedes Pferd ein viel zu großes Hindernis, um darüberzusetzen, und einige schauerliche Augenblicke lang war Juana sicher, daß sie in Stücke zerschmettert würde. Die Kupferstute sammelte sich für den Sprung, aber gerade da verfing sich die lose baumelnde Kandare, und sie blieb so plötzlich stehen, daß der Ruck Juana, die immer noch Vitty festhielt, nach vorn auf den Hals des Pferdes warf.

Zum Glück war die Stute ebenso außer Atem wie ihre Herrin. Es gelang Juana, in den Sattel zurückzugleiten und sich der Kandare zu bemächtigen, bevor das Pferd wieder davontoben konnte. Die Stute schien immer noch sehr aufgeregt zu sein, aber mit der Kandare fest zwischen den Fingern, fühlte sich Juana sicher. Sie brachte ihren Reitanzug wieder in Ordnung, strich die Haarsträhne, die unter ihrem Hut hervorgeweht worden war, zurück, und als sie das Geräusch herankommender Pferde hinter sich hörte, schaute sie sich um. Zu ihrer Bestürzung erblickte sie etwa fünf oder sechs Männer, die sie für französische Dragoner hielt, und die auf sie zustürmten. Sie war so erschöpft, daß sie keinen Versuch machte, zu entfliehen, sondern sagte verzweifelt zu Vitty, wenn sie schon gefangengenommen werden mußte, dann könne sie sich ebensogut gleich ergeben.

Aber der erste Reiter, der sie erreichte, war ihr eigener Stallbursche. Mit bemerkenswerter Geistesgegenwart hatte er, sowie er die Kupferstute mit seiner Herrin davonstieben sah, das zweite Pferd, das Harry in Newmarket gekauft hatte, gepackt und sich so schnell wie nur möglich hinter ihr drein aufgemacht, ohne im geringsten auf Wests Befehl zu hören, auf keinen Fall mit dem Schlachtroß seines Herrn davonzugehen.

«O Gott sei Dank, Er ist's, Jenkins!» sagte Juana. «Ich hatte Angst, diese Männer seien französische Dragoner!»

«Die nicht, Gnädige. Deserteure sind das!» rief Jenkins verächtlich aus. «Verrückt vor Angst, so, daß man glauben sollte, sie müßten sich schämen, daß sie jemand so sieht! Zwei davon sind Deutsche, und einer ist ein Verpflegungsmeister.»

«Oh, ein Verpflegungsmeister!» sagte Juana voll Verachtung. «Wenn das alles ist –!»

Es war aber durchaus nicht alles. Als die Reiter herangekommen waren, entdeckte sie, daß einer von ihnen ein englischer Husarenoffizier war. Sie war sehr entsetzt, ihn so fliehen zu sehen, aber es war nicht der richtige Zeitpunkt, sich in ganz nutzlosen Bezeugungen der Verachtung zu ergehen, also ritt sie neben ihn und fragte in ihrem gebrochenen Englisch, ob Gefahr bestehe.

«Gefahr!» rief er aus. «Als ich Brüssel verließ, verfolgten uns die Franzosen den Hügel herunter!»

«Oh, Sir, was soll ich tun?» rief Juana, entsetzt über diese Neuigkeit.

«Mit mir nach Antwerpen kommen! Ich werde mich um Sie kümmern.»

Sie war zu entsetzt, um sich zu überlegen, daß ein Offizier, der sein Regiment im Stich ließ, sich im Augenblick der Gefahr wohl kaum als ein sehr vertrauenswürdiger Begleiter erweisen würde. Er zeigte keinerlei Neigung, anzuhalten; ja er hatte die Zügel überhaupt nicht angezogen; da die Kupferstute noch immer voller Temperament zu stecken schien, galoppierte Juana neben ihrem neugefundenen Bekannten einher.

Natürlich wollte sie alles wissen, was er ihr über die Schlacht zu erzählen vermochte, aber obwohl er bereit genug zum Reden schien, war es klar, daß er das Schlachtfeld zu früh am Tag verlassen hatte, um ihr viel erzählen zu können. Er sagte, die Franzosen seien an Zahl sehr überlegen und hätten eine überwältigende Übermacht an Kavallerie. Der Kampf hatte um elf Uhr mit einer derartigen Kanonade begonnen, wie er sie in seinem Leben noch nicht erlebt hatte. Eines der halbbefestigten Landhäuser der Gegend, Château de Hougoumont genannt, das von einer Abteilung der Coldstream Guards unter Oberst MacDonnell gehalten wurde, der äußersten Rechten der Front vorgelagert, war sofort von Reilles Division angegriffen worden; es mußte zu dieser Zeit, meinte der Husar, schon in die Hände des Feindes gefallen sein, denn es war von explodierenden Granaten in Brand gesteckt worden, bevor er das Schlachtfeld verlassen hatte, und für eine einzige Brigade von Guards mußte es einfach unmöglich gewesen sein, das Schloß angesichts der ganzen Division Reille zu halten. Der Rest des Berichts war so verwirrt, daß er nicht leicht zu verstehen war. Der Husar sprach vage von riesigen französischen Kolonnen, die wie eine mächtige Flutwelle den Hügel herunter auf die gelichtete britische Front auf dem gegenüberliegenden Abhang vorgingen; er sagte, eine Brigade von Belgiern sei vor ihnen zusammengebrochen und in den Schutz des Forstes geflohen; es hätten sich keinerlei preußische Truppen gezeigt, die zur Unterstützung herangekommen wären; es könnte kein Standhalten gegen den Anprall der Soldaten und die Wucht der Artillerie, die ihnen gegenüberstanden, gegeben haben. Er wußte nichts von Lamberts Brigade, noch konnte er sagen, wo die 95er Rifles in Stellung lagen. Er hatte den Eindruck, daß er alles in der schrecklichsten Verwirrung verlassen hatte. Juana stöhnte vor Bestürzung auf, was an die Ohren des zweiten Engländers in der Gruppe, des Verpflegungsmeisters, drang, eines schmalgesichtigen Mannes, der grob sagte: «Sie jedenfalls verdienen kein Mitleid! Natürlich müssen Sie schön müde sein, wenn Sie diesen Hund mitschleppen! Schmeißen Sie ihn hinunter!»

Juana, nicht gewöhnt, von Verpflegungsmeistern in einem derartigen Ton angesprochen zu werden, fiel ohne Zögern über den Mann her und verlangte zu wissen, wie er es wage, mit ihr derart rüde zu sprechen. «Lassen Sie sich gesagt sein, daß ich kein solcher Feigling bin, daß ich davonrenne und meinen armen kleinen Hund verliere oder töten lasse! Wenn ich so etwas täte, dann würde ich kein Mitleid verdienen! Und ich muß Ihnen auch sagen, daß es mich anwidern würde, wenn solche Menschen wie Sie Mitleid mit mir hätten! Mir ist klar, daß Sie keiner von der alten Armee sind, sondern im Gegenteil nichts als ein Grünschnabel, und wenn der Herzog heute viele solche Leute wie Sie bei sich hat, dann tut er mir nur äußerst leid, jawohl, und alle alten Soldaten ebenfalls, die bestimmt von Ihresgleichen in Stich gelassen werden!»

Der Kommissar schaute bei diesem Ausbruch sehr verblüfft drein und murmelte, er habe es nicht bös gemeint, nur sei es doch eine Torheit, einen Schoßhund retten zu wollen, wenn sie alle sehr wahrscheinlich noch vor Einbruch der Nacht tot sein würden.

«Oh, regen Sie sich nicht auf!» sagte Juana schnell. «Es sind ja schließlich immer noch eine Menge echter Soldaten beim Herzog.»

Daraufhin wurde der Kommissar dunkelrot und blieb etwas zurück.

Juana, deren Mut von dieser kleinen Auseinandersetzung für den Augenblick etwas gehoben wurde, bemerkte vertraulich zu dem Husaren, daß sie die Kommissare alle nicht mochte und den hier für ein besonders armseliges Exemplar halte. «Wir haben in Spanien viel durch sie gelitten», sagte sie. «Sie haben die Verpflegung doch nie herangebracht, wann sie sollten, und einmal haben sie sie sogar die falsche Straße entlang geführt, so daß wir gezwungen waren, Eicheln zu essen.»

Der Husar schaute sie erstaunt an. «Da waren Sie also mit der Armee in Spanien?»

«O ja! Ich bin Spanierin, müssen Sie wissen, obwohl mit einem Engländer verheiratet. Ich habe den Krieg bei der Leichten Division mitgemacht, von Bajados nach Toulouse.»

«Ein so kleines zartes Geschöpf wie Sie?» sagte er. «Ist das möglich?»

«Ich bin gar nicht zart, und was das Kleinsein betrifft, so bedeutet das nichts. Mein Mann ist auch nicht groß, gar nicht, und trotzdem sagt jeder, er ist der Zäheste in der ganzen Division, abgesehen davon, daß er der größte Teufelskerl ist!» Der Gedanke an Harry, und was ihm vielleicht gerade jetzt zustoßen konnte, überwältigte sie plötzlich. Sie brach in Tränen aus und rief: «Oh, was soll ich tun? Vielleicht ist er tot oder verwundet, und ich bin nicht bei ihm!»

«Ich bitte Sie, verzweifeln Sie nicht, Ma'am. Ich bitte Sie, nicht! Sehr wahrscheinlich wird er geflohen sein, und Sie werden ihn gleich wiedersehen!»

Diese Idee ließ Juanas Tränen sofort innehalten. Sie sagte empört: «Geflohen! So etwas wird er nie tun, versichere ich Ihnen! Mein Gatte ist Brigadeadjutant, und wenn Sie ihn überhaupt kennen würden, dann wüßten Sie, daß, solange man nicht weiß, was auch nur aus einem einzigen Mann von uns geworden ist, man meinen Mann nirgends anderswo als im Sattel findet!»

Er wurde rot und wandte den Kopf ab. Nach einer Pause sagte er verlegen: «Sicherlich verachten Sie mich, weil ich das Schlachtfeld verlassen habe.»

Sie antwortete aufrichtig: «Nun, es erscheint mir wirklich sehr merkwürdig.»

«Ich bin mir bewußt, wie Ihnen mein Verhalten erscheinen muß. Aber es gibt Umstände – es gibt Menschen, die von mir abhängen – aber schließlich, es nützt nichts, darüber zu reden. Da liegt Antwerpen vor uns.»

Kurz darauf ritten sie in die Stadt ein. Der Husar erbot sich sehr freundlich, für Juana ein Zimmer in einem der Hotels zu suchen. Sie nahm seine Hilfe sehr gern an, entdeckte aber bald, daß nirgendwo eine Unterkunft aufzutreiben war, da die Stadt schon voller Flüchtlinge aus Brüssel steckte. Es blieb nichts anderes übrig, als sich an das Rathaus zu wenden und zu versuchen, dort eine Unterkunft zu bekommen. Der Husar ging mit diesem Auftrag hinein und ließ Juana mit Jenkins und den Pferden warten. Sie war von Kopf bis Fuß schmutzbedeckt; ihr Reitanzug war durchnäßt; und sie war, nach den neugierigen Blicken der Passanten zu schließen, ziemlich sicher, daß sie absolut komisch wirken mußte. Aber sie war darüber hinaus, sich darum zu kümmern; alle ihre Gedanken waren auf Harry gerichtet, und weil sie vollkommen erschöpft war und an der quälendsten Angst litt, stürzten ihr dicke Tränen über die Wangen.

Plötzlich kam ein Offizier aus dem Rathaus und trat auf sie zu, die wie ein Häufchen Elend auf dem Rücken der Kupferstute kauerte. «Mrs. Smith?»

Sie schaute zu ihm hinunter. «Ja, ich bin Mrs. Smith», sagte sie und fuhr sich mit dem Handrücken über die Augen.

«Ich heiße Peters. Sie kennen mich nicht, aber ich versehe hier Garnisonsdienst. Ihr Diener hat mir Ihren Namen genannt. Sie sind in einer so schrecklichen Situation, und wir können Sie in keinem Hotel unterbringen – darf ich Sie zu Oberst Craufurd, dem Kommandanten, bringen? Seine Frau und seine Töchter sind äußerst freundliche Menschen, und ich bin sicher, daß sie alles für Sie tun werden.»

Es war sehr wahrscheinlich, daß sie, falls sie dieses Angebot ablehnte, gezwungen sein würde, auf der Straße zu biwakieren, daher dankte sie Mr. Peters und sagte, sie würde mit ihm gehen, müsse sich aber zuerst von ihrem hilfreichen Husarenbekannten verabschieden. Das war bald getan, und Mr. Peters, der sein Pferd holte, brachte sie durch mehrere überfüllte Straßen zu einem stattlichen Haus unweit der Zitadelle. Sie wurden sofort von einem erstaunten Butler vorgelassen und im Salon von einer sehr großen Dame empfangen, die, kaum hatte sie ihre verschmutzte, verweinte Besucherin erblickt, auch schon ausrief: «Oh, Sie armes kleines Ding!» schnell auf Juana zukam und ihre Hand ergriff.

«Der Gatte von Mrs. Smith ist Sir John Lamberts Brigadeadjutant, Ma'am», erklärte Mr. Peters. «Sie kam den ganzen Weg vom Schlachtfeld hergeritten, soviel ich hörte. Ich habe mir die Freiheit genommen, sie zu Ihnen zu bringen, weil es nirgendwo –»

«Und ob Sie das sollten!» unterbrach Mrs. Craufurd. «Reden wir nicht lange! Läuten Sie, Mann! Mein armes Kind, wir müssen Sie sofort aus diesen nassen Kleidern kriegen, sonst bekommen Sie noch einen fürchterlichen Schnupfen!»

«Oh, wie lieb Sie sind!» stammelte Juana. «Ich schäme mich so, in einem derartigen Zustand in Ihr Haus zu kommen. Bitte, entschuldigen Sie – aber ich wußte nicht, was ich sonst hätte tun sollen.»

«Ja, Sie sind ja Ausländerin!» sagte Mrs. Craufurd. «Was das Entschuldigen betrifft – welcher Unsinn, Kind! Aber was soll dieses Gerede von einem Gatten? Sie sind ja noch ein Baby!»

«O nein, nein! Ich bin siebzehn Jahre alt und schon seit drei Jahren verheiratet. Ich bin Spanierin.»

«Spanierin oder Engländerin, verheiratet oder ledig, in ein heißes Bad mit Ihnen!» sagte die Gastgeberin munter. «Ja, ich habe geläutet, Johnson. Sei Er so gut und bringe Er heißes Wasser in mein Schlafzimmer. Stehe Er nicht glotzend herum, Mann! Setze Er sich in Bewegung!»

Innerhalb einer halben Stunde hatte Juana ihre schmutzverkrusteten Kleider abgestreift, sich gewaschen, war in eines von Mrs. Craufurds Kleidern geschlüpft, das ihr mindestens drei Nummern zu groß war, saß vor dem Kamin im Salon, trank eine beruhigende Schale Brühe und erzählte in ihrem hübschen, stockenden Englisch Mrs. Craufurd und deren beiden großen Töchtern ihre Geschichte. Mrs. Craufurd konnte kaum glauben, daß ein solch winziges Ding von Mädchen eine derartige Reihe von Abenteuern mitgemacht hatte; die jungen Damen Craufurd bestürmten Juana mit Fragen, bis ihre Mutter einschritt und sagte, es sei nicht fair, ihren Gast derart zu plagen.

Es kamen an diesem Abend keine Nachrichten mehr von der Front, und um etwa zehn Uhr überredete Mrs. Craufurd Juana, zu Bett zu gehen. Sie war so müde, daß sie, obwohl sie überzeugt war, nicht schlafen zu können, zehn Minuten, nachdem sie den Kopf auf das Kissen gelegt hatte, auch schon eingeschlafen war.

7

Während die Familie am nächsten Morgen beim Frühstück saß, sprach Mr. Peters vor, um Juana zu informieren, daß eine Menge Gepäck in Antwerpen eingetroffen war und er gern bereit war, sich um ihres umzuschauen, wenn sie es ihm beschreiben wollte. Eine Stunde später kam er zurück und brachte West, Matty und die Ersatzpferde mit, sowie alles Gepäck außer Juanas Matratze und dem kostbaren neuen Toiletteköfferchen, das in dem plötzlichen Aufruhr in jenem Dorf, wo die Kupferstute gescheut hatte, zurückgeblieben war.

Als der Vormittag verging, ohne daß sichere Nachrichten von der Front eingetroffen wären, wuchs Juanas Angst derart, daß sie unmöglich stillsitzen konnte; sie wanderte im Zimmer herum und schaute so verzweifelt drein, daß Mrs. Craufurd halb dazu neigte, sie zu überreden, einige Tropfen Laudanum zu nehmen, damit sich ihre Nerven beruhigten.

Nachmittags kam Oberst Craufurd mit der Neuigkeit heim, daß bei dem Dorf Waterloo eine große Schlacht geschlagen und gewonnen worden war. Die französische Armee, hieß es, sei gänzlich in die Flucht geschlagen, Napoleon selbst auf der Flucht nach Paris. Über Harry war nichts zu erfahren gewesen, und nachdem Juana den ganzen Tag auf eine Botschaft gewartet hatte, befahl sie zur Bestürzung ihrer Gastgeberin West, am nächsten Morgen bei Tagesanbruch die Kupferstute vorzuführen.

«Aber meine Liebe, das können Sie nicht allein wagen!» protestierte Mrs. Craufurd. «Und noch dazu zu einer solchen Stunde!»

«Ich muß zu meinem Mann», sagte Juana entschlossen. «Ich bin es gewöhnt, bei Morgengrauen zu marschieren. Bitte, versuchen Sie nicht, es mir auszureden!»

«Ich fürchte, das wäre auch unmöglich. Liebstes Kind, wie soll ich es sagen? Ich will Sie nicht erschrecken, aber haben Sie in Betracht gezogen – man sagt, unsere Verluste seien die schwersten, die es je gegeben hat!»

«Ja, das habe ich bedacht», antwortete Juana ganz ruhig, aber die Kehle war ihr wie zugeschnürt. «Wenn mein Mann gefallen ist, muß ich seine Leiche finden.»

Sie konnte nicht umgestimmt werden; sie schien ganz plötzlich älter zu sein, als sie Mrs. Craufurd eingeschätzt hatte; sie gab mit größter Bestimmtheit der Dienerschaft ihre Befehle, ihr mit dem Gepäck zu folgen. Es war zu sehen, daß sie eine erfahrene Teilnehmerin an Feldzügen war, und nachdem Mrs. Craufurd noch eine Weile versucht hatte, sie zu überreden, Nachrichten über ihren Mann in Antwerpen abzuwarten, gab sie es auf und kümmerte sich statt dessen darum, das Trocknen und Reinigen von Juanas verschmutztem Reitanzug zu überwachen.

Nachdem Juana liebevollen und dankbaren Abschied von ihrer freundlichen Gastgeberin genommen hatte, ritt sie, nur von West begleitet, am nächsten Morgen um drei Uhr von Antwerpen ab. Sie erreichten das Dorf am Kanal zur Frühstückszeit und hatten das Glück, das verlorene Toiletteköfferchen in einem Heuschober versteckt zu finden. Um sieben Uhr erreichten sie Brüssel. Fast der erste Anblick, der ihnen begegnete, war eine Gruppe von Riflemen, alle verwundet, die sich den Weg durch die Straßen zu einem der Zeltspitäler bahnten, die in aller Eile in der Stadt errichtet worden waren. Juana ritt auf sie zu und wurde sofort von ihnen erkannt. Sie salutierten vor ihr, aber als sie eifrig fragte, ob sie ihr sagen konnten, was aus ihrem Mann geworden war, waren die Antworten ausweichend, und die Soldaten wechselten Blicke, die sofort ihren Verdacht erregten. Schließlich sagte einer mit einer Rauheit, die sein Mitleid verdecken sollte: «Gnädige, es nützt nichts, zum Schlachtfeld zu reiten! Der Anblick dort ist nichts für ein Frauenzimmer. Gehen Sie lieber und bleiben Sie schön ruhig im Haus drinnen!»

«*Loco!* Ich war bei Tarbes!» rief sie und schlug mit der Faust auf den Sattelknopf. «Sage Er mir, *instanteamente*, lebt mein Mann? Ist er gesund?»

«Es ist besser, Sie erfahren die Wahrheit, Gnädige», sagte er geradeheraus. «Unser Brigadeadjutant Smith ist gestern gefallen, ganz früh am Tag.»

Sie wankte im Sattel und wurde so totenblaß, daß West die Hand ausstreckte, um ihren Arm zu halten, weil er Angst hatte, sie würde ohnmächtig werden. Aber sie wurde es nicht. Sie schaute ihn mit so blinden Augen an, daß es ihn erschütterte, und sagte: «Wir müssen uns beeilen. Wir müssen schnell sein, denn ich muß seine Leiche finden.»

«Gnädige, Gnädige, verlangen Sie nicht von mir, daß ich Sie hinbringe!» bat er. «Der gnädige Herr würde das nicht haben wollen.»

«Der gnädige Herr ist tot», sagte sie tonlos. «Ich werde auch sehr bald tot sein, aber ich muß ihn noch einmal sehen, bevor ich mich töte. Er braucht nicht mit mir zu kommen, West. Ich brauche jetzt niemanden mehr.»

Er sah, daß es nutzlos wäre, sie aufzuhalten; er konnte nur hoffen, daß sie auf dem Schlachtfeld einen Freund traf, der mehr Macht haben würde als er, sie zur Vernunft zu bringen.

Sie ritten schweigend dahin, meist im Galopp. Der Anblick, der sich ihnen auf der Chaussee durch den Forst von Soignies bot, war so schrecklich, daß West nicht überrascht war, als Juanas Augen weit wurden von einem Entsetzen, das an Irrsinn grenzte. Die endlose Prozession verwundeter Soldaten und Pferde, der Karren mit Leichen, die Verwundeten, die an der Straße lagen, zu zerschmettert, um die ermüdenden Meilen nach Brüssel kriechen zu können, war derart gespenstisch, daß damit nichts zu vergleichen war, was man in all den Jahren der Feldzüge in Spanien gesehen hatte. Das Dorf Waterloo war voll verwundeter Offiziere; weiter weg, bei Mont St. Jean, ließ ein schleichender Dunst der Verwesung die Pferde scheuen und erschreckt wiehern, so daß West das lange Schweigen brach und seine Herrin bat, nicht weiterzureiten.

«Vorwärts!» war alles, was sie sagte, und sie zwang die Kupferstute durch die Dorfstraße.

Er folgte ihr, nun ernstlich besorgt um ihren Verstand, aber nicht imstande, sich etwas auszudenken, um sie aufzuhalten. In wenigen Minuten erreichten sie das Schlachtfeld, ein welliges Gelände, mit Weizen- und Roggenfeldern bedeckt, die nun von zahllosen Hufen niedergetrampelt waren. Ein Kreuzweg, ein tiefer eingeschnittener Hohlweg, der nach Wavre führte, bezeichnete die Linie der alliierten Front. Wo er die Chaussee schnitt, in dem Winkel zwischen den beiden Wegen, sah Juana Haufen über Haufen Toter, daneben Soldaten, die Löcher gruben, um die Leichen hineinzuwerfen.

«O mein Gott, Gnädige, schauen Sie nicht hin, schauen Sie nicht hin!» bat West. «Die armen Teufel, sie müssen im Karree getötet worden sein! Oh, kommen Sie weg!»

Sie beachtete ihn nicht, sondern sprach einen der Leute an, die gruben. «Welches Regiment?»

«Das 27ste, Ma'am.»

Ihre Augen waren voll Schrecken, sie sagte heiser: «Das Unsere! Eines der Unseren! Da also ist er gestanden!»

Der Mann starrte sie an. «Lamberts Brigade, Ma'am. Suchen Sie wen?»

«Major Smith!» brachte sie mühsam heraus.

Er schüttelte den Kopf. «Weiß wirklich nicht, Ma'am. Die Offiziere sind schon meist begraben worden.» Sie gewahrte die Gräber, viele Gräber, einige, an denen rohe Bretter aufgerichtet waren, andere nicht mehr als ein Haufen frisch ausgestochener Rasenstücke. Plötzlich wurde es unendlich wichtig, zum letztenmal Harrys Gesicht zu sehen. Sie schrie mit einer Stimme voll Angst auf: «Nein, nein, nicht begraben! Nicht begraben! Ich muß ihn noch einmal sehen, ich muß, ich muß!»

Geistesabwesend begann sie von einem Grab zum anderen zu reiten und las wild die Namen, die in die rohen Kreuze zu ihren Häupten eingekratzt waren. Sie sah etwas weiter weg die Leiche eines Mannes daliegen und ritt hin, überzeugt, es sei Harrys Leiche. Das verzerrte Gesicht war ihr fremd; sie ritt weiter und suchte halb wahnsinnig unter den Toten. Einige flämische Bauern zerrten die entkleideten Leichen zu den Gruben mit Haken, die roh durch die Fersen gesteckt waren; in dem Hohlweg und jenseits lagen französische Kürassiere in einem wirren Durcheinander von Menschen und Brustplatten; etwas weiter gähnte neben der Chaussee eine Sandgrube gegenüber einem weißgekalkten Bauernhaus, dessen Mauern geschwärzt und von Schüssen durchsiebt waren. Dort lagen einige Grünröcke, steif und still unter der heißen Sonne, Juana begann leise zu stöhnen und wiederholte immer wieder: «Lieber Gott, laß mich ihn finden! Lieber Gott, laß mich nicht verrückt werden!»

Sie bemerkte West nicht, der ihr benommen folgte; ein verwundeter Franzose vor ihren Füßen stöhnte vom Boden zu ihr hinauf; er wollte Wasser. Sie hatte keines und schüttelte den Kopf.

Plötzlich drang eine Stimme in ihr Bewußtsein. Sie hörte ihren Namen rufen und schaute sich ausdruckslos um. «Juana, Juana, um Gott, was tun Sie hier? Das ist doch nichts für Sie!»

Ein Mann ritt zu ihr heran; sie sah, daß es Charlie Gore war, und schrie auf: «Oh, wo ist er? Wo ist mein Enrique?»

Seine Stimme, das einzig Vernünftige in einer verrückten Welt, klang beruhigend an ihre Ohren. «Nun, jetzt gerade wohl in der Nähe von Bavay, so munter wie je in seinem Leben! Nicht einmal verwundet, und auch seine Brüder nicht!»

«Oh, lieber Charlie Gore, warum täuschen Sie mich?» sagte sie mit bitterem Vorwurf. «Die Soldaten haben mir gesagt, daß Brigadeadjutant Smith gefallen ist!»

«Liebste Juana, glauben Sie mir doch!» sagte Gore und versuchte, ihre Hand zu nehmen. «Es war der arme Charles Smyth, der getötet wurde – Packs Brigadeadjutant. Ich schwöre Ihnen bei meiner Ehre, daß ich Harry verließ, als er durch Lochinvar ritt, bei vollster Gesundheit, aber sehr in Angst um Sie!»

Angestrengt prüften ihre Augen sein Gesicht. Sie sagte: «Oh, wenn ich Ihnen glauben könnte, Charlie – mein Herz müßte brechen!»

«Warum sollten Sie mir nicht glauben?» sagte er ruhig. «Sie wissen, daß ich Sie nicht anlügen würde, und noch dazu in einer solchen Sache!»

Sie brach in einen Weinkrampf aus, über den Widerrist der Kupferstute gebeugt, und vom Schluchzen der Erleichterung so geschüttelt, daß West fürchtete, der Schock, zu hören, daß Harry gesund war, habe sie nun wirklich verrückt gemacht. Aber gleich darauf gelang es ihr, das Weinen zu beherrschen und sich aufzurichten. Charlie Gore wischte ihr mit seinem Taschentuch die Tränen ab und murmelte einige beruhigende Worte.

«Ich habe zum lieben Gott um Hilfe gebetet, und er hat Sie mir wie einen Schutzengel geschickt!» sagte sie mit belegter Stimme. «Es tut mir wirklich leid, denn heulende Weiber sind der Teufel!»

Er lachte, als er einen solchen Ausspruch von ihren Lippen hörte. «Ach, ich weiß, das haben Sie von Harry! Aber hören Sie, *amiga*, ich bin auf dem Weg nach Mons – können Sie genug Kraft aufbringen, mit mir dorthin zu reiten?»

«Kraft!» rief sie aus. «Jetzt ja, für alles!»

Er beeilte sich, sie vom Schlachtfeld fortzubringen, und drängte in sie, sofort weiterzureiten. Sie war nur zu bereit dazu, und sie ritten miteinander die Chaussee hinunter, an der Sandgrube und dem zerschossenen Bauernhaus vorbei. Er erzählte ihr auf ihre Frage, daß es La Haye Sainte hieß und von vierhundert Soldaten der Königlichen Deutschen Legion gehalten worden war. «Sie haben sich zum Schluß durchgehauen, die vierzig, die von der ganzen Zahl übriggeblieben waren! Sie hatten keine Munition mehr. Die Franzosen haben die Stelle gegen Ende des Tages eingenommen.»

«Und die andere Stellung? Ein Husarenoffizier erzählte mir von einem Château, das brannte und nicht gehalten werden konnte.»

«Er hatte nicht recht», antwortete Gore. «Sie meinen Hougoumont. Sehen Sie jene geschwärzte Ruine dort drüben zu Ihrer Rechten? Das ist es. Die Guards hielten es bis zum Schluß.»

Sie schaute schüchtern zu ihm auf. «War es so schlimm wie Bajados, Charlie – diese Schlacht?»

Er erschauerte. «Juana, keiner von uns hat je eine schlimmere erlebt, nicht einmal jene Leute, die bei Albuera dabei waren! Es war eine fürchterliche Sache! Eine Schlächterei! Es gab kein Manövrieren, kaum eine Operation der Leichten Truppen. Wir standen da, und sie droschen acht volle Stunden auf uns ein, bis diese verdammten Preußen herankamen! Schließlich war der Rauch dort, wo meine Brigade stand, so dicht, daß wir nur an dem Mündungsfeuer ihrer Geschütze erkannten, wo die Franzosen standen. Mann um Mann fiel; wir wurden bei Quatre-Bras in Stücke geschossen – wir konnten dort nichts tun als die Front halten. Aber wir hielten sie! Bei Gott, und wie – obwohl die Belgier vor unseren Augen ausbrachen und um ihr Leben rannten. Picton zog meine und Packs Brigade auseinander, zwei Mann tief, um die Lücke zu füllen – eine Infanteriemasse ging gegen uns vor. Picton fiel, aber wir standen fest, bis die Kavallerie von hinten nach vorn kam und die französischen Kolonnen zerschlug. Oh, ich habe noch nie etwas Derartiges wie diese Kavallerieattacke erlebt!»

«Ist Picton tot?» fragte Juana.

«Ja! Er wurde getötet, als er den Befehl zum Angriff gab. Schließlich blieb kaum noch ein rangälterer Offizier im Feld.»

«Doch nicht der Herzog?!»

«Nein, er kam unberührt davon. Beim Zeus, und das war auch gut so! Ohne ihn hätten wir die Sache nicht durchgestanden. Sie kennen ja seine Art! Wo immer die Front am schwächsten war, da war er, kühl wie bei einem Manöver. Solange wir seine Krummnase unter uns sahen, gab es keinen Gedanken an ein Zurückweichen. Ney versuchte alles – Artillerie, Infanterie, Kavallerie. Ich habe mit einem Burschen in Halketts Brigade gesprochen: er erzählte mir, daß sie auf der anderen Seite der Chaussee über eine Stunde lang in Karrees formiert waren, während die französische Kavallerie immer rund um sie herumritt und versuchte, einzubrechen! Dann, gerade vor acht Uhr, griffen sie an der ganzen Front an. Die Mittlere Garde wurde gegen unsere Rechte geschickt, in fünf riesigen Kolonnen. Wir konnten von dort aus, wo wir standen, nichts sehen, aber es heißt, Maitlands Guards warfen die Führungskolonne zuerst zurück. Und dann warf Colborne die 52er nach vorn, stürmte glatt über die Ebene hinweg und trieb die Franzosen wie die Schafe vor sich her. Es war danach, daß wir das Hurraschreien von rechts aus die Front entlang anschwellen hörten und wußten, daß der alte Douro endlich das Signal für den Generalangriff gegeben hatte.»

«Und Napoleon ist geschlagen, wirklich geschlagen?» rief sie.

«Oh, es standen nur mehr drei französische Karrees, als Blücher die Verfolgung aufnahm. Eine derart wilde Flucht war noch nie da – Salamanca war nichts dagegen! Aber oh, Juanita, die Verluste, die wir erlitten haben! Unsere liebsten Freunde! Man darf gar nicht daran denken.»

«Sagen Sie es mir!» sagte sie leise. «Ich muß es wissen. Sie sagten, daß Tom und Charles gesund sind?»

«O ja! Und Kincaid hat nicht einmal einen Kratzer abbekommen. Aber der arme Charlie Eeles, und Smyth, der junge Lister, Elliot Johnston – können Sie sich an Johnston erinnern, der mit Ihnen und Harry und Jack Molloy in jenem Schloß in Toulouse wohnte?»

«Ja, ja, natürlich! Er ist doch nicht tot?» rief sie.

«Sofort tot gewesen. Eeles auch. Ich habe gerade sein Grab gesucht, als ich Sie traf.»

Ihre Tränen strömten. «Er hat uns in Gent besucht, mit Johnny. Johnny hat ihn noch aufgezogen, und er lachte und war so lustig! O Charlie, wer noch? Lassen Sie es mich schnell wissen!»

«Ich kann es noch nicht bestimmt sagen. Ich habe gerade Beckwith gesehen, und den armen George. Beckwith wurde ein Bein abgeschossen, und George geht es so schlimm, daß ich nicht weiß, ob er am Leben bleibt. Er hat einen Schuß durch die Leber bekommen und leidet die schlimmsten Qualen. Barnard wurde verwundet und vom Schlachtfeld getragen, dann Cameron. Das Kommando des Bataillons fiel auf Jonathan Leach, aber ich weiß, daß auch er davongetragen wurde, weil ich ihn sah. Jack Molloy wurde verwundet, aber nicht schlimm, glaube ich. Ich weiß nicht, was die Verluste im 2. und 3. Bataillon waren, obwohl ich jemanden sagen hörte, daß John Ross das Feld verlassen mußte. Juana, erinnern Sie sich, wie wir nach unseren Schlachten in Spanien zu sagen pflegten: ‹Na, wer ist gefallen?› Diesmal sagen wir: ‹Wer lebt?› Es – wissen Sie, nach der Hölle, die wir mitgemacht haben, schien es nicht möglich, daß überhaupt noch jemand am Leben und unverletzt ist.»

Sie konnte nicht sprechen. Eine Weile ritten sie schweigend dahin, und als Gore den Mund wieder auftat, war es, sie in einem etwas heitereren Ton zu fragen, was denn während der Schlacht aus ihr geworden war.

Sie erreichten Mons erst um Mitternacht. Juana war seit drei Uhr früh ständig im Sattel gewesen und hatte eine Entfernung von sechzig Meilen zurückgelegt. Sie war so erschöpft, daß sie über dem Abendessen, das sie im Lager einnahmen, einschlief. Sie rührte sich nicht einmal, als Gore eine Decke um sie wickelte, sondern lag wie tot da, bis sie das Tageslicht weckte.

Sobald sie in Eile gefrühstückt hatte, war sie wieder im Sattel. Es war nicht weit von Mons nach Bavay; sie und West erreichten es wenige Stunden später. Sie erblickte Sir John Lambert fast sofort. Er stieß einen Ruf der Überraschung aus, als er sie sah, entsetzt bei dem Gedanken, daß sie den ganzen Weg von Gent, nur von ihrem Stallburschen begleitet, hiehergekommen war. Sie sagte nur ein Wort: «Enrique?»

«Ja, ja, meine Liebe, er ist hier, und gesund!» sagte Lambert. «Ich bringe Sie sofort zu ihm.»

Sie versuchte zu lächeln. «Ich weiß, daß er gesund ist. Ich weiß bestimmt, daß er das ist, denn Charlie Gore hat es mir auf seine Ehre versichert – aber in meinem Herzen kann ich es noch nicht glauben, daß ich ihn sehen werde. Ist – ist das nicht dumm?»

Er tätschelte ihr die Hand. «Armes Seelchen! Da, keine Angst! Wer, glauben Sie, ist das, der dort drüben mit dem Rücken zu uns steht?»

Sie schaute eifrig dorthin, wohin er wies. Er rief: «He, Smith! Schauen Sie, was ich da für Sie habe!»

Harry wandte sich um, als Juana von der Kupferstute glitt.

«Juana!» rief er aus und lief ihr entgegen.

Sie fiel in seine ausgestreckten Arme, und das wilde Pochen ihres Herzens erstickte sie fast. Sie konnte nicht sprechen; sie konnte sich nur an ihn klammern, als wollte sie ihn nie wieder loslassen. Er hielt sie fest in seinen Armen, seine Wange an ihrem Haar. «O meine Seele! Mein Juwel!»

Sie brachte gerade nur heraus: «Du bist gesund! Geh nie wieder weg von mir! Nie, *mi* Enrique, nie! Oh, versprich mir das!»

«Nie wieder!» sagte er. «Gleichgültig, was da immer kommt! Wie könnte ich es ertragen, dich je wieder von mir wegzuschicken? Wir wollen beieinander bleiben, von nun an bis zu unserem Tod in hohem Alter, mein kleiner Racker, mein kleines Liebes!»

«Ist das ein Versprechen?» fragte sie eindringlich.

«Das ist ein Versprechen», antwortete er. Er nahm ihr Gesicht in seine Hände. Sie zitterten etwas, wie schon einmal, in seinem Zelt vor den Wällen von Bajados. «Als ich zum erstenmal von dir geplagt wurde», sagte er mit einem verzerrten Lächeln, «hatten wir noch so viele Schlachten vor uns! Mein armer Liebling, du hast soviel Angst gelitten, und du warst immer so brav! Nun, das ist jetzt vorüber – verstehst du? Wir haben Boney endlich geschlagen, und du brauchst vor nichts mehr Angst zu haben. Jetzt lächle mich an, du treuer, liebender, jähzorniger kleiner Teufel, der du bist! Oder ohrfeige mich, wenn du willst! Nur schau mich nicht mit so verschreckten Augen an!»

«Küß mich», kommandierte Juana. *«Espadachin! Mi tirano odioso!»*

Anmerkung der Autorin

Da ein vollständiges Verzeichnis der einschlägigen Quellen, die als Unterlagen für ein Buch über die spanischen Feldzüge Wellingtons dienten, eine langweilige Lektüre würde, habe ich für «Die spanische Braut» keine Bibliographie zusammengestellt, sondern es vorgezogen, für jene meiner Leser, die gerne wissen möchten, welche Werke ich hauptsächlich benützt habe, diese kurz zu vermerken.

Es liegt auf der Hand, daß die wichtigste Quelle für Harrys und Juanas Geschichte die «Autobiography» von Harry Smith selbst ist. Und ebenso liegt es auf der Hand, daß es unmöglich gewesen wäre, eine Erzählung über die spanischen Feldzüge zu schreiben, ohne Napiers Werke und Sir Charles Omans monumentale «History of the Peninsular War» zu studieren. Betonen muß ich, wieviel ich Sir Charles Omans kleinerer Arbeit, «Wellington's Army», verdanke, und ich möchte sowohl Sir Charles Oman wie Colonel Jourdain für ihre Liebenswürdigkeit danken, daß sie einige schwer erreichbare Quellen für mich aufstöberten.

Ich habe, soweit ich es beurteilen kann, keine Tagebuchschreiber der Leichten Division ungelesen gelassen. Von ihnen allen habe ich für meinen besonderen Zweck am nützlichsten Kincaid und George Simmons gefunden; die Details über die Mannschaften der 95th Rifles wurden weitgehend bei Edward Costello, «Adventures of a Soldier», ausgegraben. Auch Rifleman Harris war von Nutzen, ebenso Quartermaster Surtees, trotz seines unglückseligen Hanges, viel zu viele Seiten mit moralischen Betrachtungen zu füllen.

Außer der Leichten Division lieferten Larpents «Journals» zahllose Details. Und großartige Stellen sind in Grattans «Adventures with the Connaught Rangers» zu finden, in Sir James McGrigors «Autobiography», Gleigs «Subaltern», Gomms «Recollections of a Staff-officer», Tomkinsons «Diary of a Cavalry Officer» und außerdem in dem Buch «Peninsular Sketches», zusammengetragen von W. H. Maxwell. Alle möglichen Informationen waren den «Lives» der verschiedenen Kommandeure zu entnehmen, nicht zu erwähnen die Regimentschroniken – und *last not least* natürlich den «Dispatches» und den «Supplementary Dispatches» von Wellington selbst.

Georgette Heyer

Clare Darcy

Victoire und der leichtsinnige Marquis
rororo 5056

Pamela und der eigenwillige Lord
rororo 4695

Allegra und der Heiratsantrag
rororo 4859

Regina und das verschwundene Halsband
rororo 5273

Eugenia und der verfolgte Vetter
rororo 5688

rororo

C 2063/6